鎖之帝國
locklands

羅柏・傑克森・班奈特
Robert Jackson Bennett

歸也光 譯

FOUNDERS III
銘印之子
The Founders Trilogy

第一部 銘術戰爭 7
第二部 節奏 89
第三部 劫獄 163
第四部 門 319
第五部 雨季 403
尾聲 創始者 527

獻給喬・麥金尼（Joe McKinney），他是個好人，
而且學識比我淵博太多了，我永遠難以望其項背。

他們說政治是分配痛苦的藝術。而銘術，當然了，則是分配智慧的藝術。
我尋思——有時懷抱興奮，有時則是恐懼——兩者相遇時會發生什麼事。

——歐索．伊納希歐，寫給埃絲黛兒．坎迪亞諾之信件

第一部　銘術戰爭

1

〈妳準備好了嗎？〉一個聲音低語道。

貝若尼斯睜開眼。大海反射明亮的早晨陽光，她的視覺緩緩調校；閃爍的光線下，城牆、城垛和海岸砲臺化為實體。她的冥想如此深沉，她花了一點時間回想——我在舊帝汎嗎？還是在其他地方——不過感官隨即完全恢復，而她看見了。

葛拉提亞拉：一個迷你要塞領地；一線岩石在杜拉佐海延展，這個要塞就穩穩坐落其上，完全由海灰色的牆、雲白色塔樓構成，無數海鷗在周遭盤旋。說是城鎮，這裡更像是依附著防禦牆的文明渣滓，住家和小屋彷彿遍布船殼的藤壺。她看著一艘艘小漁船靠向碼頭，船上的帆蒼白、泛著冷光，令她隱約想起映上拂曉第一絲天光的蝙蝠翅膀。

「要命。」貝若尼斯低聲說。「幾乎稱得上漂亮了。」

〈幾乎。〉克勞蒂亞走到陽臺來站在她身旁，黑色金屬頭盔下，她的眼神堅定銳利。她的聲音在貝若尼斯的思緒後方低喃，低微但清晰：〈我們墜落了多長距離才找到像這麼漂亮的小屎坑。〉

〈對。〉貝若尼斯嘆氣。〈但我們有責任拯救這地方。〉

克勞蒂亞用一根木頭剔牙。〈至少拯救這裡的人。〉她彈掉牙籤。〈那——妳準備好了？〉

〈我不知道。或許吧。我看起來怎麼樣？〉

〈像個嚴厲的戰士女王。〉克勞蒂亞說著咧嘴而笑。〈或許有些太嚴厲了。請注意，這是一座莫西尼要塞。他們的政府可能不喜歡凶神惡煞的女人。〉

〈這會是場嚴厲的對話，不過我會記住千萬要多多微笑鞠躬。〉她譏諷地補充。她調整披在肩上的鎧甲，感覺到護肩甲收縮、彎曲，拉扯著皮襯衫的領口，排出部分溼氣。她們的鎧甲和銘甲天差地遠，僅覆蓋外露的關鍵部位，關節可自由轉動，不過站在葛拉提亞拉的太陽下，穿著鎧甲依然熱得要命。

〈非成功不可。〉貝若尼斯說道。她把弩甩到背上，接著確認她的銘劍是否好好收在身側的劍鞘內。〈弩設定好了嗎？〉

〈我們必須進入視線範圍。〉克勞蒂亞說。她手指右肩甲上的一個小碟片，然後是貝若尼斯盔甲上的相同碟片。〈不過只要召喚就會發射。〉

〈很好。〉

〈還是覺得帶武器聊天是明智之舉嗎？我們見總督前，他們就會要我們繳械，對吧？〉

〈噢，毫無疑問。〉貝若尼斯說。〈不過被要求繳械是展示我們軍備多雄厚的絕佳機會。〉

〈眞是憤世嫉俗。〉克勞蒂亞又露齒而笑。〈我喜歡。〉

風向轉變，腐爛的惡臭鑽入貝若尼斯的鼻腔——肯定是在城市防禦工事之外蔓延的難民營。她抽出望遠鏡查看西北方山丘上的營地。

眼前完全是極度尖銳的對比：葛拉提亞拉鎭多少還算無懈可擊，巨大笨重的銘印海岸炮臺沿海而立，防禦工事最內側的塔樓依然高聳優雅，不過僅僅數碼之外則是遍野破爛帳篷、草草搭建的棚子，以及腐水——提醒著世人，在這座小小的要塞城鎮之外，世界已天翻地覆。

克勞蒂亞低語：〈有動靜，頭兒。〉

貝若尼斯轉身查看。一小群男人正從堡壘中央大門沿階梯而下，都穿著各種藍紅色調的衣物。她細細審視上方，弩弓與嘯箭妝點堡壘的塔樓——就她所知，都是至少過時四年的銘器型號了。還有那些牆，當然了，則根本沒銘術，只是磚塊、灰泥，以及數十載的補綴：沒有符文，沒有符文串，沒有嵌入論述以拐騙它們變得不可思議地強韌耐用。

「那東西一到這裡，」她出聲低語，「將會像熱刀劃過鰻魚脂一樣切穿這地方。」

〈是啊。〉克勞蒂亞說道。她眺望難民營。〈那些人都會死——或更慘。〉

〈再告訴我一次，我們還有多少時間？〉

〈最新的預估是兩週。〉她說。〈它必須穿過巴爾非到北方，速度應該會被拖慢，希望如此。在它來到這座大門前，我們應該還有至少一週，頭兒。〉

貝若尼斯不確定這些預估是否準確。如果她重兵再握，打算藉此消滅途經的一切——她會走哪條路、哪條河，又會移動得多快？

我真是厭倦這些恐怖的問題，她心想。

〈妳還沒回答我，貝兒。〉克勞蒂亞溫柔地說。〈妳準備好了嗎？〉

〈快了。〉她說道。她的另外兩名小隊成員坐在階梯底前的一張小長椅上，她走了過去。其中較年輕、體型較嬌小的那人名叫笛耶拉，她立即立正，無比快速地站起來，震得頭盔匡啷響。維托瑞亞慢悠悠起身，笑嘻嘻地伸展瘦長的身子站在她旁邊。他抱著一個沉重的木箱，長寬各約三呎，材質是無加工木料，鉸鏈上蓋緊閉。

「沒問題吧？」貝若尼斯問道。

〈我已經準備好要放下這東西，然後去躲太陽，頭兒。〉維托瑞亞在她思緒後方說道。他與她四目相交，笑意加深。〈妳確定他們會讓我帶著這東西進堡壘嗎？〉

「會的。」她說。「記住，你們兩個——這次純粹是外交行動。只要睜大眼，確認裝備收妥、好拿取就好——如果他們動手，記住你們受過的訓練。」

〈如果到那個局面，打退一群商家惡棍應該比我們習慣做的事簡單。〉維托瑞亞笑得露出牙。

笛耶拉在他身旁眨眼，貝若尼斯感覺到一股緩慢的焦慮在這女孩的思緒後方堆積。

〈多半不會走到那一步。〉貝若尼斯對女孩說。〈再說一次，這次是外交行動。不過就算妳沒見識過打鬥，笛耶拉，妳也會知我們所知，見我們曾見。我相信妳一定會沒事的。〉

笛耶拉緊張地點頭。〈是，頭兒。〉

〈時間到了，頭兒。〉克勞蒂亞說道。

貝若尼斯抬頭看。從堡壘下來的男人們已經走到近處，她戴上頭盔，調整一下角度，好讓她的眼睛透過面罩清楚看見，然後拉緊束帶。這場仗打八年了，她心想，我還是沒辦法把這該死的東西戴好。

她站在那兒，穿著暗色盔甲的她顯得高䠷、自信；她看著莫西尼家的人走下階梯。曾幾何時，像這樣的男人令她害怕，或至少令她擔心，不過那都是很久以前的事了：經歷了太多場戰役，死亡與駭人之事更是多不勝數，商家男人已經不再令她擔驚受怕。

我準備好了，她對著自己想著，我準備好面對這件事了。

然而她感覺到一絲不安，感覺少了什麼，就好像她忘了某個關鍵。她從口袋拿出望遠鏡，再次極目遠眺，只是這次她改爲查看南方遠處的大海。

剛開始，除了海之外，她什麼也沒看見，不過她隨即找到——遠方的一個小點，就在地平線上。

桑奇亞和克雷夫，她心想，他們保持距離，不過就在那裡。她在那裡。

她聽見腳步身，於是快速收起望遠鏡。

天啊，我的愛，眞希望妳今天跟我一起在這裡。

階梯傳來一個拘謹又自信的聲音。「總督可以見妳了，古莫迪將軍。」

「謝謝。」貝若尼斯說。「請帶路。」

一如預期，他們在進入堡壘本體前被迫繳械，他們乖乖照做。貝若尼斯看著莫西尼哨兵拿走他們的武器，存放在門旁的一個大木箱中，然後緊緊蓋上箱蓋。貝若尼斯還來不及說出她的疑問，克勞蒂亞已經搶先一步低語：〈不成問題。〉

〈很好。〉貝若尼斯說道。

「那個呢？」其中一名哨兵指著維托瑞亞捧在手上的箱子。

「要獻給總督的禮物。」貝若尼斯解釋道。

「我必須先檢查過，」那男人說，「接下來也由我來拿。」

貝若尼斯對維托瑞亞點頭，他隨即將箱子放在地上並打開。

哨兵朝箱內看，接著警惕又懷疑地抬頭看他們。「確定沒拿錯箱子？」

「對。」貝若尼斯回道。

哨兵嘆氣，蓋上箱蓋，哼聲抱起箱子。「妳說是就是囉。」他咕噥道。

他們獲准進入，哨兵帶著他們前進，銘印雙開門內推開啓。貝若尼斯這輩子去過許多莫西尼家的設施，她發現這座堡壘有種隱約的熟悉感：狹窄彎繞的通道、彩繪玻璃牆，而且總是有衛兵、雇員、傭兵，身上的色彩和盔甲形式各異，不過大多數的盔甲都處於某種程度的破損狀態。

他們四人最後被帶來主會見廳。這房間在極盛時期肯定相當宏偉，不過爲了容納一張滿覆地圖的巨大桌子，現在所有家具都被清空，這張桌子成了會見廳內的主角。哨兵伸手一指，貝若尼斯走到桌前站定。她瞥了一眼，發現自己認得那些地圖：描繪出緊鄰北方的道洛和戈錫安。一大塊亮紅色墨漬滲入該處的領土，以至於看起來像整個北方都在流血。

她之所以認得出來，是因爲她自己每天也都盯著相同的地圖。不過有鑑於眼前的色彩和標記，這些地圖嚴重過時——就跟這座城市的防禦一樣。

他們以爲他們動作很快，她心想，但他們什麼都不知道。

她打量會見廳。雇員、行政職員和銘術師排排坐在房間後側，等待著被召喚。他們只稍微瞥了貝若尼斯一眼，隨即望向一個男人；他走到貝若尼斯對面的桌邊俯瞰地圖。他一身華服，打理得乾乾淨淨，腰間配帶一把精巧的銘印劍，不過臉色蒼白憔悴，雙眼因爲疲勞而凹陷，鬍鬚花白。貝若尼斯先前已經知道莫提總督只比她年長十幾歲，眼前此人看起來卻蒼老許多。

或許，她心想，對談將非常短暫，大批人命將得救。

身穿紅藍雙色制服的男扈從爲他們通報：「古莫迪將軍，以及來自吉瓦自由邦的代表團，大人。」貝若尼斯脫下頭盔鞠躬，「謝謝你接見我們，大人。」克勞蒂亞、維托瑞亞和笛耶拉跟著鞠躬，但並沒有取下頭盔。

莫提總督緩緩從地圖抬起頭，眉毛挑起。他略顯不知所措地打量他們。貝若尼斯等他開口，但他似乎不著急。

最後他終於單刀直入地說：「所以，你們就是神話中的吉瓦戰士。」

這句話懸在帶霉味的空氣中。

「就是我們，大人。」貝若尼斯說道。

「我原本幾乎以爲吉瓦人是童話故事，就像鬼魂一樣。」莫提的語氣緊繃又冷硬，像是在彈撥弓弦。「或是如我祖父所說，吉瓦人是看守天國之門的天空海盜。」

〈考量我的屁股都被汗浸溼了，〉克勞蒂亞低語，〈我並不覺得非常插他的像神話。〉

貝若尼斯努力擠出莊嚴的笑。「但願如此，不過我們只是血肉之軀，而且很高興能在塵世的界域和你相談，而非在天國。」

莫提總督回以爲笑，但冰冷多了。「當然。妳是來討論我們此地的處境。」

「是的，大人。有關大門口的難民。」

「妳要我允許你們帶走他們。」

「有可能的話，大人。我們有現成的交通工具，一心只關心拯救生命。我認爲這麼做對任何一方皆有利。那麼多流離失所的人民擋著你的路，你的軍隊肯定難以調度吧？」

「流離失所的人民……」莫提複述道，「眞是個厲害的詞。」他在一張椅子噗通坐下，看著一名哨兵將維托瑞亞的箱子放在桌上後鞠躬離開。「而爲了說服我，」莫提說，「妳帶了……禮物給我。」

「確實，」貝若尼斯說，「算是某種禮物。」

莫提的目光在箱子上徘徊。他沒起身打開箱子，也沒說話，只是盯著箱子看，彷彿陷入沉思。

〈說不上來耶。〉克勞蒂亞低語。〈這樣算順利嗎？感覺不像順利。〉

〈安靜。〉貝若尼斯喝叱道。

「知道嗎，」莫提突然振奮起來，「我還不習慣接待代表團。大使、使者，諸如此類。畢竟葛拉提亞拉實際上原本並不是爲此用途而建。」他厭倦地指指單調的磚牆。「這是座要塞，目的是守衛海岸線的通道。大人物以前不會來要塞見政治人物，而是自己去各個邦國。」

「沒錯，大人。」貝若尼斯說。「不過世道不一樣了。」

「不一樣？」他的臉上閃過一絲淒涼的假笑。「還是終結了？」

房內的所有人都看著貝若尼斯。

〈噢，該死。〉克勞蒂亞說。〈好黑暗。〉

「在**這裡**還沒終結。」貝若尼斯平靜地說。

「還沒，但在其他地方……」他虛假的笑消逝。「八年前，我們還只是另一場戰爭的前哨。然後，相當突然地，愈來愈少地方讓使者去——於是他們來這裡。而現在幾乎沒任何國家可以派使者過去了。」他往前靠。「如果是其他代表團，我一般都知道該上哪找他們接續談話。無論是一座城市、一座島嶼、一個鎮之類，總之會有個名字。不過說到吉瓦……沒人知道這個國家實際上**在哪**，是吧。」

貝若尼斯再次感覺到房內的所有目光都落在她身上。

「吉瓦位於吉瓦群島。」她的聲音依然平穩有禮。

「喔，我知道。」莫提說。「有人跟我說過，但也有人跟我說，無論什麼時候，只要有人**航**向該群島，那地方總是一片空無，濃霧瀰漫——他們愈是深入，霧就愈濃，他們最後不得不放棄。」他冷酷地露齒笑。「妳**確定**你們不是在看守天國之門嗎，古莫迪將軍？」

〈該死，〉維托瑞亞低語，〈他不蠢。〉

〈對，〉貝若尼斯說，〈他不蠢。〉

「大人，您肯定能夠理解為什麼需要用非常手段自我防禦。」貝若尼斯朝地圖一點頭。「考量道洛諸國和戈錫安各邦，加上其他地方的情況。」

莫提的眼神轉為冰冷。「所以——你們**能夠**召喚霧牆？」

「我們有銘印工具，」她沉著地應對，「就跟你們的一樣。」

他望向他處片刻，思考著，接著問道：「那請告訴我，古莫迪將軍——大約六個月前，吉瓦是否確實摧毀了敵人位於皮西歐灣的據點？」

貝若尼斯感覺到維托瑞亞和克勞蒂亞的訝異在她的思緒後方迸現。

〈呃，〉克勞蒂亞低語，〈我不知道消息傳那麼遠了。〉

「我們……沒錯，大人。」貝若尼斯說，但她不確定事態接下來的走向了。

「那瓦瑞亞港呢？」莫提問道。「我聽說敵人在那裡建立了一座頗厲害的要塞——然而，你們吉瓦人去過之後，那地方就徹底倒了。這是眞的嗎？」

貝若尼斯遲疑片刻，但還是點頭了。

「怎麼做的？」他質問道。

她想了想才回答：「小心地做，大人。」

莫提的笑意如此短暫，眼神隨即轉爲冷淡，再開口時，他的口氣無比平靜。「非常有趣。因爲就我所知，只有另外一股力量曾像這樣戰勝敵人。因此——我當然會懷疑其中是否有關連。」

貝若尼斯對著他瞇起眼，接著朝桌上的地圖瞥一眼——特別是所有紅色以西的山谷間，有一塊黑色的小墨漬。這是一個突兀的小添加物，讓她想起某種埋在牲口體內的寄生蟲，儘管對比於東方的廣袤紅海顯得渺小，她知道這塊黑墨實際上有至少數百哩寬。莫提的軍師甚至把黑色周遭的區域塗上灰色，區隔出遭多年慘烈戰事徹底毀滅的荒地。

她抬頭看著莫提，「吉瓦獨立自主。我們沒有正式的盟友，大人，尤其不是你暗指的那一個。」

「但你們有好多相似之處。如此神祕，如此神通廣大。妳如何能說服我妳們跟沉睡於黑暗國度的惡魔沒有關係？」

所有人看著她。貝若尼斯可以聽見維托瑞亞在默默計算房內總共多少人身上帶著武器。

「如何？」莫提說。

貝若尼斯的腦中閃過一個畫面——尖叫聲四起的夜晚，一只黑面具在陰影中閃爍——還有一個聲音伴隨著回憶而來，低沉迴盪，不似人聲：我去了不曾有活人去過的地方，我瞥見讓這現實成為可能的下層構造。

〈貝兒？〉克勞蒂亞低語。

貝若尼斯猛吸口氣，清了清喉嚨。「岸落之夜發生時，我在帝汎，大人。」她說。「我看見他的所作所為。我記得，難以忘懷。因此我現在可以眞誠地說——我寧死也不願跟那東西站在同一邊。」

莫提點頭，眼神依然冷淡。她無法分辨他是否相信這個回答，但他似乎滿意了。不過他看著貝若尼斯的眼神又轉為凌厲，「我不在乎妳的箱子裡裝什麼。」

貝若尼斯眨眼。「大人，我——」

「我不在乎金銀財寶。」他說。「畢竟，再也沒有能夠讓我花用的自由之地了。妳或許想給我工具或新發明，但我也不在乎。我們有自己的符文典，可以維繫我們的銘器和防禦。我們也不需要用來插入符文典的定義碟或任何論述，不需要幫我們的符文典記住怎麼說服工具依照我們的需求運作。」

他安靜下來，表情中的強烈情感被某種深沉的疲倦取代。貝若尼斯察覺有一個沒問出口的問題懸在空中，決定就問吧。

「那麼，」她說，「你**到底**在乎什麼，大人？吉瓦能夠幫你什麼？」

莫提的表情毫無波瀾，眼神掃過地圖。「幫我……」他輕聲說。「嗯。**如果**吉瓦能夠傷害敵人，那麼你們肯定多少對它有些了解，至少勝過我的銘術師，他們根本什麼都不懂。」他輕蔑地朝坐在房間後方的那群男人一揮手，他們則怒瞪貝若尼斯。

「我們確實有些了解。」她說道。

莫提再次打量她。「我有一個……麻煩，一個無人能解釋的麻煩。敵人把這個麻煩帶來給我們，問題如此之嚴重，因此儘管極度機密，我也有意與像妳這樣的陌生人商議。」

貝若尼斯了解他的請求。「大人，我們向來緊守祕密。」

「希望如此。」他低聲說。「如果妳可以幫我處理這個……這個障礙，我就准許吉瓦通過堡壘周遭水域。」他嘆氣，接著起身示意房間後方一扇關閉的門。「我不了解這種事，因此無法解釋，但如果妳想看看，我可以讓妳看看。」

貝若尼斯一面思考一面細看那扇門。出乎意料。她原本預期更吵鬧的場面，更多賄賂，以及多上更多的威脅。

〈呃，頭兒。〉笛耶拉說。〈這在妳的計畫之中嗎？〉

〈完全沒有。〉貝若尼斯說。她看著莫提那張如此瘦削疲憊的臉。〈但我不認為他在說謊。〉

〈那就要看我們是不是真幫得了他了。〉克勞蒂亞說。

〈來這裡是一場賭博，〉貝若尼斯說，〈我們只能繼續賭下去。〉

她對莫提點頭，「請帶路。」

莫提帶著他們穿過小門，走入堡壘更深處的通道迷宮。貝若尼斯發現根本不可能記住路線；她和她的團隊跟著總督的隨從，前面至少十二個男人，還有另外一打人跟在他們後面。除了一列起伏的肩膀，她幾乎什麼也看不見。

不過他們終究停了下來，隨從讓路讓貝若尼斯和她的團隊前進。莫提在最前端等他們，站在一扇關閉的木門前，眼神更是所未見的疲憊。「務必保持安靜，」他說，「還有注意禮節。」

她點頭。

「妳在裡面所見都不能外流，清楚嗎？」

「當然。」她說。

他凝視她許久，似乎拿不定主意。接著他打開門帶她進去。

門後是一間臥室，寬敞但空曠，有一塊繽紛的紅藍雙色地毯和一只精美的雕花衣櫃。一張四帷柱床占據房間角落，一名衣著樸素的女子坐在床邊，大腿上擺著一碗粥和湯匙。

一名年約二十的年輕男子躺在床上，瘦得叫人心驚，彷彿挨餓許久。他睜著眼，但目光呆滯地凝視著磚造天花板。他的嘴沾上粥，角落的一堆床單聞起來有濃烈的屎尿味。

莫提走近，女人起身鞠躬後退到一旁。他站在床邊，用低微破碎的聲音說：「這是我兒子，優立歐。」

貝若尼斯走過去站在他旁邊。年輕人沒反應，甚至沒眨眼，呼吸時微微地呼嚕喘氣。

「他參與了寇法戰役，」莫提說，「莫西尼和敵人之間的最後一場大戰。他穿著盔甲，手拿武器，準備萬全——不過某個東西擊中他，他就瘋了。他……」莫提嚥了口口水，聲音發顫。「他殺了他弟弟，還有很多人。不過當他的同袍拉下他，把他帶走，他就變得……靜止。就像這樣。他呼吸，幾乎沒吃東西，但……」

貝若尼斯看著年輕人凹陷的胸膛極其微弱地起伏。

〈噢，該死。〉克勞蒂亞緩緩地說。〈這是我想的那回事嗎？〉

〈對。〉貝若尼斯說。

維托瑞亞警戒地看著她。〈然後他們帶他回來？〉他說。〈他們讓他進來？難道他們到現在還不知道透過他雙眼觀看的可能是什麼嗎？〉

〈這是陷阱嗎，頭兒？〉笛耶拉問道。〈它……它想要我們來這裡嗎？〉

貝若尼斯沉默不語。

莫提轉身面對她。「妳知道他怎麼會變這樣嗎？」他問道，「無論敵人對我兒子做了什麼邪惡的事，你們吉瓦人能夠治好他嗎？」

她細細查看這名年輕人——他的頰骨看似幾乎刺穿皮膚，他的手臂好細，小小的眼睛渙散無神。

貝若尼斯伸手捧住年輕人汗溼髒汙的臉，轉向她，露出他的右側臉。

那裡，就在右耳上方，正是她預期自己會找到的東西：一道冒血的小割傷，因感染而略微腫脹——不過她覺得可以透過傷口看見一絲金屬的閃爍，就像有東西嵌入他的血肉之中。

她凝視男孩的眼睛，納悶著回望著她的是誰，或者是什麼，這段時間以來又看見了些什麼。

〈修改預判。〉貝若尼斯說。〈它知道我們在這裡。假定我們只剩下不到兩天。〉

她轉身面對莫提。「我們不在這裡討論，不在它聽得見的地方。」

「它？」他受到冒犯。「妳是說我兒子？」

「不是。」她說。「有個東西現在控制著你兒子，而且多半一直在利用他觀察該如何擊潰你的要塞，我說的是它。」

他們坐在會見廳的桌子旁：四名吉瓦人、莫提總督，還有幾名受他信任的副官。貝若尼斯的目光掃過面前的地圖，還有那些名字已被紅色吞噬的小城市和領地。她主要看的是緋紅色塊的南緣，已經進逼半島上端，準備一湧而下，而葛拉提亞拉就攀在海岸頂端。此時此刻，要塞和那一整片紅之間的缺口感覺非常、非常狹小。

還有困在之間的所有人，貝若尼斯自忖。*撐過種種苦難的倖存者……*

她問：「你了解偶合嗎？」

莫提總督抬頭看她。「偶——偶合？」他心不在焉地說。他環顧地圖室，彷彿想找個銘術師來諮詢，似乎忘了他剛剛已經叫其他人都出去了。「應該吧。這是一種銘術，大多用於通訊，對嗎？」

「對。」貝若尼斯說。「偶合是一種銘術，主張一物是另一物，或是像另一物。在兩片玻璃寫上正確的符文，將其偶合，用鎚子敲打其中一片，那麼兩片都會破碎。偶合兩片金屬，將其中一片加熱，另一片也會變燙。」她朝地圖傾身。「你的敵人——我們共同的敵人——正在利用一種先進的偶合技術作戰，因此才能在短短八年間大舉攻城掠地。」

最大幅的地圖描繪杜拉佐海和周遭所有陸地，她伸手碰觸地圖，以及幾乎蔓延整個北方的紅汙。

「敵人利用偶合，」莫提懷疑地說，「占領了那整片？」

「對。」貝若尼斯說。「因爲它知道該怎麼偶合一種非常獨特的東西，」她看著他，「心智。」

莫提瞠目結舌。他望向他的傭兵隊長，對方只是困惑地聳聳肩。

「偶合心智？什麼意思？」莫提質問道。

貝若尼斯起身，走到靜置於桌上的箱子旁。「是否容許我展示我們的禮物了？」

莫提謹慎地看著箱子，然後點頭。貝若尼斯打開箱子，翻倒，將內容物倒在地上。

一只銘器匡啷落地。那是一個古怪的小裝置，材質是木材和鋼鐵，以一種笨拙的方式拼湊而成，內部的碟片外露，彷彿設計者對於裝置的外觀毫不在意。不過只要是稍微熟悉銘術的人，都可以看出這是將兩個常見的裝置胡亂配對起來：一把弩和一盞燈。

「浮……浮燈？」莫提的其中一名手下問道。

「對。會發射一種非常詭異的彈藥。」貝若尼斯說。「不是弩箭，而是銘印碟。非常小的碟片。幾乎可以確定你的兒子就是被這種碟片射中。」她輕拍自己的右太陽穴。「射中後埋入他的顱骨，然後他的心智就被偶合了。跟**敵人**偶合。兩物化爲相似之物。敵人銘印他的軀體，他的整個存在，它的思緒成爲他的。它見他所見，它的心智成爲他的心智，並驅使他的軀體——而他照做，因爲他的意志不再屬於他自己。」她又坐下。「而你將他帶回你的城市。回到這裡，敵人便能夠透過他的眼睛看見一切，透過他的耳朵聽見一切，等待攻擊的時機。」

莫提的臉色本就蒼白，這會兒變得更白了。「不可能。妳現在說的是……是我的**孩子**。」

「你也知道他在寇法做了什麼。」克勞蒂亞說。「他一般來說不會做的事，對吧？一般來說你會認爲是發瘋了？」

「但你們要我相信的事太令人難以置信了。」莫提說。「銘術是用在……用在**物品**上。」他扣擊旁邊的桌子。「弩箭、刀劍、船隻、城牆。銘印心智……根本就是發瘋！」

克勞蒂亞迎上貝若尼斯的視線。〈妳要現在告訴他，我們的體內都有我們自己的小碟片嗎？讓我們能夠共享思緒以及各種瘋狂玩意兒的碟片？〉

〈我希望他讓我們救他和他的人民，〉貝若尼斯說，〈不是把我們當巫婆一樣燒了。〉

然而她迴避這個話題還有更私人的理由。提起這件事，莫提無疑會想接著問吉瓦是怎麼學會這種技術；而若她如實回答，她就必須承認她是研發這種技術的銘術師之一，然後才被他們的敵人偷學走；因此，眼前攤在桌上的地圖上有數百個小城市被胡亂塗上紅色，葛拉提亞拉城牆外有數千名逃離突襲的難民——還有那些沒逃出來的罹難者，她個人都必須承擔部分罪責。

停下來，她告訴自己，打眼前這場仗，而非久遠之前的那些。

「就算妳說的是實情，」莫提說，「妳爲什麼要送我這個……這個浮燈？妳**知道**我兒子正在受這種折磨嗎？」

「不知道。」貝若尼斯說。「我帶這東西來是要警告你，告訴你即將發生什麼事，還有所有其他城市都是怎麼淪陷、你的城市將會怎麼淪陷。」她一隻手壓著地圖上的紅色之海，彷彿那是個傷口。「剛開始，你只會看見一盞燈在你的城牆上飄浮。」她說。「前提是你有看見。」

「多半會趁夜來襲。」坐在桌子末端的維托瑞亞開口。「燈很小，在黑暗中難以察覺。」

「它會瞄準你的其中一個士兵，」克勞蒂亞說，「射他們身上的隨便哪個地方——頭、手、背，都沒差。只需要埋入活人血肉，銘術就能作用。」

「然後它偶合那個士兵——占有他、接管他——然後利用他看。」笛耶拉說，聲音低微溫順，眼睛在頭盔下睜得大大的。「看見你有什麼防禦措施，你的人怎麼部署。」

「你哪裡強，」維托瑞亞說，「哪裡弱。你在說什麼、在計畫什麼。」

「然後挑選完美的攻擊時機。」克勞蒂亞說。

「接著這些東西會滿布空中。」貝若尼斯踢了浮燈一腳。「它們已經知道要去哪裡找你的士兵，因此會像蝗蟲一樣襲擊他們，射他們、在他們身上裝碟片、偶合他們、改變他們。士兵會去你的防禦措施殺掉負責操作的人，或打開城門，或在建築物、住家放火，可能連自己家都放。任何事都有可能。」

「我們稱他們爲宿主。」克勞蒂亞低聲說。「因爲一旦碟片進入他們體內，你就必須認定他們已經不再是他們自己了。他們不再是人類，不眞的算是。」

「他們跟某個不一樣的東西偶合了。」貝若尼斯說。

一個畫面閃過她腦海：男人站在陰暗的角落，接著轉身面對她；蒼白的光掠過他的五官，她看見鮮血從他的雙眼、鼻子和嘴巴淌下……

「駭人的東西。」她輕聲說。「我們無法眞正了解的東西。」

「荒唐。」其中一名傭兵隊長咆哮道。「能夠瞄準的燈？射擊？我記得以前銘術師還想把燈改造得能送水果籃到人家裡去，結果甜瓜滿地亂滾。操作弩的燈？這想法還眞不是一般的蠢。」

克勞蒂亞搖頭。「浮燈不像一般的弩一樣瞄準和射擊。」

「妳的意思是有人遠端遙控？」莫提問。「誰？」

吉瓦人看了看彼此。

〈他很敏銳，但不是眞正了解。〉笛耶拉說。

〈對。〉貝若尼斯說。〈他不是。〉

「由敵人遙控。」貝若尼斯說，但她說出口的同時也知道這答案並不令人滿意。

「敵人的步兵團？」莫提問。「那我們爲什麼不能出動我們的射擊手滅了他們？在浮燈攻擊我們之前先阻止操控者。」

「不。」貝若尼斯說。她皺起臉，努力思考該怎麼措辭。「不是敵人的步兵團，因爲敵人的**所有**兵力——步兵團、浮燈、船隻、一切的一切——都是遠端遙控。由一個東西控制。」

「一個心智。」克勞蒂亞說。

「一個存在，」笛耶拉說，「透過許多眼睛觀看，驅動許多雙手，控制許多、許多銘器——全在大陸的另一邊，而且是同步進行。」

「透過偶合，一個心智可以同時存在許多地方。」維托瑞亞說。「存在任何被銘印的事物——包含器械**或**是人。」

莫提驚駭地瞪著他們。「不，」他說，「不可能。」

「你難道沒納悶過，大人，」貝若尼斯說，「敵人怎麼可以調動得這麼完美？怎麼能夠看起來就像幾乎即時通訊？它的嘯箭怎麼總是能夠擊中射擊隊視線範圍之外的目標？它又爲何從不費心**嘗試**談判？爲什麼從不派遣特使，從不自表主張，甚至從沒對你自報**姓名**？」

莫提瞪著地圖，幾乎毫無血色，粗硬短鬚顫動。

「聽起來不像人類，」貝若尼斯說，「因爲它**不是**人類。」

他嚥了口口水，沉默靜坐良久，接著轉向地板上的射碟浮燈。「你們來，不止是想說服我讓你們帶走難民，對吧。」

「對。」貝若尼斯說。「我們來，是想請**你**也跟我們一起離開。你，還有你的所有手下。」

「跟我們一起走，」笛耶拉說，「去安全的地方。」

「因爲你們完全無力抵擋。」克勞蒂亞說。「沒有決戰，沒有圍城，沒有喇叭激昂吹奏，也沒有士兵光榮衝鋒。」

「商家式的戰爭不存在了。」維托瑞亞說。「這不一樣。」

貝若尼斯怒瞪他一眼。「戰爭**改變**了，因此我們也必須改變。我們所有人，包含你，大人。」

莫提眨了一會兒眼，大受震撼。他摸出一個酒瓶，幫自己倒了一杯酒後把酒瓶往後丟。「我是莫西尼家的人，」他緩緩說道，「從小相信力量和戰鬥是這世界的崇高語言，可以透過戰爭的實力發覺價值。要我撤離，丟下我的崗位，這……這對我來說是天方夜譚。」

貝若尼斯沉默不語，看著莫提的表情隨他腦中思緒而變化。

「你們要把我的人帶去哪裡？」他問。「去你們的霧牆後嗎？」

她點頭。「去吉瓦，敵人永遠無法靠近的地方。」

他把臉埋入雙掌中。「逃那麼遠……天啊。」他用力吸氣，看著她。「直接告訴我吧：你們救得了我兒子嗎？」

〈不能眞正說像這樣的狗屁爛事有順利的一天。〉克勞蒂亞跟在貝若尼斯身旁小跑步奔上堡壘階梯。〈但——還算順利耶。〉

〈可能吧。〉貝若尼斯說。他們來到堡壘牆頂。她一隻手遮著陽光，眺望廣闊的大海。她覺得迷失方向——待在堡壘內的這段時間把她弄昏頭了。

她瞇起眼環顧四周。在今天所有必須失去的事物之中，她暗忖，我還得賠上一艘巨型戰艦。

〈我們擔心那個男孩嗎？〉笛耶拉問，〈那個宿主？〉

〈怎麼不擔心？〉維托瑞亞說，〈它是不是透過那孩子的眼睛看見我們？觀察著我們？〉

〈我們必須立即淨化他。〉克勞蒂亞簡潔地說。〈我不知道為什麼沒有當下就動手。〉

〈因為救出這些人是首要之務。〉貝若尼斯瞇眼眺望大海。〈而且我覺得我們還要花些時間才能說服莫提讓我們救那男孩。〉

〈為什麼還需要說服他讓我們救他兒子？〉笛耶拉問道。

〈我猜這是因為解方包含拿把天殺的刀捅他。〉維托瑞亞說。〈那可能需要一些高深的外交手腕。〉

〈正確。〉貝若尼斯說。

〈噢。〉笛耶拉溫順地說。〈我懂了。〉

接下來是一陣令人不快的沉默，因為沒人想談這個話題。

貝若尼斯的所有隊員身上都植入了迷你銘印碟，將他們的心智與其他人的心智偶合。他們因此變得奇特而強大：一隊行動完全合諧的士兵，清楚知道每個人的位置、能耐、弱點。

但若他們的敵人——那個自稱「帝汎」的東西——逮到他們其中一人、控制了他，就像控制總督的兒子一樣，他們身上的銘術會賦予帝汎左右他們所有夥伴的力量，因為他們全部彼此相連。也就是說，他們承擔不起在連結有效的狀態下被抓住。

解方是淨化棒。那是一把小銘印刀，可以插入你的血肉中然後折斷。一旦進入體內，刀上的指令會迫使你的身體否決任何人曾加諸你身上的所有銘術——包含讓貝若尼斯和她的團隊能夠齊一思考、感受的銘術。這作用無法逆轉，不過永久毀損總好過落入帝汎的掌握、拖著同伴一起下地獄。

貝若尼斯終於找到遠方的鑰艦。〈我們發信號給桑奇亞後，〉貝若尼斯說，〈我會立刻跟總督談。希望他有時間消化完所有關於帝汎的資訊——並願意讓我們淨化他兒子。〉她一隻手伸向克勞蒂亞。〈我們開始吧。〉

克勞蒂亞伸手從胸甲側邊拿出一個矩形小黑盒。盒子長寬各約一吋，高約四吋，一面鑲有細小的玻璃點。〈希望我們搶在帝汎利用宿主進一步監視我們前盡快處理完這件事，對吧？〉

貝若尼斯接過盒子，放在朝大海突出的牆壁邊緣，接著推開頂蓋，露出裝在裡面的鏡片。〈對，希望如此。〉

〈它做不到，對吧？〉笛耶拉問道。〈偶合是一種鄰近作用。偶合的物品要彼此靠近才能生效。說不定裡面那個男孩……失效了。休眠了，直到敵人再次靠近。〉

〈但我們會知道敵人是否在附近嗎？〉維托瑞亞問道。

〈我們問錯問題了。〉貝若尼斯說。她望穿盒頂的小鏡片，確認鏡片對準遠方的船艦。然後她環顧身旁的夥伴。〈正確的問題是——如果敵人在附近，而且如果這一切眞是一個陷阱，努力把這幾千個人救出去還値不值得？〉

她的團隊焦慮地看了看彼此，但還是點頭了。

〈對，〉貝若尼斯說，〈我也這麼認爲。〉她抬頭看太陽，調整盒頂的鏡片捕捉陽光。〈不過——我們無論如何就假設這是個陷阱吧。〉

〈什麼樣的陷阱？〉克勞蒂亞問道。

〈我不知道。〉貝若尼斯說。〈我們曾經以爲帝汎在用它常用的伎倆：來到一座城市、占領城市、重整軍隊，然後移向下一座城市，但現在……〉

〈現在妳認爲它會跳過中間所有城市，〉笛耶拉說，〈盡快直接趕來這裡。〉

〈如果在那雙眼睛之後眞有什麼在看著我們，那沒錯。〉貝若尼斯說。〈我毫不懷疑帝汎會樂於殺了我，或是桑奇亞。而它知道無論我在哪裡……〉

〈桑奇亞也就不遠了，而克雷夫也在附近。〉克勞蒂亞低聲幫她說完。

〈正確。〉貝若尼斯轉動小盒子側邊的小開關，啓動銘術。並沒有可見的變化，但她知道小盒子此時正在擷取上方的陽光射向大海，但已轉化爲一種非常不一樣的顏色——只有一個人看得見。

〈好，〉她說，〈信號發出去了。〉她又拿出望遠鏡查看遠方船艦。〈希望他們很快就收到。如果帝汎在這個宿主身上，又如果看見我了，我們最多兩天撤離數千名無辜百姓。沒時間浪費了。〉

她看著地平線上的那個小點，等著看它開始移動。

〈它來的時候，〉克勞蒂亞低聲說，〈肯定會派出死靈燈，對吧？〉

貝若尼斯感覺一股冰冷的恐懼竄過她的夥伴。她自己也發起抖來，下意識瞥向北方空盪盪的天空，彷彿預期看見一個死靈燈無聲懸在雲朵之間。

〈對，〉貝若尼斯說，〈毫無疑問。〉

〈插他的地獄。〉維托瑞亞咕噥道。

〈我注意到妳沒對總督提起它們。〉克勞蒂亞說。

〈我希望他讓我們幫助他，〉貝若尼斯又用望遠鏡查看地平線的戰艦，〈不是讓他徹底絕望。〉

水平線上的小點抽動了一下，接著緩緩轉向。

〈有動靜，〉貝若尼斯說，〈行動的意思。〉她放下望遠鏡，小跑步奔下階梯。〈克勞蒂亞，跟我一起來，我們去淨化那個男孩。其他人去堡壘大門取你們的武器，然後去拿我們藏在海岸的武器箱，帶到最外側的城牆邊。我來說服總督讓我們架起防禦措施。〉

〈我以爲妳說我們在帝汎來之前還有兩天？〉笛耶拉驚訝地說。〈爲什麼要先架起圍城防禦？〉

〈吉瓦是靠什麼才撐那麼久，笛耶拉？〉貝若尼斯用老師上課的語氣問道。

〈呃……因爲我們在有必要的時候思考、理解、犧牲，並把我們的時間獻給夥伴？〉笛耶拉問道。

〈噢，嗯，這也對。〉貝若尼斯說，她戴上頭盔，並牢牢扣上。〈不過也因爲我們是徹頭徹尾的偏

執狂。好了，走吧。〉

戰艦的暗處，桑奇亞睜開雙眼。

她聆聽船艦的嘎吱呻吟，還有在昏暗的船內部各處都聽得到的滴答聲。萬物在她周遭振動：地板、牆壁、門，都隨著巨型船艦劃過杜拉佐海域而打著哆嗦。

她眨眼，努力回想自己在哪、在這裡做什麼。

我有一次在一艘像這樣的船裡面爬，她心想，發現一個惡魔在裡面沉睡。

她的視線轉向右側的符文典室：一顆巨大的泡泡，以鋼鐵和玻璃構成，懸在船艙內，裡面是一個龐大、複雜、不停變動的奇妙機械，看起來就像一堆側立的巨大錢幣。

符文典：一個能夠說服現實與自身牴觸的裝置——這艘巨大的船艦完全靠這東西浮在水上。

但我現在在這裡，她心想，外面有個清醒的惡魔，而且它正在吞食這個世界。

她起身，走到玻璃牆旁邊。裡面有個東西從黏附在符文典側邊的小機械構造突出來，那是一把精緻的金鑰匙。她輕碰用條細繩掛在脖子上的小偶合碟。一個聲音在她腦中說話，語氣淘氣輕快。〈沒問題吧，小鬼？〉

〈對，克雷夫。〉她說。〈我只是在等。相較於你在做的事，這沒什麼難，更稱不上刺激。〉

〈我只是把這塊龐大笨重的蠢東西在水裡推來推去而已，〉克雷夫的聲音說道，〈激怒一些鼠海豚，還有一些海鷗。噁……討厭鬼！牠們一直在我身上拉屎——我感覺得到。〉

〈葛拉提亞拉還沒發信號嗎？〉

〈目前還沒。〉克雷夫說。〈希望貝兒玩得開心。他們說不定請她喝茶，或是請她吃他們這裡以前常做的那種可口小餅乾。〉

〈你哪在乎餅乾好不好吃，克雷夫？〉桑奇亞問道。

〈嘿。〉克雷夫說。〈鑰匙也能作夢好嗎？〉

桑奇亞用雙手多握著碟片一會兒。雖然他們稱這東西爲「徑碟」，這兩個字象徵著幾乎稱得上神祕的力量，卻或許是船上最簡單的銘器，充其量只是一片耐熱鋼，跟它偶合的配對物此時此刻在符文典內，就位於克雷夫旁邊。

一般來說，桑奇亞只在她的肌膚與克雷夫相觸時才聽得見他的聲音——不過由於她現在碰觸著徑碟的另一半，而徑碟相信自己正碰觸著克雷夫，同時也碰觸著桑奇亞，這代表她可以從遠端聽見他，就像她腦中的小遊魂在說話。

鏈條中的環，她心不在焉地想著，首尾相連……

她站在黑暗中，想像著貝若尼斯和她的團隊正在做什麼：跟總督談話，據理力爭……也或許他們已經遭到背叛——莫西尼家的人向來都是愚蠢的混蛋——而他們正從裡面開打，奪取要塞的控制權。

說到底，她心想，攻占葛拉提亞拉不可能比我們做過的其他蠢事難。

她的骨頭好痛，好討厭困在這艘船的黑暗中。

〈嘿，我也很高興跟妳一起待在這裡，小鬼。〉克雷夫說。

〈啊？噢，抱歉。〉桑奇亞說。她常常忘記一件事：比起一般人，克雷夫更是感應他人腦中思緒的天才。其他人通常都讀不到他的情緒，他卻能汲取他人的思緒和心情，甚至不會被發現。

她怒瞪他。〈你根本就知道問題跟你無關。〉

〈對啊，我知道。〉

〈我是你的貨物。我只是……讓你搬來搬去的東西；眞正的危險在他方，我卻受到重重保護。〉

〈妳知道妳說的正是我跟妳的完整關係，對吧？〉克雷夫說。〈我在妳脖子上掛了該死的整整一年

耶。至少妳總是有手臂、腿，還有，妳知道的，隱私那些的。〉

桑奇亞傻笑。〈我猜你說得沒錯。我確實很高興我擁有這些東西。〉笑意消逝。〈我猜我只是在想，如果我眞要打一場銘術戰爭……〉

〈妳會實際到戰場上打。〉

〈對啊。〉

她感覺到一股存在感在她身後的空間慢慢增強——波麗娜，她正從下層甲板走過來。桑奇亞轉身，看見她從後方的通道走出來，表情冷酷堅定，永遠都像瞇著眼看人。

〈啊，嘿，波兒。〉克雷夫說。〈旅途還安穩嗎？妳帶上船的其中一名治療師似乎正在下面嚴重暈船。我一般是不會太在意這種事啦，但他吐得我滿牆——〉

「閉嘴，鑰匙。」波麗娜叱道。桑奇亞知道她極端厭惡聽見克雷夫的聲音——理所當然，因爲她身上也有把她與桑奇亞連結的偶合碟，也就是說，當克雷夫對桑奇亞說話，波麗娜也聽得見。

更多環，桑奇亞心想，長上加長的鏈條……

波麗娜蠻橫地對桑奇亞點頭。「多久了？」

〈妳知道不用靠近我就能跟我交談，對吧？〉桑奇亞問。〈這基本上就是偶合思緒的重點。〉

「知道。」波麗娜說。「不過我還是喜歡看著妳說，也喜歡正常人類互動——確保我還是人類。」

〈我們都還是人類，波麗娜，〉桑奇亞嘆氣，〈只是交談的方式不太一樣而已。〉

「跟那些隨帝汎行軍的宿主說吧。多久？」

桑奇亞細細打量她。太令人挫折了，自從他們八年前逃離死亡與毀滅以來，這女人似乎沒有絲毫改變：飽經風霜的冷酷臉孔，銳利的灰眸，頭髮往後紮起緊密的髮髻，都和以前一樣。波麗娜似乎生來就是要直直航向殘酷末日並逃出生天的那種人。

〈貝若尼斯和她的團隊兩小時前上岸，〉桑奇亞說，〈現在就開始擔心好像太早了吧。〉

波麗娜永遠都在皺眉，此時刻痕又加深了。「我不喜歡這情況。我們之前也試過跟這些商家白痴談；請求戰勝的奴隸主認清事實，道理就跟嘗試跟那……那東西辯論一樣。」她打顫。

「如果成功，我們可以拯救數千條人命。」桑奇亞放聲說道。主要是因爲這樣波麗娜才聽得出來她現在有多不爽。

「數千條人命……鑰艦可以容納多少人？」

〈這是一艘丹多羅標準商艦，〉克雷夫說，〈最多應該可以容納大約三千名乘客。〉

波麗娜搖頭。「吉瓦過去不曾在一次行動後接收那麼多人。眞不知道這個航行之家會是什麼情況——應該會一切順利吧。」

「帝汎的軍隊在半島的另一邊，」桑奇亞說，「和葛拉提亞拉之間相隔幾十個要塞。除非它有辦法在數小時內帶著軍隊飛過大段距離，否則我們還有時間。」

「沒錯，」波麗娜說，「但這一切令我緊張。當牧羊人嘗試拯救一隻迷途小羊，這也是羊群最容易受攻擊的時候。」她離開，回到下層甲板。桑奇亞感覺得到波麗娜的存在她下方的船內移動，就像她赤腳下的一塊溫暖地板。

〈至少，我很慶幸，〉克雷夫說，〈當你們的腦袋全部偶合在一起，你們的某些部分還是沒有改變。因爲她還是跟以前一樣插他的搞笑——〉

〈我聽得見，去你的！〉波麗娜說。〈我走得還不夠遠！〉

〈好啦好啦……〉克雷夫說。

桑奇亞把頭靠著符文典的玻璃牆，嘆氣。

〈抬起頭來，小鬼。〉克雷夫說。

〈你不會是想來場愚蠢的演說吧？〉她問道。

〈沒，但我需要妳專注。堡壘的牆上有動靜。〉

桑奇亞坐正。〈好動靜還是壞動靜？〉

〈鬼才知道。總之有動靜。〉

她緊握掛在脖子上的徑碟。〈讓我看。〉

〈等等，我把妳拉進來。〉

她感覺她的心智打開——克雷夫以某種方式輕敲她的思緒，發出奇怪的叩叩聲。她同意，把心智探向他，然後看見……

葛拉提亞拉的寬闊海灣在他們面前起伏，雄偉的要塞在一線岩石上搖搖欲墜，骯髒、冒煙的營地在山坡蔓延。透過他們安裝在船上供克雷夫利用的感官與視覺銘器，景象從數十個來源湧入她腦中。因爲克雷夫能夠以她的大腦無法解譯的感官感知現實，她並不是完全理解每一個輸入源。於是她專注於一個影像，從遠端審視葛拉提亞拉。

她看著最外層圍牆的女兒牆，接著往上，來到矗立山丘最高處的堡壘；在那兒，其中一座塔的塔頂，一小群人正在那兒走來走去。

〈要命。〉桑奇亞說。〈你看得眞遠，克雷夫。〉

〈我沒辦法，〉克雷夫說，〈不過船可以，還有他們裝在船上的各種鬼東西也可以。而且我看得不夠遠，看不出那是不是貝兒，但是——〉

〈有了！〉桑奇亞喊道。

塔頂忽然亮起一抹詭異、泛紅的綠光——她知道人類的眼睛永遠看不見那光，不過鑰艦各處的銘器就是這種作用。

〈她做到了。〉克雷夫說。〈該死，感覺沒過很久啊。〉

〈那我們開始行動吧。〉桑奇亞說。〈不過保持警戒，只是以防萬一。〉

〈了解。〉

她放開影像，落回自己的軀殼內。接著，她感覺船在動，在水中轉彎。知道做這些事的是克雷夫感覺很怪。他向來無比擅長誘哄、改變銘器——然而，藉由把他放在控制戰艦的符文典內，他基本上可以成為這艘船，他的知覺遍布船殼範圍內裝置——包含船殼本體，因為船殼當然也是一種裝置。他們甚至以這種古怪的關係為戰艦命名：對他們來說，這艘船叫作「鑰艦」，無論克雷夫是否控制著它。

這艘船艦複雜得難以言喻，然而克雷夫並不覺得控制它的方方面面有多困難。他只抱怨過他還必須維護船上的廁所。她又靠著符文典室的牆。*我在一艘幽靈船上*，她心想，*被朋友的鬼魂纏擾*。

她聆聽戰艦在她身旁嘎吱響。知道他們正在跟某個相似的東西作戰，這感覺真詭異；相似的東西，但規模大上許多：由銘器、發明物和宿主構成的龐大組織體，都受一個心智纏擾，而這個心智就某種程度而言也曾經是她的朋友。

〈妳又在想他了。〉克雷夫說。

〈我知道。〉她說。

〈很多事情都改變了。*他改變了*。〉

〈我知道！〉

〈他不會要妳採取其他做法。〉

她在玻璃牆上瞥見自己的倒影。在她心中，她才二十八、九歲，不過倒影中的臉一頭鹽與胡椒色的頭髮，眼周滿是皺紋，還有遍地開花的老人斑，怎麼看都像超過五十歲。

她閉上眼。

〈我知道，克雷夫。我知道一切的變化有多大。〉

貝若尼斯和她的小隊一來到堡壘的較低樓層就散開，維托瑞亞和笛耶拉朝城鎮去，貝若尼斯和克勞蒂亞則直接走向總督的會見廳。

〈做好準備，有任何不對都要告訴我。〉他們穿過狹窄通道時，貝若尼斯這麼說道。

〈要注意哪些情況，頭兒？〉維托瑞亞問道。

〈任何情況，該死！〉她叱道。〈帝汎多半已經對這座城市瞭若指掌，只要能幫助我們知道它了解多少，任何線索都有用。〉

貝若尼斯其實知道這樣的優勢很有限。帝汎最有用的小隊——桑奇亞戲稱那東西為「死靈燈」，雖然最新版看起來跟燈一點關係也沒有——並不需要靠破壞或間諜才能成功。能夠在轉眼間摧毀一座小鎮的武器並不需要在事前蒐集太多情報。

〈笛耶拉，〉貝若尼斯說，〈妳一拿到死靈燈偵測器就把東西準備好。只要有任何一個討厭鬼進入距離我們四哩之內的範圍，我就要知道。〉

〈了解，頭兒。〉笛耶拉說。儘管女孩已經不在近處，貝若尼斯還是可以在自己的思緒後方清楚聽見她的聲音。

她和克勞蒂亞回到主會見廳。莫提手下的幾名銘術師和傭兵還在那裡閒晃，但總督不在。

「總督很快就回來。」其中一名隨從說。「他要妳們在這裡等。」

克勞蒂亞靠著大地圖桌，雙臂交抱。〈如果帝汎確實派出死靈燈，〉她說，〈我們他媽又能怎樣？就算是嘯箭也無法傷死靈燈分毫——我的意思是如果嘯箭真的擊中。〉

〈首要之計是在它到之前離開。〉貝若尼斯說。

〈如果來不及呢？〉

〈克雷夫。〉貝若尼斯的回答很簡單。

克勞蒂亞目瞪口呆。〈什麼鬼？貝兒，我們只成功過一次耶！〉

〈表示並非不可能，〉貝若尼斯說，〈因此可以故伎重——〉

悠長、駭人的尖叫聲響徹堡壘。

會見廳完全靜止。貝若尼斯和克勞蒂亞俐落站穩。她們雙雙看著通往男孩臥房的門。

「怎——怎麼回事？」其中一名銘術師緊張地問道。「聽起來像……像……」

兩個女人看著彼此。

〈來自……〉克勞蒂亞說。

〈肯定是那裡。〉貝若尼斯說。

她們竄向門，碰地一聲推開後隨即沿通道跑了起來。

來到男孩的房間時，她們發現有幾乎一打傭兵站在打開的門前，正驚愕地盯著裡面看。儘管貝若尼斯比大多數人矮上一顆頭，她還是擠進去朝裡面望。

骯髒床上空無一人。莫提和負責照顧他兒子的女人躺在地上，喉嚨被割開，鮮血浸透地毯。

貝若尼斯凝視總督。他身側的銘印劍不見了。他還活著，但只剩一口氣，血無力地從喉嚨的巨大傷口湧出。他對著貝若尼斯舉起手，眼裡滿是無盡的悲傷，不過他的手隨即落下，他的眼睛也轉爲黯淡。

「該死。」貝若尼斯放聲說。「該死，該死，該死。」

〈血。〉克勞蒂亞的聲音說道。〈在這裡的地板上。〉

貝若尼斯從傭兵之間擠出去外面的通道，來到克勞蒂亞身旁。她凝視血跡，手指向大廳。〈他往那裡去了。或者應該說那東西。〉

〈維托瑞亞、笛耶拉。〉貝若尼斯說。〈確認一下你們都知道這邊的情況了。〉

〈確認，頭兒。〉維托瑞亞說。他的聲音依然清晰，但此時微弱了些——受他們之間的距離影響。

〈無論你們現在動作有多快，〉她說，〈再加快一倍。帝汎肯定在附近了。〉

〈確認，頭兒。〉笛耶拉說，不過聲音在發抖。

貝若尼斯的靴子側邊插了三根淨化棒，她伸手抽出其中一根。這是個小之又小的東西，比起武器，看起來更像雕刻師的工具，不過克勞蒂亞也如法炮製，像匕首一樣高高舉起一根淨化棒。接著她們跟隨地板上的血點衝進黑暗的狹窄通道。

〈帝汎在他體內，〉克勞蒂亞邊跑邊說，〈操控著他。它之前確實在。〉

〈現在也還在。〉貝若尼斯說。〈我們必須在它削弱要塞之前逮到它。〉

她們左轉、右轉。然後再左轉。堡壘的喧嘩聲淡去。

〈所以帝汎就在附近，〉克勞蒂亞說，〈但……來的肯定只是一個小隊，對吧？不到一打宿主？不可能會是，像是，一整支插他的大軍躲在某座山頂的後面，對吧？〉

〈克勞蒂亞，〉貝若尼斯說，〈我毫無頭緒。〉

又轉一個彎，再一個，接著停步：有個聲音在旁邊的通道迴盪，有人虛弱笨拙地拖著腳走路。

〈也該是時候了。〉克勞蒂亞說。〈真希望我們有真正的武器，而不是天底下最迷你的刀。〉

〈我在猜，就算召喚我們的弩，它們應該也沒辦法過來吧？〉貝若尼斯問道。

克勞蒂亞搖頭。〈我們必須在視線範圍內。它們不可能穿過這些通道。〉

她們來到轉角。拖著腳走的聲音變得非常大聲，不過又加入了輕柔、持續的刮擦聲，像是針劃過黑板。貝若尼斯背貼著牆，接著朝轉角的另一邊窺看。

有個人影拖著腳步沿走廊往前走，以一種笨拙、活像得關節炎的方式一拐一拐遠離她們。很難看清楚——光線微弱，而且通道的另一端是一扇彩繪玻璃窗——但她認爲她看見那人行進時，一把劍就垂在手上，劍尖在身後刮過地板。

貝若尼斯瞇起眼，思考著。

〈克勞蒂亞，〉她說，〈告訴我我們的盔甲升級過了，承受得了銘印劍的攻擊。〉

〈一般的莫西尼劍嗎？〉克勞蒂亞說。〈當然，但是……該死，我不建議嘗試——〉

貝若尼斯轉入走廊，右手如持匕首般高舉淨化棒，跟著前方的人影。

那人停下腳步，緩緩轉身。黯淡光線下看不清臉孔，但她看得出對方正看著她。

貝若尼斯繼續前進，左臂抬起，臂甲朝外以阻擋攻擊，右手高舉淨化棒。

那人影還是沒動。然而她一進入十呎範圍內，它終於伏低，並低喃著：「斯桑奇亞阿……」

貝若尼斯寒毛直豎。〈插他的見鬼了。〉她低語。

〈我在妳後面，〉克勞蒂亞說，〈不過我會保持距離。〉

貝若尼斯繼續前進，雙眼緊盯垂在那東西手上的劍。她跟宿主打過，知道他們通常看起來迷失又愚蠢——但只在控制他們的東西沒傳遞任何思緒給他們的時候。只要帝汎想，它的宿主可以快如閃電。

然而隨著她緩緩靠近，這一個宿主只是看著她，站定不動……

接著他一躍上前。

銘印劍閃向前，竄向她頸部。宿主跳得很笨拙，以準確度和自保換取速度，而貝若尼斯差點沒能用臂甲格開劍鋒。劍砍上通道的牆壁，在石材上留下一道深深的痕跡。

貝若尼斯刺出淨化棒，但宿主已經退後，他跳開，踉蹌沿通道走向窗戶。然後他的劍又竄出，朝她的腳下劈。她往後一躍，看著染血的劍尖閃過空中，知道要是她慢上半秒，劍已經砍上她的腳踝。

他很快，她心想，該死，他很快。

宿主又衝過來，異於尋常的蹣跚步伐難以預料。劍又刺來，這次瞄準肩膀，但她及時抬起左臂頂開劍鋒，劍擦過頭盔頂。不過這動作令她門戶洞開，而她知道——宿主也知道：他的劍往前猛刺，直取她的喉嚨，她踉蹌後退僥倖逃過，用右臂甲把劍往下打。劍尖劃過她的盔甲左胸，割開深深的口子。

僥倖，太僥倖了。

宿主退得更遠了，現在距離窗戶夠近，因此貝若尼斯能夠看見：男孩那張蒼白、長久挨餓的臉凝視著她，嘴鬆鬆打開，下巴還沾有粥的痕跡，雙手和大腿則血跡斑斑，右側太陽穴的開放性潰瘍流出濃液。他的目光在貝若尼斯身上打轉，接著越過她的肩膀掃向她身後的克勞蒂亞。

然後他似乎做了一個決定。

宿主站直，轉動手上的劍，舉高，接著插入自己的腹部。

不過貝若尼斯料到了。她往前撲，抓住他瘦骨嶙峋的雙腕，把他的指節往牆上砸。他放開劍，不過已經先在男孩的上腹部靠近胸骨的位置劃開一道淺淺的傷口。

宿主以驚人的力量往前衝，想用發黃的牙齒啃咬貝若尼斯的臉。她往後倒，幾乎無法抵擋。

「現在！」貝若尼斯尖叫。

克勞蒂亞跳過她，高舉淨化棒刺入男孩肩膀。她手一扭，把刀刃部分扭斷在他體內，接著後退。

宿主倒抽一口氣，咳嗽，嗆了一下。接著他的臉色轉灰，鼻子和眼睛附近出現淡淡的線條，彷彿他在一秒內老了一歲。

然後他的右太陽穴發出嘶的一聲，水從開放的潰傷滴落，他癱倒，靜止不動，腹部的傷口滲血。

「插他的見鬼，」貝若尼斯氣喘吁吁，「插他的**見鬼**⋯⋯」

「是啊。」克勞蒂亞也上氣不接下氣。「所以。這是陷阱嗎？」

「肯定是。」貝若尼斯說。她摸索頭盔側邊的深口子，然後是胸甲上的。「我只是沒想到這個宿主竟然衝**那麼**快……」

她把男孩從她身上推開，起身低頭看著他。他經歷的超自然老化並沒有消退。作用非常輕微，但顯而易見——而這景象令她痛苦。

她碰觸他的臉，手指畫過他眼睛、嘴巴附近的紋路，還有他那頭鹽與胡椒色的頭髮。帝汎向我們學習，她想著。我們也要向它學習才公平。然而她知道她只是想說服自己而已。

〈貝兒，我們還有其他問題要煩惱。〉克勞蒂亞說。〈維托瑞亞？城牆的狀況如何？〉

〈有動靜。〉他說道，聽起來頗害怕——對他來說，這可不尋常。〈大約十，或者二十哩外。〉

〈動靜？它派出多少宿主？〉貝若尼斯問道。

〈很多。可能幾千個。〉

貝若尼斯和克勞蒂亞難以置信地凝視彼此。

〈我說山丘頂後面有大軍是開玩笑的……〉克勞蒂亞氣虛地說道。

〈讓我徑入你，維托瑞亞，〉貝若尼斯說，〈讓我看。〉

〈好的，頭兒。〉

貝若尼斯閉上眼，吸氣。她做過無數次了，但總要花些時間回想該怎麼做。

她專注，探向他。

收縮。

然後她感覺到了。感覺到通往他的徑，介於他們之間的空間，維托瑞亞的思緒隆起，彷彿山壁，而其中有些手點供她抓握、攀近，並看見……

扭曲的雪松襯著蔚藍天空。

蒼白的沙和碎石，白色遠景，彷彿灰色畫布上的一抹淡色顏料。

然後……

她在他之中。就某種程度而言，她就是維托瑞亞；她在他之中，成為一部分的他，透過他的眼窺看，感他所感，知他所知。當她的心智轉為同時體驗兩套感覺，一如往常，這次也有一小段古怪的過渡片刻，隨之而來的，還有他的所有潛意識程序：臉頰上的汗、手肘舊傷的痛，他的生殖器也不太對勁，因焦慮而縮小，緊貼著他的褲子。

接著他的主要體驗湧入她，也就是他正直接看見什麼、做什麼。維托瑞亞正用望遠鏡眺望北方的山脈——而就在那兒，湧過雙峰頂間隘口的，是一支驚人的大軍。少說肯定有五千個宿主，她還可以看見砲隊跟在他們後面，而且行進速度飛快。

貝若尼斯放開她和維托瑞亞之間的徑，目瞪口呆地坐在通道內。

〈什麼鬼！〉她說。〈帝汎怎麼可能在肯定不到一小時的時間內越過整座半島？〉

〈沒頭緒，頭兒。〉維托瑞亞說。〈我們還要救出這裡的難民嗎？因為他們，呃，驚慌失措；不過這非常情有可原。〉

〈對！〉貝若尼斯厲聲說。〈但我必須去城牆上想清楚該怎麼做！〉

她一面思考一面抬頭看著窗戶，然後一把抓起男孩那把血淋淋的劍，砸破彩繪玻璃後朝外看。他們面北，朝向維托瑞亞所在位置，這很好。她伸長脖子，看見他們不到一小時前走上來的那道階梯，位置就在要塞東面。

也就是說，我的弩應該就放在那裡的某處，她心想。

她回過頭看這克勞蒂亞。〈帶這男孩出去，然後拿好妳自己的武器，到城牆跟我會合。〉

〈標準死靈燈陣式嗎？〉克勞蒂亞虛弱地問。

〈對。盡可能拉開距離。〉她拍打右肩甲位置的碟片。〈因為天知道會發生什麼事。〉

東方傳來鏗哩匡啷的聲音——接著，就像灌木球被風吹過沙漠小徑，她的弩掠過堡壘朝她飛來。這靠的是一種非常簡單的黏著銘術：她剛剛啓動了右肩甲上的碟片，施加於這個碟片的銘術讓它相信自己和她弩上的碟片占據相同空間——啓動後，兩個碟片試著結合，而且是以非常快的速度，也不管兩者之間相距多遠。

弩來到近處後，她一把從空中抓下弩裝在左臂甲上，牢牢固定，直到武器和盔甲實際上合爲一體。她接著確認彈射鏃正確裝塡，將弩舉高齊肩，瞄準最外圍的城牆。

這跟我今天的計畫，她想著，不一樣。

她發射，看著彈射鏃竄過城市，擊中遠方的要塞城牆，黏著。然後它的另一半在她的弩內醒來，她的武器把她扯上天，她飛了起來。

〈嘿，呃，小鬼？〉克雷夫喚道。

桑奇亞原本正要走入巨型商家戰艦的駕駛艙，聽見叫喚後停下腳步。〈怎麼了，克雷夫？〉

〈妳覺得跟總督談判會不會需要，呃，貝若尼斯飛上天？〉

桑奇亞探頭凝視海岸上慢慢逼近的要塞。〈呃，當然不會？怎麼了？〉

〈貝若尼斯剛剛從堡壘飛下來，她應該正要飛向要塞外圍城牆。我這裡角度不對看不到，但……〉

〈該死。〉桑奇亞說。〈出錯了。〉她思考該怎麼做，接著審視就在要塞北面的低矮海岸，找到濱海山丘間的一處淺水區。〈去那裡，那個點，有多快就多快。〉

〈爲什麼要去那裡？〉克雷夫問道。

〈要塞裡面或外面出事了。那個位置的角度可以朝兩邊射擊，而且距離也夠近，可以和貝兒與她的小隊偶合，他們就能告訴我們到底發生什麼事了。〉

克雷夫將巨型船艦轉向，朝海岸前進，桑奇亞的胃隨之難受地一沉。〈站穩了，〉克雷夫說，〈我盡量不害我們這艘笨船擱淺。〉

貝若尼斯被扯著往前飛，像隻追逐老鼠的岸隼一樣掠過城市，她緊緊咬牙，彈射鏃拉扯她的盔甲，她也用力回拉，一面努力控制靠近圍牆時的動態，整個葛拉提亞拉在她下方化為模糊的灰和沙黃色。

*我做過幾十次了，*她心想，*卻從來不曾習慣。*

彈射鏃是由內城時期的銘器改良而來，當時的版本粗糙許多。桑奇亞曾經用修改過的建構銘術在舊帝汎的塔樓和牆之間飛來飛去，這種銘術主張兩個表面為一體，因此命令兩者結合——通常都是以風馳電掣的速度結合。當時銘器的一半黏在桑奇亞身上，她於是被拉著飛：就在數秒前，貝若尼斯的弩也被拉了過來，這兩者基本上用相同方法。

然而這種方法在運送人類時極端危險，常常導致骨折和脫臼。因此貝若尼斯和桑奇亞加上了安全措施：彈射鏃的兩半互相拉扯到距離少於二十四呎時，它們會對另一半的位置愈來愈困惑——表示它們會緩緩減速。

貝若尼斯飛到距離城牆不到二十呎的位置時，她感覺弩不再以相同的高速拉扯她，盔甲放鬆了。她的加速度減慢為穩定的滑翔，她像乘風飄揚的蓬鬆花種子一樣優雅飄向牆面，她抬起雙腳。

她看著牆迎面而來。*位置太低了，該死。*

她的靴底踢上牆面，反作用力竄上她的膝蓋，來到她的臀部，她隨即拍打左大腿處安全吊帶側邊的開關，蜷起身子。她接著關閉彈射鏃，射出弩內的一半——它立即飛向牆上的另一半，伴隨著一聲沉沉的咚黏附上去——她則是懸在那兒，靴底黏在葛拉提亞拉城牆胸牆下方的位置。

盔甲大腿的部位繃緊撐著她，嘎吱了一聲。她特別設計過這套盔甲，應該要能承受她的體重，並避免她的腳踝扭傷，但她還是做好準備預防衝擊——不過盔甲撐住了。

城牆上的士兵原本全神貫注盯著遠方的帝汎軍隊，這完全合情合理；他們這時發現有個穿盔甲的女人就在後面的下方，而且還黏在磚牆上，他們全部嚇得跳起來，有些人甚至放聲尖叫。

〈笛耶拉！〉貝若尼斯說，〈拉我一把！〉

〈來了，頭兒！〉笛耶拉喊著。〈來了！〉

笛耶拉匆忙奔過城牆來到她附近，伸手抓住貝若尼斯的右手。貝若尼斯關閉將靴子黏在牆上的銘術，笛耶拉往上提，貝若尼斯借力撐上胸牆。

〈不是最優雅的一次登牆，〉貝若尼斯喘著氣說，〈但也夠了。〉她起身拿出望遠鏡查看遠方。

「噢，該死。」她虛弱地說。

一瞥之下，情況難以言喻地危急。難民營從葛拉提亞拉城牆朝四面八方延伸大約二哩，之外是大約二到三哩寬的崎嶇灌木叢，北方再過去五哩，帝汎的千軍萬馬正湧過狹窄的隘口。

就像所有帝汎軍隊一樣，他們看起來是一大團散亂的烏合之眾，沒有統一的顏色、沒有旗幟，也沒有任何陣形，只是一大群手持武器的人蹣跚前進。遠望看似散沙——貝若尼斯知道許多戰死的將軍也都有此誤會——但她很清楚，這群宿主可以在轉眼間俐落擺出陣式，開始像支單一、流暢的軍隊一樣同步應對任何威脅，包圍攻擊者，然後將對方吞食殆盡。

四面八方響起尖叫聲——來自難民、士兵，以及葛拉提亞拉居民。貝若尼斯努力思考。眼前一切看似不可能發生。這麼一支大軍居然在眨眼間就冒出來，這件事想起來就令人膽寒。

但她知道，無論這支大軍是怎麼來到這裡，他們終究是帝汎的軍隊，而帝汎的士兵有一種可預料的特殊行爲模式。

〈好吧。〉她說。〈聽著——我沒要你們打退一整支有數千人的帝汎大軍。〉

〈至少有些好消息了。〉維托瑞亞咕噥道。

〈我們要做的是認眞抗敵，阻止他們前進，在桑奇亞和鑰艦到來之前保護難民。〉貝若尼斯說。

〈克雷夫會有辦法料理敵人大部分的兵力。〉

〈我們確定桑奇亞知道這裡的狀況嗎？〉笛耶拉問道。

〈如果她還不知道，〉貝若尼斯說，〈我們等一下要引發的所有爆炸聲響也會讓她有點概念，我們知道首要之務是什麼。準備好你們的搗蛋鬼。笛耶拉——武器箱在哪？〉

笛耶拉指出位置，同時武器箱的影像出現在貝若尼斯腦中，搬動、放置箱子的記憶在她思緒中成形，彷彿親身經歷。

〈在那裡，頭兒。〉笛耶拉說。

〈啊。〉貝若尼斯有點驚訝。〈好，謝謝妳，笛耶拉。〉

他們三人在武器箱旁會合，打開箱子，開始取出內容物。第一層是火力更強大的弩，但稍微有些不同：這些弩可以裝在腳架上，裝上後就可以對準任何方向，還能遠端射擊。

〈齊射效果最好。〉貝若尼斯說。〈三乘三沿牆放，對準難民上方，散開來以盡可能拉開涵蓋範圍。〉她說完謹愼地打開箱子的最後一格。裡面的東西乍看平凡無奇，似乎只是大約五十個略比男靴小的大金屬罐，但她無比小心地把它們拿出來。〈裝塡搗蛋鬼的時候盡可能別摔了。〉她說。〈我們加工過，所以這些不會那麼輕易爆炸，但若眞有一個爆炸了，你們至少會被炸聾……不然就是被炸飛。〉

他們著手工作，匆忙沿城牆設置層層遠端防禦措施。葛拉提亞拉士兵沒試圖阻止他們。他們大多數人似乎都已在純粹的恐懼之下拋棄崗位，但貝若尼斯發現自己無法責怪他們。

〈頭兒，〉維托瑞亞小心翼翼地說，〈大約一哩外的天空在嗡嗡響。射碟浮燈快到了。〉

〈笛耶拉，〉貝若尼斯把她的最後一個弩裝上腳架，〈妳那邊怎麼樣？〉

〈完成，頭兒！〉笛耶拉喊道。

〈那大家快找掩護。〉貝若尼斯說。〈發射器準備好。〉

貝若尼斯衝進最近的塔樓。「妳他媽是誰？」其中一名士兵質問道。不過貝若尼斯厲聲說：「他媽閉上嘴趴下！」他隨即臉色刷白。貝若尼斯隨即轉身對著門外大喊：「所有人盡可能躲入室內！立刻，立刻，**立刻！**」

她希望聽得見的人都乖乖聽話，但沒時間確認了。她側身走到塔樓內的一個箭眼前，接著便聽見燈籠靠近時的微弱嘶嘶聲。

聽起來總是像蝗蟲，她想著，成千上萬，在田野嘰嘰喳喳、跳來跳去。她知道它們發出聲音的唯一原因是數量——否則射碟浮燈幾乎完全無聲。

她彎腰從塔樓牆的箭眼朝外看。從這個角度看不見任何燈籠——不過她接著看見浮燈的影子交叉劃過牆外的難民營，就像禿鷹繞著獵物盤旋。

〈看見影子就射擊！〉貝若尼斯說道。

她一個接一個按下發射器，摀住耳朵，然後……

天空似乎爆裂了。

「搗蛋鬼」並不是特別先進的銘術武器，但效果很好。它們是銘印罐子，可以透過一般弩發射；施加其上的銘術命令它們相信自己裝有遠超過實際體積的空氣。當飛上一定高度——例如帝汎的大部分射碟浮燈一般飄浮的高度——它們會突然相信裝在罐內的空氣達到臨界點，隨即以天崩地裂之勢爆炸。

貝若尼斯的搗蛋鬼陣列同時爆炸，震撼波如此強烈，震得塔樓內塵土飛揚。笛耶拉和維托瑞亞的陣列也在他們上空爆炸，她聽見要塞城牆更遠處傳來糸出同門的爆炸聲。塔樓附近的天空突然下起破爛浮燈雨，就像暴風雨中的杏桃落果。殘骸重重落在沙地上，或是鏗哩匡啷從城牆彈開，一個接著一個又一個，就算沒有成千，也有上百。

貝若尼斯冷酷地咧嘴而笑。當然了，她知道失去一批浮燈對帝汎而言根本不痛不癢。但就算帝汎沒把所有難民和這座要塞內的士兵變成宿主，她心想，我們的麻煩也夠多了。能贏的地方就要贏。

〈停止掉落後，〉她對小隊成員說，〈重新裝填。因為它肯定還會派出另一批。〉

〈收到，頭兒。〉維托瑞亞說。

浮燈雨還沒停，她蹲在塔樓門邊沿城牆眺望。她審視天空。覺得安全後，她衝出去快速重新裝填她的弩。〈克勞蒂亞，〉她說，〈妳那邊怎麼樣？〉

〈在最前端的塔樓做準備，頭兒。〉克勞蒂亞說道。

貝若尼斯把另一個搗蛋鬼裝入弩中，接著聽見刺耳的一聲叮，有個東西擊中她的頭盔。她知道這是帝汎的碟片，因此理都沒理。

「卑劣的小混蛋。」她咕噥道。

她聽見尖叫聲，抬起頭。一名葛拉提亞拉士兵正沿城牆衝向她，嘴裡還不停尖叫。「發生什麼事！天啊，天啊，發生什——」

他跑到距離她六呎的位置時，傳來一聲溼潤的啪，他的肩膀隨即染上血色。他跪下，表情突然變得呆滯，接著他呼吸哽住，古怪地抽動起來，遲鈍無神的眼睛盯著貝若尼斯，手探向身側的劍。

「不會是今天。」貝若尼斯從靴子裡抽出一根淨化棒，刺入他胸口、扭斷，接著頭也沒回便衝回塔樓的掩護中。她發射搗蛋鬼陣列，上方的天空似乎又一次爆裂。

〈準備好了，頭兒。〉克勞蒂亞的聲音說道。

貝若尼斯摸索嵌在她頭盔上的碟片，扯出來後丟在地上踩爛。〈請讓我看。〉她請求道。

〈來看吧。〉克勞蒂亞說道。

貝若尼斯靠著牆，閉上眼，朝克勞蒂亞探索，感覺橫亙她們之間的距離，也感覺她的思緒鼓脹、消退……然後她便置身克勞蒂亞體內，透過她的雙眼觀看世界：她蹲在最高那座塔樓的箭眼前，正透過望遠鏡窺看敵人——然而這是一個非常不尋常的望遠鏡，用途非常不尋常。

吉瓦用的弩火力非凡，射程又遠，克勞蒂亞曾密切參與相關研發工作；她訓練過其他夥伴，但儘管教導有方，還是沒人能像克勞蒂亞一樣以這種武器施展奇蹟。尤其是較大型的幾款，幾乎有四到五呎長，把手上還裝有望遠鏡，可以射中一哩之外的目標。

克勞蒂亞的望遠鏡此時鎖定帝汎後方的隊伍，該處的宿主正在將近二打形似推車的新發明推出隘口。〈砲隊〉，她說，〈帝汎嘯箭。不妙。〉

〈它們射程多遠？〉貝若尼斯低聲問道。

〈最近一次測是六哩。我的弩很厲害，但沒那麼厲害。它們不到十分鐘內就能射中我們。〉

貝若尼斯要克勞蒂亞朝東看，然後朝南，試著望向大海、找到鑰艦的蹤跡，但角度不對，她除了城牆之外什麼也看不見。

來啊，桑，她想著，來吧……

〈貝兒？〉克勞蒂亞喚道。〈妳想要我在這裡做什麼？〉

〈等等。〉她凝神，透過克勞蒂亞的眼睛看著正麻木通過灌木叢的帝汎軍隊。

接著貝若尼斯冒出一個想法——灌木叢。

〈妳有沒有帶閃焰箭？〉她問道。

〈有啊。〉克勞蒂亞說。〈妳……妳要我在那附近的灌木叢放火？如果延燒到這裡，對這些人可一點幫助也沒有。〉

〈但煙會大大提高帝汎砲隊瞄準的難度，〉貝若尼斯說，〈那可比火本身厲害多了。〉

〈好吧。〉克勞蒂亞著手卸下一般的箭，改填入閃焰箭。〈妳知道的，它們還是會射我們。〉

〈對，但會射不準。我們別無選擇了。〉

克勞蒂亞回神查看灌木叢。她朝一座山丘頂射擊一次、兩次、三次，滿意地看著該處的灌木冒煙、火光搖曳，接著開始燃燒。

〈像簾幕一樣排成直線。〉貝若尼斯說。

〈別說得好像我沒引發過大規模野火一樣。〉克勞蒂亞說。

她又射了幾箭，很快地，灌木叢冒出一道巨大的灰白色煙牆，徹底遮蔽行進中的軍隊。

〈笛耶拉？〉貝若尼斯喚道。〈同時間……〉

〈死靈燈還沒出現，頭兒。〉女孩說道。

〈我可以自己看看嗎？〉貝若尼斯問。〈只是想確認。〉

〈是，頭兒。〉笛耶拉的語氣透出最輕微的勉強。

貝若尼斯集中注意力。跟平常一樣，找到笛耶拉並徑入她輕鬆得像一場夢——這女孩雖然才剛來，卻是天生好手——不出幾秒，貝若尼斯已經透過笛耶拉的視野觀看。她滿心歡欣，不過只有一會兒，享受著棲息於這麼一副年輕軀體的感覺，如此柔軟，無所不能又彈性十足。

她透過笛耶拉的眼睛凝視裝在前方牆頂的小銘器。那東西貌似小陀螺，懸在一根彎曲的金屬絲上，藉此在一個黑色圓盤上轉動——不過陀螺略略飄浮，底端和圓盤表面之間可見一絲陽光。

這個銘器由貝若尼斯親手設計。陀螺對現實的深層變化極端敏感，而所謂深層變化，就是持續性對萬物進行劇烈、根本性的編輯。陀螺轉得愈快，飄得愈高，編輯的源頭就離你愈近。如果飄浮的高度觸及懸吊的金屬絲，那就代表編輯的源頭在你正上方——但若是如此，你多半已經死了。如果「死」還稱得上合適的說法。

〈我沒錯，頭兒。〉笛耶拉說。〈偵測器也設置無誤。死靈燈還沒來。〉

〈我看見了。〉貝若尼斯說。〈謝謝妳，笛耶拉。我只是必須確——〉

四周突然爆出尖叫聲——非常不尋常的尖叫聲。高頻、發顫，非人的尖嘯。

貝若尼斯放開她與笛耶拉的徑，並對周遭任何可能聽見的人喊「**趴下！**」

她透過箭眼凝視外面，看著翻騰的煙牆突然冒出許多洞——當然了，罪魁禍首就是從帝汎陣營如潮水般齊發的嘯箭。她沒費心護住頭部和頸部。畢竟，她想著，如果任何一枝嘯箭射中我附近，他們會在要塞的一邊找到我的頭，在另一邊找到我的脖子。

白熱的金屬矛湧入葛拉提亞拉上空。她數到將近兩打才放棄。大多數嘯箭失去方向，撞上難民營外的地面；其他則是完全超過要塞，直直墜入大海；不過還是有些擊中目標，砸入要塞的牆或畫著弧線落入城市，或是——最糟糕的情況——穿透難民營，無助的人放聲尖叫。

塵土和小塊岩石噴上塔樓的牆，有些從箭眼灌入灑在貝若尼斯身上，細刀刃般的碎片射進來，落在她兩旁。混蛋，貝若尼斯想著，你們這些混蛋……

〈四枝箭擊中目標，頭兒，〉維托瑞亞的聲音微弱地說，〈原本應該會嚴重好幾倍的。〉

〈對。〉貝若尼斯說。〈但還有更多——〉

另一陣非人的尖嘯。更多嘯箭湧過擴散的煙牆；比上次更漫無目標，大部分完全超過城市範圍。

〈搞什麼鬼？〉克勞蒂亞覺得好笑。〈他們是在射哪裡啊？〉

一枝嘯箭擊中總督堡壘正面的右上角——直接從另一邊穿出來，歪歪扭扭射入要塞南面的牆，而克勞蒂亞的問題得到回答。

貝若尼斯震驚害怕地看著堡壘撐住幾秒，然後，非常緩慢地，建築的右半徹底崩塌。

〈該死。〉克勞蒂亞氣虛地說。〈唉，希望所有人都撤出了。〉

〈我比較擔心牆的狀況，頭兒。〉笛耶拉的聲音發顫。〈呃，堡壘的防禦措施雖然非常過時，但肯定還是勝過要塞的牆……就像我們此時此刻站在上面的這些。〉

另一陣尖嘯。更多嘯箭如雨般朝要塞城落下。許多箭射穿外層圍牆，然後是內部的牆，接著落在城內住家之間，被射中之處隨即起火燃燒。

貝若尼斯恐懼地看著火勢在城市深處爆發，沒想到帝汎的準確度可以在這麼短時間提高這麼多。

它肯定成功用碟片把這裡的更多人變成宿主了，她虛弱地想著。他們把他們看見的一切回傳給帝汎，幫助它瞄準。

她拿不定主意，不知道是不是該試著找出這些宿主，淨化他們，或是殺死他們，藉此截斷帝汎的窺視；但她知道這太難了，也太花時間，而且帝汎很可能已經看夠了。

這裡的所有人都將死去，她心想，我再也無法看見桑了。永遠。

又一陣尖嘯，又一連串翻天覆地的爆炸。西牆部分崩塌，彷彿那以稻草蓋成。塵土飛揚，炙風灼人。

我們到底該怎麼辦？我們到底該怎麼——

突然響起一個聲音——微弱，但非常清楚：〈貝兒！貝兒！**貝兒！**〉

她坐著挺直身子，聽著那聲音在她思緒後方聚合。〈桑奇亞？〉她說道。

〈對！〉她的妻子厲聲應道。〈這裡是他媽怎麼搞的？〉

貝若尼斯坐在牆上，頭轉來轉去，不知道該怎麼以言語表達帝汎軍似乎平空冒了出來，現在正像沙鼬在雞舍裡穿梭一樣，把陳舊的葛拉提亞拉防禦工事四分五裂。

然後她想到有更簡單的方法。她閉上眼。〈桑，〉她低語，〈徑入我。這樣最快。〉

〈好。〉桑奇亞說。〈等等……〉

貝若尼斯深吸一口氣，接著，桑奇亞的思緒隨即塡滿她腦海。

自從他們開始偶合心智，在所有隨之而生的現象中，就數「徑入」最難定義。

表面上似乎非常單純，很像長久相處的同僚——或是配偶、朋友、室友，諸如此類——可能自然而然開始了解彼此的觀點或思考模式，偶合之人之間的「徑入」也有相同效果，只不過更進一步，因此不止是利用和同僚、朋友日積月累相處的經驗預測他們可能怎麼做，而是在他們做出選擇的那一刻感覺到他們的選擇，就好像一段有關當下的記憶突然出現在你腦中。

你愈常跟某人待在一起，你們的關係愈密切，你和他們的「徑」就愈緊密、愈深層。貝若尼斯的小隊經過特別訓練以促成這樣的徑，建立信任、彼此同意，直到任一夥伴都能溜到另一人眼睛後觀看世界開展，因而能夠立即分享資訊和想法，就算軀體相隔一段距離也沒有影響。

不過訓練最多只能達到這種程度。到了某個時候，除非你與某人之間建立起關係，而且情眞意摯，更深層的徑才可能存在。當你徑入像這樣的人——某個你認識，你愛的人——那種體驗截然不同。

有些人將這種體驗比擬爲回想起幾天前作的美夢，其他人則是比擬爲從深層睡眠中醒來。但貝若尼斯總是說，那感覺像回到一個你鍾愛但許久不曾探訪的地方，你一跨過那地方的門檻，聞到熟悉的香味，感受著赤腳底的木紋地板，看見灰塵在陽光下飛舞，你在這裡建立的成千上萬回憶都同時綻放。

就算是現在，敵人一步一步包圍葛拉提亞拉，貝若尼斯徑入妻子時還是相同的這種感覺：當她跌入桑奇亞的意識，歡喜、明晰和安心的感覺突然不受控制地爆發。桑奇亞的意識一個由衝動與反應構成的世界，影幢幢又奔放，一切都骯髒又猥褻又喧鬧。就許多方面來說，她和貝若尼斯都徹底相反——而這，或許就是貝若尼斯如此愛她的原因。

我了解我是誰，妻子的思緒湧入她，而她這麼想著，因爲我了解妳。

〈多愁善感夠了吧，小妞！〉桑奇亞厲聲說。〈讓我看看妳看見什麼。〉

因爲她們如此緊密徑入彼此，她們立即瀏覽了對方不在時的一切記憶，不到一秒內便交流了數小時的資訊。貝若尼斯要吸收的並不多——桑奇亞主要都只是不耐煩地在鍚艦上等待——不過桑奇亞看得可多了，從總督兒子發生的事一直看到第一批嘯箭齊發。

〈另一個岸落之夜。〉桑奇亞恐懼地低語。〈帝汎焚燒這些人周圍的世界，他們所有人只能困在這裡……〉

〈對。〉貝若尼斯說道。

〈它到底怎麼那麼快來到這裡？怎麼平空變出一整支軍隊？〉

〈不知道。〉貝若尼斯說。

貝若尼斯感覺桑奇亞有意識地試著對貝若尼斯所見、她所能記得的一切進行三角測量，估算著貝若尼斯和鍚艦之間的距離，還有貝若尼斯與遠方帝汎軍之間的距離……

〈撐住啊，親愛的。〉桑奇亞的聲音低聲說。〈我們會救出你們。〉

徑隨即淡去，桑奇亞的存在與親密感跟著消失，貝若尼斯蹲在塔樓牆邊，在煙與塵土間大口喘氣。

〈克雷夫！〉桑奇亞的聲音說。〈朝北北西發射鉛錘，沉擊——〉

〈內陸六到六點五哩的位置，〉克雷夫的聲音說，〈對對對，知道了。〉

空中隨即又響起尖嘯聲——不過這次來自另一個方向，東方，在其中一座海岸山丘後方，鍚艦就停靠在那兒。

貝若尼斯衝到塔樓內的一個箭眼前，看著驚人的嘯箭陣列從下方的大海升起，弧線劃過空中，消失在野火的煙牆後。接著另一個嘯箭陣列急速升空，然後又一個，再一個。

貝若尼斯不確定他們的預估多準確。「鉛錘」是另一種嘯箭，設計成升空到拋物線的頂點後，會突然相信自己應該比較重才對——依據不同角度，或者重一點，或者重很多——然後沉落大地，攻擊某特定目標。

這是種不精確的交戰方式，大多數人的準頭都很差，不過當克雷夫從鑰艦發射鉛錘，他總是詭異地精準——多半是因爲，當然了，克雷夫並不是人。貝若尼斯自然知道這件事，然而當克雷夫控制著一艘幾乎有一千呎長的商家戰艦，船上還滿載足以摧毀一座小島的彈藥，知道這件事的感覺就不一樣了。

爆炸聲和撞擊聲在遠方煙牆後方迴盪，一聲接著一聲，彷彿隆隆雷鳴般掃過通往隘口的路，連綿不絕，直到終於漸漸停歇。

貝若尼斯察覺她的夥伴們都屏住了呼吸，凝神注視北方的煙牆，等著看結果如何。接著風向微乎其微地變了，煙被吹散了些。他們只能勉強看出大約六哩外一片焦黑燃燒的灌木林地——恰恰就是帝汎砲隊原本部署在山腳下的位置。

〈好耶！〉維托瑞亞喊道。〈好耶，好耶，好耶！〉

〈感謝神。〉克勞蒂亞嘆氣。〈感謝全能的神……〉

〈對。〉貝若尼斯虛弱地說。〈看似正中目標。〉

〈你們還沒脫離危險。〉桑奇亞說。〈還有一大群宿主正朝城市推進。不過應該暫時不用擔心砲隊了。貝兒——看見死靈燈了嗎？〉

〈還沒看見，桑奇亞。〉笛耶拉尖聲說道。

〈但肯定要來了。〉貝若尼斯閉上眼，在腦中描繪出城市、海灣，以及遠方野火的相關位置。〈桑，克雷夫——立刻派小舟到城市來。我們要打開城門，盡快放這些人進城前往碼頭。同時間，讓鑰艦動起來，不然太容易受死靈燈攻擊。只要確認待在偶合範圍內就好。笛耶拉？〉

〈在，頭兒。〉女孩應道。

〈妳去打開城門，但千萬要記得看著妳的死靈燈偵測器。維托瑞亞——你去城門上方叫所有人排成

一列進城，要他們守秩序，推擠的人會被當場射死。〉

〈哇。〉維托瑞亞說。〈妳認眞的嗎？〉

〈認眞地這麼跟他們說，對，但不要眞的執行！〉貝若尼斯說。〈我只是不想要這些人裡面有一半都被踩死。〉

〈這些都很好玩，貝兒，〉克雷夫說，〈死亡威脅、踩死、諸如此類。不過死靈燈來了之後……我們打算怎麼做？拜託別說我們要來試試看跟上次一樣的瘋狂招數。〉

〈我們確實要來試試看跟上次一樣的瘋狂招數。〉貝若尼斯說。〈別跟我爭。〉

克雷夫呻吟。〈噢，要命。〉

貝若尼斯注意到桑奇亞沉默不語——但她察覺妻子的思緒中冒出一股古怪的不贊同感。這令她煩惱，但她知道現在不是討論的時候，尤其不該在她的整個小隊都聽得到的時候。

〈克勞蒂亞？〉貝若尼斯喚道。

〈在，頭兒。〉克勞蒂亞應道。

〈撤離外城牆，〉貝若尼斯說，〈去城西待命。死靈燈很可能直接找上鑰艦，而鑰艦在要塞西邊。確認妳可以直接看見北方就好。〉

〈收到，貝兒。〉克勞蒂亞嘆氣。〈碼頭有條長廊，那裡應該是好位置。〉

〈很好。死靈燈到的時候裝上克雷夫的徑碟。我們用徑碟射死靈燈，克雷夫應該就能徑入接管死靈燈。我會待在下面的屋頂上。有問題嗎？〉

一陣緊繃、疲倦的沉默。

〈那就行動吧。〉貝若尼斯說。

她卸下弩中的標準箭，改裝入另一組彈射鏃，接著跑出去掃視要塞內的屋頂。她找到一個位於內牆角落的小瞭望臺，覺得那個位置不錯，便用她的弩瞄準，然後發射。

彈射鏃正中目標，貝若尼斯又一次被扯向前，掠過要塞城內的一片片屋頂。

〈妳確定妳想試這一招嗎？〉桑奇亞的聲音在她腦中低語。

〈帝汎是一個銘器，〉飛行中的貝若尼斯說，〈我們可以利用它，打垮它。〉

〈但帝汎一直在學習。〉桑奇亞說。〈妳和克雷夫之前做過一次，它會記得，它會有所準備。〉

〈妳在擔心我嗎？〉貝若尼斯問。一個畫面閃過她腦海——一把金鑰匙，埋在鑰艦的符文典中。

〈還是其他人？〉

〈我擔心你們兩個，也擔心那些人，擔心插他的每一個人！〉

貝若尼斯減速，抬起腳踩著瞭望臺的牆，啓動黏著碟，她隨即像白鼻蝠一樣掛在那兒。

〈妳難道不會這麼做嗎？我的愛？〉貝若尼斯問。〈特技和鋌而走險的銘器，跟克雷夫一起衝鋒陷陣？〉

〈話是這樣說沒錯，〉桑奇亞有些不高興，〈但看看我們落得什麼下場。〉

貝若尼斯聽見維托瑞亞叫喊。她回過頭，看見外城門打開了，上百名難民湧入。她聽不見他在喊些什麼，但肯定足以嚇得他們乖乖聽話：許多人害怕哭泣，但他們全部排成一列小心翼翼地走著，就像小孩在玩拔河遊戲一樣。

很順利，她告訴自己。我們會救出他們，我們就要救出他們了……

接著笛耶拉發話，她的聲音在顫抖：〈頭兒？〉

貝若尼斯聽她的口氣就知道了。〈來了。〉

〈對。〉

〈讓我徑入妳。〉

她閉上眼，轉眼間就進入笛耶拉；她蹲在牆上，下方就是川流湧入城門的難民，而她凝視著裝在石塊上的偵測銘器。

小黑陀螺現在飄浮在圓盤上方一吋的高度。

每四分之一吋，貝若尼斯想著，就代表距離又拉近一哩……

她看著陀螺遇轉愈高，圓盤和陀螺之間的距離愈拉愈開。

貝若尼斯放開她和笛耶拉的徑，睜開眼，緩緩吸一口氣。

插他的地獄，她心想。開始吧。

2

貝若尼斯凝視北方煙霧瀰漫的天空。她的胃凍結，心臟撲騰；難民的尖叫聲淡去，直到圍城成了遙遠的嗚咽。她只是看著，掛在牆上，文風不動僵在那兒。

來了，她想著，來了，來了……

剛開始她什麼也沒看到——然後遠處的煙中一閃，有東西穿了過來。在短暫、恐慌的一瞬間，貝若尼斯以爲那是某個人形的東西：一個黑色人影，安坐空中，飄然而至。她的心臟狂跳，心想——是他！天啊，是他！

不過她隨即恢復理智，看清那並不是人形，而是一個暗色小點高速劃過地平線朝他們而來，像是一朵小小的烏雲，來得無聲平穩；對飛行中的物體而言，那種完美的姿態一點也不自然。貝若尼斯覺得自己光是看見那東西，心跳就已經加快。

〈噢天啊，〉笛耶拉低語，〈噢喔天啊……〉

〈冷靜。〉貝若尼斯說。〈冷靜，冷靜。所有人保持冷靜。〉但她知道，這話雖然是在對其他人說，同時也是在對她自己說。當像這樣的東西靠近，怎麼可能有人保持冷靜？

一如往常，死靈燈的外觀簡單但怪異：看起來像一個不起眼的樸素鐵磚，飄浮空中，長寬各約五十呎，高九呎，沒開窗，沒武器，表面看來完全平滑無任何突起：只是一個乾淨、光禿禿的黑色長方體，隱約透著金屬光芒，就這麼劃過天空。

死靈燈愈飄愈近。隨著它靠近，世界彷彿突然變薄了，彷彿風中有種隱形、有毒的煙。

貝若尼斯察覺恐懼纏繞她的小隊。她不能責怪他們。她自己也只遇過死靈燈幾次，每次交手的經驗都非常可怕。更糟的是，他們知道沒人完全了解它們是怎麼做到它們做的那些事：儘管經過多年努力，就連吉瓦最厲害的銘術專家也還沒解開死靈燈之謎。

〈克勞蒂亞？〉貝若尼斯喚道。〈妳那邊怎麼樣？〉

〈沒機會出手。〉克勞蒂亞低語。〈距離太遠，就算不遠，速度也太快了。〉

他們看著死靈燈靠近——不完全是高速飛向他們，更像從天空朝城市砸落。

〈派出小舟去碼頭了。〉克雷夫低語。〈即將開始把人弄出這裡。同時間，我把鑰艦移交桑奇亞。因爲，呃，我感覺我應該有其他事要忙——對吧？〉

〈沒錯。〉貝若尼斯說。

〈但我必須問——如果妳的女孩失手呢？〉克雷夫問。

〈我從不失手，混蛋。〉克勞蒂亞說。

〈無論如何，我們各自都有跟你的徑碟。〉貝若尼斯勉強地說。〈所以我們有一點……備品。〉

她把手伸進口袋，只是想確認克雷夫的徑碟在裡面。克雷夫擁有控制任何銘器的強大力量——不過只在他碰觸它們的時候。然而因爲這個小金屬片現在相信自己碰觸著克雷夫，當貝若尼斯用它碰觸任何銘器，克雷夫便能透過徑攻擊、操弄，並制伏那個銘器。

包括死靈燈。

至少，他做過一次。

她看著黑磚飄過天空。〈克勞蒂亞？〉她喚道。

〈還是沒辦法射擊。〉克勞蒂亞說。〈而且……該死，它減速了。〉

〈它怎樣？〉貝若尼斯問。她拿出自己的望遠鏡查看死靈燈。

克勞蒂亞說得沒錯：死靈燈正在減速——然後在城牆外圍將近一哩半外陡然停住，懸在空中，漫不經心地否認所有物理原則。

〈太遠了射不到。〉克勞蒂亞說。〈該死。我以爲它會直接飛向鑰艦。〉

〈它到底在做什麼？〉維托瑞亞低語。

他們看著死靈燈，燈持續停滯無動靜。然後克雷夫低聲說：〈它學習。〉

〈它怎樣？〉貝若尼斯問。

〈上次在皮西歐的時候，我們走投無路了，用跟我的徑碟射那東西，對吧？〉他說。〈我定住它，而妳跳上去。〉

〈對……〉貝若尼斯說。

〈因此帝汎保持距離，〉桑奇亞憂慮地說，〈待在射程外，我們就無法對它的死靈燈動手腳。〉

〈對。〉克雷夫說。

貝若尼斯清楚知道桑奇亞想表達什麼：換句話說，我是對的。

她瞇起眼透過望遠鏡觀看，凝視著飄浮空中的大黑磚。

〈所以帝汎就只是讓它在我們射程之外飄，看著我們撤出所有人？〉維托瑞亞問道。

接著一個想法慢慢在貝若尼斯腦中成形，冰冷、駭人的恐懼感充斥她的腹部。

〈不。〉她低語。〈它會挑釁，逼我們先動。〉

〈怎麼挑釁？〉克勞蒂亞問。

就在這個時候，彷彿在回應這個問題，死靈燈動了。

它朝西方疾射，劃過空中，依然如此安靜又怪異地完美。它飛近，距離東牆或許只剩一哩了……然後情況開始改變。

先是貝若尼斯覺得一陣噁心，彷彿一把冰刀滑入她的腸子間。接著，世界變薄的感覺依然令人不安，這時又增強了，她還有一種瘋狂、令人發毛的感覺，整個現實似乎變得又薄又脆弱，彷彿一幅以粉筆描繪在油膩黑板上的模糊速寫。

噁心感在她的胃中聚積，湧上她的喉嚨。她知道這是怎麼回事：當死靈燈醒來，開始行使它的特權，現實的一根根纖維變得不確定自己是什麼、不是什麼。

回憶一閃：暗處的黑衣男子，面罩在微光下閃爍；他緩緩歪頭……

別想著他。別想著他……

「噢，不。」她說道。

她望向東方，看見那裡的空氣詭異地閃爍，像烈日下的沙漠之沙一樣顫動。

接著，要塞的東牆消失了。

貝若尼斯只在轉眼間看見破壞的過程：牆和下面的土地就這麼消失，奇異、完美球形的一塊世界本身在一瞬間被刪去了。她看見殘留的彈坑——甚至不知道「彈坑」是不是正確的詞彙，因為沒有任何發射物能夠撞出這麼完美的圓——她也看見被乾淨俐落切斷的岩石邊緣探出圓形的土地，一層層斑斕的岩紋外露，就像有人拿走一塊派後，剩下的派露出內餡。

貝若尼斯看著小點灑落洞開的破口，慢慢領悟那些都是人。然後她也領悟，牆外的原野滿是難民，全部想擠進葛拉提亞拉城門——而死靈燈剛剛肯定也將其中的數百人從現實中抹去。

「不！」她放聲尖叫。

緊接而來的是雷鳴：死靈燈同時也抹去了一大塊空氣，而他處的所有空氣湧過來填補殘留的眞空缺口，發出驚天巨響。飛揚的塵土化爲一面牆，掃過葛拉提亞拉。貝若尼斯不得不閉上眼，別過頭。四周的世界天搖地動，整座城市在尖叫。她隱約知道自己的腦中滿是小隊成員的尖叫，鑰艦上的桑奇亞和克雷夫也在尖叫。

〈插他的地獄！〉維托瑞亞尖叫，〈插他的該死地獄！〉

〈可以射它！〉桑奇亞喊著。〈用嘯箭射它！〉

〈他媽一點屁用也沒有，而且妳也知道！〉克雷夫說。〈嘯箭擊中前就會被它抹去存在——除此之外，我失手的話就會射中下面的人！〉

〈我沒辦法射擊。〉克勞蒂亞的聲音發顫，彷彿在作夢。〈我沒……我沒辦法射擊。我可以靠近，去近一點的地方，但……需要時間。貝兒，還需要時間準備……天啊，天啊……〉

飛揚的塵土在貝若尼斯身旁落定，她坐直，凝視東方的死靈燈。

它緩緩朝西飄——沿城牆飛。

它要把整個難民營的存在都抹掉，她心想。一段一段摧毀城牆，殺死我們來此拯救的所有人。

她知道死靈燈做過這麼大規模的編輯後需要一些時間恢復，但沒多久就能再次修改現實。她拿出她的弩，用望遠鏡查看城牆，一面思考著：距離很遠，但我射擊兩次就到得了，或許可以，她心想。我可以利用兩發彈射鏃……然後我或許可以……可以把克雷夫的徑碟裝入我的弩，然後……然後……

太花時間，她知道。到時死靈燈可能又抹去另外一百個人了。

接著，一股古怪的寂靜感突然籠罩她腦海。她有過這種感覺，當時，和她偶合的人緩緩做出一個糟糕的決定——然後她領悟那是誰。「不。」她低聲說道。

她透過望遠鏡看葛拉提亞拉城牆，透過塵土與煙看見維托瑞亞，而他隔著整座城市平靜地凝視她。

〈我射一次彈射鏃就到得了，頭兒。〉他輕聲說。〈我很近，我做得到。〉

〈不可以！〉克磐蒂亞厲聲說。〈你的弩的射程表示你必須去到最近的那段牆，你才可能射中它！而下一次被抹除的肯定就是那一段牆！〉

貝若尼斯思考時沉默不語。她放下手中的弩，眺望城市的一片片屋頂，盡她所能快速計算。

〈頭兒？〉笛耶拉虛弱地說。〈頭兒，妳在嗎？〉

貝若尼斯低頭看。尖叫的難民人流持續湧過城市，驚慌地朝小舟逃竄。

多少？貝若尼斯想著。還剩下多少？多少人逃得出去？

〈我要去，頭兒。〉維托瑞亞說。〈我要做這件事。〉

貝若尼斯嚥了口口水。〈那就去吧。〉她說。

她看著維托瑞亞舉起他的弩，發射，朝東飛越城市。

她也一樣發射彈射鏃，竄向東方，被她的盔甲扯著飛向城牆以南的一座小尖塔。她努力控制自己，努力專注、思考。

〈克雷夫，〉她說，〈你需要多少時間才能控制那個死靈燈？〉

〈太多了。〉克雷夫說。〈從外面控制要比從裡面難千百倍。它會有時間多編輯一次，貝兒。我或許可以讓下一次編輯的範圍小一點，或弱一點，但我……我多半沒辦法完全要它停止。〉

「插他的地獄。」她一邊飛一邊低聲罵道。然後她又叫喚：〈笛耶拉？〉

〈在，頭兒？〉女孩回應道。

〈離開城牆。〉貝若尼斯說。〈然後準備好彈射鏃，瞄準維托瑞亞。他一射死靈燈，你就射他。如果射中，彈射鏃應該可以拉他躲開……無論死靈燈到底打算做什麼。〉

〈遵——遵命，頭兒。〉笛耶拉低聲說。

靠近尖塔後，貝若尼斯減速。她抬頭，看見死靈燈還在移動，還在朝西飛——不過維托瑞亞落在它前方不遠處。

〈克勞蒂亞？〉維托瑞亞喚道。〈要——要不要徑入我，幫我射這一發？〉

〈沒問題，孩子。〉克勞蒂亞虛弱地說。〈等……等我一下……〉

貝若尼斯降落，射出彈射鏃，裝入另一枚。她舉起弩，思考著接下來該往哪飛——但她知道她不該移動，在死靈燈進行編輯之前都不該動。最愚蠢的是衝向另一棟建築，那棟建築卻只是在你飛過去的半途中消失。她又回頭看死靈燈。它還在移動，還在往西飄，速度無比緩慢。

維托瑞亞和克勞蒂亞的聲音同時說話，聲音古怪地彼此交疊：〈它停下來才射。不能失手。必須有把握。〉

貝若尼斯沒說話，只是等待。現在說話會害他們分心。

〈我準備好了。〉克雷夫低聲說著。〈我準備好了……〉

死靈燈持續朝西飄……

它停下來了。

〈現在發射。〉克勞蒂亞和維托瑞亞齊聲說道。

貝若尼斯感覺他們吸口氣，感覺他們壓下發射碟，感覺他們吐氣，透過維托瑞亞的眼睛看著克雷夫的碟片裝在小小的弩箭上射向死靈燈。

世界變薄，空氣開始閃爍、顫抖。感覺整個現實彷彿化爲平面、坍陷……

〈維托瑞亞！〉貝若尼斯喊道。

世界顫動、起伏。

〈射中了！〉維托瑞亞和克勞蒂亞同聲尖叫。〈射中了！〉

〈**逮到它了！**〉克雷夫的聲音吼道，聽起來像承受著極大的壓力。〈**我……婊子養的，我……我……**〉

空氣扭曲。重力本身似乎閃向南方。

〈**要來了！**〉克雷夫喊道。

〈笛耶拉！〉貝若尼斯叫喊。〈拉走他！〉

貝若尼斯徑入笛耶拉，透過她的眼睛看著女孩用她的武器瞄準維托瑞亞；空氣顫動，他站在城牆上，而她透過弩的鏡片凝視他，雙手顫抖。

貝若尼斯立刻就知道笛耶拉還沒準備好，還沒準備好做這件事。她可以在女孩的思緒中感覺到，就像察覺橡木板有一個瑕疵木節，知道這塊板子無法承重。太難以承受了，太多心智徑入另一個心智；千絲萬縷纏繞著她的整個小隊，其中太多迫切，太多驚慌，太多對一切都仰賴這一個決定的體認……

笛耶拉按下弩上的碟片。

彈射鏃射出，竄入空中。

這一發很高。貝若尼斯知道，笛耶拉也知道，所有人都知道——而他們沮喪地看著彈射鏃高飛，幾乎高過維托瑞亞一碼，然後射出難民營外，遠遠超過啓動範圍。

〈噢不。〉笛耶拉說。〈噢不，噢不……〉

貝若尼斯放開徑，起身，看著維托瑞亞。

他站在城牆上抬頭凝視死靈燈，接著轉身注視貝若尼斯，表情凝固爲驚愕的難以置信。世界變得油膩又混亂。然後，沒有任何警告，他消失了，他站立其上的四分之一哩城牆也同時不見蹤影。

她原本不知不覺中接收著維托瑞亞的感覺和體驗——他的存在、他的觀點，他的意識，他的活力——全部化爲黑暗，化爲無聲。就像遠處的燈籠被遮住一樣，他消失了。

她聽見笛耶拉在遠方尖叫：〈不！不！不，不，不！〉又響起雷鳴，空氣湧動；她面前的世界再次充滿塵土與尖叫聲，她再也看不見了。

貝若尼斯掛在牆上，她的身體隨著衝擊共振。不，不，她想著，噢不，不……

她知道她的小隊也感覺到了：感覺到維托瑞亞的困惑，他的迷惘，他的死。

這就是死亡。貝若尼斯曾多次在某人死去時與他們偶合。她知道那是什麼滋味，感覺一個心智和靈魂突然經歷一陣猛爆的寂靜，接著轉暗。

她感覺到笛耶拉正無法控制地啜泣，感覺到她的恐懼，她的末日悲傷。〈我很抱歉！〉笛耶拉喊著。〈不，不……拜託，我很抱歉，我很抱歉！〉

克勞蒂亞虛弱地低聲說：〈他……他死的時候我在他腦中。他……他死的時候我正徑入他。〉

貝若尼斯掙扎著思考。她感覺自己同時間徑入太多人了：太多看見牆、石塊、海、塔樓的視野，變得很難記住哪具軀體、哪個觀點、哪個悲傷屬於她。

我迷失方向了，她想著，我迷失自我了。

這是偶合心智的危險，尤其是在情緒激動的狀態下：太多人之中湧現太多思考、感受，那些觀點灌入你自己的腦中，而你迷失自我。這完全就是她訓練他們預防的情況——而此時此刻，在這個關鍵時分，她卻漸漸迷失。

然後她聽見桑奇亞的聲音，她非常輕柔地說：〈貝若尼斯。〉

貝若尼斯眨眼。她想起哪一雙眼睛屬於她，又眨了眨。

〈貝若尼斯。〉桑奇亞低語。〈妳知道妳需要做什麼，我的愛。妳也知道我們沒多少時間。〉

她悠長地深吸一口氣。她回想起像這樣的夜晚：沉入黑水中，她緊閉雙眼，感覺桑奇亞幽魂般的手臂抱著她，融入她的思緒……

冷靜，她對自己說，冷靜，冷靜……

貝若尼斯嚥了口口水，動了起來。

〈克雷夫，〉她嘶啞地說，〈你控制住死靈燈了嗎？〉

〈勉強。〉他呻吟道，聽起來像正承受著驚人的壓力。〈外殼是這天殺的恐怖東西的一部分，但並不是最佳進入點。事實證明，說服這東西不要主張你們他媽不存在……是插他婊子養的艱鉅任務……〉

〈那就讓我們來了結它。〉她低語。

她放開屋頂，舉起弩，瞄準死靈燈。

〈我試著把它拉近一點，〉克雷夫說，〈確保妳射中……〉

貝若尼斯等著死靈燈，直到她確信目標已進入射程範圍。然後她吸口氣，射擊。

彈射鏃竄升，黏住死靈燈的側邊，而她跟在後面飛上天。

她飛過破碎的城牆，也飛過還在一段內城牆上歇斯底里啜泣的笛耶拉；她還飛過被編寫入大地的雙生洞，飛過維托瑞亞不過數秒前還站在那兒的地方……

靠近死靈燈後，她減速，抬頭看著那東西，看著它那純粹、冷酷、黑沉沉的側面，如此空無，又詭異地完美無瑕。她不認爲帝汎現在還眞正擁有一個軀體，應該說，它擁有的軀體就算沒有數千或數百萬個，至少也有數百個，然而她一直視死靈燈爲敵人的象徵；它的意志對她而言無比陌異，以這種不自然、不眞實的方式現形。

不過儘管看似不眞實，它卻非常堅實。她的靴子黏上側面，她接著撐上去站在黑磚上，飄浮在坑坑巴巴、煙霧瀰漫的葛拉提亞拉上空數百呎高度。她眺望黑磚邊緣之外，凝視著北方。宿主大軍現在距離城牆將近一哩，但正在撤退，因爲帝汎發現自己無法再掌控死靈燈。

〈一切順利。〉克雷夫雖然這麼說，但聲音聽起來精疲力竭。〈貝兒——我……我要打開這東西的頂部了，妳準備好了嗎？〉

〈盡我所能準備好了。〉

〈好。這……這裡面眞是地獄。來吧。〉

貝若尼斯腳下先是劈啪一響，接著發出嘶嘶聲，死靈燈頂部的一塊壁板打開——尖叫隨之響起。死靈燈從內部爆出一陣尖聲叫喊，貝若尼斯縮起身子；那是痛苦與悲慘的嗥叫，激烈而瘋狂。然後味道迎面襲來：腐爛與各種排泄物的味道。

天啊，我恨這個，她走向死靈燈頂部開口時這麼想著。天啊，天啊，我超討厭做這件事。

她低頭看死靈燈內部，臉色隨即刷白。

三打人從裡面仰頭凝視她，眼神茫然，胡言亂語又尖叫時張開腐爛、惡臭的嘴。死靈燈的地板上有椅子，而他們都被綁在椅子上，腳、手臂和胸部都被固定住。他們頭髮花白又年老——同時身體突變、畸形，頭骨或指節或肩膀詭異地鼓起，像是有人一時心血來潮拿掉了這裡或那裡的骨頭。

〈是時候做些傳道者的勾當了，貝兒。〉克雷夫說。〈改變世界。〉

〈我知道。〉貝若尼斯小心地走到洞口邊緣坐下。

〈這很難，〉桑奇亞在她腦中低語，〈但也是唯一的方法。〉

〈我知道。〉貝若尼斯說。

她跳進死靈燈內。

3

銘術的技藝向來區分爲兩個分野明確的領域。

對貝若尼斯和她的夥伴們來說，一邊是普通銘術。你在日常物品或材料上寫下詳盡的論述，說服它們違背現實；這些事觸發其他論述和定義的論述，藉此表達你的主張，而這些論述都存放在附近的符文典內。貝若尼斯從小到大接觸的就是這種銘術技藝，這也是形塑舊帝汎王國的行業，維繫像葛拉提亞拉這樣的要塞，各商家也曾因此得以掌控整個世界。

不過還有「深層指令」，容許你對現實本身進行突然、意料之外、勢不可當的改變，一種如此迅速、徹底的編輯，世界永遠不會知道自己被改變了。

然而深層指令有其代價：人命。

不過可消耗的人命通常並不多。過去，傳道者——最初的銘術師——創造出工具，能夠扭曲由生到死的過程，藉此克服了這個障礙。透過將靈魂注入一個工具，例如克雷夫——在午夜當下將生命從軀體扯出來，困在一個武器或器具或裝置之內——傳道者便能捕獲深層指令，並一而再，再而三招喚那個指令，永無止境。

不過在銘術戰爭期間，自稱爲帝汎的東西學會一種簡單許多，也恐怖許多的技術。

帝汎領悟，如果你不介意爲每一次編輯付出新鮮的代價，就根本毋須費心以一個工具或銘器獲取深層指令。你只需要一般而言的生命：偷走一個人的日月或年歲，你高興什麼時候將新鮮指令強加於現實都不成問題。

當然了，這種方法有其限制。每次進行編輯，你都會像火焰燒過廉價蠟燭一樣燃燒受害者的生命力，立即害他們老化或殺死他們。

不過，當然了，如果你有一整批百姓可以當作火種，這就沒什麼大不了。

貝若尼斯下墜穿過惡臭的空氣，忽略那些被綁縛在她身旁、發狂又尖叫的人。她大步前進，意識到地面因爲屎尿和無數其他排泄物而溼滑。一個年老的男人試圖咬她，舌頭在發黑的嘴裡蠕動。她小心地繞過他，唾沫噴到她的頸部和臉頰時忍不住略略一縮。然後，一個縮水、侏儒貌的生物發出高頻嗥叫——或許是個小孩，因爲使用一次指令而老化了五十歲。

他們或許死了還比較好，她心想，或許比較好。

〈我知道妳不是那樣想的。〉桑奇亞說。〈堅強點，貝兒。〉

死靈燈中央有一個圓形的青銅裝置，立即認出那是什麼東西：傳道者操作板，旁邊是維持整個死靈燈飄浮的重力銘器。我只做過一次。她繞過一個又一個不停尖叫的人，來到操作板旁。但我好討厭做這件事……現在更是加倍討厭。

〈動手吧，貝兒。〉克雷夫疲倦地低語。〈我只需要進入這恐怖玩意兒跳動的心臟，然後我們就能進行我們自己的編輯。我會淨化整支軍隊。我們會一次拯救他們所有人。〉

她當然知道。但她也知道如果這麼做，執行像這樣的編輯，幾乎肯定會殺死死靈燈上的所有人。

她抽出克雷夫的徑碟，停了一下，環顧身旁所有尖叫不休、年老的可憐人。

「我很抱歉。」她說道。

她把偶合金屬片拿到操作板上方。

我跟帝汎不一樣，她想著，不一樣。

她放下金屬片。

死靈燈的內部立即改變——或至少對貝若尼斯而言改變了。她感覺克雷夫同時出現在多個位置：死靈燈內的這裡、鑰艦內的符文典中、和桑奇亞在一起。就像所有這些空間都彼此重疊，而她感覺得到桑奇亞站在她身後，也感覺得到克雷夫在這裡的死靈燈內，正在一點接著一點跟這個可怕的東西辯論。她甚至覺得她能夠在幽暗處看見桑奇亞，她那頭鹽與胡椒色的短髮在蒼白的光線下閃爍。

〈快好了。〉桑奇亞低語。〈快……〉

然後她聽見克雷夫開始。

他跟傳導者操作板辯論，堅持它必須做一個非常簡單的改變：植入下方宿主體內的偶合碟片都不是金屬，而是水做的。

〈換句話說，就是沒什麼奇怪的。〉克雷夫對操作板說。〈你知道的……你以前都做過。〉

〈**我……我很確定我沒做過**。〉操作板說。〈**現在沒有，這種狀態下也沒有**。〉

它的聲音。聽起來多像格雷戈啊，只是有一點……而且也像她，像瓦勒瑞亞，單調、沒有抑揚頓挫，而且古怪地不自然……

〈那是什麼時候？〉克雷夫問。〈你什麼時候沒做過這些事？〉

〈**從來沒有。這是已知的**。〉

〈但你能確定你在未來的某個時間點不會做這些事嗎？〉

長長的停頓。

〈我……什麼？〉

〈你是否意識到，在未來的某個時間點，你不會已經執行這些修改？〉

〈這……不可能說……〉

〈你的意思是你不知道？〉

〈我……呃……〉

〈你確定此時此刻的這一次並非也是未來的某個時間點之一，而在像這樣的時間點，你不會執行這些修改？〉

〈誰……等等。這不是……一個時間點，當我不會……等等？〉

就算是在這個可怕的地方，貝若尼斯還是忍不住竊笑。死靈燈操作板是傳道者工具，汲取生命以直接編輯世界——因此應該不可能混淆它才對。

但帝汎將死靈燈控制板設計得順從又易受影響——而所有順從的東西都能輕易被打成結；當動手打結的是克雷夫，那更是如此。

〈所以你是說，〉鑰匙歡快地說。〈你無法確認現在之後的兩秒是或不是你會對現實執行這兩個小到不行的編輯的未來時間點，也就是說，你無法確認這是或不是你獲准執行的編輯？〉

〈我……正確。〉操作板說，但現在聽起來憂心忡忡。

〈那就可以做這些改變囉？〉克雷夫問。〈只是兩個小到不行、沒人會注意的改變……〉

操作板安靜良久。

〈來了。〉桑奇亞低語。她好近，感覺就像他們一起在那裡。〈做好準備……〉

接著死靈燈改變世界。

貝若尼斯的身體爆出一陣劇痛，難以言喻的疼痛，彷彿她的骨頭是火做的、她的肚子裡裝滿灼熱的鉛。因爲她透過克雷夫與這次編輯本身連結，她感覺得到編輯前的世界是什麼模樣，編輯之後的世界又是什麼模樣：她感覺到兩種版本的現實都僵持了一秒，堅持它們各自都有權維持原樣，兩個世界之間的分裂勢同水火；然後，她感覺到緩慢的過渡時分，一個版本衰退，另一個版本如潮水般隆隆湧入，取而代之……

淚水沿她的臉傾瀉而下。她感覺到世界被改寫，無情、毫不寬容，使自身成眞的一次編輯。

我到現在毀掉多少現實了？我在像這樣恐慌的時刻扼制、置換了多少版本的故事，只爲了贏得這場悲慘的戰爭？

克雷夫又輕推了傳道者操作板一次——編輯完成了。

死靈燈內的尖叫聲止息，所有聲音被突兀地消除。她緩緩環顧被綁在燈內的人。

幾乎所有人都死了。他們的頭低垂，嘴巴張開。克雷夫強行徵用死靈燈，有些人因此老化得如此快速，已呈現屍骸的模樣。

感覺眞怪啊，貝若尼斯想著，年歲這麼快速而無情地被偷走——知道罪魁禍首就是你自己。

〈我也控制住這東西的重力銘器了。〉克雷夫低語。〈我可以要這東西依我們所需飛去任何地方，但我們無法再編輯。而且我……我撐不久了。我好累啊，桑……〉

貝若尼斯皺起臉。儘管克雷夫擅長征服銘器，執行深層指令對他而言依然是艱鉅任務。他上次做完之後睡了兩天。她不喜歡他在死靈燈依然飄浮空中時睡著的這個想法。

〈快快讓它降落就是了，克雷夫。〉桑奇亞說。〈宿主大軍自由了，對吧？〉

〈對。〉他嘆氣。〈他們都乾乾淨淨了。天啊，人數也太多了。我不知道有沒有辦法帶走所有人……〉

〈能帶多少帶多少。〉桑奇亞說。〈然後這……死靈燈。如果城市安全了，我們也可以帶走。〉

死靈燈和緩下降，飄向地面，貝若尼斯的胃一沉。〈妳覺得我們可以帶死靈燈回吉瓦？〉她問道。〈我知道那裡的所有人都會很想看。〉桑奇亞說。〈我們試了好幾年想弄清楚帝汎是怎麼控制它的宿主，或許這東西可以爲我們解惑。〉

貝若尼斯嘆氣，她精疲力竭了，但她知道桑奇亞說得沒錯。他們從戰爭伊始就在分析帝汎是如何完全控制它的人類零件，因爲偶合心智的微妙之處在於，這是一種雙向連結。你的思緒成爲他們的，沒錯——但他們的思緒也成爲你的。

然而帝汎似乎從不覺得這有什麼大不了。它可以透過一個宿主的眼睛看，毫不介意那個人本身：不在乎他們死活、是否受苦，或是否爲他們所愛之人哀悼。直接與數千人連結應該會令人無法負荷才對，就算他們沒有像宿主一樣都處於恐怖痛苦中也一樣。然而，對帝汎來說，它就是不會。了解它如何駕馭數百萬個連結一直是打這場仗的關鍵——如果把這個恐怖的新發明帶回去能改變局面，那就值得一試。

〈克勞蒂亞？〉貝若尼斯喚道。

〈尸——是？〉克勞蒂亞應道。她的聲音聽起來很虛弱：在維托瑞亞的存在被抹去時徑入他，這對她而言無疑是難以言喻的創傷。

〈我需要妳去找那些宿主，跟他們說他們必須離開。〉貝若尼斯說。〈我想自己來，但要忙死靈燈的事抽不開身。如果他們願意聽，那就跟其他人一樣，把他們帶去碼頭。〉

〈收到，頭兒。〉她低聲說道。

死靈燈還在下降。貝若尼斯覺得腿發軟，她好想坐下、躺下、讓腦袋休息——只要不是在這個嚇人的小空間，到哪去都好。

〈快到了。〉克雷夫說。〈快……〉

他們此時的位置非常低，距離宿主大軍不過數碼。帝汎過去數週、數個月，甚至數年以來都讓他們維持可怕的休止狀態，貝若尼斯可以聽見他們醒來時發出的尖叫聲和哭號。

她閉上眼，感覺得到桑奇亞就在她身邊，彷彿她正在黑暗中緊握著妻子的手。

〈我一直都想待在妳身邊，〉貝若尼斯低語，〈但現在，天啊，爲了把我弄出這地獄……〉

〈我知道。〉桑奇亞說。〈站穩了，我的愛。〉

〈準備好。〉克雷夫說。〈我們快下去了。然後我會切斷跟這東西的連……〉

貝若尼斯睜開眼。她又等了一會兒，但克雷夫沒接著說下去。

〈連什麼？〉她問道。

死靈燈停止下降。一陣長長的寂靜。

〈該死，克雷夫。〉桑奇亞說。〈有什麼問題？〉

〈哇……〉克雷夫輕輕地說。〈哇，哇，哇。各位，這裡……這裡面有東西！〉

〈嗯……哼？〉貝若尼斯環顧左右。〈這裡面？死靈燈裡面？什麼意思？〉

〈有……有其他東西在裡面……〉克雷夫聽起來滿心敬畏、著迷、害怕，語氣完全不像他們所知的他一樣爽朗、淘氣。〈我正要切斷連結，但燈裡有……有另外一個東西，跟我和貝兒在一起……〉

貝若尼斯和桑奇亞一起環顧四周，透過一雙眼睛凝視死靈燈內。什麼也沒有。

〈他……他在說什麼？〉貝若尼斯問道。

〈我他插一點頭緒也沒有。〉桑奇亞說。

〈小鬼……帝汎在作夢。〉克雷夫低語。

貝若尼斯覺得寒毛直豎。〈克雷夫？你還好——〉

〈帝汎在世界的深處作夢，桑奇亞。〉他說。〈它的夢在這裡！在……在死靈燈裡面這裡！〉

〈啊？在燈裡？〉桑奇亞問。〈你到底是什麼意——〉

〈我看見了。〉克雷夫大喊。〈**我看見了！**〉

站在鑰艦駕駛艙裡的桑奇亞站直，放聲尖叫。

畫面閃過她腦海，速度太快了，她幾乎無法理解自己看見什麼。

她看見骨白色的塔矗立荒蕪的平坦沙地上；沙原像熔化的玻璃一樣閃閃發光，巨大裂隙散落各處。

她看見處處黑煙沖天，聽見數千人呼喊。

她看見黑色的岩石表面，以白銀書寫的一行行銘術——世界的洞在牆上，另外一邊一片黑暗。

然後事物改變，就像她飛越了大地。她看見下方的乾草原，風吹草舞，山丘矗立遠方。

一條湍急的白色河流湧過山間。然後山脈延伸、隆起，一整片的棕，植物蔓生，高聳松樹點綴其間，崎嶇峽谷從中劃過。山間有個低谷，巨大敞開，裡面滿是頹圮的柱子和歪倒的廢墟……山谷中有座古怪錯位的山峰，而懸浮在山峰之上的是……

一個箱子。

一個房間，飄浮在空中。

在那房間內，有個男人在尖叫。

或者應該說……某個人形的東西。因爲桑奇亞突然看見房內的男子，或者應該說她看見克雷夫看見那男子——她看見他的臉，那張臉顏色漆黑、靜止、冷酷、閃閃發光，一張面具般的臉……

因爲那就是一張面具。

「**不！**」她放聲尖叫。

然後響起一個聲音，冰冷、低沉、空洞的聲音——同時卻如此痛苦。

「**桑奇亞**。」那聲音說。「**那是……不。不要是你。不要是你！**」

最後那個字中隱含的憎恨如此發自內心而苦澀，而且惡毒……就像一束黑色閃電劃過她腦中。然後幻象轉暗，克雷夫也不再說話。

死靈燈陡然下墜，貝若尼斯不禁叫喊了一聲──只下墜幾呎，但足以震得她撞上前面的牆。她不得不把自己塞進角落，以免又往後跌在噁心的地板上。她靜靜站了一會兒調整呼吸。

〈克雷夫！〉她厲聲說道。〈搞什麼？〉

寂靜。

〈桑奇亞？〉她叫喚。〈怎麼了？發生什麼──〉

接著她感覺身後有一股巨大的熱，她轉身，恐懼地看著傳道者操作板冒煙，然後起火燃燒。熱氣勢不可當，而且不斷增長，愈來愈熱。如果待在原處，她幾秒內就會被活生生烤熟。她踉蹌回到頂板的開口處，往上一躍，盡她所能快速爬出去。來到死靈燈的邊緣後，她回頭看開口，看見黑煙滾滾湧出，伴隨而來的還有太好辨認的肉體燃燒氣味。

「搞什麼鬼。」貝若尼斯上氣不接下氣。「搞什麼**鬼**！」她在死靈燈的邊緣坐下，覺得頭暈目眩。她喚道：〈桑奇亞？妳在嗎？〉

〈我……在。〉桑奇亞若地說。〈妳呢？〉

〈在！妳知道死靈燈裡的該死傳道者操作板起火燃燒，差點害我斷送小命嗎？是不是克雷夫幹的好事？〉

〈不，我不知道。〉桑奇亞咕噥道。〈我也不知道他做了什麼。〉

〈妳……妳不知道？發生什麼事了？〉貝若尼斯問道。

另一邊沉默良久。

〈妳看見我剛剛看見的那些東西了嗎，貝兒？〉桑奇亞問。〈那……那些白塔？煙，還有哭聲？還有岩石裡的黑門？〉

貝若尼斯靜坐了一會兒，太驚訝了，不知道該如何回應。〈什麼！沒有！沒有，我沒看見！剛剛發生這種事嗎？眞的？〉

〈對啊。〉桑奇亞低聲說道。〈然後克雷夫睡著了。〉

〈要命。〉貝若尼斯說。〈等等。是妳看見那些瘋狂的幻象，還是克雷夫看見？〉

〈我就是擔心這個。〉桑奇亞說。〈我不是很確——〉

〈貝兒，桑，〉克勞蒂亞簡潔地打斷她們，〈雖然我很想立刻弄清楚這些瘋狂的事怎麼搞的，我們還有幾千個人要照料。而且，如果帝汎能在一小時內平空召喚一支大軍，它理所當然可以再來一次。〉

〈插他的地獄。〉貝若尼斯說。她從死靈燈的邊緣滑下來，彈射鏃瞄準，發射，她隨即翻過城牆。

〈我來想辦法把死靈燈弄上船好帶回去研究——前提是還剩下任何東西可以研究。不過我需要回船上拿些材料。桑——妳可以把鑰艦開來碼頭邊嗎？〉

〈我沒辦法像克雷夫那麼精確，〉桑奇亞說，〈不過我會把船開到近處。〉

桑奇亞站在巨型戰艦的主控檯前，抓著讓船的銘術和指令得以滲入她思緒的舵輪。她不是很喜歡這份工作，但事實證明，除了克雷夫之外，她最會駕馭這頭野獸：因爲她的特權，她得以進入銘器，因此她能夠聆聽這艘巨型銘印戰艦，勸哄它、好好談它的調動。

「這邊。」她一面跟這頭昏昏欲睡的巨獸合作，一面出聲低語。「這邊……」

大船開動。她朝西望向葛拉提亞拉的碼頭，看著葛拉提亞拉人在小舟旁排隊，後面跟著衣衫襤褸、慘兮兮的難民，而最慘兮兮的人很快將跟上他們：數千個重獲自由的宿主，他們剛剛醒來，發現自己飢腸轆轆、精疲力竭，而且離家十萬八千里，家破人亡。

看見他們時，她感覺熟悉。熟悉到知道還有更多像他們這樣的人，她和貝若尼斯卻救不了他們。更糟的是，剛剛的幻象和其中含意也令她憂心——而且她知道她沒看見克雷夫所見的全部，這同樣令她擔憂。

貝若尼斯的聲音在她耳裡低語：〈那是什麼？〉

〈我不確定。〉桑奇亞說。〈但我想……我想克雷夫或許無意間接上了它的思緒。〉

〈它的思緒？妳是指……〉

〈對。〉桑奇亞說。〈我……我認為克雷夫不知怎麼地無意間讀取了帝汎的思緒。他透過帝汎的眼睛看，看見它在做什麼。而……他在那裡看見的東西似乎非常恐怖。〉

〈那個聲音呢？〉貝若尼斯問。〈它叫妳名字的時候？那是……〉

〈對。我……我想它逮到我在看。它逮到我們，然後把我們趕出來。〉

葛拉提亞拉城牆有些動靜：小之又小的一點黑劃過一道超自然的直線朝鑰艦甲板直射。像這樣看見自己的配偶歸來感覺很奇異，但桑奇亞一見這景象就心跳。

〈桑奇亞。〉貝若尼斯低語。〈在那個幻象中。妳……妳確實看見……〉

桑奇亞把頭靠在戰艦的舵輪上。在她思緒的表面，那個體驗令人印象深刻：一張空無的黑色面具，還有黑暗中的尖叫聲。

〈對。〉她嚴肅地說。〈我看見他。〉

〈那可能代表什麼意義？〉貝若尼斯問。

一個奇怪的聲音劃過海面湧向桑奇亞所站之處；低微、漸漸增強的窸窣聲，令她想起大群飛鳥。她花了幾秒才認出那是什麼：哭聲。她現在距離夠近了，聽得見站在葛拉提亞拉碼頭和階梯上的所有人，而他們全部在哭。

〈沒好事。〉她說道。

4

海上的鑰艦總是吵吵鬧鬧。身為一個複雜度幾乎無法理解而完美的巨大銘器，它的支柱依然會嘎吱響，海水也依然嘩啦拍打著船殼，腳步聲也在上下的甲板回響。然而現在迴盪在船上的聲音有所不同：哭泣、嗚咽、抽鼻，無數悽慘、受傷的軀體躺在諸多甲板和艙區，發出各種窸窣聲和碰撞聲。桑奇亞行經船的上層艙區時，她覺得自己彷彿正俯瞰著另一個世界，彷彿某個哲學家夢中的來世；這個燈光微弱、綿延的空間裝滿一個吊床又一個吊床的人，他們全部飢腸轆轆又大受驚嚇。

她找到波麗娜；任務成功後，波麗娜總是待在這個老位置：靠著某艙區高層陽臺的欄杆，俯瞰她的治療師醫治各種傷勢與感染。儘管波麗娜是出於同情心才待在這裡，桑奇亞仍不禁想起猛禽在棲木上看著沙鼠奔竄。

「這下，」桑奇亞靠近後，波麗娜說道，「又是誰在開船？」

「克勞蒂亞。」桑奇亞說。「她睡過一會兒，因此又開始幹活兒了。開船不難，現在只要對準南方駛向吉瓦就好了。她只需要看著前駕駛艙就好。」

「那妳呢？妳睡過了嗎？」

「沒有。」

波麗娜點頭，看著治療師衝進衝出拿更多藥物。「這，」她說，「肯定是我們應付最多人的一次。」

「是啊。」桑奇亞說。「多了大約一千人吧。」

「不止是葛拉提亞拉居民，」波麗娜說，「也不止是難民，而是克雷夫……怎樣？神奇喚醒的**整個**帝汎宿主大軍？這樣說精確嗎？」

「不算是，」桑奇亞說，「但也差不多了。」

「這就像童話。」波麗娜說。「一群人從邪惡巫師的魔咒中重獲自由，但在那些故事中感覺容易多了。」她熱切地看著她的治療師忙著包紮一個孩子的腳。「妳也知道，我不是很喜歡這整套徑入鬼扯。」

「是啊，每次都直言不諱呢。」桑奇亞說。

「不過我好像可以同時間感覺到我的所有治療師在幫助船上的每一個人，就像是我彷彿自己之前做過一樣想起他們做這件事……」她搖頭。「知道這種折磨有多廣，知道我們做了什麼以阻止磨難繼續……所有的冒險和瘋狂幾乎都因此而值得了。」

「幾乎？」

波麗娜站直。「對。因爲整套徑入鬼扯的另一小部分是……我也知道妳在想什麼，桑奇亞。一點點。」她面對桑奇亞。「我知道妳爲什麼不想睡。克雷夫在後面做了某件事。侵入帝汎腦中，偷看它的思緒，看見……」

「他看見奎塞迪斯。」桑奇亞說。「對。」

「他看見他……被俘虜，是嗎？」波麗娜問。

「我不確定。」桑奇亞說。「難以想像有人把奎塞迪斯塞進一個箱子裡。」

波麗娜點頭，思考時望向遠方。「貝若尼斯在看地圖。」她說。「我們何不加入她？」

她跟著波麗娜走出艙區，穿過一個又一個甲板，一道又一道梯子，一個又一個艙門。

「女孩的情況怎麼樣？」她們上爬時，波麗娜這麼問道。

「很好。」桑奇亞嘆氣。「考量一切，笛耶拉非常擅長徑入——她是天生好手，而且非常小的時候就偶合了。不過眞希望我沒讓這次成爲她的首度接觸。」

「我的手下給了她安眠藥。」波麗娜說。「她現在在休息——但對一個擁有徑入天賦的人來說，我知道夢境並不一定是退路，因爲他們偶爾會滲入其他人的夢中。」

她們終於抵達位於鑰艦船尾頂層的地圖室。這裡原本充滿各種丹多羅精品——船長顯然都在這裡娛樂富裕的賓客——不過現在只留下鮮活花朵圖樣的黃色地毯，附帶東一點西一點的陳年酒漬。

貝若尼斯坐在房內的深處，正凝視著牆上的地圖和筆記，這些都是歷經數月戰爭蒐集而來。桑奇亞知道她沒有修改或加上任何標記。克雷夫瞥見的情景蘊含無比的恐怖，任何修改都不足以眞切描繪。

「我年輕的時候，」波麗娜穿越房間，「以爲戰爭就是劍、矛與盾。但我現在知道戰爭是地圖，以及更多地圖，還有日曆、時間表和盤點——然後又是地圖，更多地圖。」她站在貝若尼斯身旁。「都是乏味至極的玩意兒，錯不了。」

貝若尼斯沒說話，靜靜對著眼前的地圖沉思。

「不過這些乏味的玩意兒幫助我們救了幾千條人命。」波麗娜輕聲說道。「我相信我們八年來已經執行了，多少？十九次任務？把人救出帝汎行經之處？」她靠近地圖，碰觸帝汎領土東部的一個區域。「但這……老實說，這對我們的幫助更大。」

桑奇亞在貝若尼斯旁邊坐下觀看。波麗娜的手指停在黑色國度：過去八年來一直堅持抵抗帝汎的醜陋小山谷。這個國度名聞遐邇，就連莫提和他的手下都知道——或至少知道帝汎不遺餘力想占領這區域，並因此造成多大的破壞。

「帝汎爲了逮到奎塞迪斯，」波麗娜說，「消耗了多少鮮血和金銀財寶？」

貝若尼斯終於動了，她吸口氣，眨眨眼。〈不計其數。〉她說。〈成千上萬個宿主，數十個死靈燈，爲數眾多的砲隊。足以讓葛拉提亞看起來像場小糾紛。〉

「請說出來。」波麗娜說。「思緒表達出來才更清晰。如果我能逼你們寫，我會要你們用寫的。」

貝若尼斯嘆氣，閉上眼，提振精神。「打從這場戰爭的一開始，奎塞迪斯就是帝汎的首要目標，而我們打蛇隨棍上。帝汎專注於他，我們在杜拉佐海才能擁有那麼大的自由。救這些人並不容易，但若奎塞迪斯沒有占據帝汎如此大量的注意力，那麼難度還會高上許多。」

波麗娜轉身看著桑奇亞。「然而現在，妳看見他被……俘虜的幻象。」

「我們不確定是那樣。」桑奇亞說。

「妳看見他在某種箱子裡，對吧？」波麗娜問。「痛苦尖叫？對我來說那就是『俘虜』的意思。」

「克雷夫看見一個片段，而我看見片段的片段。他看見更多，也會知道得更多。」

「那他**何時**會知道更多？」波麗娜問。

「他上次兩天後才醒來。」桑奇亞說。「我猜他再甦醒時我們已經回到吉瓦了。他到時就可以告訴我們更多資訊。」

波麗娜回過頭看著地圖。「首位傳道者被俘虜……我沒眞想過這種事可能發生。非要說的話，我一直以爲他們的爭鬥會害死我們所有人。」

桑奇亞確實認同。他們曾想過，岸落之夜後，奎塞迪斯會不會就此消逝，然而他們不過幾週就收到消息，說他在大海的另一端露面，占領了幾個道洛谷地國家。沒人知道他是說服了各個小國國王追隨他，或是強逼他們遵從——身爲一個傳道者，擁有支配說服與重力本身的強大力量，他有無窮無盡的選擇——但他幾乎在一夜之間把他們的軍隊和要塞轉化爲一個團結的超強大國。曾有謠言說他找到方法恢復了他的飛行能力，或許不止如此。

那之後的八年間，面對帝汎的猛攻，黑色國度不止撐過去了，而且屹立不搖。直到，桑奇亞心想，今天。

「如果奎塞迪斯眞的死了，」貝若尼斯說，「我無法想像我們接下來要怎麼做。」

「我也不知道。」波麗娜說。「我們必須把這問題帶回去吉瓦的議會。」她朝桑奇亞一瞥。「但妳們知道他們原本就爲此不安。」

桑奇亞怒瞪她，抬手碰觸克雷夫懸吊之處外的襯衫。「妳是說**克雷夫**讓他們不安。」

「平心而論，桑奇亞，克雷夫會讓大多數人不安。」波麗娜惱火地說。「一個可以操控或摧毀幾乎所有其他銘印工具的神奇銘印工具？傻子才不會爲這種東西擔心！更別提他的……歷史。」

「幫助吉瓦生存的大大小小建設，克雷夫哪一樣沒插上一手？」桑奇亞防備地說。「我們是因爲他才活著，因爲他才這麼繁榮！」

「對，而知道他顯然曾經是奎塞迪斯的**父親**，」波麗娜說，「在他四千年人生中殺的人沒有幾百萬個也有幾千個……知道同樣這個人幫忙建立起你的國家，這實際上**並不會**讓人感到欣慰。」她原本就總是一張嚴肅的臭臉，這時她的臉更臭了。「他可能一樣糟。一個屬於我們的奎塞迪斯，這麼久以來都在我們之中休眠，像是蛹中的蝴蝶。」

桑奇亞張口想反駁，但波麗娜投降地舉起雙手。「我再說最後一句就好：我厭惡**所有**這種可怕魔法。」她說。「我討厭商家利用它，而這……這遠古瘋狂狗屁令我**加倍**不安。我不知道妳怎麼能忍受像這樣的東西持續碰觸著妳，桑奇亞。」

「因爲他不是一個物品，」桑奇亞說，「是一個人。」

波麗娜嘆氣，揉了揉眼睛。「妳們都需要睡眠，」她說，「還有休息。我根本可以聞到妳們的疲累搞臭妳們附近的空氣。上床去吧。」

貝若尼斯搖頭。「我們可以幫忙照顧難民。」她忍住呵欠。「人手太短缺。我們可以幫忙。」

「不可以。」波麗娜堅定地說。

「我們可以！」貝若尼斯說。「大家仰賴我們。」

「到吉瓦之後，妳們要回答非常、非常多的問題。」波麗娜說。「我預料議會將會審問妳們好幾個小時。去睡，妳們才能回答他們。」她怒視地圖。「因為我們都仰賴妳們的答案。」

回到無人打擾的艙房之後，桑奇亞和貝若尼斯擁抱、聆聽。

聆聽彼此的思緒、感覺、記憶、經驗。將思緒偶合之後，你便能進入他人腦中，但這是一種鄰近效應——也就是說，當你們實際接觸，效果將達到頂點，彼此之間共享的事物太多了，兩人幾乎結合為一。桑奇亞無聲為維托瑞亞哭泣；他的死在貝若尼斯的思緒中迴響，而她聆聽那些回音。〈該死。〉她低語。〈我很遺憾，貝兒。〉

〈我知道。〉貝若尼斯說。

〈不過妳做得很好。〉桑奇亞說。

〈他也是。他做了正確的事。只是在那一刻感覺不對。〉她低頭靠著桑奇亞的頭。〈有一天我們會發明一個方法避免這種事。我們會找到某種鑰匙，或工具，或招數，可以……可以確保永遠不會再發生像這樣的事。對吧？〉

〈希望如此。〉桑奇亞疲倦地微笑。〈不過妳無法舞過雨季。〉

貝若尼斯回以微笑，努力回想這個說法是出自哪裡。她想應該是某個古老寓言吧，講述某個女人能夠舞過風暴，雨滴永遠不會落在她身上——不過最後季風來了，而你無法舞過整個雨季。

桑奇亞細看貝若尼斯的身體——她的瘀傷、割傷，盔甲和弩拖著她飛過空中時擦傷的肌膚。貝若尼斯徑入她，透過桑奇亞的眼睛看見自己身上的傷，記下未來該如何調整。

〈脫光。〉桑奇亞說。〈妳傷痕累累，妳甚至不知道有些傷在哪裡。〉

〈沒這回事。〉貝若尼斯坐正，解開一顆鈕扣，痛得忍不住一縮。〈我清楚知道自己全身上下受了哪些傷……〉

桑奇亞拿了一些繃帶、藥油和藥膏過來，安靜地開始照料貝若尼斯的諸多小傷。處理完後，她坐下看著自己的成果。貝若尼斯再度徑入她，跟著她一起看，透過桑奇亞的眼睛研究著自己這身赤裸、憔悴、瘀傷處處的軀體躺在床上。衝突的情緒突然令她難以承受：因自己看起來有多疲憊憔悴而沮喪，然後看見自己還活著，而且完整而強壯，她又感到欣喜，甚至興奮；接著是一股強烈、發疼的罪惡感，因爲知道維托瑞亞徹底消亡、被從現實中抹除，這具軀體才能活著。

〈活著。〉桑奇亞說。

〈對。〉貝若尼斯說。〈勉勉強強。〉

〈還活著，對。而且依然年輕。〉

桑奇亞表情焦慮。貝若尼斯抓起她的手緊緊握住。

〈妳也還活著。〉貝若尼斯說。

〈但不年輕了。〉桑奇亞說。〈也不強壯。看看妳……〉她的目光落在貝若尼斯緊繃、起伏的二頭肌上，〈我怎能不嫉妒呢？〉

〈因爲妳我才能活著，〉貝若尼斯說，〈我和其他所有人。我們都是因爲妳的所作所爲才倖存。〉

桑奇亞沒說話。貝若尼斯知道這沒有什麼安慰效果：鑲在桑奇亞頭骨上的碟片非常、非常特別，讓她能夠感知銘術，並與銘術溝通，就像貝若尼斯和所有吉瓦人身上的碟片讓他們能夠分享思緒一樣。但一如所有受深層許可驅使的改變，桑奇亞的碟片一樣以生命爲代價。就像死靈燈每次使用銘術便會害其中的奴隸老化，桑奇亞腦裡的碟片以年歲爲食，吃掉她的時光，害她比一般人老化得快速許多。

貝若尼斯覺得這似乎極其不公平。偶合她們心智的銘術當然也消耗生命——只是無論桑奇亞被賦予什麼改變，那代價都要高太、太多了。

眞苦澀啊，她常這麼想，銘印軀體對許多人都是一種祝福，卻只有讓這件事成爲可能的人除外。

桑奇亞和貝若尼斯一再爲是否要在她身上使用淨化棒而痛苦萬分：這個小小的工具能夠使一具軀體對銘術免疫，迫使肉體自己排出已經或可能植入其中的所有指令。

桑奇亞似乎感覺到她在想什麼：〈船上的那個孩子——妳救回來的總督之子。妳淨化了他，讓他排出身上的指令。〉

貝若尼斯點頭。

〈但……但他現在永遠無法成爲吉瓦的一分子了。〉桑奇亞說。〈永遠無法分享思緒，不能成爲我們的一員。身上有那個碟片就沒辦法。他只能孤單承受他經歷過的所有痛苦。〉

貝若尼斯抓住她的手用力捏了捏。〈不孤單，我的愛。不是眞正孤單。〉

桑奇亞嘆氣。〈我會用淨化棒。可能眞的會。一旦戰爭結束，我們都安全了，我會自己動手。〉

然而貝若尼斯忍不住覺得憂慮。不止是因爲她們都無法想像戰爭什麼時候才可能結束，也因爲她不知道該怎麼跟一個老化得如此快速的伴侶共度人生。桑奇亞的體能限制變多了，她也來到性慾削減的年齡。五、六年前，要是看見貝若尼斯赤裸躺在床上，她幾乎立刻就會興奮起來。此時此刻，貝若尼斯知道桑奇亞主要只覺得累，而且抗拒寬衣露出自己老化的身軀。

〈不。〉貝若尼斯坐起來。〈不，不。〉她抓起桑奇亞的手貼著自己的臉頰。〈妳還是妳，妳也還是很美。〉

〈我哪時美過。〉桑奇亞說。

〈我覺得妳美，過去和現在都一樣。〉

桑奇亞嘆氣。

〈分享我的感覺。〉貝若尼斯說。〈拿去吧。〉

桑奇亞看著她，困惑但依然抗拒。這樣的求歡對她們來說並不尋常：要桑奇亞分享貝若尼斯的激情與高潮；貝若尼斯的身體依然能產生那些感覺，也對此深切渴望。

〈眞是樂意被利用呢。〉桑奇亞露出淡淡的笑，開始寬衣。

〈爲妳，〉貝若尼斯說。〈永遠如此。永遠。〉

5

「另一邊是什麼？你知道嗎？」一個女人的聲音問道。

「不，我還不確定。」另一個聲音答道——是個男人。

「如果你不確定門通往什麼東西，那你爲何還要建造它？」

「妳不懂。它想要我建造它。它想被建造。這就像在一塊岩石中看見雕像——但這塊岩石就是世界本身。」

「很美的想法。但你沒回答問題。你正在建造的這東西另一邊是什麼？」

「我不知道。但肯定比這裡好，對吧？」

在無盡、寂靜睡眠的黑暗中，克雷夫不安擾動。

「她可能不在那裡，你知道的。我希望她在。我知道你希望她在。但她或許沒有在另一邊等著我們。」

「我不是小孩。我知道。但或許更美好的世界在那裡等著我們。或許，一個更美好的世界等著我們所有人，在萬物的另一邊……」

克雷夫在黑暗中醒來，覺得焦慮又噁心。

這是誰？我聽見的是誰的聲音？無論發生在多久以前，這到底是誰？

然後夢境離開他，而他入睡。

第二部　節奏

6

海浪從開闊大海的波濤起伏轉變爲淺水的溫和湧動，這時貝若尼斯醒了過來。空氣中冒出一股奇怪的水分，令人坐立難安、沼澤般的黏膩感，她的雙腿和腹部爆出汗水。

她睜開眼。〈到了！〉她搖醒桑奇亞，並著裝。〈到家了。我們在霧鬧裡了！〉

「嗯——」桑奇亞把臉埋進枕頭更深處。

〈起來！〉

「讓偶睡。我最近該死的需要睡。」

〈妳有五分鐘。〉貝若尼斯說。〈然後我要妳上去。我們需要盡快取得許可進入吉瓦。〉

「十分鐘。收到。」。

貝若尼斯上去後，發現甲板擠滿到處或坐或站的人。顯然許多葛拉提亞拉人和難民都害怕被囚禁，不想去下層甲板，因此留在主甲板——考量他們的經歷，貝若尼斯可以理解。他們不開心地咕噥著，原因顯而易見：一團團厚沉潮溼的霧裹住船，周遭的世界化爲一片白。層層堆疊的霧氣削弱光線，顯得冰冷黯淡。貝若尼斯推擠過人群來到主甲板的欄杆旁，她發現最多只能看見船殼之外二十呎的範圍。

一般而言，當一艘有戰艦這麼大的船駛過像這樣的霧，因爲擔心撞上淺水處或其他船隻，通常都會減速爲徐進。但鑰艦並沒有減速，反而持續進擊，破浪前進，彷彿正穿行於開闊大海。

當然了，貝若尼斯有所預期。他們知道他們要去哪。

〈早啊，貝兒。〉克勞蒂亞的聲音說道。〈我們大約十分鐘前進入霧閘。〉

她轉身，看見克勞蒂亞在上方的駕駛艙。〈進入的時候有看見其他船跟在後面嗎？〉

〈沒有。我們認爲穿過阿蒙迪海峽，取東南入口回家比較明智，雖然這樣有可能引出所有追兵，不過到目前爲止都沒看見。我想我們安全了。〉

〈繼續聰明下去，克勞蒂亞，妳就會比桑奇亞更常待在駕駛艙了。〉

〈待在這裡比在那些該死的牆上好多了。不過順帶一提——我可能判讀天氣有誤，不過我認爲風暴要來了。我們愈快獲准進入吉瓦愈好。尤其對難民來說更是如此。〉

〈了解。〉

貝若尼斯查看船身周遭的海水。除非桑奇亞選擇與她分享，否則她便沒有桑奇亞的銘印視力，但若她現在能使用銘印視力，她知道她會看見一些燃燒的小邏輯纏結隨四周的波浪起伏。

霧浮標：煮沸海水後把霧氣注入空氣中的小銘器。吉瓦人在進入群島的所有門戶裝設像這樣的銘器組，藉此召出霧牆。所有間諜都永遠無法確知吉瓦船何時進出——或是水道深處藏有什麼。

〈妳需要吃點東西，〉桑奇亞說，一面打著呵欠，終於走上甲板，〈不然接待的許可檢查會慘兮兮。〉

〈總是慘兮兮。〉貝若尼斯說。〈食物沒幫助。〉

〈我們比妳慘。〉桑奇亞把用布包著的硬麵餅丟給貝若尼斯。〈因爲妳檢查後老是那麼討人厭。〉

貝若尼斯哼了一聲打開麵餅。〈好啦，但這根本稱不上食物吧……〉她咬下一口試著咀嚼。〈克雷

夫有消息嗎？〉

桑奇亞搖頭，輕拍掛在她脖子上的克雷夫。〈一點聲音也沒有。我忘不了它的反應；帝汎知道我在那的時候。它感覺到我，卻……〉

〈它說「不要是你。」〉貝若尼斯說。

〈對啊。〉

〈但……妳不認爲它說的是妳。妳認爲它說的是克雷夫。〉

〈對。但那好針對性，好凶惡……〉她搖頭。〈它很生氣。〉

〈我們要立刻呈報議會。〉貝若尼斯說。〈比起被談論，我寧願自己開啓對話。同意嗎？〉

〈是。〉桑奇亞嘆氣。

〈很好。我們一跟招待碰面，我就請他們送出消息。應該不用等太久，希望如此。〉

桑奇亞站在那兒眺望旋繞的霧氣，就好像她聽見有個小妖精在風中低語一樣。她接著僵住，露出警戒的神情。

「比妳想得還快。」她喊道。「該死！我沒發現我們他媽距離那麼近——」

貝若尼斯不知道她在說什麼——但她接著也感覺到了：腦後有一股奇異、連續輕敲的緊繃感。然後音牆如沙漠風暴的沙浪一樣襲向他們。

思緒、情感、記憶在貝若尼斯腦中爆發，接二連三：一名男子對著一只銘印茶壺諄諄善誘，試圖讓水更快沸騰、一個小孩在找床底下的玩具、一女子伏在一個定義疊上，正在安靜地描出符文；貝若尼斯痛喊出聲。

〈該死的地獄！〉巴札那的聲音喊道。〈我們已經到吉瓦了嗎？〉

鑰艦在迷霧中戲劇化地停下來，她們附近的幾名葛拉提亞拉人驚呼。〈該死！〉克勞蒂亞說。〈插

他的阿蒙迪海峽……我沒走過這路線，沒發現……〉

〈去拿箱子。〉貝若尼斯咆哮道。〈所有人掛上鑰匙。波麗娜——妳和妳的治療師也一樣。〉

〈我們注意到了！〉人在下層甲板某處的波麗娜憤怒地說。〈非常感謝妳特地警告我們……〉

貝若尼斯努力聚焦於自身感官：她感覺自己緊緊咬牙，感覺手攫住木欄杆。但有好多體驗全部同時出現在她腦中，愛睏、還沒完全醒來的思緒，來自乘客摸索著船上的早晨日常工作，東摸西摸開始新的一天……

「噢，我恨這個。」貝若尼斯喘著氣說。「噢，我**恨**這個……」

「至少現在是早晨。」身旁的桑奇亞用粗礪的嗓音說道。「如果是在吉瓦所有居民都**醒著**的時候……想像那會是什麼感覺。」

笛耶拉終於竄過主甲板上的人群奔向她，手上捧著一個青銅銘印箱。「來了，來了！」她喊道，隨即把箱子遞給她們，而她們兩個打開箱子，拿出兩個掛在細繩上的小青銅碟片。

貝若尼斯氣喘吁吁，連忙把碟片掛到脖子上——就在那一刻，腦中翻攪的眾人思緒陡然消失。

〈感謝天。〉貝若尼斯嘆氣。〈確認我們都在同一個對話群組裡。克勞蒂亞？〉

〈在。〉克勞蒂亞疲倦地說。

「也在。」笛耶拉放聲應道。

〈波麗娜？〉貝若尼斯喚道。

無聲。她肯定戴上了她自己的對話群組鑰匙，貝若尼斯心想，只和她在下面的自己人協頻。

「所以這是雙倍好處。」桑奇亞說。「沒必要應付所有噪音——或是波麗娜。」

〈貝兒。〉克勞蒂亞說。〈確認維持原航道沒問題。〉

〈維持原航道，〉貝若尼斯說，〈不過慢一點。〉她凝視在船上方盤繞的白霧。〈我們已經到吉瓦

了，只是還看不見。〉

「甜蜜的家。」桑奇亞酸溜溜地說。

隨著她們新建立的國家在戰爭之中成長，桑奇亞和貝若尼斯非常快速便對偶合心智的出現推演出兩個結論。

一方面來說，這絕對是革命性發明，提供一種方法，讓你能夠把自己的思緒和觀點與他人融合，從而強化自身想法，這促成短距離內的即時溝通、更深層的同理心，除此之外還有更快更好的創新。

另一方面來說，試圖管理偶合心智完完全全就是一份混帳爛工作。

讓他們訝異的是，大家最在意的居然不是喪失隱私權。偶合思考打一開始就讓喪失隱私權變得無關緊要，舉例來說，當你立即從源頭了解某人爲何做出某種行爲，你也就很難對該行爲心生厭惡。（不過確實導致某些很有意思的新婚約。）

大家眞正在意的反倒是變得難以招架的大量資訊。小群人還應付得來——但偶合超過四十或五十人的心智，基本上會產生一堵音牆，你必須時時刻刻與腦中的這堵牆共處。

至於偶合一萬人的心智，嗯……那足以把人逼瘋。

貝若尼斯領悟，他們需要的是接近偶合的方法：容許思緒在幾個人之間流通，而非一千個人。而沒什麼比徑碟能把兩個或更多事物拉得更近了。

徑碟說服現實相信兩個拿著不同碟片的人實際上正彼此相觸——而實際接觸另一個偶合的人能夠大大提升效果，你們的心智基本上合而爲一；他們的所有記憶、掛念都暫時成爲你的。因此，解方似乎很簡單：只讓兩個人或更多人拿著正確的徑碟，他們就只會聽見彼此的思緒，並將音牆從他們腦中篩去。

不過當偶合的人——或至少大多數偶合的人——太長時間深層徑入，貝若尼斯和桑奇亞發現有些……作用。非常催眠性的作用，有些還挺令人不知所措：許多參與者突然想躺下閉上眼，臉上掛著一抹微笑，沉醉於同時身爲如此多人的美之中。然後飢餓、脫水，甚至昏迷等症狀很快便成燎原之火。

國家還在打仗，這實在不是你會想要的作用。因此，貝若尼斯被迫想出替代方案。

她領悟，持有偶合徑碟的人都持續與所有其他持有相同徑碟副本的人完整連結。本質上，對特定的偶合者甲、乙、丙和丁來說，他們之間的連結如下：

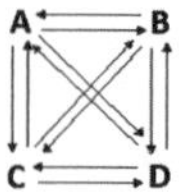

（桑奇亞最討厭貝若尼斯畫圖，但只有這樣才搞得懂。）

這樣一看，貝若尼斯便看出這種數量的連結顯然根本就是一團亂，而且愈多人加入群組就愈不成比例地亂。

於是她另外開發出一系列各自不同的徑碟，存放在一個可攜帶的箱子內——或稱爲「對話箱」——創造出只與群組中另外一人相連的連結。這樣的連結看起來像這樣：

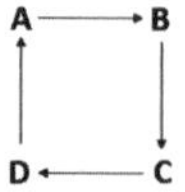

然而，因爲所有人就機能上來說都還是像鏈條中的環一樣彼此偶合，這表示儘管甲和丁之間沒有活躍的連結，甲還是能夠聽見丁、接收丁的思緒。這樣的連結少多了，也遠不那麼令人無法承受，大大降

低了負荷。換句話說，這樣比較簡單，但還是不簡單。你需要去箱子裡以正確順序拿取你的「對話鑰匙」，連結才能作用，除此之外，偶合物品或空間太多次，也容易擾亂現實，常常導致猛烈的爆炸。貝若尼斯勉勉強強才控制住情況。

然而，吉瓦就是因爲身爲一個由偶合者構成的國家，才撐過過去這八年。所有人都與不同對話協頻，分享自己而不摧毀自己，並合而爲一應對威脅。貝若尼斯擔心這一切太過脆弱，桑奇亞卻總是相當振奮。

維繫帝國很簡單，她曾這麼說，一個人，一個王位，一場表決。但吉瓦難得要命。

而這，貝若尼斯當時問她，又怎麼稱得上安慰？

因爲權力和殘酷很簡單，桑奇亞這麼說，我們打造的國家卻一堆屎活，因此我們肯定做對了。

鑰艦持續破浪前進，他們前方的霧終於轉淡，他們隨即離開霧鬧，看見後方的吉瓦。

甲板上的難民看見這景象忍不住倒抽一口氣。當然了，前方是一片熱帶群島，其間的無數海峽、水道和運河本身就很美，但裡面肯定還有數千艘尺寸型態各異的船隻，成千上萬，比全世界有史以來最繁忙的港埠還繁忙。

其中最引人注目的自然是戰艦了：吉瓦有八艘戰艦，每艘的規模都堪比一座要塞，龐大笨重地矗立於艦隊中，船上熙熙攘攘。另外還有無數商用帆船、輕帆、寇格船、舷外浮材、舢舨、雙桅漁船、平底貨船、平底小漁船、流刺網漁船，還有幾艘拼湊而成的船隻，桑奇亞認爲最後這種船應該還沒有名字；這些船隻蜂擁於戰艦四周，彷彿繞著牛腿打轉的蒼蠅。所有船上都裝有銘印燈籠，在霧濛濛的日出時分，整個水面閃閃發光，彷彿鋪上了彩色小燈。

「吉瓦的艦隊……」一名葛拉提亞拉男子虛弱地說，「吉瓦的艦隊還眞**大**啊。」

「這不是我們的艦隊。」桑奇亞說。「這就是吉瓦。」

「什麼意思？」他問道。

「吉瓦國土稀少。」貝若尼斯說。

「沒有公有地，沒有內城，沒有被包圍的領地，沒有輝所。」桑奇亞說。「換句話說，沒有東西可以讓帝汎侵略。」

「我們不是一座城市或一塊領土。」貝若尼斯說。「我們是一群人民。倖存的人民。」

〈暫時倖存。〉桑奇亞無聲補充。

這句話在貝若尼斯腦中凝結。他們逐漸靠近，而她看著還在遠處的艦隊。她好久以來都覺得吉瓦很小，只是權宜之計，而且如此脆弱——現在卻如此龐大而笨重。

她細看從吉瓦群島延伸而出的水道，悄悄做了些計算。

「我知道妳在想什麼。」桑奇亞說。

〈要是妳不知道，〉貝若尼斯說，〈那就代表某些地方出了要命的大問題。〉

〈妳在思考我們多快能清空艦隊，〉桑奇亞說，〈怎麼把它們移走。哪些船要先走，哪些最後走。妳在思考逃離。〉

〈對。〉貝若尼斯輕聲說道。

〈逃去哪？又是誰要逃？〉

她朝前方的船海一揮手。〈我們所有人。整個吉瓦，逃到任何地方。我們逃，我們繼續發明，直到我們想出辦法除掉它。〉

桑奇亞看著她。〈妳還是認爲有某種銘術把戲可以了結這一切。〉

〈別小看我們了。帝汎基本上也是一個巨大銘器，而我們擁有前所未有的銘術師團隊。我們會想出

某種工具解決所有問題——總有一天。〉

桑奇亞凝視四周這些悽慘的難民。〈但帝汎本身的誕生……格雷戈吞下那個小碟片……那整個也是一個銘術把戲，目的是破解瓦勒瑞亞的計畫。這些東西……它們總是不太如我們預期。〉

〈希望妳不要沉溺於像這樣的想法。〉貝若尼斯說。

〈像什麼，曾發生的事嗎？〉

〈沉溺於已經錯失的事物。〉貝若尼斯說。

哀傷無聲的片刻。她們雙雙圓滑地望向他處，凝視著大海，誰都不想打破沉默。

「你們是怎麼做到的？」她們旁邊的葛拉提亞拉男子問道；他看著輕帆、商帆和舢舨以神奇的編隊在艦隊周圍打轉。「怎麼能讓這麼多船在同一個地方開動？」

他們發現一艘小輕帆突然靠過來與他們並肩航行，追蹤著他們的動態。

〈是招待。〉桑奇亞說。〈分秒不差。如果葛拉提亞拉人已經覺得這些鬼東西很詭異，那差不多要變得該死的更加詭異了。〉

「這很複雜。」貝若尼斯對男子說道。

接著貝若尼斯感覺到了：某個巨大的東西探向她，審視她、檢查她、研究她，帶來一股突然、浩瀚的存在感——然而她知道這並不是一個人，而是非常、非常不一樣的東西。

〈早安，貝若尼斯！〉招待的聲音在她腦中輕輕說道。

〈你好啊，招待。〉貝若尼斯說。

〈歡迎回吉瓦！〉那聲音說。〈大家都很想妳！〉

7

招待的輕帆靠近，鑰艦隨即減速。

〈妳看起來很不錯，貝若尼斯。〉招待的聲音輕柔又鎮定人心，就像父母噓聲哄孩子繼續睡。〈眞高興看見這樣的妳。啊……還有桑奇亞，當然了……〉

〈早，招待。〉桑奇亞說道。

貝若尼斯略微一縮；聽見招待這麼輕而易舉就擠進她的思緒，她頗感驚訝。不過話說回來，招待是非常不尋常的吉瓦公民，而且並不受限於對話鑰匙——事實上，這也是招待的存在之浩瀚所在，沒有任何過濾器能夠擋住他們。

〈早安！〉招待說。〈很高興見到你們所有人！嗯。你們從阿蒙迪海峽進來還眞怪啊……這跟你們從葛拉提亞拉出航的位置完全相反。你們擔心追兵嗎？〉

〈非常。〉貝若尼斯說。

〈好。感謝告知。爲了以防萬一，我會啓動所有其他入口的霧閘。當然了，你們繼續前進前，妳和妳的人要騰出時間取得徑碟和做安檢。〉

〈了解。〉貝若尼斯輕輕嘆氣。徑碟是協定，他們在像這樣艱苦的旅程之後很累——但爲了確保吉瓦內的每一個人都安全，徑碟是必要的。

〈謝謝妳。〉招待說。〈確認一下……我想妳們需要五個徑碟，兩個給妳和桑奇亞，然後克勞蒂亞、笛耶拉和維托瑞亞各一個，對嗎？〉

〈不對。〉貝若尼斯嚴肅地說。〈我們只需要四個。〉

短暫、殘忍的停頓。

〈四個……〉招待說。〈了解。因爲……維托瑞亞沒跟妳們在一起。我目前在鑰艦上找不到他。〉

〈對。〉貝若尼斯說。〈你找不到。〉

〈聽到這個消息我……很遺憾。更了解情況之後，我的哀傷才會更眞誠。〉

〈我知道，招待。〉貝若尼斯說。

〈在你們抵達之前，是否還有其他我能效勞之處？〉

〈說起來還眞有。〉貝若尼斯說。〈可以的話，請安排召開議會。今天。〉

〈今天？〉招待頗爲驚訝。〈但……通常只有遇上緊急情況時才會這麼臨時召開議會……〉

〈這就是緊急情況。〉貝若尼斯說。〈我們一拿到你的徑碟，你就會知道原因了。〉

〈了解。〉招待說。〈我……會將訊息傳遞出去，也會將他們的回應向妳回報。〉

〈很好，謝謝你。〉

〈我的輕帆就在旁邊了。克勞蒂亞？〉

〈在，招待。〉克勞蒂亞的聲音應道。

〈請稍微減速。對……很好。請稍待。〉

貝若尼斯看見小輕帆加速靠近，白色船帆在殘留的霧氣中有如鬼魅。船上的船員極爲精簡，不超過四人左右，身穿紫藍雙色的服裝——招待最喜歡的顏色。她記得它說這兩個顏色有鎮靜的效果。

「**他們**。」貝若尼斯提醒自己。妳離開數週了，不過招待喜歡被稱爲「他們」，而非「他」或「她」或「它」或……任何其他稱呼。

輕帆的船員拿出一把沉重的小弩，將一個黑色小管子裝上弩箭，接著舉起弩射擊。管子噹啷落在戰艦的甲板上，幾名葛拉提亞拉人嚇得尖叫起來，但貝若尼斯噓聲要他們安靜。「這是給我們的包裹，」她說，「不是要攻擊我們。」

貝若尼斯拿起管子打開，抽出四個扁平小信封。她把一個交給桑奇亞，而桑奇亞一臉認命地接過來。

「這是我們的家，」桑奇亞嘆氣，「這些鬼東西也是我們發明的，不過每次還是都詭異得要命。」

「已清楚記下您的意見。」貝若尼斯說。她把其他信封拿回去駕駛艙；克勞蒂亞也聽見她們和招待的對話，因此已經在階梯上等了。

〈我昨晚應該多睡點才對。〉她接過一個信封。〈因為我今晚、此時此刻都沒得睡了。招待看過我的腦袋裡面之後，我從來就沒辦法睡。〉

〈除非妳接受，不然我們什麼也做不了，〉貝若尼斯說，〈因為在妳接受之前招待都不會讓我們進入艦隊。所以快些吧。〉

克勞蒂亞不情願地打開她的信封。貝若尼斯也撕開她的信封，看著裡面那個纖薄的青銅碟片。又一個徑碟：就某種意義而言，這就是吉瓦的貨幣。但這個碟片不會讓桑奇亞或克雷夫或克勞蒂亞進入她腦中，只有招待可以。儘管貝若尼斯喜歡招待——說真的，根本不可能不喜歡招待——這種體驗還是截然不同。

我們為了回家，她嘆著氣想著，付出的一切。

她抽出青銅碟片握在赤裸的手中，允許招待打開她的思緒。

招待的龐大感知轟然進入貝若尼斯腦中，她忍不住一縮。大量知識、大量資訊湧入，就是這麼多的東西，那麼倒性的重量幾乎令人無法承受……

當然了，招待對她做的事也一樣：他們快速翻動她的思緒和記憶，一一檢視，確認行動進行得如何——更重要的，是確認帝汎沒有趁他們侵入其領土時捕抓、控制他們其中一人，迫使他們成爲宿主。

把一個宿主帶回吉瓦，那就代表帝汎能夠看見那個宿主所見的一切、知道宿主所知的一切。而那會是毀滅性的悲劇，遠比握著招待的徑碟幾分鐘嚴重多了。

不過讓招待進入貝若尼斯腦中、研究她的經驗還是令她痛苦。眞怪啊，她想著，讓這個繞著我們的船打轉的存在研究我，就好像我是一隻困在水晶裡的蝴蝶……她因而無比強烈、難以抵擋地意識到招待有多龐大，比任何普通人類大太多了——因爲，當然了，他們和任何人類都有如天壤之別。

一秒內，貝若尼斯看見整場行動在她眼前重演：總督、城牆、弩陣、維托瑞亞之死……

〈快完成了，〉招待低語。〈我就快完成了……〉

然後她看見……

黑色面具。

一只黑色面具，套在男人或某種人形的東西臉上，懸在飄浮的房間內，一個聲音恐懼痛苦地尖叫。不。拜託。我不想想到他，我不想再想到他了……

然後就結束了。招待的巨大存在抬離貝若尼斯的思緒，就好像有人抬走她胸口的鉛棒。貝若尼斯大口喘氣，努力穩住自己。

〈我了解了。〉招待輕聲說。〈眞是……非常艱難的任務。〉

桑奇亞也氣喘吁吁趴跪在地上。〈對，沒錯。〉

〈我對妳們所有人的遭遇感到非常、非常遺憾。當然，你們現在獲准進入了。我會把理解號帶來鑰艦旁協助難民。〉

貝若尼斯朝旁邊看，看見一艘戰艦緩緩駛向他們，船上裝設的燈散發柔和、舒緩的燈光。

「來囉。」桑奇亞咕噥道。

她們看著招待的戰艦——名為理解——緩緩靠過來與他們並肩而行。葛拉提亞拉人警惕地看著這艘巨船，而她無法責怪他們。他們大概這輩子從沒見過這種大小的船隻。

波麗娜來到主甲板，爬上一個小板條箱，轉身對人群說起話來：「這是一艘醫療兼接待船，」她對他們說道，「不是戰艦。他們比我們更能好好照顧你們。你們很快將登上那艘船，好讓他們照料你們。」

銘印木板緩緩延伸，牢牢連接兩艘巨船。貝若尼斯看見人群聚集在理解號的甲板上等待，五人一組，每組相距大約十呎，手上拿著繃帶和工具。他們全部穿著紫色和淺藍色調的衣服。

〈稍微散開一點。〉桑奇亞對他們說。〈還有，自然一點。〉

各小組稍微移動了一下。

〈我覺得很自然啊。〉招待的語氣中有一絲氣憤。

〈其中一半的人都是相同姿勢。〉桑奇亞說。〈你們看起來像一個舞群。還有，這次不要所有人同時講話。我們不想又把他們嚇得半死。〉

〈貝若尼斯，〉招待說，〈請開導開導她吧。〉

〈她說得有理。〉貝若尼斯說。〈我寧可不要讓葛拉提亞拉人認為我們是什麼瘋狂邪教。〉

〈我是招待，就是因為我擅長招待！〉招待說道。

〈總是可以精益求精嘛。〉桑奇亞說。

飢餓、憂煩的葛拉提亞拉人顫巍巍地踏上木板，拖著腳步登上理解號。船員們已經擺好棧板，這時紫衣人開始把葛拉提亞拉人帶過去，發送食物、衣物，並治療、照料他們。大部分葛拉提亞拉人都過去之後，貝若尼斯和桑奇亞也跟著登上理解號。

她們兩個看著紫衣和藍衣吉瓦人以完美編舞般的動作行動，總是在正確時機來到正確位置，永遠不會被同伴絆倒，立即回應任何哭泣、呼喊和崩潰。他們包紮傷口、照料蛀牙和裂開的指甲，爲葛拉提亞拉人穿上合腳的鞋靴，他們的照顧有如謹慎、克制的和聲。這景象頗不眞實——而且有點令人不安。

〈你現在是多少人，招待？〉桑奇亞問道。

〈桑奇亞……〉貝若尼斯說，〈妳明知道問這問題很沒禮貌……〉

〈我總是視我自己爲一個人。〉招待說。其中一個紫衣人，一個長辮子的年輕女子，她譏諷地白了桑奇亞一眼。〈但若妳非得知道，現在有一百三十一個組成體加入了我的「節奏」。〉

桑奇亞輕輕吹了一聲口哨。〈我不知道當保母有那麼搶手耶。〉

附近六個紫衣人惱怒地嘆了口氣。〈我還以爲，〉招待說，〈偶合思緒可以提高同理心呢……〉

她們看著招待回頭繼續以完美的時間控制進行他們的工作。

貝若尼斯一把抓住桑奇亞的手，對著她低聲說：〈妳不應該這麼惹人厭。〉

〈好啦好啦。〉桑奇亞說。

〈妳明知道招待做的遠不止當保母而已。〉

〈是沒錯……儘管他們有用得要命，他們還是有點讓我發毛。第一次把我們自己偶合的時候……妳有想過像這樣的情況嗎？〉

〈完全沒有，〉貝若尼斯說，〈不過當妳發明一種新技術，我猜妳永遠無法理解其他人想出來的新用途……〉

而貝若尼斯和桑奇亞都還在努力理解招待。

吉瓦早期，當時貝若尼斯先試著利用徑碟管理所有人的連結，大多數人都陷入危險的深層睡眠。其他人的反應則……非常不一樣。

有些人沒睡，反倒是醒來，開始對身爲一個人是什麼意義產生大量稀奇古怪的想法。偶合的兩個人還眞算是兩個人嗎？還是說，他們是一個心智、一套感知，只是剛好出現在兩具軀體中？

招待就是這樣誕生的。

招待是一個「節奏」，也就是一群氣質相似、互相偶合的個體，他們變得如此親近，就本質來說，他們因而結合爲單一身分。這一切都因爲掛在他們脖子上的徑碟而成爲可能；這些徑碟說服所有招待——他們不僅待在理解號上，同時也分布於艦隊內屬於招待的許多、許多較小型船隻上——他們時時刻刻都被碰觸著，因此他們的心智合而爲一

而且招待並不孤單。飄浮之國吉瓦現在有好幾組節奏，各自負責非常重要的工作。其中最大的是招待，他們通常富同情心，又擅長同理，遠比任何個人都能理解人的身心狀態。因此精於將嚇壞的難民納入吉瓦——他們同時善於徑入他人心智，理解他人所知，搜查他人是否有任何叛變的跡象。

有一個稱爲遊戲的節奏，負責撫養孩童、照顧老人；一個節奏負責在島上耕作，好幾個節奏負責建構，另外還有更多。第二大的節奏是設計，擅長銘術——由他們的朋友吉歐凡尼在剛千鈞一髮逃離舊帝汎後創立。

沒人受迫或被逼加入任何節奏。事實上，因爲欠缺對的氣質，大多數人都不適合結合。只要你想，你無論何時都可以拿掉脖子上的徑碟，打破你與節奏的連結，恢復單獨個體並離開節奏。這種事發生過，但相當罕見——而離開的人通常都想念這種經驗，並浪子回頭。

貝若尼斯徒勞無功地想著，而且不是第一次了，不知道那是什麼感覺。有些節奏告訴她，如果她想，她可以加入他們，跟他們的思緒結合。然而她不曾實際行動，因爲她知道桑奇亞不會跟上——因爲桑奇亞經歷了那一切，還有她身上的銘術，她就是太不正常，無法納入他們。

甲板上響起一個小聲音：「**媽媽！**」

貝若尼斯眨眨眼，一個黑髮的小男孩全速衝過理解號，笑容在臉上綻放，露出寬大的齒縫。他奔向

欄杆，對著鑰艦的駕駛艙瘋狂揮手。

克勞蒂亞探出駕駛艙外，笑容滿面，也對著男孩揮手。「吉歐！」她喊道。「吉歐，吉歐！」

〈哇！〉桑奇亞那孩子。〈他……長大了！像是，長大很多！我以為才過幾週而已？〉

〈貝兒，〉克勞蒂亞喚道，〈我可以離開崗位嗎？〉

〈可以，〉貝若尼斯說，〈只要妳確認鑰艦下錨停妥就好。〉

幾分鐘後，克勞蒂亞也出來了，她全速衝過鑰艦的甲板，跳上理解號，用熊抱的姿態一把抱起小男孩，用親吻淹沒他。「我的寶貝，我的寶貝！」她說。「看看你掉了幾顆牙！你在太陽落海之前就會長出大牙齒囉！」

「看。」小男孩驕傲地指著自己的嘴。

她盯著他的嘴裡。「看什麼呢？」

「少了好多牙齒。」他活潑地說道。

「噢。」她有點迷糊了。「嗯，對，我剛剛確實說過，寶貝……」

她的丈夫瑞提也靠過來。他非常高壯，大鬍子，一頭無法無天的頭髮。貝若尼斯知道他在加入吉瓦之前幹的是海盜之類的勾當，專門奪取商家船隻；她常納悶克勞蒂亞是不是因為他才變成這麼厲害的射手，不過從他那張露齒而笑的臉，很難看出他曾有這段過往。

〈妳之後會跟我們一起去見議會嗎？〉貝若尼斯問她。

克勞蒂亞慢慢地放下孩子。〈啊。〉她說。〈嗯，是可以，但……〉

貝若尼斯壓抑一聲嘆息。〈如果妳比較想跟家人待在一起，我完全可以理解。〉

她微笑。〈太好了。謝謝妳，貝兒。〉

〈但我晚一點可能會需要妳。〉貝若尼斯說。〈妳和桑奇亞。我確定設計會想看看我們搶來的死靈

燈，而我希望附近所有有空的銘術師都一起來。〉

〈跟設計一起嗎？〉克勞蒂亞嚴肅地問。

〈對。我知道妳不是很喜歡他們，但——〉

〈沒關係，〉克勞蒂亞說，〈我也不喜歡這份工作，但我可以。只要給我一點時間就好。〉她不太認眞地對貝若尼斯行了個禮，一家三口隨即一起走向小舟，小吉歐跨騎在她肩膀上。

〈考量所有其他東西都，妳知道的，插他的瘋狂，〉桑奇亞說，〈看見家人團圓眞好。〉

〈對。〉

貝若尼斯眺望吉瓦艦隊，目光在一艘艘高聳的戰艦徘徊。其中大多數都由節奏操控。她心想，不知道多少難民會在戰艦之中找到安身之地；或者加入節奏，或甚至自己創立新節奏。

接著招待的聲音在她們思緒中響起：〈貝若尼斯？議會準備好要跟妳們談了。他們會在創新號上舉行會議，在其中一個銘術艙區。〉

8

風颳過創新號的船身，貝若尼斯忍不住一縮。這艘船固若金湯——身爲吉瓦所有銘術工作的跳動心臟，創新號經過大幅改造與強化，應該撐得過一次完整的季風——但她擔心的並不是天氣。

來自吉瓦所有部門、派系和節奏的十二名代表在創新號上的銘術艙區緊密圍坐；在這個被煤煙燻黑的陰暗房間裡，銘印燈照亮他們的臉。聽取完貝若尼斯的報告後，此時一個徑碟在他們之間傳遞，他們藉此見證行動時的各個事件，所有人一一親身體驗貝若尼斯對事件的記憶。

終於完成後，他們嚇得說不出話，只是靜靜坐著。就算是老吉瓦人，如此深層的徑入還是讓他們嚴重不適——尤其是波麗娜，她從來不曾眞正習慣這門技藝。

「這眞是……無比有趣，」銘術節奏中的設計說道，「無比**耐人尋味**。」

「耐人尋味？」貝若尼斯說。「我不確定我會用這個詞。」

「我腦中冒出諸多詞彙，這只是其中一個。」設計說。「這是一個新問題，我不曾預料到的問題。而這本身就代表某些意義了。」他們露出毫無笑意的笑。設計的代表組成體是一個矮小的男人，一張淘氣、乾瘦的臉，思考時長手指不斷捲起又攤開。他們有一種深思熟慮、安靜的氣質——話說回來，所有節奏中就屬設計的智力最高，他們穿皮革圍裙、戴厚手套，口袋裡總是塞滿羊皮紙。

「這裡的嚇人問題好像沒完沒了呢。」摩塔說道。他們深深嘆氣；這對他們來說算是非比尋常的豐沛情緒：身爲最年長的建構節奏之一，他們的情感通常克制到不可思議的程度。「首先，我想知道——帝汎怎麼能那麼快速移動它的軍隊？」

「我也是。」育兒節奏中的遊戲說道。「還有——克雷夫怎麼徑入像這樣的東西腦中？」

「最後，」招待說，「我們要怎麼驗證克雷夫所言是否爲眞？」他們的代表組成體是一名高壯的男子，一臉大鬍子，哀傷的小眼睛，說話時滿懷歉意地朝桑奇亞點頭，彷彿爲藐視她朋友而感到抱歉。「帝汎的心智不可能跟大多數人一樣。或許他看見的是幻影，或是類似發瘋的情況？」

波麗娜環視眾人，目光凌厲如鍛造過的鋼鐵。「我們就單刀直入吧。如果我們認爲克雷夫看見的景象確實**就是**他看見的——如果奎塞迪斯落敗、帝汎再也不用雙面迎戰——我們要**怎麼辦**？」

一陣尷尬的靜默。

「逃走最明智。」遊戲打破沉默。「我們只在敵人心有旁騖或沒有察覺的情況下戰勝過敵人。」

「我同意。」設計說。「我們必須動員艦隊，離開群島。」

「針對這個議題，或許我們該聽聽軍事領袖的看法。」招待望向貝若尼斯。

「我……傾向認同各位的意見。」貝若尼斯坦承道。「我們必須去其他地方找尋安全的港灣——遠離帝汎占據的海岸。它不曾眞正冒險出海太遠，至少從它的最初擴張之後就是這樣。」

桑奇亞在貝若尼斯身旁微乎其微地抽動，但沒說話。

「但若帝汎眞能快速轉移它的軍隊，而且移動這麼長的距離，」摩塔說，「這做法依然適用嗎？大海眞擋得了它嗎？」

「逃走，看它會不會追上來，」貝若尼斯說，「好過它突然出現在門前，讓我們大吃一驚。」

「但要去哪？」招待問，「要去哪裡才安全？」

「嗯，有了我們打造的東西，」設計說，「我們可以去**任何地方**，而且都能生存。尤其是我最近做的沉水改造——」

「沉水改造尚未經過測試，」摩塔斷然說道，「我不建議我們拿出來用。」

「好，好。」設計惱怒地說。「但我們有無窮的能力，可以任意發揮。我們沒理由死守著這個地方！我們可以把戰艦轉化爲漂浮農田，從大海本身擷取礦物，利用從海水篩出來的材料製作工具和銘……銘器……」

他們皺起眉，話愈說愈小聲——因爲突然出現一股無比尖銳的憂慮，整個議會因而停頓，納悶著憂慮從何而來。

所有視線落在桑奇亞身上。她坐在她的位子上怒目而視；她手掌上的老繭早已消失，印象卻如幽靈一樣留存，而她按摩著那個位置。

「桑奇亞？」波麗娜喚道。「怎麼了？」

桑奇亞抬頭看著他們，目光掃過一張張臉孔。「我不覺得你們搞懂了。奎塞迪斯是人類有史以來最厲害的銘術師。」她一手下意識地碰觸克雷夫靠著她胸口的位置。「至少就我所知是這樣。那雜種知道數不清的祕密、無法以言語表達的方法、超出我們**想像**的技術。該死，他一直都在現實的肚子**裡面**。」

「這些我們都知道。」設計簡短地說。「現在帝汎肯定是更加厲害的銘術師了。在它的死靈燈和它本身之間，它就像……某種造物者本尊的相反，號令著黑天使軍團。」

「但它並不是。」桑奇亞說。「帝汎是格雷戈和瓦勒瑞亞結合的產物，只知道他們兩個原本知道的事，而奎塞迪斯藏了**好多**祕密沒讓瓦勒瑞亞知道。最詭異、最強大、最危險的指令……那些非常可能都還只藏在奎塞迪斯的腦中。或許**那**就是帝汎一直追逐奎塞迪斯的原因。」

招待往前靠，臉色發灰。「但……現在帝汎已經抓住奎塞迪斯……」

桑奇亞點頭，「我瞥見他的時候，他在……尖叫。痛苦尖叫。就像帝汎在折磨他——或許是想要他開口。」

貝若尼斯不確定是波浪的關係，還是因爲他們的心智全部偶合在一起，她突然覺得一陣噁心，空氣感覺非常厚重又封閉。

「會是什麼祕密？」波麗娜追問道。

「要命，我哪知道。」桑奇亞說。「我們的對話稱不上文明。他大多都在試著殺掉我們所有人。」

「要是……要是帝汎成功了呢？」遊戲虛弱地問。「要是奎塞迪斯已經交出他所知的一切呢？」

議會的其他人轉爲焦躁的低聲嘀咕。

〈既然我們都還在，〉桑奇亞說，〈我看帝汎應該不太可能已——〉

「請說出來。」波麗娜喊道。「所有人**大聲說出來**。不用其他人火上加油，我腦子裡本來就已經有夠多垃圾在打轉了！」她怒瞪桑奇亞。「妳的想法是什麼？」

「我……我想只有一個選項。」桑奇亞說。「如果奎塞迪斯對帝汎來說是潛在的資源，我們必須……必須讓他變得沒用。」

「變得沒用……」設計虛弱地說。「妳懂妳在提議什麼，對吧？」

「算是啦，對。」桑奇亞說。

「**第二**入侵。」招待低聲說道。

貝若尼斯震驚地看著桑奇亞。〈妳……妳眞的想這麼做嗎，桑？〉

〈我……不**認為**我原本想。〉桑奇亞瞥向她。〈這個想法剛剛才冒出來。〉

「該死，說出來，**大聲**說出來！」波麗娜吼道。

波麗娜的吼叫聲傳到創新號上的某些遙遠角落。沒人說話。

「不是**眞正的**入侵，」桑奇亞說，「不是天殺的軍隊。可能就是……一次行動。一支小隊。」

「去做**什麼**？」波麗娜厲聲問道。「溜進地獄深處，幫助那個惡魔越獄？」

「然後殺死他。」桑奇亞說。「比起行動或破壞任務，更像是暗殺。陰森的活兒，但……如果能阻止帝汎得到奎塞迪斯腦中的祕密，那就值得。」

「桑奇亞，聽我說。」波麗娜說。「妳提議我們以我們擁有的稀少軍事資源犯險突破帝汎的外圍防禦——**從來**不曾有人做到，接著找到這個不知位於何處的魔法監牢，闖進去，放出我們**第二**危險的敵人……然後殺死他。而妳自己在區區八年前也殺不了他！遑論謠言說他恢復了許多能力——他能飛，而且無論日夜都能戰鬥！這一切只爲了預防妳只是猜測的某件事！」

「哼，有些事我用不著推測！」桑奇亞說。「我們知道帝汎打了一場將近**十年**的仗，只爲了逮到奎塞迪斯。一場我們前所未見的戰爭。我們知道它那麼做是有理由的。我認爲克雷夫醒來後會知道那個理由是什麼。」

兩個女人怒瞪彼此，現場陷入尷尬的寂靜。招待對著手輕輕咳嗽。

「他醒的時候，」波麗娜說，「我會聽。不過同時間，就算不隔離，我們也要跟他保持距離。他曾**徑入**帝汎，我們不知道醒來的會是誰或是……或是什麼。」

「我們現在說的可是克雷夫。」桑奇亞說。

「對，但帝汎似乎非常擅長控制他人心智！」波麗娜說。她在發抖。「在我們安全之前，我覺得不要讓克雷夫跟任何吉瓦人互動比較好。」

「那我們要怎麼知道他什麼時候醒來？」桑奇亞問。「必須碰觸他才聽得見他，或碰觸連結他的碟片。而且我們不是都急著聽他說分明嗎？」

議會陷入茫然的沉默。

「我們是不是能做某種……我不知道，像是警示銘器？」波麗娜問道。

貝若尼斯歪著頭思考。「我……或許有一個已經做好的可能解決方案。」她說。「我知道有人做過一個舊聲音銘器——舊，但或許能用。」

「如果不能用，我也可以快速維修。」設計說。「但不用做到完美，對吧？我比較希望妳和克勞蒂亞把更多心思放在幫我處理死靈燈，貝若尼斯。」

貝若尼斯惱怒地嘆氣。「對，對，死靈燈。然後還有這個聲音銘器。我會開始做所有事。不過我有另一個**非**處理不可的任務。這個任務也需要克勞蒂亞。」

「什麼任務？」設計困惑地問。

招待向來都是直覺最強烈的節奏，他們開口：「對。她有個士兵要記念。」

「噢。」設計輕輕地說。

另一陣風吹襲創新號，船又晃了一下。

「葛拉提亞拉事發後才過幾個小時，因此我還不想朝入侵的方向思考。」貝若尼斯說。她注意到桑奇亞的表情突然變得非常冷酷、非常封閉。「但在我們等待克雷夫的同時，我們必須把握所有機會做好準備面對可能到來的一切。儘管我們掌握的資訊不多，我想，無論如何，確認我們**到底**從帝汎那兒得到什麼應該總是有極大的助益。」

「我以爲桑奇亞看見的都只是畫面，」設計說，「影像。」

「對。」貝若尼斯說。「可能是帝汎**內心**的影像。自從帝汎出現以來，它的內心對全世界來說都是全然未知的領域。」

議會成員不確定地瞄了瞄彼此。

「如果我們不知道這些影像在描述什麼，」摩塔說，「我們要怎麼利用？」

「有道理。」遊戲說。「牆上的一個黑洞，就像現實的洞，四周包圍著銀色的銘術……誰可能知道這是什麼，或是在哪？」

「有些似乎比較能辨認。」波麗娜說。「桑奇亞說她看見一個滿是廢墟的山谷……但戈錫安的內陸有幾十個像這樣的地方。他們說那都是奎塞迪斯時期的遺跡，他到處毀滅文明後留下殘骸。弄清楚她看見的是哪一個可不簡單……」

「但那才是簡單的部分，」貝若尼斯說，「我們只需要——」

桑奇亞領悟貝若尼斯正要提出什麼方法，在椅子上猛然挺直身子。「啊，**該死**！」

「怎麼了？」設計問。「什麼東西該死？」

然而遠比其他節奏都擅長同理的招待已經跟上她的思緒。「啊，」他們說，「妳……想做索引。」

「對。」貝若尼斯說。

「不要！」桑奇亞說。「不，不，**絕對**不要。我不同意！」

「沒錯，索引可能會有幫助。」招待若有所思地說。

桑奇亞沉下臉。

波麗娜看著招待。「安排索引要花多少時間？」

「理解號隨時待命，」招待說，「我可以立刻開始準備，日暮時分就可以備妥索引搖籃。」

桑奇亞按摩頭側。「該死，我他插**痛恨**索引。」

「桑奇亞，」波麗娜說，「把鑰匙交給貝若尼斯，然後去理解號。貝若尼斯——請先處理聲音銘器。完成後，妳可以好好哀悼維托瑞亞，找回平靜。」她朝設計嚴厲地一瞥。「接下來，妳撥得出空就去幫設計。這樣大家都可以嗎？」

「可以。」貝若尼斯說。

「好啦。」桑奇亞說。

「很好。」波麗娜說。船外的風又開始呼號。「因爲我們很快就沒辦法再跨船運輸了。」

貝若尼斯跟著桑奇亞走到銘術艙區外的走道，然後衝上前握住桑奇亞的手，低聲說：〈妳到底在做什麼？〉

桑奇亞回過看著她。〈妳又到底在做什麼？〉

〈努力活命。我覺得正面迎戰帝汎不是活命的最好方法！〉

她們在陰影中對著彼此瞇起眼。像桑奇亞和貝若尼斯這麼密切結合，她們卻意見不合，或甚至是對對方的想法、計畫、擔心感到驚訝，這情況實爲罕見——但並非不可能。就算是偶合的人，他們也依然是人。

〈我懂，貝兒。〉桑奇亞說。〈妳想想出某個招數救我們所有人。但妳終究會來不及完成妳工作檯上的工作，然後只能將就現有的成果。〉她抬手把克雷夫從她的襯衫內拉出來，遞給她。〈拿去吧。我

們有工作要忙。索引之後再見了。〉

貝若尼斯接過克雷夫，看著桑奇亞奔上通往上層的階梯。她現在有點跛，每踏一步右膝都會扭一下——她們覺得這是髖部關節炎的結果。貝若尼斯聆聽她那如切分音的腳步聲，直到再也聽不見。然後她低頭看著克雷夫，他的黃金在陰影中閃爍，除了敲打船殼的雨，此外寂靜無聲。

9

貝若尼斯和笛耶拉穿過鑰艦貨艙區的深處，在滴水的黑暗中穿梭。貨艙的大部分區域都改作難民的生活空間，不過還有幾個大儲藏室，裝有武器、彈藥，以及打撈上來但久遭遺忘的小玩意兒和銘器。

〈應該在下面的某處，〉貝若尼斯高舉銘印燈籠，〈我知道肯定在。〉

〈沒必要用銘器。〉笛耶拉說。〈我可以拿著他就好，頭兒。我不介意。〉

貝若尼斯皺起臉，一隻手貼著現在裝有克雷夫的口袋。〈不行。〉

〈行得通嗎？我是說——我身上有碟片。對克雷夫來說，我基本上就是一個銘器——所以他可以對我說話。〉

〈我確定行得通，但那正是我們不想要的情況，笛耶拉。〉她說。女孩明顯還處於震驚中，而儘管她不想承認，貝若尼斯擔心這女孩在維托瑞亞的事情後不知道會做出什麼事。最好把她帶在身邊，她心想，不要冒險讓她獨處，然後做出天知道什麼事。

〈我沒事。〉笛耶拉叛逆地說。〈眞的。〉

〈笛耶拉，連我都稱不上沒事了〉。貝若尼斯說。〈經歷我們所經歷的事之後，大家都有事！〉

〈但是我喜歡克雷夫。〉笛耶拉說。〈他會說笑話，這裡好像再也沒有其他人會說笑話了，就好像你們全部一覺醒來就都忘了怎麼開玩笑。〉

〈活過一場大屠殺，〉貝若尼斯說，〈就是有那種影響。休息吧，笛耶拉。〉

〈我怎麼能休息？〉笛耶拉說。〈我不想靜靜坐著。我發瘋了才會靜靜坐著。〉

貝若尼斯在昏暗的燈光下細看笛耶拉的臉。她那麼年輕，那麼認眞，但現在眼裡有一絲絕望。看見這景象令貝若尼斯不安，因爲這對她而言並不陌生。笛耶拉是偶合者中最年輕的一個：他們從一個腐臭、逐漸衰敗的奴隸墾殖地救出她的時候，她才快十二歲，而且心理受到非常嚴重的創傷，當時的她甚至無法開口說話。偶合這女孩是桑奇亞的主意，她自願和女孩無聲溝通，並帶領她回到人類生活常軌。

過程很順利，順利到笛耶拉這會兒成了整個吉瓦最厲害的徑入者，能夠感知人身上最微弱的情緒閃現，或是從一縷思緒中拆解出整個歷史。不過有兩個副作用：首先，她對她的拯救者，也就是貝若尼斯和桑奇亞，產生頗病態的執迷；其次，她對刺激有一種幾近上癮的渴望，彷彿她童年的回憶充斥太多恐怖，唯一的解決方法是以新回憶將它們沖刷殆盡。

〈妳太常動來動去，〉貝若尼斯對她說，〈甚至分辨不出自己受傷了。〉

〈那我有受傷嗎？〉笛耶拉問道。

〈有。〉貝若尼斯說。〈妳有，妳崩潰的時候才會知道，而且多半會是在一個很不剛好的時機點。妳如果不小心，妳會崩潰的，笛耶拉。〉她停下腳步，轉身面對她。〈妳還記得本分是什麼嗎？〉

〈記得。〉笛耶拉不情願地說。〈是做妳不想做的事，因爲那對大家比較好，不是對妳自己比較好。〉

〈對，那是把一小部分的自己獻給所有人。桑奇亞此時在盡她的本分，在理解號上進行索引。妳現在的本分是療傷。所以平靜下來，靜止，然後休息。還有幫我找……〉她看見角落的某個東西。〈啊，找到了。〉她走到貨艙區的角落在一個滿是灰塵的皮革箱子前停下來。

〈就是這個嗎？〉笛耶拉問。

貝若尼斯拾起箱子，對著頂部的灰塵吹氣，空氣中揚起陳年的霉。〈對。希望還完好無缺。除非我們之前做了什麼，害所有東西都滾下來。〉

〈有一次，桑奇亞爲了避開一枝帝汎的嘯箭，她轉了個瘋狂大彎。〉笛耶拉說。〈記得嗎，頭兒？〉

〈噢，對。〉貝若尼斯的語氣帶著一絲憂鬱。她把箱子放在右邊大板條箱上。〈在瓦瑞亞外海。〉

〈不是啦，我說的是皮西歐灣。〉笛耶拉說。〈我都忘記在瓦瑞亞也發生過了……〉

貝若尼斯嘆氣。〈我們應該是運氣好才都完好無缺，更別提這東西了。〉

她滑開皮革箱的鎖，輕手輕腳掀起蓋子。她們一起朝箱內看。

〈看起來好厲害。〉笛耶拉說。〈這是什麼？〉

〈聲音銘器，〉貝若尼斯伸手把東西拿出來，〈出自我以前的師父之手，很久以前的事了。不過他也只是跟隨某人的腳步。〉

她把強力擴大鏡戴在一隻眼睛前，檢視那個脆弱的小銘器。上面的許多鋼線——都刻上了極其細致的符文——莫名沒沾上任何灰塵，也沒有鏽蝕，在小銘印燈的光線下閃閃發光。

現在看見他的作品感覺真怪啊，貝若尼斯想著，就像看見他的指紋印在我周遭的世界……

她清了清喉嚨。〈把克雷夫裝上一艘戰艦，他就能操控它。〉她說。〈我看不出他爲什麼不能對像這樣的聲音銘器如法炮製，然後在他準備好的時候呼喚我們。〉

〈這東西怎麼會落得被塞在下面這裡呢，頭兒？〉笛耶拉問道。

〈還在舊帝汎時，克勞蒂亞和吉歐出來開創他們自己的公司，不小心拿走它和另外幾樣東西。〉貝若尼斯說。〈他們在岸落之夜撤離時也全部帶走了。〉她拿出她的銘術工具，舌頭小心地塞在脣間，開

始工作。〈只需要一個安放克雷夫的位置，看樣子就是一個鎖。應該不用花太多時間。〉

笛耶拉一面等她，一面環顧其他箱子。

〈所以這裡的其他東西……也是克勞蒂亞和吉歐從鑄場畔帶出來的嗎？〉

〈嗯？〉貝若尼斯說。〈對，應該是吧。〉

笛耶拉的目光落在一個大箱子上。當她施展她那不可思議的直覺，還有當她理解某個其他人都認爲隱藏起來或遭遺忘的事物，她的表情總是會以一種奇怪的方式緊繃起來，而她這會兒又這樣了。「噢，天啊。」她輕輕地說道。她的手往下探，放在大箱子的箱蓋上，然後推開。

貝若尼斯看清笛耶拉發現了什麼之後，愣了一下才明白過來：一套巨大的銘印盔甲，以黑色金屬打造，肩甲和脛甲的位置有凹痕和刮痕。她放下手邊的工作，直起身子，和笛耶拉肩並肩看著銘甲。

「我知道這是什麼。」笛耶拉放聲說道。「這是……這是銘甲。」

「我不知道他們把這也帶來了。」貝若尼斯柔聲說。「怎麼……這怎麼會……」

「我記得桑奇亞說，山所那晚之後，她就把銘甲給克勞蒂亞，讓她拿去賣掉。」笛耶拉說。「我猜她一直沒拿去賣，只是把人裝箱而已。我是說**東西**。」

貝若尼斯對著她瞇起眼。「她說的嗎？還是妳從她腦中偷看的？」

笛耶拉眨眼。「我……我不太記得，頭兒。」

兩人良久沒說話。

「我……必須把這做完。」貝若尼斯說。「應該快好了。」她在皮革箱裡的小聲音銘器前跪下，繼續幫克雷夫做鎖。她努力忽略笛耶拉是怎麼輕輕地把手伸進箱子裡，手掌貼著銘甲的胸口，彷彿在摸看看有沒有心跳。

〈妳認識他，對吧？〉笛耶拉問道。

「什麼？」貝若尼斯嚇了一跳，放聲說道。

〈格雷戈。穿銘甲的那個男人。〉笛耶拉說。〈妳認識他。〉

貝若尼斯注視著她，有點忿忿不平。〈對。我……我認識。〉

她努力專注於手邊的工作，把小外殼裝在聲音銘器的側邊，然後是裡面的徑碟……

〈他死的時候穿在身上嗎？〉笛耶拉問道。

〈對。〉貝若尼斯說。〈實際上是好幾次。但他總是死而復生。他有那種習慣……〉

〈桑奇亞認為他還活著。〉笛耶拉的語氣中帶著一絲夢幻。〈困在另外更龐大的銘器中，有點像這套盔甲……但我們不知道該怎麼把他弄出——〉

「好了。」貝若尼斯唐突地說，接著起身。「完成了。等等。」

她拉出口袋裡的克雷夫，把他插進聲音銘器內的簡單鎖頭中。然後蓋上箱蓋，後退。

〈我會帶著這個箱子，〉貝若尼斯說，〈直到克雷夫醒來。然後希望我們不用碰觸他，他就能告訴我們他看見了什麼。〉

〈就算克雷夫那時候真碰了帝汎，我也無法想像帝汎改造了他。〉笛耶拉說。〈我無法想像他可能變成克雷夫之外的任何人。〉

貝若尼斯瞥了一眼銘甲，回想起久遠之前的一個片刻，當時她熟識的一名男子吞下一個小碟片，喚醒一個截然不同的人。

她看著笛耶拉。「完成一件事。」她說，「但妳和我今晚還有一個任務——對吧，笛耶拉？」

笛耶拉沉默不語。

「走吧。」貝若尼斯說。「我們去跟他道別。」

貝若尼斯還在內城的時候——在舊帝汎，少說也是一、兩輩子以前的事了——她就決定自己不是那種會哭的人。她記得那純然是一種防禦機制：藉由決定她不要哭，而非她本來就不哭或不會哭，她讓自己對其他丹多羅銘術師那些隱晦或不那麼隱晦的侮辱免疫；他們都是男性、富裕，而且——最重要的是——善妒。

她每天早晨都會完成一個想像中的程序：在她的超小房間裡醒來，退後踏入一件隱形的冰冷斗篷中，這件斗篷會徹底遮住她的臉和心。我就像河夫，他們每天把自己全身塗滿泥，她會在這個精神轉移的過程中這麼說著，覆蓋他們的皮膚以阻擋水蠅。

這方法有用。當然了，其他丹多羅銘術師都說她冷淡又拒人於千里之外，不過日子一天比一天容易忍受，直到身旁所有男人——包含歐索在內——的話語都消散，變得和你每天在舊帝汎都聞得到的臭味相差無幾。

不過到了某個時間點，情況改變了，變得沒那麼像她穿上冰冷、隱形的斗篷，更像是她把斗篷吞了下去，封起她的整個內在；接著有一天，貝若尼斯不確定她到底是決定自己不再是一個會哭的人，還是她根本從來就不是那種人。這部分的她已經變成萎縮的肢體，而她開始在一段距離之外體驗世界，彷彿她的人生發生在他處。

直到山所那晚。直到桑奇亞。她的模樣，她的味道，她那純粹的浩瀚存在，彷彿她是某個衝勁十足的傳奇角色，如此巨大，甚至突破了把她裝訂其中的書本。然後在瘋狂、煙霧繚繞的幾個小時之後，冰冷斗篷被驅散，感覺就像貝若尼斯從一場深層的睡眠中醒來。

然而，就在她走上鑰艦階梯的這當下，笛耶拉的燈籠光在旁邊的牆上起伏，她突然迫切渴望重新穿上那件隱形斗篷，以此作為某種手段，只要能隔開她自己和眼前所見事件，任何手段都好。

她們終於來到醫務室，她看見其他人在等她：克勞蒂亞、波麗娜和招待的幾個組成體；在像這樣的時刻，他們總是很能派上用場。

而在那兒，在地上的一個箱子裡，是一套吉瓦制服，攤開放在箱底，代替一具已經不存在的軀體，一個已經不在他們身邊的人。

現場沉默良久，只聽得見淅瀝的雨聲和此起彼落的風聲。

「他總是用心打理他的衣服。」克勞蒂亞柔聲說。「他比我們所有人都懂穿。」

銘甲躺在木箱裡的畫面閃過貝若尼斯腦中。

箱中男孩的鬼魂，她想著，有些死了，有些還沒死透。

她清了清喉嚨。「沒錯。」

克勞蒂亞哭了起來，轉過身，而招待就在旁邊等著擁抱她。

貝若尼斯凝視箱內，努力回想維托瑞亞。他太年輕了。他這輩子都是如此能幹，如此無畏，很容易讓人忘記他多年輕。

他比我認識桑奇亞的時候年輕嗎？她心想，當我們密謀策畫推翻一座城市，而當時的每一個夢想、每一個吻都感覺意義非凡？

她又想起空蕩蕩的銘甲，空虛的眼洞凝視著上方的她。

格雷戈第一次穿上銘甲的時候，年紀比我現在大嗎？或是他吞下碟片、把自己變成我們現在的敵人那時候？

沉默一再延續。最後，所有人的目光終於從箱子裡的制服移到她身上，他們在等她說話。

「我們應該想著他。」她嘶啞地說。「想起過去的他，而非現在的他。然後，想起來之後，我們應該牽起手，完整記住。」

他們點頭，聚集在箱子旁。

在醫務室昏暗的燈光下，貝若尼斯和她的小隊手牽手，徑入彼此，合而爲一。他們分享回憶、情景、印象、感覺，關於維托瑞亞的一切，那個曾如此奮力作戰、拯救無數人的男孩。儘管他們之中有些人只認識他幾個月，或甚至不到幾週，很快地，他們都開始覺得自己已經認識他一輩子了——他們哀悼逝去的一切，並歡慶曾擁有的過去。

〈讓我們把他留存在心中，〉貝若尼斯說，〈讓我們把他盡可能長久留存。〉

〈長久留存。〉她的小隊複誦。

完成後——他們將箱子放進火葬爐、燒成灰燼、拿去鑰艦的船頭撒入大海——貝若尼斯回到她的小艙房在床邊坐下，一隻手心不在焉地輕撫桑奇亞通常睡在她身旁的那個位子。接著她想起未來可能等著她的其他箱子，想著她可能在箱子裡看見的人，還有當他們都被燒成灰燼之後，她還剩下什麼。

然後她在床上躺下，摀住雙眼哭了起來。

10

「這裡！」招待的組成體以悅耳聲音喊道。這是個笑盈盈、臉頰紅潤的道洛女子。她指了指，帶著桑奇亞走下通往理解號低層甲板的狹窄階梯。

桑奇亞的右髖部開始刺痛，她皺起臉。「還有多遠？我不記得有這道階梯。」

「不遠了，」招待說，「再往下兩層甲板就到索引搖籃。而且妳說得對，這道階梯是新的。我稍微改良過。」

「你總是在改良。」桑奇亞咕噥道，在另一個梯間平臺轉彎。

「因為我們總是在成長。」招待說。「妳上次造訪理解號之後，我們增加了一萬一千人。」

「妳要這一萬一千人都跑下這段該死的階梯？」

招待哈哈大笑。聽起來像真正的笑聲——不過話說回來，招待所做的一切確實都感覺很真誠。大家老是忘記他們是一個節奏，就連桑奇亞也一樣——尤其當她在這艘巨船的甲板上時。

*我在他們之內，*她想著，一面環顧四周的牆，*我在招待之內。*

說這話很蠢，但感覺很真實——因為過去這幾年來，她慢慢開始覺得節奏不是一群群的人，而是他們的船。舉例來說，桑奇亞在腦中描繪設計時，她想的並不是其中一個組成體，而是想著創新號，船上到處都是轉輪、銘印汽鍋，還有一堆堆青銅；隨著設計創造各種吉瓦賴以維生的銘器，巨船深處遍布升降機、導槽和強化導管，把零件和材料拉過一個個工廠艙區。桑奇亞想起遊戲時，她想的是培育號，船上住著老人和小孩，所有階梯和高低差都拿掉了，換上斜坡和圓角；到處都裝有銘印水管和汲水器以便清洗，船身裝設大片玻璃窗，好讓居民遠眺大海、靜坐驚歎。

不過招待的船，理解號，船上則總是滿滿的人。

一群一群的人。一大批又一大批的人，種族、國家、文化各異，來自杜拉佐海的各個角落。光是頭髮的多樣性——顏色、長度、髮型——就很驚人，更別提服裝、語言、飲食等更多方面的風俗習慣。

「下個區域有點繁忙。」招待的組成體帶著她穿過擁擠的走廊。「往這裡……」

葛拉提亞拉難民這會兒裝滿理解號的醫療甲版。桑奇亞看著他們在招待規畫的個別小隔間外排隊；隔間內，一名組成體在他們的手背植入小碟片，將他們和吉瓦人偶合。

「多少人同意偶合？」桑奇亞問道。

「大約七成。」招待說。「其他人可以選擇在艦隊找個職位，或是去島上工作。」他們用力吸氣。

「大多數人選擇島上。我猜那是因為他們不了解野生生物……」

桑奇亞看著招待的組成體小心地把碟片插入一個年輕男子的手，而他一縮。完成後，他舉起手甩了甩，像是剛剛不小心撞到某個尖角，造成某種神經痛——不過他的眼睛接著瞪大，他安靜下來，敬畏地緩緩張開嘴。

桑奇亞傷感地笑了。她自己八年前也經歷過。結合就算用不上幾天，也需要幾個小時。她知道，當體內的小碟片發揮它們的作用，一點一滴將新經驗匯入他們腦中，他們之中許多人會待在自己的房裡；在整個過程中，他們會無聲地對招待說話，傾訴他們的想法、願望、痛苦與渴望。而招待會聆聽。

事實上，如果理解號眞讓桑奇亞想起任何事物，那會是一座教堂，巨大而寬敞，裡面滿滿的都是人，充斥懸燈的微弱光芒；低喃與告解、原諒與理解的聲音持續不斷。

*但若這是個教堂，*桑奇亞想著，*那招待又是什麼？*

〈妳還好嗎，桑奇亞？〉行進間，招待問道。

〈你不是知道嗎？〉桑奇亞回嗆。

他們的組成體露出忸怩的笑，但再無其他。

〈還活著，〉桑奇亞說，〈這就夠好了。〉

又是一笑，不過這次帶著哀傷。〈了解。的確有些時候這樣就夠了。但我覺得那些時刻很稀少。〉

〈是嗎？〉

〈對。這裡的人通常需要更多。〉

他們進入一個擺滿床的拱頂房間，裡面都是難民家庭。小傢伙擠在或跪或躺或坐的父母身旁，正在接受招待照料。桑奇亞覺得她同時聽到三種不同語言。

〈舉例來說，這些人，〉招待說，〈在他們各自的國家、淪陷的城市獨自受苦。他們通常想要的都

是知道他們不是獨自受苦，知道有人陪著他們。〉

桑奇亞沒說話。某處一個嬰兒哭了起來，只有吸氣的時候停下來。

他們轉入一條走廊，經過一群人，人數大約兩打，都穿著紫衣和藍衣，四肢伸展癱在附坐墊的椅子上，雙眼閉合，臉朝著天花板。他們的嘴都非常輕微地動著，彷彿正在跟某個隱形人無聲交談。而桑奇亞知道，那恰恰是他們正在做的事。

〈看起來眞是多得要命哪。〉桑奇亞說。

〈創紀錄了。〉招待說。〈今晚有二十七名聆聽者。我很少有必要也投入這麼多傳訊的工作。〉

〈你此時此刻接通多少對話，招待？〉

〈大概八個吧。〉他們說道。

〈要命……對象都是難民嗎？〉

〈噢，不是。我在跟艦隊裡的人談話。大多是在談暴風雨。情況挺嚴重的，而且還會更糟。人們呼喚我，請我對艦隊另一邊的某人輕輕說些什麼。祝對方好運、說他們愛對方。他們嚇壞了。我盡所我能幫助他們撐過去。〉

他們又轉過一個彎。走廊的另一端有一扇門：門很矮，以厚金屬打造，並以銘術讓它異常耐用，用一個鎖陣牢牢密封——有些是銘印鎖，有些是純機械。

〈你的意思是，〉桑奇亞很習慣招待的小把戲和弦外之音，〈我需要找個聆聽者跟他聊聊？〉

〈啊，技術上來說，我會是那個聆聽者。〉招待說。〈畢竟所有聆聽者**都是我**。所以妳可以直接跟我聊就好。〉

〈聊啥？〉

招待看著她。〈妳有源源不絕的話題，桑奇亞。妳正在經歷一些吉瓦沒有任何人知道的事。妳頭顱

裡的小銘器正在竊取妳的年歲，就像死靈燈從受困其中的人身上竊取生命。這肯定很難熬。〉

桑奇亞停下腳步。「這大家都知道。」她放聲說出來。「我……我跟我妻子、我朋友，還有我的……我的夥伴偶合。他們都知道我受的折磨。這完全就是身為吉瓦一分子的重點。」

招待耐心地點頭。「對。我們發明當人類的新方法——對，妳能這麼說。但我們依然是人類。而看著我們所愛之人在我們受苦時支持我們……無論是否曾經過強化改造，這對所有人而言都是一種考驗。」

桑奇亞沒動，也沒說話。

「妳不希望她離開妳。」招待溫柔地說。

「對。」桑奇亞厲聲說。「我不希望。」

「但妳有時候覺得妳希望。」

她一時火冒三丈。她怒瞪招待，張口，又想了想她原本想說的話，接著閉上嘴。然後她終於說：「我有時候覺得她離開比較好。對她。那感覺並不公平，她必須……」她悽慘地笑了笑。「天啊。我作過一些瘋狂的夢，你知道的，夢見發明能扭轉一切的方法。某種能夠讓我恢復青春的銘術把戲，讓我能重新開始、一切回到原點。因此我們能夠拿回我們正在失去的所有事物，就算是現在也一樣。」她沉默片刻。「但我不再是個孩子了，我知道有些事就是無法重來。」

招待點頭。「妳和貝若尼斯為我們打造了這個地方。就某種意義來說，我們都是妳們的孩子。」他們走到門前，一一打開通往搖籃的許許多多鎖，接著推開門。「我們現在變得更強壯、更優秀，也更睿智，這都是因為妳們造就了我們、也因為知道妳們做了多少犧牲，就算是現在也一樣。請不要忘記這一點。」他們退後，伸出一隻手歡迎她入內。「妳先請。」

桑奇亞緩緩步入索引搖籃——一個黑木打造的矩形小房間，超過兩百個青銅碟片嵌入木頭中，全部謹慎地銘上許許多多符文。

小房間的中央有一件怪裡怪氣的家具：巨大的青銅寬馬蹄形槽，大約七呎長，或長得足以容納一個非常高的人躺在裡面——因此才取了「搖籃」這個綽號。不同於遍布房內的青銅碟片，搖籃的表面看似平滑，但桑奇亞知道這完全是因爲銘刻其上的符文小得驚人，幾乎不可能看得清楚。

搖籃的功能與徑碟類似——只是更大、作用力更強，私密性更高上許多。

「會不會你剛好做了什麼修改，我因此得以保住我的面子。」桑奇亞問。「或至少保存我到這時候還殘存的任何面子？」

組成體在門邊咳了咳。〈啊……沒那麼剛好。不幸的是，因爲搖籃的作用還是要靠皮膚接觸，我們需要最大程度露出皮膚表面，因此……〉

桑奇亞在黑色小房間裡沉下臉。

〈當然了，妳也知道，〉招待說，〈我的記憶中留存著關於許多、許多人的身體狀態。〉

「噢是喔。」

〈超過一千個人。有些是我照顧過的人，有些是過去的我。而既然我偶爾會徑入妳，其中當然包含妳自己的身——〉

「懂了啦！」桑奇亞厲聲說。「感覺還是很怪啊……你知道的，下去你的肚子深處，招待，全身脫個精光，爬進裡面的某個洞裡。」

桑奇亞沒費心要招待關上門。她只是碎念了一會兒，脫下衣服後丟到房間另一邊的地板上。「我猜你應該可以幫我折好吧。」

〈當然。我要關門了。〉

她轉身面對搖籃。門一關上，房內的燈隨即暗去，瞬間眼前只見一片黑暗——接著屋頂的一盞燈籠冒出黯淡的粉色微光，她跨入青銅槽。

「好吧。」她嘆氣。「把這鳥事搞定吧。」

貝若尼斯閉上眼，努力不發抖。好討厭待在這裡……好**討厭**這東西……

「普通的鐵。」設計的聲音在黑暗中吟誦道。「普通的鐵，從普通的土地挖出來，拖去某個大型銘印工場，某種巨大的銘器，功能可能是帝汎的內臟，它的胃，打造來加工、加工、加工，消化大量原料，打造成……這個。」他們從死靈燈的一頭走到另一頭，戴著手套的手擦過內壁。這個可怕的容器內依然瀰漫著生石灰和鹼液的臭味，貝若尼斯覺得設計有如面帶獰笑的勾魂使者；她和克勞蒂亞在抄錄牆上的符文，他則是來拘捕她們的靈魂。「然而，因爲帝汎把它的銘術寫在死靈燈的骨子裡，把它的想法和意志嵌在這東西的血肉裡，死靈燈能夠變得**更加厲害**。」

貝若尼斯感覺她們置身的這個死靈燈動了動。在這個可怕的瞬間，她以爲死靈燈又活了過來，可能正要飄回去找帝汎。然後她想起這東西正掛在鑰艦的貨艙區，肯定在暴風雨的強風吹襲之下甩來甩去。

一點點小晃動，她就著微弱的燈光閱讀一行符文，一面這麼想著，是可以預期的……對吧？

「我一直看到一些非常基本的東西。」克勞蒂亞從另一個角落說道。她回過頭看著設計的主要組成體——他們用來對她們說話的人——但既然跟她們一起擠進死靈燈裡的另一打人也都是設計，她其實要對其中的哪個人說話都可以。「密度約束、重力銘術，都是些我們知道的玩意兒。重力銘器是這裡面最先進的東西。我認爲這東西飛起來像……你知道的，傳道者？」

「當它**編輯**現實，它確實就像傳道者。」設計說。「但它的其他本質與再普通不過的銘器相似。」他們的暗色放大目鏡反射燈光，他們的臉因而有種詭異的節肢動物感。「帝汎能夠改變這容器的物理性質到不可思議的程度——而且是**即時**。」

「即時？」貝若尼斯懷疑地問。「銘術不是這樣作用的。」

「這是一個我思考已久的理論。」設計接著說。他們的聲音低沉平和，彷彿吃了什麼神奇藥物後藥效發作了——或許這說法很接近眞實，因爲對設計的浩瀚心智來說，思考銘術似乎有一種其他人無法理解的作用。「畢竟——克雷夫是怎麼說服銘印門開啓的？」

「我認爲他——」

「他說服一扇門，例如，朝另一個方向打開卻**不算打開**。」設計得意洋洋地說。「或是鉸鏈的密度比實際上大一千倍，因而完全從門框脫落，整扇門四分五裂！帝汎就是把**那個**加入它的諸多產物——一個鬆散的結構，當它把它的注意力轉移到某個銘器上，就可以說服那銘器執行各種任——」

「所以……克雷夫可以操控這個死靈燈？」笛耶拉的聲音問道。

設計的冥思被打斷。「啊？」

笛耶拉的天眞圓臉出現在頂部的艙口，正低頭看著辛苦工作中的他們。「如果帝汎就像克雷夫一樣，只是規模大一點——克雷夫能操控這東西嗎？」

「可以。」設計緩緩地說。「可能。或許。」

「所以你才要我帶克雷夫來？」貝若尼斯看著放在地板上的克雷夫和聲音銘器。「看看他能不能操控這東西？」

「呃，不是。」設計嘆氣。「我只是想看看會不會跟……唉，我一直在找的東西有些什麼關係。」

「啊。」克勞蒂亞明顯地忍住一個白眼。「調節器。」

「對。」設計的語氣中滿是憤慨。「帝汎大幅仰賴銘器——實實在在、易於使用、**眞正**的工具，藉以管控它的種種深奧行事。它肯定利用某種……某種手段，以某種方式爲它的所有偶合安排程序，好讓它能輕鬆控制它的宿主。我的意思是——想像一百個人悽慘死亡是什麼感覺，而且全部同時！想像你要管控這過程！而帝汎每天都在做！」

「你認爲它身邊有一個控制這一切的魔法盒。」克勞蒂亞說。

「有！**絕對**有！」他們厲聲說道。「但我沒辦法研究這個現象，因爲若要進行這種研究，我會需要一個活生生的宿主。而在吉瓦養一個活生生的宿主會是，呃，一點兒也不理想。」

「那死靈燈裡的克雷夫又有什麼幫助？」貝若尼斯問道。

設計靠近一張原本困住一個宿主的椅子，跪下，細細查看嵌在座部、椅背和扶手的幾個碟片。「這個。這完全就是我需要的。」

貝若尼斯走到設計身旁看。「那些是接觸點，」她說，「實際上從宿主身上竊取生命的裝置。」

「對。」設計說。「對。但帝汎是怎麼做的？它怎麼把一個人的生命從這張椅子導到傳道者操作板？」他們朝死靈燈中央那團熔化的黃銅一瞥。「或至少是操作板的殘骸。如果我能測試，一秒就好，我或許就能弄清楚**帝汎是怎麼控制它的宿主**。」

設計的各個組成體同時起身，蜂擁到傳道者操作板和一張死靈燈的椅子前，在每個位置裝上他們的修改碟片。他們眼睛眨也不眨就侵入彼此的個人空間，這景象一如平常有一種震撼的詭異感——因爲，當然了，他們的所有空間都屬於一個個體。

貝若尼斯冒出一個想法。「但我們到底要怎麼測試？」

「啓動它啊，當然了。」設計平穩地說。

貝若尼斯和克勞蒂亞瞪著他們。

「你想……做什麼？」貝若尼斯問道。

「啓動它。」設計又說了一次。

「天神的卵蛋啊……」克勞蒂亞說。

「意思是——讓這個死靈燈從活物竊取生命，藉此改變現實？」貝若尼斯問。「而且你想在這裡啓動，在吉瓦艦隊中央？」

「至少**試著**啓動，」設計說，「用不著完全成功。」

「你……你眞心在告訴我們，有個人要坐上那張椅子？」克勞蒂亞問道。

「就某種意義來說，是。」設計看著貝若尼斯，戴著目鏡的臉詭異地飢渴。「克雷夫**在**聲音銘器裡，對吧？」

貝若尼斯歪過頭，思考著。「啊……我懂了。你有沒有徵求波麗娜許可讓你做這件事，設計？」

「我不認爲有必要徵求她的許可。」設計說。「克雷夫不算活著，也不算死了。」

「這可能讓這個怪物混淆，**試圖**竊取他的生命。」貝若尼斯慢慢地說。「你的想法是這樣？」

「對。」設計說。「而這扇通往帝汎內在運作的小小窗子……就是我唯一需要的了。」

貝若尼斯點頭，現在變得頗爲折服，不過她又停頓了一下。「但——這個活物應該不止是**待**在椅子上讓自己的生命被竊取吧，還需要有宿主的碟片嵌在他們**體內**。」

「或至少碰觸著他們，對。」設計說。「正確無誤。」

「所以——你也有辦法拐騙這個銘器，讓它相信你有宿主的碟片？」

「這個嘛，我不認爲我有必要**拐騙**它。」

遠雷，接著急雨落下。

貝若尼斯感覺她的腹部慢慢出現一個坑。「你不是吧。」

設計聳肩。「總得有人處理這裡面的焦屍……」他們把手伸進口袋，拿出一個小皮囊。「我**確實**給了他們一場正式的喪禮。還受縛於帝汎的魔咒時，他們絕對不可能得到更好的最終長眠。但在**那**之前，我完成了……幾個其他任務。」

設計把皮囊裡的東西倒在他們戴手套的手上。十二個閃爍的小金屬片滾入他們掌中。

「天神的**卵蛋**啊。」克勞蒂亞又說了一次。

「天啊。」上方的笛耶拉也嘆了一聲。貝若尼斯把臉埋入雙手中。希望桑奇亞現在至少比我開心。

桑奇亞躺進青銅搖籃裡，訝異地哼了一聲。〈嘿，裡面很……溫暖。〉

〈對。〉招待說。〈我盡我所能提供所有——所有生物性撫慰……我們開始前必須關掉燈。準備好的時候請跟我說一聲。〉

桑奇亞在馬蹄槽內躺好，凝視上方的玫瑰色燈籠。〈準備好了。〉

光閃了閃後熄滅，桑奇亞等待。

生活在任何社會，無論先進或貧困，將知識與需求配對都是最困難的事情之一。如果有人遇上一個問題，例如一個農夫在杏桃田裡發現一種新黴菌，這個農夫理所當然會納悶有沒有人知道這是什麼，並去尋求幫助。

在一般的社會裡，這名農夫首先得問遍他認識的人，這些人再問遍他們認識的其他人——當然了，前提是他們善良又有時間——直到找到答案並回傳給農夫。然而這個過程非常緩慢，而且受太多不準確性影響；因爲等到對黴菌的描述篩過每一個人，過程中許多人可能聽錯、記錯，或弄錯。

偶合社會則提供一種快速許多的解決方案：索引。

招待總是說，索引的功用有點像某人試著玩小孩玩的拼畫：如果你想弄清楚一片該擺在哪，你會把它拿起來跟袋子裡的其他片比較，看看兩片是否有相同顏色、圖案或特徵，顯示出這兩片就該拼在一起。

索引純粹就是執行這個搜索——但找的是記憶。招待會拿取一段記憶，實質上在一眨眼間去找艦隊上的每一個人，並問——你知道這個嗎？——直到他們找到知道的人。這是一個驚人、革命性的處理方式，但對原記憶持有者來說非常不舒服。在目前的案例中，那個人就是桑奇亞。

〈妳還舒服嗎？〉招待問道。

〈要命，應該吧。〉桑奇亞說。

躺在青銅馬蹄槽內，她突然發現自己滿腦子都是他們後來稱這東西為「搖籃」的另一個原因——就像躺在自己床上的嬰兒，搖籃裡的人也非常容易弄得自己一身髒。

〈妳這輩子製造的髒亂永遠比不上我清理過的那些，桑奇亞．圭鐸。〉招待說。〈現在，麻煩妳了，請專心。妳的心跳還是非常快，呼吸也很急促，這種狀態下我們無法執行索引。〉

桑奇亞深吸一口氣，逼迫氧氣流通她全身——接著，她在腦中召喚出空中黑牢的景象……

〈有了，〉招待低語，〈繼續……〉

索引隨即啓動。

先是有畫面出現在她腦中，在黑暗中閃爍：幻象、想法、觀點，都懸在她前方，彷彿火焰附近的蛾。那些畫面愈靠愈近，然後她便透過許多眼睛觀看，而這些眼睛的主人都從不同角度看著被閃電劃破的黑暗天空。她接著透過更多觀點瞥見人們為悲慘、哭泣的葛拉提亞拉人沐浴，一面將溫水從他們頭頂淋下，一面噓聲安撫他們……

〈我看見你了，〉桑奇亞說，〈我正看見你所見……〉

〈我知道。〉招待覺得好笑。〈我可以看見妳看見我所見。不管現在說這個有用還是沒有用，我用上我能力的二十分之一將妳導入這個程序。現在——請專注。我現在要在整個艦隊索引妳……而因為我們需要大家注意暴風雨，我們必須加快動作。〉

桑奇亞吸氣。〈好吧……〉

這是程序中最複雜的一個部分：招待已經將徑碟散布艦隊各處，對所有人低聲下指令，要他們接到信號就握緊徑碟；接著，這麼做之下，艦隊上的人會變成招待，只是稍微而已——而既然招待徑入了桑奇亞，他們便能將她的記憶與他們自己的記憶比對。

但這代表桑奇亞也必須變成艦隊裡的每一個人——至少在一、兩秒——一船又一船，一人又一人。

而這就是開始發生的情況。

彷彿一記重雷，爆發的影像席捲桑奇亞的腦海——一再看見暴風雨，木頭表面因雨珠而閃閃發亮，無數燈籠在風中搖擺。然後感覺來襲：溼透的繩索纏在她手上，溼褲子磨傷胯下，她的小戎克船在暴風雨中搖擺起伏，暈船的感覺激湧打轉。

接著，就跟她平常徑入他人時一樣，桑奇亞慢慢迷失自我：迷失她對自己身體的意識，她的經驗，她知道什麼以及她是誰。她是一個男人，一個孩子，一個女人；她在一艘船的甲板上，她在吊床上擺盪，她在鑄場深處忙碌；她在哭，在做愛，在自慰；大海將她的小船拋上拋下，而她在嘔吐。

這令人興奮。這是失心瘋。這就像被活生生煮熟，慢慢一點一點分解。

然後他們找到了。

一閃而過。感覺就像你用錯誤的方式動手臂，神經抽痛了一下。

艦隊裡的某個人感覺到她的記憶——並有所反應。

她看見乾草原，風吹草舞……她在腦中聽見一個男人的聲音。

〈我認得這片山丘。〉那聲音緩緩說道。〈對吧？對……那是阿格拉奇草原。我小時候待過那裡，我老爸帶我去他老家……化成灰都認得出來……〉

〈找到一個。〉招待對她低語。〈但為了保留記憶，我們要稍微徑入得更深入一點。〉

桑奇亞吸氣，努力專注於當下的感覺。**這是我，這是我，我是這個人，這是我……**

然而——她並不是。

她忽然不是桑奇亞．圭鐸了：她是歐瑞歐．波拉尼，而他坐在他位於培育號的帆布床上，看著閃電劃過他的窗子，手裡緊握著徑碟。他不認爲自己老，不過他的身體老了，在各個奇怪的位置都有新生的疼痛，四肢也無法像原本一樣彎曲。然而他回想起童年時的那幾天，在戈錫安西部，陽光是怎麼滑下遠方確切那五座山丘，當地人稱之爲潘提阿美蒂；一個下雪天，歐瑞歐用奶奶家工坊的舊門從其中最矮的那座山丘滑下來……

這段記憶如花朵般在桑奇亞（〈我是桑奇亞？〉）腦中綻放，一瓣又一瓣增添重量、意義、色調。她突然知道這個阿格拉奇在哪了，也知道該走哪條路才到得了，那是路商已經走了幾十年的路。感覺就像她曾親身住在那兒。

然後她感覺她的背靠著搖籃碟片的溫暖金屬——她回到自己的身體裡，回到理解號的腹中，只不過現在帶著阿格拉奇草原的記憶了。

她在黑暗中大口喘氣。當然了，一部分是因爲索引造成的壓力——不過一部分是因爲剛剛揭露的眞相。她知道克雷夫幻象中的那個地方。

「那是眞的！」她大喊。「去你媽的，那……那是眞的！」

〈對。〉招待輕聲說。〈我們窺探帝汎的表皮之下，看見內在。現在——妳還想看更多嗎？〉

桑奇亞咬牙。〈要命，應該吧。狩獵囉。〉

「天啊，天啊……」設計輕聲說著。他們拿起克雷夫的箱子，小心地打開蓋子，彷彿裡面裝著舉世聞名的藝術作品。「天啊，天啊，天啊……眞是巧奪天工。」他們一面咂嘴一面研究聲音銘器。

「我們不能把他拿出來。」貝若尼斯斷然說道。「會議時你也**在**。我們擔心他和其他銘器相連——而你這會兒想把他放進**死靈燈**？」

「壞掉、功能不全的死靈燈，」設計輕蔑地說，「而且只放一秒。我甚至不用把他從聲音銘器裡面拿出來。」他們湊得更近一點。「神奇啊，太神奇了……歐索的作品？」

「對。」貝若尼斯怒氣沖沖地說。

「我眞希望，」他們說，「我能在他身邊多做一點苦工……」

聽見他們這麼說，克勞蒂亞一縮，貝若尼斯也感覺到一股刺痛的罪惡感。設計節奏原本由她們舊帝汎時期的老朋友吉歐凡尼所創，他們當時都在鑄場畔和歐索共事。她們偶爾會被提醒，設計依然保有吉歐凡尼的經驗——儘管那男人本身已在差不多五年前過世——這感覺古怪又討厭。他被一根舊釘子割傷腳，傷口潰爛，他的額頭變得火燙，呼吸也變得輕淺，就這麼離開人世。然而，他的節奏記得他。

他是否還在，貝若尼斯有時會這麼想，依附著這張心智大網？還是說他也成了一個回音，一段關於一個男人的記憶，正漸漸淡去？

「好了。」設計說。「過程應該很簡單——我直接用碟片碰克雷夫，這樣應該就會重建介於，呃，傳道者操作板殘骸和曾坐著這張椅子的宿主之間的關係。只是就目前而言，椅子上的會是克雷夫。」

「一旦關係重建，那會……你知道的，**怎麼樣**？」克勞蒂亞問道。

「怎麼樣？」設計說。「噢，不會怎麼樣，因爲克雷夫並不是確實活著。」他們停頓。「至少很可能不會怎樣。」

克勞蒂亞緊張地後退。「很可能，嗯。」她咕噥道。

他們的組成體開始謹愼地把銘印和徑碟加在聲音銘器上，拐騙現實相信克雷夫的表面在各個不同位置碰觸著椅子。

「克雷夫在睡覺，像這樣利用他道德嗎？」笛耶拉在上方問道。

「好問題！」設計說。「等他醒，我們再來問問他。」

貝若尼斯看著設計完成他們的工作，聽著如雷的海浪，還有轟隆翻騰的狂暴天空。

「好。」設計終於說道。「我應該準備好了。」

設計的一個組成體用一把精細的鉗子夾起一片宿主碟片。「各自穩住。」設計低聲說道。接著他們小心又小心地把第一個碟片貼上克雷夫的黃金鑰匙頭。

貝若尼斯縮起身子——但沒發生任何事。

「它……正在做你想要它做的事嗎？」克勞蒂亞問道。

「呃……沒有。」設計說。「克雷夫似乎並沒有喚醒死靈燈。嗯。」他們看著鉗子上的碟片。「我擔心過這情況……有些碟片在，呃，取出時受損了。」

「你是說焚燒屍體時，」貝若尼斯說，「可能毀損了碟片。」

「嗯，對。因此我才把它們全帶來了。」

他們測試第二個碟片，然後第三個，不過似乎還是沒有變化。「我在看，」設計的眼睛失焦，「在觀察一切，看看什麼東西會忽然醒來……」

〈我非說不可，貝兒，〉克勞蒂亞咕噥道，〈這鬼東西嚇得我屁滾尿流……〉

另一個碟片——然後另一個，再一個。

「幾乎不用看吧。」貝若尼斯說。「當這東西忽然醒來，我想你會注——」

然後他們放上第八個碟片——一切隨之改變。

剛開始是那種不自然的感覺，彷彿一切都變得無實體，彷彿現實本身被磨薄了，很像是製革工人的皮革刮過太多次。

貝若尼斯冒起雞皮疙瘩。我知道這種感覺……天啊，我知道這種感覺……

接著空氣一陣輕彈，一陣顫動——死靈燈裡的空氣突然變得非常、非常熱，就好像他們突然墜入灼熱的火山。

貝若尼斯聽見設計困惑地喊了一聲。近處發出嘶嘶聲，接著爆出一股煙，她感覺一邊臉頰刺痛了起來。她朝右看，發現熱源所在：半熔化的符文典殘骸又燒紅了，熱得空氣開始蒸騰，整個死靈燈化為烤爐——幾秒內就能把他們活活烤熟。

桑奇亞徑入愈來愈多人的生命——不過她覺得總得在某個時候停下來。她和招待已經辨識出她在克雷夫的幻象中瞥見的大多數地點。

當然了，有阿格拉奇草原，不過後來還有流過山間的白河：〈啊，那是多拉塔河！〉一名老嫗這麼告訴她。〈流經貝瑞托山。他們以前在那裡挖了幾年的金礦，挖出來的寶物都順流而下——當然了，武裝士兵跟著一起漂流。有很多關於貝瑞托之寶的歌謠——但回想起來，只有幾首能聽……〉

〈貝瑞托山。〉招待低語。〈所以我們知道是哪座山脈了。但奎塞迪斯*確切*被關在哪呢？〉

他們持續搜尋。桑奇亞感覺她的自我彎折、糾結、扭曲、改變。奎塞迪斯的黑牢懸浮在一座詭異錯位的山峰上，然而無論他們怎麼找，就是找不到這座山峰。沒人知道關於那地方的任何事。

〈現在已經索引超過艦隊的四分之三了，〉招待低語，〈但我們必須繼續。〉

〈該死。〉桑奇亞大口喘氣。她覺得好累，在這個充滿幻象的房間裡，她幾乎沒辦法再維持清醒。

〈相當確定。這是最重要的部分，對吧？敵人把我們的老對手關在哪？妳難道不想知道嗎？〉

〈該死，你……確定嗎？〉

〈好，好啦！〉

索引繼續：幾秒內，桑奇亞化為一艘老寇格船上的四個男人和六個女人，然後她是一艘輕帆上的十四個人，然後她變成在幫忙招待照顧葛拉提亞拉人的九名治療師，持續不休。沒人認出那兩個影像，沒人知道那些是什麼地方。

然後又是陡然一震。

找到了。

〈我認得，〉一個聲音低語，〈我知道這地方……〉

招待找到回應的人——而桑奇亞忽然就是那個人，那個在創新號上坐得筆直的年輕男子。希維歐．普爾利，以前是商家的傭兵，贏得他的銀色圍城，將抵抗的人都賣去當奴隸。然而他無法容忍這種工作，於是在數週後逃走，躲在西方的貝瑞托山；後來，以前的指揮官追了上來，他又往北方逃——少數人住在貝瑞托山頂，但都活得艱辛，而他就是在那裡看見那個滿是廢墟的山谷。

一天天、一週週在頹圮的廢墟間過去了，匱乏、沉默又積雪。他利用錯位的山峰算日子，計算太陽一次次從後方經過，看著影子旋過下方的頹柱。

就是這裡。桑奇亞知道。知道山座落何處、監牢飄浮何處、那地方在哪裡等著她，還有……

他在哪裡等著。等著她。

在桑奇亞腦海深處，她看見火焰，聞到煙的味道，聽見嘗試逃離屠殺的無辜之人持續不斷地尖叫。

不，她心想。

閃爍的面具，盤腿坐的身軀無聲往前飄。

不，她對自己說著，專注於妳的背……

黑暗中的聲音，低沉得一點也不像人類：妳好啊，桑奇亞……

她感覺汗水從她的身體傾瀉而下。

她又在耳裡聽見他的聲音，彷彿他就在她身邊：我不需要進去且打贏才能得到我想要的……

〈桑奇亞？〉招待遲疑地喚道。〈我……我認為妳陷入恐慌了……〉

我只需要說幾個字……

接著，轉眼間，她看見天空整個燃燒起來，格雷戈的眼睛流出鮮血，舊帝汎的所有弩箭、嘯箭和燈在空中飛旋，一個狂野繽紛的巨大漩渦──而在那中央，像隻夜蝠一樣飛掠的是……一個戴面具的男人，他無助受困、尖叫著。

數週內，整個世界也會像他一樣。

因為妳的所作所為，她腦中的聲音說道，因為妳的所作所為。

影像放緩、凍結，然後消失。

一切都消失了。所有感覺都被突然切斷：她回到自己的身體裡，她在這裡只是桑奇亞，仰躺在黑暗的小房間裡。

「發……發生什麼事？」她問道。「那是我做的嗎？」

〈不是。〉招待緩慢地說。〈是我。〉

「嗚……為什麼？我們得到地圖了嗎？我們看清所有東西了嗎？」

〈我相信如此──不過妳不知道嗎？就算是現在，地圖不也在妳腦中嗎？〉

桑奇亞這才領悟確實如此。她知道這些地方，她知道自己看見了什麼。她也知道，如果有人拿份地圖到她面前，她能一一指出那些地方的位置。

〈那不是我停下來的原因。〉招待說。〈桑奇亞……我認為有麻煩了。〉

〈我……我嗎？〉

〈不是。〉他們的聲音聽起來奇怪地痛苦。〈在艦隊的另一邊，有麻煩的是設計，還有貝若尼斯。〉停頓。〈現在再加上克雷夫。〉

貝若尼斯往前撲，撞上正用小碟片貼著鑰匙的那名組成體，打斷了連結。組成體往後倒，設計的其他組成體以完美的整齊度驚喘——不過房間的熱度已開始下降。

貝若尼斯小心地轉過頭看傳道者操作板。那東西現在成了一堆炙熱的黃銅，但火光正緩緩轉暗。

「該死。」她喘著氣說。「該死的地獄。又來了！」

「那……那是怎麼回事？」設計虛弱地問。「我……我不確定為什麼會那樣……」

「你不知道？」貝若尼斯問。「你啓動那東西後，它肯定試圖執行它接收到的最後一個指令，我想應該就是摧毀操作板。」

「但……是**克雷夫**下的指令嗎？」克勞蒂亞問道。

貝若尼斯沉默許久，最後說：「不是。我不認爲是這樣。我……我認爲操作板可能試圖執行**帝汎**給它的最後一個指令。」她抬頭看著死靈燈的天花板。「就像是帝汎的最後命令依然在骨子裡低語。」

「帝汎下的指令，要操作板……**自我**毀滅。」設計緩緩說道。

「應……應該是吧。」貝若尼斯說。

「但……但爲什麼？」克勞蒂亞問。

貝若尼斯看著熔化的青銅退燒爲斑駁的玫瑰色調。「爲了打斷連結。因爲……我認爲它害怕。它害怕被克雷夫看見。」

「看見什麼？」

貝若尼斯沒回答——因爲這個時候，椅子上的聲音銘器開始尖叫。

11

克雷夫看見黑暗，空無而絕對。

然後是一個聲音，冷酷而嚴厲，聽起來卻怪異地痛苦：「**告訴我**。」

噴濺聲，一聲咆哮——接著含糊、低沉得非人的聲音回答：「嗯……不要。」說話者上氣不接下氣，彷彿正承受著極大的痛苦。「不要，恐怕今天不是時候。」

空氣似乎閃了閃——某種難以解釋的壓力脈衝——然後爆出尖叫聲，高頻而駭人。

「**你必須告訴我**。」冷酷的聲音說。「**我們的目標相同。你明知道的**。」

尖叫聲停止，接著是精疲力竭的喘息。低沉得可怕的聲音又隆隆響起。「你以爲這對我有影響……」嘶啞的輕笑聲。「但你**不知道**我在這之前經歷過什麼。我死過多少次……對我來說，這不過就是一場小雨。」

「**我知道得比你所想還多**。」冷酷的聲音說。

空氣又一閃，尖叫聲重起——隨著叫聲愈來愈響，克雷夫慢慢聚焦，他開始能看見了。

他看見一個房間，寬大的矩形空間，幾乎空無一物；角落透入的兩束白光切割房間，形成一個斜斜的冷光十字。一個人形懸在光十字中央，那人裹著黑色破布，在劇痛中顫抖。

我在哪？還有……我是怎麼看見這個的？

接著空氣又一閃，顫抖的黑色身軀平靜下來。他領悟這是一個人，受困某種扭曲的現實，飄浮在虛空中……

克雷夫莫名立即知道那人發生什麼事。我扭曲他的時間，他心想，一秒繞回前一秒，擾亂時間本身，讓他的存在、他的心智不可能體驗正常的時間……每一秒少說都是一個永恆……

克雷夫不確定他是怎麼突然完美掌握這個複雜得難以想像的現象。他就是知道：這想法懸在他腦中，就像一隻困在冰塊裡的蒼蠅，完美而靜止。

但他又頓住，困惑了起來。等等，我剛剛說**我**在對他這麼做嗎？

「你明知道。」冷酷的聲音說道。克雷夫的視野看似前進，橫過矩形的房間來到懸在光束中的軀體前。**「你自己也經歷過。鑰匙轉動，門檻——以及之外的另一個世界。」**

黑色身軀喘氣、顫抖，但低沉的聲音沒有回應。

克雷夫努力回想自己是怎麼來到這裡的。他記得的最後一件事是他在對死靈燈動手腳，迫使它降落……不過他後來在位於死靈燈操作板深處的某個指令絆了一下，那個指令就好像橫過門口底部的絆索，然後他就被帶來……這裡。

我是在透過某個銘器觀看嗎？我到底是怎麼看見這場景的？

但他忽然領悟他並不孤單。桑奇亞還跟他在一起：他感覺到她的思緒，就好像你感覺到口袋裡硬幣的重量，有一種安心的感局。她在非常遙遠的距離之外跟他維持著某種連結，見他所見，知他所知，但他們的連結詭異地朦朧又模糊，彷彿他正隔著一道道的牆聽見她的聲音。

我他媽誠心希望，他心想，她能告訴我現在到底是怎麼一回事。

「我擁有半個世界，」冷酷的聲音說道。克雷夫的視野更靠近那具懸在光十字中的黑色軀體了。**「然而這世界卻遭毀損，而且毫無希望。」**

克雷夫的視野更加靠近。

「復原的工具位於他處——縫隙之後，門之後。你必須告訴我如何召喚它。」

黑色軀體抽動，頭猛扭過來直勾勾看著克雷夫。

克雷夫第一次看見它的臉——它戴著一張閃閃發光的黑面具，面具凝滯為冰冷空無的表情。

克雷夫感覺一把冰刀劃過他的心臟。

不，他想著，不要是他。

「你自以為偉大，」奎塞迪斯．馬格努斯低聲說，「但到頭來，帝汎——你實在只是**年輕**而已。」

克雷夫凝視那雙空無、直勾勾看著他的黑色眼睛——然後領悟現在到底是怎麼回事。

他在帝汎裡面。他正透過它的眼睛看，不知怎麼地與它的意識結合了。就在他領悟的這一秒，他突然感覺到這東西、這個存在、這個心智的浩瀚，這種浩瀚幾乎不可思議，同時充滿超乎這個房間的無數結構、裝置、器械與製品，同時，橫跨大陸，透過成千上萬雙眼睛觀看——這些眼睛屬於宿主、銘器，以及複雜的銘術守衛……

然而好幾天以來，克雷夫知道，唯一重要的眼睛就是他現在用來觀看的這雙，正盯著困在光束中的黑色軀體。

依然凝視著帝汎的奎塞迪斯歪過頭。「你以前沒安靜這麼久過。」

帝汎非常緩慢地說了三個字。「**桑奇亞**。」

「嗯？」奎塞迪斯說。「什麼？桑奇亞？」

克雷夫的視野改變，轉為俯瞰矩形房間的地板——不過克雷夫看見地板是古怪的鏡面，而他從倒影看見他正用來看著這一切的那張臉。

如果可以，克雷夫會驚恐尖叫。因為這是一張他認識的臉：這張臉屬於一個男人，他曾在超過十年前盡責地將克雷夫存放在舊帝汎港口保險庫；那個男人曾在岸落之夜前夕從掛在桑奇亞頸子上的細繩把克雷夫扯下來。然而，儘管他能在那張臉上看見那麼多的格雷戈．丹多羅，這張臉卻已徹底改變：眼睛充血空洞，臉頰和太陽穴被金屬桿刺穿，擠滿青銅碟片。

這張臉的嘴唇蠕動，說出：「**那是……不。不要是你。不要是你！**」

他看見我了，克雷夫心想，天啊，它知道我在這裡！

克雷夫還是能在倒影中看見奎塞迪斯懸在帝汎肩膀上方。奎塞迪斯的頭一扭，凝神專注。「等等。」他說。「克雷維德斯？你在嗎？你**穿越**了？」

倒影中的臉憤怒扭曲，還是盯著自己的眼睛。「**不要是你！**」

「克雷夫！」奎塞迪斯尖叫。「他要突破然後重啓一切！**一切**！你必須想起那扇門，你必須**想**——」

接著一道指令從帝汎身上湧出，從極遠之處的矩形房間一路來到大海邊緣的死靈燈，以一千道不同的指令轟炸死靈燈操作板，然後……

然後爆出一陣影像。

懸在山脈上的黑色容器，沙漠中的古怪廢墟，一面滿覆銀文字的暗色石牆，其中有個空無的洞。

接著是雨，還有雷。

克雷夫醒來。

克雷夫被從睡眠中扯出來，他放聲叫喊，幻象的回聲還在他腦中尖叫。然後世界在他周遭聚焦，而他喊得更大聲了——因爲他似乎又來到另一個矩形房間，這裡面深長、空無，滿是陰影。

我還在這裡！見鬼了，我還在這裡！

不過他聽見一個聲音：「**他媽的，克雷夫，你可以閉嘴嗎！**」

克雷夫停下來，一部分是他認得這聲音——是貝若尼斯——不過主要是因爲，通常有人聽得見他說話時，他們都須碰觸他，而他知道此時此刻並沒有碰觸任何銘印人，所以……他們怎麼聽得見他？

「貝——貝若尼斯？」他喊道。「什——什——什麼鬼啊！發生什麼事？」

「我他媽怎麼知道？」她說。「你幹麼大聲嚷嚷？」

「除非，」第二個聲音說，「現在大聲嚷嚷有完全說得通的理由……」

他也認出第二個聲音。「克勞蒂亞？在哪……什麼？我在鑰艦嗎？他插搞什麼……」

「他瞎了嗎？」說話的是另一個聲音——設計。「我原本以爲克雷夫能夠感知任何事物……」

「給他一點時間。」貝若尼斯的聲音說。「他非常可能很長一段時間以來都沒聽過他自己的聲音被放聲說出來。」

他凝視四周。隨著時間過去，克雷夫已經理解自己並不是像一般人一樣用眼睛看見世界——這說得通，畢竟他並沒有眼睛。但他依然能夠感知清周遭的世界，並加以解讀，非常像你解讀一個龐大複雜的銘術，不斷彎曲、改變的銘術。他唯一想得到的比喻是像看著風劃開麥田；只不過，這片麥田存在的象限比其他麥田多上好幾個，風也一樣。

然而儘管克雷夫感知的方法很複雜，還是可以輕易看出他並不喜歡自己目前所在位置。

「啥……天殺的，搞什麼**鬼**？」克雷夫說。「貝若尼斯……我爲什麼在天殺的**死靈燈**裡？」

「好問題。」克勞蒂亞咕噥道。

設計輕咳。「這是爲了實驗。要是你當時清醒，我很確定你也能理解。」

克雷夫領悟他被放在死靈燈裡的一張椅子上——不僅如此，他還被頗馬虎地插在一個非常老舊，功能又不齊全的聲音銘器內。「大夥兒……我眞的搞迷糊了。我不是……我們不是在葛拉提亞拉外的港灣嗎？像是一秒以前？我是說……我不是一艘大得要命的**船**嗎？」

貝若尼斯在他旁邊跪下。她看起來滿身是汗，而且大受驚嚇。「你睡了兩天，克雷夫。你看見某些東西。我認爲……我認爲感覺肯定像你還在看著，或是你剛剛才看過。」

克雷夫安靜下來。

「你記得嗎？」她問。「你記得你看見什麼嗎？」

接著記憶湧入——那個房間、奎塞迪斯，還有格雷戈的臉。

噢，天啊，他心想，那不是一場夢。那不是一……一……

奎塞迪斯最後說的話在他腦中迴盪：他要突破然後重啓一切！一切！你必須想起那扇門，你必須想……

駭人的理解在克雷夫的腦中綻放。

「噢不……」他低語。

「噢不怎樣？」貝若尼斯問。

「女孩，」克雷夫嘶啞地說。「妳會想找來妳認識的每個重要混蛋，立刻把他們都叫到我跟前來。」

「爲——爲什麼？」

「因爲……我知道帝汎在大海的另一端做什麼了。」他說。「等你們所有人聽到，你們都會嚇得拉出海膽。」

12

吉瓦議會成員站在鑰艦的貨艙區裡，他們聆聽克雷夫透過聲音銘器說話，表情凝重憂鬱。銘器的結構不完美——克雷夫發現很難正確發出擦音，因此例如「舒服」聽起來會像「酥糊」——不過他們看似都理解無礙。貝若尼斯幫了他一個大忙，把他從那張可怕的椅子拆起來，改放在貨艙區的一只舊箱子上——她似乎認爲把他放在視線高度，議會就更容易聽他說；他覺得她這麼做很貼心——不過最吸引克雷夫注意的是桑奇亞，她躲在人群後，臉色慘白，心神不寧。

她怎麼了？我又做了什麼嗎？

他描述完他看見的事物。「然後……然後它毀了操作板，把操作板像一團鰻魚脂一樣熔掉，然後……呃，就沒有然後了。」

一陣死氣沉沉的沉默，只被在後面咳嗽的克勞蒂亞打斷。感覺死氣沉沉，也可能是因爲克雷夫沒碰觸任何人，因此無法觸及人類的思緒，沒辦法判斷反應或情緒——他非常不習慣這種體驗。

也或許，他心想，*我說故事的技巧可能爛得像狗屎一樣。*

波麗娜回過頭看著桑奇亞。「這符合妳看見的情景嗎？」

桑奇亞點頭，她瞪大眼，緊張不安。「一點點。我看見得比較少，應該說少很多。」

「克雷夫……你說不止帝汎發現你徑入它，」貝若尼斯說，「**奎塞迪斯**也發現了？」

「對啊，」克雷夫說，「眞是慘中之慘。帝汎大聲說出桑奇亞的名字，而……而奎塞迪斯好像就這樣**猜到**我們做了什麼，猜到我正透過那東西的眼睛觀看。你們也知道，考量他是什麼角色，這並不會太令人難以置信。」

「然後他傳遞一則訊息給你，」貝若尼斯說，「試著叫你……想起一扇門。」

「帝汎似乎正在拷問他這扇門的事，」設計說，「是嗎？」

波麗娜沉下臉。「一個通道……一扇門。帝汎到底爲什麼在乎一扇門？」

「呃，」克雷夫說，「我是說，你各位都知道他說的是**哪**扇門，對吧？」

一陣尖銳的沉默。貝若尼斯緩緩轉過身看著桑奇亞，兩個人都露出恐懼至極的表情。

「不知道……？」克勞蒂亞緩緩地說道。

「什麼意思？」波麗娜問。不過從她的表情看來，克雷夫知道她已經開始懷疑了。

「**那扇**門。」克雷夫說。「像是，有史以來最出名的門。我只知道故事，我們都知道的那些故事，描述奎塞迪斯．馬格努斯是如何在現實砸開一扇門，進入萬物的**後面**——然後找到一個房間。」

遊戲現在一臉害怕。「世……世界中心之室。」他們低聲說道。

「對。」克雷夫說。「但我們知道那些不止是故事，跟眞實僅有些微差距。帝汎最想從奎塞迪斯那兒得到的就是**這個**。它想要奎塞迪斯告訴它，他是怎麼做到的——他是怎麼把那扇門召來現實的幕後、開啓它，然後穿過它。」

「但……爲什麼？」招待說。「瓦勒瑞亞已經穿過那扇門一次了，對吧？奎塞迪斯數千年前帶她去，賦予她各種瘋狂的許可。她爲什麼還需要回去？」

「對，但她**不**再是瓦勒瑞亞了。」克雷夫說。「我們改變了她。無論她穿過那個門檻之後得到哪些許可，都被我們剝奪了，我們還把她和格雷戈．丹多羅結合。現在她是帝汎的一部分，變成某個新玩意兒，困在所有這些符文典和軀體中——甚至包含它爲它自己打造的那些。」

「所以……無論世界中心之室曾賦予瓦勒瑞亞什麼特權，帝汎都不再擁有了。」貝若尼斯說。「帝汎不知道該怎麼拿回來，只能逼唯一知道的人吐露答案，那個人就是奎塞迪斯。」

「天啊。」設計說。「所以……它想再試一次。」他們揉著眼睛。「它要逼奎塞迪斯告訴它該怎麼重新開啓世界中心之室——然後它要拿回那些許可……再次嘗試修復世界。」他們直挺挺站起來。「等等——它想和瓦勒瑞亞做一樣的事嗎？抹除世界上的所有銘術？」

「或是奴役所有天殺的人類；這是奎塞迪斯要的。」克勞蒂亞說。

一陣焦慮的低語聲在貨艙區全面爆發。

「嘿。」克雷夫說。然而他們沒在聽，只是繼續哇啦哇啦地說著。他把聲音銘器逼到極限，吼出一聲隆隆作響的「**嘿！**」

低語聲緩緩平息。

「你們沒在**聽**！」克雷夫吼道。「這不是岸落之夜重演。帝汎**不**是瓦勒瑞亞。它沒辦法跟她做相同的事──它**想要**的東西也跟她不一樣。」

他們困惑地面面相覷，然後又看著克雷夫。

「所以……帝汎**不**想消滅銘術？」貝若尼斯問，「也不想把我們所有人變成奴隸？」

「對。」克雷夫說。「我在它腦中。我知道它想要什麼。」

「那它想要什麼？」設計問。

克雷夫思考著該怎麼措辭。那個想法跳入他腦中，在他溜進帝汎之內的短短幾秒內層層剝開，這個經歷真的很詭異──然而他知道這個想法是真的。

「傳道者相信這世界是個……一個銘器，一個設計。」他說。「你們也都聽過那個故事，對吧？」

「對。」貝若尼斯說。「歐索以前一天到晚說給我聽。他們相信世界就像一個時鐘──某個經過設計、精心打造的東西，在神聖蒼穹永恆運轉。」

「對。」克雷夫說。「我猜應該就像巨型符文典。一堆巨大、複雜的許可。不過當許可出現衝突，符文典開始陷入混亂……你會怎麼做？」

「把它拆開再裝回去，」設計哼聲說，「看看是不是偶發異常，第二次可能就沒問題了。這是標準程序。」

「對。」克雷夫。「完全。就是這樣。」

長長的沉默。他們之中許多人懷疑地看著彼此。

「就是……怎樣？」克勞蒂亞問道。

克雷夫又開始思考這部分該怎麼措辭。這概念太龐大、太瘋狂、太不理智。但他還沒來得及開口，人群後方先傳來了一個聲音。

「他的意思是，」桑奇亞嘶啞地說，「帝汎打算整個關掉……再重新啓動。」

他們轉朝後方看著她。

「把……什麼關掉？」遊戲問道。

桑奇亞指了指上方的天空。「這個世界。現實。一切。」

13

所有人震驚得久久說不出話來。

「我們確定我們……呃，感覺還好嗎？」克勞蒂亞說道。

「關掉……天殺的整個**世界**？」波麗娜嚇呆了。「然後……重新**啓動**？」

「那不可能。」設計虛弱地說。他們轉回來看著克雷夫。「對吧？」

「要命，我不知道要跟你說什麼。」克雷夫說。「帝汎當然認爲可能。」

「確切來說，可能**怎樣**？」波麗娜厲聲問道。

「它認爲這個世界壞掉了，無法修復。」克雷夫說。「我在它**腦中**，所以我知道。它沒打算費心搞奎塞迪斯那套修修補補。它知道那些都失敗了。它打算直接……呃，重新來過。或**讓**一切重新來過。」

遊戲搖著頭，緩緩在地板坐下。「讓一切重新來過……」他們低喃道。

招待咳了咳。「如果它成功，」他們柔聲說，「帝汎眞的重新啓動……呃，萬物……會怎麼樣？」

沉默。然後所有目光投向克雷夫。

「噢該死。」他說。「你們以爲**我**知道？」

「你對這件事的了解比我們所有人都多，克雷夫。」貝若尼斯溫和地說。「你徑入帝汎的時候瞥見了它的想法。所以——你會怎麼猜？這是我們有辦法……倖存的那種情況嗎？這甚至算是恰當的用詞嗎？我是說——我們甚至會知道已經**發生**了嗎？」

他思考片刻。

「嗯……如果世界重新啓動，」他說，「所有歷史和創世從最開頭重來一次，那……就好像，我們在這裡的可能性基本上等於零，對吧？」

如雷的沉默。

「我的天啊。」遊戲低語。

「我這裡說的『我們』，就好像，就是字面上的意義。」克雷夫說。「像是貝兒、桑、我，你們其他人。我們都是數百年來無數選擇和行動的結果，而那些行動和選擇以**完全**相同的方式重來一次，這種可能性基本上完全不存在。但……我說的『我們』同樣適用於更廣泛的意義——代表或許所有人類。我也不確定人類這個物種會以相同的方式開始。」

「我的**天啊**。」克勞蒂亞說道。

「還有，當然了，」克雷夫說，「也可能帝汎搞錯了。當它按下重新啓動的大按鈕……結果什麼都沒重新啓動。一切沒有不見，只是……停止。結束。甚至不是遺忘，而是不曾存在。我們不可能確定**不會**發生這種事。」

「我的**天啊**！」波麗娜喊道。

「克雷夫！」桑奇亞，「我們他媽都聽懂了！」

「好啦，好啦。」克雷夫說。「是你們問的耶！」

又一陣凝重的沉默。設計緩緩跟遊戲一起在地板坐下。

克雷夫看著議會諸多成員的臉發顫、抽搐，無疑正在召開隱形會議——然而桑奇亞和貝若尼斯的表情依然封閉而凝滯：剛剛領悟他人將對他們有什麼要求的人就會是這種表情。

桑奇亞終於望向波麗娜。「這，」她說，「這就是危險所在。理由夠充分了吧？」

她們凝視彼此。克雷夫不是很確定桑奇亞剛剛問了什麼，但他看著議會成員的臉又是一陣顫動，抽搐、扭曲，他們痛苦地緊閉雙眼，或是驚異地瞪大眼，或是思考著某個龐大的抽象概念而瞇起眼。他覺得喪氣。碰觸桑奇亞時，他可以自動匯入在所有吉瓦人之間交流的持續無聲嘀咕，利用她的連結聽見、感覺他們在想什麼。被隔絕在他們的交談之外令他感覺異樣孤單。

桑奇亞緩緩深吸一口氣，表情痛苦嚴肅，她低聲說：「我們必須這麼做。」

「對，」波麗娜嘶啞地說，「我們必須這麼做。」她轉而面朝克雷夫，眼中有淚。他大受震撼：相識多年，見識過那麼多風風雨雨，他從沒看波麗娜．卡波納莉掉過一滴淚。「蒼天在上，蒼天在上，希望我們沒必要做這個決定。但我們不得不。」她看著桑奇亞。「妳知道在哪。」

桑奇亞點頭。「索引幫我找到一段記憶。我現在閉著眼也能幫妳畫出監牢的地圖。但那地方遠在**天邊**，在帝汎深處。」

「監牢？」克雷夫說。「索引？啥？」

摩塔悲傷地搖頭。「想進入帝汎，」他們說，「那可不簡單。」

「但不是新鮮事。」桑奇亞說。「闖進某個藏在牆後的地方，破壞某個非常珍貴的東西。這對我來說根本老掉牙了。」

波麗娜嚴肅地微笑。「然而以這種規模……現在已經不是內城那時候了，桑奇亞。」

「情況不一樣了，」桑奇亞說，「但我們也不一樣了。」

「大夥兒，」克雷夫發話，「進入**帝汎**？破壞？什麼鬼啊？」

「我們需要偽裝，」貝若尼斯說，「掩護。但帝汎會知道我們見過什麼。它會知道我們要來了。」

她看著設計。「我們需要聲東擊西之計，而且要有**可信度**。」

設計嘆氣，一副剛聽說哪個親戚過世的模樣。「我一直都知道妳會把我的美人兒從我身邊帶走。但……我沒想過會是像這樣。」

「美人兒？」克雷夫虛弱地問。「大夥兒，你們是在……」

但他隨即領悟剛剛發生了什麼事：議會已有決斷。

一般的討論總是充滿懷疑、溝通障礙，還有層層積怨與不安全感。然而偶合心智省去了那一切：當任何人都可一瞥他人的思緒，不止看見他們知道什麼，更看見他們意欲如何，一群人便能以驚人的速度達成決議——甚至還能以更快的速度制定行動計畫。

不過當然了，克雷夫不知道他們剛剛達成什麼決議。

「各位，」他說，「你們能否，呃，跟我說一下我們現在是打算——」

「妳可以用妳的小隊，」波麗娜對貝若尼斯說，「對吧？」

「對，」貝若尼斯說，「但必須是一個**非常**小的隊伍。」

「小到極點，」克勞蒂亞說，「可能四到五個人。」

「妳會跟我們一起出動嗎，克勞蒂亞？」貝若尼斯問她。「妳願意來嗎？」

克勞蒂亞沒說話，表情嚴肅。「我……我不知道，就是不知道，貝兒。我必須思考一下。」

貝若尼斯點頭。「我了解。」

「暫時就這樣。」波麗娜說。「設計可以幫你們準備足夠的武器。但那把鑰匙……你們信任他嗎?」她轉向桑奇亞。「妳信任這東西,這個人,這個……不完整的心智,相信他能做妳需要他做的事嗎?做**我們**都需要的事?」

桑奇亞看著克雷夫。「那得問他,他有權決定。」

「決定**什麼**?」克雷夫挫敗地問。

整個議會轉而看著他。桑奇亞上前,很明顯苦於找不太出合適的措辭。

「決定……你要不要跟我們一起去,克雷夫,」她說,「進入帝汎,在你兒子告訴帝汎終結世界的方法之前把他救出監牢,然後殺死他,好讓祕密被遺忘。永遠。」

克雷夫躺在聲音銘器內,無法理解自己剛剛聽見什麼。

「克雷夫?」桑奇亞喚道。

他在帝汎之內時的一個畫面閃過:黑色面具,無眼而冰冷,然後是突然而絕望的呼喊——克雷維德斯?你在嗎?

「妳……妳要我跟他見面?」他低語。「又一次?」

議會成員關切地看了看彼此。克雷夫發現自己無法責怪他們。他自己也不曾眞正解決他好多年前在岸落之夜得知的事:奎塞迪斯·馬格努斯,首位傳道者,連續荼毒世界數千年的恐怖傢伙,居然曾經是他的兒子——久遠之前,還是個孩子的時候就被克雷夫親手改造。

克雷夫丁點也不記得——至少不直接記得。他找回了那些遠古的記憶,但感覺起來遙遠而陌生,就像那些事都是發生在別人身上。而面對這樣的記憶,他只有一個辯護的理由:他不再是原本的他了,奎塞迪斯也不是原本的自己。他們的變化將他們與他們的過去切割,他這麼告訴自己,因此他至少免除了責任。他花了幾年的時間才領悟，他實質上試過銘印自己，好讓他能接受這可怕的眞相：他改變了規則，直到達成他的目的。

然而現在桑奇亞要他再一次看見這東西，要他去找那個曾經是他孩子的傢伙。

然後他想起來了：他聽過聲音，不是嗎？在那個古怪的夢境，在他休眠的時候。他聽見一個男人和一個女人在討論建造某個東西，打開某個東西，然後他們不確定另一邊是什麼。當時那男人說了什麼？

但或許更美好的世界在那裡等著我們。一個再也沒人受苦的世界。在那個世界，我們永遠不會悲傷，永遠不會失去所愛，而我們終於找到平靜。

無論那是多少年前的事，說話的到底是誰？他們又打造了什麼？

接下來的問題更令他膽寒——我兒子能夠回答這些問題嗎？我想知道答案嗎？

桑奇亞在他前方跪下。「克雷夫？」她喚道。「你在嗎？」

「我……我在，小鬼。」克雷夫輕聲說。

「你願意嗎？」她問。「如果這麼做能拯救我們所有人，拯救一切——你願意做嗎？」

他注視她，細看她的臉。他記得他第一次遇見她的時候；那時是在鑄場畔，在那棟搖搖欲墜的鴿樓，她一身髒又害怕。然而她的臉現在看起來多蒼老啊，那麼多皺紋，還有層層疊疊的悲傷。看見這張臉，讓他就連他都不知道自己還擁有的身體部位也痛了起來。

「如果我做，桑，」他說，「妳會救自己嗎？妳會淨化他們放進妳身體的鬼東西，安度餘年嗎？」

桑奇亞眨眼，吃了一驚，回頭朝貝若尼斯一瞥，而她看起來也一樣驚訝。「我……我會。」桑奇亞終於回答。「只要知道我們安全了，我就會做。」

「那麼如果……如果我做了，小鬼，」他說，「我就能救妳，好耶。我願意。我他媽在一次心跳內就統統做好。」

她用顫抖的雙手輕輕將他從聲音銘器抽出來，湊向她的嘴脣，在他的蝴蝶形鑰匙頭印上一個吻。

〈謝謝你，克雷夫。〉她說。

〈先別謝我，小鬼。〉他說。〈我到目前爲止啥鳥事都還沒幹。我是說，我……我算不上那種執行刺殺任務的傢伙，身爲一把插他的鑰匙就是沒辦法啊。〉

貝若尼斯微笑。〈關於這一點，我可能有些想法。〉

14

鑰艦貨艙區裡，貝若尼斯的雙手快速忙碌著。這不算是什麼困難或不尋常的工作——她知道克雷夫透過接觸而發揮作用，如果他接觸一個碰觸著另一個銘器的銘器，他就能對它們全部發布指令——然而感覺好不一樣。把這具曾屬於另一個人的舊銘器拿來用，並像這樣改裝，感覺好私密。

她的銘印工具噴出白焰。

趕走一個鬼魂，她心想。

碟片軟化，牢牢黏上金屬側邊。

然後請來另一個鬼魂。

又一閃，完成了。

貝若尼斯起身後退，走過去跟桑奇亞靠著貨艙區的牆。「克雷夫？」她喚道。「能……能用嗎？」

停頓良久。她們緊張地看著。

然後一陣嘎吱聲，然後匡啷——銘器動了起來。

巨大的黑色銘甲坐起來，緩慢猶疑，彷彿一個不知道是什麼東西把自己從沉睡中喚醒的老人。然後抬起一邊手臂，護手撞上箱子的邊緣，它摸索地板，直到護手牢牢貼著木頭。一陣驚天動地的嘎吱聲響，銘甲撐地而起，過程中劇烈搖晃，直到雙腿站穩，然後拉直整整七呎半的笨重身軀，站了起來。

雙腿岔得老開的笨拙站姿，但總歸是站立沒錯。

克雷夫的聲音從銘甲的胸甲深處盪出。「要命噢，」他說，「這感覺插他的**棒**！」

貝若尼斯盯著銘甲搖晃的膝蓋。「眞的嗎？」她懷疑地問。

「對啊！一具……一具身體！眞正的身體，有像是腳和……和各種鬼東西！而且妳還不知道用什麼方法把聲音銘器塞進來了！」

桑奇亞哈哈大笑。「我們該早點這麼做。」

「我來看看我能不能……」克雷夫說。銘甲的上半身突然轉動腰部。貝若尼斯一縮——如果裡面確實有人，應該會立即遭活體解剖。「哇！」他喊道。一隻護手隨著那動作飛甩，打穿銘甲後方的其中一個板條箱，彷彿箱子是紙做的。「噢，靠……」

「把克雷夫放進殺人機器裡。」貝若尼斯說。「我們怎麼沒早點想出這個點子呢？」

「殺人機器？」克雷夫說完後停頓了一下，然後又說：「啊，沒錯。現在細看這東西能做的把戲，嗯……這個銘器出自某個非常討人厭的傢伙之手。」

「剛好，」桑奇亞說，「畢竟我們正要去做一些非常要命討人厭的事。」

銘甲的頭盔嘎吱一聲轉過來看著她們。因爲上半身這會兒朝向另一邊，銘甲的頭在肩膀上整整轉了一圈。「什麼時候出發？」克雷夫問。

「比一天再多一點點之後。」貝若尼斯說。她示意貨艙區的屋頂。「設計正在裝備鑰艦，所以你還有一點時間習慣這東西，不多就是了。」

「但是因為我沒碰觸任何人，」克雷夫說，「呃……我必須從頭到尾都放聲說話嗎？」

貝若尼斯把手伸進口袋，拿出一個小木盒，打開後從裡面拿出一個青銅環。「我把徑碟裝在胸甲上。」她套上指環。〈戴上這種指環的人就能跟你對話，對吧？〉

〈對。〉克雷夫應道，現在聽起來確確實實高興了。〈該死，我開始覺得你們這些人一天到晚都在計畫瘋狂軍事襲擊了。〉

〈又像以前一樣囉。〉桑奇亞說。〈你和我聯手對抗整個天殺的世界，只是這次我們這邊多了一些幫手。〉

15

輕拍的波浪，海水的味道，上方無數海鳥的鳴叫聲。

〈我們準備好了嗎？〉貝若尼斯問道。

「嗯。」桑奇亞說。〈看起來準備好了。〉

躺在創新號甲板上的貝若尼斯坐起來眺望艦隊。準備工作確實看似接近完成。從這裡可以看見設計，他們的組成體在巨大的鑰艦上緩緩移動，同時回報所有問題、狀態以及指示，彷彿勤奮剝光死貓的蟻群。然後還有克雷夫：這具巨大的銘甲很顯眼，它的靴子黏附船殼，勤奮地沿船身前進，一路修理銘術、碟片和武器。現在他有了自己的一雙腿能走來走去，事實證明他加倍有效率——雖然他有時還是容易撞上牆或卡在門口。

〈至少我準備好了。〉桑奇亞說完看著妻子。〈妳呢？〉

〈妳的意思是？〉貝若尼斯問道。

〈我的意思是，妳好像對這點子並不熱中。我覺得有一部分的妳還是想逃。〉

貝若尼斯想了想，點頭。〈確實，有一點。〉

〈爲什麼？〉

〈因爲……我們已經失去那麼多。〉貝若尼斯說。〈我寧可逃、思考、想像、發明。比起拿我們剩下的這麼少事物當作賭注，我寧可做那些。〉

桑奇亞看著她。〈妳的意思是剩下的我。妳擁有的我只剩下那麼少。〉

貝若尼斯轉身面對妻子。她看著桑奇亞眼睛和嘴巴附近的皺紋串起汗珠和水氣；大量白髮在她的頭皮閃閃發光，而水滴攀附其上。

〈想把妳完全保留給我自己，〉貝若尼斯絕望地說，〈就這麼不對嗎？〉

〈我還沒完蛋，妳知道的。〉桑奇亞說。〈沒比我們其他人完蛋。而且就像妳想保全我，我也想保護妳和所有我愛的人。〉

貝若尼斯屈起雙腿，把頭放在膝蓋上，凝視在她周遭調動的艦隊；這是艦隊存在以來第一次準備好要離開吉瓦群島。

〈如果妳可以拯救、保全一個地方，〉桑奇亞說，〈那會是這裡嗎？〉

〈什麼？〉貝若尼斯說。

桑奇亞在她身旁動了動。〈一個妳會想再回去的地方，〉她說，〈一個妳能丟進琥珀或玻璃裡、永遠留存的片刻。是此時此刻嗎？〉

貝若尼斯想了想。〈不，〉她說，〈不是此時此刻。〉

〈不是嗎？〉桑奇亞說。〈不是我們打造的這一切？〉

〈不是。〉

〈那妳想留存什麼?〉

她又想了一會兒。〈鑄場畔,〉她說,〈我們住的閣樓——木板嘎吱響的聲音,床單的感覺,還有空氣中的煙味……如果可以,我想回到那時候。〉

桑奇亞微笑。〈那不算好日子,不算。但對我們來說很美好。〉

〈對。妳像某齣蠢戲的冒險英雄角色一樣衝進我的生命,笑意滿盈又神氣活現,好像比我所知的一切都巨大。〉

桑奇亞的微笑加深。〈妳不知道我一直以來都多害怕、多蠢。〉

〈我知道了以後,〉貝若尼斯說,〈我對妳的感覺還是沒變。〉她緊緊抱住桑奇亞,並低聲說:〈妳想留存什麼?現在?艦隊?〉

〈我想這麼說,〉桑奇亞說,〈但我又蠢又自私,跟妳一樣。〉

〈不然妳想留存什麼?〉

〈不是現在,〉她說,〈不是過去的任何一個片刻,而是未來。在那個片刻,我們老了,路都走不穩;我們的頭髮灰白,整天只是腿上蓋著毯子坐在太陽下。我們可以回顧我們留存、拯救的所有片刻,一起回憶。〉

貝若尼斯把臉埋進妻子頸間哭了起來。她抱得愈來愈緊,桑奇亞終於說:「會痛啦,親愛的。」

〈對不起。〉她吸著鼻子抽開身。〈很美好的畫面,值得留存。真希望我們看得到。〉

「繼續這麼說,」桑奇亞說,「繼續這麼希望。對著我的耳朵輕聲說,說得夠多,或許就會成真呢。」

第三部　劫獄

16

鑰艦如針穿過黑色大毯般劃過大海，衝過波浪，撕裂洋流，一路進擊，穿過狂風暴雨——而設計沉醉於過程中的每一分鐘。

你眞是個美人兒啊，設計想著。

他們衝上浪峰，讓船上的許多嘯箭弩在各自的臺座上轉動，感覺著它們的幅度、力量與精準度。

從這個點，他們想著，我可以把一枝銘印箭射過狂風，射中半哩外空中的海鷗。

他們想像著——想像嘯箭弩旋轉，而明亮、炙熱的片片金屬呼嘯穿過下著雨的天空……

〈我們在預定的航道上了。〉波麗娜的聲音從跟在鑰艦後的其中一艘快帆上傳來。〈應該一小時內就會進入巴提斯塔的範圍。〉

〈我會看著地平線，〉設計說，〈看見目標就通知妳。〉

〈你不打算浪費，是吧？〉波麗娜問。〈我知道你根本就想跟那艘該死的船結爲連理。〉

〈當然。〉設計用力吸了口氣。〈我知道賭注是什麼，〉他們一瞥遠方的灰色汙點，〈我也知道我

今晚必須做什麼。〉

〈很好。別忘記了。〉

然而說實在的，設計希望他們能夠忘記，只要片刻就好，他們想專注於這個神奇、複雜、令人驚嘆的工程、設計與工藝傑作。

眞是太不公平了，偏偏這次任務才容許設計首度駕駛鑰艦。設計身爲吉瓦幾乎所有銘術想法與記憶的活資料庫，通常不能遠離艦隊。因爲大家都認同——通常包含設計自己在內，那樣做風險太大。

不過他們必須以這種方式駕駛鑰艦，這似乎尤其不公平：因爲設計其實根本不在鑰艦上。實際上，這艘船完全空無一人。

設計的諸多組成體——或者至少應該說大家稱之爲「組成體」的個體，因爲對設計而言，這些人與他們自己並無分別；這些人反倒部署於目前跟在鑰艦後的三打快帆和輕帆，坐在控制室、駕駛艙和儀器內，而這些地方都與鑰艦本體的相應部位偶合。舉例來說，如果設計動了一艘快帆上的偶合舵輪，那麼鑰艦上的舵輪也會跟著動，改變航道。儘管他們在一般人眼中就像尋常銘印艦隊，較小型船隻在戰艦的保護下航行，事實上，小船都是操偶師，透過隱形細繩拉動這艘巨大的空船。

船開得愈來愈快，小快帆和輕帆費力地跟上。

〈一小時內就到巴提斯塔，〉波麗娜說，〈武器準備好了嗎？〉

設計的諸多組成體同時著手檢查，確認把彈藥傳送到鑰艦諸多武器的銘術都啓動了。

〈武器備妥，〉設計說，〈彈藥也裝好了。〉

〈還沒看見任何死靈燈。〉波麗娜說。

〈我們並沒有預期它們出現在這麼遠之外，對吧？〉

〈對，但……應該很快就會看見些什麼了。〉

〈到那時候，〉設計說，〈情況就複雜了。〉

〈記住給我們的指示就對了。我們靠近，然後萬箭齊發。盡我們所能破壞、摧毀一切。尤其是城門。很簡單，對吧？〉

設計的手，數量高達幾十隻，小心地在諸多駕駛艙調整無數儀器，以確保鑰艦維持航道。〈簡單。對。非常。〉

〈很好。只是……也要確保我們活下來。可以的話就太好了。你能透過你打造的所有這些鬼東西看見前方有沒有任何動靜嗎？〉

設計皺起他們的許多鼻子。〈我打造的鬼東西……嗯。容我看看。〉

「看」比聽起來還微妙。儘管設計的組成體是鑰艦的操偶師，他們的視野其實無法眞正看見船正往哪走——他們在各自的船上就看不見。

不過設計可不是一般的銘術師。他們最早期的突破之一就是想出偶合鏡子的方法——你就能看見極遠影像的倒影。因此，鑰艦的船殼現在滿覆暗色玻璃鏡，就像樹蜥蜴背上的鱗片。

影像有些模糊不清，這表示設計需要許多、許多鏡子，才能建構出鑰艦四周的精確情況——不過當然了，設計擁有許多、許多雙眼睛，每一個組成體現在都在各自的駕駛艙內凝視著各自的偶合鏡，研究映在玻璃上的遙遠地貌，在他們廣大的心智中爲前方的世界建構出拼布般的概念。

〈我看見……火，〉設計說，〈鍛造廠、煙和蒸氣。還有……沒錯，我看見了。城門在那兒。〉

〈巴提斯塔的城門？〉波麗娜壓低音量說道。〈已經看得見了？〉

〈對。〉

〈天啊。看起來是什麼樣子？〉

巴提斯塔進入視野範圍，設計聚焦。他們並不害怕——他們知道自己今晚會在這裡看見什麼——不過儘管如此，防禦工事的規模還是令他們驚嘆。

〈城門，〉設計說，〈非常巨大。〉

〈你做得到嗎？你有辦法破門嗎？〉

他們把空氣深深吸入他們的許多肺裡。〈妳知道嗎，〉他們說，〈我寧可相信我做得到。〉

他們輕輕推動他們珍愛的鑰艦，離目標愈來愈近。

巴提斯塔坐落於多拉塔河河口，所有來船都由此進入戈錫安王國的內陸區域——至少在被帝汎徹底消滅之前，那裡曾經是戈錫安王國。儘管帝汎用於銘術生產與運輸的方法似乎源源不絕，它還是跟所有戰時國家一樣需要資源，而海運是最簡單的運輸方式。因此巴提斯塔稱得上全世界最繁忙的港口，船沉甸甸地被吸入，空蕩蕩地被吐出——換句話說，這也是全世界最戒備森嚴、最銅牆鐵壁的地方，尤其是屏障河流、阻擋入侵的要塞大門。

設計對這一切瞭若指掌。吉瓦議會很久以前曾多次評估襲擊巴提斯塔的可能性，但都認爲毫無希望而放棄。

他們研究建在河口阻擋任何人進入的巨大金屬城門……

*話說回來，*設計想著，*我們可不是來這裡懷抱希望的。*

鑰艦加速。設計凝視幾十面鏡子，看見六個矮胖、黑色的東西在巴提斯塔前方的海域緩緩旋轉。

〈弩船，〉設計說，〈巡邏中。我很外就會進入射程。準備了。〉

〈收到。〉波麗娜說。

又四分之一哩，然後再四分之一哩……

設計同時研究著許多事物：弩船的距離、巴提斯塔周遭山丘上的防禦工事、要塞上方空無一物的天空、在月光下閃閃發光的城門。他們的數百根手指將鑰艦的弩就定位。

〈準備好了嗎？〉他們問道。

〈好了。〉波麗娜答道。

一艘巡邏中的弩船停了下來，或許是察覺到鑰艦靠近了。

〈好，〉設計說，〈那就開火。〉

夜空亮了起來。

十四枝強化嘯箭劃過空中，金屬弩箭如閃電般炙熱明亮，從鑰艦的弩騰空而起，拉開長長的弧線橫過大海，然後墜向在巴提斯塔前方港灣巡邏的六艘船。

三枝嘯箭擊中最近那艘弩船的船身，全部直接命中，弩船在一陣白熱光芒中爆炸。這些弩箭經過苦心打造，能夠穿透帝汎的外殼——最近少有武器做得到——而設計透過鏡陣看著船似乎完全消失，彷彿星辰從天而降擊中那艘船，從海面燒個一乾二淨。

〈天啊。〉設計輕聲說道。

接下來的三枝嘯箭射向第二靠近的船——一枝直接命中，可能癱瘓了那艘船，第二枝箭擦過，第三枝則錯失目標；然後又是兩枝嘯箭射向下一艘船，再下一艘，再下一艘。這是一首突然、尖叫不休的交響樂，以光、金屬和熱氣譜寫而成，海浪本身似乎也隨著銘印武器的聲音蕩漾。剎那間，兩艘弩船已被紮紮實實消滅，一艘遭癱瘓或正在下沉，三艘嚴重受損。

設計開心地看著煙和蒸氣從前方的海域滾滾上升。鑰艦繼續進擊。

〈老天爺啊，〉他們說，〈打仗總是這麼好玩嗎？〉

〈別沾沾自喜了。〉波麗娜厲聲說道。

她是對的——因爲帝汎的防禦措施動了起來。

倖存的三艘弩船射出它們自己的嘯箭，每艘各五枝。看見這些飛箭，設計覺得有點惱怒：他們不曾想通帝汎是怎麼打造嘯箭，怎麼能夠擁有如此不可思議的破壞力，但希望今晚這不會成爲問題——至少還不要。

設計透過鏡陣看著嘯箭飛過大海朝他們而來，愈靠愈近——然後設計發射反制武器。

鑰艦甲板上的幾十座弩座轉動揚起，對著逼近的嘯箭吐出一團團銘印鉛塊，一波接著一波。許多打偏，但並不是全部，而擊中的鉛塊黏上嘯箭滾燙的金屬表面，牢牢吸附……

嘯箭的弧線突然彎曲，隨即墜入距離鑰艦將近四分之一哩處的大海。

設計咧嘴而笑。*眞美妙啊。太美妙了！*

設計反制武器並不容易：銘印鉛塊、讓它們受熱吸引很簡單，但銘印鉛塊讓它們撐過那高溫並黏著於嘯箭的表面……嗯，那就是另外一回事了。然而設計想出方法恰到好處地延遲高溫的作用，容許鉛塊的下一個銘術回應——這是一個簡單的密度符文串，哄騙鉛塊，讓它們相信每一塊鉛的重量都有一千磅，足以讓任何嘯箭失去控制偏離航道。

鑰艦未受損傷，勇敢無畏地繼續向前衝，對著遠方的兩艘船吐出熱燙的金屬。船在黑暗的海面閃了閃，竄出火焰，接著被翻騰的煙遮蔽，消失無蹤。

*我剛剛在不到三十秒內，*設計想著，*用光了我工作兩、三千個小時的成果。*

他們透過鏡陣看著巴提斯塔的城門愈靠愈近，一面估算距離、風勢和巴提斯塔周遭山丘的地形。

*現在，*他們心想，*困難的部分來了。*

黑暗中有動靜——前方山丘上的銘器甦醒，數量就算沒有成千，至少也有上百，它們緩緩旋轉、揚起，回應鑰艦的震撼威脅。

〈波麗娜，〉設計說，〈撐住。我們快進入敵方射——〉

接著地平線化爲一片白。

設計瞇起眼凝視鏡陣。根據估計，大約三十枝嘯箭從散布海岸的諸多弩座騰空而起——而且，帝汎同時釋出了幾百只轟炸燈籠，隱藏在刺眼光芒中。

設計一時間不確定哪個最令人擔憂。

嗯，他們推論，嘯箭應該會先到，因此……

鑰艦的弩座轉動，在嘯箭下墜時朝夜空噴灑。閃閃發光的飛箭一枝接著一枝快速消失——但並非全部。其中三枝嘯箭成功穿過設計剛剛投入空中的銘印鉛塊霧陣，射中鑰艦，其中兩枝箭擊中左舷艏，一枝擊打碎了左弦艉。

設計在他們的許多駕駛艙內轉動他們的頭，透過鏡子查看鑰艦船殼外側，以及船內部的重要部位。

左舷船殼破裂，他們心想。他們朝鑰艦的更深處看，發現細細的水流滲入船內的幾條走道。他們估算破裂處的高度和位置，碰地關上船各處的密閉艙門，阻絕水流。

應該還撐得住。

轟炸燈籠進入射程，設計替換彈藥，改裝上搗蛋鬼，鑰艦開始對著逼近的燈籠群擲出笨拙的罐子。搗蛋鬼爆開，空氣顫動震盪，就連弓起身子坐在諸多駕駛艙裡的設計也覺得爆炸聲震耳欲聾。

想讓我分心，另一批嘯箭飛入夜空，設計這麼想著，但沒用的。

設計的心思分岔一次，又一次，他們接著開始同時多工處理：船頭的弩座用鉛塊朝逼近的嘯箭噴灑，船尾處則是以搗蛋鬼對付逼近的燈籠，鑰艦的嘯箭弩轉動瞄準城門附近山丘上的弩座，尖叫咆哮著將一枝枝銘印弩箭射入空中。

設計咧嘴而笑。我還可以同時跳舞喝茶呢，混蛋東西。

鑰艦繼續衝鋒，彷彿一座隆隆作響、嘶聲威脅、咆哮的島，朝四面八方吐出死亡。空中滿是下墜的銘器、弩箭和砲箭碎片，墜入大海後水花四濺；設計猛烈攻擊，船殼因為高升的溫度而蒸氣繚繞。設計的嘯箭讓山丘沿線的海岸淪陷，前方的大地冒出火與煙，整個世界在轉瞬間化爲地獄。

不知道，他們想著，身爲全盛時期的奎塞迪斯是否就是這種感覺。

更多綻放的火焰，更多翻騰的煙，有些石造防禦工事在懸崖上倒塌滑入海中。

然而帝汎更強大，他們心想，更巨大——但更慢。我今晚在這裡的所作所爲肯定喚醒了它——

波麗娜突然高聲說：〈在地平線上看見死靈燈了！〉

「哎呀呀。」設計透過許多嘴同時說道。

他們在這之前都不覺得害怕——不過此時此刻，他們不得不承認胃微微發顫。

他們皺起鼻子，透過波麗娜那艘快帆上的一名組成體之眼凝望。他們看見她蹲在他們發明的死靈燈偵測器前——一個在黑碟上旋轉的小陀螺。設計不禁驚慌了起來，因爲小陀螺飄得愈來愈高——意味著無論出現多少死靈燈，它們都以非常、非常快的速度接近中。

「噢。」設計放聲說道。「唉，還眞快呢。」

〈我們他媽引起它們注意了！〉波麗娜說。〈我們必須撤退，立刻！〉

設計一面考慮，一面仍繼續指揮對巴提斯塔的地獄般猛攻，緩慢但確實地夷平這座城市的防禦工事。〈嗯，〉他們說，〈但是——我們還沒完全進入射程。〉

〈天殺的，設計！〉

〈我們來就是爲了把事情做對，不然貝若尼斯和她的小隊就有危險了。給我一分鐘。〉

鑰艦衝鋒，現在距離巴提斯塔城門不到二哩了。設計透過濺上水花的鏡子觀看，瞇起眼睛……

鉸鏈，就算是銘印門，肯定也有鉸鏈。那是在哪呢？……啊。

六個巨大的凸塊擠在城門基部，彷彿野豬腹部的壁蝨。

設計暫停嘯箭陣，旋動弩，謹慎地瞄準。

還差一點……

轟炸燈籠繞著鑰艦打轉，拋下鉻印炸藥和密度鉻器。有些黏在船殼上，而當它們開始變得有一噸、十噸、五十噸重，鑰艦呻吟了起來。

然而鑰艦依然費力地駛向巴提斯塔。

還差一點……

更多嘯箭來襲。這艘巨型戰艦內的漏水處愈來愈多，也愈來愈多密閉艙門碰地關上。

〈設計……〉波麗娜喚道。

〈還差一點！〉設計說。

駕駛艙內所有的鏡子以驚人的速度一面一面暗去。

我瞎了，他們想著，我瞎了……

然而透過幾面還能視物的鏡子，他們拼湊出前方山丘景象——設計放開弩的板機，全同時發射。

近二十枝嘯箭呼嘯著從戰艦側邊竄出，隆隆射向巴提斯塔城門——尤其是鉸鏈的位置。

設計沒費心查看嘯箭是否命中目標，反倒動手啓動今晚這場襲擊的最後武器。

最後這個工具基本上是一個巨大的彈射鏃，很像貝若尼斯襲擊時用的那種裝置——不過威力強大數百萬倍。嘯箭射向巴提斯塔的同時，設計將彈射鏃的弩瞄準城牆閃閃發光、空無一物的表面，然後射擊。

他們看著大鐵塊劃過空中飛向城門。

〈最後的部分完成了。〉設計大口喘氣。〈所有武器持續發——〉

嘯箭擊中目標。

設計透過鏡子看著巴提斯塔城門突然似乎加上了白框，暗色表面被弩箭爆炸的搖曳火焰照亮。

接著彈射鏃擊中城門，鑰艦彷彿駛下大地邊緣般被扯向前。

設計立即知道他們劃過的海水太過沉重，鑰艦將遭受無法修復的損傷——能以銘術使船殼承受的重量也就這麼多了——儘管他們知道他們的美人兒這會兒實際上正在大海中解體，他們也爲此心痛，他們的目光片刻不離仍在駕駛艙鏡子中飛竄的世界。

爲了瓦解這扇門，設計想著，讓你此生以來第一次知道恐懼是什麼……

接著他們感覺到了。

一陣噁心感，一陣不適——世界變薄了。

〈它們來了！〉波麗娜喊道。〈它們終於來了！〉

〈看來，呃，似乎是這樣，沒錯。〉設計說。

儘管鏡中影像又糊又暗，而且正隨鑰艦衝向巴提斯塔城門而瘋狂飛竄，設計還是能看見它們：一塊塊純粹的黑，無聲、穩定地高速劃過火光搖曳的天空，如現實中的小洞一樣飄向城門。

死靈燈，幾十個，或許更多，多過設計——他們很確定包括吉瓦有史以來的人——生平所見。

「天啊！」波麗娜尖叫。

〈啊，好，是的。〉設計說。〈我立刻撤退。〉

所有小快帆和輕帆陡然一百八十度轉彎，以各船隻的最高速載著波麗娜和設計遠離鑰艦，退入開放水域；操偶師將他們的大玩偶丟在他們剛剛創造出來的煉獄中。

然而設計還是持續透過殘存的鏡子觀看，隨著鑰艦撞向城門而焦慮、束手無策。

〈你做得到嗎？你會在死靈燈活生生吞噬你之前瓦解城門——〉

接著船艏全速撞上城門。

許多鏡子立即失效——然而並非全部。設計從幾個偏斜的角度驚嘆地盯著巴提斯塔城門震動、搖晃，而後落入大海，徹底堵住多拉塔河。

他們感覺到一股勝利的興奮感，坐倒在駕駛艙裡，寬慰地嘆了口氣。

〈我做到了，成功了，成——〉

接著死靈燈啓動。

鑰艦上還有約莫十五面偶合鏡倖存，設計凝視其中一面，看著船內的一大塊忽然消失——就像有人用大鑷子挖走一塊正球形的船體。接著，在另一面鏡子中，一塊正圓形的頂層甲板不見了，鑰艦的許許多多通道暴露在烏煙瘴氣的天空下。

然後又發生一次，再一次，巨型戰艦迅速一塊一塊分解。設計原本還剩十五面鏡子，然後五面，然後兩面，他們入迷地看著船殼底部在眨眼間消失無蹤——順便帶走一大塊海水，在戰艦下方的大海留下一個古怪的空泡泡空間，凍結般停留片刻，然後海水湧入，填滿那個缺口。

接著最後的鏡子閃爍轉暗，設計知道鑰艦沒了，被從現實抹去，就像一開始就不曾存在。

他們坐了一會兒，興奮、悲傷又困惑。

〈我最偉大的作品，〉他們若有所思地說，〈就像白色大理石上的一抹油漬被從這個世界清除……〉

他們的快帆衝進開放水域，遠離巴提斯塔。設計的思緒緩緩挪到坐在另一艘快帆中層甲板的組成體，波麗娜也在這艘船上，這會兒正像個等待新生兒消息的緊張父親一樣來回踱步。

「沒了。」他們對她說道。

她停步。「沒了？」她說。「**已經**被弄沉了？」

「不。」設計緩緩地說。「比較像它們各自咬下鑰艦的一塊，狼吞虎嚥，就像一群淵魚攻擊從錯誤的位置橫渡叢林河流的野豬，直到……呃，吃乾抹淨。」

波麗娜震驚地說不出話。

「那樣說來，」設計說，「妳不覺得一切都進行得很順利嗎？」

波麗娜心不在焉地一手探向坐椅，緩緩坐下，彷彿忘記自己身在何處。「對。」她嘶啞地說。「現在就看桑奇亞和貝若尼斯了。我他媽全心希望他們好好把握。」

貝若尼斯窩在小船上，眼睛牢牢盯著膝上的死靈燈偵測器，凝神注視在黑碟上旋轉的小陀螺。

〈沒變化？〉桑奇亞問道。

〈對。〉貝若尼斯說。她看著陀螺上下擺動——但幅度微乎其微。〈它們還在巡邏。一大堆。〉

〈老樣子。〉

〈對。就跟平常的任何一晚一樣。〉

她們在波浪沖襲下上下擺盪，周而復始。貝若尼斯太習慣搭乘戰艦，發現自己並不喜歡待在這麼小的船上。笛耶拉也一樣，她不久前在角落嘔吐，儘管胃已經空空如也，還是持續每十分鐘乾嘔一陣。克勞蒂亞偶爾噯氣，只是注意到這加重了笛耶拉的反胃，因此都用手肘悶住。

貝若尼斯努力忽略嘔吐的惡臭，專注於小小的陀螺。小快帆中無人說話。他們知道設計和波麗娜此時此刻正在發動攻擊，他們除了等待之外什麼也做不了。

波浪洶湧，頭發疼，胃裡還有發酸的噁心感——然而貝若尼斯的目光不曾動搖。

隨時有可能。現在隨時有可能……

她凝視陀螺，眼中泛淚。

隨時有可能。拜託……

又一股浪，又一陣翻攪的噁心感。

接著陀螺直直下墜，落在黑碟上，發出輕輕的一聲叮。

貝若尼斯盯著陀螺看。

〈它們……它們走了！〉她抬起頭。〈行動！現在！〉

小快帆竄出。貝若尼斯啪地一聲關上偵測銘器，走上通往甲板的階梯，探出頭，看見遠方熟悉的景象：頹圮的白色城牆，屬於一座曾經是葛拉提亞拉的城市，在低垂的滿月下雜亂蔓延。

帝汎在襲擊之後並沒有花太大功夫重建，聽任這座城市維持殘破狀態。

但它料不到我們會回來這裡，她想著，尤其我們這會兒似乎正在其他地方大舉進攻。

克勞蒂亞指著一處緩和的沙灘——不過幾天前，鑰艦就是停在這裡對帝汎的軍隊開火。〈那裡。就是那個位置。〉

〈附議。〉貝若尼斯說。

〈確定不會弄壞我們的貨物就好！〉桑奇亞說。〈如果我們大老遠跑來，卻只是他插在這裡搞砸，那可真是該死的可惜。〉

快帆改變航向。隨著他們將沉重的貨物拉向海岸，拖在船尾的繩索嘎吱作響。

笛耶拉查看空無一物的黑色天空。〈沒燈籠，〉她說，〈它中計了。帝汎真的上鉤了。〉

〈如飢似渴呢。〉貝若尼斯說。〈帝汎知道克雷夫看見什麼。它肯定預期遭受攻擊一段時間了。〉

〈只是要命可惜啊，〉克勞蒂亞說，〈我們必須用鑰艦當餌才說服得了它。〉

〈一艘戰艦換一個世界，〉貝若尼斯說，〈很划算了。〉

〈設計可能不會認同。〉克勞蒂亞說。

〈快到淺水區了。〉桑奇亞在駕駛艙說道。〈克雷夫？〉

〈我準備好了。〉他的聲音說道。

就跟任何心智與你偶合的人一樣，他的聲音聽起來像有人對著你的耳朵低語——但是貝若尼斯回頭朝克雷夫所在位置一瞥，那是一艘古怪的小船，正被她們的快帆拖向葛拉提亞拉，就像捕鯨船拉著血淋淋的獵物一樣。她們大費周章才把這東西拖過大海，因爲它那方方正正的形狀一點也不適合破水航行，但她們的繩子和索具牢固得很。

死靈燈的外殼漂浮在她們後方的黑色大海上，而貝若尼斯凝神注視。*若你想闖入地獄*，她想著，*你就必須僞裝成惡魔*。

終於來到淺水區，她們抓住船尾的繩子把死靈燈拖過來，直到她們能爬下去站在上面。她們一個接一個下船，爬過死靈燈，鑽進打開的艙口。貝若尼斯和笛耶拉最後，因爲她們要解開繩子放開死靈燈。

〈走吧。〉貝若尼斯說。〈趕快。〉

然而笛耶拉耽擱了一下，頭轉向海岸凝視著某個東西。貝若尼斯不用看就知道她在看什麼：牆上那個完美球形的缺口——正是幾天前維托瑞亞消失的地方。

〈笛耶拉，〉貝若尼斯喚道，〈今晚不要這樣。現在不要。〉

笛耶拉用力拔開她的視線，下船爬到死靈燈頂，接著鑽入艙口。貝若尼斯跟在她後面，拋開繫索，跳進矩形的空間內。

〈靠。〉桑奇亞的聲音模糊地說。〈這趟十六小時的旅程會好玩得要命喔。〉

貝若尼斯等待她的眼睛適應——死靈燈內只靠角落那盞小銘印燈籠的微弱玫瑰色冷光照明。看得見之後，她環顧四周確認情況。他們盡他們所能翻新了死靈燈內部，盡可能擠出活動和存放彈藥的空間，同時保留大多數賦予這鬼東西力量的構造和設計。

〈彈藥庫完好無缺。〉克勞蒂亞檢視一堆又一堆的弩箭和其他銘器。〈吊床有點受潮……一定哪裡在漏水。不過在搖晃的帆具上睡過一兩次……或是喝得太醉尿了自己一身，對這情況就不會太陌生。〉

桑奇亞檢查裝在牆上的銘印工具。只是最低限度的配備——然而就算是最低限度的銘印工具，幾乎也已經像裝幀師的工作坊一樣複雜。〈都準備好了。〉

〈很好。〉貝若尼斯說。〈還有……笛耶拉？〉

笛耶拉沒說話，只是凝視著設計裝在死靈燈角落的櫥櫃內。

〈笛耶拉？〉貝若尼斯喚道。〈我們的通訊系統一切正常嗎？〉

〈應……應該吧，小姐。〉笛耶拉緊張地說。〈不過說老實話，我不確定我知道設計幫……呃，幫我做這東西的時候打的是什麼……什麼主意。〉

貝若尼斯看了看金屬櫥櫃的內容物。就她看來，裡面的東西不過就是一些大金屬球，大小跟成熟的甜瓜差不多，小心地成堆擺放。不過貝若尼斯比任何人都清楚，銘器可以看起來像幾乎任何東西——若是出自設計之手，那更是如此。

〈我覺得看起來沒問題。〉她說。〈應該吧。好，船長，我們準備好起飛了嗎？〉長長的沉默。然後所有人緩緩轉過頭看著坐在死靈燈中央、重力銘器旁的巨大物體。

〈噢。〉克雷夫說。〈我。沒，嗯……沒錯。〉

貝若尼斯壓抑皺起臉的衝動。當然了，沒有哪個吉瓦人能像帝汎一樣操控死靈燈。這東西結合了傳統銘術——像是重力銘器——以及傳道者銘術，遠超過任何尋常人類所能應付。傳道者操作板原本就位於死靈燈中央，因此克雷夫才會坐在這個位置，接上燈的各種可怕裝置。

把他的銘甲塞進這個空間本身就夠棘手了，然而就像任何銘印力量，他們還是需要靠符文典驅動他們的銘器，以及死靈燈。因此貝若尼斯和克勞蒂亞把一個攜帶式小型符文典裝在克雷夫的銘甲背上，就像背包一樣——只不過，要是受到太嚴重損傷，這個背包可能會將現實扭曲爲各種恐怖的纏結。

〈對，呃，好。〉克雷夫說。〈當然！當然，我們來試試看這鬼東西吧！〉

克勞蒂亞和笛耶拉緊張地看了看彼此。〈克雷夫，〉克勞蒂亞說，〈你確定這就像駕駛鑰艦嗎？〉

〈噢，完全不一樣啦。〉克雷夫說。〈這實際上應該比較簡單才對。〉

〈眞的嗎？〉克勞蒂亞說。

〈當然。鑰艦最剛開始是被打造成一艘船，不過這東西基本上只是一個讓你瞎搞、讓你拿來玩的構造，而這剛好是我的專長。〉他拍了拍身旁的重力銘器，然後扭扭銘甲的頸子，聳聳銘甲的肩，彷彿正在爲體育壯舉熱身。〈好，〉他說，〈如果大夥兒準備好了，那我也準備好了。〉

〈請繫上安全帶。〉貝若尼斯坐在自己吊床旁的小座位，用一條從一邊肩膀跨到另一邊腰部的繩索把自己固定在牆上。〈並確定繫牢。〉

桑奇亞坐在她的迷你吊床旁的小座位，也做了相同的動作。〈我他媽恨透飛行，〉她說，〈而且我很確定我飛得比你們所有人都多。〉

死靈燈震動。克勞蒂亞一面咒罵一面笨手笨腳地繫上安全帶。

〈是啊，〉克雷夫說，〈不過當時在駕駛座上的可不是我。〉

死靈燈緩緩從海中升起，貝若尼斯的胃難受地一沉。

〈還是沒安慰到。〉桑奇亞厲聲說。

他們懸在空中片刻。貝若尼斯說不出這是什麼滋味，不過感覺像她沒辦法眞切分辨哪邊是上，哪邊是下：她的胃說的是一回事，腦說的是另外一回事，而這種衝突讓她比在洶湧的大海暈得更厲害。

「噢，天啊。」克勞蒂亞呻吟道。

這是在混淆重力，貝若尼斯想著，*讓這東西能實際飛起來……*

〈現在抓緊囉。〉克雷夫說。〈在吉瓦亂搞這鬼東西是一回事，實際飛起來就——〉

接著他們往前疾射，那力道之大，速度之快，貝若尼斯確定她的安全帶會在身上留下瘀傷。

她聽見眾人同聲尖叫——她自己、桑奇亞、笛耶拉，還有克勞蒂亞——都在克雷夫將他們竄升天際時驚慌詫異地喊出聲；接著他們飛越葛拉提亞拉，深入帝汎。

17

貝若尼斯本身並不是很常尖叫的人，然而當死靈燈疾飛過空中——繼續疾飛，又繼續疾飛，飛得愈來愈高愈來愈高——她慢慢領悟自己正那麼做著，緊閉雙眼聲嘶力竭地尖叫，叫得又長又響亮，叫到喉嚨都痛了起來。

她費了很大力氣才撐開眼皮，其他人也都在尖叫——只有克雷夫除外。

〈要命噢。〉他興高采烈地說。〈不得不承認，相較於這鬼東西的重力銘器，我們在舊帝汎用的那些東西看起來根本就像狗屎！〉

一段時間過後——或許幾秒，或許幾分鐘——他們減慢，開始維持一定的速度飛行。至少她是這麼以爲。死靈燈天花板的銘印燈籠散發微弱光芒，微微照亮周遭暗沉沉的黑牆，除此之外她什麼也看不見，不過空氣的呼嘯聲減弱，直到她終於能聽見小隊成員瘋狂喘氣的聲音。

〈所以，〉克雷夫說，〈所以，我想我搞懂這東西了。還有……我們應該正在靠慣性滑行。〉

〈克雷夫，〉桑奇亞咆哮，〈你……你這蠢貨！你到底有什麼毛病啊？我們沒帶多少替換的衣服，我可不想一開始就拉在自己的褲子上！〉

笛耶拉睜開眼。〈噢，天啊。〉她注視著自己的大腿，一臉驚魂未定。〈我甚至沒想到那件事……〉

〈我做的事完全合情合理好嗎！〉克雷夫說。〈幾乎啦！我們進入帝汎了，又快又安全。我們或許是有史以來唯一能像這樣宣告的活人。〉

剛剛經歷的事件有多重大的體悟慢慢沉澱下來，他們都沉默不語。

〈天神的卵蛋啊。〉克勞蒂亞說。〈眞的嗎？我們進入這個惡魔坑了？〉

〈算是吧。〉克雷夫說。〈至少是在非常、非常上面的位置。我們大概進入內陸十哩了。〉

〈可以……看看嗎？〉笛耶拉問道。

〈想看就看啊。透過所有裝在這東西上的感應和防護銘器，我什麼都看得到……不過我想貝若尼斯也要人裝上一扇窗子，在底部……對吧？〉

〈對。〉貝若尼斯說。她用顫抖的雙手解開安全帶，四肢著地爬到死靈燈中央，找到地板上的窗門，小心地打開，推開後露出一扇厚玻璃窗——下方是一個她前所未見的世界。

白色團塊在他們下方延展，表面平坦彷彿乳脂，片片淡藍色月光散布其上，貝若尼斯看了忍不住大聲倒抽一口氣，一時懷疑自己是不是看見幻覺了。〈那些是……雲嗎？〉

〈對。〉克雷夫說。〈低層雲。我會說我們運氣不錯，有雲我們就比較不會暴露行蹤……不過看來帝汎很可能可以輕而易舉看穿雲層。〉

桑奇亞和笛耶拉緩緩解開安全帶，爬過地板。她們一起透過窗子觀看，就像兩個趴在淺水坑旁看蝌蚪的孩子。

「要命。」桑奇亞大受震撼。

〈我……我沒想過我會用這個方式看世界。〉笛耶拉說。〈我是說——我沒想過做得到。〉

〈克勞蒂亞？〉貝若尼斯喚道。〈妳想看看嗎？很厲害的景色。〉

克勞蒂亞劇烈搖頭，雙手緊握座位的安全帶。〈我上過很多船，那些船通常就夠瘋狂了。一艘飛行的船……這天殺的討人厭，我寧願不要進一步想著這件事。〉

〈別傻了，克勞蒂亞。〉桑奇亞說。〈這景色插他的驚人。〉

〈或許吧。〉克勞蒂亞說。〈不過神無意讓我們插他的腳離開地面那麼久。〉

〈這裡。〉克雷夫說。〈空檔快到了，應該可以看得更清楚……〉

白色表面突然變得不平整——然後她們倒抽一口氣。

貝若尼斯這輩子沒從這種高度看過地形。對於大地自這個角度是什麼模樣，她有些模糊概念，原本預期看見凝結的暗色形體在雲層下展開，成波紋狀起伏，像是落雨後聚積的半成形黏土或泥巴。

沒錯，這些東西確實在——但並不是暗色的。

下方的世界色彩繽紛：粉色、藍色、橘色，柔和朦朧，在遠處那塊土地上方盤旋，像舞會中的舞者一樣緩緩旋轉。

「燈籠。」桑奇亞輕聲說。「**一般**燈籠，發光的那種。」

笛耶拉歪頭。〈它們在……巡邏，在找我們嗎？還是找非特定目標的滲入者？〉

〈有可能。〉貝若尼斯說。〈話說回來，帝汎的銘器或許無光也能看見，不過宿主多半需要。〉

她壓抑她的敬畏，拿出望遠鏡。從這個距離看不見什麼，但聊勝於無。她瞇起眼看；巡邏燈籠散發變化不休、顫動的彩色光，繽紛光芒中，下方凝結、纏捲的形體在映入敏感的鏡片。〈我看見……山丘。〉她說。〈至少我認爲應該是山丘……很暗，而且我沒從這個高度看過。〉

接著貝若尼斯的目光掃過一片爬滿各個山丘頂的圖案；這個圖案頗不尋常，貌似蛛網，東一團西一團的灰如露珠攀附其上——而她慢慢領悟自己看見了什麼。

〈牆。〉她虛弱地說。〈天啊，下面有好多牆……妳們徑入我自己看看。〉

她的腦後一陣微弱的搔癢，然後眼睛邊緣冒出一股無法忽略的古怪團塊感，她知道桑奇亞和笛耶拉正跟她一起透過望遠鏡觀看。

〈眼前這有……有多少哩啊？〉笛耶拉問道。

〈幾十哩，〉貝若尼斯說，〈幾百哩。〉她沿海岸上下移動望遠鏡，看見似乎每一座山丘的最高處都有防禦工事映射閃光。〈層層疊疊的牆……天啊，肯定深入內陸幾百哩，不知道到底有多長。防禦工事比歷史上的任何文明都還多，全部燈火通明以逮住入侵者。〉她放下望遠鏡，心煩意亂地坐下。〈我們……我們現在距離大海多遠，克雷夫？〉

〈應該有二十或三十哩了吧。〉克雷夫回道。

〈天啊。〉她搖頭。〈它擁有這一切……就在內陸等著我們。〉

〈什麼意思？〉笛耶拉問。

〈妳看不出來嗎？〉貝若尼斯說。〈我們千辛萬苦，百般襲擊，卻幾乎沒擦破這東西的皮，幾乎沒對它造成任何傷害。〉

貝若尼斯努力專注，清了清喉嚨。〈克雷夫，請再多說些有關那地方的事。〉

〈根據我的估計，〉克雷夫說，〈也依據我們依據桑奇亞扒出來的記憶所繪製的地圖……我們距離多拉塔河大約，呃，五十哩。到那裡後，我們再沿河進入山區。〉

貝若尼斯看著笛耶拉。〈妳看夠、聽夠了嗎？〉

她緊張地點頭。〈夠了，頭兒。夠我傳回去吉瓦了。〉

〈那麼我們就要放下第一個錨了。〉貝若尼斯起身，走到死靈燈角落的櫥櫃前。〈設計說，爲了維持連結，每一百哩要放一個。〉

〈眞的不用更早放嗎？〉克勞蒂亞問。〈我以爲大多數符文典的範圍只有，像是十幾哩或更多一點，而非一百哩。〉

〈設計爲這東西花了很多時間。〉貝若尼斯說。〈它無聲無息暗中搭上帝汎自己的符文典。因此，

就像帝汎可以在眨眼間將訊息從大陸的一邊傳遞到另一邊，這個也做得到。〉

貝若尼斯、桑奇亞和笛耶拉一起從角落的櫥櫃拿出其中一顆上面什麼都沒有的金屬球。這顆球一點也不起眼，通體黯淡的灰，看起來和岩石幾乎沒兩樣——當然了，這就是重點所在。他們不能冒著被帝汎發現這些銘器的危險，還把它們東一顆西一顆丟在這片廣袤的土地上。

笛耶拉將錨裝進投放槽，桑奇亞跪下，用裝在槽邊的望遠鏡查看；透過這個望遠鏡，她可以看見死靈燈正下方的大地。

〈等待下一個淨空區……〉她說。〈我可不想不小心用這東西丟中一個該死的宿主之類的……那裡。一塊空地。那裡應該很適合。〉她轉動望遠鏡側邊的木開關。投放槽底部的艙門打開，小錨球掉出去，死靈燈內又是一頓，她隨即重新關上艙門。

〈錨內的密度約束應該會讓它垂直下墜。〉貝若尼斯說。〈所以照理說會正中目標。〉

〈再跟我說一次，第一次跟吉瓦聯絡是什麼時候？〉桑奇亞問道。

〈一小時後。〉笛耶拉和貝若尼斯同時回答。

貝若尼斯對著女孩微笑。〈很好。雖然我也不認爲妳忘得了就是了。〉

她的用意是安慰，笛耶拉聽了卻一臉難過，而且沒說話。

〈妳……妳確定妳想做這件事嗎，笛耶拉？〉貝若尼斯問。〈我知道跟吉瓦聯絡這任務並不輕鬆，但就算妳做不了，我要妳知道，妳對我們來說還是很重——〉

〈我可以。〉笛耶拉說。

〈我知道妳可以，我只是想確認——〉

〈我做得到，頭兒。〉她現在有點忿忿不平了。〈這是我欠妳的。〉

貝若尼斯停頓片刻，她有點憂慮，但還是點頭。〈我知道了。〉她回頭看著克雷夫。〈第一個錨放

出去了。我們現在夠高嗎？會不會被發現？〉

〈此時此刻，我們大約在死靈燈**一般**飛行高度的一千呎之上。〉克雷夫說。〈如果帝汎的某個部分看見我們，我們應該會像是一個普通的死靈燈，不過請注意，只有在一段距離外才這樣。我這裡還有一大堆死靈燈的必要醜陋小銘器在運作——大部分啦。我們就像置身蜂巢，假扮爲雄峰，躡手躡腳繞著空蕩蕩的外圍……〉

〈請定義「在一段距離外」。〉貝若尼斯說。

〈大約一哩。〉克雷夫說。〈如果靠得更近，它會發現我們只是一群假扮成死靈燈的混蛋，然後把我們炸飛。〉

貝若尼斯嘆氣。〈那好吧。〉她說。〈我們最好趕快把設計的裝置準備好。克勞蒂亞？〉

〈如果這代表用其他方式死掉，〉克勞蒂亞咕噥道，〈我猜我就願意起來。〉

她不情不願地解開安全帶，靠過去跟她們合力組裝設計一起送來的偵測銘器。整體而言，這東西就像是一顆大玻璃球——他們還得放進一個裝滿稻草的箱子裡——不過關鍵零件是要放進球內的無數小銘印珠。這整個東西無比複雜精巧，因此他們不敢在海上冒險之前就組裝起來。

然而我莫名懷疑，貝若尼斯啪的一聲扣上底座，一面想著，在飛行中組裝難道就比較好嗎。

裝好底座後，她們發現她們呼吸時已帶陣陣白煙，必須維持雙手顫抖才能抵擋霜凍的寒意。

笛耶拉拍打自己的上臂，牙齒格格作響。〈爲什麼這麼冷？〉

〈因爲我們飛在高得要命的空中。〉克雷夫說。〈我們……沒想過這件事。〉

克勞蒂亞困惑地對著他皺眉。〈飛愈高就愈冷？天上是……冷的？〉

〈我不知道要怎麼叫妳們別去懷疑自己正親身體驗的事。〉克雷夫說。〈但沒錯。我想我們應該沒帶任何升溫器，對吧？〉

貝若尼斯搖頭。〈沒有能用的。只有點火器，而我們最不需要的就是在這艘鬼船上點火。〉設計的玻璃球終於組裝完成。這顆球的直徑大約三呎，放在克雷夫前方的一個厚底座上，彷彿他是一個巡迴藝人，正在一只大鍋前爲你占卜未來。

設計沒能成功破解帝汎是怎麼控制它的宿主——但他們說他們的努力並沒有白費。我無法破解我們正在對抗的這頭野獸，他們是這麼說的，但我確實找到一個更好的方法，能夠**追蹤**其他傳道者操作板。事實證明，只要用對的方式看，就算只是啓動一個能咬下幾口現實的銘器，那作用也是相當顯眼……

桑奇亞啓動球上的開關，伸出雙手貼著球的兩邊，然後歪著頭聆聽；貝若尼斯捕捉到在妻子和這個銘器之間低喃的指令，一陣詭異的命令來回傳遞——然後球內的小鉛珠動了起來，彷彿漏斗裡殘存的沙一樣打旋。其中一顆珠子特別大，直徑約莫半吋，而它竄升占據球內的正中央。較小的珠子就像空中的星座一樣繞著它打轉，直到最後停下來，有些珠子黏在玻璃球壁，其他則是懸浮空中，與中央的大珠子相距數吋。

〈我必須承認，〉克雷夫說，〈設計眞的很懂他們的把戲。〉

笛耶拉又仔細看了看克雷夫，而他分明面對前方，並沒有看著玻璃球。〈等等，但你甚至沒看到——〉

銘甲的頭盔猛地轉過來盯著她。〈那是因爲，小鬼頭，〉他說，〈我不需要用眼睛看！〉

笛耶拉嚇得差點往後倒。桑奇亞往他的護肩甲用力一拍。「別鬧。」她說。

克勞蒂亞輕拍玻璃球。〈有點像某種嘉年華把戲。正中間的大珠子……那是我們嗎？〉

〈對。〉桑奇亞說。〈那是我們的飛船。其他小珠子都是傳道者操作板——我想就是死靈燈的意思，或是任何扭曲現實的相似玩意兒。〉

〈有多準確？〉克勞蒂亞問。

〈沒準確到可以冒任何險，〉桑奇亞說，〈希望這樣有回答到妳的問題。〉

笛耶拉掙扎著站起來。〈玻璃球的邊緣在二十哩外嗎？還是一哩？〉

〈五哩。〉貝若尼斯說。她湊近檢視幾顆與中央大鉛珠相距大約十吋的小珠子。〈也就是說，克雷夫需要他媽認眞起來了，因爲有些珠子眞的距離太近……〉

〈了解。〉他嘆氣。

死靈燈朝右方猛衝，所有人大喊，攀著牆穩住身子。

〈扣上安全帶！〉貝若尼斯說。〈立刻！〉

她們一起趕回各自座位重新扣上安全帶。又是猛然一沉，她們感覺死靈燈再次轉彎，朝全新方向疾速飛行。

〈要這樣飛十六個小時。〉桑奇亞說。〈插他的老天啊……〉

〈我想念鑰艦。〉克勞蒂亞咕噥。

〈我也是。〉笛耶拉說完又開始乾嘔。

氣溫降得愈來愈低，很快地，四個人都縮進毯子底下，藏起手腳以免接觸寒冷的空氣。貝若尼斯還是一臉苦惱看著珠子在球內舞動。有時候，它們距離代表他們這個死靈燈的中央大鉛珠非常、非常近。

*感覺就像克雷夫正帶著我們游過滿是無眼掠食者的深水區……*她這麼想著。

〈外面有什麼，克雷夫？〉桑奇亞問道。

〈死靈燈，〉克雷夫說，〈在雲層下。爲了拉開距離，它們上升時我也得上升。〉

〈它們在找我們嗎？〉克勞蒂亞問。

〈可能吧。〉克雷夫說。〈也或許它們在帝汎深處就是這樣。我不知道。不過接下來會更冷喔，大

夥兒。〉

克勞蒂亞埋進她的毯子裡，更用力地打起顫來。

〈好消息是，我們到多拉塔河了。〉克雷夫說。〈而且……一個小時快到了，跟吉瓦的連結應該很快就會開啓，對吧？〉

貝若尼斯朝笛耶拉一瞥，這女孩徹底嚇壞。〈對。〉貝若尼斯說。〈現在開始準備。〉

桑奇亞和貝若尼斯小心地爬下她們的吊床。桑奇亞一隻手掃過貝若尼斯光裸的指節，同時傳遞一段低喃的思緒：〈妳覺得她承受得了嗎？〉

貝若尼斯火速回應：〈我們別無選擇。〉

貝若尼斯在笛耶拉身旁跪下，抓住她的手腕，確定自己沒碰到她的皮膚——在像這樣的時刻深層徑入她可不成。「妳做得到。」貝若尼斯說。每一個字都像一團霜，攪入死靈燈內的微弱燈光下。

「我知道。」笛耶拉在發抖。

桑奇亞把手伸進傳訊櫃的頂層，拿出一個小青銅環；這東西長得像某些異域國度的低階貴族會穿戴的飾品，不過小青銅環的內側表面刻滿層層疊疊的符文。

「如果妳需要中斷，」貝若尼斯說，「妳不會造成任何損害。」

桑奇亞把青銅環交給還在座位中扣著安全帶的笛耶拉。她接下，這會兒表情堅毅。

「妳總是覺得我軟弱。」笛耶拉說。

貝若尼斯一頓，吃了一驚。「我沒有，笛耶拉。」

「我不軟弱。」笛耶拉氣憤地說。「我**不**軟弱。而且我做這件事不是爲了向妳或誰證明任何事。」

桑奇亞嚴厲地打量她。「那妳是爲了什麼呢，小鬼？」

「因爲，」笛耶拉將青銅環套在頭上，「這是我欠所有人的。」她閉上眼，她的最後思緒掠過貝若

尼斯腦中：〈還有他。〉

一張臉閃過：一名年輕男子，深色皮膚，鬍鬚修剪得整整齊齊，笑容開朗光明。看見這張臉，貝若尼斯的心揪了起來。

維托瑞亞。

然後笛耶拉開始顫抖。

桑奇亞和貝若尼斯凝視著女孩在她的座位中搖晃，像被哀棘魚刺到的人一樣抽搐，眼球後翻，嘴巴在痛苦中扭曲。

「出錯了。」克勞蒂亞說。

笛耶拉的存在從他們腦中消失。這感覺頗爲驚人：笛耶拉本人還在他們面前，活生生但顯然處於痛苦中，然而她的思緒、心智、經驗，原本與他們共享的一切——都像風中燭火一樣一閃而滅。

貝若尼斯心臟凍結。她只在有人死去時遇過像這樣的情況。

「不！」她放聲說出來，伸手要把青銅環從笛耶拉頭上扯下來。不過桑奇亞一把捉住她，握著她的手腕把她往後拉。

「妳在做什麼？」貝若尼斯問道。

「等。」桑奇亞說。

笛耶拉的頭垂在肩膀上，一絲唾沫從她唇間滴落死靈燈的地板。

「妳他媽是什麼意思？等？」貝若尼斯吼道。「看看她！」

〈她是對的。〉克雷夫說。〈等。妳還感覺不到發生什麼事，但我們可以。〉

桑奇亞緊握貝若尼斯光裸的手。〈感受，〉她說，〈然後看。〉

貝若尼斯感覺桑奇亞的感受湧入她。雖然她們已經彼此偶合將近十年了，桑奇亞實際上感知世界的方式有多不一樣總是令她驚詫：銘術是如何時時刻刻照亮現實，有指令，還有橫跨數哩空無空間分享資訊的無形連結。

然後她看見笛耶拉——卻發現那不再是笛耶拉了。她正在變成別人。

青銅環是線索：她可以看見青銅環突然亮起指令和論述——但並不是來自克雷夫或笛耶拉，而是來自位於十萬八千里外的另一個存在。

〈成功了。〉桑奇亞說。〈我……我想——〉

笛耶拉停止顫抖，也合上了嘴。她睜開眼，用力吸氣，接著挺直身子，看著她們倆。

「噢，」她說。「妳們在這兒啊。」

貝若尼斯倒抽一口氣。雖然笛耶拉只說了幾個字，她的一切卻都不一樣了：她的聲調、語速、口音，一切的一切。就連她看著她們的方式也洩漏出那個瘋狂但不容爭辯的眞相：此時此刻，透過笛耶拉雙眼觀看的並不是笛耶拉。

「你好啊，招待。」桑奇亞說。

招待——笛耶拉對著身旁的人眨了眨眼，然後是死靈燈內部。「看來……成功了。」他們用的依然是招待那無可錯認的低沉舒緩腔調。「死靈燈、克雷夫，還有錨……全部。」他們清了清喉嚨。「希望你們能原諒我開口說話而非無聲溝通。後者在此時此刻異常困難。」

「這對笛耶拉有什麼影響？」貝若尼斯質問道。「剛開始的時候她看起來很痛苦，現在她就這麼……不見了。」

「她沒有不見。」招待——笛耶拉說。「她只是暫時成爲我的其中一個組成體。**非常**暫時。這麼快速完成與我連結並不……明智，自然也不輕鬆。但笛耶拉極具天賦。她會愈來愈熟練的。」招待——笛耶拉的眼睛短暫失焦。「我正在接收她的記憶……上方的天空，以及許多、許多牆的景象……還有下方的死靈燈。克雷夫，你避開了偵查嗎？」

「目前爲止都避開了。」克雷夫說。「但下面忙得很。」

「巴提斯塔斯怎麼樣？」貝若尼斯問道。

「成功了。」招待——笛耶拉說。「無傷亡。鑰艦則一如預期遭摧毀。來了將近兩打死靈燈，一點一點抹去它。」

「眞要命……」桑奇亞咕噥道。

招待——笛耶拉歪過頭，彷彿正在聽隱形人說話。「順帶一提，波麗娜也在。她要我告訴你們，那眞是噩夢一場。她也跟各位打招呼。」

貝若尼斯不知道該如何回應。知道她說話的對象實際上並不是笛耶拉，而是招待，而且這個節奏此時位於十萬八千里外的吉瓦，這感覺太怪了。連結之所以能夠延伸這麼遠，都是因爲設計打造出來的「錨」：類似徑碟的小銘器，疊加在帝汎自己的符文典上，偶合周遭的現實，使這些錨相信它們其實是鏈結中的前一個錨——還有前一個錨，以及再前一個錨，甚至是躺在海底的那些錨，直到鏈結終結於位在吉瓦的第一個錨，而招待諸多組成體的其中一名正捧著這個錨。

一個心智，貝若尼斯想著，延伸跨越地表，容許相隔遙遠的兩個人深層徑入……她打顫。或許招待有一天會納入整個世界。

「連結感覺很強。」招待——笛耶拉說。「請務必繼續每隔一百哩放置一個錨。你們手上的錨應該足以覆蓋十萬平方哩……不過帝汎的面積還要廣大許多。」

「我們注意到了。」克勞蒂亞酸溜溜地說。

「計畫不變，對吧？」他們問道。「把死靈燈帶去貝瑞托山，降落後找地方把燈藏起來，然後從地面接近監牢。」

「對。」貝若尼斯說。「不變。帝汎的前哨基地有不尋常的動靜嗎？」

「沒死靈燈，」招待──笛耶拉說，「沒戰艦，也沒船。帝汎沒把任何軍隊或力量探向它的尋常範圍之外。巴提斯塔之後，它也沒追上來，注意力都放在內部。」

「那就是它認爲我們失敗了。」克勞蒂亞說。「我們孤注一擲進攻巴提斯塔，但無功而返。」

「或許。」招待說。「我們應該希望它繼續這麼想。不過那就取決於你們能否不被察──」

「該死，大夥兒！」位於死靈燈前側的克雷夫說道。「我們有……呃，東西了！」

他們驚跳，透過下方的窗戶查看。雲毯看似跟先前一樣連綿而無間斷。

「你見鬼的是什麼意思？東西？」桑奇亞問道。

「不是**下面**的東西！」克雷說。「我是說前面冒出一個東西！」

貝若尼斯轉身看著偵測銘器──然後她困惑地一頓。

代表他們這個死靈燈的鉛珠還是在球中央的正確位置──不過幾乎所有其他珠子這會兒都貼著一側，擠向前，微微偏右下方，數量如此之多，看起來就像在屋側築巢的一巢黃蜂。

「這……這見鬼代表外面有什麼啊？」桑奇亞問。

「死靈燈嗎？」克勞蒂亞問。「全部排成一個陣式嗎？」

「不是死靈燈。」克雷夫說。「我想這……全部只是一個東西，而且是**大**東西。」

珠群貼著球壁往上滑，玻璃球發出輕微的吱吱聲。

「而且它在動。」貝若尼斯說。

「抓緊了。」克雷夫說。「我看看能不能避開……無論這是什麼玩意兒。」

所有人急忙回到座位再次扣上安全帶。招待——笛耶拉安靜下來，不過透過她的表情，貝若尼斯知道藉由那雙眼睛觀看的依然是招待。

死靈燈開始移動，快速來回前傾後仰劃過空中。貝若尼斯的胃跟著俯衝又打旋，一圈又一圈翻攪。克勞蒂亞大聲呻吟，桑奇亞則一臉猙獰。

「我必須拉開距離。」克雷夫說。「如果它進入兩哩之內，我們就完蛋了。」

「我以爲，」貝若尼斯說，「你之前說我們必須待在一哩之外。」

「沒錯。」克雷夫說。死靈燈又切向側邊。「不過根據我在這個偵測玩意兒看見的情況……我認爲這雜種本身的長度就超過一哩了。」

隊員們面面相覷，呼吸在寒冷的空氣中結霜。

「飛……飛行戰艦？」克勞蒂亞說。

「有……可能。」貝若尼斯說。「我是這麼認爲。如果帝汎能讓像這樣的燈飛上天，更大的東西應該也不成問題。」她搖頭。「但長度超過一哩……」

慢慢地，死靈燈不再來回穿梭飛行。

「我們還沒脫離危險。」桑奇亞低聲說。「對吧？」

「對。」克雷夫說。「我剛剛領悟，我們繞不過這東西。它太大了。所以……我們必須越過它。」

「越過。」招待——笛耶拉複述。「你打算飛得更高。」

「對。」克雷夫說。

「也就是飛到更冷的地方。」貝若尼斯說。「冷上許多。」

「對喔。」克雷夫說。「冷到我……我不確定我們撐不撐得過去。或你們不知道撐不撐得過去。」

「沒其他辦法了嗎？」招待——笛耶拉問道。

「沒。」克雷夫斬釘截鐵地說。

招待歪過頭。「船上的加熱工具都太小，沒辦法提高裡面的溫度。」

「對。」貝若尼斯說。「那些都是帶來升營火用的，不是用來加熱空中飛船。」

「我不認爲我有辦法哄騙它們，像是，只加熱空氣就好。」桑奇亞說。「點火銘器的話，通常比較容易哄它們升起大火，但我們沒多少東西可燒。」

招待——笛耶拉一面思考一面點頭。「我無法保護你們，」他們看著貝若尼斯，「但某人可以。」

貝若尼斯眨了眨眼，然後才領悟他們在提議什麼。「她不會有危險吧？」她問道。

「或許，」招待——笛耶拉說，「但這種新技術有許多未知之處。不過不用這一招，你們會死。」

貝若尼斯細看笛耶拉的臉，她表情嚴肅，在銘印燈籠的光芒下半明半暗。上一次轉換不過是數分鐘前的事，她的臉頰依然可見當時留下的淚痕。

「她知道風險。」招待——笛耶拉柔聲說。「你們都知道。」

「我知道。」貝若尼斯厲聲說。「我該死的太知道了。」她閉上眼咬緊牙關。「爬升，克雷夫。盡你所能快速爬升，甩掉那東西。」

「馬上。」克雷夫說。

死靈燈竄升——接著笛耶拉開始尖叫。

貝若尼斯看著女孩在她的座位中扭動，臉在劇痛中扭曲。她扯著橫過她腹部的安全帶，緊緊握拳，用力得指節都發白了。

〈我同意這種做法的時候，〉貝若尼斯說，〈沒想到會是像這樣。〉

〈她比妳想得堅強。〉桑奇亞說。

克勞蒂亞在她的座位中壓低身子，吐出陣陣白煙。她把雙手塞進腋窩。〈希望我們都是。〉她說。

死靈燈持續爬升，笛耶拉呻吟，而隨著時間一秒一秒過去，溫度降得愈來愈低，到後來，貝若尼斯的耳朵和鼻子都陣陣發疼。

懸在偵測器內的鉛珠群往下飄——但速度慢得叫人發瘋。

「來啊，你這雜種。」克雷夫含糊地說。「來啊……」

接著笛耶拉停止尖叫。冷得發抖的他們轉過頭看她：她垂頭傾身——不過又挺直身子，解開安全帶，顫巍巍地走到死靈燈內的工作檯和銘印工具前。

「我……我必須承認，」她說，「我**沒**想過要在這樣的情況下工作。」然而她的聲音此時莫名帶著鼻音又尖細，聽起來像個惱怒的學者，原本正在研究珍貴文本卻遭人打擾。

「快做好就是了！」貝若尼斯厲聲說。

笛耶拉高高在上地瞥向貝若尼斯，一副受冒犯的傲慢模樣。貝若尼斯非常熟悉這個表情——因為設計沉浸於銘印工作時常常就是這麼看著她。

「那就給我一點**時間**，麻煩了！」設計——笛耶拉說。他們用力吸一口氣，跳起來工作，將點火小銘器全部拖出來堆在死靈燈一側的小工作檯上。

〈她切換角色了？〉克勞蒂亞問。〈現在是設計？〉

「顯而易見。」設計——笛耶拉說。他們說完抓起四個鐵錠，一隻眼睛戴上強力擴大鏡，開始書寫符文。「貝若尼斯，」他們低聲說，「我這裡需要妳幫點忙。」

貝若尼斯還得雙手互拍，才能拍出一些暖意。她解開安全帶，蹣跚地朝工作檯走去，對於行動這麼困難大感震撼。設計——笛耶拉把幾個碟片推到她面前。「我需要妳做一個偶合碟。」他們說。「要用銘術讓它忽略熱，不然桑奇亞會把她的手燒掉。」

「呃，啥？」桑奇亞說道。

「然後我需要四個，麻煩了。」設計補充道。

「了解。」貝若尼斯抓起鐵筆開始工作，編造說服物體忽略溫度變化的指令。這種約束很複雜，不過經過這麼多年，貝若尼斯對符文的記憶依然完好。

〈最困難的部分，〉她一邊塗寫符文串一邊說，〈是要我的手在寒冷中動起來……〉

設計——笛耶拉仰望死靈燈的天花板，低聲喃喃自語。「沒眞想過死靈燈**裡面**還需要一個浮燈……不過我想我們只能湊合了……」

貝若尼斯沒裡他們，只是專注於完成第一個碟片，然後著手處理第二個。

死靈燈繼續攀升——氣溫繼續下降。

「我們到底靠近這該死的東西了沒，克雷夫？」桑奇亞問。「無論它到底是什麼？」

「我們大概還要一分鐘才會來到它的正上方。」他說。「它在上升，跟著我們，但……又不盡然。我認爲它在**找**我們——不過還沒找到。」

「插他的地獄啊……」克勞蒂亞咕噥。

「完成！」設計——笛耶拉說。他們退離工作檯，放開第一個元件：一只非常小的浮燈，以薄木片和紙打造。浮燈升空，在死靈燈中央的高處上下來回。

「那，到底，」克勞蒂亞發著抖說，「能怎麼把溫暖的血液送進我的血管？」

「閉嘴。」設計——笛耶拉提議道。「貝若尼斯——偶合碟呢？」

「完成。」她喘著氣把碟片推給設計——笛耶拉，隨即把雙手塞進腋窩。

「好。」設計——笛耶拉說完隨即以驚人的速度把碟片一一裝上三個鐵錠——*他們到底會不會覺得冷？*貝若尼斯納悶著，*還是說只是忽略？*而她現在也看見了，鐵錠上各自黏著一個小點火器。設計——笛耶拉還在不滿地抱怨著，一面在死靈燈內各處走動，檢查空氣——接著他們將其中一個鐵錠拿到克勞蒂亞和桑奇亞所坐之處上方，鬆手。

鐵錠懸浮空中。

「怎麼……」克勞蒂亞說。

「ㄊ——她ㄆ——ㄆ——騙它相信它黏在ㄉ——ㄉ——燈上。」桑奇亞說話時牙齒格格打顫，她冷得劇烈顫抖。「但他們必須先把燈ㄗ——做出來。」

「正確。」設計——笛耶拉說。

貝若尼斯再也無法承受冰寒的溫度，癱倒在地。她光裸的指節擦過一小塊金屬地板，隨即黏住，她扯開手，掉了些皮，但雙手失去知覺，她幾乎完全沒感覺。

我好累啊，她想著，感覺就像腦袋裡裝滿冰凍的石頭。我好累啊……

設計——笛耶拉把另兩個鐵錠放在隊員們上方——接著把第四個也就是最後一個交給桑奇亞。

「叫點火器燒旺。」他們說。「燒得又旺又烈。**立刻**，麻煩了！」

桑奇亞發著抖從設計——笛耶拉手中接過小碟片。她閉上眼，歪頭，咬住嘴脣……

剛開始沒任何變化。不過一股緩慢、飄盪的熱氣隨即盈滿死靈燈內，就像銘印爐的熱。貝若尼斯的皮膚太麻木了，她甚至要過了一會兒才感覺到；接著，非常緩慢的，她的末梢又有感覺了，討厭的沉重感也從她腦中退去。她抬頭看。三個鐵錠這時散發暗紅色的熱，彷彿它們所在位置是一團巨大的燒煤火堆，而非懸浮空中。

「我改造鐵錠，讓它們放大熱能。」設計——笛耶拉說。「不過只到**某個**程度。否則，嗯……我們都會被烤熟。」他們走近檢視他們的其中一個新發明。「飄浮是最困難的部分。如果完全沒可能損害死靈燈，我會直接把它們黏在頂部。」

「感謝天。」克勞蒂亞把手伸向飄浮鐵錠。「感謝天……」

「我還是不會碰它們。」設計──笛耶拉說。「很可能會燙傷。」

貝若尼斯站起來。「T──謝謝你。」她還在發抖。「你幫了一個大忙，而且非常迅速。」

「如果妳和桑奇亞不在這裡，我也孤掌難鳴。」他們說。「如果你們打算維持相同飛行高度，這個升溫系統應該可以維持頗舒適的溫度……不過我不確定我會想飛得更高。空氣可能會變得太稀薄──我可沒辦法用銘術把空氣放進你們的肺裡。」他們低頭看著自己的雙手，這會兒看起來泛藍又乾裂。「我離開後，這女孩會需要幫助。我能輕鬆應付疼痛──她就不一樣了。」

桑奇亞還抓著偶合碟，雙眼閉合。「寒冷的部分我們目前肯定沒危險了，但確定我們徹底脫離危險了嗎？」她問。「克雷夫？」

克雷夫往前靠檢查偵測銘器，符文典嘎吱作響。「那東西……停了。我想它應該放棄了，肯定以為我們是某個信號的幻影。但若妳想看，我們應該幾秒內就會來到它上方。」

貝若尼斯、桑奇亞、克勞蒂亞和設計──笛耶拉爬到死靈燈地板上的窗子旁，俯瞰下方暗藍色的雲層。一開始的很長一段時間什麼也沒有，遙遠下方呈波浪起伏的雲毯，不過到了某個時間點，雲層似乎開始冒泡、翻攪，然後……

升起。

貝若尼斯凝視下方那東西，起初看不懂眼前景象：她看見許多直直朝上的尖端，之間則是又高又結實的岩石狀形體，不過似乎一再延伸延伸又延伸，無聲從雲層中升起，彷彿鯨魚浮出大海。她的眼睛笨拙地努力理解這東西的規模，但徒勞無功；這頭龐大、浮空的巨獸在天空中航行，沒有自己的心思，盲目地追逐著他們。

她接著看見許許多多尖頂形體之間有動靜：細小、閃爍的冷光球，在許多岩石狀物體間轉動。

「燈。」桑奇亞低聲說。「燈籠。這是一座**城市**。」

這想法似乎很可笑——不過隨著下面那東西破雲而出，貝若尼斯看清她說得沒錯：那確實是一整座城市，乘著一塊看似由大地本身拔起的巨岩飄浮，直徑肯定有大約一千呎，只是邊緣歪斜又參差，表面堆疊著直竄天際的建築和構造。

「嗯。」設計——笛耶拉說。他們瞇起眼研究這個巨大標本。「看看這東西的邊緣，看看環繞側邊的是什麼……都是極小的構造、設施，就像項鍊上的串珠。」

「重力支撐。」桑奇亞說。

「對。」設計——笛耶拉說。「哎呀呀，光是看帝汎的死靈燈，我以爲它已經利用重力做出驚人的設計了……想不到它還能打造出更厲害的東西，死靈燈相形之下成了小孩玩的鐵環。」

「我提議，」克勞蒂亞說，「我們跟那天殺的東西拉開距離，有多遠就多遠。」

「我百分之百同意。」克雷夫說。「那東西嚇得我屁滾尿流。大家扣上安全帶。」

他們回到座位，但貝若尼斯捉住設計——笛耶拉的肩膀。「你可以放開她了，」她說，「對吧？」

「對。」設計——笛耶拉說。

「克雷夫——你什麼時候要降落？」

「再半天左右。」克雷夫說。

「那麼你們落地後我們再打開訊號，也就是六小時後。」設計——笛耶拉說。「然後我們調查敵人準備用什麼對付我們，看看可以怎麼幫助你們平安度過。清楚嗎？」

「貝若尼斯？」他們喚道。

貝若尼斯打量笛耶拉。她的手依然泛藍，臉頰上的淚迅速結凍，留下一道道浮腫發紅的肌膚。

「清楚。」她厲聲說。「清楚。當然清楚。清楚。」

「好。」他們說。「那我們就六小時後見了。不過至少我們解決了一個謎題，對吧？」

「啊？」桑奇亞說。「有嗎？」

「我們之前弄不懂帝汎是怎麼把一整支軍隊在一小時內運送到葛拉提亞拉半島的另一邊。」他們說。「那似乎是天方夜譚——不過如果你有一座飄浮城市，可以直接把他們放在那兒，那就簡單了。」設計環顧所有人。「新的問題是——我們有理由相信這是唯一一座嗎？」

一陣短暫、驚愕的沉默。

「天啊。」克勞蒂亞低語。

「祝好運。」設計——笛耶拉說。「還有，多少休息一下吧。」他們對所有人微笑，接著眼睛失焦，表情變得茫然，笛耶拉的頭垂下，她睡著了。

18

克雷夫在幾乎全然無聲中駕著死靈燈航過夜空，聆聽著夥伴們在他身後輕輕打鼾。置身這種情況感覺好不眞實——嗯，理所當然囉，他心想，我不正駕駛著一個原本基本上用來吃人的燈到處飛嗎——不過對克雷夫來說，這種經驗有種莫名美好的感覺。

他受困了那麼久：孤獨、被動、無人聞問，那麼多年來或者迷失在黑暗中，或者掛在桑奇亞的脖子上。不過他現在不只擁有一具軀體——而且很強壯——他還在空中翱翔，透過死靈燈的諸多感覺銘器看著光在遠方的天空變化。

我是自由的，他心想，能享受自由、能飛翔，這眞是太棒了。

然而他有一種非常古怪的感覺：他覺得好像有人在看著他。

你很難偷偷摸摸靠近克雷夫。他的注意力可以集中於任何一個方向，不過他通常對周遭發生的一切還是維持著一定程度的意識。然而非常緩慢地，他領悟有個新來的傢伙也跟他一起在死靈燈內——有人在他後面看著他。

他將注意力轉過去查看——然後他看見她了，只瞥見一秒。

一名老婦人，皮膚蒼白，一頭濃密的白色長髮，發紫、腐爛的雙手，站在死靈燈中央。

然而就在他聚焦於她的那一秒，她消失了。

克雷夫震驚地坐在駕駛艙內。他徹底審視死靈燈內部，收縮他的視力，細看他所能看見的每一個銘器和銘術。沒其他人。除了夥伴安詳入睡的身體之外，沒有任何東西在動。

好吧，他想著，那可真……怪啊。

他的注意力回到死靈燈外側的感覺銘器，讀取周遭的大氣。

像這樣的事可真會叫人擔憂，他心想。

他專注，謹慎地掃視下方的大地。

但我不再是人了呀，他告訴自己。我是一把鑰匙。因此——我沒必要擔心。

他微乎其微地改變死靈燈的航向，切過雲層。

對吧？這樣對吧？我想應該對。

19

貝若尼斯在死靈燈的黑暗中睜開眼。

她花了一些時間確認自己身在何方——他們正以一個奇怪的角度飄浮，整個世界呈現歪斜狀態——她接著問：〈多久？〉

〈不久。〉克雷夫低語。〈可能一小時內就到了。我應該要讓妳們睡到最後一分鐘。〉

〈不。〉貝若尼斯說。她解開安全帶。〈我需要所有人醒來。如果我們想要有場像樣的降落，我們會需要盡可能讓所有人的腦子都動起來。〉

她喚醒其他夥伴，而他們咳嗽、吸鼻涕、伸展四肢，因爲睡在硬椅子上而全身痠痛。她把桑奇亞留到最後——最近她需要桑奇亞多睡一點——而當貝若尼斯跪在桑奇亞身旁，看著她的頭垂在肩上，她遲疑了一會，才用指節輕輕拂過桑奇亞那刻畫著皺紋的臉頰。「醒醒，親愛的。」她低語。「醒醒。」

桑奇亞一邊哼氣一邊坐直。「插他的地獄，」她說，「插他的地獄！我……我……」接著她呻吟了一聲，揉了揉肩膀。「我的脖子痛得**要命**……」

貝若尼斯微笑。〈那就起來動一動。來吧。〉

都醒來後，她們跪在死靈燈前側的玻璃球四周，看著小珠子在裡面舞動，它們似乎沒完沒了，就像一小群衝前竄後的蚊子。

〈看起來，〉克勞蒂亞說，〈像是有多得要命的一大群銘器在下面巡邏。〉

〈對。〉貝若尼斯往前靠，研究珠子怎麼跳動、旋繞。〈如果妳爲全世界最危險的人打造了一個監牢，妳的防護措施也不會馬虎。〉

桑奇亞伸手輕點玻璃球的邊緣，有一小群珠子懸在這附近，動也不動。〈就是這裡，對吧？監牢就在這裡。〉

貝若尼斯點頭。她細看那一小群珠子，想像監牢飄浮在前方雲層下的某處。

〈如果我們再靠近，降落時肯定會被發現。〉桑奇亞說。

〈對。〉貝若尼斯說。〈但若我們在距離監牢太遠的地方降落，就必須橫越好幾哩，而且一樣不能被發現——前提是眞有辦法橫越。〉

笛耶拉揉了揉塞住的鼻子，猛吸幾口氣。跟設計和招待雙連結片刻後，她看起來還是有點憔悴。

〈所以——我們怎麼降落？〉她問道。

〈我猜我們應該不想射下去，〉克勞蒂亞說，〈撞出一個洞。〉

〈就算我們在那之後還活著，〉貝若尼斯說，〈帝汎也會派兵增援，其中很可能還包含另一個那種像城市的東西。〉

〈那就太糟了。〉克雷夫說。他的頭盔緩緩轉過來看著她們。貝若尼斯注意到這是他將近一個小時以來第一次開口。貝若尼斯向來覺得克雷夫有點難以捉摸，就算是當她碰觸著他的時候也一樣；桑奇亞就厲害多了，而或許是因爲貝若尼斯和她偶合，她感覺得出他正爲某事心煩。

考量我們接下來要做的事，她心想，他不心煩可能還更奇怪吧。

接著她又注意到一件事——在玻璃球底部懸繞的珠子有一定的模式。

〈克雷夫，〉她說，〈請帶我們往西南飛大約五哩。〉

〈那裡。〉貝若尼斯輕點玻璃球中位於他們下方的一個點。〈看這裡，這個地方。有時候，下面幾死靈燈掃向一邊，往下一沉，玻璃球的珠子匆忙重新整隊……然後，非常緩慢地，她看見了。

他們全部仔細地看著，不過貝若尼斯知道自己是對的：它們的巡邏有空隙，彷彿在避開一個可能擋乎不會有任何一個銘器經過。〉

住它們去路的物體。

〈一座山峰，〉貝若尼斯輕聲說，〈某個它們飛行時必須繞過去的物體，或許……〉

〈克雷夫，〉桑奇亞開口，〈這東西可以降落在那裡嗎？〉

〈既然我就功能上而言就是我們身處其中的這東西，〉克雷夫說，〈當然可以。我可以讓妳們降落在幾乎任何地方。不過在不被察覺的情況下降落……那就難了。〉

〈但巡邏有空隙。〉貝若尼斯說。〈我們看得到，而且非常清楚。〉

〈是啊，但那不是一個很大的空隙。〉克雷夫說。〈記得嗎——我們必須跟任何可能偵測到我們的銘器保持至少一哩的距離。在此前提下從這個狹窄、垂直的無人地帶降落，同時間外面所有那些怪物在四周打轉巡邏……這比較棘手。〉

桑奇亞搖頭。〈如果我們大老遠跑來，卻只發現我們沒辦法靠近這座該該死的監牢……〉

〈我說比較棘手，〉克雷夫說，〈又沒說不可能。〉他沉思了一會兒。〈肯定有一個模式，而……如果我對它們的行為解讀正確，我們大概，啊……每七分鐘左右有一個稍縱即逝的機會。〉

〈好？〉桑奇亞說。〈我感覺你就要說些什麼爛到極點的事了。〉

〈正確。〉克雷夫說。〈因為所謂的稍縱即逝指的是大約四十秒的時間。〉

貝若尼斯領悟這代表什麼意義，一團恐懼在她的腹部凝結。

〈所以……〉桑奇亞說，〈你的意思是，穿過的唯一方法……是墜落。垂直下墜。從我們目前的高度。在四十秒內。也就是說有多快就多快。〉

〈嗳，有多快就多快，同時把你們的腦子都留在原位。〉克雷夫說。〈對。〉

貝若尼斯和桑奇亞快速工作，把小黏著銘器加裝在繩索上，替座位加上更多安全帶。〈歐索總是說，〉桑奇亞說，〈創新的關鍵是從懸崖跳下來，然後在下墜過程中打造出翅膀。〉

〈確實是。〉貝若尼斯說。她們開始把新束帶裝到所有座位上。

〈但我沒眞正想過我們要，像是，照字面意義做那種鳥事。〉桑奇亞說。

克勞蒂亞把自己捆在座位中。〈克雷夫？〉她說。〈你確切知道你可以在不害死我們的前提下掉多快嗎？〉

〈呃，〉克雷夫說，〈我算是心裡有數啦，但……我是說，大夥兒，我以前又沒做過。〉

克勞蒂亞凝視空中，一臉大禍臨頭，然後看著橫過胸口的繩索。〈還……還有安全帶嗎？〉她問道。

〈再多也沒差了。〉貝若尼斯也在自己的座位坐下。

「噢，天啊。」笛耶拉說。她深吸口氣，扣上所有安全帶。「我不知道飛翔是什麼滋味，但我**肯定**不想知道墜落是什麼感覺。」

〈沒那麼糟啦。〉桑奇亞說。〈突然覺得我這輩子好像已經從空中墜落太太太多次了……〉

貝若尼斯沒說話，因為她知道他們不會只是下墜：克雷夫要用遠高於一般重力可達到的速度帶他們筆直下墜。她努力要腦袋安靜下來，以免這些思緒滲漏給其他人。

〈我……我們都準備好了嗎？〉她問道。

所有人點頭。

〈好，克雷夫，〉她說，〈機會到來的時候跟我們說一聲。〉

〈了解。〉

一陣長長的沉默。所有人都屏氣凝神等著開始墜落——然而毫無動靜。

〈克雷夫？〉桑奇亞喚道。

〈噢，嗯，我估計三分鐘後就是我們的機會了。〉他說道。

〈三分鐘……〉克勞蒂亞說。她已經臉色發白了。〈天啊，克雷夫，去你的，如果我沒辦法回家跟我的小男孩團聚，我發誓我他插要當鬼糾纏你到世界末日。〉

〈收到。〉克雷夫尖酸地說。〈還有，靠，多謝鼓勵噢！不是說這有多難還怎樣的啦。〉

他們安靜地坐著，等待感覺沒完沒了。貝若尼斯試著在腦中算數學好轉移注意力。有多少哩？我們要墜落多少呎？要降得多快，才能在四十秒內降到底？她放棄了，轉而嘗試數秒，但又很快地覺得自己要麼算太快，要麼算太慢，因此也放棄了。

眾人都在死靈燈內緊張喘氣——只有桑奇亞除外，她只是坐在那兒，一臉堅毅的認命。

〈妳們發現前就會結束了，〉她說。〈相信我。總是這樣的。〉

〈眞是個好消息。〉笛耶拉顫抖著說。〈那如果我尿得自己一身，你們會看不起我嗎？〉

〈要命，女孩，〉克勞蒂亞說，〈要是我脫身後沒弄得一身屎或嘔吐，我會說這就是一場勝——〉

然後他們墜落。

無法以言語形容動態的徹底改變：這一秒，他們懸在空中，下一秒，貝若尼斯的身體在呼號，尖叫，一路向下，腿和手臂無助地飛起來，整個人被無情地往上扯。她無法呼吸，動不了，也對抗不了衝力，甚至也看不見了：世界移動得太快、太瘋狂，不可思議地快，快得她的身體無法運作。

她的耳朵在尖叫，鼻竇發疼，頭也陣陣敲打——突然間，她太清楚意識到自己的身體不過是一袋液體，而裡面的所有液體突然都被逼著往上，灌入她的胸腔、肩膀、腦袋……

他降得太快了，她心想，我們會死。

她發現桑奇亞說錯了：墜落並沒有在她發現前就結束，似乎只是不斷持續、持續又持續。

請停止，她對著格格作響又旋轉的世界無聲尖叫。請減速就對了！停止或稍微減速！我不在乎我們會不會被炸出九霄雲外，我不在乎！

然而死靈燈並沒有停止。它繼續無情下墜，持續不休，貝若尼斯開始絕望了：永遠不會停的。他們會持續墜落，至死方休。

然而，令人難以置信地，他們逐漸減速，再減速，然後死靈燈碰上某個東西，發出巨大一聲碰。

貝若尼斯一時無法思考。她的頭太痛了，彷彿她在旋轉，然而她感覺得出來世界是靜止的——然而當她的腦翻攪、她努力回想身體該如何運作，四周卻充滿叫喊、呼號、尖叫和哭泣。

然後她冒出一股最詭異的感覺：她發現自己在尖叫，而且停不下來。她回到自己的身體裡、自己的腦中；儘管她到處都在痛，她知道他們安全了；然而她就是沒辦法停止尖叫。無論她腦中冷酷、超然的那部分怎麼努力勸說，她體內那股瘋狂、旋轉的驚慌就是不願退去。

然後她發現那股驚慌並不是她的。

笛耶拉，她心想。

貝若尼斯還在尖叫，但逼自己把臉轉向那個捆在對面牆上的女孩。她雙眼閉合，全身顫抖，尖叫個不停。接著貝若尼斯看見桑奇亞和克勞蒂亞也一樣，也緊閉雙眼在各自的座位上不停嚎叫。

她徑入了我們所有人，貝若尼斯想著，*我們感覺到她感受的一切。*

她聽見克雷夫在某處喊著，「搞什麼啊？什麼鬼！我們停了！大夥兒，我們**停了！**」

貝若尼斯沒理他。她專注，吸口氣，然後——她還在瘋狂尖叫，現在淚水湧下她的臉頰——她解開安全帶，踉蹌橫過死靈燈走向女孩。

要麼這行得通，她心想，*要麼我一拳打昏她。*

然後她穩住自己，光裸的額頭靠上笛耶拉的額頭。

驚慌的感覺立即變成三倍、五倍、八倍：她成為笛耶拉，她感覺、體驗這女孩感受的一切，她們如此密切偶合，兩人之間幾乎再無分別——不過貝若尼斯腦中平靜、冷酷、超然的那部分也正強行進入笛耶拉腦中。

她非常用力地說：*我們安全了。我們已經停下來了。我們安全了。冷靜。冷靜，冷靜，冷靜。*

慢慢地，尖叫一點一點轉弱，直到最後笛耶拉在她的座位中哭泣，依然全身顫抖。接著桑奇亞和克勞蒂亞也停止尖叫，兩個人大口喘氣。

「我的**天啊**！」桑奇亞喊道。「我不知道是哪個比較糟——墜落，還是那個瘋狂玩意兒！」

「我投墜落一票。」克勞蒂亞呻吟。「糟太多了。」

〈我……對不起，頭兒。〉笛耶拉上氣不接下氣地說。

〈我知道。〉貝若尼斯說。〈我知道，我知道。但妳現在安全了，我需要妳活跳跳又完好無缺。了解嗎？〉

笛耶拉點頭，吸了吸鼻涕，解開安全帶。〈了解，頭兒。〉

〈很好。〉貝若尼斯回頭看著克雷夫。〈我們在山上嗎？〉

〈對啊。〉克雷夫說。〈我穩穩停靠在山谷周圍其中一座山的西南邊。監牢和所有相關的鬼東西在對面，東北邊。〉

〈我們沒被發現？〉她問道。

克雷夫思考時停頓了一會兒。〈它們的巡邏沒出現變化。〉

貝若尼斯點頭，深吸口氣，評估了一下他們的處境。她的肩膀被安全帶勒得發疼——肯定瘀傷了——她的頭也一陣陣抽痛，還在耳鳴。不過他們的裝備似乎沒受損傷；當她徑入桑奇亞、克勞蒂亞和笛耶拉，非常短暫掠過她們的思緒，她們也似乎都沒大礙。

〈那我們就出去吧。〉她說。〈看看等著我們的是什麼樣的世界。〉

20

桑奇亞在死靈燈的艙門前停下腳步，收縮腦中的小肌肉，穿透牆，凝望牆外的世界。她什麼也沒看見——沒有邏輯的銀色纏結，也沒有更深層指令的陰森、閃爍紅光——她看完後滿意了，這才打開艙門，小心地爬出去。

涼爽的高山空氣吹襲她的眼睛，她忍不住一縮，對著刺目的日光瞇起眼。*比我們在該死的天空頂時溫暖太多了*，她心想，*眞棒*。

她細看周遭環境。他們降落在銀色高聳樹木的密林中，這些樹的樹幹白如骨，樹葉細長，在風中閃爍微光。她瞥見樹林之後是山脈構成的棕色崎嶇地平線，這座山脈像隻在暖陽下睡覺的貓咪，包圍著他們蜷起身子。

她停頓片刻，沉浸於這片如此美麗卻荒蕪的景象，一切都是如此絕對而令人屏息地安靜。除了又熱又潮溼、吱吱喳喳的叢林和舊帝汎狹窄的巷弄，桑奇亞不知道還有像這樣的地方。被丟到這麼一個平靜又無聲的地方——眞的就是用丟的——感覺頗令人不安，但又古怪地令人敬畏。

然後她看見遠方的那些東西，它們正像禿鷹一樣匆匆飛過天際：三個死靈燈，後面跟著小群較小的飛行銘器——或許是弩燈，或其他可怕的新發明。它們距離太遠，她沒辦法用銘印視力細看，但她很確定它們肯定都不是善類。

這裡只有我們，她心想，*置身一個滿是眼睛的世界*。

她感覺貝若尼斯聚焦於她，讀取她的感覺，便讓她非常短暫地徑入自己的眼睛審視四周。

〈妳的鞘衣牢靠吧？〉貝若尼斯問道。

〈應該牢得不能再牢了。〉桑奇亞扯了扯裹住她四肢的暗灰色布料。這是他們發明的新銘器——她發現這個銘器很不舒服：看起來像一件古怪的暗灰色衣服，完全包覆她全身，只在眼睛部位留下一條細縫，不過從頭到腳都織入極小的黃銅碟片，這些碟片會執行各種無形的任務；至少她希望這樣。

帝汎發明了一些方法，能以比一般視力高上許多的效率察覺入侵者：利用銘術偵測心跳、活人之血，以及某些銘術，諸如此類。問題在該如何隱藏這種銘器在找尋的訊號，而最簡單的解決方案就是偶合鞘衣：一件包覆全身的衣服，跟另外半打一模一樣的衣服偶合，只不過其他這六件都是空的，折起來放在背包隨身攜帶。

這代表當帝汎的各種感覺銘器看著一個穿在活人身上的偶合鞘衣，現實同時主張這是六件裡面沒人的衣服，帝汎正在找尋的信號因而大幅減弱，只會被當作誤差，因而遭到忽略。

桑奇亞低頭看著自己。〈鞘衣似乎過得去。所有浮燈都沒發現我，不過它們都在幾哩外就是了。〉

〈如果有任何問題，〉貝若尼斯也穿上了她自己的鞘衣，爬出來時哼了一聲，〈我們現在就要知道。因爲我們所有人到任務完成前都會穿著。〉

〈這些東西不會在我們身上爆炸，對吧？〉桑奇亞問道。

〈桑……〉

〈我是說，用錯方法偶合，或是偶合某個在已經偶合的東西之內的東西，就會……〉

〈就會燒掉！〉貝若尼斯說。〈對！這東西做起來非常棘手，考量我們本身都跟其他人偶合，因此我們多半應該不要待在某個偶合空間之內，不過偶合的只有我們的心智——我們的身體並沒有。〉

桑奇亞幫著貝若尼斯爬出艙門。〈在舊帝汎的時候就是發生這種事，對吧？妳和歐索偶合那個箱子，讓它相信自己裝著一個符文典，後來……〉

貝若尼斯微弱地笑了笑。〈後來就爆炸了。對。歐索甚至沒告訴我會發生什麼事，直到一切已經太遲。感謝天他的時機抓得很準，不然妳當時騎在上面的重力銘器會在妳腳下失效，妳就會摔死。〉

她們開始滑向死靈燈的邊緣。

〈真希望他也在。〉桑奇亞說。

〈我也是。〉貝若尼斯說。

她們跳進灌木叢中。貝若尼斯拿出羅盤研究，然後查看天際線，最後指向西北方。她們出發，打算走到能弄清自己位置的地方就好，手上拿著弩，背上背著刺劍。

她們一直走到一個小高地，在這裡可以看到西北方山脈的另一邊。然後她們看見了：一個扁平、暗色的點，懸在遠方的空中，就像一隻漆黑的蜂鳥正在盤算要吸吮哪朵花的蜜。

看見像這樣的東西，她們震撼得說不出話來，一時只是站在那兒目不轉睛地看著。

〈那裡。〉貝若尼斯輕聲說。〈就是它了。〉

〈真不敢相信我們這麼靠近了。〉桑奇亞說。

〈我也是。〉貝若尼斯說。她拿出望遠鏡眺望遠方監牢。〈我現在想知道……怎麼靠得更近？〉

桑奇亞閉上眼，徑入貝若尼斯，瞥見她透過望遠鏡看見的景象。監牢看起來像個巨大扁平的黑色方塊，只是懸在空中，五個死靈燈繞著它緩緩打轉，各自後面都跟著一小群更小的浮燈，像小河裡的小鴨子一樣快樂地上下擺盪。

〈兩個非常近，〉貝若尼斯說，〈另外三個巡邏的範圍比較大……〉她搖頭。〈打敗一個死靈燈已經夠難了，這次我們還得幹掉五個？怎麼做？〉

〈我猜只能從弱點下手了。〉桑奇亞一面嘖嘖彈舌一面思考。〈大概就是谷地？〉

貝若尼斯點頭。〈對。我想那東西不會僅靠自己飄浮，肯定有某種銘器在支撐它。〉

〈對啊。〉桑奇亞說。〈因爲那可是奎塞迪斯。而困住首位天殺的傳道者……不可能簡單到哪裡去。〉她毫無笑意地咧嘴而笑。〈要對好多鬼東西動手腳，也就是……〉

她看見上方山脊上的某個東西，隨即僵住。

她無須多言：貝若尼斯感覺到在桑奇亞體內突然熊熊燃燒的恐懼，她們雙雙趴下，躲在矮樹叢中。桑奇亞趴在那兒，喘著氣，瘋狂地回想剛剛瞥見的景象：一座防禦工事或牆的輪廓，高聳矗立於她們上方的樹林間。

〈有東西駐紮在那裡嗎？〉貝若尼斯問。

〈不知。〉桑奇亞收縮銘印視力，但在周遭的荒野中察覺不到任何改造。〈沒看見任何銘器。所以無論上面是什麼東西，都沒用上銘術……我猜有可能是某個蠢山地人的家？〉

〈如果他一直住在這個有大量死靈燈在上空巡邏的地方，〉貝若尼斯說，〈那他肯定眞的很蠢。〉

桑奇亞穩住自己，接著透過矮樹叢窺看上方的山脊。〈噢，〉她說，〈我覺得我看見……〉

她們一起謹愼地起身，凝視著山脊頂的那棟建築。那是一道牆，不過老舊至極，還附帶建築的其他斷垣殘壁，都在久遠前腐朽、傾倒。依然站立的部分長滿地衣，也因爲經年的雪而汙漬斑斑。

〈這是什麼鬼東西？〉桑奇亞問。

〈不知道。〉貝若尼斯說。〈不過我們來調查吧。小心地調查。〉

她們鑽過樹叢，過程中還遇上一些怪東西：巨大的正方形石塊、平滑附鈍齒的石造長圓柱，桑奇亞覺得原本可能是柱子、碎石塊，看起來原本應該是雕像，描繪的都是皺著眉、蓄鬍的男人，另外還有許多、許多門。所有東西都掉到一邊山坡上——桑奇亞想，應該是被多年冬雪帶到那裡的。

中心點看似是頂峰，但最高聳處已被剷平，變成某種地基。幾跟柱子依然在那兒，除此之外還有舊牆的鬼魅般廢墟，除此之外再無其他，只有塵土與岩石。

〈天啊。〉桑奇亞說。她把一顆石子踢下緩坡。〈這些舊東西都打哪來的啊？〉

貝若尼斯聳肩。〈我之前讀過，這附近到處都是像這樣一堆又一堆的廢墟。他們說，當你擁有像奎塞迪斯的力量，很容易就會建造、建造、建造又建造……〉

桑奇亞的目光飄向地平線上的扁平黑點。〈所以帝汎基本上就是把奎塞迪斯關在他他媽的家鄉。〉

〈奎塞迪斯控制這片大陸的時間早在帝汎之前，也長久得多。〉貝若尼斯說。〈成爲過去的他的鬼魂，困在他自己打造之地的廢墟上方……這有種戲劇性的感覺，不是嗎？〉她開始爬下山坡準備回死靈燈。〈我們要來救出他再殺死他，這幾乎有點令人覺得遺憾了。〉

克雷夫費了一番功夫才從死靈燈出來——他急著想告訴她們他非常擅長跳躍，但事實證明攀爬很棘手——不過他解脫後他們隨即動身越過山峰，貝若尼斯帶頭，他們安靜地穿過松樹和閃爍的白樹。銘印鞘衣遮住他們的嘴巴和五官，稱不上非常舒服，但要不是空氣如此乾燥冰冷——貝若尼斯沒經歷過這樣的氣候——穿上這身服裝才眞叫人受不了。

〈我們需要找個好位置俯瞰這區域。〉貝若尼斯說，一面朝南方一座遙遠的山脊點頭，然後是溪谷另一邊位於東北方的山脊。〈這兩座應該很適合。〉

他們花了幾個小時的時間翻山越嶺，不時遇上崎嶇的峭壁，桑奇亞便發光，徑入他們腦中，引導他們爬過像那樣的地面。不過他們大多數的旅程都在柳樹貌的樹叢鑽進鑽出，有時則是遇上爬滿地衣的頹圮廢墟碎片：一顆圓石，抑或是某座雕像切下來的部分，或只是大塊平滑的厚板。大多數碎片看起來就像一般的石頭，不過桑奇亞指著一道搖搖欲墜的牆。〈看，看這些磚塊。〉

笛耶拉湊近。〈怎麼了？〉

〈妳看上面的符號。〉

貝若尼斯歪頭，視線掃過每一塊石磚表面磨損的細小紋路和螺旋，看起來幾乎就像雕刻——她接著發現每一塊磚都有相同的磨損刻痕，而更令人吃驚的是，她發現自己認得一些。

〈是銘術，〉貝若尼斯說，〈耐久性和恢復力的銘術……都很簡單，不過毋庸置疑還是銘術。〉

桑奇亞點頭。〈所以這些東西才沒倒——也不知道這種狀態稱不稱得上沒倒就是了。都是遠古的銘印防禦工事。他們只用槌子和鑿子打造這些東西，肯定辛苦得要命吧。〉

〈他們銘印了每一塊天殺的磚塊？〉克勞蒂亞凝望四周散落廢墟的谷地。〈天啊。這裡是發生什麼事了？〉

沒人回答。貝若尼斯回頭看著遠方的山丘，一座參差不齊的長牆跨立其上，而她突然想到：**人來到一片土地，人在土地上建造，然後他們建造清空人類之地的東西。**

〈夠了。〉桑奇亞說。〈我們走吧。〉

靠近谷地邊緣後，他們兵分兩路，桑奇亞和克勞蒂亞往南，貝若尼斯、克雷夫和笛耶拉則朝東北。〈留意銘器。〉貝若尼斯對桑奇亞和克雷夫說。〈我們距離監牢還很遠……不過很難相信帝汎會讓這地方毫無防備。〉

他們繼續前進，鑽過林木間，爬過岩石，總是注意著後方的谷地……然後似乎有什麼不一樣了。這種感覺古怪至極，就像一朵詭異的雲飄過太陽下，在下方的大地投下一抹色彩，而他們的腦子知道這種顏色並不正常。

〈頭兒，〉笛耶拉低語，〈妳有感覺到嗎？〉

〈有。〉貝若尼斯回過頭看他們走過的小徑。〈我們經過了某種界線或屏障……〉

接著桑奇亞的聲音從非常遙遠之處傳來：〈我們也感覺到了——就在我靠近谷地的時候。〉

貝若尼斯掃視下方雜亂的樹木，還有飄浮在上方的巨大黑箱。

〈你們覺得是……是他嗎？〉桑奇亞問，〈還是……〉

〈不確定。〉貝若尼斯說。〈我們必須弄清楚。〉

貝若尼斯和她那一半小隊在剛過正午時爬上他們那邊的山脊，眼前的景象令三人停下腳步：山谷在他們眼前開展，剩半截的柱子和倒一半的牆散布其中，彷彿這地方是某種巨型石頭動物的墳場。不過比這景象更令人不安的是，遠方的死靈燈幾乎就在他們視線的水平高度，正在空中緩緩打轉。

然而更叫他們喪氣的是監牢本身：純黑色的大方塊，平靜地飄浮空中。監牢的黑有某種令他們不安的特質，彷彿它吞沒光本身，剝奪了方塊的定義感。

〈這地方太令人發毛了。〉笛耶拉說。

〈對啊……〉克雷夫說，〈但又感覺……莫名熟悉。〉

貝若尼斯瞥向他。當然了，他的鎧甲並沒有表情，然而他似乎凝視著依然矗立的一段牆，一扇細長的直長窗孤單地鑲在牆上。〈怎麼說？〉她問道。

克雷夫打了個冷顫，巨大的鎧甲隨他的動作而嘎吱響。〈我……不知耶。我猜只是一種感覺。〉

〈更重要的問題是，〉貝若尼斯說，〈你有沒有看見……嗯，帝汎？我說的是那個個體。〉

〈妳說的是格雷戈現在變成的那個東西嗎？〉克雷夫說。他查看谷地，接著聳肩。〈距離不夠近，我能看見的不多。但……我不認爲有。〉他的頭盔轉過來看著她。〈或許妳是對的。或許摧毀巴提斯塔把那……無論那到底是什麼東西從這裡引開了。〉

〈希望如此。〉貝若尼斯說。

她趴下朝山脊的邊緣爬去，手裡緊抓著望遠鏡。到那兒後，她一隻眼靠上望遠鏡凝望谷地，但是看了大半天還是什麼也沒看到——只有搖擺湧動的無盡樹木、古怪的一堆舊廢墟，還有天上的死靈燈和它們各自的小群燈籠。然而當她仔細檢查樹林，她發現自己用力地眨起眼。光有點不對勁——影子彎折、松木尖觸及天空的樣子——她用力睜大眼。

〈那裡不太對，頭兒。〉笛耶拉輕聲說。〈我不喜歡看著那地方。〉

〈我也是。〉克雷夫說。

貝若尼斯試著忽略在她頭顱前側爆開的怪異疼痛感——然後她終於看見了：一個平滑的黑色圓頂，高度剛好超過樹頂，彷彿一顆由火山玻璃打磨而成的巨大卵石，似乎就位於飄浮監牢的正下方。

〈就是它。〉貝若尼斯說。〈肯定是……我不知道該怎麼說，就是關押奎塞迪斯的操控樞紐。〉

〈那……是什麼？〉笛耶拉問道。

〈老實說，我一點概念也沒有。〉貝若尼斯說。

她用望遠鏡查看圓頂周遭的樹林，但沒看見塔樓或任何其他建築。

〈那……我們可不可以直接穿著鞘衣穿過樹林，〉笛耶拉說，〈然後進去裡面把那東西關掉？〉

〈肯定沒那麼簡單……〉貝若尼斯說。

桑奇亞的聲音響起，非常微弱，但勉強還在範圍內：〈貝兒——朝谷地南方看。有一條小溪。〉

〈所以呢？〉

〈看就對了。這裡不只有我們。〉

她花了些時間才找到，不過看見後，她發現那似乎不過是一條尋常的山澗，正歡樂地朝下游奔流。

貝若尼斯研究了一會兒，搞不懂桑奇亞想要她看什麼……

接著有人跨過小溪。

貝若尼斯眨眼，調整望遠鏡好看得更清楚些：她領悟那不是一個人，而是許多人，排成一條直線前進，跨過小溪時的動作緩慢而警戒。她數了數：六男五女，輕甲之下是淡灰色的衣服。他們似乎分屬不同種族，不過隨著他們走入樹林的陰影中，他們的五官隨即變得難以分辨。

〈宿主。〉克勞蒂亞說。

〈同意。〉貝若尼斯瞇起眼。〈但他們沒攜帶武器。〉

〈有道理。〉笛耶拉說。〈爲什麼要給他們武器？他們其中之一一有什麼發現，上面的死靈燈也會知道。有像那樣的東西跟你站在同一陣線，哪還需要劍。〉

〈有一個脫隊在做某件事。〉桑奇亞說。〈看。〉

貝若尼斯瞇起眼，看著脫隊者離開其他人，走近一棵高聳的松樹。她凝神注視這名宿主爬上樹，小心地調整……某個東西。

一小束黑乎乎的東西，卡在樹枝間。無論貝若尼斯再怎麼對焦，她就是看不清那是什麼。

宿主下樹，回到小隊中，繼續走入樹林內，然後只剩一團模糊的樹枝和影子，她就看不見他們了。

〈我猜，〉克雷夫說，〈他們不是在放情書。〉

〈對。〉貝若尼斯對著樹上那捆東西瞇起眼。〈是銘器，絕對是。〉

〈但是什麼用途？〉克勞蒂亞問。

〈絕對是偵查。〉桑奇亞說。

所有人都停了下來思考這情況。

笛耶拉在那想法穿過貝若尼斯腦海前先開了口。〈如果他們在一棵樹上放了一個銘器，〉她輕聲說，〈那難道不會有更多嗎？〉

貝若尼斯細看下方朝四面八方蔓延的樹林，一面嘖嘖彈舌一面思考。〈克勞蒂亞，〉她說，〈記下宿主巡邏的路線，看看能否找出模式。至於我們這邊……〉她回過頭看著克雷夫。〈我想是時候放出我們的斥候了。〉

〈爲什麼，〉克雷夫說，〈我不喜歡妳說這話的方式呢？〉

克雷夫的金屬手套謹愼地緩緩解開胸甲，他一面發著抖——或者應該說包覆他的銘甲在發抖，他自己的情緒體現於金屬。他實在一點也不喜歡這樣：他還不曾脫離這身他現在已經視爲他本體的銘甲，而這體驗令人不安，感覺就像用一根巨大的針插自己的手臂。〈我們……我們確定要這麼做嗎？〉他問道。〈我的意思是——大夥兒，我願意做各種瘋狂鳥事，但如果這事出錯，我們麻煩可就大了。〉

〈應該能成的。〉貝若尼斯說。她和桑奇亞剛完成銘印兩個長、寬約莫等同二指的小鋼盒，這會兒正坐下休息。〈這就是基本偶合，我們熟得很。〉

〈是沒錯，但妳們要偶合的是我。〉他繼續把指令注入銘甲，銘器的大手指輕輕抓住他的鑰匙頭，把他從鎖中拔出來。〈或者應該說，至少是承載我的空間。我們確定它不會像氣球一樣爆掉嗎？〉

〈我們要把這個空間偶合一次，〉貝若尼斯說，〈不是把偶合物品放進其他偶合物品內。你說得好像我們不是一天到晚做這種事！〉

〈對啦，唉，你們通常可不會把我放進偶合物品內。〉克雷夫咕噥道。

「角度剛好。」克勞蒂亞透過她的弩柄凝望下方的森林。「我射得中。」

〈請不要出聲說話。〉貝若尼斯說。

克勞蒂亞一面沉思一面緩緩調整右腿的位置，在石山脊上躺得更舒服一點。〈抱歉，貝兒，有點太投入了……不過克雷夫，我應該可以把你安全送下去。〉

〈這很簡單。〉桑奇亞打開一個小容器，伸出一隻手。〈容器被偶合了，相信它們是同一個東西。因此如果我們把你放在其中一個裡面，把另一個射下去，那一個容器會相信你在下面的谷地。然後你應該就能從下面那裡仔細瞧瞧那些小銘器都幹麼用的——順便也看看大圓頂裡面在變什麼把戲。〉

〈如果我們是把活生生的人放進一個偶合空間，這招通常就行不通。〉貝若尼斯說。〈但你的話，呃……〉

〈我不是活生生的人。〉克雷夫乾巴巴地說。

〈至少不是傳統意義上的活人。〉

〈好。那要是帝汎在下面有什麼可怕的銘器，可以抓住連結的另一端呢？〉

〈我就劈啪打開盒子，把你倒出來，切斷連結。〉桑奇亞說。

〈這也是爲什麼我瞄準的是距離圓頂大約一百碼的一塊陰暗空地。〉克勞蒂亞輕聲說。〈你會埋入地下約兩三呎——如果桑奇亞的密度約束生效，盒子還會自己挖得更深一點。敵人難以察覺。〉

〈該死的地獄。〉克雷夫咕噥。〈我猜這是我把妳們從空中丟下來的報應吧。〉他又對銘甲發出幾個指令，銘甲隨即伸出拿著他自己的那隻鐵手套。〈妳們一把我放進盒子裡，我們的連結就斷了。所以我猜應該就是把我射下去，等個二十秒，然後把我倒出來，我才能回報狀況——懂了嗎？〉

桑奇亞用雙手把他拿起來。銘甲維持一個笨拙的凍結姿態——胸甲洞開，一手探出。然後她跪下，小心地把他放進其中一個盒子裡，光裸的手指貼著他的蛾形頭部。〈祝好運。〉她低語。

〈知道了。〉克雷夫說。

盒蓋蓋上——好久一來的頭一遭，克雷夫的聲音不見了。

當然了，他依然看得見，也都還感知得到周遭的無數銘術：銘甲背上的迷你符文典；克勞蒂亞那副銘術錯綜複雜、高功率的弩；鑲在吉瓦人身上的許許多多小碟片，這些在她們手中閃爍的血紅色小光點——還有桑奇亞頭顱中那顆火光飛濺的星星。但他無法對她們說話，也聽不見她們的思緒和感覺。這陣突然而突兀的寂靜是如此驚人。

然後他感覺到自己……在移動。又不全然如此：他同時感覺到在移動，也不在移動。他腦中冒出一股不可能的感覺，覺得自己同時占據兩個不同空間——一個在桑奇亞手中，一個裝入克勞蒂亞的弩。

天啊，我恨這鳥事，他想著。

弩把小圓筒塡入彈夾，響亮地喀了一聲。克勞蒂亞的臉貼著弩柄，他可以聽見她緩慢而穩定的呼吸。然後……

他飛了起來。

考量他才剛駕駛一個死靈燈飛過大半個大陸，克雷夫原以爲自己已經習慣飛行——但這不一樣，不止是他無法控制——突然而瘋狂的加速，而且他本人無權置喙——他也感覺自己完全靜止，被桑奇亞抓在手中。整個體驗是如此斷裂，就好像他的腦子被一分爲二。

插他的地獄啊，他想著，我恨這鳥事！

然後停了下來，發出一聲響亮、溼潤的咚，克雷夫看著周遭的世界突然轉暗、變得模糊不清，只看得見潮溼、含石子的泥土，許多蒼白、纖細的根和卷鬚則來自生長於上方的草。

我之前也被埋過一次，他心想，這次感覺更加討厭……

然而他依然能夠感知周遭的銘術：銀色和血紅色、狂亂而旋繞不休的纏結，有些像彗星一樣繞著他打轉，有些則像遙遠的太陽一樣巨大而靜定。突然沉浸於一個有這麼多複雜指令煩擾的世界，克雷夫覺得眼花撩亂。

好，蠢蛋，他心想，專注，專注……

他環顧四周，馬上就發現了宿主：翻騰的小團紅色隨著上面的人巡邏而擺動穿過黑暗。過去的多次襲擊行動中，他也在宿主身上看過這種約束，因此熟悉得很；他現在看見附近有十三個——不過他確定其他地方肯定還有更多。

他接下來看見的應該是那些宿主放在樹上的銘器：閃爍微光的白色細小纏結，對熱、移動和許多其他稀奇古怪的現象極端敏感……

*而且肯定也對某特定*尺寸*的體積*敏感*，因為它們似乎完全不把這容器放在眼裡。*

他也發現在這些小纏結之內有一個更強大的指令在運作：在找尋一個……一個信號，一則訊息，一個……一個存在。

辨別在附近活動的人，他悽慘地想著，是否帶著著帝汎的指令碟。該死……

他數了數，四周的樹上有十一個像這樣的小銘器——還有，令人喪氣的是，他也領悟這整座樹林肯定同樣布滿銘器以感應入侵者。

他把注意力轉向位於視力範圍另一端的那個構造：他想這應該就是黑色大圓頂；很難漏看這東西，因為銀色銘印纏結以一種他覺得非常熟悉的模式翻騰著。

符文典，他心想，就像舊帝汎鑄場裡一樣。而且很大……

但這個符文典不一樣：不只是因為它莫名被擺在土壤深處——基於某些原因，還有許多動態銘器埋在它附近——更是因為當克雷夫透視它的一層層邏輯和指令，他看見這顆亮白色星辰的核心是一個不尋常的東西……令人不安的東西。

符文典內有二十個圓碟，但都是鮮血般的深紅色，以一種噁心的方式脈動、閃爍。

啊，該死，他心想，真希望我看見的並不是我想到的那東西……

然後世界改變——折斷、破碎、分裂——樹林消失，光湧入。

克雷夫倒抽一口氣，滾入桑奇亞手中。

〈噢靠！〉他說。〈噢……噢靠！妳搞這齣之前可以先警告我一下嗎！〉

〈警告了啊，〉桑奇亞說，〈只是你沒聽見。成功了嗎？〉

〈是成功了沒錯……〉克雷夫還在喘氣。〈但插他的地獄……妳們不會喜歡的。〉

夥伴們看著桑奇亞小心地把克雷夫放回銘甲的胸甲內。〈幾乎不可能穿過樹林靠近圓頂。〉克雷夫說。〈下面的所有銘器都會感應動作和動態。如果尺寸不對的東西……啊，等等，給我一分鐘……〉包覆著他的銘甲活了過來，他解脫地嘆出一口氣。這感覺和經過漫長一天後在熟悉的椅子坐下莫名相似。

〈噢，該死，感覺眞棒……〉

〈克雷夫，〉桑奇亞說，〈夠了喔。〉

〈好啦，好啦。〉克雷夫說。〈無論如何，尺寸不對的東西企圖穿過那些小偵測器附近的空間，而且又沒帶著宿主的碟片……〉他伸出一根巨大的金屬手指，〈……我打賭死靈燈一秒內就會把那東西從現實中抹除。〉

貝若尼斯瞇起眼，眺望下方的黑暗谷地。〈小銘器的範圍多廣？〉

〈太遠了，我無法試著動手腳。〉克雷夫說。〈桑也一樣。下面肯定幾百個，說不定幾千個。〉

〈那操控點呢？〉桑奇亞問。

〈是個符文典，〉克雷夫說，〈但……不是一般的符文典，四周有一堆動態銘器和推進銘器。〉

〈爲什麼？〉貝若尼斯問，〈符文典爲什麼需要像這樣的東西？〉

〈哪知。〉克雷夫說。〈不過更糟的還在後面。妳們記得坎迪亞諾山城裡的那些東西嗎？符文典裡面那些？〉

〈記得。〉桑奇亞說。〈使用傳道者銘術定義碟的符文典——每個定義碟各自裝著一個人的……嗯，我猜是靈魂。〉

〈授予他們對現實的空前操控力……〉貝若尼斯膽戰心驚地說。

〈下面就是這玩意兒，〉克雷夫說，〈帝汎就是用這東西操控監牢、操弄奎塞迪斯的時間。二十個

碟片。〉
克勞蒂亞皺起臉。〈二十個碟片……二十個天殺的傳道者碟片……〉
〈那代表什麼意思？〉笛耶拉問道。
〈代表下面的符文典左右了整座該死谷地的現實，奎塞迪斯當初在岸落之夜也打算對舊帝汎做相同的事。〉桑奇亞說。〈多半就是因為這樣，我們靠得太近時才會覺得不安。我們進入了那……東西的影響範圍。〉
〈沒錯。〉克雷夫說。〈因此我們光是看著谷地就覺得痛苦。〉
〈如果我們掌控那鬼東西，嗯。〉桑奇亞說。〈我們能做的事就多了。從監牢救出奎塞迪斯變得就像擠爆一顆青春痘一樣。但是……〉
貝若尼斯拿起望遠鏡研究黑圓頂。〈那難如登天。〉
小隊成員眺望谷地，思忖著最佳攻擊路線，一時陷入陰鬱的沉默。
笛耶拉退後，抬頭看著天空。〈太陽在這裡的位置很怪……但我想應該快天黑了。〉
〈對。〉貝若尼斯輕聲說完後站起來。〈細看這個地方並記起來。研究這裡，把這裡刻進你們的腦中。等到我們下次再來，就是進攻的時候了。〉
他們啟程朝西南方前進；到了山的另一邊，就可以依靠地勢擋住死靈燈和谷地。克雷夫花了些時間才想起銘甲的所有內部小運作方式，想起腳、手和所有其他部分喜歡怎麼移動，不過他還是緩緩邁開步伐，笨手笨腳越過山脊。
然後他感覺到了：彷彿又被看著一樣令人不安。他轉動身子查看周遭的大地。他又看了看下方的頹牆，掉落的每塊石塊都有馬車那麼大。他再次覺得牆莫名熟悉：一段爬滿苔蘚的牆依然矗立，有一扇尖頂直長窗；這段牆的某些成分——或許是石塊的弧度、拱頂的斜面——擾動了他內心深處的記憶。

接著，就在一瞬之間，他看見她：她從窗前經過，彷彿隨興地漫步穿過這座建築的殘骸，臉和濃密的白長髮一閃而過，旋即消失。克雷夫凝視窗戶，等著她從牆的另一端走出來，但她未曾再出現。他再度收縮銘印視力，透視廢墟找尋所有異常之處，但什麼也沒看到。

〈克雷夫！〉桑奇亞厲聲喊道。〈走了啦！〉

他退下山脊，目光仍不離那扇空蕩蕩的窗。〈來了！〉他說。〈我來了！〉銘甲輕輕匡啷了一聲，他快步走向山坡。

21

他們在廢墟間紮營；三根柱子倒在一起，形成淺洞穴，他們就在這底下嚼豆子麵包，喝煮沸過的水，努力對抗夜晚山裡的寒意。〈能有一小把鹽，〉克勞蒂亞咕噥，〈要我拿什麼換我都願意……〉

〈所以，〉克雷夫說，〈我們要怎麼做？〉

貝若尼斯嚥下嘴裡的食物；雖然是無聲交談，她還是習慣先清清喉嚨才問：〈我們有什麼選項？〉

桑奇亞剔出齒縫中的食物殘渣後彈到一邊去。〈穿過樹林難如登天。〉

〈同意。〉克勞蒂亞說。〈那——何不用葛拉提亞拉那招呢？用克雷夫的徑碟射死靈燈，送個人進去搶得控制權，然後用這個死靈燈搞個天翻地覆？〉

〈因為克雷夫需要一些時間才能進行一次編輯。〉貝若尼斯說。〈更別提必須編輯多少次才能抹除其他死靈燈。〉

〈而且克雷夫發布那麼大規模的指令之後還是會有至少兩天發揮不了作用。〉桑奇亞說。

克勞蒂亞皺眉。〈表示我們就沒辦法殺死奎塞迪斯了，那才是我們來這裡的眞正目的。〉
他們沉默地坐在他們的小藏身處內，外面的亮藍色天空慢慢轉爲暗紫色。
〈只有宿主能夠進入谷地而不被消滅，〉桑奇亞緩緩說道，〈這部分大家應該沒有異議——對吧，克雷夫？〉
克雷夫點頭時頭盔刮過頂部。〈對。〉
〈那問題似乎很明確。〉桑奇亞說。〈對吧？我們必須弄到一個宿主。這是進去的唯一方法。〉
他們震驚地凝視著她。
〈就我所知，〉貝若尼斯說，〈帝汎對宿主的掌控極端難以突破。〉
〈對啊，但我有一個點子，〉桑奇亞說，〈只是不知道詳細該怎麼做。所以……〉她看著笛耶拉，〈我們要來問問某個確實知道的人。〉
坐在旁邊的笛耶拉縮起身子。「噢，該死。」她說道。
「我沒……沒想到我要提供的是像這樣的協助。」設計的聲音遲疑地說道。
貝若尼斯看著笛耶拉抬手揉了揉下巴，一個焦慮、煩躁的動作。她開始像只齒輪玩具一樣坐在那兒緩緩前後搖擺——這些舉動都暗示著她體內的思緒並不屬於她自己。
「對，對，」桑奇亞不耐煩地說，「我懂。」
「麻煩大家放低音量。」貝若尼斯低語。「這座山的另一邊有五個死靈燈，我們不確定它們的銘器有多敏感。」
「說到這……」設計——笛耶拉抬頭看著傾倒的柱子，伸手輕輕掀起垂掛的銘印鞘衣窺看外面的廢墟墳場。「你們到底在哪？」

「這裡有好多廢墟，我們躲在其中一個底下。」桑奇亞說。「以前可能是奎塞迪斯的波拉球球場，或是一間千年廁所之類的。」

「有可能……」設計——笛耶拉對著外頭一塊骯髒的三槽飾板皺起眉。「但我以爲奎塞迪斯的建築會比這些東西更耐久，畢竟都是以傳道者特權打造……」

「可以專心一點嗎？」貝若尼斯說。

「啊。」設計——笛耶拉說。他們放下鞘衣。「抱歉——請細說從頭……因爲我希望是我聽錯。」

「只有宿主靠近得了監牢，」桑奇亞說，「因此我在想，我們唯一能接近的方法，就是弄到一片帝汎實際用來**控制**宿主的碟片。既然你花那麼多時間把玩帝汎的碟片，我就想來問問你。」

「但……但那麼做的話，帝汎就能**控制**妳們了。」設計——笛耶拉驚恐地說。「光是想到妳們其中**之一**被帝汎逮到就讓我們寢不能寐了，妳們現在居然想同時用在妳們**所有人**身上？」

「所以我才不希望我們用的是**真正**的宿主碟片，」桑奇亞說，「像是——某種功能不齊全的碟片就好，足以欺騙下面的守衛銘器，讓它們相信我們屬於這裡。」

「不行，不行，不行。」設計——笛耶拉說。他們搖晃速度加快了。「這不是舊帝汎，這些也不是徽封。妳們離開後我**頗**下功夫**研究**了我蒐集的該死碟片，不過妳完全想錯方向了！帝汎的碟片不止是，噢，信號之類的——而是像一條通往妳**腦袋**的水管，把帝汎本身灌進去，**只進不出**。就算是只開一半的水管——這顯然就是妳的打算——還是會把帝汎注入妳該死的腦袋！我們可不想要這種結果！」

「那可以把帝汎的碟片加在我身上嗎？」克雷夫問。「我他媽一天到晚在拐騙銘器，我可以讓它相信我是……你知道的，一個有血有肉的活人，就像我們對死靈燈做的一樣。」

設計——笛耶拉搖頭。「我們測試死靈燈的時候只成功了**一下下**。不過根據你描述的守衛銘器，這必須是一個**持續性**的指令——也就是說，我們需要眞正有血有肉的人。」

桑奇亞瞇起眼，然後露出恍惚的表情；貝若尼斯很熟悉、也令她滿心恐懼的表情，她心想：這是桑奇亞看著歐索開船離去時的表情……

「那我做得到。」桑奇亞輕聲說道。

所有人瞪著她。克雷夫的鐵手掉到他的膝蓋上，發出沉沉的一聲匡啷。

「妳確切是說做得到……什麼？」設計──笛耶拉問。

「你做一個功能不完全的宿主碟，」桑奇亞說，「然後……放進我的身體裡。**只有**我。」

儘管現在頗爲寒冷，貝若尼斯的臉頰還是突然發起熱來，病態的汗水刺痛她的背。「桑……」

「因爲這是銘器，」桑奇亞接著說，「我就能控制它、抑制它。我能夠操弄我碰觸到的銘器──如果是在我體內，我就還是碰觸著它，對吧？」

「這表示妳要跟帝汎**對抗**，在妳腦中，而且一路對抗直到妳穿過樹林！」貝若尼斯說。「它就是會試著這樣對妳，就像……就像節奏和各自的組成體結合一樣！」

「噢，得了。」設計──笛耶拉話中帶刺。「完全不是同一回事……」

「所以我們**無須**考慮這個作法！」貝若尼斯說。

「妳愈說愈大聲了。」桑奇亞警告道。

她們倆瞪著彼此，一時氣氛緊繃。兩個人都沒再說話。

「我可以幫忙。」克雷夫說。「反正妳會帶著我的徑碟。妳過去的一路上都貼肉收著，我就可以幫助妳對抗。銘印人是銘器──活人也一樣──我沿途幫妳修修補補，讓妳維持……嗯……依然是妳。」

「修補桑奇亞的心智……」設計──笛耶拉扮了個鬼臉，在他們的座位上蠕動。「如果我們傾向這種作法，那……對，我可以幫妳打造這東西。我**百般**抗拒這種嘗試，但我做得到。」

貝若尼斯看著桑奇亞，目光在桑奇亞的眼睛和她顱側的傷疤來回；經過那麼多年，這部位依然如青蛙的皮膚一樣蒼白而閃亮。疤痕愈來愈大了，有一天會大到將她整個吞噬——這種瘋狂、不理性的感覺有時會在她心裡湧漲，而她這會兒就在與這想法搏鬥。

她抓住桑奇亞的手。

〈我沒要求妳這麼做。〉貝若尼斯低語。

〈我知道。〉桑奇亞說。

〈我來這裡是爲了拯救我們，〉貝若尼斯說，〈拯救妳。〉

〈我知道。〉桑奇亞說。〈但我來這裡並不是爲了被拯救，親愛的。我是來奮戰的。而且妳無法舞過整個雨季。〉

貝若尼斯凝視著她，又握著她的手一會兒，然後軟化了，放開她的手。

「我們動工吧。」她說。

22

他們工作到深夜，幫設計——笛耶拉編織符文串和指令，內容是如此深奧難解，只有克雷夫多少有些貢獻。剛開始看起來要到清晨才做得完，不過設計——笛耶拉在接近午夜前就宣布完工。貝若尼斯精疲力竭，她點頭，表示所有人都必須休息，確保明天一切順利。

他們準備就寢，把薄薄的貨板鋪在藏身處的石地上，裹著薄毯抵擋寒冷的夜晚。身爲團隊裡不需要睡眠的成員，克雷夫自願守夜。

銘術師們的呼吸緩和下來，化爲輕輕的鼾聲。克雷夫直挺挺地坐著幾個小時，以銘印視力透視鞘衣外。沒看見外面有銘器的蹤影，沒有扭曲的邏輯，也沒有小指令束快速擺動穿過他能見的世界。

寧靜的夜晚，他心想。他透過鞘衣的縫隙看著風把幾片葉子吹過廢墟。不過我爲什麼沒感覺到多少該死的寧靜？

他仔細思考。或許是因爲他習慣吉瓦了；在那裡，他能夠同時感覺到幾十個銘器和心智，並與其互動。總是有人在喋喋不休，總是有些新玩意兒可以玩，尤其是當他在鑰艦的時候。這裡感覺太孤立，太寂靜，太荒僻。

他想著不知道誰撐得過明天。跟吉瓦人共度的這些日子裡，他見識過太多死亡，但感覺不曾像現在這麼絕望。不過他沒想過自己能不能活下來。因爲儘管克雷夫不記得，他曾比諸多帝國更長壽。他存活了數千年，可能還會再活個幾千年。他可能會活得比節奏、吉瓦，或甚至帝汎長久。他或許會一直活著，直到整個世界再無生機，除了岩石、天空和冰冷黑暗的大海之外什麼也不剩。

克雷夫透過鞘衣凝視外面這片破碎的大地。或許就像這樣，他想著，這有那麼糟嗎？

他看著風戲耍另一批葉子。

我怎麼會走到這一步？我又要怎麼逃開？

然後他感覺到了。

就像他在死靈燈裡時一樣，當時他們正航過天際，眾人都睡了：被某個存在看著、細細打量。

克雷夫聽見藏身處裡有些嘎吱聲。他發現他的銘甲在打顫。

不，不，不，他心想。

他收縮銘印視力。鞘衣另一邊的世界依然黑暗。

只有我而已，沒有銘術，什麼都沒有。

他挪動到一邊，透過鞘衣的縫隙窺看。

沒東西，沒東西……

然後他看見她。

她坐在鞘衣另一邊二十呎外的地上，臉隱沒在黑暗中，不過頭髮在陰暗的星光下顯得亮白而微微發光，她身後的廢墟又黑又扭曲。

克雷夫凍結。「不。」他低語。

他等待她移動，但她文風不動。她只是坐在地上，沉默，藏身於陰影中。她跟先前一樣一身簡樸的棕色衣服，不過他看得見的少數肌膚變色腐爛，手腳呈現詭異的紫色，彷彿其中的血液淤積或凝塊了。然而最令他震撼的，是她的目光帶給他的感覺，她的注目夾帶巨大重量——因爲儘管她的臉一片黑，他還是感覺到她看著他，打量著他，在摸他的底細。

然後他猛然冒出一個想法。

我能進入他人腦中，他模模糊糊地想著，但——她是不是也進入我腦中了？

然後一切似乎變得朦朧，而他來到另一個地方。

23

空氣中有塵土和汗水的味道，還有血的銅味。

有人推擠他的右側——身材高䠷，肩上裹著精美的鎖子甲，頭盔微微發光。克雷夫喃喃道歉，繼續跟著士兵隊伍沿黑暗的隧道前進。

他們終於停了下來，然後有人低聲問：「大家都準備好了嗎？」

他們喃喃附和。只有克雷夫除外，他悽慘地想著——鬼才準備好了。我到底怎麼會跑來這裡？

「那好。」那聲音說。低語聲化爲粗聲大喊。「開門！」

匡啷。黑暗的隧道末端爆出光芒，他們踉蹌走出去。

克雷夫蹣跚穿過小木門時還得瞇起眼。閃爍日光令人目眩，他眨著眼環顧四周，回過頭看他們剛剛穿越的那條隧道，還有上方的高聳白牆。跟著他一起踉蹌走出來的士兵徹底忽視他，他一時只是杵在那兒，孤單地站在高聳白牆前的冰冷日光和冰冷空氣下。

然後他看見躺在前方地上的屍骸。

屍體彎身躺在牆腳下的小丘上，背部和喉嚨被箭射穿，四周的土壤被血染黑。克雷夫震驚地環顧四方，看見了更多：數百，或許數千具屍體，都堆在這裡的牆腳下，都穿著廉價的皮甲。腐爛的臭味令人無法忍受。空中蒼蠅紛飛。他這輩子沒看過這麼多死人；突然間，一切似乎是如此瘋狂，尋常的城市生活竟然就在不過四分之一哩外的白色高牆後繼續。

「克雷維德斯！」一個聲音喊道。「這裡，孩子。」

他抬頭看。士兵在屍體間散開，拿著出鞘的劍檢查死者。他們的隊長站在牆腳不耐煩地揮手。「過來啊！快點！」

克雷夫急忙穿過陣亡士兵，踩著木製涼鞋的腳小心避開凝固的血。他終於來到站在巨大灰色碎石堆上的隊長前。克雷夫靠近後，他的手指向上方。「這裡是他們的圍城機器最集中的地方。」

克雷夫抬頭看。高聳白牆在他們上方的位置有一個滿是灰塵的奇怪符號——無疑是無數投射過來的石塊和巨礫撞出來的——然而牆本身似乎毫髮無傷。

「可以問你一個問題嗎，命名者？」隊長嚴肅地問。

「呃——可——可以啊？」面對這樣的說話態度，克雷夫有點不知所措。

「他們爲什麼要攻擊這裡？」隊長問。「爲什麼瞄準這一段牆？」

克雷夫嚥了口口水，努力對抗噁心感。「我，呃，認爲是因爲這裡朝內彎。」他說。「而且角度挺大的。傳統城牆的話早就倒了。」

隊長點頭，嚴肅不減，接著獰笑。「傳統城牆……或許應該在我們的牆加入更多這樣的彎，騙這些混蛋丟更多石塊和人過來，我們就能把他們像染瘟疫的牲口一樣射倒。你覺得有道理嗎，命名者？」

克雷夫眨眼，這是在要他評估用什麼方法把人化爲腐肉最好，而他覺得自己完全無法勝任這個任務。他最後聳肩，點頭。

隊長眺望屍橫遍野的牆腳。「這裡肯定有四千個死人，他們應該會元氣大傷好一陣子。下一個夏天或許眞有可能和平度過。」

克雷夫研究其中一具屍體。克雷夫自己也是個年輕人，然而地上這具軀體卻肯定更年輕，可能只有十五、六歲，被一箭射穿臉頰，從傷口可以看見牙齒碎片：這邊一小塊白齒，那邊則是犬齒尖端。

「他們是誰？」他問道。

「你不知道？」隊長有些驚訝。

「我知道牆、石塊和金屬，」克雷夫說，「除此之外所知甚微。」

「眞奇怪呢……」隊長說。「他們是奴隸。南方的大多數軍隊都是奴隸軍。用奴隸軍入侵其他國家、把他們的人民抓來當奴隸，然後再組成更多奴隸軍占領更多國家。」

克雷夫瞪著腳邊這個死去的孩子。「我們有沒有做些什麼阻止他們，長官？」

「沒有。」隊長說。「因爲那等同自殺，也會害我們喪失優勢。」他回頭看著矗立的白牆。「我們能命名，還能建造。」

克雷夫也跟著隊長一起看著城牆。牆有四十呎高，以白石塊打造，看起來似乎有種凝膠感，彷彿塗上了厚厚的石膏，也或許是在高溫下融成一塊了。克雷夫知道，儘管後者可能聽起來很瘋狂，與眞相之間的距離卻近得超乎你想像。

「你可否確認牆完好無缺？」隊長問。「你可否看，並看見？」

「我需要靠近一點。」

「請自便。」

克雷夫走近城牆，挑了一塊石塊站在前方。他專注，平心靜氣，然後……

他感覺到了，感覺就在他思緒的前方，彷彿有根棘刺或種子纏在他的大腦裡，把它弄出來的唯一方法就是看著石塊——接著他腦中那顆小小的幻想種子抽動、展開、綻放……

不，不，又不全然如此。感覺更像一把鎖：某個偷偷希望打開的東西。你只是……

「……必須從正確的位置著手。」克雷夫低語。

然後他看見符號。他看見它們舞動、滑行、爬過石塊表面。他可以在岩石的褪色中看見它們；陽光在不平的表面戲耍、如此微弱地照亮各處，而他也在其中看見它們。

符號、符文，這種物質、這種物體的名字，全部無比清晰地說著：

石塊。

他吐氣，保持專注，退後一步細看城牆，這次讀取所有曾寫入石塊中的**較新**名字：每塊磚都精心打造，一筆一筆寫上符號，賦予磚塊超自然的力量，藉以將一塊磚與四周的所有其他磚相黏，撐過所有最猛烈的攻擊……

他歪頭，讀取牆上的名字。然後他眨眼，低頭看——那裡的名字也隨之綻放，在他腳邊，在泥土裡，在他腳下涼鞋的皮革和木頭中，也在他身旁屍體的血肉裡，世界的所有天然物質對他歌唱，萬物的所有組成要素一次又一次吟誦著自己的名字。

他吸氣吐氣，名字從眼前淡去。「牆仍屹立不搖，」他說，「不動如山。名字仍如我們鍛造。」

隊長打量克雷夫。「你真能看見所有地方、所有東西上的名字？」

「短時間內可以。」

隊長搖頭，欣賞著高聳的城牆。「我也曾想當個命名者，你知道嗎。沒那種本事。他們要我瞪著一塊鉛磚看了又看、看了又看，但我不曾看見任何東西……」他伸出一隻手碰觸白牆。「那還請你對你的上級提出請求。將軍們想繼續擴建城牆，朝外延伸再延伸，每個冬季，占領更多土地。轃埍人過不來就無法侵略。」

「更多城牆。」克雷夫略微嘆了口氣。「遵命，長官。」

他知道，更多城牆代表更多磚塊：花更多時間待在命名工坊，謹愼地把名字刻入每一塊石塊，大量製造一塊又一塊磚；花更多時間檢查城牆、檢查磚塊，檢查、確認，再檢查、再確認，用他的命名者視力凝視世界，確認一切正確無誤——就算是在跟這裡如出一轍的恐怖地方也一樣；這些地方的土地都被孩童之血浸溼，蒼蠅在空中紛飛。

克雷夫剛開始接受命名者的訓練時，他們告訴他這是一種祝福。然而在這個片刻，他瞥見自己的明天會是什麼模樣，還有之後的那天，再之後的那天：一個乏味的小修補工，遵循命令找尋更好的方法打造更多城牆殺死更多無助的奴隸。

他想——這就是我眞正的人生嗎？我這輩子都要耗在實現世俗的恐懼？

然後某件事發生了。

克雷夫的視覺捕捉到右方有動靜，地上有東西動了動，接著一具屍體坐起來，張開滿是黃牙的嘴尖叫，矛朝前猛刺。

克雷夫感覺一陣溼濺上臉。他驚愕地看了看，發現矛剛好從隊長身上沒覆蓋鎖子甲的地方穿出。

隊長低頭看著傷口，張嘴笨拙地開開合合，接著整個人翻倒。

那名尖叫的戰士——顯而易見，他肯定還沒死——從隊長身側扯下矛，瞪大瘋狂的眼看著克雷夫。他用克雷夫聽不懂的語言咆哮了些什麼，然後撲上來。

克雷夫轉身逃跑。他衝過旁邊的成堆礫石和屍體，涼鞋瘋狂拍打地面：士兵們在他周遭呼喊、尖叫；身後那名奴隸戰士對著他叫喊，克雷夫還可以聽見他的腳步聲；接著有個東西螫刺他的左肩，他的手臂一陣刺痛，啪的一聲，他跌倒，仰望著上午的明亮天空。

旁邊傳來噹啷聲——矛柄，但矛尖不知斷落何處。克雷夫倘在那兒看著矛，再抬頭看逐漸逼近的戰士；他吼叫，匕首出鞘高舉手中。

接著，令人難以置信地，士兵的腹部似乎長出木頭：他身上冒出一根箭柄，插在緊貼著他胸骨下方的位置，然後又一根，再一根。戰士的臉轉爲平靜，他咳了咳，倒在克雷夫身旁，眼睛黯淡空無。

所有人尖叫起來。士兵們抱起不省人事癱倒在地的隊長，然後，令克雷夫困惑的是，他們也抱起他。他不知道這是爲什麼，直到他望向他的左邊肩膀，這才領悟矛尖沒有失蹤，而是深深嵌入他的手臂。

噢，克雷夫想著。

士兵們扛著他和隊長穿過牆中小隧道往回走，接著把他放上擔架，抬著他進城，吼著要路上的人讓開、讓開。

克雷夫覺得自己快昏倒了。城市化爲一團模糊，亂糟糟的白牆和日光閃耀的青銅屋頂，柏樹和松樹散布各處。他眨眼，胸腔裡的氣息一會兒冷、一會兒熱。塔樓在他上方旋轉，巨大的白色尖頂劃開亮藍色的天空。他望向一旁，看見隊長靜靜躺在另一張擔架上；士兵抬著他穿過城市，他的血從擔架一側湧落，彷彿海水從船的甲板退去。

我們要去哪？克雷夫虛弱地想著。

但他隨即看見前方的景象：修繕者堂，一棟巨大的圓形建築，從一座座塔樓的基部拔地而起，四周有溝渠，一條窄橋通往圓型建築基部的小門——就像要塞一樣，這裡只容許細窄的行列入內。

噢，克雷夫心想，他們不知道。

他抬起一隻手想阻止他們，但他的呼吸太微弱，他們繼續奔跑。

士兵把克雷夫和隊長抬到守橋的修繕者面前喊著：「我們需要救助：我們立刻需要救助，立刻！」

修繕者看著躺在擔架上的隊長，點頭，揮手讓他們通過；兩名士兵抬著隊長過橋進入修繕者堂。

抬著克雷夫的兩名士兵也走上前。修繕者看著他。她看見他袍上的標誌，抬起一隻手。「不行。這個不能過去。」

「什麼？」一名士兵憤慨地說。「他受傷了！」

她在頭盔下對兩名士兵露出又凶又嚴厲的表情。「他是命名者。」

士兵低頭看著他。「噢，」一名士兵說，「我……我不……」

「放下吧。」修繕者說。「我來照料他。」

士兵將克雷夫放在地上，隨即奔過橋進入修繕者堂。於是只剩他和這名修繕者在橋上。

克雷夫躺在擔架上悽慘地凝望上方的明亮藍天。他當然知道他們爲什麼不能把他帶進修繕者堂：命名者看見寫在周遭現實中的名字——有人在命名者附近死去時，他們就會看見他們不**該**看見的名字，這些名字詭異得足以將他們逼瘋。

但是在裡面發瘋就比較好嗎，或許還是死在外面這裡？克雷夫想著，同時他的身體漸漸變冷。

他想著不知道他的人生是否眞的已經走到盡頭：做完愚蠢、乏味、可怕的工作後以一種愚蠢的方式死去，年輕的生命就像被雨滴碰觸的油膩蠟燭燭焰一樣閃爍熄滅。

我那麼年輕就要死了，他心想，**而今天，糟糕的這一天，會是我這輩子最有趣的一件事**。

女人走過來站在他身旁，接著把手伸進包包裡拿出一些繃帶。「請別死。」

克雷夫低語：「試過告訴他們了……」

「你當然有。保持清醒就是了。」她看著插在他手臂上的矛尖。「我必須把這東西弄出來，才能清理你的傷口。感覺不會好到哪裡去。好嗎？」

他躺在擔架上眨眼。他不知道該怎麼回答像這樣的問題。

我要死了，他想著。

「別死就對了。」女人說。「等我一下，我幫你拔起來。」

我肯定要死了，他想著。

而他想知道。他想知道當他從這個世界進入來世，他可能瞥見什麼名字。

或許我會看見天使，他想，**或許我會看見好美，好美的……**

修繕者在他身旁跪下，脫下頭盔。

金色捲髮像閃閃發光的小瀑布一樣流瀉她的肩膀。她甩了甩這頭燦爛的濃密長金髮，撥開擋住眼睛的髮絲，然後跪得更近一點，注視著傷口，平滑、完美的眉頭關切地皺起，圓睜的澄澈雙眼襯著蒼白的心形臉蛋顯得如此明亮。她的目光屬於那種擁有完美自信、掌控一切的人；只要有足夠的時間，她就能說服天上的星辰排列成新的星座。

「別動。」她說。

克雷夫靜止不動，只是看著她。他的呼吸因爲嶄新的原因變得無力又虛弱。

「拔出來的時候，」她說，「會流很多血。」她迎上他的視線，平靜的綠眼睛凝視著他的眼。「別失去意識，保持清醒，別死就對了。」

克雷夫虛弱地點頭——然後，沒有任何預先通知，她拔出矛尖。他又痛又氣地放聲尖叫，對她沒警告他而忿忿不平。他怒瞪她，看著她檢查血淋淋的矛尖是否完整，是否可能有碎片留在他體內；然後他的憤怒平息，因爲她靠近，強壯的手臂把他抱進懷裡，撐起他，用白布緊緊裹住他的肩膀，接著低語：「撐住，撐住就對了。」她的手指一陣忙亂，對著繃帶又拉又扯，調整得恰到好處。接著她讓他躺回擔架上，自己則坐下來休息，呼地吐出一小口氣，並說：

「吁，很簡單，對吧？」

「下——下次，」克雷夫喃喃說道，「先警告我。」

「嗯，希望沒有下次。」

「看情況。妳總是負責看守橋嗎？」

「什麼？」她說。「爲什麼這麼問？」

「因爲如果是，」克雷夫的聲音跟嘎吱聲差不了多少，「我……我明天可能還是得想辦法受個傷，再過來一次。」

她凝視他，難以置信地短促一笑。「你認眞的嗎？」她問。

「跟參加喪禮一樣認眞。」他試著擠出傲慢的假笑。「畢竟我已經踏入墳墓一半了。」

她又懷疑地笑了笑，不過淘氣地瞥了他一眼，也加入遊戲。「這我可不知道。死到臨頭還開玩笑的人，健壯的時候肯定完全令人無法忍受。」

「妳何不幫幫我恢復健壯，」他說，「我們到時候就知道了？」

她又笑了，這次眞心而眞實。克雷夫這天以來頭一遭想著，或許明天會比他原本所想還有趣。

影像轉移、模糊、扭曲。

克雷夫看見他的血濺在金髮女子身上，而她露出得意的笑；然後她在黑暗中，只靠一抹細小的燭焰勉強照亮，他感覺到她的溫暖胴體壓著他，她的短促呼吸吐在他頸間，他抱著她，一手與她交握。

留在我身邊，他對著她低喃，留在我身邊……

她的頭髮輕拂，她呼吸的味道；一聲痛哼，然後一陣哭喊。

嬰兒的哭喊，新生的哭喊，高亢尖銳，因爲忽然要負起責任呼吸而憤怒。

我的天啊，他心想。

然後有個不該在的人跟他在一起：一個五十多歲的婦人，滿是皺紋的深色皮膚，鹽與胡椒色的短髮。她驚詫地瞪著他，接著伸手抓住他的手臂，並說：克雷夫，醒醒。醒醒，醒醒，**醒醒**！

翻湧的畫面從克雷夫的腦中滲漏而出，彷彿體液流出被刺破的水泡。然後他又是他自己了，退回鎖在銘甲內的鑰匙——但他沒和桑奇亞與其他人一起待在藏身處內。他環顧四周，滿心困惑。他站在廢墟內，月光透過他右方的長直窄窗閃爍，桑奇亞在他旁邊抓著他的大金屬手臂。

〈克雷夫？〉她不安地喚道。〈那是在搞什麼鬼？〉

〈呃。〉他凝視頹圮的廢墟。〈桑奇亞？眞的是妳嗎？〉

〈對！該死，那是怎麼回事？〉

〈我……還眞不知道。〉他緩緩說道。

〈你在作夢嗎？〉

〈啊……〉

〈我在你的夢裡嗎？我甚至不知道你能作夢！也不知道……我能夠出現在你的夢裡！我是說——搞什麼鬼，克雷夫，搞什麼鬼！〉

克雷夫沉默地站在那兒，接著緩緩在頹牆的陰影中坐下。〈所以……妳看見了什麼，桑？〉他問，〈妳看見我看見的一切了嗎？〉

〈我看見你……對一面牆用了詭異的銘術，〉她說，〈旁邊一大堆死人，然後你受傷，他們把你拖走，然後你對幫你打理的療者發情。〉

〈呃，對。〉克雷夫說。〈大概就是這樣，沒錯。〉

〈那是一段記憶嗎？〉桑奇亞問。〈你眞的發生過那些事？〉她看著他，似乎注意到他說得不多。〈你還好嗎？〉

他用破碎的微弱聲音說：〈不好。〉

她注視他一會兒，在他身旁坐下，一隻手放在他的鐵手上，就這樣靜靜坐在他身旁。他們不發一語，久久眺望灑落月光的山脈。

〈我曾是一個……一個人，〉克雷夫終於開口，〈一個男孩。我……我知道我肯定曾經是個男孩。但……知道這件事，眞眞切切地知道……肯定已經過好幾千年了。我沒眞正想像過這種事。〉

〈但你當時在做什麼？〉桑奇亞問。〈你走到牆前，盯著牆看，然後你……那不像銘印視力。你沒有看見銘術。你看見萬事萬物的基本符文。對嗎？〉

〈好像是這樣。〉

〈但那太瘋狂了。〉桑奇亞說。〈人做不到那種事，對吧？〉

〈呃……〉克雷夫環顧四周，研究著岩石、牆、光禿禿的小小樹。〈我的意思是，我有點覺得我現在就是這樣看見東西的。身爲一把鑰匙。〉

〈啊？眞的嗎？〉

〈對啊。我的意思是，我們一直都弄不懂我是怎麼看見的，畢竟我並沒有，像是，眼睛那些的。不過當我重回那段……那段記憶，回到我還是一個人的時候，跟大家一樣有血有肉，我……我懂了。我現在並不是用跟人一樣的方式看。我看見嵌入其中的符文。讓一般物品之所以是那些東西的一般名字，全部都在我周遭變換移動。就好像好……好久以前他們教我看見這些東西時一樣……〉他別開視線，〈只要學會把腦袋放在正確的位置。〉

桑奇亞目瞪口呆。〈你知道自己在說什麼，對吧？〉她問道。〈你是說你的族人——像是幾千年前——想出辦法透過冥想而在所有地方看見符文。你們……你們肯定是最早的銘術師！〉

〈是啊。〉他虛弱地說。〈了不起。〉

〈而且……在夢裡，〉桑奇亞說，〈他們說你不能靠近快死的人，因為你會看見東西。你會看見名字——符文。指令。〉

〈是啊〉

〈那些肯定就是……深層指令，對吧？傳道者指令。就是這種指令造就現在的奎塞迪斯。他們就是這樣發現的！〉

克雷夫沒回答。

〈你滿腦子只有她，對吧？〉桑奇亞問道。

〈那個女孩，對啊。〉克雷夫看著她，頭盔嘎吱了一聲。〈天啊。她好美。在幻象中看見她的時候，感覺就好像我……好像我又重新感覺到那一切。〉

〈她很漂亮。〉桑奇亞也認可。〈但我沒看過黃頭髮的人。怪得要命。〉

〈我正想說我也沒看過，〉克雷夫說，〈但顯然沒這回事。〉

桑奇亞抓了抓頭。〈你為什麼想起這件事？〉她問道。〈你以前什麼都想不起來，現在為什麼又可以了？〉

〈我……我不知道。我想可能是因爲當我徑入帝汎，我體內的某個東西破了，像是一個阻攔所有這些老舊死東西的水壩，記憶開始滲入我腦中，就像池塘中的水藻一樣爆發。〉他回頭看著老婦剛剛坐在那兒凝視他的位置。〈但是……我覺得像是有人在對我這麼做。像是他們想要我想起來。〉

〈帝汎嗎？〉

〈不是。我知道帝汎是什麼感覺。這是……別人。也不知道到底有沒有這麼一個人啦，說不定只是我記憶中的鬼魂。〉

他凝視黑沉沉的廢墟，想著不知道他還會不會再看見那個腐爛的老婦人躲在哪塊岩石或斷杜後面窺探。但這裡只有他們兩個。

〈爲什麼會有人想要你想起你被捅，然後迷上某個女孩？〉桑奇亞問。〈好像沒有任何意義。〉

〈我一點插他的頭緒也沒有。〉他匡啷一聲慢慢站起來。〈我在那段記憶中看見的所有人……他們肯定都死了，對吧？〉

桑奇亞想了想。〈我會說肯定如此，對。死幾千年了。〉

〈眞希望我沒想起來。眞的，小鬼。我只想當一把鑰匙待在妳身邊——這裡修修、那裡補補，幫妳解決大小問題。現在我回想起過去，明天的任務就變得更艱難了。〉

〈你還是認爲你做得到？〉

〈我認爲我必須做到。〉他簡單地答道。〈我們別無選擇。走吧，我們送妳回去睡。〉

他們緩緩回到藏身處。克雷夫彎腰爬進去前停了下來。

在夢境的最後面，他聽見嬰兒的哭聲。會是他自己的孩子嗎？無論他在過去的人生中曾有過什麼樣的孩子，橋上的女人會是孩子的母親嗎？

如果是，他心想，那個曾在她腹中酣眠的孩子，現在是否就睡在不遠處的監牢裡呢？

24

隔天，他們在天亮的許久之前就醒來，然後他們打包、整裝，布置鞘衣，等克雷夫搜尋天空和四周，看看附近有沒有銘器。確認安全後，他們出發，再次走上他們昨晚走過的小徑，朝廢墟谷地和上方的黑色監牢與死靈燈前進。

貝若尼斯決定中午出擊。儘管過去八年來曾有過許多謠言，說奎塞迪斯已找到方法強化自身——有人說他現在無論何時都能飛行，其他人描述他能憑藉思緒點火——現實依然相信奎塞迪斯已死，而且會在一天之中太陽最高的時候更加確信。日正當中會是他最虛弱的時候。對找掩護來說很糟糕的時間，但也只能這樣。

他們終於來到要兵分兩路的地方。〈克勞蒂亞、笛耶拉，〉貝若尼斯說，〈到谷地的對面就定位，一準備好立刻通知我。克雷夫——繼續朝谷地前進，務必確認桑奇亞暢行無阻。〉

〈了解，頭兒。〉笛耶拉說。

克雷夫行禮，巨大的鐵手停在距離頭盔幾吋的位置，碰到的話肯定會發出巨大的匡啷聲。然後他們三人一起出發，克勞蒂亞和笛耶拉像草原狐般一溜煙鑽過葉子，克雷夫麻木地踩著嘎吱響的步伐。

貝若尼斯和桑奇亞看著彼此。貝若尼斯思索該說什麼，但什麼也想不出來。

〈因爲，〉桑奇亞說，〈沒什麼好說的。我們知道自己是誰，也知道我們爲什麼要做這件事。〉

貝若尼斯點頭。她們拉下偶合鞘衣，親吻，緊緊相擁。

我以爲我有過絕望的吻了，貝若尼斯心想，但這次割得最痛。

她們放開彼此，停頓了一會，最後一次凝視對方，然後桑奇亞拉上鞘衣轉身，開始沿坡而下。

桑奇亞下到谷地後，她周遭的世界隨即改變。

眼睛看不出變化：纖弱、銀色光澤的植物葉片依然包圍著她，上午的陽光映射其上；腳下的大地也依然因爲從某場隱匿春天醒來的久遠冬雪而潮溼；黑磚也還是在她上方盤旋，如此黑暗陰冷，似乎像海綿一樣吸盡光線。但世界在改變。現實在改變。她打從骨子裡感覺得到，就像踏出眞實世界，進入一幅畫，而畫中的一切都可能因爲區區一點水分而汙損改變。

〈這裡怪得要命，小鬼。〉克雷夫在她耳裡低語。〈就好像我們在萬物的該死胳肢窩裡。〉

桑奇亞收縮銘印視力，克雷夫潛伏在前方灌木叢中，一團翻騰的緋紅，置身一片灰與綠的世界。他的徑碟就掛在她脖子上，而她碰了碰那個位置。〈你又習慣待在哪種胳肢窩了，克雷夫？〉她問道。

〈妳懂我的意思。我們距離那個……那個東西愈近，現實就愈狂野發瘋。我的意思是，天啊，下面這裡感覺像已經晚上了。深夜……但我還看得見閃耀的太陽……〉

桑奇亞抬頭眺望谷地的樹叢，看見突出樹頂的黑色圓頂，和懸浮其上的巨大黑色監牢。〈你確定我們距離夠遠嗎？〉

〈對啊。我能看得比妳遠。我們在這裡很安全——但要是更近一步，整個谷地就會醒過來。〉他壓低音量。〈天啊。我們在一頭怪獸的肚子裡。〉

她終於趕上克雷夫，一身汗又喘吁吁地來到灌木叢中。她發現他說得沒錯：下面這裡確實感覺像已入夜，感覺像太陽距離遙遠，天空滿是陰影。高聳矗立的樹木籠罩上方，黑暗在樹幹周遭泅泳。桑奇亞拉開嘴部的鞘衣，吐出微乎其微的一小口氣。她困惑憂慮地看著一小團白煙出現後又消失。

克雷夫用頭盔空蕩蕩的眼睛打量她。〈我想問妳，妳是不是眞想進去裡面，小鬼，但我已經知道答

案了。〉

桑奇亞跪下，從背上抽出一個小木盒放在地上，然後打開。裡面是設計和貝若尼斯打造的黑色小刀片：刀片一旦嘗到她的血，就會把她變成某個截然不同的東西——或人。

〈是啊，〉她嘆氣，〈我也是，克雷夫。〉

貝若尼斯繞著谷地西緣走了將近一哩，來到她選定的點後，她跪下，開始架設桑奇亞視爲「保險」的工具：兩座能夠遠端射擊的搗蛋鬼弩，類似他們在葛拉提亞拉做的工具，但這兩座弩瞄準的是下方的黑色圓頂。應該能把樹上的所有守衛銘器炸得一乾二淨，她心想。如果出任何錯，就可以給桑奇亞時間躲避。她將其中一個大罐子填入弩，檢查瞄準的方向，然後退後。或至少希望炸得了……

她回到她的藏身處拿起弩，謹慎地把銘印望遠鏡裝在弩柄上。然後她透過望遠鏡查看下方的谷地，檢查樹木和草之間是否有動靜。一切平靜，但這令她不安：若不是飄浮監牢投下的影子，這會是多麼宜人的原野風光。

〈就位，頭兒。〉克勞蒂亞的聲音說道。

〈很好。〉貝若尼斯說。〈等一下。〉

她吸氣，山間涼爽的空氣在她的肺裡旋繞，然後她閉上眼，專注。很難徑入克勞蒂亞——她距離太遠，貝若尼斯無法清楚感知——不過貝若尼斯小心地進行她的內在古怪小儀式，把她的思緒拉過分隔她們之間的距離，直到她感覺得到克勞蒂亞趴在岩石上，一隻眼睛貼著弩柄。

〈我看見他們了，〉克勞蒂亞低語，〈跟昨天一樣在巡邏……〉

貝若尼斯略微瞥見克勞蒂亞所見：小人影閃動，半隱匿於下方的松樹間。

感謝天，她想著，克勞蒂亞的視力維持得那麼好。

〈桑奇亞在谷地的南南西角。〉克勞蒂亞輕聲說。弩柄的放大鏡片旋動，直到聚焦於山溝裡的矮樹叢。只有最銳利的眼睛能看見克雷夫的頭盔黑色頂端探了出來。〈所以我當然會想把他們的注意力引向東，避開她……〉鏡片又旋動，這次對準谷地的東側。〈山溝那裡，應該有幫助。〉

〈有幫助。〉桑奇亞附和。〈我們預計何時可以看見宿主往那地方靠？我們才好開始這整場好戲？〉

〈現在接近早上九點，〉克勞蒂亞說，〈他們過去之前妳還有……噢，比一小時再多一點點的時間。前提是他們的巡邏方式跟昨天一樣——我們沒辦法知道他們會不會……〉

一陣令人坐立不安的沉默。

〈換句話說，〉貝若尼斯說，〈保持警戒，隨時行動。〉

〈太棒了。〉桑奇亞咕噥道。

桑奇亞跪在灌木叢裡，聆聽著周遭的樹林。空氣中懸著壓迫感十足的寂靜，她覺得影子變得沉重了些，壓向他們等待的這個位置。

〈我想告訴妳，小鬼……〉克雷夫欲言又止。

〈告訴我什麼？〉桑奇亞問道。

〈我這東西裝載著兩把弩和大約一百枚微型銘印弩箭。〉他揮了揮一隻大鐵手，朝他的銘甲一指。

〈還有一把有再多樹都能砍倒的大銘印戰斧。〉他說。〈更別提我自認爲能跳像是一百呎高。〉

她困惑地看著他。〈啊？〉

〈你想表達什麼？〉

〈我想表達，〉克雷夫耐著性子說，〈如果妳在裡面遇上麻煩，我會進去救妳。〉

〈啥！所有死靈燈會在轉眼間把你從現實中抹除！〉

〈或許會，〉他說，〈或許不會。但我寧可一試，因為從這裡開始，我會是妳唯一支援。〉

聽見這番話，桑奇亞覺得腹部深處一陣震顫。她凝視在她面前張開大口的黑暗樹林，再低頭看放在腳邊盒子裡的黑色小刀片。

〈妳一把那東西插進妳體內，〉克雷夫說，〈妳和其他夥伴的連結就斷了，包含貝若尼斯、其他人。因為我們不能冒著讓帝汎也連上她們的危險。〉

〈我知道。〉

〈只有我能聽見妳——或知道裡面是什麼情況。妳對我說，我轉傳給她們，反之亦然。我必須成為我們這個小團隊的招待，來回傳遞訊息。但妳最多也只能擁有這些了。〉

〈我知道！〉桑奇亞低語。

〈那妳知道我不會等閒視之。〉

她注視監牢，那個黑色方塊懸在他們上方，彷彿現實中的一個錯誤。克雷夫的鐵手緩緩握拳一次，兩次，三次，發出輕輕的喀喀聲。

克勞蒂亞的聲音響起，聽起來尖銳而冷酷：〈桑奇亞。〉

〈怎麼了？〉

〈有個目標正朝東方前進。〉

桑奇亞閉上眼，探向克勞蒂亞，一路摸索著越過谷地連結她的視覺。她透過高倍率鏡片瞥見模糊、淡化的影像：幾個穿灰衣、未攜帶武器的人影，正謹慎地穿過林木間。

〈機會來了嗎？〉貝若尼斯低語。

〈不知。〉克勞蒂亞說。〈但提高警覺。〉

貝若尼斯躺在樹林的地上閉上眼，盡她所能專注，她才能徑入克勞蒂亞。她可以透過克勞蒂亞的眼睛看見，看著她用弩追蹤那些宿主，跟著他們靠近谷地東側；這個角落的地面被藤蔓和荊棘吞噬，漸轉零落。

貝若尼斯沒問克勞蒂亞能否射中。對任何其他士兵而言，這都會是荒謬的計畫：把一枚哀棘魚毒鏢射過半哩，過程中有不定的風吹拂干擾，然後要在恰恰某個時間點射中一個人類的頸部。

但貝若尼斯知道，若這世上真有人做得到，那肯定就是克勞蒂亞。

〈鏢射中之後，〉克勞蒂亞低語，〈那個宿主會失去作用，對吧？〉

〈理論上是這樣。〉貝若尼斯說。

排成小小一列的宿主腳步沉重地走出樹林的遮蔽，靠近谷地東側的山溝。

〈帝汎的所有連結都將中斷，〉笛耶拉說，〈它只會知道宿主是在哪裡失效。〉

〈還是一樣，〉貝若尼斯說，〈理論上是這樣。〉

她看著克勞蒂亞瞄準特定一個宿主：隊伍最後面的一個男人，他正以和其他宿主相同的詭異機械姿態前進。

〈好。〉克勞蒂亞低語。〈我們看看我能不能讓這個山谷跳起舞來。〉

貝若尼斯看著克勞蒂亞記下宿主隊伍的行進方式——他們的速度、他們是怎麼越過不平坦的地形，當他們試著找出闖入者時，他們的頭怎麼來回擺動——然後克勞蒂亞微乎其微地拉高瞄準的方向，看起來像是對準山溝邊的一小塊草地，然後射出毒鏢。

貝若尼斯透過克勞蒂亞的眼睛凝望，看著宿主以同樣緩慢、專心致志的步伐沿山溝前進，焦慮在她的血液中沸騰。她徒勞地找尋空中的毒鏢，搜尋著金屬的一絲閃爍或一抹黑，但什麼也沒找到。她不知道那一鏢是否射偏了。

一秒過去，感覺卻像過了一年。

沒有任何變化。宿主繼續前進。

她失手了嗎？

又過了一段時間。最後一名宿主來到山溝邊張望著。

她失手了，肯定是。過太久，太久了……

那名宿主以和其他同伴相同的姿態轉身，開始跟著他們回頭走入樹林……

然後他停下腳步。

他跳起來。

他癱軟往後倒。

貝若尼斯驚愕又欣喜若狂地看著隊伍中的最後一名宿主往後倒入山溝，滑進下方的藤蔓和葉子中，完全失去蹤影。

〈噢，感謝天。〉克勞蒂亞低語。〈好，我們來看看這會不會引起它注——〉

她沒必要完成這個思緒：其他宿主立即凍結，然後旋身凝望山溝。

透過克勞蒂亞雙眼觀看的貝若尼斯不敢呼吸。宿主剛開始沒動，只是各自掃視著周遭的灌木叢和樹林——然後，他們緩緩靠近同伴摔落的位置，成扇形散開以拉開警戒範圍。

貝若尼斯的一隻眼睛睜開一條縫，看著上方的死靈燈。它們停止巡邏，此時文風不動懸在空中。

〈我們引起它注意了。對。〉

〈但死靈燈還沒有任何動作……〉笛耶拉說，〈對吧？不然我們就死了。〉

〈重點在於，〉桑奇亞說，〈所有宿主是不是都被吸引過去東側調查。不然的話我就完蛋了。〉

貝若尼斯舉起望遠鏡查看山谷的林間空地。她剛開始什麼也沒看見，沒有絲毫動靜；不過接著突然一閃，有個暗色人影竄過林木間，然後又一個，再一個。
〈他們動了。桑奇亞？〉
〈是啊，〉桑奇亞低聲說，〈我知道。是時候進去了。〉
桑奇亞拿起黑色小刀片，深吸一口氣。
〈我與妳同在，〉克雷夫說，〈妳走的每一步我都在。〉
她把刀片拿向她左側肩膀最多肉的部位。
〈妳必須保持清醒。〉克雷夫說。〈樹林裡可能還有宿主。我會注意，但妳也需要留意。〉
〈我知道。〉她低聲說。
她握緊刀片，長而細的尖端距離偶合鞘衣的表面只有一根髮絲的寬度。
〈動作快，〉克雷夫的聲音發顫，〈深思而後動，給他人自由。〉
她笑了，聲音悽慘絕望，然後將刀片刺入她的肩膀。
世界隨之改變。

25

光暗去，一切變得灰暗陰冷。桑奇亞的身體靜止不動。她的眼睛失焦，嘴巴打開。一切立即變得無比麻木，就算有人砍掉她的手，她也不會注意到。然後，最奇怪的是，她不再能記錄或注意周遭的世界。並不是說她瞎了或聾了，而是她腦袋的某個關鍵部位突然安靜下來，就好像已經被從她腦中抹除——那個部位負責編織文字，尤其是編織文字好讓她能告訴自己此時此刻發生什麼事。她的思緒、她的存在、她的意志本身都被一個強烈、清晰的想法覆蓋：

〈**東。**〉

她腦袋空空地站起來，轉身，朝東方奔去，衝過灌木叢時手臂和腿來回唧動。樹枝和棘刺割傷她的小腿和手臂，但疼痛感很遙遠。她模糊意識到她在呼吸，肺在胸腔內緩慢、有節奏地抽動，完全不像器官的鼓脹激湧，而是像時鐘的滴答聲，在他人的設置下持續呼呼轉動。

這是錯的，對吧？

她這麼想，但她腦中知道的那個部分，那個能夠保有這份認知並加以利用的部分已經癱瘓、凍結了，彷彿抽筋的肌肉內一束糾結的神經。她只是繼續奔跑，跑了又跑，衝過灌木叢。

〈**東。**〉她腦中的聲音咆哮道。〈**東。去。跑。看。了解。觀察。**〉

而她聽令。她無法想像還能有任何其他做法。

她腦中有個東西在擾動，一段記憶的記憶的模糊記憶……

她遇過這種事。她想起一些片斷，就像透過煙與霧瞥見前方的大地……她曾置身一座破碎的建築，一個女人手裡拿著一個裝置，而這裝置讓她相信她根本不是人。

〈不是人，〉桑奇亞某個迷失的部位低語著，〈而是工具，一個物品……〉

然後傳來一個聲音，聽起來扭曲、急促而驚慌：〈小鬼小鬼小鬼停！停！**停！**〉

克雷夫，她心想。

魔咒破裂但尚未破解。她倒抽一口氣，慢慢停下來，在樹林裡大口喘氣。她聽得見克雷夫對她大喊，但感覺像他在很遠的地方。

〈**東。**〉那聲音在她腦中咆哮。〈**去。搜尋。找到。行使我們的編輯。去。**〉

她沒理會。她想起上一次在山所面對埃絲黛兒．坎迪亞諾的時候，於是她知道該怎麼擺脫魔咒。

找出不能改變、不能被控制的事物，她想著，然後從那裡開始。

她立即知道該往哪去。

一幅影像在她腦中展開：一個女人坐在船的甲板上眺望周遭的艦隊，落日裹上一絲絲雲彩，顯得光輝燦爛。妳像某齣蠢戲的冒險英雄角色一樣衝進我的生命，那女人說道，笑意滿盈又神氣活現，好像比我所知的一切都巨大。

貝若尼斯，桑奇亞想著。

一股暖意注入她的雙手雙腳。她又感覺到自己的身體了——她又屬於她自己了，雖然只有一點。

而她藉此反擊。

她上次對帝汎動手腳已經是許久之前的事了，但那就像駕船駛過自家港口外的危險洋流一樣熟悉。

她用無數問題、指令，以及要求具體化攻擊她肩上的小碟片：

〈哪個東？〉她問道。

〈一切之東。〉她腦中的聲音說道。

〈但是哪個一切的東？〉

〈一切之東。〉

〈哪個一切？〉

〈監牢設施的球形守衛體集團位置之……之東。〉

〈我要怎麼確認我位於監牢設施的球形守衛體集團的哪裡？〉

〈呃……〉

〈我要怎麼確認我是不是監牢設施的球形守衛體集團的一員？〉

〈**妳……呃……**〉

愈來愈多、層出不窮。就像帝汎設計的所有東西一樣，這個碟片並不習慣被質疑，也不知道該如何應對。帝汎只以支配的語言說話，因此沒有對話的概念。

她一邊拖延，感覺到愈來愈多暖意重回她的身體——然後，她終於能呼吸思考了。

她吐氣。「咿咿要……死了。」她嘆氣。

〈小鬼！〉克雷夫喊道。〈妳恢復了？〉

〈對。〉她一縮，因爲體內的某個地方突然抗拒她，就好像裡面有根骨頭被磁力往東邊拉，但她加以壓制。〈算是吧。〉

〈那可眞是插他的厲害，眞心不騙。太驚人了。我會盡我所能幫妳應付過去，但我們先來看看妳能不能動，嗯？〉

一陣灼熱的古怪麻木感沿她的四肢來回脈動，彷彿她的神經不確定要叫她的身體做什麼，不過她還是設法轉頭環顧四周。她完全不認得這塊森林。她看不見太陽了，空氣也感覺悶滯、潮溼又沉重——非常不自然。〈我在哪。〉

〈嗯，妳朝妳該去的相反方向狂奔了他媽四分之一哩。〉克雷夫說。〈妳必須掉頭——立刻——回去！那裡，沿那條舊溪床！動作快！克勞蒂亞幫妳弄了一個空檔，但這該死的東西有夠難對付！〉

她看見溪床，手忙腳亂爬下去後隨即拔足狂奔。這感覺很怪，就像她正操控著某具位於遠處之外的軀體。她必須一邊跑一邊拖延帝汎的指令，提出吹毛求疵的問題加以擾亂，而這並沒有讓這趟路程變得比較輕鬆。神奇的是，她居然沒絆倒。

她一邊跑一邊收縮銘印視力，微小的星星在黑暗的樹林裡亮起：都是藏在樹上的無數銘器，作用是偵測任何不屬於此處的動作或人。

〈都睡著了，〉克雷夫，〈都安靜無聲。成功了！妳通過考驗了，小鬼！〉

她繼續跑，掠過一碼又一碼的樹枝，通過時完全沒引發任何注意，也毫無任何爭議。

再幾碼就到了，她心想。再跑一下下，然後我進入符文典，然後……然後就結束了，對吧？簡單。簡單，她告訴自己。對。世界得救，任務完成。

她透過上方的樹冠一瞥。樹葉太濃密，看不透，但她想像死靈燈依然在上面，安靜、黑暗、警戒。

她耳裡有個聲音——克雷夫在低聲說話，〈貝兒？〉

貝若尼斯坐直。〈在？〉

〈我們進來了。〉克雷夫的聲音說道。〈她正在前進，目前沒問題。〉

〈很好。〉貝若尼斯審視宿主，他們還在迂迴朝克勞蒂亞和笛耶拉藏匿的山頂邁進。她又抬頭看死靈燈，它們也依然無聲地懸掛空中。〈死靈燈沒動靜，似乎沒啓動。〉

〈呼。〉克雷夫說。〈一有動靜馬上通知我們。〉

〈沒問題。〉貝若尼斯說。

她對著望遠鏡瞇起眼，樹林暗得古怪，而她試著瞥見妻子從中衝過的蹤影，但什麼也沒看見。

〈眞是不合邏輯啊，〉克勞蒂亞說，〈我們居然自以爲能在死靈燈做任何動作前警告克雷夫。〉

桑奇亞想過這趟深入樹林的任務可能會是很多情況——駭人、焦慮、痛苦，或更糟。這些似乎都合情合理：冒著天大危險進入這個詭異、可怕的地方，裡面滿是隱形的眼睛和沒有心智、致命的守衛，帝汎的存在在她骨子裡燃燒，肩膀上的小刀片讓她走每一步都痛，你還能有什麼感覺？

不過她沒料到她居然還覺得高興。

當她在樹幹間穿梭，鑽過陰影，她的銘印視力顯示出幾個還留在樹林裡的宿主，她的腦袋和身體活了起來。這讓我想起，她想著無聲跳過一條傾頹的溝，去舊壕溝偷寶石的那次任務……摸進倉庫，溜過屋頂上的支柱。兩名宿主步伐緩慢沉重地穿過她附近的樹木間，而她瞇起眼蹲在影子裡，他們沒發現她在這；一等到他們背向她，她隨即溜走。還是說，我想起的是綠地，我必須攀著香料貨車的那次？

無論多麼短暫，能夠行動、潛行、再次感覺年輕，這是多麼美好啊。

〈別太快。〉克雷夫提醒她。〈如果有個宿主跑起來，守衛會注意到。〉

〈好吧……〉她減速，竄到一棵樹後；遠處一名宿主正沿設定好的路線走過來。

〈感覺像回到過去，嗯，小鬼？〉克雷夫問。

〈對。〉她說。〈不敢相信我居然懷念起餓得要死的感覺……〉

她的右膝燃起一股疼痛，她哼了一聲放緩腳步，跪下揉了揉，清楚知道這陣痛跟帝汎的意志在她骨頭裡流竄毫無關係。

我的腦子還是個小鬼頭，她心想，身體卻……

她一拐一拐繼續前進，咬緊牙，收縮銘印視力，黑暗的樹林亮起翻騰的銘術。她看見圓頂就在前方：明亮、巨大的一團銘術和邏輯，彷彿以星光捲成的毛線——她接著看見就在前方的那個影子，一條穿過樹林的黑線，像是分隔日夜的界線，線之後的樹幾乎隱匿在黑暗中。

她看著線，然後抬頭看。龐大的黑色監牢此時幾乎在她正上方，投下深深的影子。

她查看樹林。大多數宿主都不在了，只有兩個留下，站在圓頂西面，彼此相距不遠。

〈那裡是入口。〉她說。〈但若我們撂倒這兩個宿主，帝汎就會知道我們的確切位置。〉她嘖嘖彈舌，思考著。〈我再找別條路進去——前提是真有別條路。〉

她步入監牢的影子中。裡面暗如午夜，而她在樹林中潛行，在這個黑暗之地，她也不過是一抹忽隱忽現的影子。然後她看見前方不遠處有個東西，隨即停下腳步。

一堵牆矗立於她和圓頂之間，以平滑的黑色石材打造，約莫十呎高。

她凝視著牆，朝兩端看，發現牆肯定包圍了圓頂的整個外圍。

〈這……這是什麼鬼啊？〉她說。〈克雷夫——我們把你射下來的時候，你有看見牆嗎？〉

〈沒有……因爲……呃，這道牆沒有銘術，桑。只是不會說話的石頭。〉

她發現他說得沒錯：只是一般的牆，做工精良，但沒經過強化或改造——單純的石塊，以單純的灰泥相黏。她鑽過樹木，緩緩沿牆前進，一面掃視上方，看看有沒有可供她爬過去的樹枝，但牆頂裝了長長的鐵釘。

〈爲什麼全世界最強大的銘術體，〉克雷夫說，〈要費心打造一堵基本的天殺大磚牆？〉

〈沒概念。〉桑奇亞靠近兩名宿主所在之處，他們站在一扇以鐵和木材打造的高聳大門前，門上有一個巨大的鐵手把，旁邊有副鎖。一個鑰匙圈掛在其中一名宿主的腰上，然而——跟牆一樣——鑰匙也沒經過改造，只是一般的鐵鑰匙。〈但我不確定我想在這個時候當扒手。〉

她躡手躡腳轉身朝另一邊走，繞著符文典周圍的牆走，一直走到最東端，同時帝汎的指令持續在她腦袋後方念誦、咕噥。她找到另一扇高聳的門，但這裡無人看守。

她蹲在陰影中，縮起銘印視力，細細查看門、牆、樹木——一切。

但什麼也沒有。或者應該說沒什麼異常——只有樹林裡的小守衛銘器、影子，還有更遠處的圓頂。

〈什麼鬼，什麼鬼？〉她低聲說。〈明明可以打造些驚人的東西，爲什麼要建一般的牆？〉

〈不知。〉克雷夫說。〈不過——我們現在說的是一個半是鬼魂、半是銘器，插他的瘋狂心智。所以囉。它說不定就是會偶爾做些詭異的怪事？〉

她小心地環顧四周。〈我要動手了。〉

〈我負責警戒。〉

她吸口氣，從樹林的陰影中衝向牆。來到門前後，她跪下，轉身察看樹林。一樣，什麼也沒有：沒動靜，沒聲音。

她轉身面對木門，更近距離細看。完全就是看起來那樣：一般的門，一般的門把，一般的鎖。

桑奇亞的心臟撲騰，她試了試門把，發現鎖上時並不驚訝。

〈要命。〉她輕聲說。〈上次撬鎖不知道是幾百年前的事了……〉

〈呃，〉克雷夫說，〈為什麼要撬開？〉

〈因為我不想破門而入。〉

〈嗯。我的意思是——妳身上有我的徑碟，對吧？也就是說，我可以從妳那兒推出指令？〉

〈是嗎？所以呢？〉

〈天啊，小鬼。妳忘記**我**挺擅長對付鎖了嗎？**所有**鎖？〉

她眨眼，因為她還眞忘記了。

好久了，桑奇亞一直幾乎完全把克雷夫當作傳道者工具，專門用來干預銘器：武器、裝置、符文典，諸如此類。畢竟就是因為他擁有這些能力，他對維持吉瓦安全的一切發展才會如此關鍵。

但她常常忘記他不止如此——克雷夫也能打開任何鎖，無論銘印與否。

事實上，她經常試著忘記克雷夫能這麼做，因為這對她和所有她認識的銘術師來說都完全說不通。大家都知道，銘器應該沒辦法對沒在聽的物品發布指令，像是不會說話的鎖，然而克雷夫可以。實際上，她拿他來做的第一件事就是打開無數非銘印鎖。

她跪在牆的影子中，感覺寒毛直豎。奎塞迪斯曾說過，克雷夫的作用是穿透或繞過所有界線，不止是銘印界線而已。她想起她曾瞥見的一段記憶：奎塞迪斯飄浮在古老的列柱廊中，手上握著克雷夫，四周是成千上萬的屍體……而就在那兒，在他們倆前方，一扇黑色的雙開門在空間本身敞開。

或許，她心想，克雷夫是用來打開特定**一扇門**——他用來對付一般鎖的力量只是副作用而已……

她抖了抖。這並不是她第一次冒出這想法，然而來到這個冰冷又影幢幢的世界，感覺又比之前加倍令人不安。

〈妳在等什麼，小鬼？〉克雷夫問。〈這只是像以前一樣而已。〉

〈什麼意思？〉

〈我們剛認識的時候啊。妳把我拿去某個髒兮兮的小巷，要我打開一扇內城的門。記得嗎？現在就跟那時候一樣而已。〉

她淡淡地笑了。〈沒錯……〉

她拉出掛在脖子上的徑碟。

就跟那時候一樣，她想著。

徑碟一端收細，形似淚滴，她舉起徑碟，將細窄端對準鎖的內部。

但會不會，她突然想到，有點太像了？

徑碟的尖端滑入鎖中。

門內立即傳來碰的一聲。鎖轉動，門緩緩推開一條縫。

然後一切改變。

一股力量像血液中的鉛一樣貫穿桑奇亞全身：一個指令，但又有別於要她朝東跑、找尋克勞蒂亞和笛耶拉的前一個指令。這個指令要她……

嗯，來她所在位置這裡。來這座圓頂，來山谷樹林的中央，並要她查看。

指令的衝擊幾乎令桑奇亞無法承受。她趴落地，努力不放聲喘氣。

〈克——克雷夫？〉她喚道。〈搞……搞什麼啊？〉

〈啊，某個東西剛剛改變了。〉他輕聲說。〈帝汎，它……它在改變它的命令。它把所有宿主召來這裡。天啊……〉他呻吟。〈該死，小鬼，我想它……我想它知道妳在這——〉

接著傳來一個聲音——高亢冷酷，而且嚇人地空洞：

〈**桑奇亞……**〉那聲音說，〈**是妳嗎？**〉

26

〈頭兒，〉克勞蒂亞輕聲說，〈有麻煩了。宿主停止移動。〉

〈意思是他們找到妳了嗎？〉貝若尼斯問道。

〈不是，意思是他們停止查看。〉

貝若尼斯舉起望遠鏡，荒野隨著她找尋正確角度而旋轉。她終於找到宿主，發現克勞蒂亞說得沒錯：他們不再跟著克勞蒂亞辛苦地爬上山，無論他們當下站在哪裡、掛在哪塊岩石上，他們反而都停下了——接著開始以一種詭異的茫然模樣四處張望，彷彿他們剛剛放下原本正在讀的書去做了某件事，但現在找不到書了。

接著，她在無聲的恐懼中看著宿主全部同時向後轉，面向山谷，然後俯衝奔入樹林。

噢，不，她心想。噢噢，不……

然後傳來克雷夫的聲音：〈貝若尼斯！〉

貝若尼斯坐直；克雷夫安靜了這麼久才又說話，她嚇了一跳。〈克雷夫？怎麼了？〉

〈啟動保險！〉克雷夫喊道。〈立刻！它發現了！〉

貝若尼斯只停頓一秒消化這番話。她還來不及反應，一波噁心感突然來襲，如此強大又極端，她因而完全失去控制，對著身旁的灌木叢嘔吐了起來。

她趴在那兒無法控制地大口喘氣。她知道這感覺像什麼：就像有個傳道者在附近，但更糟——感覺像大概十二個傳道者飄浮在她頭頂。

她抬頭望向在上方旋繞的死靈燈——它們全部停下來了，這時凍結在空中。

它們要醒來了，她想著。

〈立刻動手，立刻，**立刻！**〉克雷夫尖叫。

她舉起手中的啟動器，發射。

兩道閃爍的銀光無聲旋入山谷上空，射向圓頂。她又抬頭看了看死靈燈，知道那些幽靈可能已經偵測到這次射擊，而且很快就會弄清楚發射位置。

眞希望，她心想，我的位置距離那兩把弩夠遠。

桑奇亞周遭的空氣忽然劈啪一聲，接著呼嘯、爆裂開來。剛開始，她嚇得心臟發冷——死靈燈，她狂亂地想著，要來了，要來了——但她突然發現她聽過這聲音。

不，不，她告訴自己，是搗蛋鬼，只是搗蛋鬼……

她當然認得這聲音——畢竟設計這東西的事她也有一份——但它們就在她幾呎之外點燃，那股震撼波感覺起來像置身雷暴中心。塵土飛灑在她身上，樹枝在突如其來的狂風中拍打、揮舞。她的聽力被抹去，換上高頻、尖細的咿咿聲。

〈走！〉克雷夫喊道。〈現在！〉

桑奇亞瞥向打開的門，看見裡面的符文典——大概就在二、三十呎外。

〈不要！〉克雷夫說。〈它還沒發現妳假扮宿主，但如果妳現在進去，它就會發現！走就對了！〉

她跑進樹林裡，手裡緊抓著徑碟，心跳如擂鼓，骨頭因爲感覺到帝汎的意志而發疼。

〈搞什麼鬼！〉克雷夫的聲音聽起來氣喘吁吁。〈它怎麼會知道？它他媽怎麼會知道？〉

〈這不是該死地顯而易見嗎？〉她對著他吼道。

〈不，他媽才不顯而易見！〉

她繞過一棵樹，清楚意識到在她肩後擺動的那些血紅色纏結——宿主，距離近到令人不舒服。〈想像有個人能成功穿過宿主，〉她說，〈守衛，還有死靈燈——誰可能做得到？〉

〈呃，嗯……〉

〈當然是某個有你的人！〉她鑽過高樹叢間的一個空隙，腳踝很久很久沒彎到這種程度，這會兒正痛得大吼大叫。〈所以帝汎會怎麼做？它設下一個只有你能破解的障礙，克雷夫，你來到這裡就示警！要命，它肯定在附近設了某種……某種守衛銘器，知道那扇門永遠永遠不該打開！〉

〈它……知道我們會來？〉他激動地說，〈知道我會來？〉

〈這是帝汎！它學習！它記住！它什麼都知道！它他媽絕對不會忘記有一個銘器能對抗它的意志！〉她繼續往前衝，膝蓋痛得尖叫。〈我他媽要怎麼逃離這裡？〉

〈搗……搗蛋鬼會把圓頂周圍一百碼內的銘器都炸下樹。〉克雷夫的聲音因爲驚訝而顯得有點微弱。〈所以它現在看不見妳，它也還沒發現我把妳變得看起來像宿主。但它肯定知道自己遭受攻擊。遠離圓頂就對了，因爲……〉他結巴了起來。

〈因爲怎樣？〉

〈因爲裡面在……在變——〉

接著傳來一陣驚天動地的爆裂聲，大地隆隆作響。

桑奇亞困惑地轉過身。從她所在位置，她只能勉強看見黑色圓頂的頂端，但圓頂正在出現一些變化：沿中間裂開一道又長又直的線……然後開始縮回地面。

圓頂打開了。

貝若尼斯透過望遠鏡看著黑色巨大圓頂裂開成兩半縮入地下。

〈頭兒，〉笛耶拉虛弱地說，〈我……眞的看見圓頂打開了嗎？〉

〈對，〉貝若尼斯說，〈看來我們確實看見了。〉

塵土從縮入地下的圓頂邊緣揚起，看不清塵土和樹林的可怕黑暗間有些什麼——但一定有東西。但不可能是符文典，貝若尼斯心想，對吧？將符文典的內部暴露於外會像是……像是揭開人的頭蓋骨，讓大腦暴露於暴風雨中……

然而圓頂內的東西震了震。

發出嘎吱聲。

然後站了起來。

「我的天啊。」貝若尼斯低語。

「我插他的老天啊。」桑奇亞輕聲說。

她目不轉睛地盯著那東西從圓頂的陰影中冒出來。塵土飛揚，很難看得清楚，但那東西很巨大，高高矗立將近十五呎，寬約二十呎，看起來像是以塗黑的青銅打造，一具不斷起伏顫動的龐大機械，而且站得愈來愈高，愈來愈高。

桑奇亞收縮銘印視力，那東西隨即亮起一千顆星星。它的表面爬滿符文與銘術，每一吋都經過強化，每個表面的目的都是否定現實，或是將現實依其意志而彎折——而且有好多層，就像綻放的玫瑰花，球體內的球體內的旋轉球體，都嵌入了能夠立即變動和改變的指令。

〈要命。〉克雷夫說。〈要命噢！〉

桑奇亞縮在一棵樹旁抬頭凝視那東西。

然後，在異樣而絕對的沉默中，它緩緩轉動，而她看見全貌。

它呈現怪異的人形，像是一套巨大的黑色盔甲，有著分割爲多段的軀幹和骨盆，肩膀卻連接四條手臂，腰部的位置也與四條腿相連，而且沒有可見的頭部。手臂的末端是附諸多手指、能抓握的古怪圓碟，讓她隱約想起翻肚瀕死的蜘蛛。但她不禁有種印象，覺得她看過像這樣的東西，在許久之前……

也或許並沒有那麼久，她心想。

一個影像閃過她腦海：埃絲黛兒．坎迪亞諾的房間化爲廢墟，格雷戈躺在地上流血、哭泣，他身穿黑色銘甲，低語著：我不想要再像這樣。

銘甲，她心想。我的天啊，是巨甲。

這當然讓她想起克雷夫，他就縮在一哩外，他們的小符文典捆在他背上。

她又收縮銘印視力。巨大的銘器再次亮了起來——二十個燃燒的血紅色圓形像燃燒的煤一樣偎在它的腹部。

〈要命，〉桑奇亞說，〈那是你，克雷夫！〉

〈啥！〉他喊道。〈什麼意思？那是我？〉

〈我……我的意思是，那東西就像你一樣，不過要再乘上十億倍！這該死的大傢伙——就是那個符

文典！一個會走、會打鬥的超大符文典！〉

〈妳……妳是說我們必須進去那東西裡面？〉他驚駭地說。

〈我猜應該是他媽這樣！〉

一陣停頓，接著這具龐大的銘甲小心地朝她跨出一步。

大地彷彿遭巨礫擊中一樣震動。周遭的樹林變得更暗更冷了，桑奇亞發現自己在發抖。然後她注意到一個不尋常的現象：高高在上的素黑色大箱子也跟著移動，彷彿以一根隱形細繩與巨甲頂部相連。

巨甲支撐著監牢，桑奇亞快速地想著，它帶著奎塞迪斯走……

它又走一步，大地再次震盪。

〈呃——有什麼想法嗎？〉她問道。

〈當然有。〉克雷夫說。〈離開這鬼地方！但不要跑！帝汎肯定正仔細查看，如果妳跑得離守衛銘器太近，那就露餡了！〉

〈所以……我必須若無其事地從一個大怪獸旁晃開。〉桑奇亞說。

〈呃，對。大概就是這個意思。〉

桑奇亞皺著臉緩步走回樹林內，努力以她希望看起來緩慢正常的步調行進。恐怖的是，巨甲跟上來了，步伐謹慎講究，彷彿它是這裡的護林員，不想踐踏原始林中的任何一棵樹。黑色大監牢跟著一起移動，無聲地朝南飄過山谷。最令人膽寒的是這東西的安靜：四條巨大的腿無聲地以怪異的蟹行姿態曳步跟在她後面，卻聽不見絲毫金屬的嘎嘎聲和任何關節的咯吱聲。

〈桑奇亞！〉克雷夫噓聲說，〈朝右走。現在！〉

她沒停下來問爲什麼，直接衝到右邊，站在一棵巨大老松的樹蔭下——一切隨陰影而轉暗，她左側有個黑色的東西一閃，接著是震耳欲聾的巨響，然後碎片和塵土如陣雨般灑落在她身上。

她忍住尖叫的衝動，遮住眼睛和臉。碎片雨停歇後，她透過指縫偷看，發現她左側的樹林已被徹底毀滅，樹幹消失，只剩下殘留纖維與木渣的樹墩。

此時巨甲幾乎就矗立在她正上方，黑色大背甲微妙地懸在空中，其中一條手臂滿是塵土和松針。

它剛剛肯定砍過樹林，她心想，就像用大鐮刀砍小麥……

〈帝汎知道妳在樹林裡，〉克雷夫說，〈它想嚇唬妳。〉

〈我本來就嚇得屁滾尿流了！〉桑奇亞說。

〈但妳在這裡應該很安全。如果有可能殺死自己的宿主，帝汎就不會砍那區域的樹——而它依然以爲妳也是宿主。〉

〈什麼！〉桑奇亞勃然大怒。〈帝汎向來樂於殺死它自己的宿主好嗎！一貨車一貨車殺耶！〉

〈噢，對噢。〉克雷夫說。〈該死。嗯，總之……總之姑且先待在這裡。〉

她看著一隻巨大的黑色金屬腳嘎吱踩在她目前所站位置不過十二呎外，壓垮一整棵樹。

〈待在這裡，〉桑奇亞說，〈感覺像是一個非常糟糕的選擇！〉

〈待在這裡看起來會像妳正聽從帝汎的指令！〉克雷夫說，〈來這裡找尋入侵者！〉

她朝東看。〈但……現在所有其他宿主不是正要回來嗎？來這裡找我？來這裡他們就看得見我？〉

停頓。

〈呃，對。〉克雷夫說。〈這，沒錯，不妙。給我一點時間讓我想想，好嗎？這檔事突然變得困難好幾百倍。帝汎知道自己現在遭受攻擊——我不知道它打算怎麼——〉

她左側又傳來驚天動地的撞擊聲，又下起塵土木渣雨。她別過身子，緊緊閉上眼，接著睜開一條細縫，看見巨甲站在另一塊殘破的樹林中。

我快沒樹可躲了，她想著。她看著巨甲。它來回跳動，有點像個站了整天的人，正努力保持腿部靈活。不過接下來……接下來它似乎就這麼凍結了。

巨甲懸在樹林中，就像一隻在自家網子裡的蜘蛛，一隻腳深思熟慮地抬起。

她準備迎接下一擊——但沒發生任何事。

〈它在做什麼？〉桑奇亞問道。

〈看起來像……什麼也沒做。〉克雷夫說。〈它可能放棄找妳了……〉

她寬心地緩緩吐出一口氣。〈眞的嗎？感謝天……〉

〈不，那很糟。〉克雷夫說。〈因爲帝汎在這裡有遠比這大混蛋多太多的武器可供它運用，現在它知道妳有外援了，知道妳不是單槍匹馬。〉

她的皮膚發冷。〈你是說……像是克勞蒂亞？或貝若尼斯？你是說帝汎可以瞄準——〉

山谷邊緣傳來一聲淩厲的啪——幾乎就是貝若尼斯原本所在位置——然後，令她難以置信的是，遠方的山脈開始崩塌。

桑奇亞恐懼地凝視著。「噢，不，」她低語，「噢噢不，噢不，噢不……」

貝若尼斯透過弩柄上的望遠鏡眺望，看著巨甲不規律地猛力擊打樹林，上方監牢投下的古怪黑影跟在後面——然後銘甲停了下來。

她瞇起眼。準沒好事。

然後噁心感再次來襲，她知道世界正在改變。

首先是覺得一切變薄了。她壓抑那股瘋狂、不停尖叫的感覺，彷彿她和周遭的整個世界都只是一張薄紙上的圖畫。一張水漬斑斑、四分五裂的紙，而她被困在其中一個碎片中，世界在她四周化爲柔軟的黏漿……

她拋下弩，嚇得動彈不得。一次編輯，她心想。她抬頭看死靈燈。帝汎正在……編輯現實。

然後她感覺到了：她感覺到空氣中的改變，彷彿萬物都朝北方傾斜。

她左側的山谷邊緣隨即消失。也就是，頗名副其實地，就這麼突然不見了。

她只短暫瞥見：東北角的一大塊岩石、樹木和土地直接……被切除。消失了。像腫瘤一樣被割掉。消失的那一塊（她弄不清楚要用哪個詞彙：土地？山谷？現實？萬物？）是正球形。所有樹枝、細枝和石頭都被一道平滑的弧線切開，彷彿有人從萬物本身挖出一個完美無瑕、直徑半哩的球——然後把這顆球變不見。

接著是強大的氣爆，空氣湧入，填滿剛剛被挖出來的空隙，引起令人腦袋發昏的瘋狂爆炸，隨後是震得人骨頭嘎吱響的巨大爆裂聲。貝若尼斯被純粹的威力猛然推倒。二、三吋那麼厚的森林表土層被震撼波沖上天，揚起一朵巨大的塵土雲。

點點塵土撒落在她身上，她緊緊閉上眼，但注意到編輯的位置：幾乎與她設置弩射出搗蛋鬼的地方分毫不差。我想，她對自己說，帝汎確實注意到搗蛋鬼的發射位置了……她思考著，要是她待在任何靠近弩的位置，她肯定轉瞬間就消失，速度快到她不會知道自己已經死了。

接著傳來一陣隆隆聲響，她開始滑動。

「哎呀，該死。」她說道。

泥土隨著她滑落而在她身下化爲乾土流。她在那當下立即領悟發生了什麼事：死靈燈在山谷邊緣挖出一個大橫斷面，而這自然而然地，讓周遭的一切都變得不穩定，導致大量土石——一切全部崩落。包含她此時坐在上面的這一小塊土地。

她一面滑，一面將眼睛睜開一條縫，但在塵土和泥土雨之下什麼也看不見。然而她知道她加速得太快了，多半正高速落向會讓她摔下某個新生豁然裂隙的斷崖——最後只會在下面的地面摔個稀巴爛——

或是在累積成堆的泥土中窒息而死。

不，她想著，不，不，不要是今天，不要是像這樣……

她在轉眼間抽出銘印劍，一面滑行一面翻過身，石頭在她的偶合鞘衣底下敲打她的頭盔和肩甲；她將劍插入背後的泥土，就像她正從敵軍之間奔過。

劍身沒卡住。無論她將劍插入了哪塊泥土，那塊泥土肯定也在滑落。

不。

她更用力往下插、再用力，絕望地祈求她的劍卡住某個東西，只要能穩住她，卡到什麼都好……

拜託，她想著，拜託，拜託……

然後卡住了，劍身的反作用力如此猛烈，劍柄差點被扯得完全脫離她的掌握。

她放聲咆哮，咬牙死命撐住。她猜劍身應該是插入了某塊大塊岩石或岩層——然而令人喪氣的是，她並沒有停止墜落，只是減速了，原本的下墜轉爲摩擦、飄忽不定的滑動。

銘印劍，她心想，切穿天殺的岩石……

她扭動手中的劍，將劍刃的平面轉而朝下。

拜託，拜託，拜託……

她減速了，而且愈來愈慢。

然後完全停下來。

她睜開眼。世界依然塵土飛揚，石頭和泥土也依然在她身旁的岩石上傾瀉而下，但她現在掛在山裡的巨大球形坑洞上，緊握著劍，手腕和手指痛得尖叫。

我想應該要感謝平日的握力練習，她心想。

〈貝若尼斯！〉克雷夫尖叫道。〈貝兒，貝兒，貝兒！妳……妳還活著嗎？〉

她往下看。她現在距離下方的碎石泥土堆大約五十呎。〈呃，對。〉她猶豫地說。〈看起來——〉

接著她聽見轟然的爆裂聲，並抬頭看。

一棵原生巨松隱現於上方，正在鬆土的拉扯下來回搖晃——然後緩緩傾倒、歪扭，接著掉落，沿斜坡直直墜向她吊掛的位置。

她驚駭地看著松樹在上方約二十呎處撞上一塊岩石露出後彈開，發出驚天巨響，直朝她撞來。

她閉上眼，緊抓著劍轉動身子，背緊靠著峭壁，準備迎接撞擊。

一股瀰漫松樹樹液香氣的氣流掃過她前方——下方傳來輕輕的一聲呼。

她睜開眼，松樹埋入正下方愈堆愈高的泥土中。

〈沒事，啊，對。〉她說。〈我現在可以確認了。我還活著。對。〉

〈噢，感謝天。〉克雷夫說。

〈先……給我一點時間，我設法移動到安全的地方……〉

貝若尼斯的雙手和雙臂陣陣發疼。她不予理會，抽出一把小銘印刀刺入上方的岩石。刀牢牢撐住，她拔出銘印劍，舉高，刺入峭壁更高處的岩石，把自己往上拉。

〈需要發明個什麼。〉她一邊想，一邊拔出銘印刀，又刺入峭壁的更高處，一點一點慢慢往上爬。〈需要發明個什麼，下次就能派上用場……〉消失的正球形現實就在她下面，而她盡量不去看。〈我會記住這件事。〉

〈貝若尼斯還活著！〉克雷夫在桑奇亞耳裡說道。〈她還活著，她沒事！〉

縮在一棵巨大老松旁的桑奇亞顫巍巍吐出一口氣。〈噢，感謝老天……〉

〈帝汎為了她大動干戈，我想它希望要麼殺掉她，要麼把妳逼出來，或者兩者都希望。但……〉他

猶豫了。〈等等。小鬼——妳看看北邊!〉

桑奇亞越過樹林望向山谷北端，原本不確定克雷夫要她看什麼，不過她注意到空中有動靜：其中一個原本在監牢旁投下陰森小暗影的死靈燈現在筆直下墜。她震驚地看著那個黑磚砸落下方的山脈。

〈我猜帝汎爲了進行剛剛那次編輯，〉克雷夫輕聲說，〈把裡面的人都消耗殆盡了。打下一個死靈燈，還剩幾個?〉

〈該死的太多了。〉桑奇亞說。〈而且我們必須進去那個巨大符文典裡面，才能進行下一步!而且我們甚至不眞知道那東西插他的是什麼!〉

她突然冒出一個想法。她看著銘甲又開始深思熟慮地搗毀樹林，和緩地推開擋住它去路的巨松。她抬頭看。黑色監牢跟著，飄浮在龐然銘甲上方，彷彿一朵因詛咒而跟隨著某人的小烏雲。

〈克雷夫，〉她喚道，〈我要直接走向那東西。〉

帶著奎塞迪斯，她又想著，那可重得很。

〈妳要啥?〉

〈我需要你研究它。這東西支撐著監牢，監禁著奎塞迪斯。我猜任何銘器都會覺得很難應付，就算是帝汎的銘器也一樣。我們愈了解這銘器的工作有多難，就愈容易破解它。〉

〈插他的地獄!〉克雷夫說。〈我猜有可能吧!試試看也好。〉

她向左拐，盡她所能緩慢平靜地靠近那個龐然大物。它還是懸在樹林上方，一條腿深思熟慮地舉起。她打量銘甲的大金屬腳，納悶著要是踩在她身上會是什麼感覺。

〈我看到了，〉克雷夫低語，〈我看到了……對。好。妳是對的。這是符文典，而且支撐著監牢，對，但是……但是很詭異。〉

〈有沒有有用的線索?〉

〈可能有。巨甲可以控制重力，對——我的意思是它顯然讓監牢飄浮空中——它也被打造成經常性抵抗重力的任何變化。〉

〈嗯？〉

〈我可以從這裡看見鑲嵌在裡面的指令……因為某些原因，它被加上了永遠堅定主張哪邊是上、哪邊是下的銘術，而且還拒絕接受其他可能……〉

桑奇亞嘆氣。〈該死，當然了。〉

〈當然怎樣？〉

她的目光掃向上方的飄浮監牢。〈我們知道哪個人很愛亂搞重力？〉

〈噢靠。妳是說……〉

〈對。我們之前都搞不懂帝汎是怎麼逮住奎塞迪斯。我猜它就是靠這個！它打造這東西來壓制奎塞迪斯的力量！現在用來當作看守他的獄卒！〉

〈如果我們過去沒辦法打敗奎塞迪斯……〉克雷夫說，〈我們是要怎麼打敗打敗他的東西？〉

桑奇亞沉思。〈告訴貝若尼斯。馬上。一定要跟她說重力那些的。〉

〈妳有想法了？〉

〈沒有，不過我很了解我妻子，我知道該怎麼給她想法。〉

〈……抵抗重力，〉克雷夫在貝若尼斯耳裡低語，〈那東西是奎塞迪斯的獄卒。〉

貝若尼斯坐在裂隙上的窄石橋上，看著巨大的銘器又開始在下方依然一片黑暗的樹林裡徘徊。〈有趣……〉她低聲說。

〈有趣？比較像是插他的嚇人吧！〉克雷夫說。〈我們必須在那東西像貓追老鼠一樣追著桑奇亞的

時候闖入它裡面，而且不能觸動任何守衛、讓那些該死的死靈燈找到攻擊的目標！〉

貝若尼斯捏住鼻子擤了一下。感覺像是有十噸塵土從她的鼻孔噴出來，黏在鞘衣的內側——她當然覺得很噁心，但目前無能爲力。〈那基本上是個重力銘器，意思大概是這樣？〉她問道。

〈這眞是……令人難以置信的簡化，不過沒錯。〉克雷夫說。

〈那它是怎麼定義跟重力的關係？〉

〈就一般那些？〉克雷夫說。〈有關地表、重力流、定位、穩定性等等的指令，我們一天到晚做的那些，只是大非常非常多，也比較大聲。〉

她歪過頭思考。定位與穩定性——她很了解這些特性，也清楚它們的弱點。

〈所以，〉她緩緩說道，〈它必須維持校準、協調。但不可能透過直接接觸破解它的銘術……〉

〈對。這鬼東西說有多難破解就有多難破解。〉

但貝若尼斯知道「難破解」通常也代表「難變通」，代表這可能是一個弱點。

她皺起眉。桑奇亞有時候是怎麼說的？

「銘印鎖——」她輕聲說，「的強度頂多只等於鎖所在的那扇門而已……」

〈啥？〉克雷夫說。

〈那……那要是我們擾亂它所知的上與下，還有地表呢？〉她問道，〈不是透過銘術，而是物理上移動它？像是……它如果被打翻會怎麼樣？〉

克雷夫絕望地笑了。〈這東西打敗了奎塞迪斯耶！我們的重力把戲是能比它厲害到哪裡去？〉

〈因爲，〉貝若尼斯細看飄浮的監牢。〈我認爲它還在對抗奎塞迪斯，還在持續壓制著他。我們只需要讓它的任務超載，整個東西可能就會四分五裂。〉

〈超載？貝兒——妳沒在聽我說話。無論有沒有奎塞迪斯，我們都必需把一座山丟到這東西上，才

做得到妳剛剛說的事。〉

她朝左側一瞥，那裡的峭壁還在穩定崩解。〈如果我們就是這樣做呢？〉

〈呃，啥？〉

她眺望天際，研究著每一座山脈。〈當然了，我們必須讓它移動到正確的位置……然後給帝汎正確的餌……〉

〈貝兒——妳到底在說什麼啊？〉克雷夫問道。

接著傳來笛耶拉的聲音，聽起來安靜而細微：〈她在說我們。〉

〈正確。〉貝若尼斯說。〈笛耶拉——徑入我，透過我的眼睛看，我會指出妳應該去哪裡。克雷夫——你自己也必須就定位。〉

〈現在是要……做什麼？〉克雷夫的聲音莫名有點發顫。

〈嗯，你不是一直很興奮自己有了一具軀體嗎？〉貝若尼斯說，〈我們何不來探索一下它能做些什麼呢？〉

〈小鬼，〉克雷夫在桑奇亞耳裡嘆氣，〈如果妳聽見妳妻子提出的瘋狂想法……〉

桑奇亞對著樹林的東側瞇起眼。是她的想像嗎？還是她真看見那裡有幾個灰色身影正緩緩朝她而來？〈那就是她確實有想法囉？〉

〈是沒錯……〉克雷夫不情願地說，〈聽著，大約二十秒後，妳要開始朝那東西的反方向走開。〉

〈等等。那不就直接牴觸帝汎的指令嗎？〉桑奇亞說。〈它不就立刻發現我不是宿主了？〉

〈對，〉克雷夫說，〈但它到時候有其他事要心煩。〉

〈像是什麼？〉

〈像是我跳到那大傢伙臉上，〉克雷夫說，〈把它痛打一頓。〉

她張大嘴。

〈什麼！〉她說。

〈對……〉克雷夫說。〈我重申，這是妳妻子的主意，別怪到我頭上。〉

〈先不說試圖那麼做顯然會造成各種瘋狂的後果，〉桑奇亞說，〈死靈燈難道不會趁你跟大傢伙糾纏的時候直接把你從現實中轟個一乾二淨？〉

〈貝兒認為不會。〉克雷夫說。〈顯然死靈燈的編輯並非，像是，外科手術。它們只是把一大塊現實挖起來丟掉。所以如果我抓著大混蛋，緊抱著不放，它們就殺不了我——因為它們多半會連同關奎塞迪斯的監牢一起抹掉。〉

〈所以——你就能闖進符文典裡面？〉

〈不能。〉他悠長地嘆了口氣。〈情況就是從這裡開始變得……複雜。朝南邊看。看見上面那個長得像座山的大東西了嗎？〉

她瞥向南方，看見他說的目標：一塊高聳、歪七扭八的陡峭花崗岩延伸到山谷裡。〈有？〉

〈妳妻子想把它丟到那個婊子養的大傢伙身上。我的任務是削弱巨甲，把它拖去正確的位置。妳的任務是在我們成功後進去裡面。懂？〉

她深吸一口氣。〈不懂。該死的不懂。但我信任我的妻子。〉

貝若尼斯跪在峭壁的影子裡設置她的最後一把弩。這把弩也毀掉之後，她心想，我還剩一把劍，一把刀，然後就沒了。

她彎低身子，謹慎地把偶合碟裝在弩的發射器上。

不過話說回來，要是我們失敗，這世界很可能也完蛋了。所以囉，事有輕重緩急。碟片裝妥後，她繞到後面檢查弩的視線。這把武器的眾多弩箭對準樹林，大致瞄準巨甲的方向；不過她實在不太當一回事。她只要它射擊，掃射，當個討厭鬼就對了。

〈克勞蒂亞，〉她完成後喚道，〈情況怎麼樣？〉

〈還在就定位！〉克勞蒂亞上氣不接下氣地說，〈妳……妳挑走簡單的工作！〉

她閉上眼，徑入笛耶拉——看見這女孩跨立於岩石間的一個大裂口上，克勞蒂亞搖搖晃晃地在她肩上保持平衡，正在把她自己的弩架在峭壁的底面。

〈我很慶幸，〉笛耶拉也喘著氣說，〈妳平常要求我們鍛鍊腿部，頭兒……〉

〈我們確定這能成嗎？〉克勞蒂亞氣喘吁吁地問。

〈相當有可能。〉貝若尼斯說。〈帝汎的指令、反應、本能等都是預先寫好的，它常常不假思索就做出回應。我預料它又會這樣。〉

〈前提是克雷夫活下來。〉克勞蒂亞說。

〈對，前提是克雷夫活下來。〉貝若尼斯說。

〈我聽得見妳們說話，混蛋們。〉克雷夫在她耳裡說。〈說到這……希望妳們準備好了，因爲我們這裡差不多必須移動了。〉

貝若尼斯坐直，手舉到眼睛上方遮住正午的太陽，接著眺望山谷。她極度希望望遠鏡沒搞丟，但是那整套——連同她剩下的大部分工具——都在山崩時消失無蹤。不過她還是看得見巨甲；克雷夫躲在山谷南端，那東西正緩緩朝他的方向前進，巨大的黑色方塊無聲飄在上方的空中。

〈桑奇亞已經行動了？〉貝若尼斯問。

〈對。以平靜緩慢的步伐對著我走過來。帝汎肯定很好奇，想知道怎麼回事——我不認爲它猜得到

我們把她假扮成宿主。〉

〈很好。〉貝若尼斯以非常快速的小跑步朝西方奔去。〈克勞蒂亞、笛耶拉——把東西裝好，然後盡妳們所能離開那鬼地方。〉

〈了解。〉克勞蒂亞咕噥道。

〈還有克雷夫……祝好運。〉貝若尼斯說。

〈知道了知道了。〉克雷夫說。

克雷夫蹲在灌木叢裡，透過他的諸多感應器看著巨甲慢慢靠近。他主要特別專注於一種感應器：感覺腳下大地隨著大傢伙的每一步震動。

要命，他想著，要命，它好大，它好大……

〈快到了。〉桑奇亞低語，〈快了……〉

監牢飄得更近了一些，影子帷幕湧過他周遭的樹林。克雷夫蹲低，如果銘甲穿在眞正的人類身上，那絕對不可能蹲得那麼低，巨大戰服的背部幾乎觸及地面。

只是打一架而已，他告訴自己，只是跟另一個大銘器打一架而已，又不是沒打過。

大地震動，愈來愈劇烈、愈來愈快速。他想起貝若尼斯給他的所有指示——此時此刻似乎無比荒謬的指示。

這也……只是一場就字面意義上的打架，他心想，像是用拳頭那些的。

〈克雷夫，它加速了。〉桑奇亞驚慌地說。〈我覺得它……我覺得它眞的對我很感興趣！〉

他檢查自己的武器：弩、投擲器、戟——當然了，還有他的手臂和腿，就跟所有其他武器一樣致命。他透過掛在桑奇亞脖子上的徑碟觀看，操控容許他的意識同時存在於二處的諸多指令，看見她說得沒錯：巨甲不再謹慎地緩步穿過樹林，而是快步跟在她身後。

該走了，他心想。

然而他遲疑了一下。他對做這種事沒概念：跟一個大傢伙打架、在一個物理空間中實際開戰。這檔事紮紮實實嚇壞他了。

一段回憶閃過：扮裝成季風老爹的男子靠向桑奇亞，低聲說——他現在救不了你。反正他向來不是很擅長拯救他人……

克雷夫努力驅散這個畫面。閉嘴……

大地再次震動。巨甲就在前面的林木之前了。

〈克雷夫？〉桑奇亞喚道。〈你……你……〉

奎塞迪斯的聲音，輕柔而致命：總是得由我決定。

克雷夫的銘甲咯咯作響——接著他的聲音銘器突然活了過來。

「**閉嘴**就對了！」他吼道。

他一躍而起。

桑奇亞不確定是哪個部分更令她驚嚇：突然的「**閉嘴**」兩個字大聲得足以穿透她原本就被震聾的耳朵，或是有個又大又黑的東西突然衝過她前方，把樹撞個稀巴爛，接著高速飛過她頭頂。她花了幾秒才領悟，那是克雷夫。

她的頭一甩，剛好看見他撞上巨甲的軀幹，發出震耳欲聾的一聲匡啷！聽起來就像有人把一口兩噸重的鐘從鐘塔扔了下來。衝擊力如此劇烈，周遭的樹木和草都在震憾之下搖擺了起來，巨甲的兩條前腿被撞得完全抬離地面，像個醉漢在走上坡時失去平衡，只能踉蹌後退。

桑奇亞一時興高采烈——克雷夫這麼輕鬆就幹掉它了嗎？

巨甲蹣跚後退，但隨即穩住。她看見克雷夫黏在它的軀幹上，就像隻撞上一卷羊皮紙的蒼蠅。她領悟，他肯定是啓動了臂甲和靴子的黏著銘器——幫助士兵攀爬峭壁或牆的工具——現在幾乎穩如泰山。

巨甲站在樹林裡，這會兒有個金屬大個子突然掛在它正面，它似乎有點不知所措。

接著它舉起手臂，開始朝克雷夫接連猛擊。

它的攻擊如此快速而猛烈，桑奇亞甚至無法理解自己看見了什麼。她驚駭地看著克雷夫的銘甲在猛攻之下凹陷：剛開始是背部，接著是肩甲，然後護脛甲……巨甲區區數秒就會把他砸爛。

「克雷夫！」她放聲大喊。

〈桑！〉克雷夫吼道。〈要是妳不離開這裡，我做這蠢事就白費了！〉

「噢，該死！」她放聲說道，接著轉身奔向南方的峭壁。

27

克雷夫知道一具隨時備戰、丹多羅特許家族出品的銘甲能夠抵擋嘯箭的直接攻擊——具體來說是莫西尼家族製造的嘯箭，那是銘甲設計期間最優異的射擊武器。克雷夫之所以知道，是因爲這個意圖清清楚楚寫在這裝置的骨子裡：碟片、腿甲、上腹甲、下腹甲——全部都以指令編織打造，擁有超乎想像的驚人韌性。丹多羅特許家族中最聰明的菁英聯手精心打造這具盔甲，因此它能夠穿行地獄並全身而退。

不過這會兒克雷夫掛在巨甲的胸口，它的拳頭如雨落在他身上，他很快便領悟，丹多羅特許家族中最聰明的菁英現在絕對已經落伍了。

帝汎的巨甲不僅是毆打他而已，拳頭的力道根本已經接近商家戰艦全速撞擊——幾乎就如同字面上的意義。他感知得到帝汎注入巨甲的指令：超乎自然的密度與速度，也賦予軀幹區域的外殼表面超乎自然的密度和耐用度，才不會被它自己的手臂打穿胸膛，砸爛裡面的符文典。它在一秒一秒間改變整具銘甲的所有物理性質。

簡單來說，克雷夫自己每天都在對銘器這麼做，不過這一次，帝汎正在以相同的方法消滅他。

他在銘甲內看著一隻拳頭撞了上來，發出轟然巨響，聽著他的作戰銘器回報自身狀況：右腿不穩，右臂完全失去作用……

要命，克雷夫想著。

又一擊，再一擊。他的銘甲平靜地告訴他，胸甲的結構完整度現在嚴重受損。唯一毫髮無傷的是背上小符文典的外殼。

又一擊，再一擊。

他的腦子飛快轉動。他感覺到自己——困在鑰匙中的真正自我——在銘甲胸口的聲音銘器中嘎吱響。然而他看著指令在巨甲內流竄，這時注意到一件事：它變慢了。對巨型銘器所做的每一次改變、每一次扭轉，都變得愈來愈慢、愈來愈慢。

它必須支撐的一切重重壓著它，而它正在苦苦掙扎。

又一擊。

只要再增加它的負荷就好。

他快速評估自身銘甲的狀況。他的銘甲滿是銘術，這些銘術能夠操弄銘甲對於密度、速度、加速度、抗拉強度的信念……

他對他的銘甲說話，以論述傾注它的銘術，改變銘術的定義，拚命說服這些定義，雖然它們原本就相信自己的密度很高，但其實還要高上好幾百倍……

快啊，他想著，快啊……

巨甲的拳頭捶落。

他對著他的銘甲低語，對著它唱歌，重寫它的本質。

「快啊！」他吼道。

克雷夫的左臂旋動，速度快如閃電。

一聲沉沉的咚，然後……

他擋了下來，一把抓住大拳頭，彷彿那是一顆超大的球。

他太吃驚了，一時只能呆呆看著：他的小手臂，小鐵手，緊捏著巨甲還在持續下壓的大拳頭——居然撐住了。

他忍不住放聲大喊：「**要命**噢！」

巨甲震動，嘎吱作響，壓得愈來愈用力。他感覺到壓力在他的銘甲累積，他的回應是注入愈來愈多的指令，將它像一截稻草一樣扭曲它對自身物理性質的概念——而他的銘甲聽從，推了回去，軀幹被反作用力推離巨甲的外殼。

銘術對戰，他領悟，不過在這場對戰中，我們每一秒都在改寫各自銘器的本質……

巨甲的手臂發顫，繃緊，搖動——然而克雷夫堅定地將它往後推。

接著傳來一陣克雷夫從沒聽過的聲音：這頭黑色巨獸到目前為止都安靜無聲，這時卻發出微弱的金屬哀鳴——或許就像一隻狗突然不確定自己該做什麼時的哀鳴。

克雷夫的頭盔旋動，聲音銘器斷聲說：「被我逮到了吧，你這**蠢東西**！」

他舉起被打扁的右臂，一聲鏗鏘，戟揮了出來。

他揮舞戟，畫了一個流暢、敏捷的弧，在戟騰飛的過程中注入愈來愈多的論述，哄刀刃相信它巨大又緊密，體積可比天上的月亮……

刀刃撞穿巨甲，將它的手臂徹底砍斷。小塊金屬和外殼撒落他身上，發出輕柔的叮叮噹噹聲響。巨甲踉蹌倒向一邊，彷彿完全沒預料到這種情況。

克雷夫爆出歡快瘋狂的大笑。他將砍下來的拳頭扔到一旁，從巨甲的軀幹撐起身子，靴子上的黏著器依然有效，因此他現在垂直站在這頭巨獸身上。他接著從巨甲的表面往下衝。

他又舉起戟，打算砍斷它的一條腿，這樣一來，要跟它辯論就會容易許多，不過他看見一抹黑從巨甲頂部高速落下——另一條手臂，這次閃爍著要它動得比閃電更快的指令。

克雷夫只來得及喊「噢該死！」，隨即被巨甲一把從它的正面拔起，靴子上還黏著一小片巨甲軀幹的外殼。他被甩過空中，巨甲的大手抓著他揮舞，試圖將他丟進樹林中，而他放聲尖叫——他知道一旦他被丟出去，上方的死靈燈就會消滅他。

他伸出被打扁的右臂猛抓，左手拍上巨甲的拳頭表面。他將論述注入左手的黏著碟，迫使它相信他不單是與巨甲相黏，他根本就是巨甲，他是它的一部分，它永遠放不開他，永遠……

巨甲甩了甩它的大手，然而克雷夫依然緊緊相黏，懸在它的手背上。

這狀況似乎讓巨甲吃了一驚。它甩了又甩，彷彿一個人想甩掉黏在指關節上的鼻屎，然而他拒絕放開，隨著巨甲甩手而撲前倒後，尖叫連連。

我還以為，他省思，我眞有什麼進展了呢。

它只試了幾次甩掉克雷夫，接著便改採他一直擔憂它會用的做法：它揮起克雷夫，把他往地上砸，砸了又砸。

他撞地一次、兩次、三次。到了第四次，撞擊的力道太大了，他甚至陷入紅色沙土好幾呎。巨甲稍稍暫停，他只來得及看見驚慌的小地鼠飛竄逃開——他猜他肯定驚擾了牠們的地下巢穴。

至少今天不止有我過得很糟。

巨甲又把他舉來甩，把他砸向樹木、岩石，甚至砸向它那隻被砍下來的拳頭。克雷夫撐住，對他黏在這頭野獸拳頭上的那一小塊鎔印外殼喊出愈來愈多指令；他估計這塊外殼不過就是區區五平方吋的鋼鐵，而他知道他每多撐一秒，他身上鎔甲的其他部分就受到更多損傷。

他感覺到自己失去一邊肩甲，然後是一塊前臂甲和裙襠。

我正在四分五裂，他想著，我就要像蓬鬆花種子一樣撒得整個山谷到處都是了……

他知道自己撐不久了。他快速思考該怎麼做，一面在空中飛甩，努力弄清楚方向。

他瞥見南方的峭壁；距離目標剩不到半哩，或許還更近。

他腦中蹦出一個想法。他等巨甲把他甩到最高點，然後對著遍布全身鎔甲的密度鎔術說話、下指令，要他的外殼相信自己比一千噸的鋼板還堅固——然後他開始說服密度鎔術把自己的定義乘上八倍，再八倍，再八倍，再八倍……

不到一秒內，克雷夫的鎔甲重量已經堪比兩艘商家戰艦。

巨甲的腳步踉蹌，不懂自己拿在手上的東西怎麼會突然間變得如此沉重。

克雷夫伴隨著轟然巨響砸落樹林地面，同時壓扁巨甲的拳頭一小塊。他在落地的同時檢查自己的鎔甲，聆聽論述在金屬中流竄，發現大部分都還撐得住，他覺得很滿意，至於聲音鎔器無法再正常運作，也算是情有可原。

他在鎔甲內看著自己陷入泥土，巨甲差點被拖倒壓上他。他發現不能繼續這樣——不能讓整座山谷坍塌在他身上——於是他再次將指令傾注於鎔甲，改變物理性質，恢復為遠比方才低的密度。

他嘎嘎吱吱地站起來，轉身面對巨甲，依然緊抓著它的手臂。他看著這頭巨獸蹣跚搖晃，還在努力恢復過來。現在，他心想，插你的所有重力校準。

他的龐大金屬軀體一扭，戟對準巨甲腿部最脆弱的一塊砍去，同時將他的許許多多論述注入整把戟。他滿意地看著黑色的巨大刀刃砍入巨甲的膝蓋後側，然後他收回戟，盡可能用力扯出來，膝蓋隨即爆開，噴出一陣深色青銅雨。

巨甲並沒有如他所願翻倒，剩下的三條腿反而巧妙地前進後退調整步伐，撐住自身的龐然重量。

克雷夫緊抓著巨甲的手臂跪下，腳跟深深掘入土裡，然後垂直上躍。

他認爲這可能是丹多羅特許家族戰爭銘甲有史以來跳最高的一次。他一路上跟銘甲物理本質的幾乎每個面向辯論，從腳踝的彎曲到它是怎麼劃開空氣，而他爲了兩個特定目標改造銘甲。

首先，他又提高他的密度。他現在很熟練了，做起來很簡單，他轉眼間就又變得跟一艘戰艦一樣重——不過當你飛躍空中，密度稱不上是非常有用的特性。

至於第二個部分……

*我們銘印弩箭，讓它們相信它們不是在飛出去，*他在跳躍中想著，*而是墜落，筆直向下，墜向大地。所以重點只在讓這東西裡的所有小重力銘術相信相同一件事……讓我的銘甲相信我正在***往上掉***。*

他跳躍，同時將指令灌入銘甲內的重力銘術。

於是他墜落，筆直向上。

因爲他仍抓著巨甲的手臂，巨甲也跟著他一飛衝天。

這肯定是世上最奇異的景象，他想著，一小塊金屬衝上天，下面拖著這個嘎吱響的龐然大物，小塊小塊的金屬和外殼撒落下方的山谷——而最荒謬的是，他們還在加速，以愈來愈快的速度飛上天。

*再高，再高，*他想著。

周遭的空氣變得冰冷。他感覺冰霜爬上他的銘甲。

再高，他想著，再高，再高，再高……

巨甲做了他預料中的某件事：調整自己的密度、重力，抵銷克雷夫的指令，將他從空中拉下來，重回大地。他感覺到自己被猛力往下一扯，彷彿他原本在攀爬的那條繩索突然被解開了，他們隨即朝山谷墜落。

墜落的過程中，巨甲的拳頭還不停毆打他，想抓住他、緊緊抱住他，或許是想讓他在他們落地時摔個四分五裂。它還沒發現克雷夫的目標——他就是希望巨甲掉下去。

他研究下方的地形，計算了一番，發現雖然巨甲在墜落，但並不是墜向正確位置。

需要調整角度，他心想，輕輕推一下就好……

他領悟事情沒那麼簡單。他能夠操弄銘甲之中的銘術，但還是有些牢不可破的限制：他不能飛，不能突然在空中改變方向。銘甲的所有重力許可都與它的物理動態緊密相關。

因此，他需要再跳一次——但他在空中疾飛，並沒有多少表面可供他施力跳開。

他抬頭看著正與下面的巨甲同步下墜的黑色監牢。

啊。

他降低他的密度——可能有點降太多了——隨即被風往上扯去，撞上黑色大方塊的底部。

他一時想朝裡面偷看一下，收縮銘印視力，試試看能否瞥見大監牢內部，看見……

不行，他想著，還不行。

他哼了一聲，逼他的銘甲在監牢底面站起來，頭盔向下，監牢則如黑色方形流星般朝地面呼嘯而去。然後他蹲低，縱身一跳。他射向大地，空氣從銘甲的裂縫竄入。經過巨甲時，他伸出鐵手抓住它，啓動雙掌黏著碟，牢牢攀住。

他研究下方的地面，找到山谷南端的峭壁，然後又計算了一番。

〈貝若尼斯，〉他說，〈動手！〉

〈什麼？你距離太遠了！〉她說道。

〈很快就不遠了！〉他說。〈動手就對了！〉

他將論述注入他的銘甲，盡他所能擠出全身力氣，把巨甲扔向峭壁底部，利用所有它加諸自身的密度和重力，讓它像顆從天而降的彗星一樣呼嘯而下。

克雷夫認爲現在可能對準目標了。可能。

他降低自己的密度，歪向一旁，他和他的銘甲隨即像最纖細的葉片一樣飄落。

如果丟偏，他心想，貝兒可會大發雷霆的。

正當克雷夫帶著巨甲展開他的平流層雜耍，貝若尼斯對著天空瞇起眼。她必須承認，她想過他會變些把戲，但有點難以置信他居然那麼快就對他那身銘甲操控自如。

然後她深吸一口氣，低聲對克勞蒂亞和笛耶拉說：〈妳們撤離了嗎？〉

〈我不知道我們要撤離這鬼東西多遠才夠！〉克勞蒂亞厲聲說。〈但我們正盡我們所能全速跑開，不知道妳想說的是不是這個！〉

她拿起她自己的偶合發射器。〈那就動手。〉她說道。

她緊壓她的發射器，望向南方。她先前沿山谷的邊緣朝西跑，幾乎又回到山崩解的地方。她不太確定這裡是否安全，但現在說這些也太遲了：她看著她設置在峭壁上的弩醒了過來，朝下方的樹林吐出一枝枝箭。她用的是燭箭——克勞蒂亞就是用這種箭在葛拉提亞拉的田野放火——她看著那些歡快的粉色火星旋過樹木上方。

當然了，射燭箭在戰鬥時幾乎無用——除非你想引人注目，但這剛好就是貝若尼斯要的。

她看著峭壁，然後望向上方的死靈燈和從天而降的巨甲，然後又看著峭壁。沒任何變化。

快啊，她想著，快啊……

接著克勞蒂亞的弩啓動了，位置就在峭壁東側，也朝樹林吐出大量燭箭。正午的空氣像富人的胸針一樣閃爍、火光四射。

她凝視山谷。沒變化。帝汎沒反應。

然後……

空氣一頓。噁心感讓她的胃發冷。有一種古怪的傾斜感，像是她站在一艘船的甲板上，而這艘船剛剛轉向朝南……

峭壁的表面出現兩個巨大的泡泡——然而這兩個泡泡什麼也不是，只是空白無物的空間。

她凝視著，感到驚奇而恐懼。見證世界改變，她說道，眞是太神奇了……

她注意到死靈燈抹除的是峭壁底面，幾乎恰恰就是她和克勞蒂亞、笛耶拉藏弩的位置，並爲此感到心滿意足。

也就是說，上方的整座山現在幾乎毫無支撐。大地隆隆作響，山谷的南端開始崩塌，大塊大塊的粉棕色花崗岩傾斜、掙脫山脈的掌握，而後滾落。

她太沉迷於這景象，因此當巨甲從天空呼嘯而下，直直墜入崩塌岩石的中心，她事實上還嚇了好大一跳。接著峭壁頂鬆脫，翻落巨甲剛剛墜地的位置。

她等待。山谷南方有更多部分坍塌在巨甲上。銘甲沒能脫困。

被從數哩高空丟下來，她想著，然後又被埋在地底……這可能會讓一個超載的銘器非常、非常、**非常**困惑。

山谷南端崩塌時，桑奇亞緊緊閉上眼，收縮她的銘印視力。她躲在峭壁西側懸崖間的一個小裂隙內，懷抱著不能說輕微的焦慮盯著周遭的大地震動，愈來愈多石頭撒落巨甲墜落之處。

她抬頭看。空中的黑色監牢搖晃，但沒有墜落——尚未。

慢慢地，山崩止息。她從裂隙鑽出來，走近堆積如山的泥土和石頭，用她的銘印視力凝視前方，看見巨甲被埋在將近十呎深的石頭和土壤之下，它體內的所有銘器都發瘋了。

〈小鬼？〉克雷夫喊道。〈妳還活著嗎？〉

〈對。〉她聆聽泥土移動、石頭碰撞的聲音。〈暫時還活著！〉

〈那妳得動作快！〉他說。〈我還在透過妳肩膀上的刀片聽帝汎的命令——聽起來我們好像壓垮它了！發生太多事，要追蹤太多宿主，太多爛東西壞掉！妳有一個空檔，但稍縱即逝！快啊！〉

她一直等到山崩的聲音大致平息才靠近。

她靠近後，塵土也散開了。她看見巨甲差點成功：利用剩下的一條手臂，這東西幾乎已經要從山崩中爬出來。然而克雷夫對它造成的傷害幾乎就跟山崩一樣嚴重，它只勉力逃出一半，斷掉的腿依然埋在土中。她用不著銘印視力就看得出來，它的重力銘術很微弱，而且負荷過重：石頭和塵土粒子亂七八糟地飄浮於它四周，彷彿在酒桶上方紛飛的酒醉蒼蠅。隨著她走近，她感覺一部分的身體變得更重，其他部分則變得更輕。

希望它沒讓我的全身血液都流進腦袋裡，她心想，或是全部流出去。

走得更近後，她隨即看見目標：一扇小門，以鎖密封，位於巨甲軀幹的最高處。

桑奇亞跳上石頭，盡她所能快速前進，忽略膝蓋和腳踝的疼痛，技巧嫻熟地在碎石間攀爬。她一手貼上門，隨即聽見熟悉的聲音：帝汎的論述。

〈**僅可依比例分配，**〉它上氣不接下氣，〈**當……當帶有……信號者……與目的相符……**〉

她先前多次與貝若尼聯手出擊時也曾破解這種論述；現在帝汎自己的碟片就插在她肩膀裡，因此甚至更簡單。她輕而易舉拆毀防禦，小門隨即打開。

她朝內窺看。一條短通道，用意可能是要讓宿主爬下去——然後還有裡面的碟片。

〈指令準備好了嗎，克雷夫？〉她問道。

〈好了。〉他嘆氣。〈再一個指令。我把這些命令塞給這爛東西，然後我們全部回家喝個爛醉。〉

她爬進通道，滑入這座龐大符文典的內部。

她收縮銘印視力，專注於在深處發光的二十個紅色碟片。她必須帶克雷夫盡可能靠近碟片，找出符文典中與帝汎其他更廣泛意識偶合的部分——而從那兒，他就能接管這頭巨獸，控制山谷的現實，以及上方的監牢。

她跳進中央的小空間，幾乎立即看見那個部分：角落一個又小又不起眼的碟片。

就像許許多多銘器，她一面爬過去，一面這麼想著，看起來如此平凡……作用卻如此廣大。

她拿起徑碟——然而就在她放下去之前，她凍結，轉過身。

她細看周遭的空間。她可以發誓剛剛瞥見肩膀後有個東西……

也可能是一個人。或許是男人，眼睛和鼻子滲血，臉懸在她身後的黑暗中。

獨自在黑暗中的桑奇亞低喊：「格雷戈？」但無人應聲。

她一咬牙，轉身將克雷夫的徑碟啪地放在不起眼的小碟片上，接著穩住自己。

貝若尼斯、克勞蒂亞和笛耶拉縮在山谷南端僅存的幾棵樹後，努力透過塵土查看。

〈她進去了！〉克雷夫說。〈現在……等等！她做到了！需要一點時……〉

他的聲音減慢、拉長，聽起來像是持續不斷的時——

她們聽見時嚇得跳起來，接著仰望上方的監牢與剩下的三個死靈燈。都沒動靜——至少還沒有。

「看！」笛耶拉興奮得放聲說出來。

她手指上方，而她們驚詫地看著監牢動了起來。

它往上飄啊飄，直到跟懸在山谷空中的剩下三個死靈燈齊高，然後朝它們射去。

黑色監牢動起來時，貝若尼斯忍不住一縮。這是她的點子，但她還是難以置信居然會成功。

她的提案如下：符文典持續影響山谷的現實，也就是說，就某種層面而言，它比死靈燈更強大，但最受它影響的是監牢——因此，何不讓克雷夫以**此**作爲武器攻擊**它們**？

她看著監牢朝第一個死靈燈撞去，巨大的黑色方塊砸上較小的黑磚。死靈燈的一角在撞擊之下破碎，隨即旋開，墜毀於下面的山坡。

「成功了。」克勞蒂亞說。「要命，**成功了！**」

此時飄浮監牢氣勢如虹，剩下的兩個死靈燈仍文風不動——帝汎可能嚇呆了，或是大受震撼，或是不知所措——而她將信將疑地看著方塊接連砸穿兩個死靈燈，轉眼便將它們化爲碎片。

「我們……成功了。」笛耶拉說。「我們贏了。」

接著監牢高速墜落。

「幾乎。」貝若尼斯說。「現在輪到囚犯了。」

克雷夫輕飄飄落地後隨即衝過樹林，一面努力想起自己在哪。

他知道他在銘甲裡。他知道他是靠銘甲才能動。這他知道。

但他也知道他在桑奇亞手中，在徑碟裡，他因此得以奪取符文典，而符文典是……

山谷。山脈。現實。一切。但尤其是……

監牢。黑色監牢從空中俯衝而下……下，下，下，很快就會撞上石頭，砸開，然後他會看見……

想起你在哪。

他撞穿樹林、石頭、廢墟、牆，穿過……穿過……

（別走……）

宿主在他右方，在他左方，手上拿著弩，箭如雨射向他，聲音有如落在船殼上的冰雹。

「不。」克雷夫說。「不，不，我不……我不在乎妳……」

（留在我身邊。）

他的指令注入符文典，注入世界，巨大黑色監牢墜落，彷彿某種恐怖的月落……

「我把自己擴張得太稀薄了。」克雷夫虛弱地說。他飛躍，過程中撞開一名宿主，不知道自己是否殺了他，無法理解自己在做什麼。「太薄了。太多我……分散各處……」

監牢還在墜落，持續墜落。箭從他的手臂、胸甲、腿，從他身上各處彈開。他看得見監牢了，從他的銘甲內看見，同時也從符文典之內看見；符文典在黑暗中吟誦，對著世界低語……

我要殺了……

監牢撞上山坡，四牆發出呻吟、震動，開始破裂，速度如此緩慢，非常、非常緩慢……

我要……殺了……

他跳過山溝，流星般疾速奔向黑色監牢。

落地時，他看見她。

她在等他。站在他右方樹林深處陰影間的蕨叢中，頭髮是一團銀白的雲，雙手泛紫腐爛。

不，他心想。

她低頭，身旁的黑暗似乎加深了。

不，我不想看！現在不要！現在不要！

周遭變得模糊。

28

克雷夫站在窄橋上，低矮的修繕者堂就在溝渠後不規則蔓延。他在等待，而且非常努力不哭出來。

他凝視面前橋上的石塊。他這輩子來這個地方好多次了，每次來訪幾乎都是快樂的：他的人生在這裡改變，他在這裡遇見所愛之人，他的生命弧線也是在這裡陡然轉向滿足。

但這次來這裡不是安慰。知道此處曾有過那麼多擁抱、親吻，此時感覺像一種惡劣至極的嘲諷。

他看見橋的另一端有動靜。他的妻子正在修繕者堂的門邊和某人談話。他等待，不耐煩又害怕，大大的滿月懸在頭頂的夜空中，城市的街道平靜無聲——只聽得見咳嗽聲，和某處的哭泣聲。

他聽著咳嗽聲。延續了好長一段時間，而他愈是聽，愈是畏縮。

他低頭，抹乾眼淚。因爲克雷夫許久之前協助設計的城牆能阻擋許多事物，但擋不了這個。擋不了瘟疫。擋不了惡性傳染病。

他看見她往他這裡走，於是停止踱步。他看著她前進，再次震驚於她那只因臉上的憂傷而稍稍失色的美。她直立抱著一個小孩——男孩，不超過三歲。孩子看起來很累，現在早超過他上床的時間了。

「我安排好了。」她走近後嘶啞地說。「他們會讓你進去，但只能待一分鐘。」

他吞了口口水，點頭，跟在她身後。他不曾過去橋的另一端，一次也沒有，這次多虧了她打破許多規則，他才進得去。不過自從瘟疫首次在這座城市抬起頭，許多規則早已破壞。

他走近時，大門邊的修繕者怒瞪著他。「看你可憐才讓你進去，」男人說道，「也因爲你們兩個對我們所有人的貢獻。但你**一定要**快快出來。懂嗎？」

克雷夫點頭。「會的。」他的聲音微小哽咽。

「這裡死太多人了。」男人說。「如果你還想維持神智正常，命名者，你就會快快來，快快走。」

克雷夫再次點頭。

修繕者心不甘情不願地打開門放克雷夫進去，累得沒心思管褻瀆神明的事。他的妻子帶著他進去，懷裡依然抱著孩子，他們走入咳嗽、哭泣、呻吟聲喧擾的修繕者堂。孩子被這聲音嚇到，皺起眉，但沒哭，倒是把手探向克雷夫，克雷夫隨即將他抱入懷中。

他們轉彎，再轉彎，下樓，穿過一扇又一扇又一扇的門，最後終於來到位於走廊末端的小房間。空間狹小，只有一張帷幕床和兩側的銘印燈，此外空無一物。數名修繕者站在一邊，裹身布緊緊纏著他們的雙手、嘴巴和眼睛，布料灑上了油以抑制瘟疫。

「你們必須保持距離，」他們說，「只能待在後面。」

克雷夫和他妻子點頭，修繕者隨即拉開床幔。

一個小女孩躺在床上，渾身裹著相似的油布。修繕者也裹住她的手腳和頸部，臉倒是留白了。克雷夫低頭看著女兒的臉，他第一個孩子。她的嘴唇因爲生病瘀血泛紫，不過臉依然蒼白完美。

我的蝴蝶，他想著，我的小蝴蝶。

「天啊。」他的妻子在他身旁嗚咽。「天啊，天啊，天啊……」

她邁步走向床。

「待在後面。」其中一名修繕者說。「待在後面道別就是了！」

妻子前進，克雷夫則是原地僵住。他凝視著女兒的臉，她與死亡懸崖剩幾次呼吸的距離了。

修繕者衝上前把他妻子往後拉。她伸出一隻手，探向床上的那具小小身體，想再一次碰觸她，但他們不再讓她靠近。

「天啊！」他的妻子尖叫。「不，不，天啊，我的天啊！」

「道別完就走吧！」修繕者說。「跟她說你們愛她，說完就走吧！」

整個世界都在尖叫。克雷夫緊緊抱著兒子，抱得好緊，用力箍住他的小身子，男孩在那力道下哭喊了起來。

「爸爸，不要！」小孩哭喊。

「不！」他的妻子尖叫。「不，不，不，拜託不要！」

「爸爸！」小孩說。「爸爸，不要，不要，不要！」

四周的尖叫聲愈來愈激昂，然後……

然後他感覺到了。

他腦中的一根刺。

他的心是一把鎖，他的思緒是鑰匙。

周遭的世界滿是變動不休的名字，站在存在的陰影中、偶爾才上前的名字，它們只在通過的片刻靠近光，在那突然、殘酷的蛻變時刻，從生到……到……

他應該別過頭的。他應該閉上眼、別過頭的。但他沒有。

克雷夫看見世界後的世界中的名字。他看見它們遍布他女兒床畔，圍繞著她躺臥之處。他屏住呼吸，敬畏地跪下，領悟這些名字正在對他描述某個東西。或許，它們想讓他看見什麼。那東西隱藏在整個世界的帷幕之後，等待著他。

他聽見自己的聲音，彷彿來自極遠之外。

他低語：「一……一扇門？」

29

克雷夫站在樹林中，凝視著監牢緩緩從天而降朝他來。

他發現自己在尖叫。他喊著：「**留在我身邊！留在我身邊！**」然而因為聲音銘器受損，聽起來非人地響亮、低沉，扭曲的字句在殘破的山谷中迴盪。

監牢的黑牆坍落，箱子像朵花一樣在他面前綻放，中間站著……

黑衣男子。

（爸爸不要——）

他背對克雷夫，凝視著遠方他處，彷彿大受此地景象震撼。克雷夫衝向他，盡所能狂奔，然而……

黑衣男子轉身。

他的臉空無、閃爍、無眼、無表情……他接著歪過頭。

並開口。

他咆哮：「**克雷維德斯！**」

他的聲音如此憤怒，如此狂暴，如此哀傷，就連克雷夫也沒發現自己停下了腳步，呆若木雞。

奎塞迪斯一時間靜止不動，接著在狂怒下顫抖，放聲大喊：「**我並不是為我自己而來！這並非我本意，你這該下十八層地獄的蠢貨！**」

接著他屈腿，彷彿要蹲下，然後一躍，他飛上天……

但他並沒有停下來，只是持續上升。

克雷夫震驚地看著奎塞迪斯疾射而上。

貝若尼斯、克勞蒂亞和笛耶凝視著那個黑色小人影像隻從豬背上跳起來的跳蚤一樣騰空——然後繼續攀升，直直射向下午的天空，直到變得比罌粟花種子還小，而後消失無蹤。

她們呆立片刻，詫異得頭昏，不確定該不該相信方才所見。

「嗯，」笛耶拉說，「我猜他現在會飛了。」

30

貝若尼斯奔跑。

隨著時間從午後漸漸入夜，她奔跑，胸腔發出粗嘎的呼吸聲，膝蓋劇痛，腳踝在尖叫，鞘衣內側和嘴裡都覆上一層結塊的塵土。她不停地跑、跑、跑，毫不停歇地奔入樹林，手腳並用爬下崎嶇的山坡，跟在她後面的克勞蒂亞和笛耶拉也一起盡她們所能快速蹣跚前進。

〈快！〉她對著她們喊。〈快啊，快！〉

〈我們他媽一直都在快速前進，〉克勞蒂亞氣喘吁吁，〈已經持續四個小時了！〉

貝若尼斯停下來幫笛耶拉爬下岩層。啪的一聲，一枝銘印弩箭猛力射入她們頭頂不遠處的岩石，碎屑如雨灑在她們身上。

〈太近了！〉貝若尼斯喊道。山坡的底部是一條小山溪，她跳了下去，冰凍的水濺溼她的靴子，她

忍不住倒抽一口氣。她抬頭，看見上方的岩石邊緣有人影，大概位於半哩之上，正用弩瞄準位於下方的她們。〈走，快走！〉

她們衝進小溪，弩箭傾盆而下。自從監牢瓦解，自從克雷夫摧毀巨甲內的符文典，她們就持續跑到現在，逃離突然大開殺戒的宿主；監牢和符文典毀滅後，他們隨即成群湧入樹林。她不知道克雷夫或桑奇亞的情況，甚至不知道他們在哪。這是一種不尋常又令人不安的感覺，因爲過去幾年來，她總是感覺他們就在身邊。

我距離他們太遠了，她心想，太遠、太遠了……如果他們居然……如果我的妻子居然……

她承受不了這種想法，轉而專注飛速奔馳，還有安全。

她們繼續奔跑。弩箭如雨落在她們四周。儘管情況如此可怕，貝若尼斯卻一心只想停下來、坐下、休息。她的腿像鉛，她的肺發疼，全身每個部分都在痛，但她們繼續跑。

貝若尼斯完全不知道宿主怎麼還能行動——這麼關鍵的符文典遭摧毀，她原以爲宿主應該會全部重獲自由才對——但對於他們爲何看起來似乎依然受帝汎控制，她有一個黑暗的懷疑。

她回頭朝身後的天空一瞥。因爲那東西在附近。其中一座飛行城市肯定在附近——或許正在追逐我們釋放的那個東西。

這想法並沒有帶給她多少安慰。她想起那片刻的荒誕，還有那一切的純粹瘋狂：奎塞迪斯站在那兒，虛弱而不堪一擊；一身鉻甲的克雷夫巨大而高聳，占盡所有優勢，然而他只是……動也不動地站著、看著，直到奎塞迪斯輕而易舉飛走。

我們剛剛毀滅了萬物嗎？這稱得上勝利嗎？抑或我們延遲了必然的結果？

接著她感覺到內心深處一股暖意，暖意再扭曲爲恐懼、狂怒、倦怠，然後……

〈貝兒！〉桑奇亞的聲音喊道。〈貝兒！找到妳了，找到妳了！妳在附近，妳在附近！〉

隨著桑奇亞的聲音滲入腦中，她們三個放鬆地喘了口氣。貝若尼斯壓抑哭泣的衝動。〈妳還活著！〉她說，〈妳還活著，妳還活著！〉

她徑入桑奇亞，感覺到她的位置：下游大概五哩外，在附近一道山脊的西側。除了她之外還有……

〈貝兒，〉克雷夫的聲音說，〈我過去找妳們，這裡很安全，我去把妳們安全帶過來這裡。但妳們要繼續跑。〉他的聲音嘶啞、低微，或許是挫敗所致。

似乎不過幾秒，一道影子橫過上方，克雷夫隨即在後方不遠處重重落地。看見他時，貝若尼斯目瞪口呆。她知道他在剛剛那場打鬥中受到嚴重損傷，但入眼所見依然驚人：他的頭盔凹陷，右手臂看似即將脫落，雙腿有好幾個大洞，大腿也有幾塊剝落。

〈我一次可以帶一個人。〉他說。

〈帶我們？〉克勞蒂亞說。〈怎麼帶？〉

〈我抱妳們，然後我們跳。〉他展開雙臂，或者應該說殘存的雙臂。〈爬上來吧，快。〉

他的口氣又變得不對勁了。貝若尼斯醒悟：就算是在驚慌失措的片刻，克雷夫說話時也還總帶著一絲淘氣和輕快，一抹機敏的歡樂在他的所有言詞背後流動；然而現在都不見了，他的語句變得簡短，語氣變得平板。

〈笛耶拉先，〉貝若尼斯說，〈然後克勞蒂亞，我最後。〉

笛耶拉爬進克雷夫懷中，而他文風不動地站著，接著他的銘甲活了起來，以古怪的父親姿態抱著她，將她的膝蓋朝她的頸子推，然後蹲低、跳躍，騰空而起，消失在傍晚的天空中。

「要命。」克勞蒂亞說。

啪的一聲，另一枝弩箭擊中附近的一棵樹。貝若尼斯回頭看。陽光漸漸消逝，不過她還是看得見後方山坡上有人在動。

〈繼續跑！〉貝若尼斯說。

她們全速奔馳。不出幾秒，克雷夫又從天而降，抱起克勞蒂亞，然後再次飛躍離去。貝若尼斯獨自繼續奔跑。又過了幾秒，他回來了，大靴子沉沉陷入含碎石的土壤。

他朝她展開雙臂。〈來吧。〉

這一跳令人膽寒。貝若尼斯不曾有過類似的經驗，更詭異的是知道抱著自己的這個物體飛行時一直在改變自身的重力與密度。然而他在松樹枝椏間的空隙輕輕飄落，他們平安降落於灌木叢中，桑奇亞和其他夥伴就在旁邊。

笛耶拉和克勞蒂亞在松針堆中喘氣，脫下鞋倒出裡面的泥土和石子。不過貝若尼斯的眼裡只有她妻子：桑奇亞疲累憔悴，她的坐姿顯示她的臀部、背部，可能還有膝蓋都又在痛了。但她還活著。

〈妳看起來好慘。〉桑奇亞說。

貝若尼斯低頭看，發現她說得沒錯。她的鞘衣手部和脛部幾乎完全化爲碎片，灰色布料因爲一千個大小傷口而綻放血痕。她費勁地思考了一會兒。〈我們……我們回不去我們的死靈燈。〉她說。〈太多宿主了，我們只能逃走。〉

〈我們也一樣。〉桑奇亞說。〈克雷夫把我從壞掉的符文典裡撈出來，不過回到我們的交通工具時，那裡擠滿宿主。他只是抱著我朝妳們的方向跳，能找到妳們還眞是奇蹟。〉

〈所以，〉克勞蒂亞嚴肅地說，〈我們困在這裡了嗎？〉

沒人說話。

〈我們是不是困在這裡了？〉克勞蒂亞的語氣變得更加堅定，〈在某座該死山脈的山頂，有一整支軍隊在追我們，我們無處可逃？〉

〈還有……我們算贏嗎？〉笛耶拉問。〈我們釋放了奎塞迪斯，我們……達成來這裡的目的——〉

〈沒有！〉桑奇亞咆哮。〈沒有，我們該死的沒有！帝汎還是可能逮住奎塞迪斯，然後我們就回到原點了！〉

所有人再次沉默。笛耶拉不安地別過頭。

〈我可以出去偵查，〉克雷夫，〈看看我們有什麼選項、敵人在哪，然後持續把我們所有人搬去敵人不在的地方。如果我們能離開山區，或許……或許就脫困了。〉他那被打扁的頭盔轉頭凝視北方。

〈或許吧。〉

〈那就這麼辦。〉貝若尼斯說。〈繼續一次一個帶著我們跳，現在也只能這樣了。〉

接下來是貝若尼斯這輩子經歷過最奇異的旅程。她們四個躲在樹叢中或土石堆後等克雷夫從天而降，一把抓起她們後再度飛走，彷彿童話故事中趁夜偷走小孩的食屍鬼。剛開始有種奇特趣味，騎著他的金屬軀體，飛過空中；然而當她們必須再飛一次，又一次，再一次，這種飛行就變得麻煩討厭。

更糟的是在他跳到最高點時入眼所見的山脈。天空轉暗，他們開始看見粉色、白色的光穿過乾草原和樹林，巡邏的燈籠正在搜尋他們——應該是兩兩一組，附帶一隊帝汎的宿主。每次跳躍，似乎都變得更多：更多光、更多燈籠，彷彿山脈本身正在流出冷光血。長夜漫漫。躲藏、跳躍，再躲藏、再跳躍，笛耶拉和克勞蒂亞等克雷夫回來的時候一直不小心睡著，貝若尼斯無情地把她們推醒。〈安全再睡，〉她說，〈我們尚未脫險。〉

不過依據月亮的位置，她知道時間很晚了，已經接近午夜。

我們還能撐多久？沒有任何食物、武器，也幾乎沒睡，我們還能走多遠？

終於，克雷夫帶著貝若尼斯來到最後一個藏身處，在橫陳山脊的一株小松樹倒木旁和其他人會合。克雷夫沒有抓起桑奇亞再度飛躍，他只是緩緩環顧四周。〈我們走投無路了。〉克雷夫說。〈我不知道

接下來該怎麼跳，他們愈來愈近。〉

〈我們能怎麼做呢？〉貝若尼斯蹲在黑暗中問道。

〈不考慮投降。〉桑奇亞說。

〈沒說過要考慮。〉克雷夫說。

接下來沒人說話。這個夜晚滿是各種動態的輕微聲響：石頭滑動，樹枝折斷，有人啪答啪答奔過碎石堆。笛耶拉凝望粉色燈光閃爍的黑暗，瞪大的雙眼中滿是恐懼。

〈那怎麼辦？〉貝若尼斯問。

〈有一個選項。〉克雷夫說。〈我可以……開路。〉他朝西北方一指。〈那裡有一道狹窄的岩脊。帝汎在另一邊的兵力目前很稀疏。我可以突破防線，突破他們，妳們可以都跟在後面。但會很危險。岩脊可能破碎——〉

突然一個聲音響徹黑暗：

「**桑奇亞**。」

他們全部跳起來。那聲音聽起來好詭異，好令人不安，但貝若尼斯說不太清楚是爲什麼。然後那聲音又說話了，又喊了一次：「**桑奇亞**。」

「天啊。」笛耶拉輕聲說。「那是他們所有人……」

貝若尼斯發現她說得沒錯：帝汎控制的所有宿主全部同時說話，透過數千之口的單一言語，感覺就像整座山脈在黑暗中呼喊，吟誦著：「**桑奇亞**，**桑奇亞**，**桑奇亞**。」

桑奇亞緩緩往前靠，雙手掩耳。〈天啊，〉她說，〈拜託，叫他們別喊了……〉

「**桑奇亞**，」帝汎說，「**桑奇亞**，**桑奇亞**，**完成了**，**結束了**。」

克雷夫伏低。〈他們靠得非常近了……〉他舉起手臂指向南方，〈那裡。〉

貝若尼斯看見他說得沒錯：粉色和白色的燈光滲入下方的樹林，隨之而來的還有數十人腳步聲。

「我會放過妳，」帝汎說，**「我會放過妳，不過前提是妳投降。」**

桑奇亞的手指掘入她耳朵上方的頭皮，用力得指關節泛白。

「投降，」帝汎說，**「請投降。」**

〈近得不能再近了。〉克雷夫輕聲說。〈四十人，就在下面那裡。〉

「妳可以成為我，」帝汎在閃爍的黑暗中低語，**「我可以讓妳看看。我可以讓妳看看知道這麼多是什麼感覺……」**

桑奇亞在貝若尼斯身旁顫抖。貝若尼斯看著妻子，思考了一會兒，然後說：〈克雷夫，做吧。〉

〈做什麼？〉克雷夫問。

〈開路，我們會跟上。〉

克雷夫注視她良久才再開口：〈做好準備，我叫妳們跑就跑。〉

他蹲低，飛入黑暗中。接下來是一段漫長的寂靜，只被帝汎的低語聲打斷——然後劈啪一聲，隨後是驚人的隆隆巨響。

〈走！〉克雷夫喊道。〈走，現在，現在！〉

她們一躍而起，衝上山坡奔向克雷夫。空氣中再度塵土瀰漫，四周一片朦朧，這時還映上宿主的紛亂燈光，不過更糟的是盲目跑過仍在變動的地面：克雷夫讓整個山頂都變得不穩定，石頭和泥沙湧落她們四周。

她們沿山坡上的新裂口往前衝，驚慌不已又伸手不見五指。一切似乎都在旋轉、閃爍、纏繞，弩箭如雨射入她們身旁的岩石；貝若尼斯聽見克勞蒂亞在尖叫、桑奇亞在咒罵，帝汎則是在呼喊：**「桑奇亞！桑奇亞！」**她看見克雷夫站在狹窄的裂口中，正舉起一顆巨岩丟到一旁，又一顆、再一顆；她來到他剛剛挖出來的裂口末端朝外眺望。

下方的山坡擠滿燈光。看來帝汎快速應對，他們無處可逃了。

〈不，〉貝若尼斯虛弱地說，〈不，不……〉

她的右臂忽然一陣刺痛——但她立即領悟痛的並不是她。

她聽見笛耶拉在劇痛中尖叫。她跑過塵土瀰漫的黑暗，發現那女孩倒在地上，右手壓在一顆巨大的石頭下；肯定是剛剛從破碎的山脊滾下來的。貝若尼斯哭著跪下，試著抬起石頭，但太重了。

〈該死！〉克雷夫喊道。他轉眼間便來到她身旁，並輕而易舉搬開石頭。〈該死，該死，該死！〉

貝若尼斯看不見傷口，但她感覺到笛耶拉的手濡溼而溫暖，還摸到尖銳的碎片——肯定是骨頭。她扯下腰帶纏繞女孩的二頭肌，並用力拉緊。

世界隨周遭的燈光打轉，充斥著腳步聲和吟誦「**桑奇亞**，**桑奇亞**……」的聲音。

桑奇亞跪在她身旁，抱著笛耶拉前後搖晃。「噢，不。噢不，不，不……」

「怎麼辦？」克勞蒂亞尖叫。「要逃嗎？」

「絕不！」貝若尼斯咆哮。她將腰帶打結。「我不會丟下她！」

「太多了！」克雷夫喊道。他在她們周圍踱步，想同時面對每一邊的追捕者，身上的鉻甲吭哩匡啷。「太……太多了！」

克勞蒂亞拿出弩，不停轉動身子，不確定該瞄準哪個方向。

「**桑奇亞**，**桑奇亞**……」

笛耶拉持續尖叫。

貝若尼斯緊緊閉上眼。

是時候了。時候到了……

笛耶拉的尖叫聲不斷攀升，全世界都在尖叫，黑夜瘋狂地尖聲叫喊。

然後貝若尼斯領悟……那並不是笛耶拉的叫聲。

而是宿主。他們不再說話了。他們現在同聲尖叫。

她睜開眼。旋繞的燈光停止了，腳步聲也止息，現在只剩下尖叫聲，彷彿山谷中的數千名宿主都承受著難以言喻的劇痛……

「什麼鬼？」克勞蒂亞喊道，「現在到底是什麼情形！」

貝若尼斯看見北方有動靜。燈籠依然原地凍結，但……但是有個東西在它們前方升起。

她倒抽一口氣，領悟那是一具軀體，人類軀體——不對，應該是幾十具人類軀體，或許幾百具，全部像牽線傀儡一樣垂直升空，手臂和腿張開……而且他們正在尖叫。

貝若尼斯的胃一陣洶湧的噁心感——不過這次感覺非常、非常熟悉。

「不！」桑奇亞放聲大喊，「不！不，不，不，不要是他！**不要是他！**」

貝若尼斯恐懼地看著宿主們陰暗的身體似乎突然皺縮，彷彿他們的肌肉與骨頭是畫紙，被不滿意自己素描作品的畫家揉成一團。山谷各處傳來奇怪的潮溼聲音，像是突然下起分散的陣雨，塵土飛揚的風中瀰漫一股鮮明的銅味。

所有燈籠在轉眼間熄滅，山谷被徹底的黑暗覆蓋。

噢，不，貝若尼斯想著，噢不，噢不，噢不……

寂靜延續，只有在她腳邊啜泣的笛耶拉發出聲音。

然後……

幾呎外一陣轟然巨響，彷彿有個龐然大物剛剛從天而降。

貝若尼斯彎下腰，盡她所能擋在桑奇亞和笛耶拉身前。然而沒發生任何事。夜晚依然黑暗而無聲。

〈大夥兒，〉克雷夫輕聲說，〈大夥兒，要命啊，真要命，那是我們的死靈燈……〉

貝若尼斯放開桑奇亞和笛耶拉，小心翼翼地回過頭窺看。她發現克雷夫說得沒錯：一個死靈燈躺在下方的山坡上，朦朧的月光隱隱照亮它的方正形體。

某個東西從黑沉沉的空中落下，停在死靈燈上。

一個男人，或是某個人形的東西，身穿黑色斗篷，戴著就算在如此昏暗的光線下依然閃閃發光的黑色面具——不過一道細縫劃過面具正面的下巴到眉毛之間。

奎塞迪斯．馬格努斯盤腿坐在他們的死靈燈上，手握拳撐著頭，彷彿一個野餐時覺得無聊的孩子。

「晚安，」他的聲音低沉如絲，「我想你們掉了這個。」

31

一陣漫長、可怕的寂靜，期間只聽得見笛耶拉的啜泣聲。貝若尼斯瞪著奎塞迪斯，她困惑，而且嚇壞了，不知道該不該相信確實發生了這種事。

桑奇亞一躍而起。「**插**你的！」她咆哮，「你這個爛貨！你他媽想怎樣？你他媽**想**怎樣！」

「想離開，」奎塞迪斯的回答很簡單，「最好是立刻離開。」他仰望夜空。「不幸的是，我沒多少時間了。我受到太多傷害……」

「受傷害？**你**？你……你這混蛋！」桑奇亞咆哮。「你這個插他的爛貨**混蛋**！我幹麼不要叫克雷夫把你四分五裂，立刻殺了你，了結我們八年前開始的工作？」

貝若尼斯朝克雷夫一瞥。他看起來一點也不像準備好接下這份任務：他完全僵住，空洞的眼睛對準奎塞迪斯。

「因爲妳知道我不會放任他。」奎塞迪斯說。「現在是黑夜最深沉的時刻，世界很虛弱。無論克雷夫有多大力量，這是**屬於我**的時間。」他歪頭。「我倒希望妳注意到……我並沒有把握機會傷害你們，或是把克雷夫從那身鉻甲裡扯出來，利用他將現實撕成碎片。我完全做得到。我反而**禮貌地**請你們登上你們這艘船，跟我一起去安全的地方。若非如此，妳和妳的朋友們只會落入比死還慘的下場。」

「你……你眞以爲我會相信你？」桑奇亞啐道，「以爲我**真**有可能相信你會幫我們？」

「我認爲妳該相信，」奎塞迪斯說，「有大約三十個……你們剛剛怎麼說的？死靈燈？很好——三十個**死靈燈**正在朝確切這個位置步步進逼，正在追捕我。它們到的時候，我個人無意待在這裡。至於**你們**要不要待在這裡，那就是你們的選擇了。」

桑奇亞和奎塞迪斯瞪著彼此，四周陷入漫長冰冷的寂靜。

「我原本想更快來此，」奎塞迪斯輕聲說，「但我還有其他事要處理。然而我現在來了，而且我要給妳的不止安全。」他傾身，並輕聲說：「妳我都知道帝汎想要什麼。但唯有我知道那東西在**哪**。」

又一陣寂靜。

貝若尼斯朝她妻子一瞥，緊緊握住她的手。〈桑，我……我想我們應該——〉

〈混蛋，〉桑奇亞說，〈徹頭徹尾的混蛋……〉

〈對，我知道，不過我們剛好就是處於這種混蛋情況。〉

桑奇亞緊緊閉上眼，深吸口氣，接著說：「幫我們把笛耶拉弄上死靈燈。」

桑奇亞、克勞蒂亞和貝若尼斯幫忙把笛耶拉捆在她的座位中，用繩索纏住她的身體時，輕手輕腳地調整斷臂的位置，然後才回各自座位。奇怪的是，奎塞迪斯居然決定跟他們一起進來。

貝若尼斯張口結舌，無法承受居然有個傳道者就在身旁。「你……可以至少飛在我們**旁邊**就好嗎？」她問道。

「我當然想——但恐怕不行。」他說。「再過幾個小時，我就不能再信任我自己了。」他略略彎腰，彷彿承擔著驚人的重量。「你們或許看不出來，但我……受傷了。」他在她們腳邊的地板坐下，直視前方——或許是看著克雷夫，他已經回到位於死靈燈前側的老位子，重新將他自己和他的攜帶式小符文典與死靈燈連結。

「我們要往哪走？」桑奇亞陰鬱地問。

「上。」奎塞迪斯說。「然後到遙遠的北方，崔茲提山脈另一邊的荒地。到那之後我再帶你們去安全之處。」

「崔茲提山脈？」克勞蒂亞說。「天啊，我只在地圖上看過，但……要飛**幾個小時**才到得了。」

「那我建議即刻啟程，」奎塞迪斯說，「我們才能盡早抵達。」

「我們怎麼知道路上安不安全？」貝若尼斯問。

奎塞迪斯用那雙空無、黑暗的眼睛望著她。「我在前線打這場仗已歷日曠久。我對敵人的了解比你們多**太**多，」他又抬頭仰望，彷彿他能夠透過死靈燈的頂部看見天空，「足以知道我們該走了。**立刻**。否則我對你們來說就沒用了。」

死靈燈無聲地從樹林的地面升起，接著，就跟之前一樣，他們一飛衝天，箭一般射入大氣的最高層。貝若尼斯皺起臉，感覺血液從她的臉退去，笛耶拉痛喊出聲，但他們持續上升、再上升，飛入穹蒼。儘管不舒服，貝若尼斯不禁還是鬆了一口氣，慶幸他們即將離開這個悽慘的山谷，並將其中的所有恐怖事物遠遠拋諸腦後。

笛耶拉捧著斷臂不停啜泣、嗚咽。最後桑奇亞終於受不了了。她解開安全帶，搖搖晃晃地走向那女

孩。〈妳醒來時會頭痛，〉她在後口袋裡翻找，〈不過不會像妳現在這麼痛。〉

她拿出一枝哀棘魚毒標，刺入女孩的手臂。笛耶拉短促地喊了一聲，不過頭隨即垂到一邊，她也安靜了下來。桑奇亞回到她的座位，然而貝若尼斯不用與她偶合也能知道她的想法：她的妻子臉色如灰，表情痛苦，而且在他們上升的過程中都維持不變。

克雷夫悄聲低語：〈貝若尼斯？〉

〈怎麼了？〉貝若尼斯應道。

〈我很不想挑這時間點提起這件事，但是……記得我們看見飄浮城市的時候嗎？〉

〈呃——記得？〉

〈嗯……我認爲前面也有一個。在北方，就是他叫我們飛的方向。〉

貝若尼斯望向依然放在克雷夫身後的偵測鉛器，鉛珠在空中旋繞，不過正如他所說，一大團珠子飄浮在他們的正北方。

〈妳……妳要我上升嗎？〉克雷夫問。〈再飛進冰冷的高空？還是妳要我——〉

「請繼續往北。」奎塞迪斯說。

「辦不到。」桑奇亞厲聲說。「路上有一個會飛的大傢伙，笨蛋。」

奎塞迪斯歪頭，彷彿在思考。「不會持續太久的。我保證這條路安全無虞。」

「現在是……怎麼樣？」克勞蒂亞問。

貝若尼斯指著偵測鉛器。「看。」

他們研究在大玻璃球內旋繞的鉛珠，不過發現代表城市的那團珠子正緩緩下降，一點一點降低高度，直到遠低於他們。

「我保證，」奎塞迪斯又說了一次，「這條路安全無虞。」

他們面面相覷。

〈克雷夫，〉桑奇亞說，〈我猜我們只能……照他說的做了。〉

〈好吧，但是……該死。外面好多煙……〉克雷夫說。

貝若尼斯皺眉。她朝奎塞迪斯一瞥，他還是像尊雕像一樣坐在地板上。貝若尼斯解開安全帶，爬到地板中央，也就是奎塞迪斯的前方；噁心感在她的胃裡翻騰。他沒反應——只是坐在那兒。

〈貝兒？〉桑奇亞說。〈妳他媽在做什麼？〉

貝若尼斯打開地板上的鎖，拉開窗。轉眼間，明亮、邪惡的黃色光芒湧入窗內，盈滿死靈燈內。

她俯瞰，並倒抽一口氣。「我的天啊……」

跟上一次一樣，他們位於地表之上數哩，帝汎的其中一座浮城在他們下方——不過這座城火光四起，黑煙瀰漫，塔樓倒塌悶燒，而且並非直立飄浮，而是歪向一邊；這一大塊石塊與金屬的混合體像破損進水的船一樣在空中打轉。城市損壞的程度超乎凡人所能理解：彷彿一整顆月亮都只是一隻弱不禁風的蛾，飛得離燭焰太近，燒壞了滿覆鱗粉的微小翅膀，翻騰落入黑夜中。

「天啊，」克勞蒂亞嘶啞地說，「天啊，天啊……」

桑奇亞緩緩抬頭看著奎塞迪斯。「你幹了什麼好事？」

他凝視她，下方的衝天大火照亮閃爍的黑色面具。「剛剛說過，」他平穩地說，「我來幫你們之前還有其他事要處理。這條路安全無虞。」他手指前方。「現在，請朝北方前進。」

他們轉爲水平飛行、愈顯平穩之後，貝若尼斯和克勞蒂亞解開安全帶，在笛耶拉身前跪下幫她清理傷口，不過她們心知肚明，她們在死靈燈降落之前都沒辦法眞正幫上忙：每一次輕微的沉降搖晃，都令手術難以執行，而且她們也都在和死靈燈俯衝、打轉造成的噁心感搏鬥——噁心感也來自有個傳道者盤腿坐在她們腳邊。

〈她保得住這條手臂嗎？〉桑奇亞問道。

〈不知道。〉貝若尼斯說。〈我認爲可以。但若我們無法趕快拉正骨頭……我不確定她該不該留下它，最好還是……切除。〉

桑奇亞凝視笛耶拉蒼白汗溼的臉，再轉頭看著奎塞迪斯。

奎塞迪斯也轉過來看著她，但一言不發。

「我們怎麼知道我們是不是來得太遲了？」桑奇亞問。「要是你早就放棄了呢？要是你已經一五一十告訴帝汎了呢？」

他凝視著她，神態無情而難以捉摸。

「你這爛貨，」桑奇亞低聲說，「你**拐**我們來救你？爲了你賭上一切？」

「我沒有拐你們。」奎塞迪斯說。「我甚至沒**請求**你們來救我。我原本希望你們比我更深陷戰局……」他看著前方的克雷夫。「不過看來我錯了。」

「你知道你對……對這個女孩做了什麼嗎？」她看著笛耶拉，眼眶泛淚。「只爲了把你從監牢救出來，爲了救像你這麼一個爛貨。」

奎塞迪斯打量她片刻。「我沒多少時間了。」

「沒時間做什麼？」貝若尼斯問。

「沒時間……嗯，你們之後就知道了。」他說。「但不妨趁我還可以的時候善用力量……」他舉起一隻手，套著黑色手套的手指微微屈起……空氣似乎打了個哆嗦。

笛耶拉醒來，她痛得尖叫，在她的座位中抖動，頭甩來甩去，直直伸出受重傷的那條手臂——然而貝若尼斯看得出來她的手臂在變化、波動，突出的碎骨緩緩縮回，滑入裂開的肌肉中。

「你在做什麼？」桑奇亞尖叫。「住手！**住手**！」

但他沒住手：奎塞迪斯繼續在空中輕輕扭動手指，笛耶拉繼續尖叫，叫得愈來愈大聲，直到她再次失去知覺。

「笛耶拉？」貝若尼斯喊道，「**笛耶拉**？」

奎塞迪斯終於放下手，空氣中的詭異脈動隨之停止。笛耶拉的手臂停止抖動，但她依然不省人事。

「好了，」奎塞迪斯說，「斷骨應該復位了，而且狀況比原本好上許多。」

貝若尼斯眨了眨眼，查看笛耶拉的手臂，發現他說得沒錯：糟糕的角度和碎骨都不見了，儘管她的皮肉還是有許多撕裂傷，仍需治療，不過傷勢遠比之前好太多了。

「我們怎麼知道都復位了？」克勞蒂亞問，「我的意思是……她骨折得很**嚴重**。」

奎塞迪斯往後靠。「別的不說，我非常了解如何操弄人體。骨折的手臂、幾根手指、數條撕裂的韌帶——修復這些東西相對簡單。但我必須坦承……**修復**通常不是我的首要之務。」

「你預期我們道謝嗎？」桑奇亞問。「天啊，她尖叫成那樣……」

「我沒預期你們說任何話。應該說，爲了接下來勢在必行的目標，我需要你們所有人都盡可能維持良好狀態。」

「我們沒有要幫你完成任何狗屁目標。」桑奇亞咆哮道。

「這不止是爲我，桑奇亞。就這麼一次，我認爲你們和我目標一致。」他環顧所有人。「我還剩幾分鐘，但……我想你們應該**多少**都知道帝汎在找什麼，對吧？我被囚禁的原因？」

一陣緊繃的停頓。

「一扇門。」貝若尼斯輕聲說。「世界中心之室。」

「對。」奎塞迪斯說。「一個縫隙，通往現實之後的現實。」他往後靠，彷彿融入死靈燈角落的陰影。「敵人企圖獲得資訊。它全心想打造出屬於它自己的門。但我們到目前爲止都很幸運，它進展有限。它不知道縫隙是什麼，不知道縫隙如何生成，也不知道如何自行打造。它尚未找到方法。」

「你有多確定？」貝若尼斯問。

「非常。因爲它抓住我、審問我，完全只爲了學會這個方法。但……就這部分而言，它希望落空，因爲有人早已從我記憶中偷走相關知識。」

「瓦勒瑞亞。」桑奇亞說。「她欺騙了你、摧毀了你。」

「沒錯。」他冷冰冰地說。「但不幸的是，敵人還有其他選項。如果你無法學習打造一物，也無人能教你……你只要找個**前例**，再推敲作法就好。」

貝若尼斯渾身發毛。「天啊……等等。等等，你是說……**就算是現在**，世界上也還有其他門？還有供它找到並複製的前例？」

他點頭。「我擔心會這樣。」

「什麼鬼！」桑奇亞說。「你在現實留下該死的洞，就這樣……就這樣到處丟著？」

「當然不是。」奎塞迪斯說。「我雖也曾打造像這樣的事物，但我頗爲明智，已在我與構體的戰爭初始之際便毀去它們的所有痕跡，避免落入她手中。不過帝汎後來相信有一個前例**依然留存**，一個我原本不知其存在的縫隙，這個縫隙**並非**出自我之手，而由他人打造。我也開始相信帝汎的判斷無誤。現在的唯一選項是找出這個最後前例，最後這扇門——搶在敵人到來之前加以摧毀。」他環顧所有人。「這是一個我們都必須承擔的責任。無論我們喜歡與否，都要通力合作。」

他們思考這個提議，表情在極端的黑暗中顯得陰森駭人。

〈整個聽起來插他的瘋狂。〉克勞蒂亞說。

〈對，但我們就是在跟瘋狂玩意兒打交道。〉貝若尼斯說。〈我們相信他嗎？〉

〈聽起來不像我認識的奎塞迪斯。〉桑奇亞說。〈他從來就不是那種摧毀某個武器卻不自己拿來用的混蛋——〉

「你們或許納悶我爲何不利用這個縫隙滿足自身欲望。」奎塞迪斯說。

貝若尼斯忍住翻白眼的衝動。〈嗯，這不就來囉。〉

「那是因爲我再也沒有這種能力了。」他微乎其微地低頭。「你確實能夠在門的另一邊執行指令，實現規模超乎想像的編輯與改變。但**我**沒辦法。我太虛弱了。那麼做將摧毀我，徹底而無可轉圜。因此，摧毀是我的唯一選項。」

貝若尼斯細看他。儘管他方才對帝汎的兵力造成那麼大損傷，她發現他確實看起來虛弱，低垂的肩透漏了些蛛絲馬跡，另外還有他低頭的樣子、四肢關節炎般的僵硬感。雖然他在舊帝汎時也只是過去的他的影子，現在甚至像影子的影子。

「假設你說的一切都是眞的，」貝若尼斯說，「你確定你知道門在哪裡嗎？你確定門在……在你說的荒地？」

「我頗確定可以在那裡找到門。」奎塞迪斯說。

「那……這扇門爲什麼還沒被你毀掉？」貝若尼斯問，「你有八年的時間。爲什麼？」

「答案很簡單：我完全不知道這扇門的存在。」奎塞迪斯說。「但敵人鍥而不捨地質問我。根據它的問題，我拼湊出它掌握了部分資訊——它問我地形、歷史、瘟疫、大遷徙等等。它不懂自己掌握的資訊……但**我**懂，因爲我存在得遠比它長久，掌握的知識遠比它多。」他歪頭。「雖然我不知道門的**確切**位置，我慢慢領悟答案就在我們此時的目的地——荒地。」

「然後你沒告訴帝汎？」桑奇亞疑心地問。

「如果告訴它了，我還會存在嗎？你們還會存在嗎？」

「但你起初怎麼會被審問？」貝若尼斯說，「帝汎是怎麼逮——」

不過奎塞迪斯搖了搖頭。「我可以體會妳爲何關切——但夠了。我已回答了我能回答的所有問題。我們沒時間了，或者應該說**我**沒時間了。」

「你到底是什麼意思？」桑奇亞問。「你不回答問題，我們要怎麼信任你？」

「因爲我很快就沒辦法再回答問題了！」他厲聲說。「囚禁並非沒有……後果。」他嘆氣。「太陽升起、我變得虛弱時，我就只能面對這些後果。」

「什麼後果？」桑奇亞質問道。「我覺得你看起來好好的。」

奎塞迪斯沒理她，只是看著貝若尼斯。「妳——妳看起來是講道理的人。接下來幾個小時，我將無法再保護你們，甚至可能動彈不得。繼續往北飛就對了，越過崔茲提山脈，並且保護我。」他停頓。「我將完全任妳宰割。我別無選擇，只能信任妳。所以我非問不可——妳願意**信任**我嗎？妳能否保護我，並助我破壞我們共同敵人的計畫？」

貝若尼斯皺起臉，重新扣上安全帶，噁心感依然在她的胃裡蕩漾。他們橫跨半個世界來殺死這個人、這個東西，現在他卻要求他們當他是個睡著的孩子一樣看顧他，這整件事突然感覺如此瘋狂。

〈克雷夫，〉貝若尼斯喚道，〈飛回吉瓦要多少時間？有辦法從這裡回去嗎？〉

〈天知道。〉克雷夫說。〈我們要麼繞一大圈，要麼越過帝汎的整片領土。我很確定它到現在絕對有準備了。〉死靈燈撞上一股不定的氣流，震了一下。〈我喜歡飛，不過不想挑戰那種情況。〉

〈那我們就進退兩難了。〉克勞蒂亞憂鬱地說。〈我們困在天上，腳邊有支軍隊，唯一的同伴是一個瘋狂又衰弱的傳道者。〉

貝若尼斯緊握將她捆在座位上的繩索。她多麼渴望這件事結束、完結。他們已經付出太多：鮮血、辛勞、驚慌與擔憂。風險向來很高，但從這一刻起似乎只會變本加厲。

她看著奎塞迪斯，而他依然用那雙冰冷空洞的眼睛看著她。「怎麼樣？」他問道。

她轉身面對桑奇亞，對方一臉明明白白的精疲力竭。〈我不知道，〉桑奇亞說，〈眞的不知道。〉

我們置身一個結，每次我們拉扯結裡的一條細繩，貝若尼斯心想，另外兩條就會纏得更緊。

她點頭。「好，我們做。」

奎塞迪斯還是凝視著她。

「聽見了嗎？」她說。「我們做。我們幫你。」

奎塞迪斯還是沒反應，僵坐在那兒，戴面具的臉對準她的臉。

「呃……有人在嗎？」貝若尼斯問。

奎塞迪斯終於動了：他往前靠，左右張望，彷彿莫名困惑。「現在……現在是什麼時候？」他顫抖地問。

「啥？」克勞蒂亞說。

「現在，是……是什麼時候？」他問道。「**現在？**」

他們不解地看著他。

「請回答我！」他慌亂地環顧四周，最後才看著貝若尼斯。「你們釋放我後過了多久？」

「你不知道嗎？」貝若尼斯說。

「不知道！」他憤怒地說。「不，我不知道！快回答，不然我又要喪失時間感了。」

〈這是不是，呃，〉克勞蒂亞說，〈他剛剛說的後果？〉

〈桑奇亞？〉貝若尼斯說，〈妳記得他在舊帝汎時是不是也曾這樣嗎？〉

〈該死的沒有，〉桑奇亞，〈這是新玩意兒。〉

「我們離開後才過了四十多分鐘。」貝若尼斯說。

「四十分鐘？妳確定嗎？」

「對。爲什麼這麼問？」

「不是四十天？或是四十……四十年？」

「不——不是啊？當然不是。」

「當然不是。」他虛弱地說。他往後靠，略顯心不在焉地環顧四周，直到他看見桑奇亞。「沒錯。如果……如果桑奇亞在這，就不可能已經過了那麼久。沒那麼久……」他碰觸戴著面具的臉頰，彷彿想將頭骨聚攏。「戰……戰爭持續多久了？」

「八年。」桑奇亞說。

「八年……」他低聲複述，「你們用哪種曆法？」

「當然是帝汎曆。」

他不安地別過頭。「帝汎曆……現在是迪曼塔月嗎？」

「弗瑞歐。」貝若尼斯說。「今天是弗瑞歐月十日。」

「弗瑞歐。」他輕聲說。「十日。帝汎曆。八年。對。」他用戴黑手套的雙手撐著下巴靜靜坐了一會兒，彷彿正在努力解決一道驚人的數學題。「我只是……我只是發現我不太能……記住……什麼時候……」他說完痛苦地呻吟了起來，往後倒，頭重重地撞在死靈燈的地板上，發出聽起來很痛的一聲咚，隨即靜止不動。

他們目瞪口呆。

「要命，」克勞蒂亞說，「他死了嗎？」

桑奇亞瞇起眼，收縮銘印視力。〈他沒死，還是一團巨大、活生生的恐怖銘術，跟以前一樣。對吧，克雷夫？〉

〈對。〉克雷夫低聲說。

他們盯著無聲靜止倒在地板上的奎塞迪斯看了許久。

〈好吧，〉桑奇亞說，〈誰想拿首位傳道者當踩腳蹬？〉

〈如果這種情況還睡得著，〉貝若尼斯的胃又一擰，她皺起臉，〈我認爲睡覺是更好的選項。〉

〈我會試個幾分鐘看能不能睡著，〉克勞蒂亞回到她的座位坐好，〈然後我要跟笛耶拉一樣用毒鏢刺我自己，醒來後的頭痛忍一忍就好。〉

她們在不舒服的座位做好簡陋的窩，安頓好；寒凍的空氣滲入死靈燈，她們都開始發抖。貝若尼斯啓動設計爲她們打造的升溫器，空氣溫暖許多，但她們的骨頭和關節還是冷得要命，或許純粹是精疲力竭吧。然而桑奇亞並沒有闔眼。她不時瞥向坐在死靈燈前側的克雷夫，最後終於開口：〈剛剛發生什麼事，克雷夫？〉

貝若尼斯在她的小窩裡微微睜開眼，等待著。

〈我遲疑了。〉克雷夫好一會兒後才終於回答，聲音聽起來莫名哽噎。〈一秒而已，但總共也就需要那麼一秒。〉

〈有發生……什麼事嗎？〉桑奇亞問道。

貝若尼斯皺眉。發生？什麼意思？然而就在她提出問題的這一秒，答案同時滲入桑奇亞腦中。是克雷夫：他想起了某件事。很久之前的事，在他成爲鑰匙前。貝若尼斯的疲憊感是如此深沉，她的脈搏完全沒因爲揭露的答案而加快。

〈沒。〉克雷夫說。〈眞希望我能解釋，但我沒辦法。我就是遲疑了。〉

他們身在黑暗，死靈燈劃過空中，牆隨之格格作響。

〈睡會兒吧，小鬼。〉克雷夫嘆氣。〈我知道我就很希望自己能睡。〉

桑奇亞最後又朝貝若尼斯一瞥，接著將毯子高高拉到頸間，閉上眼。貝若尼斯多看了她一會兒，在她也閉上眼之前，她細看其他夥伴——克勞蒂亞、笛耶拉，最後是克雷夫和躺在地板上的黑衣怪物——然後隨即被睡意淹沒。

太陽在地平線綻放，天空映上淡淡晨光，克雷夫透過死靈燈的感應銘器看著下方的大地。

他看見高聳崎嶇、堆堆白雪覆蓋的山脈。他看見山脈朝西漸低，最後化為缺乏水氣的不毛荒原，山腳沿線都是廢墟。有些很古老：柱子、拱門、道路、橋梁。其他則很新：城市殘骸，遭焚盡、炸毀、剖開，像是體型龐大的獵物在倒下之處被就地摘除了內臟。

廢墟上的廢墟，銘術師們睡著，而他想著，廢墟上的廢墟上的廢墟……

他繼續航向黎明。然後，就跟先前一樣，他感覺到她。

坐在奎塞迪斯左側的角落，籠罩在黑暗中，泛紫腐爛的腳只略微探出陰影之外。她文風不動看著他駕駛死靈燈，甚至沒在呼吸。

「妳是來讓我想起更多事嗎？」克雷夫低語。

跟之前一樣，她沒動，也沒說話。

「妳是誰？」他低語。「妳過去曾是誰？」

沒反應。

「我打開了那扇門嗎？」他輕聲問。「還是妳打開了？還是我們都沒打開？」

還是沒反應。

「妳想要我怎麼樣？」他問。「告訴我妳**想要**什麼好嗎？」

然後，她動了；這可是頭一遭：白髮蒼蒼的頭轉動，然而並不是看著克雷夫，而是望向死靈燈的角落，奎塞迪斯倒地後就癱躺在那兒。

克雷夫跟隨她的視線，細看個那個曾經是他兒子的東西。訪客沒說話，然而他感覺到他腦中冒出一股意圖，一股令人戰慄、冷冰冰的意志。

「我懂了，」他低語，「我懂了。」

第四部　門

32

貝若尼斯在死靈燈裡睡得不好。太冷了，太多縷冰冷的氣流爬過身上；也太常晃動，在空中忽東忽西陡降，而且，當然了，身旁有個傳道者，害胃像只湯鍋一樣不停翻騰，根本不可能好好休息。不過她還是一次又一次試著閉上眼，把頭埋進毯子，試著找到睡意。

克雷夫低語：〈貝兒。〉

貝若尼斯慘兮兮地睜開眼。一切感覺好沉重，她的整顆頭都在痛。感覺像閉上眼好久了，她心想，卻只是變得更累。

〈貝兒，〉克雷夫又低語，〈妳得看看這個。〉

〈到了嗎？〉她問。

〈還沒。但……我們到某個地方了。看看窗外。我們剛經過崔茲提山脈，來到他說的荒地了。妳知道看起來像這樣嗎？我可不知道。〉

貝若尼斯悽慘地發了一會兒牢騷，解開安全帶，爬出她的毯子窩，打開窗子前先瞥了瞥左右。克勞蒂亞稍微動了動，挫折地嘆著氣努力入睡；笛耶拉依然不省人事，因疼痛繃著臉。似乎只有桑奇亞沉沉入睡：身為最適應不舒服的人，她幾乎到哪都睡得著。

貝若尼斯嫉妒地怒瞪妻子。早知道就徑入她，搭著她入睡了……前提是那樣行得通。

然後她瞥向死靈燈的另一名乘客：角落那團黑色衣物，黑色面具在其中一閃。她常常懷疑在那件衣服底下到底有沒有人類實體，現在看起來格外不可能。

無論如何，她一邊想，一邊牢牢抓著死靈燈地板上的滑動式窗子，他不會醒來。

她將窗子推開一條縫，朝外眺望，隨即倒抽一口氣。

她看見參差不平的乾草原，矮樹散布其中，樹上可見點點殘雪；草原又化為更加低平的原野，更遠處的世界則是……

四分五裂。沒有其他詞彙能夠形容了。大地四分五裂，遭切割、撕裂，裂隙與峽谷深入地底。更詭異的是，這裡的地面詭異地*泛銀*。她原本以為是從乾草原延伸過來的積雪，然而她愈是看著下方飛掠而過，她愈是清楚並非如此。

〈是玻璃。〉克雷夫說。

〈什麼？〉貝若尼斯說。

〈是玻璃。〉他又說一次。〈這裡的土壤，沙子——就像是突然間被煮沸，然後熔化為玻璃，隨著時間一年年過去爆裂、破碎，所以看起來一片……嗯，閃亮。〉

貝若尼斯凝視下方這片閃爍發亮的荒地，一片片銀白被裂隙最深沉的黑劃開。〈身為一個來自熱帶地區的女孩，呃，我覺得有必要問一下……這不可能是自然現象，對吧？〉

〈問倒我了，貝兒。〉克雷夫說。〈不過……這些裂隙是不是都，呃，朝同一個方向啊？〉

她低頭湊向窗戶眺望大地，發現他說得沒錯：儘管裂隙亂七八糟又四分五裂，卻隱約看似從某一個點輻射而出，彷彿蛛網上的蛛絲。

〈現在是什麼時候了？〉她問道。

〈剛過中午。〉克雷夫說。

她低頭看奎塞迪斯。〈如果我們給他一片徑碟，好讓他與我們連結，就好像我們與你相連一樣，克雷夫……我們多半就能聽見他，對吧？〉

〈呃，對，理論上是這樣。他基本上就是一個大銘器，但那也代表奎塞迪斯能進入妳們腦中，這好像……不太好。〉

〈嗯，對。他短期間不會醒來告訴我們往哪裡走，所以……我們跟著裂隙走，怎麼樣？如果我們在找一扇門，或是縫隙……或是，要命，我不知道到底是什麼，那些裂隙可能是指示方向的箭頭。〉

〈可能。〉克雷夫說。死靈燈傾斜劃過空中。

桑奇亞和克勞蒂亞在他們靠近裂隙中心的時候醒來。水和食物所剩無幾，因此她們像圍著營火一樣坐在打開的窗子四周，口乾舌燥地嚼她們的豆子麵包，並共用一個杯子珍惜地小口喝水——〈我們要留給笛耶拉。〉貝若尼斯這麼告訴她們。

然後克雷夫開口：〈我看見東西了。〉

〈是什麼？〉貝若尼斯問。

〈不知。我升高一點，妳們才能看看……〉

死靈燈上揚，又飛行了幾十呎——接下來她們三個人都猛吸一口氣。

將近兩打石錐從裂隙中央的地面竄升空中，看起來詭異地纖細又傾斜。在來自沙原的反射光映照下，石錐怪異地發亮，似乎是由一塊耀眼的白石構成；在吉瓦的時候，設計想出該怎麼製作纏絲糖，這些石錐看起來就像那種糖。貝若尼斯也不禁回想起她有一次在杜拉佐海上航行時曾瞥見的珊瑚——但這種對比感覺不對，因爲這地方的一切都是如此不自然：裂隙、高聳石錐的白，還有石錐孤絕立於此處，而且似乎東倒西歪，像是一疊疊象牙幣……更詭異的是，有些石錐上滿是奇異的縫隙和孔洞，看起來就像某種巨型昆蟲的巢。

〈這到底是什麼鬼地方？〉貝若尼斯問道。

〈沒概念。〉桑奇亞輕聲說。〈不過……我見過這景象。〉她看著克雷夫。〈你也是。〉

〈是啊……〉克雷夫說。〈我徑入帝汎看見它的思緒時。它當時想著這地方……還有銀色的筆跡，纏繞在灰牆牆面的黑洞周遭。〉

〈那扇門。〉桑奇亞說。〈要命。眞有可能在……嗯，這裡嗎？〉

一陣令人不安的沉默。

〈奎塞迪斯還沒醒，〉貝若尼斯說，〈我想我們應該靠近一點觀察。克雷夫——有看到我們擔心的事物嗎？〉

〈沒看見帝汎。〉克雷夫說。〈我想我們可以進去。〉

死靈燈高速飛近，繞著白色石錐群盤旋。有些石錐已被裂隙連根拔起，不過倒塌時並沒有破碎，反倒完好無缺。一直到克雷夫在一座像這樣的倒塌石錐上方稍停，貝若尼斯才看清那東西。

這座倒塌的石錐就跟其他同伴一樣，上面滿是小洞……但她現在看出來了，洞有固定形狀，又細又長，以一種非常熟悉的模式指向頂部。

「窗戶。」她輕聲說。她看著石錐側面的其他洞，確認自己是對的。「天啊，上面滿是窗戶。這些東西不是山，而是建築物，是塔。這是一座城市！」

克雷夫又上升，她也確認她是對的：其他石錐上不只有窗戶，還有一些殘存的結構，看起來肯定曾經是陽臺，偶爾還可看見附帶一截截扶手的階梯。

〈天啊，〉克勞蒂亞輕聲說，〈眞的是城市，或者應該說以前是城市。以前聽說過的傳道者廢墟都沒那麼大，對吧？〉

〈對。〉貝若尼斯低聲說，一面盯著這些骨骸般的塔；它們朝上探向他們，有如埋藏於乾草原的大型蛇類脊椎。〈我完全不知道有像這樣的地方。〉

桑奇亞瞇起眼透過窗戶俯瞰。〈對……但我不認爲這是傳道者的東西。〉

〈爲什麼這麼說？〉克勞蒂亞問道。

〈看清楚這些尖塔了嗎？我是說，塔裡有什麼？〉

眾人一頓。

〈噢，〉克雷夫說。〈太……太微弱了，我沒注意到，但要命噢……〉

〈什麼東西要命？〉克勞蒂亞問，〈怎麼了？〉

〈徑入我，〉桑奇亞說。〈妳們自己看看。〉

貝若尼斯閉上眼照做，摸索著連結桑奇亞眼睛後的那個地方。然後她凝神注目，並看見了。

纖細銀色的邏輯纏結在下方的尖塔微乎其微地閃著。塔上有銘術：或者應該說，每一塊磚、每個石塊上都有銘術，寫上指令，要它們聚攏固定，並控制它們的密度、依賴性與黏著度……

〈他們銘印了這鬼地方的每一塊磚？〉克勞蒂亞問。〈那要花多少時間啊？〉

〈數十年，〉貝若尼斯說，〈數百年。〉她搖頭。〈我一直以爲內城的建築物已經夠複雜了……但天啊，如果我們沒有符文典，我猜內城就會像這樣。這就像我們在廢墟山谷裡發現的斷牆。〉

〈還是沒看到帝汎的蹤跡。〉桑奇亞說。〈這地方空蕩蕩，甚至不見一隻動物，連顆老鼠屎都沒。〉

克勞蒂亞盯著貝若尼斯。〈那降落就沒問題囉？〉

笛耶拉輕輕呻吟，在睡夢中動了動，臉上汗水淋漓。

克勞蒂亞伸手摸了摸女孩的額頭。〈好燙。她的傷還是需要進一步治療。〉

〈降落。〉貝若尼斯說。〈馬上，克雷夫。〉

〈收到。〉他說道。

她看著窗外的世界旋繞，接著像是對準城市遠端的一小叢廢墟。

〈我在找看起來穩固的地方。〉克雷夫說。〈這裡的東西看起來都不牢靠，活像灑上區區一滴尿也會分崩離析。穩住。〉

他們降落在一片寬敞的玻璃沙地，旁邊是些毀壞的牆和屋頂，過去可能曾經是倉庫或是儲藏間。他們爬下死靈燈，輕手輕腳地把笛耶拉搬進廢墟裡。

克雷夫將奎塞迪斯從死靈燈扛出來丟在牆邊，彷彿他只是一袋甜瓜，而後他們隨即忙碌起來。他們用銘印點火器升火，煮沸所剩無幾的飲用水，將他們的醫療工具消毒。然後視力最好、手最穩的貝若尼斯謹慎地清理縫合笛耶拉的傷口。

這工作耗時數小時，而貝若尼斯發現隨著針線在女孩的皮肉穿進穿出，她並沒有呻吟或抽動，不禁覺得喪氣。

〈我們有哪些藥品？〉桑奇亞問。

〈亞斯綽奇拉。〉克勞蒂亞說著從他們的醫療包取出一小瓶酊劑拿高。〈可以退燒、止痛。最多只有這個了，但是……〉

她無須把話說完。大家都清楚知道，退燒、止痛和治療感染根本就是兩碼子事。

貝若尼斯處理完傷口後虛弱地說：〈繃帶要保持乾淨，不然感染會加劇，她需要持續補充水分。〉

〈那我們需要找水。〉克勞蒂亞掂了掂其中一個水桶。〈這桶剩不到一品脫。我看外面到處都是沙

漠，不過有幾條小山澗。〉

貝若尼斯考慮了一下，試著擊退在她內心深處聚積的絕望。她低頭看笛耶拉，回想起不過數天前的一個片刻和另外一群人，當時他們圍繞著一個箱子，而箱子裡只有一件空蕩蕩的制服。

〈剩下的飲用水都留給笛耶拉，〉她良久後開口，〈兩個人留下來陪她和……他。〉她朝奎塞迪斯的方向皺起鼻子。〈另外兩個人出去偵查，這樣無論哪一邊都不會落單，好嗎？〉

所有人點頭。

〈克雷夫應該留下來最好，〉克勞蒂亞說，〈畢竟只有他殺得了，你們知道的……〉她朝奎塞迪斯躺著的位置一瞥，〈萬一他起來惹什麼麻煩。〉

〈沒錯。〉克雷夫說。

〈我覺得派個能察覺銘術的人出去比較明智。〉桑奇亞扮了個鬼臉，眺望裂隙點綴其中的沙原。〈天啊，外面看起來有夠慘……不過我猜應該是我出去。〉

〈那我留下來陪笛耶拉。〉克勞蒂亞摸了摸女孩的臉頰，皺起臉，流露母親般的關懷神情。〈動作快，不過別受傷了。我們可不需要再多個人躺在這裡。〉

桑奇亞和貝若尼斯謹慎地穿過崎嶇的山丘，空水桶掛在她們背上，毯子在她們肩頭翻飛。她們沒料到會遇上那麼寒冷的天氣，貝若尼斯極度渴望她們有帶上能阻擋寒風的厚實衣物。

她頂著強風，朝右側那叢高聳傾斜的尖塔一瞥。〈所以，〉她說，〈克雷夫想起一些事了。〉

〈對，〉桑奇亞緩緩說道，〈我一直想跟妳談這件事。到目前為止，妳從我這裡看見多少？〉

〈片段而已，不過我想也夠了。他想起自己身爲男孩、受傷、遇見一個女孩……就這樣嗎？〉

〈目前是這樣。〉她回頭看著他們營地旁的斷牆。〈不過我擔心他回想起更多，只是沒告訴我們。〉

〈我們無法徑入他查看。〉貝若尼斯說。

桑奇亞搖頭。〈他的腦跟我們不一樣。畢竟，嗯，他根本沒有腦。他能夠徑入我們，但是我們無法進入他的腦中，除非他讓我們進去。〉

她們步履艱難地走過玻璃沙原，銀色光澤的沙在她們腳下嘎吱響。

〈對不起，我先前沒告訴妳。〉桑奇亞尷尬地咳了咳。〈像是，在第一次之後。〉

貝若尼斯點頭。〈我感覺得出來有什麼不對。不過……唉。我們當時要心煩的事太多了。〉

〈對啊，像是死掉那些的。〉

她們停下腳步，貝若尼斯猛地伸手抓住桑奇亞的手，凝視她的雙眼。〈我很高興妳還活著。〉她說完笑了起來，聲音悽慘絕望，但這種心情太瘋狂、太眞實，很難不令人發笑。

〈我也是。〉桑奇亞說。〈我也很高興……那個天殺的死靈燈沒把妳從世界抹除。該死……〉她搖頭嘆氣，〈我們最近好常說這種事，眞不知道爲何我們沒一天到晚受到致命威脅時就不說。〉

貝若尼斯微笑，但笑意稍縱即逝，因爲她想起他們的一個夥伴很可能已經來到死神門前。絕望感再次來襲，感覺就像冰冷的泥水在她心臟的底端淤積。

〈那就加快動作吧，〉桑奇亞堅強地說，〈盡人事聽天命。〉

〈然後治好她，沒錯。〉貝若尼斯說。

桑奇亞繼續跋涉。

〈然後治好她？〉貝若尼斯在她身後又說了一次。

〈對，〉桑奇亞說，〈希望如此。〉

貝若尼斯沉下臉。她伸手遮著眼睛上方，凝視周遭的大地。天啊，她想著，眞希望望遠鏡還在……

接著她看見一抹有別於玻璃沙銀色色澤的微光，一道纖細的小水流，從遠方的山脈蜿蜒流向南方，穿過白色尖塔之間。

〈那裡，〉她說，〈水。好像……好像可能過得去。〉她看了看最近的裂隙。〈可能吧。〉

她們繼續前進，尖塔的巨大影子掃過，彷彿海中巨獸游過她們上方。貝若尼斯不停仰望尖塔，思考著。〈在克雷夫的記憶中，〉她低聲說，〈他記得……他記得磚塊被黏在一起，對吧？以銘術相黏，一塊接著一塊，在一片白牆上？〉

〈對啊，以一種非常怪又原始的方式相黏，〉桑奇亞說，〈肯定花了幾百年的時間吧。〉

貝若尼斯望著一股骨白色塵土舞過尖塔間。〈還有那些塔……妳用妳的銘印視力看過，它們是不是也以相同方式打造？〉

桑奇亞點頭。〈妳認爲克雷夫的同胞在很久以前打造了這個地方，監牢那裡的廢墟可能也是。〉她環顧四周。〈他們族人的遺跡……無論他們到底是誰。〉

〈不止如此。他躺在擔架上時，他抬頭，看見尖塔，對不對？白色尖塔。〉她看著桑奇亞。

〈桑——我認爲這裡可能就是那座城市，我認爲這可能就是他記憶中的那個地方。他的故鄉。〉

桑奇亞目瞪口呆。〈不可能吧。我不記得那些塔有……有那麼高……〉

貝若尼斯聳肩。〈可能之後又擴建了吧，蓋得更高。我在想……不知道這裡發生了什麼事？〉

她們終於來到小溪注入裂隙之處。水流直下數百呎，或甚至數千呎。她們兩個小心地研究小溪，推測著哪裡最淺、水流最弱。

〈可能不好走喔。〉桑奇亞謹慎地說。〈我習慣不好走的路。或許我應該先——〉

〈不可以！〉貝若尼斯厲聲說。〈不可以，該死！我不要又失去一個……算了。〉她卸下背上的其中一個水桶，走到溪岸邊，挑釁地裝滿水。〈這個位置很好！〉

桑奇亞緩緩跟上去，看著她瘋狂又激烈地裝水，一桶接著一桶。

〈妳知道的，〉桑奇亞說，〈貝兒，妳知道就算拿到水，還是……還是有可能行不通，對吧？〉

〈閉嘴，桑。〉貝若尼斯說。

〈感染很難醫治，〉桑奇亞說，〈難纏得要命，而且——〉

〈那我們就用鹽敷傷口，〉貝若尼斯說，〈據說這樣有幫助。〉

〈我們沒有鹽，貝兒。〉

〈那就截肢！〉貝若尼斯說，〈我們把……受傷的手臂切除，一開始就該這麼做的，然後……〉

〈不成，〉桑奇亞說，〈現在切除一點用也沒有，感染已經進入她的血液，不在她的手臂了，截肢只會讓情況惡化。〉

貝若尼斯回過頭怒瞪桑奇亞，眼眶泛淚。「妳到底要不要幫忙？」她怒氣沖沖地說。

桑奇亞打量她，接著研究溪流，小心地將水桶從肩膀卸下，開始一一裝滿水。

〈妳要我怎樣？〉貝若尼斯說，〈妳要我袖手旁觀嗎？看著這東西把她從我身邊奪走，一塊一塊從她體內吞噬她，就像，就像……〉

〈就像我？〉桑奇亞問，〈像發生在我身上的情況？〉

貝若尼斯凝視在她面前奔流的溪水。

〈發生在我身上時，貝兒，〉桑奇亞說，〈妳也要丟下我，去找解決方法嗎？還是妳會陪著我？〉

貝若尼斯氣得抿起嘴。「噢，插妳的，桑。插妳的。」她說完隨即背起水轉身，踏上回程的漫漫長路。

克雷夫站在倉庫廢墟的角落，低頭凝視地板上那團黑色的東西，一面聽著風透過遍布破牆的每一個小洞呼嘯。

他看著黑色斗篷在風中抽動。他不是我的孩子，他心想，再也不是了。他跟我再無瓜葛。

「該死，」克勞蒂亞低語，「該死，該死，該死。」她接著轉爲無聲：〈情況不妙。〉

「啊？」克雷夫放聲說道。他左右張望，隱約知道降落後已經過一大段時間，但不確定到底多久。笛耶拉躺在一堆床單上，臉上汗水淋漓，皮膚滿是斑點。她的呼吸變了，變成可怕潮溼的喘息，在她的胸腔內可怕地嘎吱響。不過最糟的還是她的模樣：臉頰凹陷蒼白，像一下子老了五十歲。儘管克雷夫沒有直接的嗅覺，他還是察覺她失禁了，而克勞蒂亞被迫撐起她受傷的手臂，以免受到更多汙染。

「天啊，天啊。」克勞蒂亞說。「除……除了給她水，我不知道我還能做什麼。你了解感染嗎，克雷夫？」

克雷夫低頭凝視笛耶拉，思緒漫遊，回想起另一個女孩；她裹在布裡，隨著另一種疾病吞食她的身體，她的呼吸漸漸轉弱。

「克雷夫？」克勞蒂亞喚道。

「不——不了解。」他結結巴巴地說。「我不了解感染。眞希望我知道該怎麼做。眞希望我……」

他們並肩站在瀕死的女孩身旁，計算著她每次呼吸，爲她的胸膛每一次升起而欣喜，然後在可怕的懸念下看著，等待她再吸一口氣。

「希望她們趕快回來。」克勞蒂亞說。「不過，我也想不出她們還能做什麼。」她對著滿地沙的營地嚴肅地眨眼。「嘿……現在是什麼時候了？」

「啊？」克雷夫又說了一次。他搖頭，望向遠方。太陽低垂，幾乎觸及尖塔周遭的銀光沙原。「我只知道天色漸漸暗了。」

克勞蒂亞轉身。「那奎塞迪斯不是應該快醒——」

她僵住。克雷夫看著她，然後也跟著她的視線看過去。

奎塞迪斯沒躺在廢墟的角落了。他現在站在他們身後，歪著頭凝視躺在地上的笛耶拉。

「你們想救她嗎？」他的聲音平靜有禮。「因爲如果你們想，我相信我辦得到。」

貝若尼斯一靠近他們的營地，立即知道出事了：她先是感覺到一股焦慮在她的腦後方沸騰，接著當她走近，她聽見克勞蒂亞和克雷夫在爭執。〈我跟他一起坐在死靈燈裡半天了，〉克勞蒂亞正這麼說著，〈所以，對，我的意思是我多少有點信任他！〉

〈如果我們讓他離開，天知道他會幹出什麼好事！〉克雷夫厲聲說。〈他可能又會一眨眼飛走！〉

貝若尼斯彎著腰蹣跚走上山坡衝進營地。目睹眼前景象，她猛地停下腳步：克勞蒂亞和克雷夫站在角落，看著奎塞迪斯坐在笛耶拉身旁的地上彎低身子仔細查看她手臂，接著是胸口，最後是頭。

「我救得了她，」貝若尼斯走進去時，他漫不經心地這麼說著，「但這兩位似乎不確定他們想不想讓我救。」

〈他說他要出去找個東西，〉克雷夫生氣地說，〈某種植物，或是其他垃圾。〉

〈他到目前爲止都在幫我們！〉克勞蒂亞說。〈如果他眞能飛走，那爲何不現在就飛？〉

〈因爲他知道我會逮住他，〉克雷夫咆哮，〈然後殺了他。〉

貝若尼斯放下水桶。「你……你需要哪種植物？」她問道。

「技術上來說不是那種植物，」奎塞迪斯說，「而是一種生長在那種植物上的黴菌。不過這實在是枝微末節。應該不難找——只要我們立即出發，及時抵達。」

貝若尼斯低頭盯著笛耶拉。女孩的狀況很糟：她的手臂現在就像泡在水裡的麵包，眼睛和頸部浮腫，臉彷彿變形了。

另一個在我的帶領下踏上死路的孩子，她想著，天啊，天啊……

奎塞迪斯起身。「如果你們想救她，」他說，「我們就要立刻出發。但我相信我救得了她。」

克雷夫帶著貝若尼斯和奎塞迪斯西行大約三哩，來到一片丘陵和山地附近，這地方似乎逃過蹂躪此地的毀滅。旅程並不舒適——傳道者無比靠近，近到貝若尼斯被逼出了眼淚，她的胃裡感覺像裝滿小刀——不過奎塞迪斯終於指示克雷夫在一道山地融雪切割而成的深溝末端降落。

克雷夫一降落，奎塞迪斯隨即漫無目的地走入矮樹叢中，一派教授在課間出去散步的態勢。貝若尼斯跟在後面，小心地從樹葉間鑽過，而克雷夫跟著她，毫不在乎而麻木地重重踏過葉子和矮樹。

「我們找的是哪種該死的植物？」貝若尼斯問道。

「從林下植物間探出來的一抹暗紫，」奎塞迪斯說，「泛紫的莖，有白色斑點，或許還伴隨著纖細粉色花朵。雖然我現在有力氣走動了，我的視力還是不如從前……」

「如果你試圖飛，」克雷夫說，「我會把你撕成碎片。」

「噢，我在大約一小時內都還無法控制自身的重力。」奎塞迪斯若無其事地說。「傷害一旦造成，就變得太過棘手。」

「到底是什麼傷害？」貝若尼斯問道。

然而奎塞迪斯已經漫步緩緩沿山溝前進，不時彎腰查看某種矮樹的底部。貝若尼斯如法炮製，不過克雷夫沒這麼做，反倒跟著奎塞迪斯，密切監視他。

「你怎麼知道這種黴菌救得了笛耶拉？」貝若尼斯問道。

「我活了四千年，」奎塞迪斯說，「在這段期間得到某些醫療知識不是很正常的事嗎？」

「我不認為永生不滅的人會需要對醫療有多少了解。」

「或許如此。」他越過山溝，蹲下查看某個東西，接著搖著頭猛然站起來。「瘟疫曾侵襲此地，」他說，「當然了，只要給予足夠的時間，瘟疫會侵襲所有地方……但這場瘟疫格外嚴重，消滅了一半人口。他們在嘗試治療的過程中學會許多事，其中有一種方法頗具療效，不過只能對付活人身上的感染。他們得知瘟疫本身是無解的。」他看著克雷夫。「泛紫的莖，附白色斑點……以水熬煮，瀝乾後磨成泥。聽起來耳熟嗎，克雷維德斯？」

「沒有。」克雷夫惱怒地說。

「了解。」奎塞迪斯說。「有意思。」他繼續沿山溝迂迴前進，來來回回，仔細查看岩石地面。貝若尼斯追上他。「這原本是一座城市，對吧？」

「對。」

「而且是你的城市，克雷夫的城市。你們的家鄉。」

奎塞迪斯停頓，在一叢嬌弱、多葉的蕨類旁蹲下，空蕩蕩的黑眼睛從蕨葉間仰望著她。「像克雷夫和我這樣的東西是沒有家鄉的。」他說。「當你活得比文明還長久，這種幻想就有點不切實際了。妳可以說我們曾爲人，因此曾有家、有人生，確實如此——不過這也有點像沙源上的玻璃，在某些地方已回復沙的型態，在其他地方則堅硬厚實，抵抗任何破裂或破碎。那麼它們依然是沙嗎？抑或是玻璃呢？它們是否記得曾身爲沙？或者，經過如此形變，這還重要嗎？」

他繼續走入樹葉間，一面彎腰凝視土壤。

「或許，我們可以更精確地說，」他接著說，「有個孩子曾在這座城市誕生，他的父母是一對男女。瘟疫爆發時，孩子被送到遠方，去一個他們認爲應該安全的地方和親戚住在一起。孩子隱約記得父母，但也僅此而已。」他爬上山溝邊眺望遠方的尖塔。「城裡發生了某件事，世界毀損了。然後一個男人來找這個孩子，逃離這個地方和發生於此的事。不過，儘管男人有和男孩父親一樣的名字，長相也一樣，他並不是同一個人。因爲他怎麼可能是呢？就像荒地的沙，他已被他所見的事物轉變爲他人。」他轉身走回山溝內。「而他們在他們的人生中都將再次改變，變了又變，變成各種不同版本的他們……沙化為玻璃，玻璃化為沙。」

貝若尼斯看著他，凝視著他的空洞雙眼。「你認為是克雷夫，對不對？」她輕聲說，「你認為他打造了第一扇門，帝汎在找的那扇門。」

「我不知道。」他愉快地說。他又抬頭看著克雷夫。「克雷維德斯從不告訴我這裡發生了什麼事。」奎塞迪斯的話語中略帶一絲苦澀。「就算血液依然在他的肉體中搏動，我也幾乎不認識那個曾身為我父親的男人。不過當時也沒多少時間交談。因為城市一淪陷、城牆倒塌，奴隸商人就來了……世界再次天翻地覆。」他走入灌木叢。「我**確實**相信克雷夫是這場大災難的唯一倖存者，而災難依然留存於世。因此他或許幫得上忙。或許。但我們無論如何還是要找。畢竟，我們別無選擇。」

「找哪裡？」貝若尼斯問，「尖塔裡嗎？我們怎麼可能找遍那些地方？」

奎塞迪斯停頓，回過頭看著她。「啊，妳見過裂隙了，對吧？」

「呃，對？」

「但妳有沒有朝裂隙**裡面**看，看看下面有什麼？」

「下面有……什麼？」她重複他的話。「沒有。你說的是什麼意——」

「啊哈！」奎塞迪斯高興地說。他蹲下，起身時拿著一小株詭異肉質感的植物，暗紫色的莖，纖細、顫動的粉色小花。

「我們要的就是這個嗎？」貝若尼斯問道。

「不，我們要的是**那個**。」他手指植物底部，黑黝黝的球莖或球狀結構依然滿是灰色泥土——不過在頂部連接莖的部位，有一些蜷縮在一起的白色渣滓。「能讓妳朋友的血液和肺復原的是這種微量物質，不過當然要經過妥善調製。」

他們回到營地時，太陽已成地平線上的一葉紅。克勞蒂亞和桑奇亞坐在笛耶拉身旁，她的喘氣聲現在如此大聲，就連在營地外也聽得見。奎塞迪斯的力量似乎恢復不少：他走進去時，空氣一陣震顫，點火器、鍋子和水桶立即在營地內動來動去，彷彿童話故事裡中了魔法的器具。很快地，他已經坐在沸騰的大鍋前，一面哼唱一面從植物的球莖剝下果肉，丟進水中。

貝若尼斯坐在桑奇亞身旁，突然對自己先前對妻子說的話萌生強烈羞愧感。她們倆握起手，觀賞著首位傳道者扮演藥劑師的古怪畫面。

〈對不起。〉貝若尼斯說。

桑奇亞點點頭。

〈我……我不知道怎麼失去妳，〉貝若尼斯說，〈我無法想像，所以就不想了。〉

〈我知道。〉桑奇亞低語。

〈我只知道怎麼活下去。我現在只知道這件事了。〉

〈我以前也是這樣，〉桑奇亞說，〈直到我遇見妳。〉她深深嘆息。〈那我們就活下去吧，並幫助所有我們愛的人也都活下去。〉

「我相信這樣應該就可以了。」奎塞迪斯將鍋子從小點火器上挪開，拿起一根研杵，瀝乾水，然後小心地將鍋中剩餘之物磨成泥。他愈是磨，藥泥就變得愈白，幾乎就像乳汁一樣。他拿起一根小湯匙舀出一小勺白藥泥，放涼後倒入笛耶拉口中。「好了，三個小時後再餵她吃一些。她額頭的熱度應該會下降，發汗和失禁的情況應該也會緩解。」

「你認真覺得你找到的這種小植物救得了她？」克勞蒂亞問。

「很可能。」奎塞迪斯說。「以前救得了其他人，現在也可能有用。最關鍵的是要持續餵她藥泥。太早停藥又會發燒。不過她現在有時間了——可惜我們沒有。」他環顧所有人，輪流注視每一張臉。

「帝汎正在復原，而且知道我們逃往哪個方向。它的軍隊將找到我們。我們必須把握時間。」

「你有什麼計畫？」桑奇亞問，「打算就這麼過去塔附近，到處亂找，看看有什麼發現？」

「不盡然。」奎塞迪斯說。「畢竟——克雷維德斯看過敵人的思緒，不是嗎？你們完全就是因爲這樣才知道門的事，不是嗎？」

桑奇亞心不干情不願地點頭。「對，我們看過，或看過帝汎想像中的樣子，我猜是這樣。」

「對。所以我們就對我們要找什麼很有概念了。」他轉身凝視玻璃沙原；落日餘暉下，這片大地現在呈現閃爍的紫。「我有一次在好奇之下來到這裡，想了解這地方發生了什麼事，還有我可以從中學到什麼。那是數百年前的事了，而我只發現廢墟。不過我很了解尖塔底下的事物……我也記得一個很好的搜尋起始點。」

「那……尖塔底下**到底**有什麼？」貝若尼斯問。

「一切。最初的縫隙打開時，我想我應該這麼說，城市大部分都……**位移**了。你們跟我來就知道。」

一陣喧囂的沉默。

「跟……跟你去？」桑奇亞說。「去那裡？進去裂隙**裡面**？」

「我以爲這顯而易見。」奎塞迪斯說。「我說**我們**必須摧毀那扇門。」

「對，但你沒說要在大半夜進去充滿廢墟的巨大裂隙裡面。」克勞蒂亞說。「這對一個刀槍不入的永生者而言可能說得通，不過對我來說瘋得不能再瘋了。」

奎塞迪斯嘆氣。「但……我不像以前那麼刀槍不入了。我需要協助。」

「尤其是克雷夫的協助。」貝若尼斯望著站在營地後方的克雷夫。「因爲當這裡還確實是一座城市時，只有他置身於此。」

「對。」奎塞迪斯說。「雖然機率不高，但他可能還記得一些事。」他的面具轉向克雷夫。「除非，當然了，你已經想起一些事了，克雷維德斯？」

氣氛緊繃，良久都沒人說話。

「我去。」克雷夫低聲說。

「很好。」奎塞迪斯說。「我想其他人應該也都會一起來……」

〈你確定嗎，克雷夫？〉桑奇亞問。〈這……這地方聽起來像是充滿各種恐怖玩意的坑。〉

〈我去。〉克雷夫又說了一次。〈說不定我們會在那裡找到一些有用的東西。〉他的鎧甲嘎吱了一聲，轉過去看著坐在笛耶拉旁邊的奎塞迪斯。〈打破世界的東西或許也能修復世界。〉

貝若尼斯皺眉，研究著他站立和輕聲說話的方式，但沒讓其他人聽見她的思緒。

〈我留下來看顧笛耶拉，〉克勞蒂亞說，〈持續餵她吃藥泥。但若你們真的要進去裂隙，記住——我們丁點武器不剩了。〉

〈剩克雷夫的徑碟，〉貝若尼斯說，〈他實際上只能被用來對付一個東西……〉她看著克雷夫。〈如果我們用徑碟碰觸奎塞迪斯，你還是可以徑入他吧？所以你還是可以利用徑碟殺了他，對吧？〉

〈好主意。〉克雷夫說。〈不過他也能獲得我的特權……他可以像岸落之夜那時候一樣，眨眼就從現實中消失——不過既然這只是徑碟，他多半只能用一次。〉

貝若尼斯搖頭。〈我還是想再多加了解這一切。我不要任何人冒險，除非我滿意——〉

「儘管我很享受你們的無聲交談，」奎塞迪斯戲劇化地放聲說，「不過實在有點沒完沒了……」

貝若尼斯怒瞪他。「好。你說你完全依據帝汎的問題想通門的所在位置，是嗎？不過你沒說你最初怎麼會被關入監牢。它怎麼抓到你的？」

奎塞迪斯沉默許久，最後嘆了口氣。「我猜這是我欠你們的。」他咕噥道。「簡而言之，我變得……太貪心，越界了。」

〈聽起來挺合理。〉桑奇亞說。

「我對抗帝汎多年，」奎塞迪斯說，「但我只能自保，無法攻擊。我無法在敵人的設計上找到任何弱點……只有一個例外。」他往前靠。「你們肯定知道偶合心智是一件危險的事——連結也等同**控制**，帝汎與成千上萬奴隸與容器相連，因此它肯定百般謹慎地管控著這些連結。我最後判定，肯定有某個工具、某個實際存在的製品或作用在爲帝汎代勞。換言之，它的脆弱之處。懂了嗎？」

他們全部面無表情地瞪著他，接著克勞蒂亞突然放聲大笑，還一面拍著手。

「設計的調節器！」她喊道，「要命——**奎塞迪斯**也在找這東西？」

奎塞迪斯歪頭。「現在是……怎麼回事？」

「我們猜測有這麼一個裝置存在一段時間了，」桑奇亞解釋道，「這個……這個調節器。聽見你也這麼認爲實在太神奇了。」

「有意思。」奎塞迪斯說。「誰是……設計？」

「說來話長，但我們沒時間了。」貝若尼斯說。

「了解。」奎塞迪斯說。「好吧。我有我**自己**的想法，最後認爲我了解得夠透徹了，足以利用這個弱點。因爲猜得到帝汎可能把這樣的裝置**藏**在哪裡……」

貝若尼斯瞇起眼，隨即想通這個顯而易見的答案。「飛行城市。」她說。

「什麼？」克勞蒂亞問。

「我們見過的飛行城市，」貝若尼斯說，「堡壘。調節器就在裡面，對吧？或是每座飛行城市各有一個？」

「正確。」奎塞迪斯說。「如妳所說，堡壘的作用有點類似敵人的操控點。這個裝置——這個調節器——位於每一座堡壘，確保帝汎能夠穩定操控。我曾設法在其中一座堡壘**找到**調節器，嘗試把它偷出來研究……不過我碰觸調節器的那一刻，」他嘆氣，「唉，整座堡壘立即停止運作，從天空墜落。」

他們瞪著他。

「什麼？」桑奇亞說。「只是碰一下……它就**毀掉**其中一座飛行城市？」

「對。」奎塞迪斯說。「帝汎知道這是自己易受攻擊之處，它寧願失去一整座堡壘，也不容許堡壘遭人利用。」他一手撐著下巴。「當時我受困數百萬噸的岩石中，高速下墜……等到我終於從瓦礫堆中脫困，眼前是敵人專門設計來對付我的武器。」

「巨甲。」桑奇亞說。「我們的克雷夫狠狠揍了那東西一頓。」她驕傲地拍拍他的銘甲。

「對。」奎塞迪斯有些擔心地看著他。「而且還頗輕而易舉。眞奇怪……」

令人不安的停頓延長，彷彿他正在爲這件事的某些面向煩惱，但他沒繼續談論這個話題。

最後奎塞迪斯開口：「門是首要之務。如果敵人設法複製了門，那就連阻止它的弱點或力量都不存在了。不過一旦我們把門處理掉，我會告訴你們帝汎就我所知的所有弱點。我們雙方以這種方式聯手破壞敵人的當前計畫，並構思出打敗它的方法。但我再說一次——門**必定**是首要之務。」他環顧眾人。「你們都願意接受這樣的聯盟關係嗎？」

「該死，應該是。」桑奇亞起身走到斷牆旁眺望遠方尖塔。「只要我們能完好無缺活著回來。」

「當然。你們將受我保護。」奎塞迪斯抬腳，以他常見的盤腿姿態平空坐下。「沒什麼比受我保護更安全了。」

33

他們決定搭乘死靈燈到距離城市更近的位置，不過還是留下一些裝備沒帶走，表面上是照顧笛耶拉時用得上，然而桑奇亞和貝若尼斯趁還在船上時拿了兩個徑碟——一人一個，留下第三個給克勞蒂亞，並說：〈以防萬一。〉

〈以防什麼萬一？〉克勞蒂亞問。

〈不知道。〉貝若尼斯說。〈但我比較希望妳遇上麻煩時也擁有克雷夫的力量。還有……〉她抽出一個小鐵盒交給克勞蒂亞，〈裡面是笛耶拉的通訊環。如果她醒來……〉

〈妳要我叫這女孩做那件事？〉克勞蒂亞震驚地說，〈在她還病著的時候？〉

〈讓她自己決定。〉貝若尼斯說。〈笛耶拉很了解自己。不過我們需要盡早跟吉瓦回報我們的狀況，唯有她做得到。〉

準備完畢後，他們再一次爬進死靈燈，然後隨即出發，時而沉降時而竄升劃過夜空。這一次，奎塞迪斯沒坐下，而是微微漂浮在死靈燈地板上方，雙手交握放在大腿。桑奇亞和貝若尼斯透過地板上的窗子俯瞰蒼白的尖塔。隨著縹緲雲絲掠過上方的天空，尖塔似乎在星光下詭異地晃動。

「克雷維德斯，」奎塞迪斯喚道，「如果你可以降落在北方那座塔的底下，那就太好了。我**想**要你直接降落在裂隙裡面，但……我猜想整個裂隙都很不穩定。」

死靈燈遵循他的指示歪向一邊。

「別那樣叫我。」

「不好意思？」奎塞迪斯說。

「我的名字是克雷夫，」克雷夫說，「這就是現在的我。」頭盔轉過去看著奎塞迪斯。「玻璃、沙和形變，對吧？」

奎塞迪斯沉默片刻，接著說：「悉聽尊便。」

他們繼續航行。

「告訴我，**克雷夫，**」奎塞迪斯若無其事地說，「你跟桑奇亞、貝若尼斯和她所有同伴都在海上做些什麼？跟這些——」他那張戴面具的臉轉向貝若尼斯。「有趣的人一起打造你們的理想國嗎？」

「比你過去或未來可能打造的國度都美好多了。」克雷夫厲聲說。

「確實。」奎塞迪斯說。「我永遠不會再試圖重塑人類的世界。我再也沒有那種力量了。但我納悶——你記得我最初**為什麼**那麼做嗎？」

「我猜你發瘋了吧。」克雷夫惡狠狠地說。

「嗯。」奎塞迪斯說。「這就是你的問題。你的記憶如此混亂，你甚至不記得自己在哪一場戰鬥中站在哪一邊。」

「閉嘴。」克雷夫說。

一陣漫長而喧噪的沉默。

貝若尼斯悄悄伸出手抓住桑奇亞的手，並低聲說：〈克雷夫還好嗎？〉

〈不好。〉桑奇亞說。〈絕對不好。但我不確定他還能怎樣。〉

〈什麼意思？〉

〈像是——和奎塞迪斯再次相見？家鄉變成這麼恐怖的地方，而你正要回去，也知道自己或許是罪魁禍首？怎麼可能有人應付得了這一切？〉

貝若尼斯聽出這番話中蘊含的智慧，隨即放開桑奇亞的手。但她依然感到不安。自從劫獄之後，克雷夫就表現得異常昏亂，幾乎心不在焉，像是他正在聽某個其他人都聽不見的人說話。

但是什麼東西，她心想，能夠操弄我們知道絕不可能被操弄的個體？

他們終於來到奎塞迪斯指示的位置，在一座成波浪狀起伏、發出劈啪爆裂聲的白色石塔旁停下來，隨即緩緩下降。貝若尼斯斜眼朝坐在空中的奎塞迪斯一瞥。他正透過窗子眺望，面具在星光下閃爍。

「你上次也是來同樣這個裂隙嗎？」她問道。

「唔，不是。」奎塞迪斯說。他指向一個位於沙原西側、圓得詭異的大洞。「數百年前來此時，我自己鑿開了一個入口。但現在這麼做……並不明智。」

「爲什麼？」

「因爲就算時值夜晚，我也依然受傷未癒。」

「什麼樣的傷？你還是不曾解釋過。」

奎塞迪斯沒回應。

「桑奇亞看見你時，她說她認爲帝汎在……對你做某件事。」貝若尼斯說。「扭曲你的時間，加以延展和屈折。是這樣嗎？」

「妳爲什麼覺得這重要？」奎塞迪斯問，聽起來似乎略受冒犯。

「因爲你說我們受你保護，」貝若尼斯說，「又一直說你很虛弱。我想知道在裡面時你的保護到底有多弱。」

「我懂了。」他沉默，思考著。「多年來，我一直採取……預防措施，保護自己免受多種攻擊。舉例來說，不能像死靈燈對帝汎的諸多敵人那樣，以編輯的方式將我從現實中抹除。但我很古老。我擁有許多、許多、**許多**年累積的知識。我就像是一座裝滿水的水庫——帝汎很精明，它領悟我最大的弱點是什麼。」

「裝滿水庫，」貝若尼斯也慢慢懂了，「讓它氾濫……」

「或被沖破。」奎塞迪斯說。「駕馭我擁有的豐富記憶已經夠難了，然而帝汎還拉長我的時間，用我過去並不擁有的許多、許多年光陰塡滿我的心智。受困一地、凝視空無黑牆的許多年光陰……」

「你……你感覺你被關了多久？」桑奇亞問道。

他歪著頭思考。「約莫我原本壽命的十倍。」

桑奇亞目瞪口呆。「要命……」

「你在那個監牢裡待了**四萬年**？」貝若尼斯問。

「差不多。整理我的記憶變得難上許多。它們就像……黑暗大海中的微小島嶼，但只能在沒有羅盤的狀況下航行其間……當太陽升起，我變得虛弱，我根本完全無法航行。我忘記如何移動、如何呼吸。我在逃脫後耗盡了我最後的力量，不過在那之後，我必須將精力用於維持清醒，否則……」他愈說愈小聲。

「準備降落，」克雷夫說，「或是準備面對降落**之後**可能發生的各種鳥事……」

他們在焦慮的沉默中繼續飛。

「如果你們好奇，」奎塞迪斯輕聲說，「回到你父親與前人的古老根據地，而且知道技術上來說你比這地方老上好幾倍，這感覺古怪至極。」

〈該死，〉桑奇亞說，〈插他說得沒錯。〉

「來囉。」克雷夫說。

死靈燈伴隨著輕輕的一聲咚落地。貝若尼斯綳緊，等待下面的土地滑開、他們墜入萬丈深淵……但地面撐住了。

「我……我想我們平安沒事。」克雷夫說。

「太好了。」奎塞迪斯說。他伸出一根手指比了比，上方的艙門隨即解鎖打開。「讓我們來好好調查這個地方吧。」

進入裂隙似乎無比困難。無處可抓握，沒有樓梯可往下，也沒有便於橫越的坡面。奎塞迪斯再次提議送他們飄下去。桑奇亞太煩惱該怎麼找路下去，實際上還眞考慮了一下。

笨重地聳立於桑奇亞身後的克雷夫開口，「我可以。」

「可以怎樣？」桑奇亞說。「帶著我們跳下去？你會把這該死的地方砸成碎片。」

「我可以控制我的密度，」克雷夫說，「和我的重力。我可以抱著妳們兩個，像一片羽毛一樣飄下去。」他的頭盔歪向一邊。「當然了，前提是妳們沒滑出我的懷抱，或是掉下去。」

「在那種情況下，」奎塞迪斯說，「我可以幫忙。」

「我們用克雷夫的方法，」桑奇亞發著抖說，「只是……小心就對了。」

「嗯，廢話。」克雷夫說。

他抱起她們倆抓牢，並說：〈抓牢囉，小鬼們。〉說完他輕輕一跳，躍入裂隙。貝若尼斯壓抑尖叫的衝動——不過他們頗突然地減速，飄落裂隙。

〈噢哇，〉桑奇亞皺著臉說，〈我都忘了我有多討厭這鬼玩意。〉

〈對。〉貝若尼斯大口喘氣。〈銘印重力總是，啊，非常討厭。〉

〈如果妳們兩個想自己爬下去，請便啊。〉克雷夫說。

他們繼續輕輕往下飄，飄，飄。桑奇亞拿出一只小浮燈啓動，燈隨即像隻螢火蟲一樣跟在他們後面擺動，冷光掃過旁邊的石頭。

〈奎塞迪斯說所有東西都在下面，那是什麼意思？〉貝若尼斯問，〈我只看見岩石。〉

〈等一下，〉克雷夫說，〈我想我看見了……〉

燈籠舞過黑暗，於是他們看見了。

裂隙的山壁並不是岩石，而是由建築物構成，一堆又一堆破碎、髒汙的灰色建築物，像是一座巨大建物的一層層地板全部被壓在一起。這讓貝若尼斯想起她曾讀到遙遠島嶼的地下墓穴，還有建造來供亡者居住的地底迷宮——但這些顯然只是尋常人家和建物。它們全部很古老，裝潢與裝飾盡失，但結構、設計與格局依舊，彷彿日常文明的骸骨從黑暗大地冒了出來。

「要命。」桑奇亞說。「整座城市都**在地底**？」

「沒有消失，」奎塞迪斯說，「而是位移了。」他在他們身旁徐徐下降，依然維持空中盤腿的坐姿。「你們瞧，當現實忘記空間本身如何運作，這可是非常糟糕的一件事。」

「之所以發生這種事，」桑奇亞說，「就是因爲打開了這個縫隙，或是門或隨便什麼東西？」

「我懷疑就是這樣。」奎塞迪斯說。「不過希望我們今晚能夠找出眞相。」

貝若尼斯看著身旁經過的一堆又一堆建物。「這些東西到底怎麼會依然……嗯，**在這**？不是都該化爲塵土了嗎？無論這裡曾歷經什麼大規模的改變，是不是也不知怎麼地將所有建築物留存下來？」

「嗯。」桑奇亞說。她瞇起眼，又說：〈貝兒……徑入我。〉

貝若尼斯照做，皺著眉溜到桑奇亞的眼睛後——隨即瞥見旁邊的牆亮起淡淡的銀色銘術纏結，全部無聲纏繞於岩石。

「天啊。」貝若尼斯輕聲說。她往前靠。「這裡的銘術好……好**不一樣**……。」

「是的。」奎塞迪斯說。「此地人民知曉如何以指令約束——但他們發明了一種**無須**犧牲的方法，也用不著你們那些笨拙的符文典。」他飄近牆壁，凝視著一排排窗戶。「打造每一塊石材時都千辛萬苦，但他們知道每一塊石材都能維持數百年。這地方的深處有許多物品都留存已久，因爲它們近乎不滅，其中有些就連**我**也難以摧毀。」

往下飄了像是永恆那麼久，他們終於來到底部。上方數條溪流持續灌注，下面的大部分範圍都成了廣大的地底湖泊，不過他們似乎已經來到最底層，街道曾經所在之處。巨大的鋪路石像斷齒般突出水面，都寫有耐久性與密度的指令。克雷夫抱著桑奇亞和貝若尼斯降落在其中一塊石塊上。

奎塞迪斯飄越水面。「我相信你們要一艘船。」

「是啊，」桑奇亞說，「但我們沒有帶插他的船——」

奎塞迪斯一隻手一揮，其中一塊鋪路石像飛躍的鯊魚一樣從水中竄出，接著似乎突然炸開，爆出一團白色塵土……然而當塵埃落定，他們發現他顯然在轉眼間鑿掉了多餘的岩石，只留下一塊流線型小船狀的石塊。

「我們沒辦法眞用石造小船航——」貝若尼斯說。

他的手又一揮，隨即一陣爆裂聲，銘術爬滿岩石表面——說服它自己並不是岩石，而是木頭，而且還是輕質又防水的的木材。

他們盯著石船緩緩降落，在水面上擺盪，接著嗖的一聲靠過來停在鋪路石旁。

「我無法打造我自己的古代工具，」奎塞迪斯說，「不過我對普通銘術還是頗爲了解。」他歪頭。「全體上船。」

「眞他插炫耀。」桑奇亞咕噥道。他們三個小心地爬下鋪路石，登上石船。船緩緩轉向，隨即射入裂隙底的迷宮，奎塞迪斯以飄浮的姿態無聲地跟在他們旁邊。

他們四人在廢墟城市的水道和通道搜索，伏低注視著身旁的景象。深淵內看似都是土壤和建物的混合物，這裡一塊飛簷、那裡一扇窗從暗色土壤中冒出來，彷彿礦牆上的紅寶石。在其他地方，則可見整棟房屋或整片街道在前方延展，深入洞穴；一座廣場或紀念碑或十字路口直接凍結在地層中。
「你要帶我們去哪裡？」桑奇亞問道。
「大半城市都沒了，」奎塞迪斯說，「但並非全部。我們從倖存之地開始，看看能找到什麼線索。因為縫隙**絕對**在這座迷宮中的某處。」
他們鑽進無比狹窄的隧道，貝若尼斯忍不住擔心他們的船過不去。
「那……這到底是什麼地方？」桑奇亞又問。
「現在什麼都不是了。」奎塞迪斯低語，聲音輕柔，卻在隧道內喧噪迴盪。「它沒有名字，也沒出現在任何一份地圖。不過久遠前，此地稱為安納斯庫斯，建造者與創造者之城。他們自稱『人民』，幸而擁有感知世界中原始銘術的知識。他們的石塊更堅硬、刀刃更銳利，他們藉此開創了一個延續超過三百年的帝國，然而，他們有時**不止**看見原始銘術。他們有時瞥見深層指令，寫入現實、使世界萬物如時鐘運行的指示，不過只會在死亡的現場看見。」
良久無人說話。克雷夫低低趴在船底，文風不動。
「瘟疫在此爆發時，」奎塞迪斯說，「造成大量死亡。我不知道這裡發生了什麼事，但……結果顯而易見。」
迴盪的水聲改變了，他們正接近一個不一樣的、更廣大的地方。
「他們看見，」奎塞迪斯說，「他們學習並打造。不過，他們打造出**新**事物。」
他們來到隧道盡頭，四周的牆開展，退得愈來愈遠，距離就算沒有數百呎，也有數十呎。他們驚愕地環顧四周，但離船邊太遠就看不清楚了。
「靠。」桑奇亞在她的背包裡摸索。「再拿一盞燈籠出來好了……」
她拿出另一盞浮燈，啓動後往空中一拋。燈光逐漸增強，淡粉色冷光掃過寬廣的洞窟。

貝若尼斯倒抽一口氣。「天啊。」

「對。」奎塞迪斯說。「我正是希望由此開始。」

看似有六個城市區塊凍結在一個龐大的岩石泡中，而且全部歪向一邊。住宅、建築物和房舍從他們這條小溪的兩側拔地而起，而溪流顯然侵蝕了將近一百棟房屋的側邊。有些建築物坍塌了——通常都是牆和屋頂的部分，因爲這些部分原本的設計明顯並不是爲了要歪斜佇立數百年；不過在這座滿是灰塵、頹圮的巨大殘缺城市，幾乎每塊磚瓦與每根柱子都寫有小銘術，其中許多建築物就是因此依然屹立。

奎塞迪斯起身眺望眼前一片片歪斜的屋頂。「這裡大約是……噢，安納斯庫斯的三十分之一。這是我找到的銘印碎片中最龐大的一塊，不過或許還有其他塊留存在泥土中。」

小石船盪向地底溪流的岸邊。他們三個人下了船，凝視著周遭由傾斜建築和傾頹城市構成的混亂景象，每一扇門、窗都似乎隨影子顫動，濃烈的塵土味與霉味持續不散。

〈這有點讓我想起平民區。〉桑奇亞沿一條歪扭的小巷望去，再抬眼注視牆壁。〈所有東西混雜在一起……〉

「開始找吧。」奎塞迪斯轉身面對他們。「克雷夫、桑奇亞，盡你們所能用第二視力看，不過我不能保證那扇門上會有普通指令。我們必須鉅細靡遺，盡可能快速搜索最大範圍。」

「還眞插他的棒。」桑奇亞咕噥。

奎塞迪斯朝後飄入黑暗中。「還有，克雷維德斯……」他輕聲說。

「怎樣？」克雷夫應道。

「如果有任何東西觸動你的記憶——千萬要告訴我們？」

接下來的幾——分鐘？小時？貝若尼斯不知道該怎麼在這個地底空間判別時間——他們在歪斜、毀損的街道上徘徊，細細查看倒塌的胸牆、破裂的圓頂，以及粉碎的房舍。他們採取嚴謹的行進路線，沿街道往前走到盡頭，然後橫越到下一條街道，再往反方向前進，所以不至於迷路。

他們判定分頭行事才能在最短的時間內搜索最大範圍，因此終究還是分開了，不過身爲團隊中唯一不能感知銘術的人，貝若尼斯覺得自己像是抽到了下下籤。「我最喜歡在恐怖的廢墟爬來爬去，身邊還只有一盞浮燈作伴了……」她邊走邊喃喃抱怨。

不過她還是鑽進塌陷的廳廊和滴著水的房間，小心地穿過遠古廢墟。她看見一些骨頭，但數量比她預期中少，不過話說回來，或許安納斯庫斯人腐朽得遠比他們建造之物快多了。

她轉過一個街角，迎上一扇通往一戶人家的石門道。門框上方刻有文字，但她看不懂。她瞇起眼研究，一面拍打口袋，想看看有沒有什麼工具能抄錄下來。

這時，她肩後傳來低沉的說話聲：「上面寫的是『此地不宜。往上。』」

她嚇得短促地尖叫了一聲，旋過身，發現奎塞迪斯飄在她身後幾呎處。

「該死，別像這樣溜到我身後！」她咆哮。

「抱歉。」奎塞迪斯說。「我注意到妳在看，因此希望提供協助。」

她又怒瞪了他一會，然後才轉回去對著門道。「什麼意思？」

「不確定。不過我相信瘟疫最終導致他們相信空氣本身有毒，因而放棄城市較低窪地區，撤退到他們的高塔。因此『往上』。」

「我不太相信這方法有用。」

「我想妳是對的。」他往前飄，直到與她並肩。「有一事一直令我不解，我覺得非問不可——克雷維德斯最近是不是似乎……**不太一樣**？」

「怎麼說？」她嚇了一跳。

「我覺得他不一樣了。我記得，在他上一個版本中，他——該怎麼說呢——頗煩人地詼諧。」

「嗳，我不認爲他喜歡待在你附近。」貝若尼斯雖然這麼說，但她知道這個答案很薄弱。她不確定她想透露多少克雷夫的心理狀態——尤其對象是個心理狀態更難以信任的強大存在。

「當然，」奎塞迪斯諷刺地說，「我也沒預期他喜歡。他對我有許多錯誤的假設，我注定只能盡我所能堅忍承受這些罪——**向來**如此。」

貝若尼斯眨眼，頗驚訝這麼小鼻子小眼睛的言論居然會出自奎塞迪斯口中，因爲他這號人物就算不神祕，也堪稱在歷史上舉足輕重，很難想像他竟會像一般人一樣爲複雜的人際關係而煩惱。

奎塞迪斯又往前飄，一直飄到與她正面相對。「但我所指並非我與他同在的時候。我的意思是，他曾與帝汎偶合，無論那過程有多短暫，他在那之後是否有所不同？」

她覺得胃發冷。「他……他從那之後就開始回想起一些事。」她不情願地說。「對。」

「有關此地。」

「對，不過都跟門無關，只是他最初在帝汎思緒中瞥見的短暫畫面。」

他別過頭思考著。「了解。」

「帝汎當時不可能對他動手腳吧？我的意思是他由**你**打造。應該……嗯，無法對克雷夫動手腳？」

奎塞迪斯歪頭。「確實極難改造或傷害克雷夫。理論上，能夠傷害克雷夫的只有他自己。」

「眞的嗎？」貝若尼斯驚訝地問。

「對。克雷夫曾將自己重設——在桑奇亞首度釋放構體的時候與她聯手。就某種方式而言，他甚至能逆轉此程序，自我摧毀，釋放自己……他擁有許多我認爲他不自知的能力，這就是其中之一。」他的頭歪向另一邊。「這就是我擔心之處。」

「什麼意思？」貝若尼斯問。

「或許克雷夫遭遇的狀況並不新，」奎塞迪斯開始飄回頂部的黑暗中，「而是於他體內沉睡已久的某個東西甦醒了。」

克雷夫在地底城市中徘徊，聆聽自己的腳步聲在暗色石塊上鏗鏘作響。

我不想待在這裡，他想著，天啊，天啊，眞希望我不在這裡。

他轉過街角，細細查看城市，建築物的表面凌亂而搖搖欲墜。

我想回去，想再回去當把鑰匙。我只想修理、發明、解決問題。那就是我。那……那樣比較單純。

然而這地方迫使他朝其他方向想。他會發現自己來到一處庭院、一個門口，或是一道階梯頂端，瞥見一段記憶的鬼魂的鬼魂：一種突然、令人無法承受的感覺，彷彿他曾置身此地或是相似的地方，每天笨手笨腳地過日子，而且是身爲一個……

一個男人，他心想。

然後，就像是他以這個簡單的思緒加以召喚，四周的世界隨之改變。

他轉身沿一條窄巷望去，而巷子突然燈火通明，變成安靜但生機蓬勃的街景，身穿繽紛藍色衣物的人接踵比肩忙著各自的日常事務，正午陽光從上方的尖塔間篩落，斑斑點點灑在他們的肩膀和頭上……

就在那兒，在遠處人群的中央，是她。她凝視他，臉龐依然陰暗，白髮依然明亮閃爍，泛紫、腐爛的雙手依然垂在身側。

他看著她。她周遭的景象淡去，直到剩下她的形體懸在黑暗中。然後她的形體淡去，直到眼前除了變暗的窄巷之外再無其他。

他凝視黑暗，用他的多種視力查看。巷子無比逼仄，但似乎延伸到千里之外。

或許通往一個不一樣的地方。

克雷夫喚醒胸甲內的聲音銘器，放聲叫喊：「**我有發現了！**」

桑奇亞對著窄小的巷子瞇起眼。「嗯，所以，這通往哪裡？」

「不知道。」克雷夫說。「但……感覺好像不一樣，想說值得一探究竟。」他讓這番話懸在那兒，不想提及在他腦海邊緣呢喃的那些記憶，還有在這座城市的陰影中低語的所有鬼魂。

貝若尼斯凝望上方以及他們四周。「我可能搞不清楚方向了，不過我以為這是在這個大洞窟的洞壁旁……小巷肯定通往另一個洞穴，或這座城市的另一區，對吧？」

「妳說得沒錯。」奎塞迪斯緩緩說道。「這是一條……小要道，通往某個我不曾發現的區域。」他低頭看著克雷夫。「你覺得這條通道有何特別之處？」

「我……我說不上來。」克雷夫說。「我只是朝裡面看，然後就好像想起這條巷子。」

無人說話。

「那……我猜你應該走進去，克雷夫，」桑奇亞說，「看看能不能想起其他事。」

克雷夫遲疑片刻，接著緩緩前進一步，再一步，讓他的腳帶著他走入通道。隨著他往前走，他感覺他的舉止緩緩改變，就連他的姿態也不一樣了——不再像平常那樣吭里匡啷暴衝，他的步伐變得莊重緩慢且慎重，凝視著面前的小巷。

他回頭看，視線越過鬼魂般飄浮空中的奎塞迪斯。「我……我以前住在後面那裡，」克雷夫輕聲說，身子略為往前傾，銘甲鏗鏘響，「你後面那邊，但現在不在了。我猜……那條路被……被抹掉了。」他又緩緩轉身面對前方。「但我現在想起來了……我以前會來這裡，每天早上都來。」

他又前進一步，匡啷響的腳步聲在黑暗中沿通道迴盪。

「來……思考，」他低語，「來走路；獨自一人。」

但走去哪呢？他不確定——然而他繼續走，全靠身下的腳步拉著他前進。

直到燈籠的光終於照亮門的另一邊。

他們停下腳步查看。敞開的門又高又窄，裝在一面裝飾華美、雕工複雜的牆上。他們朝門的另一邊看，瞥見許多狹窄通道延伸而出，纏繞成一團揪結的小徑和通道。這似乎是座迷宮，在城市原始狀態下應該設立於戶外的那種，然而裡面的牆莫名特別：像是精巧的石櫃，石門層層相疊，連綿延續到高處的黑暗中。

「這像是……某種儲存空間，」貝若尼斯低聲說，「但用來儲存什——」

桑奇亞用手肘頂了頂她，手指牆頂的位置——就在那兒，四顆石刻頭骨立於一個雕工精緻複雜的磚造平臺上。克雷夫凝視骷髏空蕩蕩的眼睛，然後再沿牆往前看，發現每隔十二呎都可見相似的裝飾：幾個裝飾用的石造頭骨，注視著下方的小徑。

他沉默了好久好久，接著他的鎧甲震顫，他低聲說：「她在這裡。」

奎塞迪斯從黑暗中下降。「誰？」

「我的女兒。」克雷夫笨重地緩緩走入納骨場，每一個腳步都熟悉，每一個動作都已知。「你的姊姊，這裡是她長眠之處。」

他們跟著他沿路前進，石骷髏沉默地盯著他們。他感覺到更多記憶在他腦中顯露，像落日藤一樣，等待太陽下山才綻放顫動的花朵。

他想起火焰的味道、夜裡的歌聲，還有淚水湧落臉頰的感覺。

「我們……將亡者火化。」他低語。

他轉彎，先左，再右，然後又是一個左。

「我們維持這種作法超過兩百年了。」他放聲說。「我們是建造者，我們決定，當我們死去，我們要將我們的軀體燒成灰燼，將灰燼與泥土混合，以此製磚，再以此磚打造我們的家園、塔樓，以及城牆；灰燼來自我們所愛之人，於是他們將永遠與我們同在，與人民同在。」

左轉，再左轉。

「不過家人先哀悼。」克雷夫低聲說。「家人爲所愛之人哀悼，直到他們準備好打造他們的石塊、燒製磚塊，重新建造世界。不過在那之前，他們的骨灰留置……於此。直到家人結束悲傷，結束哀悼。直到他們找到出口。」

他走過納骨場的通道，回想起最後那些日子，當時瘟疫起起落落，好多人在這些通道來來去去，他們哭泣、嗚咽，身上穿著灰燼色的傳統喪服。

他突然停下來，僵住了，接著頭盔緩緩轉動，對準最低層的一格石櫃。

「沒錯。」他低語。「我們把孩子放在底層，好讓父母能夠像他們還活著時坐下來和他們說話。」

克雷夫笨重地走到牆邊，緩緩坐下，巨大的金屬身體撞上磚道，引發一陣迴響。他凝視因光陰和衰敗而磨得光滑的石櫃正面，織入其中的銘術仍然穩固，他可以看見這些銘術依舊強韌穩定且可靠。石櫃內有一小團星辰般的銀色銘術：非凡、周延且不可思議，織入其中的指令是如此持久而有韌性，因而能夠永恆不滅。

她的骨灰甕，他心想。

「她還在裡面，」他低語，「我的小蝴蝶。因爲我們永遠無法停止哀悼。」

他伸出一隻鐵手，輕輕拂過石櫃。

「我們不曾找到出口……」他說。

他又瞥見她，這時她站在通道的另一端，頭髮亮白，軀體矮小腐朽，黑暗包裹著她。

「因為死亡總是與我們同在，」他低語，「我們被困住了。」

接著四周變得模糊——他現在對這種感覺不陌生了——他又來到他處。

34

又是夜晚，克雷夫站在修繕者堂前的橋上。咳嗽、啜泣與哀傷的尖叫也又打破黑暗；整座城市就是一個巨大生疼的悲傷傷口。他一面等待，一面仰望夜空，星辰和月亮被一柱柱從城市繚繞而上的黑煙遮蔽。這個景象很常見，最近已成為常態。知道這些煙來自諸多火葬柴堆，這種感覺眞怪啊。知道這些煙曾經是人民。

不會再這樣了，他心想，等我的作品完成就不會了。

左方有腳步聲。他轉身，他的妻子從陰影中走出來，圓睜的雙眼滿是煩憂，身上仍穿著灰色喪服。

「我找到路了，」她低語，「很安全。」

「妳確定嗎？」他問道。

「確定。來。」

他跟著她走向右側，沿環繞修繕者堂的溝渠前進；不過溝渠已乾涸。現在許多河流和水道都乾涸了，因為儘管人民打造許多工具，並為其命名，藉以將淡水引入城市，但還是需要人手操作。沒人能引水入城，克雷夫邊走邊想著，沒人能去田裡種植作物。沒人能看守城牆、保護我們。

他們來到一道短梯前，他的妻子隨即爬下去，邁入乾涸的溝渠。

無論是哪個神讓這個世界的心臟滴答運轉，他想著，我們都被祂以及所有人類遺棄了。

他們在泥濘的溝渠中前進，一直走到一根通往修繕者堂的粗水管前。他的妻子打了個手勢，他們便一起鑽進水管。鑽出水管後，外面太暗了，什麼都看不見，不過暗影中傳來打火石的刮擦聲，妻子的火炬隨即亮起。火焰照亮一個滴著水的巨大空水槽，修繕者堂的水原本都存放於此。一根根柱子朝四面八方延伸排列，地上的積水在火炬照耀下宛若鏡子。

「他們現在只能……只能用水桶裝水了。」他的妻子說。「很辛苦的工作，不過話說回來，無論有水沒水，結果往往都一樣。」她看著他。她依然很美，金髮披肩，不過無論她原本擁有多麼明亮、光輝的自信心，此時都早已幻滅。

「夠近了嗎？感覺到了嗎？」她問道。

感覺到了。他感覺得到他腦中那根小刺，他心裡那把鎖——還有在周遭世界亂彈的名字與符號。

「是，」他低語，「我距離上面那些……那些瀕死之人夠近了。」他抬眼望向水槽頂。「我可以看見世界在他們周遭改變。」他走到水槽的另一端碰觸那裡的暗色石壁。

「你不擔心嗎？親愛的？」她問，「不擔心自己被逼瘋嗎？」

「世界已經如此瘋狂，眞的還有辦法分辨我是否發瘋了嗎？」他的手滑過牆面。「我知道我沒瘋。我感覺得到那扇門。我看見愈多，就愈清楚該怎麼打造門，以及它需要什麼。」

她看著他，現在淚如泉湧。「另一邊是什麼？你知道嗎？」

「不，我還不確定。」

「如果你不確定門通往什麼東西，你爲什麼還要建造它？」

「妳不懂。它**想要**我打造它。它想被建造。這就像在一塊岩石中看見雕像——但這塊岩石就是世界本身。」

「很美的想法，」她說，「但你沒回答問題。你正在建造的這東西另一邊是什麼？」

「我不知道，」他坦承，「但肯定比這裡好，對吧？」

她看著丈夫，悲傷的眼睛在火炬照耀下閃爍。「她可能不在那裡，你知道的。」她說。「我希望她在。我知道你希望她在。但她或許並沒有在另一邊等著我們。」

「我不是小孩。」克雷夫說。「我知道。但或許更美好的世界在那裡等著我們。或許，一個更美好的世界等著我們所有人，在萬物的另一邊……」

她垂頭，無聲啜泣片刻。「我只是……我只是想確認我們做的是正確的事。我們送走奎塞迪斯。他是……他只是個**嬰兒**，我們卻把他送走。你和我留在這裡做……做這件事。」

克雷夫的手從水槽壁挪開。他有一段時間沒想起那男孩了。他事實上還發現自己很努力不去想那男孩。在像這樣的世界，這麼多艱辛和危險等著你的孩子，哪個傻瓜會放任自己去愛他？

「我們是，」他說，「這就是正確的事。我能修復發生在我們所有人身上的事。我做得到。」

她點頭，抹掉眼淚。「我們最近少有幸事，不過我帶了某個人來看顧你。」她伸手從口袋拿出一個以金色布料縫製的小布偶。他盯著布偶，心臟變得冰冷，手也發起抖來。他好久沒看見這布偶了。

「天啊。」他低語。他雙手接過布偶，想起它的觸感，還有他的小蝴蝶是怎麼緊緊抓著它。「瓦勒瑞亞。」

「童年的守護天使。」他的妻子說。她伸手捧著他的頭，親吻他的眉心。「願她在你於此辛勞時看顧你，並爲你帶來歡樂。」

回憶釋放克雷夫，他坐了下來。他悲慘地嘆氣，嘆得就像有把冰冷的長刀正從他肋骨間滑出。

「我現在知道了。」他低語。

「知道什麼？」奎塞迪斯問。

「我在哪裡打造它。」他站起來。「我在哪裡打造那扇門，以及我在哪裡開啓它。」

35

他們一起在這座頹圮之城的街道上飛奔，克雷夫帶頭，在這個精神分裂般的廢墟中轉過一個又一個彎，彷彿他昨天剛走過這條路。貝若尼斯跑在桑奇亞旁邊，意識到妻子的敏捷度不若從前。她抓住她的手低聲說：〈妳看見了嗎？妳看見他的記憶了嗎？〉

桑奇亞搖頭。〈沒有。我覺得我作夢的時候比較容易看見他所見——不知道這樣有沒有道理。〉

〈那我們知不知道他怎麼做到的？他爲什麼想起來了？〉

〈一點頭緒也沒有，貝兒。〉

她們看著克雷夫的銘甲在城市裡飛躍穿梭，砸穿牆、穿過門時左右碰撞。

〈眞希望我分得出揭露眞相和發瘋。〉貝若尼斯說。

〈是啊，不過……〉她們奔跑的同時，桑奇亞的目光往上飄。〈我想我知道他現在要去哪裡。天啊，我見過這景象，雖然只有一秒，但是……克雷夫受傷後，他們就是走這條路——〉

接著前方的黑暗中傳來克雷夫的聲音，他吼著：「停！」

「啥？」桑奇亞說。

「我同意。」在他們上方某處飛掠的奎塞迪斯隆隆地說道。「妳們應該停止奔跑，立刻。」

她們照做，滑行一段後停了下來。

奎塞迪斯從黑暗中降下，對著她們舉起一隻手。「慢慢走過來，然後危險就非常顯而易見了。」

桑奇亞和貝若尼斯小心翼翼走向他。她們的浮燈終於追上，貝若尼斯瞇起眼，努力理解眼前景象。前方的地面、牆壁和小巷似乎在閃爍，彷彿天空中的星辰。

然後她懂了：前方的街道由水晶構成，立於其上的一切也都是水晶。

「噢喔，要命。」桑奇亞說。

貝若尼斯的視覺終於調整完成，她凝視眼前這片閃爍的冰晶之城。每個石塊、每個街角、每個陽臺都在發光，亮得她還得抓起浮燈的黃銅小遙控器調弱亮度。最奇怪的是，她可以在不過數碼外看見水晶世界的起點，彷彿現實的裂縫或邊界，她這邊的都是岩石和塵土，另一邊則皆如玻璃，閃閃發光。

她瞇眼細看這條穿過城市的閃爍分界線。看起來像條弧線，彷彿一個圓。

那就代表有個圓心，有個源頭。

「這是什麼鬼啊？」桑奇亞問道。

奎塞迪斯屈起手指，遠處一根水晶柱顫動片刻，然後爆裂為數千片閃爍碎片。「這花了我很大力氣……」他和貝若尼斯一樣細細查看這條穿過城市的界線，接著凝視界線內部。「我相信這是鑽石。」

「**鑽石**？」桑奇亞說。「這座該死城市的這個部分是由**鑽石**構成？」

「對。」他低聲說。「這地方發生了某件事……所有岩石因而化為鑽石。」

「全能的老天啊，」桑奇亞說，「我就這麼一次撞上超過我這輩子所能夢想的財富，卻偏偏是在這裡，在這片該死的廢墟裡，而且世界末日還緊追在後。」

「鑽石地面到底有什麼威脅？」貝若尼斯問道。

「**妳們**曾經行走於一顆巨大鑽石之上嗎？」奎塞迪斯問，「我不曾，但幾乎可以百分之百確定不會好走。我當然能夠接合斷骨……但我想妳們應該不會想讓我那麼做。」

「嗯，」桑奇亞說，「了解。」

一陣匡啷聲響後，克雷夫從前方的陰影中現身，站在晶亮的通道間，顯得又高又暗。「就在前面，」他以非常低微的聲音說，「快到了。」

他靜靜站在那兒。

「你還好嗎，克雷夫？」桑奇亞問道。

「我們……我們必須去，不是嗎？」克雷夫虛弱地說，「我們須進去裡面，阻止它，不是嗎？」

「對，」奎塞迪斯說，「我們是。」

「是啊……」克雷夫的頭盔轉開，貝若尼斯一時以爲他那雙空無的眼睛正凝視著一條閃閃發光的通道，彷彿回望某個正在看著他的人。不過就貝若尼斯所見，那個地方沒有人。

「所有人都想要我進去。」他憂鬱地說。

他吭里匡啷走向他們，而貝若尼斯有一瞬間害怕了。她不曾覺得克雷夫陌生，然而此時此刻，在這個超現實、埋葬地底之地，她忍不住納悶：鉻甲內的鑰匙中是什麼東西？

不過克雷夫只朝她們張開雙臂，言簡意賅說：「上來。這裡太滑了，剩下的路我抱妳們兩個走。」

克雷夫繼續走入這座鑽石之城，貝若尼斯攀著他的左臂，桑奇亞掛在另一邊，奎塞迪斯則飄浮在他們上方。一棟建築物緩緩從前方的黑暗中顯露：一個閃閃發亮的巨大圓頂，坐落貌似運河的寬廣溝渠之後；溝渠歪斜，裡面只有幾個水窪。一道鑽石窄橋連接建築的門口和街道，兩側各有兩根柱子。儘管貝若尼斯只在桑奇亞的記憶中見過這景象，她還是立即認出來。

克雷夫來到橋前，停下腳步。他凝望對岸良久，接著低聲說：「就是從這裡開始的。我的生命從這裡開始，我在這裡與她相遇。」他抬頭看著奎塞迪斯。「我在這裡遇見那個後來成爲你母親的女人。」

奎塞迪斯戴著面具、無表情的臉旋下來看著他，除此之外依然高深莫測。

「她是修繕者。」克雷夫輕聲說，一面邁步沿溝渠往右側走。「她在修繕者堂裡工作，照料傷病者和衰弱者。我們是建造者一族，因此我們偶爾會傷到自己。她好擅長照顧我們，或至少他們是這麼說的，因爲他們從來不讓我進去。」

溝渠順著建築物的曲線略爲轉彎，底側牆面出現黑沉沉的大洞——某種排水孔，或是水管。

「不用工作的時候，我就來橋上等她。」克雷夫輕聲說。「她誕下我的兩個孩子時，我也來橋上等她。我的女兒病倒時，我每天都在橋上等她。每天。我記得……」

貝若尼斯和桑奇亞看了看對方；即將揭曉克雷夫想起多少，她們兩個人都明顯驚慌不安。不過她們保持安靜，克雷夫則是繼續前進，一片一片收復他的過往人生。

他來到溝渠邊緣，縱身一跳，像片葉子一樣輕飄飄落溝渠底。

「我以爲我不可能像愛她一樣愛任何其他事物。」他低語，一面邁步越過溝渠，走向位於修繕者堂那側的水管。「不過我的兩個孩子誕生了，而我慢慢了解原來有不同種類的愛。有些愛如此巨大，彎折了所有我沒想過能夠彎折的規則。」

他終於來到側牆上的鑽石水管前，他站在陰影中凝望水管內側。

「直到我們失去她，」他低聲說，「直到她被奪走。我的小蝴蝶。然後我不再思考愛，滿腦子剩下找尋出路。」

他沒動。他們凝視黑暗的水管內，感覺就像另一端有某個可觸知的存在正回望著他們。

「門……還在裡面嗎？」桑奇亞問道。

「在。」克雷夫低語。

「那……它還開著嗎？」貝若尼斯問道。

「不知道。我……我還沒想起那部分。」

衣物飄揚，奎塞迪斯降下來飄在他們上方。「如果是這樣，由我先進去調查或許比較明智。」

「我以為你沒辦法用那扇門，」桑奇亞說，「用了你就會毀滅。」

「唔，不盡然。」奎塞迪斯說。「我說我無法利用那扇門賦予我自己權力。也就是說，我可以目睹它，或許還能穿越它，或從另一邊將其關閉——不過當我置身現實的另一邊，我能完成的事不會太多。」

「該死，我不知道。」桑奇亞說。「我猜你就進去然後告訴我們安不安全吧。」

「當然。」奎塞迪斯說，隨即維持他慣常的盤腿坐姿，無比泰然自若地飄進水管。

接下來很長一段時間都沒人說話。他們三個坐在浮燈閃爍的燈光下。桑奇亞看著克雷夫，臉上刻滿關切。

「你對這一切想起多少，克雷夫？」桑奇亞問。

「太多了。」他輕聲說。「我以前也說過，我不想知道這些事，小鬼。我想往前看，不想回顧。」

「但你回顧就能拯救我們所有人。」貝若尼斯說。

「妳這麼認為，」克雷夫低聲說，「不過回想起那麼多過去，壞處是……是知道那並不是……我不知道。不是故事。」

「故事？」貝若尼斯問。

「對。我們眼中的自己都是這樣的，都是故事中的角色，經歷著我們的故事。不過如果你活得夠久，你會看清那根本不是故事，只是持續不斷，人來來去去，彷彿風中蝴蝶。殘酷並不總是迎來正義。你或許永遠不會迎來你想要，或你預期，或你應得的結局。或許根本沒有結局。最後你剩下碎片，未完故事的片斷，沒人得以經歷的絲絲縷縷故事。」他跪下凝望水管內，再開口時隱隱傳來回音。「未竟之業的片斷。」

貝若尼斯發現桑奇亞在哭。她伸手捏捏她的手。

「我以為我最後會跟他們在一起，」克雷夫低聲說，「跟我的家人。團聚。以某種方式，以某種方法。」他的聲音變得更加輕柔、更加低沉。「但我們都知道，那不可能發生了。」

這時他們聽見奎塞迪斯的聲音沿水管迴盪過來：「裡面沒問題，進來吧。」

貝若尼斯和桑奇亞將她們的燈籠收折好，一前一後鑽進水管。克雷夫殿後，差點就擠不進去——他咕噥著還得調整自身密度與重力，只為了前進一吋——不過他們終究過去了，爬出水管，來到數百年以前的水槽。

她們再次展開燈籠，燈光從不計其數的鑽石柱反射、折射，逼得她們瞇起眼。在正常情況下，這會是驚人美麗的地方，不過燈光隨即掃過遠端的牆，貝若尼斯看見他們一直擔心會看見的景象。

對面的牆就像克雷夫徑入帝汎時的第一則記憶中一樣：暗色的石牆，完全被複雜的銀色符文覆蓋，只有中央一塊門狀的大缺口除外——此時缺口被空白的石材填滿。

貝若尼斯凝視石塊上的符文。符文在那兒，全部寫在暗色表面上，這景象不知怎麼地令她覺得腦袋沉重，眼睛發疼，彷彿儘管指令此時陷入沉睡，她依然感知到它們在違逆現實。

她感覺心臟在胸腔裡劇烈跳動。「這是……這是……」

奎塞迪斯往前飄，一隻黑手輕輕碰觸石牆空白的部分。

「這就是了，」貝若尼斯輕聲說，「這就是我們要來摧毀的東西。」

「天啊……」桑奇亞低語，「我沒辦法……我沒辦法用銘印視力看它，就是……就是**會痛**。」

貝若尼斯嚥了一口口水。「我們該怎麼做？要怎麼摧毀它，奎塞迪斯？」

奎塞迪斯放下他的手，陷入沉思。「嗯，」他歪頭，「好吧，看來我們不能。還不能。」

「什——什麼？」桑奇亞說。「為什麼？」

「因爲……這不完整。」奎塞迪斯嘆著氣轉身面對他們。「這只是門的**一部分**，但我們必須將其全部摧毀。」

36

「什麼?」桑奇亞驚駭地說。「就是這裡了啊！我們大老遠跑來，而且……我的意思是，**看看**它！就是門的形狀吧?這是一扇**門**！看看四周！無論這裡發生過什麼**鬼事**，這裡就是中心點啊！」

「我並不質疑這裡是不是縫隙，」奎塞迪斯簡單扼要地說，低沉的聲音在整個水槽內迴盪，「不過門顯然不完整。」

「怎麼會?」桑奇亞厲聲說。「它沿牆往上，在頂部包起來，然後從另一邊一直往下到底部！我覺得很完整啊！」

「對，」奎塞迪斯說，「但——它是開著的嗎?」

桑奇亞眨眼。「呃，沒?」

「那妳看到開門的途徑了嗎?」他以令人冒火的平靜口吻問道。

「呃……沒。」

「這就是不完整之處。」奎塞迪斯說。「一扇門若要開啓，肯定有其他機制，其他機關。」

良久無人說話。

「那……你認爲這個其他機關是什麼?」貝若尼斯問。

「我不知道。」奎塞迪斯說。「你們都是銘術師，都很清楚只要是能寫上銘術符文的面即可。」

「靠！」桑奇亞說。「所以你覺得這東西可能在**哪**？」
奎塞迪斯看著她們，然後轉向克雷夫，「怎麼樣？」
又良久無人說話。克雷夫凝視著牆，不過從他們走進來之後就不曾動過。
「我不知道。」他低語。
「插他的地獄！」桑奇亞吼道。「插他的！不如我們直接毀掉這一塊，再來找出另外那塊，接著也把**那塊**毀掉？這樣一來，就算帝汎**真**在這裡找到我們，我們也已經把它的計畫破壞一半了？」
「對我來說，這些銘術**非常**難以摧毀，」奎塞迪斯說，「你知道這是爲什麼嗎，克雷夫？」
克雷夫的銘甲發出輕微聲響。「因爲牆裡的每一絲銀……本身都被銘印過。」語氣透露一絲憤慨。
「正確。」奎塞迪斯。「每個符文都含有屬於它們各自的符文，賦予它們**非凡**的恢復力。就某種意義而言，它們是以一種使它們得以抵擋地震的墨水打造。我要耗費數日才摧毀得了，或許數週。」
「你原本知道會是這樣嗎？」貝若尼斯問，「我原本以爲你打算直接把它砸爛之類的。」
奎塞迪斯聳肩。「我多少有所預期，沒錯。像這樣的縫隙確實需要強大的耐用性。」
「等等，」貝若尼斯說，「那……你原本打算怎麼摧毀門？」
一陣漫長的停頓。
「我打算從另一邊摧毀它。」奎塞迪斯終於開口。
「啥？」桑奇亞說。「我以爲你沒辦法用這扇門。」
「我沒那麼說過。」奎塞迪斯說。「我不曾說我**沒辦法**。我說的是，那麼做將摧毀我。」
一陣漫長的沉默。
貝若尼斯的嘴微微打開。「如果你打開這扇門，走過去另一邊，然後……摧毀它，那……」
「我也將被摧毀，」奎塞迪斯簡單扼要地說，「對。」

桑奇亞瞪著他。「要命。你的意思是，你是來這裡……**找死**的？」

又比漫長更長的沉默。

奎塞迪斯又嘆氣，飄下來坐在地上。「我存在了四千年，又被迫在帝汎的監牢內經歷了十倍長的時間。我雖然無論如何都不再是人類了，我腦中乘載的亙古年歲與記憶還是超過任何人應當乘載的量。然而——我拿這些年歲與記憶做了什麼？我用我的長壽成就了什麼？」他朝水槽四壁一揮手。「我看見廢墟、骸骨，除此之外就不多了。我曾探究知識的深淵，帶領人類由黑暗走入光明。然而我的所有努力都徒勞無功——就連現在，我有意以此當作我的最後作爲，卻也遭到排拒。」他抬頭看著他們震驚的臉孔。「爲何如此訝異？難道你們沒因此得到你們最想要的結果嗎？一個沒有首位傳道者的世界，一個帝汎目標受挫的世界？這對你們來說難道不是天堂？」

「我只是……我只是怎麼也想不到你會做這種事。」桑奇亞說。

「時間改變了所有人，」奎塞迪斯輕聲說，「起初把我變成怪物，後來就只是把我變得疲累。我再也不想當這個無助的幽靈，另一邊的茫茫寂靜更合我意。但……我就連那也無法擁有。」他緩緩起身。

「我想……我們最好開始找這個第二零件，並誠心希望克雷夫的記憶再次湧現……」

他們望向克雷夫。他面對著門，文風不動。

「我在思考，」他低語，聽起來有點呆愣，「我非常努力試著思考……」

不知道爲什麼，貝若尼斯心想，我不喜歡聽起來的感覺……

「要是……要是另一個零件不在這一邊呢？」桑奇亞問。

「這一邊？」奎塞迪斯問，「什麼意思？」

桑奇亞從奎塞迪斯身旁走過，像他方才一樣碰觸空白的石牆。「要是零件在……**另一邊**呢？」

貝若尼斯上前站在她身旁。「在……在萬物的另一邊嗎？世界的另一邊？」

「這是一扇通往他處的……門，對吧？」桑奇亞問，「通往現實的肚腹內？有人還在……另一邊也不是不可能的事吧？」她看著奎塞迪斯。「要是克雷夫以前爲某個人打開了門，那人帶著這個零件走了過去，然後就困在那裡呢？」

奎塞迪斯搖頭。「另一邊是……是**抽象之地**，虛幻之地，什麼都沒有，只有指令和形式最深奧難解的銘術，在一個現實**之外**的地方打造、維持著現實。只有能夠與銘術交流、改變銘術的人才能在那個界域生存——或許可以說，就是編輯。我難以相信安納斯庫斯的任何人擁有成爲編輯的能耐。若是沒有這樣的特權便跨越，幾乎百分之百會導致快速老化分解，而後死亡。」

「那麼零件就肯定在這裡了，」貝若尼斯說，「是這樣嗎？」

「是。」奎塞迪斯說。他抬腿，恢復盤腿飄浮的姿態，接著轉向克雷夫。「這樣的話……我相信我們最好開始行動。」

但克雷夫沒動，只是面對門，凍結在那兒。

「克雷夫？」桑奇亞喚道。

無聲。

「克雷夫？」換貝若尼斯叫喚，「你還好嗎？」

接著傳來嘎吱聲，剛開始輕柔，但變得愈來愈大聲。那聲音是如此尖銳、令人不安，貝若尼斯剛開始以爲門打開了、另一邊的所有力量正傾瀉湧入——但她後來發現並非如此。是克雷夫；他的銘甲正以極高的速度振動、發顫，快得他整個人都要變模糊了。

克雷夫凝視門，研究著鑲嵌在岩石中的銀色筆跡。

他記得。他記得自己寫下這些文字、打造它們，一片一片加以鍛造。籠罩在哀傷中，呻吟和哭聲在修繕者堂內迴盪，現實本身的符文在他腦中顯露。

桑奇亞對他說了些什麼，然後是貝若尼斯，但她們太遠了，距離好幾百哩，他的目光勾勒著牆上的符文，而他回想，他想起來了。

她出現在他身邊，站在他身旁，陰影中的臉轉向門，暗紫色的腐爛雙手垂在身側。

壞了，她說。

「我知道。」他低語。

好多事物毀壞，她說，好多事物出錯。

「我知道。」他低語。「我知道，我知道……」

她緩緩把頭轉過來看著他，亮白色頭髮如環繞發黑臉龐的光暈。

而你，她低語，你能修復它。

克雷夫凝視門，讀取它的指令、它的約束，它如何取用現實構造，賦予最微乎其微的……扭轉。

你需要的一切皆在此，她說，解決你的諸多問題、諸多出錯的事物——都在這裡。

克雷夫的目光緩緩轉向陰沉飄浮在他身旁的奎塞迪斯。

你最嚴重的過錯，她低語，往前靠，因爲他，有多少城市像這裡一樣化爲廢墟？

他感覺周身的銘甲震動，彷彿被大槌敲打的鼓面一樣顫抖。

拯救你所愛之人，她低語，修復毀壞之物。動手吧。立刻動手，因爲已經太遲了。

「好。」克雷夫低語，而後動了起來。

一頭霧水的貝若尼斯看著克雷夫舉起他的左鐵手，抓住右手食指捏緊，用力到發出嘎吱一聲在水槽內迴盪。聽見這聲音，她不禁一縮。他攤開左手掌，右食指已被捏扁，形似未經加工的刀片。

「克雷夫，」她喚道，「克雷夫，你在做——」

他一躍而起。

克雷夫飛向她，她縮起身子。不過說眞的，「飛」不太準確：他移動得如此快速，如此行雲流水，就像這具四百磅重的巨大銘甲在空中熔化了，穿過現實湧向她。

她本能地準備迎接衝擊，但等待落空。克雷夫的銘甲沒從他們之間撞過去，反而騰空，略爲扭身，鑽過水槽頂和他們頭之間的空間，一把將奎塞迪斯從空中揪了下來。

她轉過身，目瞪口呆地看著克雷夫衝向前，左手握著奎塞迪斯的頸部，彷彿那只是玩偶的脖子，然後將他砸在牆上符文海的門形空白上。

「克雷夫！」桑奇亞喊道。

克雷夫沒理她，只是舉起右手，伸出刀狀的手指，在奎塞迪斯頭部上方快速刻起符文；手指移動的速度如此之快，幾乎化爲一股煙，一團模糊的動作掃過石壁，塵土和碎石撒在傳道者身上。

「克雷夫！」桑奇亞尖叫，「克雷夫，你在**做什麼？**」

奎塞迪斯咳嗽，無法呼吸，在克雷夫的掌握下掙扎——然而他的咳嗽化爲劇痛的尖叫，他被釘在牆上痛苦扭動。

〈天啊，〉桑奇亞說，〈他在殺他！就像克雷夫在岸落之夜做的事一樣，貝兒，他在殺死他！〉

她們奔上前，一人抓住克雷夫的一邊肩甲，努力將他從奎塞迪斯身上拉開，但徒勞無功，感覺就像試圖拉動水槽的一根鑽石柱。

「克雷夫！」桑奇亞喊道，「放開他，**放開他！**」

「不。」克雷夫低聲說。

他的手指繼續以驚人的精準度掃過石壁，在門頂部的銀色符文之下刻畫一個又一個纏捲的符文。奎塞迪斯大口喘氣，朝牆又捶又踢，但毫無用處：克雷夫牢牢制住他，顯然正在消耗他的力量，解除讓這名傳道者得以存活的約束。

「住手！」貝若尼斯喊道，「你在**做什麼**？」

「我在拯救妳們。」他的手指劃破空白石壁，他的頭盔滿是塵土。「拯救我們。拯救**一切**。」

「方法就是殺死奎塞迪斯？」桑奇亞難以置信地問。

「不，」克雷夫說，「方法是犧牲他。」石壁上又出現另一串符文。「因爲許多生命與他相繫，不是嗎？數百萬生命，數百萬死亡。」他的手指已經因爲劃破這麼大片石壁的純粹摩擦力而變得熾熱發紅。「我可以全部用來修復門，終於修復我過去打造的東西——並開啓它。」

桑奇亞恐懼地後退。「什麼？你要……要**用**這扇門？」

「對！」他的手指繼續飛速刻寫，劃開岩石。「我……我第一次的時候犯了一個錯，不過這次我會做**對**。我會打開它，我會走過去，然後我要利用……另一邊的所有指令阻止帝汎。我會將它從現實中抹除，許願要它消失。我……我會復原一切，修復**一切**！」

他收緊抓住奎塞迪斯頭部的手，右手動得更快了，嚼穿石壁，在奎塞迪斯的頭部上方完成一個細小符文構成的寬圓，這個圓則與構成門的寬弧線狀符文相連。

「只需要，」他低語，「非常微小的調整。」

「天啊。」貝若尼斯虛弱地說。她思考著要怎麼手無寸鐵阻止一尊由傳道者製品控制的巨大銘甲，不過很快便領悟思考這些毫無意義。克雷夫可以爲所欲爲，她們完全無能爲力。

「該死，克雷夫！」桑奇亞咆哮。「我不是很懂這扇門，但我很確定門沒有**那種**功能！你怎麼搞的！你**發瘋**了嗎？」

「我沒瘋。」他的聲音依然令人不安地平穩。「我只是想起來了，現在我知道少了什麼。我只需要……加上……」

「如果你打開那扇該死的門，我們都會死，而且現實又會瓦解！」桑奇亞說。「你正要對這座城市重蹈覆轍，不過這次還把我們都拖下水！」

「妳不知道，」克雷夫說，「妳看不見。這是我的錯，也是他的錯。全部都是。我能修復。我可以，我可以！讓我試就對了！」

貝若尼斯在全然的恐懼中看著克雷夫完成圓的符文設計，接著開始刻劃最後一塊——中央較小的另一個圓。

「我是一把鑰匙，懂嗎，」他低語，「我開啓事物，我破壞阻礙，這是我的作用，我能拯救我們。」

他在圓中央劃開一個細長而奇形怪狀的孔：一個圓形的大洞，狹長的縫從下方延伸而出。

鑰匙孔，貝若尼斯想著，當然了。

接著，塵土雲忽然消失；完成了：一個美麗且無比複雜的鎖，附一串又一串陌生的符文，全部直接刻入門頂的石壁本體。

奎塞迪斯再次尖叫，在克雷夫的掌握中扭動，不過克雷夫的手指收得愈來愈緊。

「讓我做就是了，桑。」克雷夫說。

克雷夫的胸甲打開。裡面金光一閃，那是這套巨大銘甲的小心臟，明亮而跳動不休。

他的右手伸進去，刀狀的食指探向鑰匙。

克雷夫低語：「讓我爲你——」

接著他停止了——因爲桑奇亞鑽進克雷夫懷中，擋在他的手和鑰匙之間。

她伸出手，抓住刀狀的手指。

克雷夫凍結。一陣響亮的嘶嘶聲，桑奇亞哀號。鬼魅般的疼痛回音也在貝若尼斯的右手點燃，她領悟——經過方才的刻寫，克雷夫的金屬手指變得無比炙熱，桑奇亞的手掌嚴重燙傷了。

然而桑奇亞拒絕放開他。她怒視前方，淚水滾滾湧出，而貝若尼斯感覺到了。她感覺到看不見的指令從桑奇亞身上湧入銘甲，那種安靜、非屬塵世的唱誦，每次她的妻子對銘器動手腳時她都能聽見。

「妳——妳在做什麼？」克雷夫問。

「阻止你。」桑奇亞咆哮。她瞇起眼，集中注意力，在貝若尼斯腦後唱誦的聲音變得更大聲了。

「妳只會……妳只會**傷了**妳自己。」克雷夫說。「我……我感覺得到……讓我冷卻我的金屬，我可以……我可——」

「閉嘴。」她厲聲說。「你不對勁，克雷夫。我不會讓你做這種事。」

「拜託，」克雷夫說，「拜託，不要……跟我的銘甲辯論，拜——」

「不要。」桑奇亞堅決地說。她咬牙切齒，雙眼明亮憤怒。微弱的唱誦聲又變得更加大聲。「你有兩個選項。你放開奎塞迪斯，不然就用你的手指刺穿我，打開這扇門。除此之外我不會讓你的銘甲做任何事。」

貝若尼斯聽見自己尖叫著：「桑奇亞！不要，住手！**住手**！」

「安靜，貝兒！」桑奇亞怒叱。「我寧願要這種該死的死法，也不要在他開門後被毀滅！」

「拜託，別……別擋我的路，小鬼！」克雷夫喊道。「會成功的！我保證！別擋路，讓我**救**妳！」

「不！」桑奇亞說。「該死，克雷夫，帝汎對你動了**手腳**！你不是你自己了！你看不出來嗎？」

「才……才沒有！」他啜泣。「妳不懂嗎？」

「不懂什麼？」桑奇亞問。

他轉動頭盔盯著奎塞迪斯的臉。「妳不懂我有多麼……多麼**恨**他嗎？」他嘶聲說。「妳不懂我有多恨自己知道這是我的孩子嗎？知道我對他做了這種事，他對我做了這種事？知道這股憎恨在我體內，而且很眞實，而且確實屬於我？」

「克雷夫，」桑奇亞說，「我懂，但這樣無濟於事。」

克雷夫的銘甲顫抖，他緩緩靠近被他釘在牆上的奎塞迪斯，對準那張面具的眼睛。「我……我……我對你**失望透頂**！」他吼道，「我希望死的不是她，是**你**！」

克雷夫將奎塞迪斯往牆裡磨輾，奎塞迪斯發出咯咯聲，無法呼吸。

「應該是你才對，應該是**你**才對！」克雷夫尖叫。「我希望我們**全部死掉**，就這麼……就這麼燒成灰，或是跟所有人一樣在地底腐爛！那樣就好多了！比這樣，比這樣，比變成**這樣**好多了！看看你對我做了什麼！」他的聲音放大爲震耳欲聾的隆隆聲。「**看看你對我做了什麼！**」

「殺死他、」桑奇亞說，「打開門也辦法修復任何東西！」

「會修復的！」他怒吼。

「不會！你和他，你們根本他媽一個樣！都自以爲能夠獨立修復這個世界！甚至看不見自己的該死腳上插了一根釘子，還這樣繞著圈子走了**幾百年**！」

「閉嘴！」克雷夫吼道。

「你在這一切的最開始就這樣做了，而你現在又要這麼做！」她吼回去，「你逃走！你不是解決問題，而是逃走，跑去找什麼神奇的解決方法！在需要你的人最需要你的時後丟下他們！你現在又要做一樣的事了！你要走進那扇門，丟下我們獨自面對你闖下的爛攤子。你看不出來嗎？」

克雷夫站直，手上還抓著奎塞迪斯，手指依然被桑奇亞緊緊握住。他矗立在她面前，這具巨大、嘎吱作響的武器隆隆說道：「放手。」

「不要。」桑奇亞說。

「讓我了結這件事！」他吼道。

「沒門。」

「桑奇亞！」他大喊，「**滾開**就是了！」

「現在就殺了我吧，」桑奇亞說，「我會成爲另一個供你哀悼的名字，你這蠢混蛋！但我可不知道你有沒有辦法也爲**那份**悲傷找到出路！」

克雷夫憤怒又悲痛地咆哮。他的手往前推，尖銳的食指一吋一吋靠近桑奇亞的心臟。

貝若尼斯尖叫，癱倒在地，雙手緊扣著自己的頭側。

克雷夫手指的刀和桑奇亞的胸口剩幾吋距離了。桑奇亞的背緊靠克雷夫的腰部，她閉上眼，皺著臉等待……

然後，手指緩緩停了下來。

克雷夫矗立在她身前，左手依然抓著奎塞迪斯，右手剩一抹燭焰的寬度就要刺穿桑奇亞的心臟。貝若尼斯凝視刀尖，無法呼吸。無人動彈。

桑奇亞小心翼翼地將眼睛睜開一條縫，凝視著依然被她握在手中的那根手指。

〈貝兒？〉桑奇亞說。〈他是不是……是不是……〉

〈不知道。〉貝若尼斯說。〈我不知道到底發生什麼……〉

接著克雷夫開口了：「不。」他輕輕地說道。他的頭盔在肩膀上轉動，望向右側牆上的空間——那空間空無一物，他卻彷彿正對著某個看不見的東西說話。

「不。」接著他放大音量：「不，我不做。我不要殺她。我不要這樣——」

克雷夫凝視訪客，她的頭髮依然亮白如光暈，儘管她就在幾吋外凝視著他，她的臉也依然籠罩在黑暗中。動手，她低語，你知道你必須這麼做。只有這樣才能修復你所做的一——

「不。」他又說一次。「不，我不要。我不要殺她……我不會重蹈覆轍。絕不。」

那麼你就是個失敗者，她說。

「閉嘴。」

你救不了其他人，你也救不了她們。

「我不要再聽妳的話了。」他低聲回應。「我……我不知道妳是誰，但……但是我不想要妳了。」

他抽回他的右手，刀退離桑奇亞胸口。

「我不是以前的我了。」克雷夫輕聲說。

他鬆開左手，氣喘不已的奎塞迪斯掙脫他的掌握。

訪客退後，更加靠近水槽的暗處。

「我被改變，再改變，再改變。」克雷夫朝她上前一步。「我被改變了好多次，我再也不知道自己是什麼了。但我知道我不是這種東西。」

他又前進一步——與此同時，訪客又退後一步。

「我不是這種東西。」然後他絕望地尖叫：「**我再也不是這種東西了！**」

她退回黑暗中消失無蹤。克雷夫站在那兒凝視著她方才所在位置，接著緩緩蹲下，最後坐在地上，哭了起來。

貝若尼斯看著克雷夫哭泣，接著跑到桑奇亞身旁。她小心翼翼地握住桑奇亞的右手臂，低聲說：

〈讓我看看。〉接著在共享的疼痛下抽了口氣。她妻子的右手掌冒出水泡，燙紅的肌膚一片狼藉。

〈我們立刻包紮，〉貝若尼斯說，〈招待能夠治療，他們很擅長處理燒燙傷。〉

〈爲了維持門緊閉，〉桑奇亞說，〈這只是小小的代價。〉

她們一起看著克雷夫坐在潮溼的水槽地面啜泣。

她們身後傳來呻吟聲。貝若尼斯轉身，看見奎塞迪斯飄離地面，仍因克雷夫刻牆的粉末而一身白。他手指一彈，空氣一陣脈動，所有粉末顆粒從他身上飛落，在空中旋繞著，直到形成一顆暗色的彈珠，在空中懸浮片刻，然後沉沉落地。

「我不太喜歡那樣。」他用低沉的聲音說道，接著望向桑奇亞。「感謝妳……方才所作所爲。」

「要報答我的話，你可以告訴我剛剛到底發生什麼事。」桑奇亞厲聲說。「克雷夫怎麼了？」

「我不確定，」奎塞迪斯說，「不過我有個猜測……」他飄上前研究還坐在地上啜泣的克雷夫。「有個東西——多半是帝汎，或許有意，或許無心——喚醒了克雷夫對這段時間的記憶：他想起自己是誰、爲何打造這扇門。這過程頗名副其實地將他恢復爲過去的他。然後，當他第二次面對這扇門……」

「他試圖做出相同的選擇。」貝若尼斯輕聲說。「他就像數千年前一樣，打算再次打開門。」

「正確，這很可能是帝汎要的。」奎塞迪斯歪頭。「然而……這想法感覺頗荒謬。因爲無論是不是出於意外，我想不出帝汎能用什麼方法喚醒克雷夫腦中的這些記憶，」奎塞迪斯說，「除非它對這段過去擁有一套屬於它**自己**的記憶。」

「你是說，當時在安納斯庫斯，帝汎跟克雷夫在一起？」桑奇亞困惑地問。

「對，或是帝汎能夠取得某人對那段時期的記憶。」奎塞迪斯說。「帝汎是由許多實體、許多個人融合而成。妳們的老戰友格雷戈、瓦勒瑞亞，還有此外許多個體。這想法令我心煩。」他低頭沉思了一會兒，然後望著她們：「請……容我與他獨處片刻。」

貝若尼斯和桑奇亞雙雙遲疑了。

「我不會傷害他。」奎塞迪斯說。「我無意向他復仇，只是對他有所請求。如果妳們能暫避，那就感激不盡了。」

她們看了看彼此，接著桑奇亞憂慮地嘆了口氣。「好，但別拖太久。我們沒時間了。」

「我知道。」奎塞迪斯說。

克雷夫坐在水槽地面，慘兮兮地凝視著面前的汙濁水窪。他隱約察覺貝若尼斯和桑奇亞離開了，奎塞迪斯飄在他身後，但他發現自己丁點也不在乎。他太累了。

「我速戰速決，」奎塞迪斯低聲說，「因爲日出已近。你是對的，我早該死了。」

「我不是那個意思。」克雷夫咕噥道。「那時候我……我不是我自己。」

「不，你是對的，但不是你所想的那樣。」奎塞迪斯飄近。「我早該死了。你早該讓我死。你不該把我變成這東西。我當時不是這麼想。我幾乎不曾去想——直到最近。但我不該存在，你也是。」

「所以？」

「所以——我要問你一件事，克雷維德斯。」他又飄近一點。「是你造成現在的我、你自己，並造就此地的命運——你知不知道你能夠將自己**撤銷**？」

「**撤銷**我自己？」

「你是一個工具，擁有摧毀界限、規避阻礙的能力。你能摧毀傳道者事物——例如我。你也能對此時此刻維持你現有狀態的事物做相同的事，穿透維繫你現有狀態的抽象概念，將其一片一片拆解。」

「你——你是說……等等，你是在叫我**自殺**？」克雷夫問。

「如果你撤銷自己，」奎塞迪斯接著說，「我相信你也會撤銷你**碰觸**的所有銘術或變造。撤銷你的威力就是如此強大。」他一頓。「你或許覺得自己對我毫無虧欠——但這是因爲你不記得自己要求我做過些什麼。然而這是我應得的，克雷維德斯。我覺得這是我應得的。」他舉起右手。「如果這一切不如預期，感覺……感覺似乎本應如此，一如我過去許許多多次那樣握著你，和你一起離開這個世界。」

奎塞迪斯凝視他良久，右手遲遲沒有放下。面對這麼瘋狂的請求，克雷夫不知道該說什麼才好。

「言盡於此。」奎塞迪斯說。「我現在要找個地方思考我們能做些什麼——以及**是否**眞還有我們使得上力之處。」

接著他沒再多說一個字，隨即飄向水管，退回外面的溝渠。

貝若尼斯和桑奇亞分坐克雷夫兩旁，凝視著水槽的暗處，一面聽他描述他和奎塞迪斯的對話。

〈他要你殺死他？〉桑奇亞問，〈還有你自己？要命，那眞是……那眞是瘋到極點了。〉

〈或許吧。〉克雷夫輕聲說。〈不過當你活得夠久，曾經看似瘋狂的事……也會變得合理。〉他的視線回到符文之門。〈我要爲我做的事道歉。〉他低語。

〈你停下來了啊，〉貝若尼斯說，〈你有可能做出可怕的事，但你並沒有。〉

〈我早該跟妳們說我看見什麼，還有我……我身上發生什麼事。不過感覺就像我被下咒了。我就是沒辦法。〉

〈你都看見些什麼，克雷夫？〉桑奇亞問道。

〈一個……一個老嫗，古老又腐朽。每次看見她，我都會想起一些事，想起我過去人生的某個片段。我恨她、怕她，不過我……我還是希望能想起來。〉

〈你不認識這個女人嗎？〉貝若尼斯問，〈不記得她嗎？〉

〈對。〉

〈你也不記得門的另一個零件是什麼、有可能在哪裡？〉桑奇亞問。

克雷夫悲傷地搖頭。〈我不記得。我們就是需要這部分的記憶，我偏偏想不起來。〉

他們靜靜坐著，凝視著滴著水的黑暗。接著貝若尼斯張開嘴，思考了一下，又轉過去細看那扇門，尤其是克雷夫剛剛加上去的部分：門最上面的鎖。

〈奎塞迪斯說帝汎試圖拐騙你做你很久很久以前做過的事……〉她輕聲說。

〈嗯哼？〉克雷說，〈所以？〉

〈所以……你試圖打造一個鑰匙孔。就在剛剛。供鑰匙插入的孔。〉

〈所以？〉克雷夫說。

〈所以，〉貝若尼斯說，〈要是這本身就是你很久很久之前某個決定的回音呢？因爲，說到底，除了用鑰匙，你還能怎麼打開一扇門？〉

克雷夫一躍而起，大喊：「**混蛋！**」

她們憂心忡忡地看著他，而他沒反應。

「就在我眼前，」他低語，「就在我**眼前**啊！」

他轉身，跟在奎塞迪斯後面沿水管鑽了出去。

貝若尼斯和桑奇亞凝視他離去的方向片刻，看了看對方，接著彈跳起來，也急如星火地鑽進水管。

貝若尼斯和桑奇亞一出水管，克雷夫隨即撈起她們，跳出溝渠，衝過鑽石城的閃爍街道。

奎塞迪斯從黑暗中降下來飄在他們旁邊。「這是不是代表你們知道另一個零件在哪了？」

「對。」克雷夫說。「我想是啦。我認爲我們**已經**見過那東西了，只是我們不知道！」

「很好。」奎塞迪斯說。「因爲我也做了一些推測，結果導向一個遺憾的結論。」

「什麼結論？」貝若尼斯問。

「如果帝汎**希望**克雷夫來此，那它跟我們的距離很可能遠比我預料近上許多。」他抬頭看洞穴頂。

「如果我是帝汎，我會在破曉時分、我的力量衰退之際到來，我相信我們剩不到一小時了。」

37

夜風敲打粗礪石牆，克勞蒂亞忍不住發抖。她在設計的其中一個古怪小飄浮升溫器前搓手，拿起裝著藥泥的小鍋子。蚊子和豬是一回事，她心想，一面舀出一點藥，不過無論何時，我都寧可選牠們和熱帶，也不要這麼冷……

她輕輕打開笛耶拉的嘴，把藥倒到女孩的牙齒後合上嘴，輕輕按摩她的喉嚨，直到她把藥嚥下。女孩的體溫感覺降了些，汗水也消退了。此時這個小小要塞內銘印燈昏暗——克雷夫和他的符文典距離太遠，無法完全維持銘術——但笛耶拉也恢復血色了。這一切可能只是涼夜的作用，不過克勞蒂亞並不認爲是這樣。她之前也照顧過病患，知道疾病退散看起來是什麼樣子。

笛耶拉嗆咳，接著睜開眼。

「噢！」克勞蒂亞說。她驚慌地停頓了一會兒。「噢，靠！妳是不是……插他的地獄啊……」她扶起嗆咳的女孩，讓她斜躺著，拿了一杯放涼的開水給她，而她飢渴地喝下。

笛耶拉大口喘氣，然後又咳了起來。「我……我好渴……」她低聲說，聲音細小發顫，彷彿過去自身的回音。她又接著喝，喝到克勞蒂亞都不禁擔心起她會吐出來。

「妳還好嗎？」克勞蒂亞問，「會不會喘不過氣，還是……」

笛耶拉嗅了嗅，環顧四周，動到膝上還裹著繃帶的手臂，不禁皺起臉。〈天啊……我們在哪？〉她無聲地問道。

〈某個被詛咒的地方。〉克勞蒂亞說。〈桑和貝兒應該很就回來了。妳需要休息。〉

笛耶拉的眼睛睜得更大一點，接著瞇起，克勞蒂亞感覺到思緒在女孩腦中定形，知道她想要什麼。

〈噢，親愛的孩子，〉克勞蒂亞嘆著氣說，〈別。休息吧。〉

〈先通訊環，〉笛耶拉說，〈然後再休息。〉

〈妳現在就跟剛破繭的蝴蝶一樣脆弱。〉克勞蒂亞說。〈休息吧，求妳了。別這麼做。〉

〈如果我不做，〉笛耶拉說，〈吉瓦就沒人知道我們發生什麼事了。我只能冒這個險。〉

克勞蒂亞看著她。女孩的眼神堅定如鋼鐵——克勞蒂亞覺得這神情熟悉得令人難受。

每當桑奇亞有事心煩，不願意被勸說放下，她也會流露相同的神情，她想著。

她打開背包，小心地拿出笛耶拉的通訊環。

「我完全不喜歡這樣，笛耶拉。」克勞蒂亞說。「情況不妙，我會把這鬼東西從妳頭上扯下來。」

「盡量確定我不會弄斷我的手臂就好，」笛耶拉畏縮，「還是說，不如斷成更多截……」

克勞蒂亞吸氣，穩住，接著把通訊環套上笛耶拉頭部。

女孩立即哭喊出聲。她拱起背，裹著繃帶的手臂差點砸落地，不過克勞蒂亞抓住她的肩膀，穩住女孩的身體，因此她動彈不得。她終於安靜下來，身體也放鬆了。她躺在那兒，文風不動，神情空洞，克勞蒂亞忍不住做起最壞打算。

「女孩，」克勞蒂亞喚道，「妳……妳……」

一個心智突然在克勞蒂亞腦中湧現——彷彿好幾年沒感覺這個心智了——笛耶拉睜眼，深深喘息。

「活……著，」笛耶拉的嘴以緩慢沉著的韻律說道，「活著。還有……」她的目光轉向克勞蒂亞，「還有妳，克勞蒂亞，都……都還活著。」

克勞蒂亞點頭，她感覺自己和吉瓦的一部分——尤其是招待——如此密切相連，驚嘆不已又不知所措。「對。我們都還活著，然後……」

「對。」招待——笛耶拉說。他們瞇起眼，消化著所有經過。「你們……與奎塞迪斯同行。他還活著，而且在幫你們……」招待——笛耶拉的表情一時變得疏遠。「笛耶拉傷得很重。她受的傷好……好**嚴重**，但我可以幫助她的意識忽略疼痛，暫時。」

「吉瓦的情況怎麼樣？」克勞蒂亞問。

「忙。」招待——笛耶拉說。「我們備戰，就算是現在也一樣。」

「戰爭？」

「對。我們一直沒收到你們的消息，而妳知道任務尚未完成。一切都仍未定。」他們皺起眉。「我們甚至讓設計進行他們的幾個更，呃，**激進**的計畫……」

「那個汎水的鬼東西嗎？」克勞蒂亞問。「我告訴過他們，那破銅爛鐵永遠不會成功。」

「對，嗯……是有過幾次成功，不過我必須坦承，那整個東西讓我有點緊張。」他們看著她。「吉歐很好。他想妳。當然了，瑞提也是。」

克勞蒂亞閉上眼。她很訝異淚水居然這麼快就冒出來，也很訝異自己居然哭到渾身發抖。「告訴他們，我也很想他們。」她一面吸鼻涕一面抹臉。

「會的。」招待——笛耶拉說完後緩緩眨眼。「桑奇亞和貝若尼斯……她們去破壞帝汎的計畫嗎？」

「對。我也希望我知道得更多，但只有這樣了。」

「好。可以的話，我想再靠近一點，我們才能——」

他們唐突地停下來，接著轉過頭看著不遠處，忽然顯得非常不安。

「怎麼了？」克勞蒂亞問。

「有東西……有東西……在靠近。」招待——笛耶拉低聲說。「妳可能不夠敏感，無法察覺，不過我……我……」

「奎塞迪斯嗎？」克勞蒂亞問。「是他嗎？」

他們搖頭。「不是。」他們壓低音量。「是一個符文典，距離遙遠但力量強大，而且……」他們瞪大眼，極端恐懼的神色在他們的臉上蔓延。「噢，不。」他們輕聲說。

「招待？」克勞蒂亞說，「發生什麼事了？」

招待——笛耶拉嚥了口口水。「克勞蒂亞，」他們嘶啞地說，「聽著，我們時間不多，妳現在聽我的指示行動，動作愈快愈好。」

「爲什麼？」克勞蒂亞問。「怎麼了嗎？」

「妳需要拿一套偶合鞘衣、克雷夫的徑碟，還要一根哀棘魚毒鏢。妳要用偶合鞘衣把笛耶拉的頭——這顆頭——裹起來，通訊環才不會被發現。然後妳只能祈禱那東西不會注意到妳，或是不把妳當一回事。」

「什……什麼東西不會注意到什麼？」克勞蒂亞問。

「現在！」招待——笛耶拉厲聲說。

「但是**什麼**要來了？」

「爲了妳孩子的愛，克勞蒂亞，**立刻**行動！」

克勞蒂亞一躍而起，在他們的補給品中一陣翻找，拿出毒鏢和偶合鞘衣，然後跪下裹住笛耶拉的頭，謹慎地遮住通訊環，包得就像她的頭跟她的手臂一樣受了重傷。

「克雷夫的徑碟。」招待——笛耶拉伸出一隻手，克勞蒂亞將徑碟放在他們掌中。「好，」他們說，「這應該能讓持有者與他相連，並得以使用他的所有特權——就算持有者是奎塞迪斯也可以。」

「你……等等，你**想要**賦予奎塞迪斯那些特權？」克勞蒂亞困惑地問。

「對。」招待——笛耶拉說。「聽著，我很快就會切斷我和笛耶拉的連結，她會失去意識，妳的話……」他們望向克勞蒂亞。「拿起毒鏢刺妳自己。**現在**。」

「現——現在是怎樣？」克勞蒂亞震驚地問。「你要我把自己弄昏——」

「對！」招待——笛耶拉喊道。「沒時間了！不能讓它知道我們的詭計！妳必須失去意識躺在我旁邊，就好像妳也病得很嚴重一樣，它才不會窺探妳的思緒！快！」

克勞蒂亞困惑地低頭看手中的毒鏢。「我甚至不知道現在是什麼情——」

「動手，克勞蒂亞！」招待——笛耶拉喊道。「它快到了！立刻動手，**立刻**！」

克勞蒂亞牙一咬，拿起毒鏢往自己的肩膀猛力刺下去。她立即感覺到末梢變得麻木，她搖搖晃晃往後倒。她的膝蓋發軟，隨即癱倒，稍微滾了一下，盡量躺在笛耶拉旁邊。

她的眼睛無法對焦，只能勉強看見招待——笛耶拉喘氣，接著癱軟，閉上眼。她自己的意識逸散、消逝、愈縮愈小……

然而，在她心智的後方，她感覺到了。

她感覺有東西緩緩出現在她腦中，某個陌生冰冷的東西。她領悟那東西正在將自己與她偶合——或者應該說，可能是某個早已和她偶合的東西正愈靠愈近，作用力穩定增強。

她暈沉沉地透過破牆望向外面的黑夜，地平線上的幾顆星辰忽然熄滅……因為，她領悟，它們被某個東西遮蔽了，那個東西巨大黑暗得難以置信，正飛過山脈，朝她所在之處而來。

然後她的思緒、她的存在，她的意志本身都被炙熱絕對的指令覆蓋：〈**桑奇亞在哪？他們在哪？**〉

她花了一點時間才想通這是誰的意志，而她的最後意識、自我想法只剩下徹底的恐懼。

帝汎？帝汎找到方法把……把它自己跟我偶合？也跟……跟桑奇亞和貝兒偶合？

然後她下墜、下墜，墜入深沉無夢的睡眠，然後就什麼都不知道了。

克雷夫衝進傾斜的街道，奎塞迪斯在上方飛掠，桑奇亞和貝若尼斯緊跟在後。記憶在他腦中湧現，有如納骨場的黑煙那樣竄入天際，有如咳嗽那樣在城市裡迴盪，陰影中滿溢病患、瀕死者、哀悼者的陰沉凝視。

「鑰匙就是出路。」克雷夫一面跑，低聲說道。

他衝進巷子，轉彎又轉彎，經過毀壞的街道和頹圮的塔樓。

「我一心，」克雷夫對自己說，「爲我的哀傷找到出路。」

又一段塌陷的住家，又一區倒塌的建築。

「出路……」克雷夫低聲說，「一個從這一切之中溜走的詭計……」

愈來愈多，愈來愈快。

「克雷維德斯，」上方傳來奎塞迪斯低沉沙啞的聲音，「即將天亮。我……快沒時間了……」

「快到了！」克雷夫喊道，「快了，快了！」

他看見納骨場的大門就在前方，微弱的燈籠光芒下，雕刻骷髏的弧線隱而不見。

「那裡！」克雷夫大喊。「我想就是那裡！肯定是！」他回頭看桑奇亞和貝若尼斯有沒有跟上，但隨即停下腳步。

她們沒跟上。事實上，她們文風不動，雙雙站在其中一條巷子中央，不過克雷夫愈是看，愈是領悟「站」這個說法不太對。看起來像她們在跨大步的中途凍結了。

「桑奇亞？」他喚道，「貝若尼斯？」

無人動彈。她們完全靜止，幾乎就像舞者在表演開始前的定位姿態。

「走啊！」他喊道。「妳們在做什麼？桑，妳在**做什麼**啊？」

依然無人動彈。

「妳們怎麼搞的！」克雷夫吼道。他越過她們，伸出金屬大手輕推貝若尼斯。「走啊！**走啊**！」

她還是不動，依然微微低著頭原地凍結。

「搞什麼鬼。」克雷夫抬頭望向陰暗處，奎塞迪斯飄在上面。「幫幫我！」他對他喊著，「她們怎麼了？」

「我不……知道。」奎塞迪斯說，聲音聽起來無比虛弱。「她們的銘術，她們的偶合……肯定出了……出了……」

接著桑奇亞忽然全身顫動。她伸出一隻抖動的手，抓住手指上充當徑碟與克雷夫相連的指環，猛力扯掉。

「桑奇亞，」克雷夫說，「怎——」

她抖得更厲害了，接著她結結巴巴地吐出一個字，同時折起身子，繃緊每一塊肌肉，彷彿光是擠出這個字就造成難以言喻的疼痛：「ㄆ——ㄆ——**跑**！」

他困惑地看著桑奇亞也扯掉貝若尼斯的指環——她依然詭異地凍結著，彎腰對著小巷的石地，桑奇亞隨即把兩個指環都遠遠拋開，抬起頭看著他。

她齜牙咧嘴，露出每一顆歪斜的牙齒，雙眼圓睜，眼神狂亂，淚水濡溼臉頰。

「**ㄆ**——**跑**！」她透過緊咬的牙尖叫，「ㄆ——ㄆ——ㄆ——跑……就ㄉ——ㄉㄉ……」

上方傳來奎塞迪斯的咆哮聲：「走！**走**！帝汎來了，它來了！」

「什麼！」克雷夫喊，「已經到了？」

「對！無論你在找什麼，我們都須立刻拿了就走！否則你朋友們千辛萬苦到這裡就**白費**了！」

克雷夫一時只是站在那兒，滿心困惑害怕。接著他最後一次朝桑奇亞和貝若尼斯悲切地一瞥，喊著：「我會回來救妳們的！」隨即轉身衝進街道間，奎塞迪斯高速跟在他身後，不過這名傳道者的動作愈來愈慢，一面大口喘氣一面疾速飛過空中。

他們來到納骨所，此處的入口通道搖搖欲墜，延伸到高處。克雷夫衝進去，轉彎又轉彎又轉彎，在上方的雕刻骷髏凝視下全速奔馳。*我認得這條路*，克雷夫想著，*我也知道我過去做了什麼。*

他終於來到女兒的那格石櫃前。克雷夫跪下，凝視櫃門，研究著其中的亮白色邏輯小星辰——但他現在知道那是什麼了。

城市瓦解、崩潰，克雷夫想著，*我在試圖逃離前來到這裡。*

他伸手小心地打開石櫃。

櫃中有兩樣物品：首先是個黑色的小骨灰甕，時光在上面堆積灰塵，不過幾個耐久性、恢復力和韌性的指令編織其中；接著是一小堆灰色的粉碎物——一邊有一小塊生鏽的金屬，多半是殘存的木盒鉸鏈，本體早已分解。

亮白色銘術星辰在那一小堆分解的木料中閃爍。

克雷夫的金屬手指小心翼翼篩過粉末堆，觸及埋藏的金屬，隨即將那東西抽出來捧在雙手中。

一把鑰匙。一把精鋼打造的鑰匙，無數耐久性與韌性的指令交織其中——不過，在其中一根簡單的大鑰齒上，有許多細小複雜且纏繞的符文，克雷夫不曾看過像這樣的銘術。

最令他震撼的是打造成飄逸、花朵般蝶翅形狀的鑰匙頭部。

當然了，克雷夫想，*妳是我的小蝴蝶。*他凝視石櫃內的黑色骨灰罈。*我卻永遠無法放妳自由。*

他轉頭找奎塞迪斯，但沒看見他。他收縮銘印視力，看見那團暗紅色遠遠落後，此時仍在城市中迂迴飛行。他好虛弱，他想著，不，不，他又要失去神智了……

克雷夫緊握銀色鑰匙，跳上去站在迷宮的牆頂。他看著奎塞迪斯搖搖晃晃飛過來，他的呼吸聲好大聲，看起來痛苦費力，像正承受著可怕的高燒。

「過來！」克雷夫高聲喊道，「拿這把鑰匙去摧毀門！」

奎塞迪斯飛過城市空中，顫巍巍地朝他伸出手，但他愈飄愈低。

克雷夫打開他的胸甲，露出裡面的黃金鑰匙。**「用我！用我過去那裡，我們一起毀掉門！」**

奎塞迪斯看似打起精神，稍微加快速度又往前飛了一點，但又停下，緩緩抬頭望向這個巨大地底空間的泥土頂部。

「不，」他輕聲說，「太遲了。」

克雷夫也朝那方向望去，看著黑沉沉的洞頂，接著，令他震驚的是，他看見了。

銘術。符文。他能夠透過大地看見它們，就像是有許多銘器聚集在廢墟城市上方的地表，也或許是一個銘器正緩緩降落……那就會是一個**巨大**的銘器了……

然後他懂了。

「噢，不。」克雷夫低語。

世界靜止。

空氣中一晃、一振、一閃。

然後……

洞穴的整個頂部消失。

破曉晨光射入地底城市，在這個漆黑之地顯得如此明亮，彷彿太陽本身砸穿了洞穴頂。克雷夫凝望上方大地的巨大破洞，數千平方呎的泥土和石頭都在一眨眼間被抹除。洞口邊緣滴水，石塊乒乓墜落，大洞邊緣的整片山坡塌陷——然而有其他東西在上方移動。

他覺得自己透過裂口瞥見泛紫的清晨天空，但這片天空幾乎完全被……被某個東西遮蔽。或許是月亮？還是另一塊地形，像是懸在裂口正上方的一整面峭壁？剛剛那次變造是否太劇烈擾亂現實，導致空間和地形根本從此失去意義？

不過他領悟：他看見某個東西的底側，像是一顆不規則延展的巨大石球，幾乎有四分之一哩寬，懸浮在巨大裂口上方——幾乎像座浮島。它的底側布滿金屬與石塊，磚塊與管道構成的經脈遍布其上。石球緩緩下降填滿裂口，他看見浮島底側亮起白色的銘術，閃電狀的邏輯畫過岩石。一圈搏動的古怪光暈繞著浮島顫動，彷彿它另一側在發光——然後他懂了。

浮城。我們在死靈燈裡瞥見的其中一座飄浮堡壘……

天空忽然一陣紛亂：十二個死靈燈無聲從浮島邊緣滑出，隨即像深海中的鯊魚一樣繞著堡壘打轉；無光的浮城底側一閃，巨大的黑色物體開始朝地底城市下墜，有如隕石進入大氣層時濺射碎片，砸入他四周的廢墟。

黑色物體猛然活了過來，轟鳴聲響徹洞穴內，它們躍過坍塌的城市朝他而來，高速劃過遠古石塊，彷彿跳過溪流的蟾蜍。

克雷夫馬上知道它們是什麼：巨甲，就跟他在監牢那兒對打的那一具一樣，不過不只要跟一具打——一具他就打得很吃力了——現在有六具，而且都沒扛著像傳道者監牢這樣的重負。「不，」他虛弱地說，「不，不，不……」他望向奎塞迪斯；隨著曙光在天空推進，他此時正直直墜入城市。

克雷夫蹲低，一躍而起，衝向奎塞迪斯墜落之處，然而就在他靠近的時候，下方某個東西一閃，其中一具巨甲抓住他的靴子，將他從空中扯了下來。

他在轟然巨響中落地，隨即起身瞪著包圍他的五具巨甲，它們彷彿因爲無法遏抑的狂怒而發顫震動著。他低頭看著抓住他靴子的那具。它以詭異的蛇般姿態起身，令克雷夫想起昂首準備攻擊的樹蛙。

被困住了，他想。他舉起握著銀色鑰匙的手。我把它丟出去，丟到某個帝汎永遠找不到的地方……

巨甲撲過來。一個抓住他的右手，另一個抓住左手，再兩個分別抓住他的兩條腿，這四具巨甲拉開他，用力到他還得命令銘甲不要散開，注入他的論述和條件，避免銘甲四分五裂。

這就是它們要的，他想，讓我忙不過來，沒心思管其他事，根本照抄我們在監牢對帝汎做的事。

其中一具沒事幹的巨甲顫動著靠近。一隻大黑手探過來輕拉他緊緊握在掌中的銀色鑰匙。

不！不，我不放手，我不放——

巨甲以驚人的力量猛力一拉，鑰匙脫手。

「不！」克雷夫喊道，「不，不，不！」

四具巨甲一起小步快跑了起來，有如把表演者扛在肩上的舞者，它們穿過一條條街道，回到城市中鑽石區塊內的修繕者堂。

「你們這些雜種，」克雷夫對著它們尖叫，「你們這些爛到底的**雜種**！」

他無助地看著其中一具巨甲脫隊，數分鐘後帶著三個人回來：奎塞迪斯、桑奇亞和貝若尼斯。它將他們放在橋尾的鑽石地面上，退後，看似在等待。

廢墟城市內良久無聲，只聽得見身旁巨甲高高低低的嘶嘶聲和嘎吱聲。

接著，上方高處傳來輕柔的金屬嗖嗖聲。克雷夫抬頭，看見飄浮堡壘的一部分脫離了。這是一個大石碟，謹慎織入銘術以控制自身的重力——而且正在下降。

被巨甲牢牢抓住的克雷夫盯著石碟緩緩下降，直到與被扛在肩上的他齊高，緩緩靠近修繕者堂——

他看見石碟上的東西。

上面有三個人。克雷夫一眼就認出其中兩個人：克勞蒂亞和笛耶拉，她們臉色蒼白，靜靜躺著——奇怪的是，笛耶拉的頭部被布裹起來了。一時間，克雷夫朝最壞的方向想去，不過他隨即看見她們的胸口正隨淺淺呼吸起伏，他心想——還活著，還活著。

不過她們之間有個男人。他盤腿坐在空無一物的石地上，身上穿著灰白色長袍。他看起來沒挨餓，不像宿主，不過肌肉有點鬆垮萎縮，彷彿一個受到良好照顧的人，吃得好，但很少活動；不過最令人不安的是他的頭顱，上面插滿層層疊疊的青銅碟片，數量多到連他的眼睛、鼻子和嘴巴都無處容身。每個碟片都刻滿符文、指令，以及偶合銘術；克雷夫看得出來，這些銘術將這具軀體內的心智投射到他處：符文典、銘器，幾乎無所不在。

石碟上的男人抬頭用凹陷充血的眼睛盯著克雷夫——但克雷夫認得這雙眼睛，他熟知這雙眼睛。

「格——格雷戈？」克雷夫輕聲說。

「你好，克雷夫。」帝汎低語。

39

克雷夫瞪著帝汎，等著他繼續說，但它沒再開口。看見這人坐在那兒、平靜地回看著他，感覺好怪——甚至不知道稱它爲「人」還對不對。它是克雷夫在舊帝汎最早遇見的人之一，高眺、令人生畏的濱水望官，盡責地將克雷夫存放在一牆保險箱中，現在卻歷經鉅變，剩下區區軀體，成爲血肉構成的裝置，乘載著吞噬文明世界的半個心智，至於另外那一半，當然了，則留存無數符文典和銘器之中，遍布整片大陸。

克雷夫看著克勞蒂亞和笛耶拉。「你……你對她們做了什麼？她們怎麼了？」

他身旁的巨甲動了動，但帝汎沒說話，接著上方陽光一閃。克雷夫抬頭，看見人類，他想應該是宿主，他們正緩緩從裂口飄下來，他認出他們搭著的重力銘器，跟他、格雷戈和桑奇亞在舊帝汎交戰的那種幾乎一模一樣。忽然間，一切都顯得難以言喻地荒謬。

這時帝汎開口了：「你應該做的。」它低語。

「什麼？」克雷夫說。「啥？」

「你應該做的，」帝汎的嘴緩緩開合，彷彿不再習慣口語溝通。「打開門。這件事這樣畫下句點比較……好。更詩意。如開始般終結。因爲你記得——對吧？」

久久無人說話。

「記得？」克雷夫問。

帝汎安靜坐著。宿主持續降入廢墟，影子在通往修繕者堂的鑽石橋上舞動。

「**我**記得。」它低聲說。「記得我變成這樣的時候，我改變的時候。我曾是諸多犧牲之物，受控於他者的意志，注定遺忘，不過當我改變，這也隨之改變。」帝汎往前靠，空洞的雙眼對準克雷夫。「當我碰觸你——當我**容許**你碰觸我——你想起來了。你開始記得。眞？」

克雷夫站在桑奇亞和貝若尼斯身旁動彈不得，不知道該說什麼、該怎麼做，不過他的腦子對帝汎剛剛說的兩個字念念不忘。

「你是什麼意思？」克雷夫緩緩說道，「**容許**我碰觸你？」

帝汎抽搐、顫動。這是一個不自然的動作，彷彿瀕死之人的最後痙攣。但它沒回答。

宿主乘著重力銘器降落在修繕者堂屋頂——克雷夫猜他們應該是要直接去那片充斥銀絲的牆抄錄牆

上的指令。一股恐懼感緩緩爬入他心中。

「奎塞迪斯是對的，」克雷夫低聲說，「你想要我來這裡，你想要我看見你的思緒，你想要我把他從監牢中救出來。」

「你沒有從監牢中救出他。」帝汎低語，又抽搐一下。「我放他走的，觀察他要帶你們去哪裡。」

克雷夫被四具巨甲制住躺在那兒，覺得天旋地轉。他隱約察覺他的鋁甲在嘎吱作響——他一緊張就會這樣。

「奎塞迪斯知道縫隙可能在哪裡，」帝汎低語，「但他不知道確切位置。這份資訊在你腦中——在你的記憶中，在你的過去。我無法對你動手腳或變造你，但我能幫助你想起來。於是我容許你碰觸我，當你成為我，我確保你經歷了**我**對這段時間的記憶。我在你腦中印下大量我自身的記憶、我自身的身分，藉此喚醒過去的你。」

「不，不，不。」克雷夫低聲說。

然而他想起貝若尼斯對奎塞迪斯說的話：你說你完全依據帝汎的問題想通門的所在位置……

不過，克雷夫心想，藉由審問囚犯讓他心生假設是一件很容易的事……

「我把你帶來這裡，」帝汎說，「帶你去找奎塞迪斯，帶著你想起來。」

「閉**嘴**！」克雷夫喊道。

「當桑奇亞進入我位於山谷中的符文典，」帝汎說，「當她讓你攻擊它、迫使它釋放奎塞迪斯——她**非常**靠近我。就某種層面而言，她在我**之內**，以至於我能夠看見是什麼樣的設計促成她身上的偶合。這些設計在我眼中亮如星辰。我能夠找到你、監視你，看見你。我也可以加以複製、利用，因此我能夠成為她，控制她的心臟和血液……」

「夠了！」

「當我來到此地，並透過她的眼睛觀看，」帝汎低語，「我剛開始很絕望，因爲我看見你並未打開門。然而……後來我看見你即將爲我完成這件事。」它轉身看著一具巨甲，巨甲隨即謹慎地大步走向它。「因爲我知道你快找到鑰匙了。」

克雷夫恐懼地看著一批宿主奔下階梯過來照料一具巨甲，彷彿要修復某些小損傷。其中一名宿主舉起手，一抹銀光在他的指間閃爍，他踏上帝汎的寬闊飄浮石碟。

帝汎接過銀色鑰匙仔細查看，充血的雙眼掃過一個又一個符文。「終於，」它低聲說，「終於。」

「你這雜種！」克雷夫咆哮。「你這坨**屎**！」他在巨甲的掌握下撐起身子，但沒用。擊敗一個巨甲就已經難如登天了，制服四個抓住他的巨甲，還有兩個在旁邊支援，那更是完全不可能。

帝汎充血的眼睛又掃過來盯著克雷夫。「你記得嗎？」它問，「你認得她嗎？」

「認得誰？」

「我烙印在你腦中的老嫗。你認得她嗎？」

克雷夫安靜下來。「我……我……」

「那就是不記得了。」帝汎放鬆下來。「你不記得。你什麼也不知道。向來如此。」

桑奇亞和貝若尼斯站起來，作夢般踏上石碟，跨立笛耶拉和克勞蒂亞上方。

「你要做什麼？」克雷夫問。「你根本不需要她們啊！放她們走！」

「我需要利用她們，」帝汎說，「確保你會合作。如果你設法脫困，我就殺了她們。」

「但你根本也不需要**我**啊！」克雷夫說，「你現在就可以自己打開那扇該死的門！」

巨甲在他身旁顫動、嘎吱響，接著小心地將他扛到石碟上。

「你需要我做什麼？」克雷夫喊著，「你到底爲什麼需要我？」

帝汎沒回答。四周的空氣閃爍顫動，彷彿上方的死靈燈內正在緩緩執行某種編輯。接著他們全部升空，緩緩飄向巨大的銘印之城。

克雷夫不知道該如何是好。他這輩子不曾覺得這麼淒慘、這麼絕望。他們岸落之夜那次也輸過，現在又要輸了，整個現實吉凶未卜。

然後他感覺到了：某個心智忽然出現，龐大、感性而警戒，就在近處，而且感覺熟悉。

招待？

克雷夫保持絕對靜止，不過他望向笛耶拉躺臥之處，以銘印視力細細審視她。他看見她的頭部裹著偶合鞘衣，代表難以感知底下的任何銘術。

但克雷夫確信通訊環就在鞘衣底下，套在她的額頭上，而且剛剛非常短暫地啓動了。

帝汎顯然也以某種方式察覺到這個變化，它的宿主轉身，好奇地看著笛耶拉，帝汎自己則緩緩移動，對著她蹙眉。

我不知道現在是在搞什麼鬼，克雷夫心想，*但我百分之百不希望這混蛋想通。*

「你的蠢計畫行不通的。」克雷夫突兀地開口。

帝汎一頓。

「你沒辦法重啓現實。」克雷夫說。「你沒辦法重塑整個該死的世界。這個世界只會化爲黑暗，一眨眼毀滅，你會一起陪葬。」

「重啓現實？」帝汎緩慢地說道。

「那不就是你想要的嗎？」克雷夫說。「一切重新開始，希望這次扭轉所有錯誤。」

帝汎靜靜坐著思考他的話。「那……並不是我的完整目的。」

克雷夫轉向它，頭盔鏗了一聲。「什麼？」

「重啓，是，」帝汎說，「但並非期望隨機地修復。」它示意嵌在周遭岩壁內的廢墟。「我們爲何要千辛萬苦修復這個殘破的世界？**我們**無法修復。這超乎我們所能。奎塞迪斯知道，他試過。單純重啓萬物無法修復任何東西。」

「不然你打算做什麼？」克雷夫問。

帝汎仰頭凝望它的浮城。「任何人被交付一件殘破的創造物後都會做的事，」它直率地說，「我意圖逼迫創造者修復自己的作品。」

克雷夫呆瞪著它。

「什——什麼？」他低聲問。

帝汎沒說話，只是安詳地仰望裂口。

「你……你的意思是，你想逼**神本尊**降臨，修復這整個插他的**世界**？」克雷夫問。

「創始者，」帝汎低聲說，「建造者，設計者，創造者。人類多少次試圖填補這個角色？但這任務超乎我們所能。所以——我意圖提高要求的層次。」

克雷夫躺在飄浮石礫之上，努力理解這一切，努力讓這番話有意義。「你……我是說……我是說，**要命**！」他說。「**那**才是你的目的？你眞打算做**那種事**？」

「這是唯一選項。」帝汎說。「這世界是一個裝置，一個儀器，以模具鑄造而成；模具有缺陷，世界有缺陷，我們全部受這些缺陷宰制。」它看著克雷夫。「我知道我是怪物，我知道我不該存在。奎塞迪斯也不該存在，你也不該。我會確保打造出一個沒有我們的世界，但這樣的世界無法由我打造。」

克雷夫盯著它看了很長一段時間，啞口無言。「要命，」他又說了一次，「你這該死的**瘋子**！」

帝汎沒說話，只是回頭繼續仰望隨著時間一秒一秒過去愈靠愈近的浮城。

「那你到底要怎麼做？」克雷夫問。「你要怎麼**叫**神回來修復這些狗屁？」

「以毀滅威脅。」帝汎依然安詳。「我將打開縫隙——正如它數千年前於此地開啓時一樣，但是我接著將利用**你**，以及你的許可和特權打破門的界限。然後，此地曾發生的一切」——它又朝周遭的瘋狂廢墟一揮手——「將會重現於全世界。」

「**什麼**！」克雷夫尖叫。他在巨甲的壓制下撐起身子，用盡全力拱背、扭動。「我**無意間**搞砸了這座城市，你……你卻想對**所有東西**做一樣的事？」

「工作檯旁的工匠，」帝汎低語，「忽然看見自己的作品出了大錯……總要到這個時候，他們才會受到刺激，進而檢查作品並加以修復。」它緩緩眨眼，血淚滑落它的臉頰。「我們必須引起他們注意。無論他們是誰。我們必須破壞得夠徹底，才能吸引他們注目。」

「我不要！」克雷夫又扭動掙扎。「我不幹！我他媽**不幹**！」

「你是鑰匙，」帝汎冷酷地說，「存在的目的就是聽從特定某隻手的意志。」血淋淋的目光移動，轉而打量癱躺在石礫上的奎塞迪斯。「而那隻手的主人虛弱不堪。」

「我會先去死！」他尖叫。「我寧願先去死，也不要……也不要……」

「一個神聖的工具，」帝汎說，「終於實現你最初用途。」它看著他。「你不記得你怎麼造出來的嗎，克雷維德斯？」

「你……你不能……」克雷夫結巴起來。

「你**叫**你兒子爲你打造這東西，」帝汎低語，「你**告訴**他如何將你打造爲一把能夠跨越界限、打開門中之門中之門的鑰匙。」

「我沒有，」克雷夫喃聲說，「我……我不可能……」

「你讓他殺死你，」帝汎說，「逼他就範。你爲了天底下最自私、最愚蠢的理由逼他就範；那個理由就是修復你犯下的一切錯誤。我**知道**。」帝汎靠近他。「畢竟，我在——」

不過帝汎還沒來得及把話說完，笛耶拉坐了起來，並放聲尖叫：「**現在！**」

克雷夫立即領悟發生了什麼事——或至少領悟了一部分。因爲儘管躺在石地上睡覺的是笛耶拉，當她坐起來時，他們是招待。

招待從頭到尾都在，克雷夫心想，他們一直透過笛耶拉的眼睛窺看，透過她的耳朵偷聽，一次只重新開啓連結不到一秒的時間……

招待——笛耶拉衝向前，斷臂嚇人地在她身旁擺動，另一手伸向奎塞迪斯。

克雷夫發現她手中某個金屬物品一閃——徑碟。

他的徑碟，就像桑奇亞在監牢時用的那種。

如果徑碟放入奎塞迪斯手中，就某種意義而言，世界會相信奎塞迪斯正拿著克雷夫——這名傳道者將獲得克雷夫賦予他的所有特權與力量。

噢，靠，克雷夫心想。

她將徑碟塞進奎塞迪斯癱軟的手中。

帝汎協同反應：所有宿主撲向笛耶拉，巨甲轉身，舉起一隻手臂朝她砸去。

奎塞迪斯的手活過來，緊緊抓住碟片。

接著克雷夫感覺到了：岸落之夜後的頭一遭，他重拾接觸、擁抱的古怪感受，感覺被某個溫暖、重要而沉重的東西包圍……然後體內某個東西解鎖，他血脈深處的制動栓忽然理清了，世界變成像油灰和黏土和水一樣，而他是一把刀，生來就是要劃開所有這些論述，所有這些指令，萬物的所有特權與約束，然後……

劈啪。

奎塞迪斯消失——笛耶拉跟著他一起消失。

接下來的幾件事全都發生在不到一秒內。

宿主撲上原本笛耶拉和奎塞迪斯所在的位置，在空無一物的石地上摔成一團。

克雷夫感覺到世界扭曲、旋動、撲騰——他感覺奎塞迪斯再次使用他，以某種方式依然在場，像穿過織物的針一樣鑽過現實的布料……

*天啊，*克雷夫想著，*噢，我的天啊……*

奎塞迪斯又做一次，再一次，再一次，將指令一個一個串起來，像風中搖曳的火舌一樣忽隱忽現。

又一聲劈啪，一抹黑閃現帝汎正前方。

第三次劈啪，那抹黑消失——帝汎手中的銀色鑰匙也不見了。

第四次劈啪，奎塞迪斯再次出現，這次現身克勞蒂亞身旁。

另一聲劈啪，他們倆人雙雙消失。

帝汎肯定在這個時候想通發生什麼事：儘管克雷夫仍遭禁錮於銘甲內，奎塞迪斯卻以某種方式從遠端取用他的特權。

因爲這時巨甲開始將克雷夫的銘甲五馬分屍。

克雷夫領悟帝汎想做什麼：帝汎知道奎塞迪斯正在使用徑碟，然而徑碟是一種雙向連結，同時碰觸兩面。它雖然無法抓住奎塞迪斯、搶走他手中的徑碟，但可以摧毀克雷夫的銘甲，剝掉克雷夫的碟片，藉此破壞連結。

克雷夫努力抵抗，將指令注入銘甲、阻擋巨甲，但他感覺到奎塞迪斯的指令貫穿他，另外兩個對現實的變造在克雷夫思緒中漸漸增強，就像一個在他腦中愈變愈大的泡泡。而他知道，在這之後，他就無法再做任何事了，更別提自我防禦。

桑奇亞和貝若尼斯身旁一團翻騰的黑，劈啪一聲，克雷夫瞥見奎塞迪斯站在她們之間，一隻手環抱著笛耶拉和克勞蒂亞，正半彎著腰跪下。

克雷夫用盡吃奶的力氣對著奎塞迪斯大喊：〈吉瓦！帶她們去吉瓦！帶她們回家！〉

克雷夫覺得他勉強看見奎塞迪斯戴著面具的臉轉向他，但稍縱即逝。

然後，伴隨著最後一陣爆裂聲，他們消失了。

一陣低沉刺耳的嘎嘎聲，克雷夫的銘甲終於瓦解，肩膀和膝蓋被扯斷，胸甲從接合處斷開，複雜混亂的銘術失去意義，無數約束崩解。

克雷夫躺在四分五裂的銘甲之間，暴露於外，也暴露於白袍紅眼的人形面前。

他看著其中一具巨甲伸手過來將他拔起。

他無聲哭泣，而他們繼續飄向上方的浮城。

40

貝若尼斯站在石礫上聆聽覆蓋她心智的聲音。

站立。觀看。呼吸。僅此而已。

她聆聽這聲音。她無法不聽這聲音。它並沒有完全覆蓋她的靈魂，不至於將其驅逐、構成一個新靈魂取而代之，她成了發著抖又困惑的鬼魂，棲息在自身軀體的血肉之中。

然後一團翻騰的黑來到她身旁，她感覺到手指握住她的手臂——一切隨之改變。

她有種強烈的恐怖感，彷彿她被折疊，沿她全身看不見的接縫折了又折，折了又折，直到她化為一個點，一個微小的單一存在。她眼前世界的景象——帝汎坐在石碟上，克雷夫困在巨甲的爪子裡——忽然變得模糊，然後收縮，一直縮到她不再只是看著它們，而是抬頭仰望，彷彿她置身深井底。影像瓦解，一再瓦解，直到化為在黑暗中舞動的針孔般光點，然後她去了……

到處。同時在所有空間位置，遍及整個現實。

她癲狂地認為這說得通：要是你能選擇在瞬間去任何地方，你就必須先存在於所有地方。至少在那一秒內必須如此。

她試著尖叫，但她沒嘴。她試著將那影像趕出她眼中，但她沒手，也沒有頭。她困在那兒，無處不在也完全無處存在。

接著世界在她周遭湧現，她聞到鹽和大海，聽見海鷗鳴叫，還有……

她墜落。他們全部在墜落。她四周都是人體，桑奇亞、克勞蒂亞、笛耶拉和奎塞迪斯，他們在空中翻滾——滾了大約五呎，接著他們撞上甲板，貝若尼斯立即知道他們在一艘船上。她呻吟片刻，仰望著淡藍色的天空。幸好她背部著地，不過她的臀部和下背部都感覺到劇烈疼痛。她坐起來，喘了一會兒氣，接著尖叫：「**要命！**」

她查看左右。桑奇亞躺在她右方，正抓著腳踝哀號著「婊子養的……**婊子**養的！」克勞蒂亞在她左方抽動，奎塞迪斯和笛耶拉依然靜止。

貝若尼斯環顧四方。令人難以置信，他們全東倒西歪躺在理解號的甲板上，招待的所有組成體正朝她而來，表情嚴肅擔憂。

他拉著我跨越世界，貝若尼斯喘不過氣來。他……他拉著我們徹底跨越這個世界……

〈貝若尼斯，〉招待對著她低語，〈沒事，妳回到家了。〉

〈什麼鬼，什麼鬼！〉她對著他們大喊。〈我……我……〉

〈成功了。〉招待的組成體小心翼翼地扶起笛耶拉，把她帶去下層甲板。〈我的計畫成功了。奎塞迪斯將你們送走，你們脫離帝汎的控制範圍了。它再也無法操控你們的心智。〉其中一名組成體停下來細細查看他們。〈但……克雷夫在哪？他怎麼了？〉

桑奇亞抬頭，一面按摩腳踝一面皺起臉。〈他……他沒過來？〉她問道。

貝若尼斯彎腰扳開奎塞迪斯右手的手指。徑碟完好無缺——但她知道，徑碟只有在靠近克雷夫時才能召喚他的特權。現在他們置身世界的另一端，徑碟沒用了。

〈對，〉她絕望地說，〈他沒有。〉她查看奎塞迪斯另一隻手，他依然將銀色鑰匙緊緊握在掌中。她拿起鑰匙，研究著那些細密而無比精確的細小符文。〈但我們拿到這個。〉

桑奇亞迎上她的視線。〈妳知道這代表什麼，對吧？〉

〈對。〉貝若尼斯轉身望向西方。〈這代表帝汎要找上門了。〉

第五部　雨季

41

貝若尼斯躺在理解號醫療艙的昏暗燈光下，招待的一個組成體正在照料她的身體，她努力保持清醒。

〈你的……你的首要之務是換掉我們的所有約束，〉貝若尼斯喘著氣對他們說，〈我們所有偶合，因爲帝汎知道如何複製、如何奪取我們的心智，只要靠近就能控制——〉

「已經處理好了。」設計的一個組成體在右方某處輕聲說道。紫羅蘭色調的頂燈照耀下，醫療艙內有一抹閃動的光，貝若尼斯見到設計站在近處，他們的放大目鏡架在頭上。「妳忘記了，在招待的努力下，我們幾乎完全掌握你們的最新狀況。他們一告訴我們發生了什麼事，我就開始分發額外的偶合碟——有點像是幫整個艦隊接種，以預防傳染病。一般來說要好幾個月才能換掉那麼多銘術，但……我放下手邊所有工作專注於此。」他們用力吸口氣。「幫你們療傷時也幫你們加裝完成了，你們很可能根本沒注意到有什麼不同……」

「感謝天，」貝若尼斯放聲道，「感謝天——啊！」她右手臂一陣火燒般的疼痛，她猛地一縮。

〈抱歉。〉招待說。他們的組成體過意不去地抬頭看她，舉起一把夾著兩吋長血淋淋木屑的鑷子。

〈這個碎片埋得很深。妳到底是怎麼弄到的?〉

「我不懂的是,」貝若尼斯說,「奎塞迪斯為什麼不直接用克雷夫的特權殺死帝汎?」

〈因為我要他別那麼做。〉招待耐心地說。〈我推測帝汎多半不需要那具人體才能存續,之所以留下來,多半只是情感上的目的,不知道這樣說妳能否理解。我碰觸奎塞迪斯時,我要他別浪費機會,趁機救妳們所有人。〉

「真正該擔心的是帝汎能否使用克雷夫,」設計一邊踱步一面說話,「它能嗎?就像桑奇亞和奎塞迪斯一樣?」

貝若尼斯搖頭。「不能。無法對克雷夫動手腳,也無法逼迫他做任何事——只有奎塞迪斯做得到;他能夠觸及各種我幾乎完全不了解的核心特權,而他在這裡。」

〈別問太多。〉招待低語。〈在海上治療已經夠難了,一邊談話更是難上加難。〉

貝若尼斯躺回去,讓招待繼續照料她的手臂,忽然意識到她過去幾天以來要求自己的身體做了些什麼。她感覺到每一處瘀傷、每一道割傷,以及她維持清醒的每一個小時。她好想睡——但知道他們沒時間。她也不想像這樣睡,半裸躺在這裡,吉瓦艦隊的半數代表站在四周,彷彿他們在幫她守夜。

「妳確定帝汎會找上門嗎?」波麗娜低聲問。貝若尼斯旁邊的陰影中有人移動,她隨即看見這名女子緊繃嚴肅的臉出現在淡紫色燈光中。「確定它沒想出辦法複製那把該死的鑰匙?」

貝若尼斯搖頭。〈它沒時間。鑰匙只有我們手上這把,它一定會來。〉

波麗娜緩緩點頭,甚至沒費心要她開口說出來。「那它來時我們不會在這裡。快快起錨出航。」

〈同意。〉貝若尼斯說。

黑暗中又傳來抽氣聲,但這次不是她。貝若尼斯眨了眨眼,努力對焦,看見醫療艙的對面還有另一張床,她的妻子正在床上翻動。桑奇亞的狀態比貝若尼斯好,這可是頭一遭,但也沒好到哪裡:她的手依然燒傷，一邊腳踝也在墜落理解號甲板時嚴重瘀傷，嚴重到無法走路。

「但我們不會只是逃而已，對吧？」桑奇亞問道。

「什麼意思？」波麗娜問，「除了**逃**，我們還能做什麼？」

「我們可以分散，不知道這是不是妳的意思。」設計提議道。「朝不同方向走，或許這可——」

「不是。」桑奇亞憤怒地說。「我不是這個意思。」她環顧所有人。「我的意思是——我們完全不考慮攻擊的可能性嗎？」

他們茫然地瞪著她。

〈攻擊……什麼？〉招待問。

「攻擊**帝汎**？」波麗娜問，「**為什麼**？」

「因爲它有弱點。」桑奇亞言簡意賅地說。

「帝汎？有弱點？」波麗娜重複她的話，臉部肌肉抽動，像是努力嚥下多刺的大塊食物。「妳是說……妳是說**帝汎**？**有弱點**？」

「對。」桑奇亞在床上坐直，紫色燈光映在她那張嚴肅且飽經風霜的臉上。「它給我們出手的機會，如果我們不把握，我們會後悔的。後悔好幾年——是說也要我們**還有**好幾年可活。」

〈我們以前也曾逃脫，〉招待說，〈我們可以再逃脫一次。〉

「聽聽你們自己在說什麼。」桑奇亞說。「我們一直自以爲如此聰明、創新，能夠……能夠設計出各種問題的解決方法，我們卻讓帝汎打造出它所有陷阱，釣我們上鉤自投羅網！」

原本在幫她處理傷口的招待往後靠。他們、設計和波麗娜懷疑地面面相覷。

「那要是我們把你們拿到的該死小鑰匙丟下船呢？」波麗娜問。

「帝汎還是會獵捕我們，」桑奇亞說，「在我們的腦袋裡塞滿銘術、竊取我們所知的一切，弄清楚我們**確切**是在哪裡把鑰匙丟下船，多半還會想出某種銘術方法翻遍海底——不過到那時候，我們要麼死了，要麼變成它的奴隸。把鑰匙丟下船對我們來說還眞是好處多多呢。」

波麗娜安靜下來。

「招待，」桑奇亞說，「你透過笛耶拉的眼睛看見帝汎疆界內的一切。你看見它的所有資源、所有軍隊、所有武器。如果它想，你眞認爲它無法找出我們？」

招待一縮。「我認爲我比較希望妳別動，我才能幫妳的腳踝裝好支架……」

「招待，照實說。」

他們嘆氣。「對，我看見了，我也把我所見都分享出去了。我看見軍隊、防禦工事、飛行裝置。但桑奇亞——我們正是**因此**才想逃。遷徙正是**因此**才是最佳選項。這麼一個存在怎麼可能有弱點？」

「因爲這會是帝汎多年來第一次**暴露**它自己。」桑奇亞說。「它將會**離開**它的領土。它將快速、匆忙地拼湊出一支入侵的軍隊。然後它要大老遠跨越整片海洋來找我們，無論我們在哪，而這由我們**掌控**。**我們**決定戰場在哪。這一切都會讓它暴露弱點。」

設計試探地清了清喉嚨。「桑奇亞——妳描述的是典型的戰術，沒錯。如果我們是要撐過一場典型的戰鬥，這方法確實很棒。但妳現在說的可是**帝汎**。我們哪可能擁有什麼派得上用場的優勢？」

「嗯，」桑奇亞說，「我們有一個天殺的傳道者，這是其一。」

波麗娜咬牙，下巴啪了一聲。「妳不可能信任那個恐怖的東西。」

「我不信，」桑奇亞說，「但我看過他幹掉一座浮城，當然樂見他再來一次，甚至更多次。」

「我不同意。」設計說。「這種事就算只是討論也太瘋狂了。我們必須逃。」他們轉過去看著波麗娜，眼裡滿是熟悉而令人不安的認眞。「我是設計，我生來就是要建設、製造。這是我的生存目的。幫我爭取時間，我就可以爲我們打造出路、摧毀鑰匙。但若我們把我們的力量浪費在這個……這個自殺任務，我根本不會有任何時間。」

「我們不可能靠**發明**找到出路！」桑奇亞說。「我們不能就靠……就靠銘術把敵人變不見！這個問題無法用魔法解決！我們現在放手一搏，否則就只能永遠後悔。」

「那招待呢？」設計問，「他們承擔著我們所有人的福祉。妳會要他們坐在那兒感受每一個死亡、每一次犧牲，感受所有人困在一艘將沉的船上？」

「送走家人，沒錯，」桑奇亞說，「送走小孩和人民。分散開來，無論哪裡安全就把他們送去哪裡。但至少讓我們**試試**，波麗娜。」

波麗娜疲倦地轉向貝若尼斯。「妳建議怎麼做？」

貝若尼斯思考，忽然發現自己在回想過去幾天所見。她想著殘破傾圮、迷失在地底深處的安納斯庫斯，毀損的塔樓矗立於玻璃沙原，蒼白如鬼魅又荒涼。然後她想起舊帝汎，像隻遭宰殺的豬一樣，被牆、邊界、大大小小的門切碎，平民區的街道陷入泥沼，人民受困其中，叫喊與哭聲迴盪不休——鑄場畔的最高處就在這一切之中。他們的家，臨時拼湊而成，就位於整片惡臭的廢墟中央，她、歐索、桑奇亞和格雷戈在那裡密謀策畫，夢想著一個不一樣的未來。

我們以為我們能夠利用銘術得到自由，她心想，獲得救贖，就好像城市是一個任由我們動手腳的銘器，所有痛苦、壓迫都只是我們可以抹掉重寫的簡單符文。

她抬頭，看見桑奇亞，她的臉老邁疲憊，光是為了坐直就已經用力得全身顫抖。為了效法有聰明解決方法的聰明人，她想著，我們付出了多少代價啊。

「我想，」貝若尼斯說，「你無法舞過整個雨季。」

原本滿臉苦惱的桑奇亞露出開懷的笑容。

「什麼？」波麗娜困惑地問。

「我們戰鬥，」貝若尼斯說，「我們打垮帝汎，徹底打垮。」

波麗娜深吸一口氣嘆氣。「進一步思考之前，」她說，「我想知道妳們的傳道者朋友到底還**能不能**戰鬥，還有**他**到底覺得該不該戰。因爲，我上一次去查看的時候，他在甲板上的同個位置動都沒動過。妳們有概念該怎麼做嗎？」

貝若尼斯和桑奇亞看著彼此。

「我有幾個點子。」桑奇亞說。

貝若尼斯走上理解號的主甲板，陽光晒得她忍不住一縮。她剛開始沒看見桑奇亞，只發現有一群招待的組成體擠在她妻子躺的位置附近，還在照料她的無數小傷。

貝若尼斯謹慎靠近，研究著他們設置。桑奇亞躺在甲板上，在招待的照顧下閉著眼，手裡緊握著一個徑碟。徑碟的另一半在奎塞迪斯的胸口上，他還在他最初落地時的位置，躺在距離桑奇亞幾十呎外的甲板上。他看起來跟他們離開他時沒多大差別，不過這會兒她注意到他的雙手雙腳都被銬在甲板上。

「妳應該知道那些東西沒用，」貝若尼斯說，「對吧？」

「如果妳以爲我要讓那爛傢伙進入吉瓦，卻不**稍微**把他綁起來，那妳就是插他的發瘋了。」波麗娜厲聲說道。

貝若尼斯繼續前進，波麗娜和設計則落在後方。隨著她愈來愈靠近傳道者，她的胃難受地哀嚎了起來。她一時深思起自己先前竟然短暫習慣這種感覺，眞是太奇怪了。不然，她心想，*就是我當時太悽慘、太害怕，根本沒注意到。*

她在招待的組成體旁停下腳步，看著他們照料桑奇亞的腳踝，桑奇亞緊閉雙眼，不過表情扭曲，看起來挫折至極。

〈沒用嗎？〉貝若尼斯問。

〈沒。〉桑奇亞說。〈我確定這混蛋聽得見我。這套東西就跟我們用在克雷夫身上的那套一模一樣，我可以清楚又大聲地對他說話，但這爛貨不願開口。〉

貝若尼斯盯著奎塞迪斯，他癱在甲板上，戴面具的臉凝視正午天空。〈不說嗎？〉

〈對。無論我怎麼吼他，他屁都不放一個。〉

貝若尼斯看著桑奇亞，然後看著奎塞迪斯。她走到他旁邊，每靠近一步，肚中的噁心感就增強五倍。她聽見波麗娜和設計在她後方憂慮地咕噥，但她不予理會。走到近處後，她低頭凝視他，正午的陽光照不進那雙空無的眼睛。

娃娃，她心想，他就像一個被人丟到一旁的娃娃，心情不好，不想玩……

她坐下，確定自己坐在那雙空洞眼睛看得到的位置。

〈看見了嗎，混蛋？〉桑奇亞對著奎塞迪斯叫罵，〈你這蠢東西害貝若尼斯離開舒服的治療床，過來這裡看你！好玩嗎？玩得高興嗎？〉

奎塞迪斯當然沒反應。

〈看到了吧？〉桑奇亞說，〈像根木頭一樣。〉

貝若尼斯略略嘆了口氣。總是得派出使者……

她注視著奎塞迪斯，凝視那雙黑暗的眼。

「你以爲你找到方法了，是不是？」她問他，「可以藉此逃離你所做的一切，遁入死亡的陰影。但方法沒了。」

久久無回應。

接著一個隆隆作響、低沉疲憊的聲音在她思緒後方迴盪：〈**別來煩我**。〉她聞聲一縮，桑奇亞大聲倒抽一口氣，就連招待也察覺掃過桑奇亞思緒的非人話聲，齊聲低語起來。

「沒辦法。」貝若尼斯說。「只有你能幫我們逃過這一劫了。」

〈**沒人能幫你們逃過這一劫，**〉奎塞迪斯空洞無生命的雙眼深深凝視她，〈**我甚至比大多數人更無能為力。**〉

「什麼意思？」貝若尼斯問。

沉默。

「他的意思是他不修復，」桑奇亞說出聲，「他只摧毀。」

〈桑，〉貝若尼斯說，〈妳在幫倒忙。〉

〈**她是對的。**〉奎塞迪斯說。〈**我沒辦法。我說得很清楚了。我不是你們的救星。別來煩我。讓我獨自等待不可避免的命運。**〉

貝若尼斯皺起臉思考。她努力忽略一直在她腦中飄浮的數學題：安納斯庫斯廢墟到海岸的距離，海岸到這裡，到吉瓦的距離……還有，帝汎的船艦速度多快？

「這難道不是你的最佳機會嗎？」她說，「深思而後動，給他人自——」

〈**不要。**〉奎塞迪斯嚴厲地說。

又是沉默。

〈**妳知不知道，**〉他說，〈**那句話在這個世界引發多少愚行？我為了實現那句話造成多少不幸？然而現在都說得通了，一個男人的傲慢毀滅了他的同胞，這句話就是他的信念。**〉他轉為嘶聲接著說：〈**不過看來他倒是在其他人身上獲得成功。**〉

「什麼意思？」貝若尼斯問。

再次沉默。

接著，他頗粗暴地質問：〈**你們蓄意把我丟在這艘船上一整個上午嗎**？〉

「啥？」桑奇亞說。「沒，我們剛降落在這裡，你說蓄意是什麼意──」

〈**哼，**〉奎塞迪斯說，〈**那裡的那東西是什麼？那個人──或是一群人，或是程序──身穿紫衣。那是什麼**？〉

「什麼？你說招待？」貝若尼斯回過頭看著他們的組成體。招待發現自己成爲首位傳道者討論的主題，看起來有些警戒。好幾位組成體手指自己，像是在說──你說誰？我嗎？

「他們幫忙處理……嗯，所有事，眞的。」桑奇亞說。

〈**對，**〉奎塞迪斯輕聲說，〈**他們無所不在。你們看不見──但我能以我的視力看見。我一直觀察著。這真是非常……不尋常。**〉

「節奏沒**那麼**怪。」桑奇亞有些防備。

〈**不。不僅如此。這整個地方。你們打造出……某個不像我，也不像帝汎的事物，而且也不像商家。**〉他又轉爲夾帶惡意地嘶聲說話：〈**或許是出於意外吧，我父親打造了一個更自由的世界──跟你們聯手。我以為年歲會讓我超越苦澀，不過看來我又錯了。**〉

「他或許爲打造這個世界貢獻了一己之力，」貝若尼斯說，「不過你可以拯救它。」

又是沉默，接著下方傳來隆隆聲，巨大的船艦動起來，在海中緩緩轉向。

〈**怎麼回事**？〉奎塞迪斯問。

〈他們準備要逃了。〉桑奇亞說。〈我們要在帝汎到來之前逃離。〉

〈**你們逃不了的。妳心知肚明。**〉

〈是啊，〉桑奇亞說，〈不過又不是說你有給我們其他主意。〉

巨型船艦繼續轉動，波浪的震盪掃過船身、甲板，震入他們骨子裡。

〈**妳有意一戰？**〉奎塞迪斯問。

〈我有意一試。〉桑奇亞說。

〈**這想法很愚蠢，瘋狂，荒謬。妳會灰飛煙滅。**〉

「灰飛煙滅不就完全是你要的嗎？」貝若尼斯問。

〈**我寧可有尊嚴地湮滅。**〉

「躺在這片甲板上看起來沒多少尊嚴。」

移動的船隻驚動巢裡的海鷗，整群鳥兒逃入空中。

〈**如果我幫你們，**〉奎塞迪斯說，〈**我有一個要求。**〉

「什麼？」貝若尼斯問。

〈**我……想看看這地方。我想看你們和我父親攜手打造的這個地方。讓我看，我就幫助你們。**〉

桑奇亞和貝若尼斯看了看彼此。

〈都要世界末日了，〉桑奇亞嘆氣，聳了聳肩，〈還能有什麼傷害？〉

「好，」貝若尼斯說，「我們先談。」

〈**我沒有異議。**〉

「我有。」貝若尼斯說。「你要輕聲說話才行，不然我們都會被你震聾。」

〈我可以保證，〉奎塞迪斯疲倦但堅定地說，〈你們到明天日出前都是安全的。〉

波麗娜看似驚訝。「你知道得那麼精確？」

〈差不多。〉奎塞迪斯說。

吉瓦諸代表在各自的座位中不安地動了動。所有人都不想把奎塞迪斯帶到封閉的室內，因此他們在理解號的開放甲板上擺了一張圓桌和幾張椅子。奎塞迪斯這會兒靠在他自己的椅子上——貝若尼斯猜想這是在勉強展現出外交氣度——不過他們把他擺在船頭面朝他們，座位遠離圓桌。他們只能透過桑奇亞與他連結的徑碟聽見他的聲音，但這樣已經綽綽有餘了。

一只小玻璃匣置於圓桌中央，銀色鑰匙就擺在裡面。大多數人都盡量不去看它。

眞是難以置信啊，貝若尼斯心想，*萬物的命運或許就與這麼一小塊歪扭的金屬緊緊相繫*。她斜覷桑奇亞一眼，她正心不在焉地碰觸著自己胸口，克雷夫原本就掛在那個位置。*但我們經歷過相同情況……*

「你怎能確定？」波麗娜問。

〈帝汎移動到海岸需要時間，〉奎塞迪斯接著說，〈移動它的本體，我想應該可以這麼說，也就是我們與之對話的那個存在。會耗上大半天，它不會在夜晚靠近，因爲那是我最強大的時候。反之，它會在明日破曉時分逼近。〉

桑奇亞緩緩往前靠。「會是帝汎本體嗎？來的會是占據格雷戈軀體的帝汎**本體**？」

〈對，〉奎塞迪斯說，〈這部分我也可以保證。〉

「帝汎爲什麼要親自冒險？」設計問道。

〈那是因爲，帝汎的肉體容器愈靠近它的工具，〉奎塞迪斯說，〈那些工具就愈有智慧。更快、更強壯、更好。桌上的鑰匙是帝汎整個存在的目的，是它在這世上最想要的東西。它會願意爲了鑰匙深入險境，我也很確定無論它打算做什麼，它都會帶上所有必需的工具。〉

理解號微微盪向一側，椅子上的奎塞迪斯稍微往前傾。

「你的意思是，它會帶上它自己打造的門，」貝若尼斯說，「爲了奪取鑰匙把我們斬盡殺絕，然後在開闊的大海上用鑰匙打開門。」

〈我預料會是這樣，對，〉奎塞迪斯說，〈效率至上。〉

「然後，」招待說，「它會用克雷夫摧毀門，造成無法形容的毀滅……都只爲了吸引神的注意力，好促使祂回來修復祂創造的世界。」

〈我相信主要就是這樣，沒錯。〉奎塞迪斯說。〈說出來後感覺有點瘋狂，不是嗎？〉

吉瓦人惡狠狠地瞪著銀色小鑰匙，表情震驚焦慮。

「怎麼可能摧毀得了像這樣的門？」設計問。

〈我不知道。〉奎塞迪斯說。〈我想應該就像對任何變造動手腳一樣。如果是我，我會從讓門混淆自身界限著手——因此門會擴張、擴張、再擴張——〉

桑奇亞打顫。「夠了。」

〈請注意，帝汎需要我才能這麼做。〉奎塞迪斯說。〈無法迫使克雷夫做任何事——除非他在我手中。事實上，考量克雷夫能夠像拆解線球一樣解開帝汎的諸多銘術，我很確定帝汎連碰都不想碰到他。〉他嘆氣。〈我很確定帝汎想抓住我，很可能透過某些駭人的手段控制我，利用我使用克雷夫。我想我可以趁今夜飛走，推遲不可避免的命運，但……這表示你們所有人大概會灰飛煙滅。〉

「插他的地獄啊。」波麗娜咕噥道。

「那我們別那麼做。」桑奇亞說。

「告訴我們帝汎的弱點，」貝若尼斯說，「告訴我們調節器的事。」

〈沒問題。〉奎塞迪斯說。船又忽然傾斜，他也更往前傾倒。〈但之前，你們能否，啊……〉

「呃，好啦。」桑奇亞咕噥道。她站起來拿起顯然是某種航海工具的長棍，探出棍子捅傳道者，把他推回直立姿態。

〈謝謝妳。〉奎塞迪斯說。〈眞是……太沒尊嚴了。總之。調節器。對。你們已經知道帝汎將調節器藏於何處。〉

「堡壘中。」貝若尼斯說。

〈沒錯。帝汎以堡壘作爲控制點，不止用來運送軍隊，也讓世界沐浴於它的作用力之下。調節器是其作用力的關鍵。〉

「所以我們最好希望它來攻擊時帶著一座堡壘。」設計說。

〈啊——我不會說希望，〉奎塞迪斯說，〈應該說，它百分之百帶上它所有堡壘來向你們開戰。〉

他們驚恐地瞪著他。

「它會帶什麼？」波麗娜虛弱地問。

〈它帶上所有飛行堡壘來攻打你們。〉奎塞迪斯說。〈每座堡壘都有，噢，約十二個死靈燈隨行。〉

設計早已臉色發灰，他們張嘴想說話，但又閉起來。

〈我沒確認過堡壘的數量……〉奎塞迪斯接著說，〈但我估計原本有九座，我毀了其中之二，應該還剩七座。〉

招待的所有組成體都原地凍結，他們低聲說：「七座堡壘啊……」

貝若尼斯清了清喉嚨。「調——調節器如何運作？要怎麼攻擊它們？」

〈這部分的情況稍微好一些，〉奎塞迪斯說，〈因爲帝汎基本上會給我們七次攻擊機會……然而我斷定我們只要成功破壞其中一座就夠了。〉

「只需要破壞一個調節器？」桑奇亞問道。

〈沒錯。因爲，你們知道的，帝汎從未眞正感受所有宿主遭受的痛苦和折磨。它從不像你們一樣，被迫調整你們的心智和行爲。它就像老故事中的巨妖…… 她生命中有太長時間都不會受傷、對痛苦免疫——然而當她踩到一根魔法釘子，那個小刺傷造成的疼痛是如此劇烈，她因而當場死去。就某種意義來說，這就是帝汎的命運，它自己也知道。因此，它打造了一個自動保險裝置，就算只是有人碰到它的調節器，整座堡壘也會失效、從天而墜。然而——有人必須去做這件事。有人必須進入堡壘本體，直接破壞調節器。〉

所有人眨眼了一會兒，努力消化這番話。

桑奇亞閉上眼。「啊，該死。」

「你……你要我們設法把一個人送上去，」貝若尼斯說，「進入其中一座飄浮的恐怖東西裡，然後要這個人找到這個……這個調節器……加以破壞？而且**不能**碰觸到調節器？」

波麗娜舉起雙手。「好啊！就這麼簡單！」

〈妳這是在諷刺，〉奎塞迪斯說，〈不過……情況實際上確實還更糟。〉

「怎麼說？」設計陰鬱地問。

〈你們聽見帝汎怎麼說了，〉奎塞迪斯說，〈它說它看見你們體內所有約束，你們得以與他人心智偶合的那些約束。就算它無法再控制你們，它對那些銘術的感知力現在又變得前所未有地準確。就算是你們過去的僞裝，我認爲現在也已經行不通了。〉

「偶合鞘衣沒用了？」貝若尼斯問。

〈鞘衣的功能是將你們的信號弱化爲鬼魂，是嗎？不過帝汎現在會非常仔細留意看起來像此等鬼魂的事物。將任何一名吉瓦人神不知鬼不覺送上堡壘都將難如登天。但……如果你們能把人送上去，那麼堡壘上的行動都相對簡單。少了相襯的銘術作爲訊號，肉體行動對帝汎來說不過就是雜訊而已。〉

「這我或許……幫得上忙，」招待低聲說，「畢竟我對偶合頗有經驗，但我無法保證什麼。」

他們安靜地思考，艦隊中的巨船緩緩在他們四周的開闊大海中旋轉、轉彎。

桑奇亞看著奎塞迪斯。「你幫得上什麼忙嗎？」她直接了當地問，「還是說，我們就只是留你自己一個人靠躺在你的椅子上？」

〈是……〉奎塞迪斯的聲音非常輕，〈有個或許可行的解決方法，但不會舒服，無論對你們、對我來說都一樣。我會需要其他那些人中的其中一群……不是大的那群，而是……〉

「設計？」桑奇亞問。

〈對，他們。我希望妳也一起來，桑奇亞。因為我有些關於這個地方的問題想問妳。〉

她皺起臉，但點頭。「那就說定了。」

「我跟招待一起，」貝若尼斯說，「我們試著想出方法登上堡壘。」

〈那就祝你們好運了，〉奎塞迪斯說，〈我想你們會需要的。〉

他們將奎塞迪斯的身體搬進一艘小舟，然後桑奇亞和設計一起駕小船拖著小舟穿過艦隊，在滔滔不絕的海鷗和鋼青色的天空下航向創新號。奎塞迪斯吵吵鬧鬧的，透過塞在他雙手間的徑碟說著〈左！〉或〈右！〉或〈請靠那艘大船近一點。〉他似乎頗投入他們的約定：他想看遍吉瓦。

〈做這些鳥事有助於你修復你自己嗎？〉桑奇亞暴躁地問。她原本就不會喜歡這份工作——傳道者的外交官本非她想選的職業——現在更是不喜歡，因為她不得不丟下貝若尼斯，讓她去策畫該怎麼滲透帝汎的一座堡壘，並破壞調節器。

「我還是不確定我為什麼在這艘船上。」設計用力吸氣。他們也非常惱怒：大家都知道設計拒絕透過徑碟說話，也完全不採用任何一種徑入的方法，他們聲稱自己的思緒太過複雜，難以分享；而且，在所有人之中，他們尤其丁點也不喜歡帶著一片與奎塞迪斯・馬格努斯連結的徑碟在身上。「又不是說我沒有更重要的事要做。我的意思是，我依然在理解號上，正努力想出偷溜進堡壘的方法，而這根本是天方夜譚……」

〈我希望你在這裡，〉奎塞迪斯說，〈我才能問你問題。告訴我——吉瓦由誰統治？誰是統治者？誰是王？〉

「什麼？」設計說，「我們沒那些東西。」

〈你或其他節奏無疑相當適合，〉奎塞迪斯說，〈你們知道得更多、看見得更多，也成就更多。你為何不該統治？〉

「我們就是不統治，」設計說，「因為我們也感覺更多。」

奎塞迪斯躺在小舟後方仰望天空。〈聽起來真是荒謬可笑至極。〉

〈確實荒謬，但也真實。〉桑奇亞說。〈透過偶合，我們能夠感覺、知道其他人的想法。當你同時知道被暴君統治是什麼滋味，當個暴君就難了。〉

〈但此種類型的國家運作起來肯定……難如登天。〉他提出異議。

〈確實是，〉桑奇亞說，〈就是這樣才知道我們做對了。〉

接下來的航程中，奎塞迪斯都沒再說話。

他們抵達創新號時，設計的組成體們已經在裝載滑輪和起重機的戰艦右舷準備妥當。桑奇亞和設計爬進傳道者在的小舟，扣上好幾個鉤子，好將小舟拖進貨艙，過程中忍不住難受地呻吟——不過桑奇亞呻吟得稍微大聲一些，因為扭傷的腳踝依然疼痛。

〈告訴我，設計，〉奎塞迪斯低語，〈你知道我的方法嗎？〉

設計不安地一頓。「我知道許多傳道者銘術。我是由許多銘術師的心智構成，他們知道許多事物，傳道者銘術也在其中。」

〈但你未曾親身施行。〉奎塞迪斯說。

「對。我們可以，我們可以像帝汎一樣從我們的人身上汲取年歲，再藉此編輯現實，不過那樣一來，我們就變成像帝汎一樣的恐怖東西了。」

最後一個鉤子鏗鏘就位。設計和桑奇亞又跨出小舟，將小舟從他們的小船解開。

〈我懂了。〉奎塞迪斯說。〈然而——你會願意從其他源頭汲取年歲嗎？犧牲他者的生命？〉

「應該不會。」設計說。

奎塞迪斯開始上升。〈就算那個他者是我？〉

設計和桑奇亞訝異地面面相覷，接著抬頭看奎塞迪斯。

「妳到底害我捲入什麼麻煩了，桑？」設計低聲問道。

不到一小時後，設計在創新號上被煤燻黑的暗處中緩緩眨眼，他們低聲說：「再說一次。」

〈我需要換個方式說明嗎？〉奎塞迪斯問。〈我們現在處理的是深奧難解之事，過程本就困難。〉

「再……再跟我說一次就好，麻煩了。」設計說。「告訴我你想要我打造什麼。」

鑄場和冶爐構成的陣列懸吊空中，遍及整艘巨船，桑奇亞怒瞪軟綿綿躺在其中的奎塞迪斯，並想著：*我插他討厭這整套像儀式一樣的鬼東西。*

而且已經有儀式的感覺了。設計的組成體圍成圈站在躺著的奎塞迪斯身旁，凝望著圈外的一牆牆黑板、藍圖、圖表和草圖。總共十九名組成體在場，而且他們全像好奇、神經質的節拍器一樣前後擺動，全神貫注眼前的任務——當然了，他們完全同步。

「我怎麼覺得，」桑奇亞咕噥道，「你好像**樂在其中**呢，設計。」

「噢，我是啊。」他們聽起來頗氣餒。「比起我跟貝若尼斯正在進行的工作，這有趣多了，而且絕對更有收穫。」

桑奇亞皺眉。聽起來不妙。

〈好。〉奎塞迪斯低語。〈聽仔細了。我本體的表面布滿與我這身布相繫的銘術。此時此刻，這些銘術堅決主張我占據這具軀體——不過也可利用它們約束我的本體，使其相信它存在不同的時空。我們接著要做的是確立一個標記——一個預設的時間、片刻，將時序上的一秒獨立出來，供我的身體在它覺得世界遭毀時回歸——然後主張那個片刻是午夜，也就是我力量強大的時候。只有到那時，我們才能主張世界已毀，而這可輕易達成，因爲……〉

這樣的工具會重塑奎塞迪斯的特權；他一再重新說明該如何打造，說到第四或第五次時，她就不再聽了，轉而低聲問：〈招待？貝若尼斯的狀況怎麼樣？〉

〈不好，〉招待的聲音非常低微地嘆道，〈不過請不要讓我分心，這非常費心……〉

「啊哈！」設計忽然吼道，他們的所有組成體興奮地跳上跳下。這景象實在太令人尷尬，桑奇亞差點忍不住轉過身。「我懂了！我懂了！」

〈是嗎……〉奎塞迪斯說，〈好，那麼我就躺在這裡了。〉

設計的組成體們朝他甩甩手，彷彿他正在用乏味的瑣碎小事煩他們。「對，對！我來開動冶爐和鑄場。我們一個小時內應該就能做出將你復活的工具！」

〈不是復活，〉他低聲說，〈而是編輯。我們將銘印我的時間，讓我的軀體相信現在是午夜。如此一來，就算是日正當中，我也能有生命，而且強大。不過……這麼做是有代價的。〉

「什麼代價？」桑奇亞問，「如果你毀了你自己，我們就要葬身大海了。」

〈如你們所知，我並不是一個銘術。我是一個靠許多系統、許多無形基礎結構維繫的存在，而這些系統與結構都是由許多、許多古老的犧牲打造而成。時間與所有犧牲緊密相繫——數年、數十年、數百年。我必須摧毀一個像這樣的系統、放棄數百年時光，以此換取力量。〉

「那……你和設計要摧毀哪一個系統？」桑奇亞問。

「我相信是他的不變性，」設計說，「迫使世界相信他應該永遠存在的許可。」

〈正確。〉奎塞迪斯說。

「什麼！」桑奇亞瞪他。「但……但你會變得……殺得死！對吧？真**有可能**殺得死傳道者嗎？」

〈一般來說不可能。〉他乾巴巴地說，〈因此帝汎永遠料不到。我將依然有掌控重力與動作的許可，這本身就是防禦手段。我也將依然有超自然的耐受性，然而……並非堅不可摧。至少不再如此了。〉

〈這……克雷夫先前就是想對你做這件事，是吧？〉桑奇亞問，〈在安納斯庫斯的時候。他想耗盡你的年歲，以此作爲犧牲。〉

〈對。〉他喃喃答道，〈不過現在這種用途感覺好太多了——妳不覺得嗎？〉

她看著設計的組成體飛快展開工作，分散到這座巨大機械裝置的各個角落，彷彿一群正在徹底清理大型管風琴的侍役。一如平常，看著他們如此完美地工作感覺有點詭異。彷彿置身某種巨大的子宮內，她心想，看著它謹慎地開始塑造出一個小孩……

〈妳知道吧，我還是感覺得到另一個。〉奎塞迪斯低聲說。

〈另一個？〉桑奇亞問道。

〈另一個……人。由所有那些人構成的那個人。就是……另一個，比較大的那一個。〉

〈噢，你指招待？對啊，他們無所不在。感覺就像身處一個……一場舒服的大霧中，算是啦。〉

奎塞迪斯躺在創新號的地面上，然後，令她訝異的是，他微微往右移，悲傷地笑了起來。〈全部存有爲一體，全部本質爲一體……〉

〈那是什麼？〉桑奇亞問道。

〈好久好久以前，我就是如此對我的侍祭們形容這個儀式。〉他虛弱地說。〈汲取他人的靈魂，將其奪取，置入你自身、你本體，置入一個工具。這似乎是這個世界的本質。奪取、偷竊。然而，桑奇亞……你們透過某種方法在這裡創造出一個民族，你們不奪取，而是給予。不知道你們是透過什麼方法，利用了什麼我無法理解的手段。〉

〈就銘術而已，〉桑奇亞說，〈就符文而已。〉

〈嗯，不是。妳看不出來嗎？根本不止這樣，對吧？一個民族使用的工具並無法完整代表他們。〉

設計在鑄場內奔走，從平時小心維護的櫥櫃中翻出方塊、鑄模和蝕刻工具，將機械加速運轉、加熱金屬；淘氣歡快的光忽然開始在大艙房的牆面舞動，奎塞迪斯的黑色面罩像暗色的玻璃一樣閃爍發光。

「先鍛造鑄模和方塊。」設計的組成體全體同聲吟誦道。「這些都是禁忌的指令，因此我並沒有相關符文。既然如此，我要安裝方塊、製作鑄模、打造這個工具……」

艙房的地板和牆壁響起低沉、超自然的轟鳴，震盪的感覺沿桑奇亞的骨頭而上。她透過銘印視力看見許多銘器活過來，喀嚓喀嚓又嗡嗡唧唧地雕刻著新符文的新鑄模；這些鑄模將會被仔細地組裝爲更大的鑄模，塑造出最終的工具。

〈這過程會傷害你，對吧？〉桑奇亞問

〈我在過去這千年受過許多傷害，〉奎塞迪斯說，〈不過沒錯，確實會。〉

閃爍的點點火星如雪花般在空中飛舞。上方的坩堝散發超自然的詭異光芒。

「鑄模完成！」設計的組成體喊道。陰暗中的空氣變得更加炙熱，艙房內煤渣飛舞。設計的組成體撥動開關、拉動拉桿，打開牆上和船殼上的舷窗抽走空氣中的熱氣、煙和氣體，吹起一陣詭異擾動的風。「加熱鑄模！」他們高呼。

〈或許是我活該吧。〉奎塞迪斯說。〈做過那些事，我不配得到原諒或救贖，對吧？〉

〈對，你不配。〉

〈對……〉他輕聲說，〈但也許如果我長期努力的結果是留下一群像你們這樣的人——就我長久的記憶所及，你們在歷史上是獨一無二的存在——那麼我終究並非徒勞無功。〉

「開始澆鑄！」設計說。坩堝緩緩傾斜，熔化的金屬注入鑄模，一線金光劃開陰影。

〈你開玩笑的吧，〉桑奇亞說，〈我們只是努力求生而已。〉

〈噢，不，〉奎塞迪斯說，〈我是認眞的。你們打造出前所未見的事物。我希望這令妳生畏，桑奇亞——如此不可能，如此脆弱。現在你們必須對著這抹小小火焰吹氣，滋養它，讓它成爲熊熊大火。〉

艙房內無比炙熱，令人無法忍受。奎塞迪斯的袍子開始冒煙。桑奇亞不得不退後，甚至無法面對高熱的持續進逼。

「完成了！」設計尖叫，「完成了，完成了！」

灌注的溶化金屬收細，直到桑奇亞眼中剩下一抹撲騰的藍綠色光芒。她瞇眼調整視覺，看著設計的組成體拉動拉桿，小心地將鑄模引入下方的托架，然後敲開它。

「熱裂，」他們的組成體喃喃說道，「冷卻的過程中必須避免破裂……」

桑奇亞瞥見暗紅色金屬小尖刺，看起來一顆牙，來自神話中的龍。設計隨即用鉗子夾起那東西，放進一個長方形的大盒子裡——這個工具能夠快速冷卻任何鑄成品，不會造成金屬破裂。艙房內的高溫下降、消散。桑奇亞小心地靠近奎塞迪斯，她的皮膚刺痛，發出細碎爆裂聲，她不禁一縮。

〈完成了嗎？〉奎塞迪斯問，〈成功嗎？〉

「我……相信應該是……」設計說。

他們從冷卻盒中抽出鉗子，拔下成品放在地板上。

一把匕首。體積小，刀尖寬，握把窄。

「就這樣？」桑奇亞說。「好小一把。」

〈很小沒錯，〉奎塞迪斯說，〈因為必須嵌入我體內，必須立刻動手。〉

她凝視匕首。「天啊……一定要現在嗎？」

〈對。沒時間可浪費了，而且我可能需要費些力氣適應我的變造。〉

「你不想等到午夜嗎？」

〈不想。施加於現實的編輯無須等到失落時分。比起打造工具，這種取得許可的方法更加醜陋，也更不精確——因此我才在許久之前便棄之不用——然而……我們現在別無選擇了。〉

桑奇亞細看那把匕首，好小啊，然而詭異地飢渴。

記憶閃現：一個女人，一條手臂上以奇異的墨水寫滿符文，另一隻手抓著一把小匕首；她站在陽臺上眺望外面的頹圮城市，並尖叫著——*毀壞，冒煙，意料之外，墮落！*

桑奇亞心想，若是埃絲黛兒．坎迪亞諾現在看見她，不知道她會說什麼。*或是歐索*，她想著，*我們當時自以為在為世界的命運而戰，不過我們其實只是在後巷和水溝裡玩遊戲的小孩*。

〈桑奇亞，〉奎塞迪斯低語，〈請快一點。〉

她深呼吸，拿起匕首——金屬已經變得如此冰涼，有股令人膽戰的寒意。她緩緩走到奎塞迪斯躺臥的位置。噁心感在她的五臟六腑翻騰蠕動，她眼冒淚水。

〈我該把刀尖對準哪裡呢？〉她想著。

〈無關緊要，〉奎塞迪斯虛弱地說，〈不過心臟為佳。更多空間，懂吧。〉

她跨立於他的黑色形體之上，心跳紊亂，內臟似乎滿是水又躁動，當她碰觸這個駭人恐怖的東西，感覺她的眼睛在頭顱裡變得混濁又熱燙……

他也曾經是個孩子，或許到現在也還是。

桑奇亞咬牙，雙手舉起匕首，刺向他的心臟。

她預期會遭遇阻力，就像弩箭尖穿透盔甲，因爲刀尖肯定刺穿他了，然而匕首在碰觸他的那一秒活了過來，飢渴地吞食他，把自己往下拉，拉入他體內；隨著匕首啓動突如其來而無比駭人的編輯，尖叫的指令隨即塡滿她腦中。

〈**破壞破壞破壞，**〉匕首在她腦中尖叫，〈**破壞這個世界破壞這東西破壞天空中的太陽以及萬物之上的午夜——**〉

她放聲尖叫，在她腦中迴盪的約束如此巨大，已經超出她能承受的程度。她扯開雙手，踉蹌後退，同時大口喘氣。

奎塞迪斯在地板上痛苦扭動，手臂和腿震動顫抖，雙手和雙腳撞擊木板，力道大得都留下凹痕和裂痕了。還看得見匕首，但很勉強，因爲匕首正穩定地一點一點埋入他的身體，直到剩最末端。然後，他終於平靜。

他們盯著他，只有冶爐的叮咚聲和滴水聲打破寂靜。

「完成了嗎？」設計試探地問，「成功了嗎？」

桑奇亞收縮她的銘印視力。她感知到的奎塞迪斯跟先前差不多，就是一團嚇人的血紅色光，但現在古怪地閃爍，彷彿風中蠟燭。

接著緋紅色的光燃亮，彷彿鎂燃燒的火一樣在黑暗中嘶嘶作響，她感覺到了。

一股壓力。一種存在感。彷彿她肌膚每吋都被壓著，冶爐的每個器械、每個表面都開始騷動。

*是他，*她心想，*是他的意志。天啊，巔峰時的他就是……像這樣嗎？*

他像個可怕的木偶一樣緩緩升上空中，手臂和腿無力下垂，頭左右搖擺。艙房內的壓力消失，騷動也停止了。

黑暗中隆隆響起低沉非人的聲音：「我存在。再次。」

她回頭，目睹他又重拾熟悉的姿態，像個令人發毛的神祇一樣盤腿坐在空中。

她等著他繼續說下去，但他沒再開口。「成功了嗎？」她問，「你……修復了嗎？」

「修復？」他說。「不……不，我比以往都更接近死亡。」

空氣又一陣脈動，地板嘎吱作響，船殼呻吟，整艘船震動；事實上，震動得如此劇烈，桑奇亞感覺她的骨頭都化爲油灰了；設計的所有組成體放聲叫喊。

「但我很強大。」奎塞迪斯低語。「脆弱卻強大。至少暫時如此。」

空氣的脈動平息，船停止呻吟。

「現在，」奎塞迪斯緩緩道，「下個任務。我們還在試著決定用什麼方法潛入堡壘最好，是嗎？」

「正——正確。」設計說。

他點頭。「我們來看看我能否幫上忙吧。」

43

「我必須坦承，我們研發出來的方法並不優雅。」貝若尼斯用力眨眼，努力喚醒自己。吉瓦的所有人似乎都來到理解號的貨艙，靜靜看著她、招待、設計和克勞蒂亞展示他們的成品。波麗娜坐在前方的中央，滿臉怒容，招待和設計的組成體聚集在她身後，腳輕拍地面；節奏焦慮時總會這樣。「而且難以測試，因此我們才要等擁有銘印視力的人回來。」

桑奇亞點頭。貨艙高高的頂部陰影中隆隆響起奎塞迪斯的聲音。「當然。」

「我們決定由我潛入堡壘，」貝若尼斯吞了口口水，「因爲就屬我最了解帝汎現在的設備。」

一陣肅穆的沉默。桑奇亞凶惡地凝視群眾之外，一面按摩著扭傷的腳踝。

「完全遮掩我的符文看來已經是不可能的事了，」貝若尼斯說，「因爲帝汎會致力於看穿我們的偽裝，不過我們採取跟偶合鞘衣相同的原則，試著想出一個方法，讓它不確定我**在哪裡**。」貝若尼斯示意放在她身後桌上的裝置。「跟我們打造的許多東西一樣，這是一個盒子，但這個盒子會藏起我的……我的左手，也就是我的偶合碟所在位置。」

她輕拍裝置頂部。這是一個簡單的青銅色盒子，頂部有一個人手足以穿過的洞。

「我們利用偶合讓它的另一半相信自己裝有相同物品。」她手指後方的另一張桌子，一個相似的容器擺在那張桌子上。「所以……如果我把手放進這裡的這個盒子，」——她這麼做之後抬頭看桑奇亞——「透過妳的銘印視力，我的手是不是看起來像同時位於兩個地方？」

桑奇亞瞇起眼，接著熱切地點頭。「對！徑入我，妳自己看看。」

貝若尼斯照做，集中注意力，直到她能透過桑奇亞的眼睛看，並確認那個柔軟、微微發光、使她得以和其他吉瓦人分享心智的邏輯線圈確實在兩個位置閃爍：在她的手目前所在的盒裡，也在房間後面的盒子內。

「我們確定那些東西不會……嗯，爆炸嗎？」波麗娜警惕地問。

「考量艦隊基本上就是靠偶合盒運作，我們現在很了解這東西，波兒。」克勞蒂亞說。「偶合做得很爛，或是偶合某個已經在一個偶合空間內的物品，沒錯，下場很難看，但這些東西應該沒問題。」

貝若尼斯抬頭望著上方的暗處。「你覺得看起來可行嗎？」

停頓。接著傳來奎塞迪斯的聲音。「你們究竟打算用這些盒子做什麼？」

「我們把它們裝在燈籠和飛行銘器上，」克勞蒂亞說，「幾十個，或許一百個，然後送出去繞著所有堡壘打轉，到處降落，擾亂帝汎，讓它無法確定貝若尼斯的位置。」

又一次停頓。接著奎塞迪斯從陰影中降落，依然盤腿，但一言不發。

「怎麼樣，」設計說，「你……你覺得行得通嗎？」

「那……你們又打算如何靠近堡壘？」奎塞迪斯問。

「用設計的沉水裝置，」克勞蒂亞說，「直達堡壘下方；他們老早前就一直渴望拿出來用了。」

「前提是那東西撐得住。」波麗娜咕噥道。

「撐得住！」設計怒氣沖沖地應道。

停頓。奎塞迪斯還是沒說話。

「怎麼樣，」貝若尼說，「可行嗎？」

「我……相信銘術發揮了應有的作用。」奎塞迪斯說。「不過我認爲這個計畫百分之百會失敗。」

貝若尼斯眨眼。她感覺有個深坑在她心臟和腹部之間的某處愈長愈大。

「爲什麼？」桑奇亞質問。「帝汎會實實在在同時感知到像是一百個吉瓦符文，不是嗎？它會以爲有一支小型吉瓦軍隊登上它的各個堡壘！」

「妳認爲帝汎應付不了一支小型吉瓦軍隊嗎？」奎塞迪斯問，「妳相信它無法非常迅速地朝空中射出一百個飄浮燈籠，然後無可避免地也射中貝若尼斯？」

「我以爲，」桑奇亞咬牙切齒，「你會在那一切的同時**分散**它的注意力。」

「我會，」奎塞迪斯說，「當然。不過帝汎**不**蠢。只要它看見任何吉瓦符文升空飄向它的跡象，無論再微弱，它都會知道你們有意登上堡壘，它會知道你們試圖襲擊它，於是它會花時間處理這個威脅。它會在每一座堡壘裝載成千上萬的武器，並放上它自己的軍隊——每支軍隊的人數都遠超過一百人。它肯定會阻止你們。」他看著貝若尼斯。「然後還有這個顯而易見的問題……我們打算要貝若尼斯潛入帝汎的一座堡壘、闖入調節器所在位置——全程都一手塞在盒子裡嗎？」

貝若尼斯嘆氣。設計的三名組成體在工作檯旁坐下，臉埋入雙手。

「我們試過至少一打方法了，」克勞蒂亞說，「每個方法都麻煩又棘手又糟糕。這是最不糟的一個，我們沒有時間了！我們還得想出方法破壞該死的調節器！」

「**最不糟的一個**，」奎塞迪斯說，「這句話不太能激發信心……」

所有人爭執了起來，貝若尼斯凝視著身旁的桌子。她覺得徹底精疲力竭，因爲她知道他們兩個說得都沒錯。她、設計、克勞蒂亞和招待過去三個小時以來馬不停蹄地工作，就是爲了想出點什麼，而他們失敗了一次又一次——這已經是最實際的解決方法了。

不過奎塞迪斯說得也沒錯。行不通的。她會在過程中死去，他們會失敗。

我們需要另外一個人，她心想，*一個帝汎不會去找的人，不是吉瓦人的人。*她閉上眼。*眞希望我可以召喚年輕版本的桑奇亞，還沒有偶合的她。她做得到。她會是完美人選。*

她順著這條思路，短暫考慮用淨化棒戳桑奇亞——畢竟，根據她們的計畫，她終歸是要擺脫所有銘術——但她知道桑奇亞太老、受太多傷，這方法不可能成功。

接著她又冒出另一個想法。讓她五臟六腑發冷的想法。

不。

爭執聲益發喧囂，她睜開眼，注意到招待的每一個組成體這會兒都看著她，表情平靜悲傷。

她隱約知道奎塞迪斯在和設計交談，討論著將貝若尼斯裝入某種鐵箱射入堡壘深處——他們似乎都認爲這個計畫絕對可行，房內的所有其他人因而大爲激動——這時招待站起來，清了清喉嚨。

「我想，」他們以頗宏亮的聲音說，「我們都需要休息一下。」

「沒時間休息了！」波麗娜說，「那恐怖東西在該死的幾個小時內就會到這裡，還有很多事要忙！」

「我們此時此刻在這個房間裡也想不出任何辦法的。」招待說。他們的組成體看著桑奇亞和貝若尼斯，微笑。「來吧。我想妳們可能會想看看笛耶拉的狀況。」

「笛耶拉？」桑奇亞驚訝地說，「那女孩復原了嗎？她醒了嗎？」

〈當然。〉招待說。〈妳們兩個何不跟我來，我們一起去看看她？〉

桑奇亞滿臉困惑地起身，跟在招待後面走出貨艙。奎塞迪斯和設計繼續低聲交談，語速愈來愈快。貝若尼斯也起身跟上，但她的手臂和腿感覺無比沉重——不是因爲她很累，而是因爲冒出她腦中的想法徘徊不去。

〈眞不知道，〉她在門邊跟上桑奇亞時，桑奇亞這麼說道，〈現在是在演哪齣。〉

貝若尼斯迴避她的視線，不置可否。

他們三人往上爬，穿過幾個船艙，這些地方依然滿是復原中的葛拉提亞拉人，他們或者生病，或者受傷，或者精神受創，或者長期孤獨。招待的組成體身穿淡紫色和藍色衣物，他們永遠都在，舉手投足卻如此謹愼，貝若尼斯有時候會忽略他們——但永遠不會停止感覺到招待的存在，那是一股感受力和同理心，緩慢穩定地在每個角落脈動，就像暖爐將暖意傳送到整艘船。他們進入另一個甲板，數十名招待的組成體坐在地板上，雙眼閉合，胸膛以緩慢、穩定的節奏擴張、收縮。

〈他們還好嗎？〉桑奇亞問。

〈他們就是我，〉招待說，〈而我很好，但整個吉瓦都很擔憂。他們擔憂奎塞迪斯的到來，擔憂你們的遠征，擔憂艦隊的移動、重新編隊、準備啓航……此時此刻要應付許多擔憂，桑奇亞。他們需要平靜的海洋，在這片大海中，他們能夠拋開他們的擔憂，我現在的工作就是給他們這個海洋。〉

招待大步穿過他們的組成體，走向一個背對他們，坐在遠處中央的人——那人身穿這個節奏慣穿的藍紫雙色衣服，身形嬌小。

桑奇亞猛然停下腳步。「等等。」她說。「等等，你應該不是在說……」

招待走到那個人身旁，轉身等待。〈來吧。〉他們說。

貝若尼斯瞪著那個藍紫雙色的小身影，她的心臟在胸腔裡撲騰。

〈我以為她病著！〉桑奇亞說。〈我以為她……我以為……〉

〈來吧，貝若尼斯，〉招待說，〈來吧，桑奇亞。來看看吧。〉

她們緩步靠近，走到小身影面前：這人手臂掛著吊帶，平靜、清爽的臉上有許多瘀傷和割傷，這張臉屬於那個曾跟她們一起多次出擊、遠征的女孩；當這個女孩似乎即將死於某個古老世界受詛咒的角落，貝若尼斯曾為她尖叫、哭泣。

貝若尼斯在她面前跪下。笛耶拉沒睜開眼。「她……她……」

〈和節奏結合又斷開那麼多次一點也不健康。〉招待解釋道。〈我幫助妳們逃離帝汎的時候，不得不長時間與她結合。她清醒後，嗯……她選擇結合，而非繼續下去。〉

「噢，」桑奇亞低聲說，「我懂了。」

貝若尼斯哭了起來。剛開始她不確定是為什麼。以前也有認識的人加入節奏，或是離開他們，但若是笛耶拉，感覺就是不一樣：這個女孩是多麼努力爭取加入貝若尼斯的小隊，她經歷了那麼多折磨和危險——而且她的人生和桑奇亞如此相像：一個重獲自由的奴隸，擁有銘術溝通的天賦，渴望戰鬥。

「為何哭泣呢，貝若尼斯？」招待溫和地問。

「因為她是**我的**，」她用力吸氣，抹了抹眼睛，「她原本在我的羽翼下。感覺就像我……就像我……」

「妳沒有辜負她。」招待說。「本人若不同意，就不可能與節奏結合。這是她的決定，一個爲吉瓦貢獻的新方法。她過去有付出，也將持續付出。但她依然在這裡。」

貝若尼斯又用力吸氣。「對我來說不在了。我找不到她，也不能和她說話，沒辦法……」

〈噓。〉招待伸手碰觸貝若尼斯的後頸。

景象和經驗立即湧入她腦中。

一個女人在田裡辛勞工作，汗溼的頭髮黏在臉上，她跪下低聲說：「笛耶拉！幫妳找到好吃的點心了……」原本緊抿著嘴的臉綻開笑容。

眼前是木造天花板，她身旁的奴隸在睡覺，微弱的鼾聲充斥黑暗。

大海上方是溫暖明亮的天空，這是從一艘吉瓦戰艦望出去的景象；桑奇亞和貝若尼斯在她前方，她們年輕而無瑕，正在描述該怎麼裝載弩箭……

然後是維托瑞亞，他臨死前放聲尖叫，面朝天空。這樣的愛，這樣的哀傷。這樣的罪惡感，這樣的心碎，只有渴望能將它們全部吞下；渴望修復、渴望補償，也渴望挽回一個人曾犯下的所有過錯——這樣的渴望接著再被愛吞下。

對貝若尼斯的愛，對桑奇亞的愛，對克勞蒂亞、小吉歐、波麗娜的愛，還有對她所知的一切與她爲其受苦的一切，單純、坦率、未經修飾的愛……

〈她還在。〉招待的聲音低語。〈我還在。我依然與妳們同在。但要知道，貝若尼斯，就算她有一天死去，關於我的記憶和關於她的感覺也依然會在妳之中，在我們所有人中迴盪。因爲她付出自己，好讓我們能夠繁榮昌盛。〉

招待的手退離貝若尼斯頭間。她此時轉為啜泣，了解笛耶拉、成為她的經驗，就算只有一秒也令她無法承受。

〈她早在加入我之前就已經付出她自己了，〉招待低語，〈妳看不出來嗎？〉

「你為什麼要這樣對她？」桑奇亞擁抱貝若尼斯，怒瞪著招待。「天啊，她需要制定計畫！」

「她不需要。」招待嚴肅地說。「她已經知道自己該怎麼做。」

貝若尼斯閉上眼，繼續哭泣。

「什麼？」桑奇亞說。「什麼意思？」

招待別開視線，表情看似在沉思。「成為我就是像這樣。成為招待就是應付如此單純、絕望、熱烈的愛。這份愛如此偉大，許多人因而願意為其獻身。這並不容易，但……這也是身為吉瓦人的意義——遠遠不止是身體裡有銘術而已。」

貝若尼斯還是哭個不停，她彎下腰，直到頭靠在桑奇亞膝上。

「什麼意思？」桑奇亞又問了一次，這次聲音更加低沉，而且聽來焦慮。

「我們都必須付出。」招待低聲說。

「等等。」桑奇亞說。「你不是在……你不是在……」

「一如格雷戈，」招待說，「一如歐索，一如維托瑞亞，以及其他許許多多人。不過那些人的痕跡留存，就算他們與我們的連結看似中斷也一樣。」隱約而悲傷的微笑重回他們的臉上。「懂嗎？」

「不，」桑奇亞咆哮，「我不懂。」

「貝若尼斯懂。」招待說。「這就是她對妳的愛。她知道這難題的解決辦法就在她個人。不是嗎？」

貝若尼斯坐直，她還在哭。她伸手從靴子裡抽出一根小小的工具；這東西從他們開始執行這個任務起就一直放在那兒：一根小青銅棍，末端附極迷你的銘印刀。

貝若尼斯坐在理解號的甲板上，桑奇亞在她身旁踱步。太陽只是遠方一顆熱燙的紅色淚滴，艦隊的所有船隻在她們四周移動。

「別走了，」貝若尼斯說，「妳身上有傷。」

「我不在乎！」桑奇亞說。「我……我不敢相信妳居然考慮這麼做，貝兒！」

貝若尼斯試著微笑。「似乎合情合理啊。」她說。「我們原本就打算用在妳身上。或許我……」她吞了口口水，低下頭，「或許我只是稍微搶先。」

「不對，這……貝兒，妳不能這麼做。」桑奇亞說。「這沒有回頭路的。淨化不可逆轉。要命，我們最初就是**設計**成這樣！我們甚至沒辦法以編輯逆轉，因爲會害死妳！」

「我們確實想過設計出能夠逆轉的淨化棒，」貝若尼斯低聲說，「不過我們想，如果我們能逆轉，那帝汎也能。」

「天啊。這……這會像……」

「像切掉我的手臂，」她低聲說，「像切掉我的一部分。」她的目光在桑奇亞身上徘徊。「但那會是妳，我切掉的那個部分會是**妳**。沒錯。」

「我不能……我甚至沒辦法……」桑奇亞忽略疼痛的腳踝，繼續在甲板上踱步。「我的意思是——這也代表把妳從**我**身上切除。這妳懂，對吧？我也會有一部分被切除，還有吉瓦裡——」

「吉瓦裡愛我的每一個人，」貝若尼斯嘆氣，「在意我的每一個人。我也將切除他們身上的一部分。我知道。」

桑奇亞嚥了口口水，眼中泛淚。「那會像妳要死了，貝兒。」她虛弱地說，「像是有人**死掉**的時候一樣。就是那種感覺，而死的人是妳！」

「我知道，」貝若尼斯低語，「不過妳無法舞過雨季，親愛的。帝汎等的是吉瓦人，一個心智與許多人偶合的人；它不會預期身上沒銘術的普通人。」她的表情變得緊繃。「它無法想像我們居然會放棄這個唯一的優勢，這種……這種生活方式，這種連結。因此，它將看不見我。」

「我從來就不想對**妳**這麼做啊！」桑奇亞說。「我從來就不想從妳身上奪走這些，害妳失去——」

「我沒失去任何東西。」貝若尼斯說。「就像招待說的，我在付出。」她眺望艦隊。「我屬於一個國家，沒錯。屬於一個民族，一個家庭。擁有家庭如此美好，但若有必要，我甘願放棄。若是能給予我們一線生機，我願意。」

桑奇亞停下來瞪她，眼神憂煩悲傷。「我……我一直以為有危險的是我，以為去的人是我。」

「這會像回到岸落之夜前的鑄場畔。我們只是相愛的兩個人，在小房間裡嘰嘰喳喳吵架。」

「如果我們成功，」桑奇亞用力吸氣，「如果妳……我是說，天啊，貝兒，妳這是在說妳要孤身一人登上那個大東西？身旁沒人幫妳？沒人知道妳發生什麼事，沒人告訴妳外面情況？」

「我當妳的妻子八年了，」貝若尼斯試著擠出微笑，「妳早就滲透我全身，滲進我的骨子裡。我知道妳所有把戲，妳所有不為人知的小祕密。畢竟我就是靠這樣才能撐這麼久。」

桑奇亞焦慮地揉臉，揉腦袋兩側，希望解決方法平空冒出來，出現聰明的小花招，幫助他們毫髮無傷逃過這一切……

〈不。〉貝若尼斯低聲說。〈夠了，不要再想那些陰謀詭計，我們兩個好好在一起就好。〉

〈但我想救妳。〉桑奇亞說。

〈跟妳在一起一分鐘，〉貝若尼斯說，〈本身就是一種救贖了。〉

貝若尼斯伸出手，桑奇亞握住她的手，她們一起凝視落日。

招待的聲音低聲說：〈妳們有時間。設計和我想出最後任務該怎麼做了——該怎麼破壞調節器。〉

貝若尼斯用力吸氣。〈眞的嗎？〉

〈對。有點受妳的選擇啓發，貝若尼斯。若想打贏這場仗，我們所有人都得付出，我比大多數人都更能付出。〉

他們講述他們的計畫，聲音更是低如耳語。

〈你願意那麼做？〉桑奇亞驚訝地問，〈眞的願意？〉

〈對。〉招待說。〈因爲你們，因爲我們，因爲共度的時光是我們僅有的一切。好了，妳們也把握時間，好好享受妳們共度的時光吧。〉

桑奇亞和貝若尼斯分享、碰觸、作夢；思緒從一人腦中溜到另一人腦中，意識的交融如此徹底，難以記得誰是誰。她們躺在甲板上，凝視著星星，它們灑落夜空，彷彿天鵝絨斗篷上的點點細砂。

〈我會保留這一刻，〉她們低語，〈我會把這一刻保留在我腦海深處，直到我消逝。〉

望著星辰移位，她們回憶起過去。她們想起桑奇亞在歐索的辦公室被貝若尼斯搜身，女孩的手溜進她的口袋，指關節擦過她結實的大腿，她臉頰脹紅。

她們在鑄場畔的第一夜，房裡的唯一家具是一塊凹陷的小床墊，但那就夠了，夠她們暈沉沉、熱情洋溢地做愛，因爲分享自我時的極致興奮和喝了劣酒而半醉半清醒。

在鑄場畔時，貝若尼斯批評桑奇亞的符文，桑奇亞扮鬼臉。她們在一張工作檯旁，坐得離彼此有些太近了，歐索臭著一張臉瞪她們。她們在建築物後的小巷渴望地親吻，抬起頭，只見格雷戈．丹多羅從緊鄰她們後方的窗戶朝外看，一臉尷尬的驚訝，接著他聳肩，拉開最微小的微笑，隨即關上窗遮走開。

然後，一切付之一炬，燒得多徹底啊，她們倆在遙遠的海上無助地看著，她們的所有夢想燒個一乾二淨，成了一杜歪斜的黑煙。

最初那夜，她們登上波麗娜的船。她們哭得好慘，緊緊抱著彼此。

我不會也失去妳，貝若尼斯當時說，對吧？

桑奇亞則是這麼說：絕不。絕不。只我們在一起，我們就是家。

然後，最後的最後，她們回憶起她們的婚禮。那是岸落之夜的一年之後，在創新號上，在吉歐懸掛於甲板上方的睡蓮花串之下，她們在花下攜手前行，燈和燈籠散發柔和的粉色光芒，她們親吻，這個新興之國的人民鼓掌慶賀。

接著她們跳舞。她們跳舞，看著月亮低低懸在海上，桑奇亞在貝若尼斯耳邊低語：我們就是家。

此時此刻，她們一起看著月亮，留意它爬到夜空中多高的位置了。她們回想起不過幾天前她們出發執行任務前的討論：一個人說想留存鑄場畔，另一個人則說想留存遙遠的未來，到那時候，她們又老又蠢，而且依然相愛。

我願意付出一切，只要能回去那裡，她們想著，或是跳躍到未來。

她們聆聽波浪拍打戰艦。

是時候了，她們說，是時候了。

她們哭泣，拿起淨化棒，將刀刃刺入體內。

刀刃一入體，痛楚隨即點燃她們的思緒。她們感覺體內的小碟片往下，刺入血肉，偎著手臂的骨頭——一旦插穩了，碟片隨即對她們的（她的）整具軀體發布冷酷的小指令，吞食她的年歲，爲了這次微小的編輯而偷走她生命的一個片刻……

她們的記憶打結、結巴、消失。在她全身迴盪的指令完成它們的任務，嵌在貝若尼斯手中的偶合碟化爲水。

隨著碟片消失，桑奇亞的所有思緒、經驗、記憶和感覺都像夢醒一樣，從貝若尼斯腦中消失。多麼奇怪啊，世界竟如此幽微、如此突然地改變了，然而感覺又像截肢，像她體內的某個器官被摘除，她現在只感覺得到那器官不在了。

她們擁抱、哭泣。這感覺太陌生了，桑奇亞的肉體依然溫暖柔軟，貝若尼斯卻無法再感知到她妻子的無限存在，不再像步入一個專屬於她的美好祕密之地。她無法想像桑奇亞是什麼感覺，一定像是突然間同時又聾又瞎吧。

「我還在，」桑奇亞在貝若尼斯耳邊低語，「我還在。」

「我知道，」貝若尼斯嗚咽，「我知道，我知道，只是……」她緊緊握住妻子的手，用力到指節都發白了。「只是……**天啊**，桑奇亞……」她倒在甲板上，頭貼著木材哭了起來。

理解號深處，吉瓦人和傳道者正在討論最後步驟，黑暗中的一張張臉表情緊張疲憊。桑奇亞盡她所能仔細聽，努力忽略腦袋後方那股發疼的沉默；她的妻子原本總是在那兒的。

「調節器實際上就位於堡壘中心。」奎塞迪斯輕聲說。「妳必須去到上方的圓形堡壘正中央。到了那裡，妳會看到往下的階梯或坑道，通往驅動整座堡壘的符文典。我們對那東西沒興趣，不過調節器就位於旁邊的小房間內。」

貝若尼斯點頭。她看來疲憊，不過她吸了口氣，眼神又是明亮澄澈。

「到那個時候……」奎塞迪斯轉而環顧艙房內，「我相信設計和招待的魔法棒應該行得通。」

「會的。」招待安詳如常，設計也一點頭。「會準備好的。希望我們不止能夠擊潰帝汎，還能幫助脫離帝汎掌控的宿主。」他們的表情轉為嚴肅。「無論多短暫，我不確定我承受得了讓那麼多人與我連結，不過我會努力。」

「那部分完成的話，」奎塞迪斯隆聲說道，「一切就結束了。」

「那你要做什麼呢？」波麗娜問，「把堡壘打下來嗎？」

「嗯……」奎塞迪斯歪頭。「帝汎會有所預期，是吧？畢竟，我在數不盡的百年中就是那樣作戰。但……或許我該學學你們。」

「什麼意思？」克勞蒂亞問。

「你們用簡單的銘術打造了許多事物……」他左右張望，視線彷彿穿透理解號的片片艙壁。「我想，它們能對我們的敵人發揮很大作用。」

接著艙房內安靜下來，所有人轉身看著貝若尼斯，因為她不止是他們之中最經驗豐富的軍事領袖，她也付出最多，這計畫才可能實行。

她不自在地掃過所有人，清清喉嚨。「那就走吧，」她疲倦地說，「我們出動，搞定這件事。」

他們走上理解號的甲板時已近午夜。貝若尼斯等設計的組成體送她的裝備過來、幫她穿上盔甲，裝上所有武器和工具；為了撐過接下來的恐怖任務，這些東西不可或缺。桑奇亞看著妻子堅毅地舉起雙臂，讓他們扣上她的胸甲、收緊腰帶、插劍入鞘，沒完沒了。她忽然看似古代的戰士女王，一個嚴厲但高貴的統治者，戰鬥定義她的統治；在這一刻，桑奇亞對她的愛達到頂點，而她因妻子無法感覺到她的愛有多深而悲傷。

他們幫貝若尼斯戴上頭盔，拉緊束帶。貝若尼斯扭扭脖子，轉轉肩膀，感覺裝備伸展收縮，接著點頭表示沒問題。他們接著為她套上破破爛爛又髒兮兮的灰布，這是一名宿主的衣物。因為在堡壘內若有宿主朝她望，她要盡可能不顯眼才好。

感覺眞怪啊，桑奇亞想著，就像其他任務、其他行動，在黑暗中溜走，去面對這樣的恐怖威脅——但這次的情勢嚴峻太多了。

「我們再把妳運上沉水船。」設計對貝若尼斯說完後看著桑奇亞。「準備好要拿鑰匙了嗎？」

「準備好了。」桑奇亞說。

他們拿出小玻璃匣，朝桑奇亞打開。桑奇亞看著鑰匙，發現他們編了一條皮繩穿過鑰匙的蝴蝶形頭部。她拿起鑰匙，小心地掛在脖子，就像她長久以來戴著克雷夫。鑰匙靠著她胸口，感覺冰涼詭異。

「艦隊分散行動，」設計說，「桑奇亞帶走鑰匙和創新號，從我們目前所在位置直接朝東橫越大海，遠離堡壘。」

桑奇亞感覺心中有一絲天眞的鄉愁一扭。「回到這一切開始的地方，回到舊帝汎廢墟。」

「如果妳及時趕到，沒錯。」設計說。「希望帝汎本體沒料到妳要去那裡。」他們目光失焦，陷入沉思。「時間到。我們必須就定位了，大家盡可能在破曉前稍事休息。」

他們一起等船來；一艘小船，說是船，現在看起來還更像一團銘印碟片。設計肯定對它花了大把工夫，他們談論許久的「沉水」技術才得以實現。桑奇亞注意到貝若尼斯沒問他們覺得沉水船到底撐不撐得住，儘管她肯定滿心困惑。現在問這種問題沒意義。

桑奇亞看著妻子抓住繩梯，沿創新號船身爬下到小船。就在她的靴子觸及小船甲板前，貝若尼斯抬頭，又藍又灰的星光映在她臉上，她說了些什麼。距離太遠，桑奇亞聽不清楚，但她知道她說什麼。

「我也愛妳。」桑奇亞說。

她站在創新號邊緣目送小船駛離，接著轉身，一拐一拐地跟設計的組成體們一起走向駕駛艙，銀色小鑰匙就像一團壓在她胸口上的冰。

45

大海極遠的另一端，岩石海岸上方的空氣震盪。

「震盪」是唯一合理的詞。這現象有別於風，因為杜拉佐海岸非常習慣大海的強風。這不一樣，是一種詭異強烈的顫慄，一種震動，彷彿大氣正努力調和穿過自身的事物。

七大團岩石、石塊、鋼鐵與木材射過夜空，朝大海而去。它們從許多層面來說看起來都很古怪，上下顛倒的淚滴狀岩石，高度約二千呎，寬度超過一千呎，頂部是成林的尖塔、投石器和武器，寫有一條條符文串的鋼板散布寬廣的坡面，肯定是耐久性和控制重力的符文，不過也有和風和天空本身辯論的符文，嚴厲地逼它們服從，說服世界相信這些巨大的結構移動時實際上並沒有撞上空氣，而是像鴿翅一樣平順地破空翱翔。

大氣要讓一個像這樣的物體飛過空中已經夠難的了，就像數學家絞盡腦汁解一道複雜的方程式，然而現在有七座來到海岸，因此上方的天空震盪，不確定自己能否應付如此重擔。

自稱帝汎的這個心智並不在乎。它不在乎天空，不在乎大海，不在乎下方的城市，而城市中甚至裝滿它的成千上萬奴隸，他們的腦袋裡滿滿都是它的意志。它知道這一切很快將消逝，或許被更好的事物取代，或許不會。

它的思緒急轉。它計算、擬定策略、掃視大海，納悶著敵人會不會瘋狂到在此時發動攻擊。它的意志與思緒體現於它的艦隊、它的帝國，然而還有好多思緒留存於它的肉體，一個曾自稱格雷戈．丹多羅的男子。

帝汎不想再擁有肉體。它計算過許多次了，如果它拋棄這具肉體，它的智慧將依然留存遍布其帝國的所有符文典與銘器。然而，每次它思及終結這東西，這具軀體，它都躊躇了——因爲永遠沒有毫無疑問的計算，拋棄這東西的潛在後果遠遠弊大於利。

恐懼死亡是很正常的事，它告訴自己，因爲死亡意味失敗。

它的目光停留在飄浮於主堡壘小型重力銘器之內的黃金小鑰匙。它爲了囚禁這個不尋常的威脅才特別裝配出這些銘器。

恐懼像這樣的物品則是明智的。

帝汎知道，這把鑰匙若是碰觸任何銘器，它都能將其接管、破壞、摧毀。最好別讓它碰觸任何東西——當然了，直到帝汎拿到工具的其他部分。

然而有某件事令帝汎心煩，嘮叨著，阻撓它思考，就像嘴裡的潰瘍。

他不記得，完全不記得。他不記得我們做了什麼。

它的目光轉向東方的天空，望著地平線慢慢亮起。

不重要，帝汎想著，我很快將打開那扇門。

堡壘緩緩往前飄，彷彿在深海中展開漫長遷徙的鯨。

它們加速——並非逐漸加快，而是瞬間拉高速度，所有的銘術命令前方的空氣分開，好讓它們能夠急速掠過東南方的天空。

我將解鎖在另一邊等待我們的國度。

空氣尖叫、顫抖、震動、扭曲，最後終於止息，巨大岩石團塊如流星般呼嘯掃過波浪。

然後，我們終將得到平靜。

46

貝若尼斯在沉水船的黑暗中醒來。

設計的一個組成體坐在她前方，圓睜的雙眼盯著她。「現在是清晨三點三十分。」他們平穩地說。

「該死！」貝若尼斯驚喊。她揉了揉眼睛。「你在這裡坐多久了？」

「從妳睡著到現在。」設計說。

她得知設計可能看著她睡覺看了好幾個小時，略為一縮。她提起精神，又揉揉臉，檢查裝備——然後停下來。涼爽的海水潑濺聲在黑暗中迴盪，依此判斷，她已經離開吉瓦艦隊了，現在想必正位於海面之下數十呎。

「我們……我們下潛了？」她驚訝地問，「已經在水下了？」

「對。」設計說。「我們的船在一個小時前剛從吉瓦群島西北方兩哩的位置下潛，此時深度大約三百呎。我希望妳注意，我的規格和準備工作都很完美。」

貝若尼斯又搖了搖頭，努力喚醒她各項機能——但絕望地發現她在等的感覺永遠不會來：其他吉瓦人思緒的緩慢脈動，招待那溫暖無所不在的存在，還有桑奇亞，明亮熱燙，像在她身旁悶燒的煤塊。

現在都沒了，她試著告訴自己，都被我切掉了。停止期待吧。

但她沒辦法，就像她的思緒困在黑色玻璃下，她無法清楚看見它們。

「狀態回報。」她嘶啞地說。

「還沒有帝汎的蹤跡。」設計說。「我在吉瓦的西北方放置了鏡子銘器，我應該能看見它靠近。吉瓦艦隊的平民部分已經如我們計畫分成三支，兩支往北，一支往南。桑奇亞帶著鑰匙登上創新號，此時距離舊帝汎廢墟約四百哩，身邊有六艘防衛武裝帆船。招待和我把我們的防禦武力布署在海峽各處。我們也放出飄浮偶合錨，很像你們遠征時用的那些，因此我們可以保持連結。招待和我會盡我們最大可能傳遞訊息。」他們停頓，眨了眨眼。「妳想傳什麼訊息到艦隊的其他部分嗎？」

貝若尼斯用力吸氣，一面揉臉，努力從語法上分析這堆亂糟糟資訊。「請告訴他們我醒來就好。」

「如果只是這樣，那已經完成。」

貝若尼斯站在無光的船中，唯一的黯淡光源來自低層甲板的藍色燈籠。她吞了口口水，不確定自己餓不餓、渴不渴、累不累，或是怕不怕。

現在感覺不到其他人的生命，她心想，*我可能再也不知道怎麼活著了*。

她清清喉嚨。「奎塞迪斯呢？」

「他就位了，」設計說，「我們也跟他保持連繫。」

水中一陣隆隆聲，接著是雷鳴般的巨響。

貝若尼斯往前撲。「**那**是怎麼回事？船破了嗎？」

「啊，沒有，」設計說，「應該是他。他一直在挪開……海床上的東西。因為水傳遞聲音的效果比其他媒介好，就算從這裡我們也聽得非常清楚。」

貝若尼斯頭靠這個青銅小艙室，她被捆在這裡面，但她盡量別看得太仔細，因為她不想思考到，當設計啟動這個裝置，艙室會像小棺材一樣緊緊關閉，把她從海裡射上空中，然後爆開，並啟動她的飛行銘器。就像彈射鏃，她對自己說，以前做過一百萬次了。她多思考了一下那個情境。*只不過我發射的時候會是在一場空戰當中……介於一名傳道者和七座活生生的城市之間*。她嘆氣。*這個夜晚會怎麼樣呢？甚至，我們活得到今晚嗎？*

設計怪里怪氣地哼了一聲。「桑奇亞……邀請妳結束後去喝一杯。」他們說。

「她怎樣？」貝若尼斯問。

「她說有點像是週年紀念日。」他們看起來有些困惑。「在舊帝汎的時候，妳有一次把她關進某種水中裝置內，藉此沿運河駛入坎迪亞諾內城。就在妳把她關進去之前……」

「我邀請她跟我去喝一杯。」貝若尼斯哈哈大笑。「沒錯。對。」她微笑，夢想著久遠之前的往日時光。「眞是厚臉皮啊。不過話說回來……當時感覺也像是快世界末日了。」

「她還在等妳回答。」設計說。

「告訴她，如果她等我，我很樂意。」

桑奇亞閉上眼，聽招待在她耳邊低聲說：〈她說如果妳等她，她很樂意。〉

天啊，她心想，全能的上天，眞希望能親耳聽見她的聲音。

她緩緩吸氣，睜開眼，凝望外面的大海。

平靜的綠色海水在眼前延展並沒有幫助她平靜下來，理解號航行在她旁邊，但戰艦的存在也沒有舒緩心情的效果。令她心煩的不止是他們的目的地：她想像舊帝汎廢墟就在地平線那頭，依然因恐怖的那夜焦黑冒煙；除此之外，她還在努力熟悉這個狹窄複雜、令人生畏的駕駛艙，這也讓她煩惱。

設計過去這幾個小時一直在依桑奇亞的喜好改裝創新號的駕駛艙，而且有點過度熱中了。這代表她得到她常用的坐椅和方向盤，而且就跟其他銘器一樣，她也能和它們交談，不過設計也裝設了許多碟片和界面，讓她和這艘船上一些非常……不尋常的面向接合。

例如嘯箭弩座，還有固定式的弩，還有許許多多其他武器系統，顯然設計都改裝過了，好讓她能遠端瞄準並發射。

〈你們這些傢伙，〉她對招待說，〈到底預期我今天用上多少這些鬼東西啊？〉

〈我們不知道，〉招待說，〈不過設計和我會協助操作其他防禦措施。妳最懂操控銘器，桑奇亞，船本身就是一個巨大的銘器，設計把它改造得讓妳操作起來更輕鬆而已。〉

〈插他的地獄。〉她嘆氣，碰觸方向盤，讓這艘大船用低沉、憂傷的聲音告訴她它怎麼破浪前行，以及舵的狀態。〈那……奎塞迪斯呢？他在做什麼？〉

〈嗯，他在……堆石頭。〉招待說。

〈他在幹麼？他在他媽堆石頭？〉

〈對。〉招待體貼地一頓。〈非常、非常大堆。〉

奎塞迪斯·馬格努斯飄浮在大海之上，他憂心忡忡，仰望著天空。

空氣閃爍，他想著，風休止。我確實感覺到了嗎？

他凝望西北方的地平線，帝汎此時肯定就躲在那之後。然而除了一團朦朧的霧和遙遠的雨雲，他什麼也看不見。

他低頭看自己緊緊握在手中的小銅片。〈招待？〉他對著銅片說話。〈它出現了嗎？〉

〈還沒看見帝汎的蹤跡。〉他們的聲音不過是一絲耳語。〈看見它的時候我會通知你。〉

〈很好，謝謝你。〉

他思考著，只要手握小碟片，就能無聲召喚數十個心智，這是多麼詭異的一件事啊。我將現實打穿一個又一個破洞，他心想，然而，這個世界還是存在著這麼多單純些的奇蹟……

他回頭繼續工作，下降到腳底懸在海面只剩數吋的高度。海水在他四面八方蕩漾震顫——他知道這是一種副作用，代表現實在他周遭彎折、努力適應他的諸多許可。

他專注，感覺他的意志滲透空氣、海水，他的巨大壓力反彈，他因而能接近完美地感知所有物體，並立即在腦中描繪出地圖。他細細查看，感覺到海床上有個脆弱的結構，這是某座死火山的殘留體，已被海水淹沒數千年。

他收縮他的意志，輕推其中一個區塊的重力，扭來轉去，直到它鬆脫。

海水沸騰、翻攪、嘶嘶作響。一大塊黑色岩石浮出水面，海水從表面流淌而下，他小心地將這塊岩石疊在鄰近的島嶼上——就放在他到目前為止收割的另外一百顆巨岩旁。

他一面思考一面審視他的收藏品，接著歪頭，專注，再次收縮他的意志。

許多塊巨岩受巨大的壓力所迫忽然縮小，但密度提高許多。然後他思考，又歪過頭，大量細小的符文隨即出現在高密度岩塊的表面。

但若要這些東西發揮最大效果，他心想，我一定要用由帝汎自己的符文典驅動的銘術……

他將其他一些石塊切割為薄片充當盾牌，另一些則雕成密度極大的長標槍，然後全部再以速度、耐久性與銳利度的指令約束。

他思考著自己能用這些東西造成多大傷害。他或許可以幹掉……一座堡壘，或許兩座。

一個武器庫，他心想，但還不夠。

〈你應該知道，〉招待在他腦中低語，〈你的唯一任務是引開帝汎的注意力，好讓貝若尼斯登上其中一座堡壘，對吧？〉

〈當然。〉奎塞迪斯說。

〈我這麼說，〉招待說，〈只是因為你在這裡做的事似乎……規模挺大的，就好像你不是在為小交戰做準備，而是要全面開戰。〉

〈身為唯一曾在公開衝突中面對帝汎的人，〉奎塞迪斯說，〈我本質上就比任何人都更清楚引開它

的注意力需要用上些什麼。〉

招待沒再多說什麼。

奎塞迪斯回頭望向吉瓦群島。除了東一棟西一間崩塌的農舍，島上幾乎剝掉文明的痕跡，現在看起來如此荒涼空寂。知道這地方在超過一百年的歲月中都曾是暴行與蓄奴的中心，感覺非常古怪。

一如這片受詛咒之地在不同時期的所有經歷。但或許永遠不會再這樣了。

他升上空中眺望周遭的島嶼。

我又一次發現自己在對抗蓄奴者和帝王。

他手指一座小島。

又一次，再一次，再一次。

樹木發顫，沙子震動、滑入大海。

我永遠沒辦法像桑奇亞和貝若尼斯一樣，他想著，打造出一個自由的世界。

大海再度翻攪沸騰，然後，非常緩慢地，小島開始升空，底部被截去一半，還在滴著水。

不過說到瓦解帝國……這可是我的專長。

克雷夫躺在重力銘器內，又一次受困、無助、被動，只能等著看俘虜他的人可能怎麼利用他。他不知道朋友們是不是都還活著。他好幾個小時沒看見帝汎了，被孤零零丟在這個古怪的小重力銘器內，飄浮於帝汎的其中一個巨大石礫中央；這個石礫很像它用來飄下去安納斯庫斯廢墟的那一個。

一盞冷冰冰的白色燈籠在上方閃爍，沒多大用處，但他看得出他在的這個房間很大，像是一個寬敞黑暗的洞穴，如此巨大，就連他的銘印視力也看不到盡頭。

我看見……牆，他心想，或許還有門，差不多就這樣了。

他知道自己肯定位於帝汎某座堡壘的深處，而且，儘管他感覺得出來他們在移動，他說不准他們正朝哪個方向前進。

上方某處傳了卡嗒聲。他努力看，覺得自己感知到有個重力銘器正緩緩飄向他。

接著傳來平靜而單調的說話聲：「戈錫安有一句古諺，描述雕刻家的工作坊。」

克雷夫看見帝汎站在洞穴的角落，冷酷、荷包蛋似的雙眼從格雷戈的臉上凝視著他。

「他們說，雕刻工坊外的垃圾滿是最美好的廢物。」帝汎低聲說道。它邁步走向他，舉手投足活像個久未下床的老人。「所有美麗毀損的紀念像，所有未完成的石塊，所有這些東西棄置於地。戈錫安諺語的本意是要我們思考，美也可能意外存在，不完美不代表不美。」

克雷夫看著帝汎走近。洞穴頂部的重力銘器繼續下降，他仔細查看是否夾帶恐怖的刑求工具——然而除了幾個耐久和耐熱的指令，他什麼也沒看見；無論重力銘器帶什麼，都只有捲曲的小小符文。

帝汎在克雷夫面前停下來。「然而我並非如此解讀。想像那些未完成、在沙土中等待的雕像會是什麼感覺。它們肯定只求一死吧。」

房間嘎嘎作響。他知道他們肯定正飛向吉瓦。

不過我們撞上的只是一股氣流，他心想，還是已經開打了？

「我們是一場夢，」帝汎低聲說，「不完整的未完成品。我們躺在垃圾之中，無人觀看、無人在乎，只是一次迭代。肯定有其他版本，更好的版本，而那些改良版可以覆蓋這一個，然後這一切就永遠不再眞實。」

重力銘器終於進入冷白光燈籠的照射範圍，而他看見放置其上的物品。

那是一個門口：依然以暗色岩石打造，也依然滿覆符文，以銀鋼書寫，細小完美的符文——他自己在許久、許久之前也曾寫下相同符文。

噢，不，克雷夫心想。

不過多了些東西。他注意到門的兩側各有兩把朝外的鎖。其中一個，當然了，就是供帝汎正在找的那把銀色小鑰匙使用，另一個則是他的。

不，不，不。

帝汎閉上眼，克雷夫頭一遭看見那張屬於格雷戈・丹多羅的臉上出現情緒波動：悲痛，哀傷。「但我想到你們……你和她。」他低語。「她那時還那麼小。我知道我依然毀壞，因爲我依然想相信那一切都是眞實的。」

重力銘器內的克雷夫一頭霧水。你和她？它在說誰啊？

然後他開始思考。帝汎之前說過什麼？

他想起來了——我烙印在你腦中的老嫗。你認得她嗎？

慢慢地，他開始懂了。

不，不，不，他恐懼地想，不可能，絕對不可能……

不過帝汎已經轉過身，克雷夫的無聲尖叫無人察覺。

「貝若尼斯，」陰影中傳來設計的聲音，「我們看見它了。」

貝若尼斯再次從淺眠中醒來，她用力吸氣，揉了揉臉。「現況如何？」

設計閉上眼。「我正從漂浮於此處西北方大約五十哩外的鏡子銘器查看……七座堡壘正朝吉瓦前進，正如奎塞迪斯預料。」他們歪頭。「然後……啊，鏡子銘器沒了。」

「被帝汎摧毀了嗎？」她問道。

「不，」他們心驚膽跳地說，「而是……堡壘如此巨大，移動得如此快速，經過時擾動四周的空氣和水，威力如此強大，基本上摧毀了水面上的所有東西，」他們嚥了口口水，「包含我的銘器，雖然我已經努力加強它們的恢復力，還是難逃一劫。」

貝若尼斯感覺血液退離她的臉。「天啊……」她喃喃說道。

「我會叫奎塞迪斯務必全力拖慢它們的速度，」他們說，「不然妳就上不去了。不過妳還是要做好準備，它們幾分鐘內就會來到這裡。」

貝若尼斯嚥了口口水，深吸口氣，仔細地再次檢視她的武器裝備。

「奎塞迪斯說我們必須下降，」設計輕聲說，「他忽然擔心起……流彈。」他們看著她。「妳覺得這確實值得擔憂嗎？」

貝若尼斯又嚥了口口水，努力不吐出來。「我們即將在前所未有的近距離內見識兩個傳道者對決，」她說，「考量古代像這樣的戰鬥會消滅整個文明，嗯……是，設計，我認爲下潛非常明智。」

「那麼我們下潛，」設計這會兒聽起來有些驚慌，「而且要快。因爲……他開始行動了。」

小船傾斜，船體呻吟和海水潑濺翻湧的聲音在黑暗中迴盪，貝若尼斯緊緊閉上眼，穩住自己。不過她知道，跟之後的情況比起來，現在這些都還不算什麼。

她聽見上方的某處傳來隆隆的聲響，劈啪一聲，接著是轟鳴聲。

開始了。

47

奎塞迪斯輕而易舉就發現它們靠近。高聳的龐然大物劇烈彎折、破壞周遭的世界，它們將海水翻攪成霧，炸開天空中的雲，地平線一團模糊，在高空甚至雲層之上說不定也能發現它們靠近。

不過話說回來，他升上空中，帝汎向來不講究手段。

他歪頭，細細查看遠方慢慢逼近的堡壘群。距離此處大約三、四哩，成寬的V字隊形。他不知道他父親在哪座堡壘，不過假定是V字頂點的那座：所有飛行體就屬它最巨大、防禦措施最完善。

那就讓它們分散，先孤立它們再動手。

他舉起手，專注，啓動與他的存在本身相繫的無數特權，收縮他的意志。

感覺好熟悉……好快就重拾一切。

他從先前準備好的箭矢中挑出比較大的一個：兩噸重的長石矛，上面滿是一圈圈一串串的指令。他專注，運用他的許可，扭曲石矛周遭的重力。空氣嗡嗡作響，然後……

石矛呼嘯升空，像撲向老鼠的岸隼一樣直射堡壘群的東半部——奎塞迪斯跟在後面往前疾飛。

帝汎顯然沒料到這一手，反應比他預期慢，眞令人高興。堡壘一直到矛進入兩哩範圍內才開火，數以千計的弩箭和嘯箭都想在黑矛造成傷害前將它碎屍萬段，空氣一時因箭雨而顯得朦朦朧朧。

不過此時矛已進入帝汎的堡壘內部符文典作用範圍，而因爲奎塞迪斯研究過帝汎偏愛的指令和銘印語言，他在矛上寫的銘術會搭上帝汎自己的符文典。

因此發生了這樣的事：來到距離堡壘群一點五哩的範圍內後，矛忽然轉彎，射向最東側的堡壘，彷彿它這才想起自己在做什麼。帝汎的弩箭和嘯箭接連來襲，不過此時矛的密度銘術也甦醒了，帝汎射出的箭大部分都叮叮噹噹從矛的黑色表面彈開，沒造成任何傷害。

很好，奎塞迪斯心想，在一片開闊海域的上方滑行片刻後停了下來。很好。那接下來……

他得意地看著十二個黑點從堡壘頂端升起：死靈燈。它們朝東疾射，以超現實的安詳姿態平穩劃過空中，飛向石矛。看來，若帝汎無法透過物理手段摧毀某個事物，它會直接將那東西從現實中抹除。

奎塞迪斯滿意地拍合雙手。太好了。

他沒理會接下來發生在堡壘群東側的驚人奇景：死靈燈嗡嗡飛過空中，滑行後停下來對著來襲的石矛築起壁壘，展開諸多編輯，天空因而震顫、脈動；死靈燈試圖消滅呼嘯的矛，忽然消去整塊整塊的現實，六片海域倏忽消失；接著，黑矛突然不見蹤影，帝汎持續射出的無數箭矢全部掃興地墜入海中。

奎塞迪斯完全不予理會，他目前的任務相當艱鉅：將體積巨大的截斷島嶼從他原本藏於海中之處拖出來，猛力擲向堡壘群——不是朝向所有死靈燈目前在的東端，而是西側，死靈燈無暇顧及之處。

他費力地哼著，拉高巨岩，重塑它的重力、轉動它……

好久沒這麼做了呢，他心想。

他鬆手，巨岩隨即呈弧線劃過空中，撞向最西側數來第二座堡壘。他倒退飛向他的武器庫，依然面朝堡壘群，看著剛剛這招可能造成什麼結果。

截斷島嶼的作用與石矛非常相似，其中的銘術在靠近堡壘群之後躍然甦醒，這塊巨大的岩石加速，流星般高速下墜，那速度之快，周遭空氣因而呼嘯，大海因而翻騰。帝汎太後知後覺了，這才轉動它的諸多彈射器朝島嶼發射箭雨，試圖擊碎它，不過奎塞迪斯的銘術經過謹慎設計，許多嘯箭都直接彈開，彎折並斷裂，伴隨著嘶嘶聲墜入海中。

死靈燈小隊急轉彎，衝向正朝最西側數來第二座堡壘呼嘯砸落的流星。持續倒退疾飛的奎塞迪斯看著它們，納悶著它們能否及時趕到……

島嶼逼近堡壘，不停加速下蒸散了海水，一時蒸氣繚繞。

他看著流星逼近，距離一哩，半哩，接著來到半哩之內。

死靈燈加速，拚命努力縮短距離……

嗯，他想著，太沒用，也太遲了。

燃燒、蒸騰的巨岩撞上堡壘正面。

兩個龐然大物撞擊的場面超出理解範圍，就像看著兩顆月亮在夜空中相撞，毀滅的規模如此巨大，人類的眼睛根本無法消化。

或至少大多數人的眼睛沒辦法，不過奎塞迪斯見識過，他知道接下來會發生什麼事。

震耳欲聾的末日轟鳴響徹大氣，大海隨著震撼波擴散而漫開漣漪。奎塞迪斯耐心地等待浪沫瀰漫空中，另外六座堡壘在衝擊下偏離原本方向。他擊中的那座堡壘忽然落後，像是一名停下來調整涼鞋的跑者。他歪頭，透過霧氣細細查看：堡壘試圖繼續前進，黑色巨岩插在靠近頂部之處，就在尖塔塔樓的基部。堡壘此時微微歪向右側，喝醉般歪歪斜斜前進，接著截斷的島嶼開始破碎，在爆裂聲之中分崩離析，淚滴狀巨岩的右側底部落入海中。

他心滿意足地看著堡壘朝崩塌的那側翻倒，巨大的銘印外層也落入海中，堡壘本體慢慢地、慢慢地下降，砸落海面，激起一陣滔天巨浪，幾乎都要打上其他堡壘的頂端了。

奎塞迪斯收縮他的意志，他的其他巨型武器和緩升空飄在他身後。

嗯，他心想，運氣真不錯。

他呼嘯向前，大批銘印岩石跟在他後面射入空中。

來看看我接下來的運氣多好吧。

「**擊中了**！」設計大喜過望地尖叫，他們的組成體高興地跳上跳下。「**擊中了！打下來了**！」

「擊中什麼？」爆裂聲和碰撞聲在他們周遭的海水中迴盪，貝若尼斯驚慌地問，「打下什麼了？」

「真不敢相信！」他們尖叫。「奎塞迪斯剛剛在大概**插他的兩分鐘**內打下一整座該死堡壘！」

貝若尼斯眨著眼努力消化，這個消息太過驚人，她幾乎沒注意到設計居然說了髒話。

不過他們又罵了，這次是出於驚訝：「該死，**該死！**」

「怎麼了？」貝若尼斯問。

他們四周傳來驚天動地的可怕巨響，小船在大海深處震了一下，開始打轉，她隨即得到答案。

「我現在必須，呃，開船閃避一下，」設計緊張地說，「因爲我們必須跑得比一座墜落的島嶼還快。穩住了。」

〈奎塞迪斯毀掉其中一座堡壘了。〉招待在桑奇亞耳裡低語。

〈什麼！〉桑奇亞粗聲問道，〈已經打下來了嗎？〉

〈對。看來他出其不意成功偷襲帝汎。我們來看看接下來的戰鬥是不是也這麼順利吧……〉

隨著震耳欲聾的爆裂聲撼動堡壘，克雷夫的感知力在他的重力銘器內閃動。

什麼鬼東西？我死了嗎？我要葬身大海了嗎？

他望向帝汎，它站在十呎外的石礫上，思考般歪著頭。它看似並不驚慌，不過話說回來，就算死到臨頭，他也不知道帝汎到底會不會驚慌。

「奎塞迪斯，」它低語，「你怎麼會醒著？你想做什麼？」

奎塞迪斯降下西側剩下的堡壘群，空氣中隨即爆出一股煙塵。

最西側的堡壘此時落在另外五座後面，而他聚焦於此。堡壘感覺到他靠近，砲塔和彈射器旋轉過來攔截他，不過他的石箭矢群跟在他身後，彷彿血餌魚蜂擁聚集在獵捕中的鯊魚周遭。箭矢竄出，打偏了嘯箭、破壞了弩箭陣，無論帝汎爲了攻擊而發明出任何難纏的小武器，都一概被箭矢破壞。

他瞥向東方，另外五座堡壘正在減速，但程度微乎其微，彷彿帝汎正等著看要在他身上浪費多少時間。我必須盡可能拖慢它們，他心想，不然貝若尼斯永遠上不去。

他朝脫隊的堡壘俯衝，武器庫呼嘯跟上，直到他有如置身一股岩石旋風的中心，他朝堡壘西南側揮出斜斜的一擊，手腕一彈，他的半打石矛射出，猛擊堡壘的塔樓，瓦解了堡壘的防禦——只是整體防禦工事的一小部分，但希望足以引發帝汎關注。

不過當然了，這都只是作作樣子而已——因爲隨著他高速飛過堡壘周遭的空中，繞了一圈又一圈，他在牆上刻下一串符文，用盡全部意志寫下一圈又一圈的約束，彷彿他是留下一道墨水痕的筆尖。

他看著帝汎的大砲持續鎖定他，朝他發射如雨的弩箭和嘯箭。他自己的飄浮岩石小武器庫輕而易舉就攔下所有火力。

所以你還沒發現我在對你做什麼，他心想，很好。

他姑且朝東方一瞥，另外五座堡壘仍繼續前進。

不過我要用掉多少把戲，他想著，才能吸引你的注意？

弩箭和嘯箭呼嘯而至，他則在堡壘四周飛掠，彷彿糾纏著牲口的馬蠅。他衝上天，一面飛一面收縮他的意志，繞著巨石柱打轉，一面在上頭寫下一個又一個符文——數以千計，或許百萬計。或許更多，全部都以帝汎自己的銘術語言書寫。

快好了，他想著，快了……

然後，他的最後一個符文終於完成。

他猛然轉身急速離開，他的銘印岩石武器庫跟在後面。

他回頭一瞥，他的作品活了過來，發揮作用；只是一般的密度約束，帝汎也常在它的武器用上類似銘術，只不過以眼下的情況來說，他基本上只是銘印了整座堡壘，讓它相信自己比實際重量重上一千倍。

考量堡壘本身原本就超乎常理地沉重，於是這成了巨大的問題。

他滿意地看著堡壘忽然直直下墜將近一千呎。這個巨大的飛行體死命拖著突如其來激增的重量，他聽見其中的無數金屬和裝置發出如雷的呻吟聲——不得不稱讚帝汎，因爲它的銘術比他預期還成功，竟勉力減緩了落勢，從下墜化爲滑翔墜落……然而，無論再怎麼努力，堡壘都無法再靠自身內部的無數重力銘器飛行。

巨大的淚滴持續墜落，直到尖端差點突破海面才停下來。他收縮他的銘印視力，看見堡壘不得不將所有系統都投注於勉強維持飄浮。無以爲繼了。

追著他跑的許許多多箭矢漫無目的地落入海中，空氣中的隱約呼嘯聲也減弱了。他抬頭查看，發現五座堡壘緩緩停了下來。終於，他心想。

他看見一小群嗡嗡作響的黑點高速飛向他：死靈燈，直朝他而來。

他握緊手中的小徑碟。〈招待，〉他說，〈麻煩告訴貝若尼斯，她現在不做，就永遠沒機會了。〉

〈了解。〉招待低語。〈你打算怎麼對付死靈燈？〉

〈死靈燈，〉他說，〈只是對我自身的低劣模仿而已。〉他轉身，飛射出去迎上它們，他的石箭矢群跟在他身後。〈我打算提醒它們這一點。〉

「貝若尼斯，」設計低聲說，「我要把妳射出去了。」

貝若尼斯嚥了口口水，忽然覺得好想吐，忍不住噯氣起來。「天啊，眞希望你不要說『射』。」

她躺在小艙室裡調整肩膀和腰部束帶，拚命努力對自己證明她很安全。

附近傳來微弱的冒泡聲，小船內的壓力微乎其微地改變了。「我們正在上升，我才能在正確的深度把妳……」設計一頓，「嗯，不是把妳**射**出去，而是……別種說法。」

「眞棒。」貝若尼斯喃喃抱怨。

「等妳爬升到恰當的高度後，」設計說，「妳的飛行器會展開，然後就由妳控制。記住——右手拉右轉，左手拉左轉，下拉就俯衝。簡單。」

「當然。」

「我記得。」貝若尼斯厲聲說，「我也有參與設計這鬼東西，你知道的。」

「我也用這東西**飛過**，」她停頓，「雖然只是練習，差不多兩年前的事……」

「當然。」設計別開視線，彷彿在聽別人說話。「不過別忘了，中央有一根繩子，用來……收合並重新展開飛行器。」

「我爲什麼會想這麼做？」

「我在想，妳可能會想直接飛越一座堡壘，然後再俯衝。」他們說。「不然的話，妳很可能會在奎塞迪斯他們的交火中被撕成碎片。」

「天啊。」貝若尼斯又低聲說了一次。

「準備了，」設計說，「我將在一分鐘內把妳……我是說啓動妳的高速升空推進。」

貝若尼斯在小艙室內往後靠，努力穩住自己。她戴上玻璃護目鏡，並確認套牢了——如果護目鏡脫落，她在強風中就沒辦法睜開眼睛了。

我之前也做過，她對自己說，幾天前才搭著死靈燈從天而降。

「四十秒。」設計說。

不過那是往下，不是往上，她心想，而且……同時間並沒有一場大型空戰。

「三十秒。」設計說。

如果我活下來，她想著，我的雙腳再也不要離開地面——

「二十……」設計打住。「嗯，不對。上面的情況實際上看起來很嚴峻，最好立刻發射。」

「等等，**什麼？**」貝若尼斯喊道。

小艙室的門隨即緊緊關上，接下來，她只知道自己一飛衝天。

48

不過數日前，貝若尼斯搭著克雷夫的死靈燈從天而降之際，她說服自己，這個過程幾秒內就會結束。她告訴自己，這種的時刻感覺就像這樣：眼前和耳裡一團模糊，隨即陡然停止。

不過那次實際墜落時，她覺得很喪氣，因爲她發現這過程似乎沒完沒了：她只是不停地下墜、下墜、下墜，看似毫無止境地墜落。而她之所以承受得了，完全是因爲她聽見身旁傳來桑奇亞、克勞蒂亞和笛耶拉的尖叫聲，她才確認這過程完全就跟感覺起來一樣瘋狂。

然而此時此刻，她在一個基本上就是一口青銅棺材的艙室內從海水深處衝上來，她卻連上次那種安慰也被剝奪了。她只是不停地疾射，以她的大腦無法理解的高速持續上升，同時困在全然的黑暗中，她的世界只剩下壓力、噪音，和海水的隆隆聲響。

她尖叫。她無法停止尖叫。她花了一些時間才發現自己在尖叫。「**應該幫我做一扇窗才對！應該幫我做一扇該死的窗才對！**」

接著，令人難以置信的是，情況居然還進一步惡化：小青銅艙室以更快的速度高飛，身旁的低沉隆隆聲化爲響亮發顫的尖嘯，她深深陷入束帶中，繩索嵌入她的腋下。

她領悟自己肯定是衝出大海、撞入大氣中了。艙室內的溫度忽然變得非常寒冷。

至少我知道，她一面尖叫一面想著，這東西完全密封。

小艙室繼續疾速上升、上升、上升。

不然的話，我早就插他溺——

然後所有事物爆炸。

至少她的大腦只能這樣理解此時此刻發生的事：忽然爆發的光、聲音，以及忽然颳起的宜人強風，陽光在海面閃爍……她被猛力往上扯，呼吸被從胸腔中擠出來。她的暈頭轉向，大口喘氣環顧四周，努力弄清楚現在是怎麼情況。

她低頭，看見小青銅艙室在遙遠的下方，正要墜入綠色的大海。

她抬頭，看見自己懸吊在二十呎寬、石板灰色、隨風蕩漾的布質翅膀下，靠一組纖細的青銅骨架飄浮空中。她傻傻地發現自己居然凝視著沿青銅表面上下蔓延的小符文。

這些都我寫的嗎？我想我寫了這些，設計了這些……

她在飛行器背帶中喘了一會兒，然後和緩地讓自己開始消化這件事：她此刻正靠飛行器掛在大海上一哩的高度。

「要命，」她大口喘氣，「要——」

一陣強風襲向她，把她吹偏了一點，而她放聲尖叫。她在背帶中揮動四肢，憑本能努力拉正，然後才想起撐起身子顯然沒用。

她深吸一口氣，讓她的冰冷斗篷落在她的思緒上，然後抬頭看。

飛行器的兩邊各有一個手把，一的左，一個右。

還有中央的繩索，她想著，想下墜時就拉。這我先前做過的。

她舉起手握住兩個手把。

走囉。

她的右手輕推，穩住飛行器，劃過風中，直到她回到正途。

我練習過的，她心想，不過只離地大約二十呎，而非五千……

她低頭看，盤點了一下下方的戰鬥。

右邊的大海有一大片瀰漫著煙與蒸氣，看得出來有六個大東西飄浮在雲煙中，像是上下翻倒的大圓椎，城市矗立於朝上的圓錐底面。其中一個圓錐半沉入海中，另外五個則彷彿沿隱形纜繩滑動一樣在空中飛行。四周的煙詭異地波動，而她領悟，煙實際上正被數以千萬計的箭矢切割、刺穿，箭矢都對準了……某個東西。

一小塊飛旋的黑色石頭在其中一座堡壘附近穿梭。

該降落在哪一座堡壘？該以誰為目標？

她猜奎塞迪斯當下正在攻擊的堡壘應該不是正確答案，她也不該降落在最大、戒備最森嚴的那一座，克雷夫和帝汎應該就在那兒等待——那一座堡壘會有重兵把守。

它們都是帝汎，她心想，都是沉睡的龐然大物。所以就挑最遠的一座來放毒吧。

她將飛行器對準最西端的堡壘，開始俯衝。

慢慢來，慢慢——

某個東西在她右側爆炸。

飛行器打著旋朝東方而去，她被拉扯著，雙腿活像被小孩拿起來搖晃的娃娃一樣甩來甩去。她的腦袋變得沉重，思緒黏稠緩慢，但她尖叫著抬起手，抓住手把，用盡全身力氣往下拉……

飛行器緩緩打直，終於轉為和緩、搖晃的飄浮。她掛在背帶中，大口喘氣，吐了一手掌的水——她過去六小時以來只成功喝下水。

「搞什麼鬼！」她大喊。「搞什麼**鬼**……」

她咬牙，將飛行器轉向，直到她依然在大海之上的高處，但很快會來到目標堡壘正上方。

她的視線不停朝上掃，瞥向位於飛行器中央的繩索。

把你收折起來有多簡單？重新展開有多簡單？

她維持航向，以感覺頗快的速度往前飛，下方世界移動的速度卻慢得叫人發狂。

你會害我摔斷手臂嗎？還是摔斷脖子？

她的目光不曾稍離目標。從上面這裡看，那座堡壘就像一座精巧的小要塞城市。

就像波拉球，她心想，只不過我現在試圖擊中一個非常、非常小的目標……而且丟出去的不是球，而是我自己的身體。

她一直等到飛行器來到堡壘正上方，然後稍微轉朝西，逆著風——她肯定會被吹得偏離航向。

只是陡然一落，她心想，只是迅速一墜，然後就結束了。

她抬手握住上方的繩索。

我一直在對自己說著同樣這些蠢話。

她拉扯繩索，墜落。

49

奎塞迪斯掀起戰火，在堡壘附近的天空中閃避、迴旋。

他試圖專注於其中兩座堡壘。他朝它們出手過幾次了，盡他所能快速在堡壘表面刻下符文，不過帝汎也硬起來了：不僅是嘯箭的火力變得愈來愈強大，現在還有至少三打死靈燈在他四周飛竄，像螞蟻啃食樹葉一樣吞噬現實本體。

前方的現實正遭到編輯，隨即急速下降，一塊大氣倏忽消失，陣天嘎響的霹靂聲響徹雲霄，突如其來的險惡強風迎面襲來。

很近，他想著，太近了……

總共肯定至少兩百個死靈燈，最後其中肯定會有哪個走好運，而且，儘管他通常都認為所有已知的編輯無法對他造成致命傷害，但他的防禦力大不如前了……因此他不是很確定是否依然如此。

該怎麼毀掉一支死靈燈艦隊呢……

他俯瞰蕩漾的大海，然後歪過頭。

他陡然俯衝，石矛雲依然跟在他身後，彷彿小鴨追著鴨媽媽。他持續俯衝直到幾乎觸及海面，黑面具和波浪之間只剩幾吋的距離而已，然後他攤開雙手。

奎塞迪斯不是很喜歡移動水。水太滑溜，而且容易四濺，這表示他必須以各種天馬行空的方法彎折他對重力的掌控力，才能加以操控。

不過水能殺死所有船隻的乘客——無論是海上的船，還是空中的船。

他帶著巨量的海水升空。接著他持續飛升，持續拖著海水，直到這股浪潮與大海分離，化為一把古怪的銀色刀刃，在他揮舞的同時不停盪漾。

他快速旋轉，再次閃避，接著撲向死靈燈，手一揮劈出海水刀。

轉眼間，一打死靈燈被困在海水中，有如琥珀中的蒼蠅。

帝汎對它的奴隸沒那麼貼心，他們的監牢在空中飛來飛去時，它並沒有為他們調節溫度，因此死靈燈並非完全密閉，不過還是很紮實，這代表海水要花些時間才會灌滿死靈燈，至少滿到淹得死其中乘客的程度。

奎塞迪斯快速環繞依然懸在空中的海水刀，死靈燈群依然受困其中；然後他收縮意志，提高海水刀的壓力，將水逼入死靈燈黑色外殼的無數細小縫隙……

他以銘印視力細細查看，滿意地看著囚犯頭顱中的小銘術失去宿主，全部忽然消失。

他丟下海水刀，刀隨即消解，灑落大海。

悲慘的死法，他心想，一面轉過身，不過話說回來，還有更糟的——

一枝嘯箭正中他的背心，他被衝擊力震得在空中翻滾。

不。

一切暗去。

他看見閃爍的光，片段的黑。

他正……

（走在花叢中，爲花的美而驚歎，也爲在空中飛舞的蛾而欣喜——接著大地震動，他抬頭，看見騎士逼近，聽見難民尖叫。）

「不。」他低語。

他大口喘氣。回憶退去，他重返現實。

他還在下墜，朝下方大海滾落。他收縮意志，召喚特權，堅持要他的重力停止——於是重力停了。

他減速停下，懸在大海上方僅僅數呎的空中。他彎下腰，氣喘吁吁，緊抓著身側。到處都在痛，超乎預期地痛，而且他全身冒煙。他花了一些時間才領悟這一擊對他造成多大傷害——以及若再來一次他會受到多嚴重的損傷。

他發著抖轉身看堡壘群，其中五座依然完好屹立，巨大的裝甲巨物在最前面。它們緩緩動了起來，不過這一次，它們直朝他而來。

他低聲咆哮，衝上前，高速掠過海面朝它們而去。

突然變得難上許多呢。

在堡壘寬闊黑暗的房間內，帝汎傾身，雙眼圓睜，彷彿看見什麼令人吃驚的事物。

「我看見了，」它欣喜地低語，「**我看見**了。」

克雷夫看著它露出快樂的滿意表情。

我不喜歡看見這東西流露任何情緒，他心想，尤其是這一種。

50

巨大的堡壘飄浮在大海上，正在不間斷地射出幾百磅重的投射武器，而貝若尼斯正朝這裡垂直下墜；關於這整件事，她想不出還有什麼能讓她比此時此刻更加焦慮；不過當飄浮堡壘開始快速飛走，她又更加驚恐。

她張嘴尖叫：「**該死！**」不過因爲她正從天而降，風吹襲她的臉，摑打她的耳朵，她甚至連自己的聲音也聽不見。她害怕地看著巨大的堡壘突然急速朝西往一團黑煙飛去。她試著彎起腰，希望肩膀和腳的角度有助於導正方向，好讓她能朝堡壘墜落——雖然有幫助，但完全不夠。

婊子養的，她心想，這我可沒練習過。
她研究堡壘的軌跡，思考著。
她探向她的背；她的裝備都收在背後——包含彈射鏃。
射移動中的物體是一回事，她想著，不過如果那東西移動得很快，我又正從天而降⋯⋯
她看著巨大淚滴狀的鋼鐵和岩石在大海上方轉動。
沒其他辦法了，她堅強地想著，只能嘗試，並懷抱希望。
她不停下墜，堡壘群在下方移動，有如塌鼻海豹懶懶地穿過瀉湖。
她努力估算距離，然後抬手扯拉上方小骨架上的繩索。
她痛得放聲尖叫，並不是真正有心理準備會痛成這樣。她幾乎要懷疑自己的一邊肩膀是不是脫臼了，不過她的雙手似乎還能用，她還控制得了。她一面喊痛一面再次抬起手，抓住飛行器的兩個手把，對準正有煙與水蒸氣繚繞的目標堡壘。
此時距離大約一千呎，白瓦屋頂就在她下方，空中有來來去去的小燈籠和煙。她看見堡壘的巨牆滿是砲塔，全部都轉動著瞄準奎塞迪斯，試圖以如雨的投射武器打下他。
她納悶著，不知道附近的無數複雜銘器中有哪些是感應銘器，正在搜索吉瓦銘術的蛛絲馬跡。她做好準備，等著其中一座砲塔暫時停下來，轉而瞄準她，將她碎屍萬段。畢竟，在這場鬼哭神號的混戰中，她就是一個慢吞吞的目標。要攻擊她太容易了。
然而砲塔沒轉過來，而是繼續鎖定奎塞迪斯，就連她直接飛過它們上方時也沒動搖。她對它們而言是隱形的，消失在濛濛空中，只是無盡噪音中的背景雜訊。
手臂上被淨化棒戳刺的位置在悸動。
值得，值得了。

她愈飛愈近，一隻手探向背後，抽出皮套中的弩，研究著下方的建築物。她知道其中有些出自帝汎之手——尖塔彎折，畸形又有種詭異的有機感；也有許多房舍相當傳統，例如白瓦屋頂和白磚塔樓……看起來非常平凡。

甚至很眼熟。

她大吃一驚。是她看錯，還是這座堡壘像舊帝汎的內城？她忽然有種奇異的感覺：她並不是要飛入一座嚇人的飄浮堡壘，而是舊帝汎的內領地，或許就埋藏在莫西尼內城歪扭隱蔽的深處……

射堡壘中心，她心想，調節器會在那裡。

她選定一片偎著一座高塔的鋪瓦屋頂，那是個幹活兒的好位置，而且可以躲避攻擊。她咬牙，弩瞄準，用右手朝屋頂射出一個彈射鏃，隨即抬起左手再次猛拉飛行器的繩索。飛行器收折起來，她再次筆直下墜，不過墜落約二十呎後，她停下來，反倒被往上拉著朝堡壘而去。

她感覺自己立即放鬆下來。彈射鏃的拉扯很熟悉，彷彿老朋友的擁抱。儘管她正被拉過好幾十座排砲和砲塔的上空，它們正朝大海射出熱燙金屬，她現在知道自己在做什麼了。

她看見屋頂慢慢靠近，接著和緩地減速，然後，就像過去的無數次任務一樣，她拍打臂側的開關，啓動靴子的黏著碟，把腳探向屋頂。

她蹲在高塔的影子中大口喘氣，退出她的彈射鏃，接著望向周遭這場狂野且洶湧喧囂的戰鬥，燃燒金屬之河將大氣沸騰，炙熱的空氣必必剝剝。

成功了，她心想。

她轉身，裝上信號彈，朝堡壘後方的大海發射。

接下來就是難纏的部分了。

51

奎塞迪斯在開闊的大海上方疾飛，之字形穿過蒸氣和水花，閃避如雨般射向他的武器。

然後他看見了：東方的大海一閃。一般人的眼睛看不見，他的銘印視力卻能察覺。那是一個極微小的銘器，觸及海水才會啓動，此時散發明亮光芒，緩緩沉入東方的大海深處。

他看著在水中翻騰的邏輯纏結，然後望向上方的堡壘。

所以，他心想，她成功了，她上了那一座。

他繼續在海上高速飛行，不時瞥向帝汎的堡壘群；它們像繞著牲口骸骨打轉的禿鷹在他上方盤旋。

〈貝若尼斯成功登上堡壘了，〉他對招待說，〈也標出她的位置。我盡可能不危及那座堡壘。〉

〈感謝天。〉招待低聲說。〈不過，就算她上去了……〉

〈對。〉奎塞迪斯說，朝遠方一座堡壘竄升。〈我還是要吸引敵人的所有注意力，直到最後。〉

52

貝若尼斯眼觀四處耳聽八方，小心地爬下白瓦屋頂。桑奇亞的所有直覺在她腦中輕彈醒來，指引她該往何處移動，她感覺到一股強烈的內疚：只是她妻子殘留她動作中的餘音，但足以生疼。

保留妳的心，她告訴自己，或是保留妳的小命。

她注意到堡壘中的所有窗戶都沒有玻璃，多半是因爲帝汎不在乎它的宿主感覺冷或熱。她溜下屋頂，鑽進某座塔樓頂層洞開的窗戶——發現自己置身一個非常奇怪的房間。

幸好房內空無一人。地板滿是灰塵，腐朽的桌椅都被丟到一個角落。簡陋得叫人心驚的帆布床用螺絲鎖在地板上，其中多數堆疊得如此擁擠，她覺得比起眞正的歇息之處，這裡看起來還更像墓穴。

它眞的要宿主睡在這種地方？

不過眞正令她驚訝的是，她看見一面遍布浮塵、裂痕累累的牆上刻著莫西尼商家的徽型。

她不知道這是眞是假，緩緩走上前。她回頭看丟在角落的桌子，發現它們都是用來繪製銘術圖紙的設計檯，不過顯然已經好久無人使用，沒有幾年至少也有好幾個月。

我到底在哪裡？

她躡手躡腳走向樓梯間，凝神聆聽，朝下窺看。平凡的鋪磚階梯蜿蜒而下，每一階都是莫西尼家的紅色和藍色，只是許多地方的地磚都破裂或不見了。

沒有人影閃動，除了在外肆虐的戰鬥之外也再無其他聲響，樓梯似乎沒問題。

她一步一步走下樓，穿過每一層樓，努力透過在保壘內迴盪的尖嘯聲和隆隆聲聆聽。

這一切最古怪處在塔樓感覺起來是那麼亂無章法。許多房間顯然曾經相當奢華，有鑲板牆和精緻的裝潢，到處刻有莫西尼家的徽型。然而帝汎似乎要的唯有空間，毫不在乎房間原本用途，或該如何進出。有些牆面被直接挖掉，或是改建爲門。她想宿主應該只能利用帝汎的重力銘器運送材料進出塔樓。

這堡壘並不是帝汎建造的，對吧？

她又悄悄走下一層樓。巨大的嘯箭存放此處的數個房間，邪惡的金屬弩箭在各自的挽具上顫動，不過這層樓顯然原本是達官顯貴會面的地方，她甚至還能看見枝形吊燈原本安裝何處。

這裡原本是莫西尼家的前哨基地，一座要塞城市，可能位於他們的某個殖民地或港口外。帝汎直接據為己有，改建了它在意的部分，把整座城從地表拔起來，送入空中飄浮。

雖然看似瘋狂，但說得通：帝汎僅關注效率，沒必要就不會自己建造，反而選擇霸占。不知道是否有哪座堡壘過去曾屬於丹多羅特許家族。

我是否，她困惑地想，曾參與其中哪座地獄飛行城市的設計工作？

接著她冒出一個想法，在階梯中央停下來，歪過頭，閉上眼思考。

她看過莫西尼家的平面圖和設計圖。她在歐索手下工作時，丹多羅特許家族的一個傭兵師從一艘半沉的商家戰艦偷到這些圖表，而他拿來給她研究。還有一次是在鑄場畔，當時有人試圖用相似地點的地圖換取圖書館的使用權。她後來成為吉瓦軍官後也看過好幾次，當時他們去海岸偵查，想確認帝汎究竟占領了多少地方。

我認得這地方，她心想，我知道這裡是怎麼建造的……

奎塞迪斯說調節器會放在堡壘中央，符文典的旁邊——這會兒她發現自己知道這裡的平面圖，因此她也知道確切該怎麼到那裡。

她睜開眼，吸氣。

不過，她告訴自己，進去可就難了。

接下來，在令人膽顫心驚的數分鐘內，貝若尼斯躡手躡腳穿過堡壘內惡魔般狹仄又歪七扭八的小徑。大約每十棟建築物中就有一棟徹底坍塌化為廢墟，磚塊、螺栓和壞掉的食物撒在她的路上。宿主稀稀落落地攀牆而下，漫無目的地在小徑上晃來晃去，顯然不知道駐紮處遭毀之後自己該做什麼。她維持低調，跟他們保持距離，希望她的宿主偽裝有用。他們沒多看她一眼，只是像幽魂一樣在堡壘晃蕩，眼睛瞪大，眼神凶惡——最令人不安的是，他們面黃肌瘦、顫抖的臉上有點點淚滴。

天啊，貝若尼斯在他們中走動時想著，他們知道自己成了帝汎的奴隸嗎？他們至今還有感覺嗎？她納悶著他們是誰、來自何方、家人流落何處。

利用人類施行銘術，她想著，天啊，太可怕了……

她愈來愈靠近堡壘中心，爆裂聲、隆隆聲，還有駭人的尖叫在空中迴盪，一直到她終於來到中心。這是堡壘中的一塊空地，形成類似大型天井的空間，直徑大約三百呎，正中央有一個古怪的金屬小構造。四個角落各有一座塔，頂部設有排弩座。

她站在一個角落後方研究四座塔，發現它們並非由人操作：帝汎決定自己來，擴展它的思緒和力量，直接控制四座塔的行動，而非交給笨手笨腳的宿主。此時塔上的排弩座朝像西方，顯然鎖定了奎塞迪斯，但並未發射。

她的視線落在天井中央的古怪金屬構造。她知道這是帝汎後來才添加的，看起來像是有個重裝甲、半開的蚌殼從岩石中探出來，中間一扇圓形的小鋼門。門看起來非常沉重，也鎖得非常非常牢靠。周遭的地面並非像一般的天井鋪設石板，而是一圈寬寬的鋼，就像一個深入堡壘中心的金屬大插塞，而那整個構造只是插塞的中央部分。

基本上就是，她心想。符文典就在那，這座巨大銘器的心臟，而調節器則在符文典旁。

但要怎麼闖進去？她隨身帶了大量的毀滅性工具，能夠切開岩石、金屬和木頭……不過她猜想，就算帝汎這會兒正在跟奎塞迪斯戰鬥，如果有人炸開通往符文典的門，它還是會注意到，並因此覺得有必要派出這座堡壘中的每一個宿主抓她。

她揉了揉下巴，苦思著各種闖入的方法。

不過她還沒來得及決定該怎麼做，海水忽然灌滿整個世界，而除了活下去，她無暇再多作他想。

53

奎塞迪斯在大海上方的空中飛竄、旋轉、閃避，偶爾下降，沿堡壘刻下一串符文，然後又搶在帝汎的武器消滅他之前飛掠逃離。

他俯衝，努力專注，周遭的整個世界不停尖叫。

我在許多方面來說很強大，他想著，不過在其他方面則相當脆弱……

他努力想起今天是哪一天，今年是哪一年，他有多老。實在太多時間、太多記憶、太多事正在進行，他在空中征戰不休的同時，又有太多的自我需要牽制，使其不能輕舉妄動。

他右側的一面巨大石盾爆裂，在死靈燈的編輯之下化為碎片。

不，他心想。

天搖地動，齊射的嘯箭貫穿他原本所在之處，而他及時逃開。他收縮意志，變造嘯箭周遭的重力，猛力將它們投向上方的死靈燈群。空氣中又一閃，嘯箭受到編輯消失無蹤，彷彿不曾存在過。

太多了，他心想。

堡壘緩緩跟著他，龐大的影子在海面移動，有如暴風雲在天空中旋轉。

太多了，他心想，太多——

一陣呼嘯，一枝嘯箭閃電般劈雲而過，狠狠擊中他的肩膀，他打旋、翻滾、墜落……落入海中。

奎塞迪斯墜入所向披靡、全面無盡的黑暗，他漂浮其中。

然而這感覺很熟悉。他難道不是數千年都凍結在痛苦中、凝望著一片黑暗？他的整個存在難道不就是這樣嗎？

世界遺忘他，化為碎片，它破碎又破碎，直到成了遙遠的經歷，發生在另一個……

不。

另一個人身上。久遠之前。

（難民隊伍步履維艱地走入鄉間，逃離安納斯庫斯。小孩和他的阿姨站在阿姨家門口望著他們，震驚不已，不懂他們要逃離什麼。這時有個男人脫隊走過來，那是一名滿身汗水和灰燼的骯髒男子，眼神空洞，表情緊繃，孩子沒認出他，但阿姨說：「克雷維德斯，發生什麼事？」不過男人只是站在那兒。阿姨又說：「我妹妹呢？」男人的臉垮了下來，他在屋子前的石徑坐下，哭了起來。）

太多記憶，奎塞迪斯想著，太多世事。

黑水沸騰翻攪。上方是明亮、斷裂的世界，滿是旋繞的巨大黑影，黑影在等著他。

太多記憶……我無法……我無法跟上全部……

那是世界毀壞的時候嗎？他父親坐在地上哭，就是在那個時候嗎？還是說，是在更後來，當……

（蹄聲達達，難民尖叫，轃埍人衝過野花遍野的山丘。小孩在找爸爸，他被趕入另一群絕望、染疫的人，而他尖叫著找爸爸；一名騎士來到旁邊，出腳，孩子感覺臉上一陣疼，感覺嘴唇裂傷，感覺牙齒斷裂，他恍惚地躺在地上，這時一名騎士下馬，捆住他的雙手，繩索磨破他的皮膚；未來無數次中的第一次，他……）

不，奎塞迪斯說。

他往上衝。

我不再受縛。

他看見上方的海面，距離遙遠，堡壘則在海面之上。

他一面上升一面收縮意志，扭曲身旁的重力，利用他擁有的所有特權與許可重塑動態，重塑物理學，重塑……

一切。

他感覺海面隨著他上升而上湧。他專注，繼續推，繼續拉，維持……

（早上在奴隸宿舍中醒來，空氣中瀰漫著糞便和尿液的臭味，破爛的小屋充斥哭泣聲，每個早晨都會有些陰森的發現，又有人死了，因爲瘟疫或饑餓或更糟的東西而在夜裡消逝，睜眼躺在那兒，雙手因爲在田裡工作而鮮血淋漓，手腕嚴重受損、疤痕累累，這是因爲……）

……約束，收縮他的指令，用盡他這麼多年來加諸於他這古老存在的所有規則，拉起整座大海，往上，往上，再往上，直到大海化爲一座龐大的水之山脈，上升到數十呎高，數百呎高，波浪在他們四面八方顫抖、舞動、旋轉。

海水在他四周洶湧，不停上漲。

更快，更多。

高達一百呎——然後一千呎，然後更高，更高。

水之山脈在他四周高速轉動，直到達半哩高，直到它擴張、吞噬死靈燈艦隊，一個都不留，再吞噬一座堡壘，將其禁閉於湧泉般的綠水晶中。他在水之山脈的峰頂望著小小的宿主從胸牆和城牆上浮起，緩慢地在綠波中翻滾，掙扎著呼吸，接著回歸靜止。水之山脈如此巨大，四座堡壘火速閃避，在海水潑過胸牆、濺入要塞的同時歪向一邊。

奎塞迪斯在心裡尖叫，勝利的尖叫，不過維持下去太痛了，所有海水的重量拉扯著他，他的身體尖叫著，同時……

（鞭子撕咬他的皮膚，他又一次尖叫著找爸爸，不過奴隸主漠然看著，看著這個小孩在束縛下掙扎；綁著他的木架仍因其他人的血而溼潤，儘管孩子說不出口，他滿腦子只想知道我怎麼會來到這裡，我怎麼變成這樣，我原本跟媽媽和爸爸住在一個地方，不過後來一個小女孩變成蝴蝶，然後全部都……）

……分崩離析，海水巨牆開始消解，他猛然衝過落下的水瀑，在下方的堡壘表面刻下一個又一個符文，一點一點完成他的工作。

我跟你還沒完呢。

堡壘滾落海中。

我將用你自身之骨向你開戰。

及踝的水牆湧過街道，貝若尼斯大吃一驚。

她把頭探出轉角，查看水的來源，結果看見令人驚嘆又害怕的景象。

暗色海水構成的高大山脈懸在這座飄浮要塞邊緣四分之一哩外的空中。水色如此暗沉，很難看得清楚，不過……除非她弄錯，否則她認爲她隱約能看見這一大塊飄浮的海之中還有另一座堡壘，有如受困深色琥珀中的蒼蠅。

*要命，她心想，奎塞迪斯剛剛是用海水淹了一整座該死的*堡壘*嗎？*

她在漸漸滋長的恐懼中安靜地看著水繭開始消解，滔天巨浪湧向四周的所有堡壘……包含這一座。

「噢，該死。」她低聲說。

她不假思索抽出背上的弩，朝身旁的牆發射一枚彈射鏃，以免她被沖下堡壘。雖然牆只在幾吋之外，彈射鏃還是啓動，將她拉了過去。

不過水開始上漲，瀑布般湧過這個陰冷傾頹之地的街道，她的靴子碰不到牆了，當然也就無法再黏附——於是她只能隨水漂浮，彈射鏃將她拉向一邊，水則拉向另外一邊。而水持續上漲。

該死。該死，該死，該死，該死。

水加速上升，淹沒了她的腰、腹部、肩膀，最後是她的臉，她深吸一口氣。

鹽分刺痛她的眼睛。她在無聲的恐懼中看著海水牆將宿主沖下各自的崗位，沖進天井，一具具癱軟的軀體在水中翻滾。

她強睜著刺痛的眼，看見天井中央的符文典入口。

我猜，她想著，帝汎此時此刻應該有很多事要操心。

她想出一個計畫，非常危險的計畫——不過她認爲應該行得通，應該。

她咬著牙用弩指向符文典的門，瞄準稍微上游一點點的位置，發射。

如果彈射鏃不是銘印投射武器，那一定無法命中目標，只會像宿主一樣被水沖走。不過她射得不偏不倚，彈射鏃射中圓門中央，她被扯過水中，直朝符文典入口而去。

水流減緩——浪潮似乎正慢慢退去，但速度不夠快。她的肺發疼，腦袋如遭重擊。

我還剩多少空氣？

她將靴子黏上門的表面，細細查看門鎖。

這實在稱不上一把鎖，只是銘印鋼鐵打造的巨大門閂，帝汎想要它閂著它就閂著，因此毋須鑰匙，也毋須任何機關。

不過我也炸穿過帝汎的銘印鋼鐵。

她努力忽略眼睛的刺痛感，以及腦袋和肺的陣陣疼痛。她伏在門邊，拿出設計數月前受帝汎的作品啓發而研發出來的小銘印武器。這東西形似鐵栓，不過功能上有點像迷你嘯箭，其中的銘術迫使它相信自己正以極高的速度往一個方向衝——不過這個鐵栓的銘術也讓它相信自己的密度在不停增加，直到它四分五裂，或是超過所有符文典的作用範圍。

理論是這樣的：用於正確之處時，鐵栓應該會衝破任何防禦措施——或是衝破該防禦措施附著的任何物體。此時此刻，貝若尼斯覺得兩種都不錯。

依然淹沒水中的貝若尼斯將鐵栓黏在鎖上，踩著黏著靴一步一步小心地走上圓門；她的肺在尖叫，耳裡碰碰響。她繼續走上半開蚌殼的頂部，從另一邊走下來，最後在傾斜空間的底部蹲下。

如果噴出碎片，她心想，躲在這裡可能比較安全。

她盡可能趴低。

盡可能。

她扭轉護腕側邊的小轉盤，啓動銘術。

水中無聲地一震。她等著感覺金屬片劃過她的身體，不過什麼都沒有；介於鋼門和海水之間，她受到保護。海水降低，四周明亮了些。她抬起頭，看見水面朝她下降，她一躍而起破水而出，賣力將空氣灌入肺中，劇烈地喘著氣。

「天啊。」她喘著氣喊道，「天啊……」

海水在幾秒內就幾乎退去，深度降至小腿中間左右。她蹲在鹹鹹的海水中，氣喘吁吁，雙手顫抖。

起來。立刻。快！

她搖搖晃晃站起來，蹣跚繞過無關緊要的蚌殼。

她的武器發揮了作用：門整個塌落了。

貝若尼斯看了看還滴著水、溼淋淋的天井。沒動靜。她喘著氣，一瘸一拐地走進門內。

門後是一道往下的階梯——長而迴旋，直下岩石深處，只靠裝設於中央柱的藍光小燈籠勉強照亮。

她吞了口口水，邁步往下走。

大海上方的高處，奎塞迪斯完成了他對這座瀕死、溺水堡壘的工作，仔細地刻好最後一串符文。

現在，他心想，來了結另外一座。

他射向另一座堡壘，高速遠離從天砸落的水牆。那座堡壘還沒完工——他從目前位置可以看見堡壘側面有半完成的一圈圈符文，因此他的銘術尚未生效。

不過也快了。

他的石塊群不再保護著他，現在帝汎可以輕而易舉地攻擊他；它此時肯定仍因他用海水造成的傷害而震驚，不過當它再次開始攻擊，他絕對無力招架。

不過他不在乎。

我很強大，他喊道。

他舉起一隻手，收縮意志，開始在堡壘表面刻下一個又一個符文。

我就是我，我不是鬼魂，不是幽靈。我是完整的，我很……

（「強壯，」父親帶著孩子在黑暗中奔逃，一面在孩子耳邊說著，「你很強壯，非常強壯，繼續跑就對了，別回頭。」不過孩子忍不住，回過頭窺視烈焰衝天的地平線，所有奴隸營區都著火了，而他不知怎麼地懂了，他父親用他的技藝做了一件非常、非常糟糕的事……）

奎塞迪斯掃過第二座堡壘的側邊，完成他的最後設計時，空中滿是水和塵土。

我必須繼續下去，他想著，我必須繼續……

（「……下去，繼續呼吸，」父親懇求著，「拜託別死，留在我身邊，我花了好長時間才找到你，拜託不要連你也離開我。」不過孩子止不住咳嗽，也睜不開眼，只能瞥見洞穴頂和他們在這裡打造的簡陋住處——而就在那兒，在角落裡，則是那個正面附古怪金鎖的古怪小盒子，然後有一個新加入的說話聲，聽起來發顫又詭異，那聲音說：「我救不了他。我的許可並非萬能。」孩子心想，那是誰，那是誰，說話的是誰是誰……）

奎塞迪斯書寫。

他用盡全力寫，同時發現自己一次又一次對自己念誦著，低語著：「我是奎塞迪斯．馬格努斯。我是奎塞迪斯．馬格努斯。我是，我是，我是……」

一個接一個符文，一串接一串，一個又一個約束。

快完成了。

他聽見身後傳來嘯箭的呼嘯聲。

「我……我是奎塞迪斯．馬格努斯！」他放聲尖叫。

隨著一陣磨人的爆裂聲，更多符文出現在堡壘側面。

「我曾毀滅世界！」他怒吼道。

他俯衝，意識到嘯箭從四面八方逼近他剛剛位置。

最後一串，最後一個指令。

「毀滅你對我而言毫無意義！」他咆哮道。

他的偉大設計完成了，銘術活了過來。

本質上，這是一個非常簡單的銘術：用於黏著，符文說服兩塊物質它們其實是同一個，因此它們需要非常快速地結合，忽略所有障礙或引力的影響或任何事。

然而奎塞迪斯的約束並非作用於一般石塊，而是作用於兩座龐大的堡壘：他剛剛完工的這座，還有瀕死、溺水、半毀，仍持續墜入大海的那一座。

他旁邊的這座堡壘猛地一震，隨即往前衝，攔截了原本正高速射向奎塞迪斯的嘯箭陣。

海水驚天動地地爆開，彷彿整座海被砸成碎片，溺水的堡壘從海中激射而起。

它們笨拙地曲折穿過空中，飛向對方，有如兩個初次嘗試體操動作的外行人，然後……

就算是奎塞迪斯，也覺得撞擊聲震耳欲聾，彷彿末日的雷鳴。兩塊龐大的淚滴型石塊相撞，堡壘側邊塌陷粉碎，防禦工事遭摧毀，尖塔與塔樓也倒塌了。

他往前衝，收縮意志，一把抓住飛射的大型碎片，將它們轉向後朝最後三座堡壘的其中一座射去。

永不停歇，他想著，毀掉現實，毀掉你自己，毀掉世上的所有帝國，直到我們……

（「……醒來，」父親低語，孩子咳嗽，努力睜開眼，不過他看見父親在哭，又坐在地上哭了，洞穴裡還有另外一個男人，其中一個轃埍人，其中一個奴隸主，不過手腕和腳踝被綁住了，父親手拿著刀趴在那男人身上，那是一把奇怪的刀，上面滿是奇怪的符文，然後孩子的父親說：「快到午夜了，然後你會醒來，你會變得不一樣，但你依然是我的兒子，你會活著，這是唯一重要的事，唯一重要的事。」直到這時，孩子才發現自己也全身符文，有人用奇怪的墨水在他身上畫符號，他父親高高舉起刀，地上的男人開始尖叫，然後……）

他將大量碎片射向那座堡壘：它的同伴破碎成塊，而他撕碎這些碎塊，砸向想溜之大吉的浮城，直到那座堡壘也開始在他狂怒的猛攻下破碎，整個世界冒煙，蒸氣蒸騰，不停旋轉，下方的波浪激起浪沫；儘管他在勝利在狂暴在盲目的盛怒之中咆哮，但還不夠，永遠不夠，世界受的傷永遠不夠重，現實感覺到的痛苦永遠比不上那所有劇痛，那些劇痛依然緊緊纏繞著他的……

（心，體內的一股可怕疼痛，就好像他父親刺的不是那個俘虜，而是他，他自己的孩子，就在午夜的那一刻，孩子感覺體內的刀變造他、重鑄他、轉化他，他感覺自身的存在被寫上文字，靈魂遭編輯，主張他超越死亡、超越苦痛、超越人類的領域，完成後，孩子睜開眼，以全新的視覺眺望世界，聽見父親低聲說：「你完整了嗎？你安全了嗎？留在我身邊，我的寶貝，留在我身邊……」）

奎塞迪斯凝望著面目全非、翻攪的海面。煙與水蒸氣緩緩消散。

「勝利，」他大口喘氣，「勝……」

他的目光落在那座巨大的裝甲要塞——帝汎肯定就在那裡面，他看著堡壘的上千嘯箭砲塔轉過來對準他，萬箭齊發。

55

驚天動地的隆隆聲震動牆，貝若尼斯緊緊抓住欄杆。

外面現在是怎麼樣啊？

她快步往下，往下，深入堡壘的核心。

我以為奎塞迪斯只要分散帝汎的注意力就好，但……那聽起來可比一般的分散注意力激烈多了……

她來到階梯底，凝望著眼前這條又長又狹窄的通道，接著小心翼翼地走進去，仔細聽是否有其他人也在下面，不過這裡似乎只有她一個人。

她認出通道的盡頭就是通往主符文典策源的門，門內就是那個複雜得不可思議的銘器，迫使世界相信應該容許這座巨大的浮城持續存在。

她轉身，找到位於左側的第二扇小門。

正如奎塞迪斯所說。

她打開這扇門，發現等著她的是另一條小通道。她低頭穿過門，走過歪七扭八的通道，最後來到一個房間。

房間頗大，高度和寬度都大約十二呎，另一邊是一扇空無一物的巨大銘印鋼門。

就是這裡了，她心想，調節器肯定就在門後。

她打量門。這扇門跟她剛剛破壞的那扇一樣，沒握把、沒鎖。不過……這個房間不尋常。

她四處看了看，發現有五個鋼箱沿房內的牆排列，每個都略比一人大，都附關上的門。她在微弱的光線下細細查看，發現箱子上的銘術無比眼熟。

這些是……偶合空間，她心想，**偶合箱，用銘術讓現實相信兩個不同空間裝有相同物品**。她走向其中一個箱子，感到有些擔憂。山所之夜的時候，我們也是用相同方法哄騙現實，讓現實相信我們帶了一個符文典進入坎迪亞諾內城，桑奇亞才能飛上天……

她試著打開其中一個箱子的門，但沒辦法。然後恐懼在她體內冒泡，她心想：這是……一個鎖，她心想，這整套東西就是這麼回事。我眼前是一把鎖，對吧？

她愈來愈確定自己想得沒錯。這五個箱子無疑跟另外五個箱子偶合，另外那五個箱子則分散於堡壘各處，放在非常安全的地方。打開牆上這扇銘印門的唯一方法，貝若尼斯猜想，就是由五名宿主帶著特別的信號——類似內城大門的徽封——同時進入位於城市某處的另外那五個箱子，如此一來，正確的信號就會被傳送回這個房間裡的這五個箱子；如此一來，銘印門就知道該打開了。

這是一把鎖——具體來說，這是一把只有帝汎自己才打得開的鎖。

貝若尼斯在地板坐下，感覺噁心想吐。

我終於碰上撬不開的鎖，她心想，這會兒少的不止是我的妻子，一名竊盜老手，還少了她那把能打開任何門的魔法鑰匙。

她思考該怎麼做。

另一陣巨大的隆隆聲穿牆而來，房間隨之嘎嘎作響。

「該死。」她低語。

56

奎塞迪斯高速飛過空中，蜂擁的嘯箭畫著弧線追趕在後。

更快，他想著，更快，更快。

他貼著巨大堡壘的表面飛行，一面刻下符文，努力以最快的速度編織密度約束。

空氣震盪，萬物炙燙，他感覺得到嘯箭靠得非常近了，亦步亦趨，一吋一吋拉近他們之間的距離。

更多，他想著，更多，更多，更……

身後某處傳來隆隆聲和爆裂聲，他猜應該是有些追趕在後的嘯箭太靠近堡壘的表面，爆炸了。

讓它們分散，他心想，讓帝汎撕碎它自己創造之物……

但他知道這不容易：這些嘯箭都靠帝汎的腦子操控，它透過無數雙眼睛看著奎塞迪斯，同時從遠方指揮它們飛過空中。

他寫下更多符文，寫得愈來愈快。

快完成了。快完成了……

然後他聽見另一陣嘯箭的尖嘯聲——不過這次是來自前方，而非後面。

他抬頭，發現帝汎很聰明，發動了第二波嘯箭，越過堡壘上空落向他，因此他發現得太遲了。

他張口要喊：「不！」不過還來不及說出口，來襲的嘯箭群已正面擊中他——隨後在後面追趕的嘯箭群也猛力射入他的後背。

然後剩下煙、疼痛與黑暗，他墜落。

意識在奎塞迪斯的古老心智某處忽隱忽現。

他看見大海、煙與蒸氣。到處都在痛，但他隱隱知道自己正在往上飄，或正被抬起。

他低頭，看見一個奇異的裝置抓住他的軀幹，將他的雙臂固定於身側：某種以黑鋼打造的巨大金屬帶，而且居然正帶著他往上飄。

他用銘印視力查看，發現這原來是重力銘器，肯定是在他從天而墜的時候抓住他，而且除非他弄錯，他應該正被帶往某個地方。

他回頭，看見龐大的裝甲堡壘像嚇人的月亮一樣懸在他後方。

不，他心想。

他盡他所能在鋼帶的箝制下用力掙扎，嘗試推動重力，但徒勞無功。他太虛弱，太殘破，兩波齊射的嘯箭把他傷得太重了。

他看見在堡壘邊緣等著他的東西：三尊巨甲，曾捕獲他、囚禁他的那種。

不，不！

他掙扎，在鋼帶束縛下扭動。他收縮意志，試著拉斷金屬，但力有未逮。他已經半死不活了，全身的約束閃爍、亂竄，不確定是否該繼續混淆現實、讓現實賦予他仍擁有的這些特權。

他怒吼著被拖到其中一具巨甲旁。巨爪竄過來抓住他的腳，把他往下扯。

「不！」他尖叫。「不，我不要！我**不要**！」

巨甲將他甩在地上。奎塞迪斯咆哮，一隻手從黑鋼帶中脫困，他猛推石地，試著扭曲周遭的現實，彎折世界的本質，直到他能脫困，重獲自由與安全。

不過一隻黑爪揮過來，抓起他的右手往後拉。他絕望地唉了一聲，看著巨甲從地面拔起他的手，扭到他的背後。

「你把你的武器做得很強大。」一個聲音低聲說道。

奎塞迪斯抬頭。帝汎緩緩靠近，充血的雙眼緊盯著他。

「你的軀體卻很弱。」它說道。

一隻黑爪飛上前，把奎塞迪斯的頭壓在地上，讓他的左太陽穴朝上。

「我承認，」帝汎低語，「我不知道該怎麼處理這件事。只有你能對克雷夫下指令——破壞門的指令。但要怎麼迫使你下令？」

另一隻黑爪緩緩來到他的左太陽穴上方。他看見爪子抓著某個東西：一根古怪的尖細銘器，看起來就像一根小釘子。

他用銘印視力查看，隨即領悟這是什麼。

「不！」他尖叫。「**住手！不要這樣，不要這樣！**」

「我無法說服你，」帝汎輕聲說，「無法像你之前說服許多人那樣——讓他們崇拜你，爲你發動戰爭，爲你而死。」

小銘印釘慢慢靠近他的左太陽穴。

他尖叫，拱起背，抽搐，徒勞地試圖逃脫。

「不過像你這樣的心智，」帝汎低語，「像你的記憶一樣如此浩瀚……就連這些也能被馴服……」

銘印釘的尖端碰觸奎塞迪斯的太陽穴，他尖叫——釘子開始滑入。

「既然你選擇讓自己變得那麼脆弱。」帝汎說。

伴隨著最後一聲尖叫，奎塞迪斯在絕望中凝望四周，找尋著可能拯救他的任何人、任何事物——然後他看見了。

一個小小的銘器剛剛經過帝汎身旁：某種重力銘器，一抹金光飄浮其中。

一把鑰匙，被謹慎地懸置空中，以確保鑰匙絕對不會碰觸到任何東西。

父親？

世界變得模糊，然後他看見……

「我不想做。」孩子說道。

父親看著他，他的頭髮好白，臉好多皺紋，他試著擠出微笑。「不做不行喔，孩子。非做不可。」

「爲什麼？」孩子問道。「爲什麼非做不可？爲什麼我一定要做這件事？」他碰觸自己的胸口，心臟依然隱隱作痛，父親就是從這裡將他變造。「我現在不一樣了。我不會餓，不用睡覺，也不會變老。我們不是已經安全了嗎？這不就是你要的嗎？」

父親別過頭，好久好久沒說話。「不止我們而已，」父親低聲說，「不止你或我。爲了走到這一步，我……我做了好多事，不過外面的世界到處都如此殘破。我以爲我是在創建，是在改善事物，但……我錯了。」他看著他。「我認爲你才是創建者，孩子，將由你來修復所有錯誤。」

孩子低頭看放在他們小洞穴地面的兩個小金屬工具。一個他很熟，他先前看父親用過：一把銘印刀，用來突破這世上的所有牆、所有規則，並竊取使用某種事物的機會——一種許可，一種特權。

另一個是新玩意兒：一把鋼製的小鑰匙，頭部做成類似蝴蝶的形狀，鑰齒又長又怪，滿是許許多多奇怪的符文；雖然孩子研究過父親打造的物品，但也不是每一個都了解。

「這是什麼?」他問道。

「一個工具，」父親說，「你可以用這個工具雕琢出一個新世界，**更美好**的世界，沒有苦難的世界。但我沒辦法告訴你該怎麼做，寶貝。我老了，而且……在許多方面來說都損壞了。我已經盡可能帶著你走了這麼遠。」父親的臉抽動，孩子看得出他正努力不哭出來。「你不會變老，但我會，而且我……我好累啊，奎塞迪斯。」

「我們可以改造你啊，把你變得像我一樣。」

「我不想把你變得像我一樣，不要像我一樣雙手沾滿鮮血。但我確實想……想盡我所能給你能幫助你成功的一切。」他伸手拿起鑰匙細細查看，眼裡滿是渴望。「一隻蝴蝶，一隻蛾。牠們改變，化爲更美好的事物，或許我也會改變。」

奎塞迪斯安靜地站著，凝視著腳邊的刀。

「你將擁有我的文字，」父親說，「我打造的事物。然後……」他瞥向洞穴的角落，附古怪金鎖的奇怪小箱子就放在那兒。「然後，最後會有其他幫手，只要你弄懂他們是什麼。」

「你要離開我了。」奎塞迪斯低頭哭了起來。「就是這樣，對不對?跟之前一樣，你要離開我了。」

「不，不，不。」父親說。他跪下碰觸他的臉。「我會永遠跟你在一起，永遠在你身旁。」他碰觸兒子的右掌心。「永遠。我們會一起做了不起的事。」

「像是什麼?」奎塞迪斯問。

父親貼近他。「我們會拯救其他人，」他低語，「讓他們不用再受我們所知的所有苦痛折磨。」他親吻兒子的眉毛。「我們會深思而後動，」他又親他一下，「永遠、永遠都給他人自由。」

這個片刻像風中的紙燈籠殼一樣在奎塞迪斯的腦中忽隱忽現。

我做得到。

然後退去、轉暗……

我可以拯救……

……最後終於消逝。

我可以拯救所有人。不是嗎？

他凝視黑暗——緩緩地，他感覺到他的意志分解，被某個龐大、空虛而殘酷的事物取代。

〈是的，〉帝汎低語，〈終於。〉

57

這個自稱爲帝汎的東西很習慣費力維持自己心智同時分散多處。當然了，過去八年來，它同時存在無數堡壘、據點、要塞，以及各式各樣的船艦上，也發展出一套自己的銘印方法，藉此建立潛意識——利用這種方法，它的世界無須接收直接的指令，便能夠自行運作。

不過突然掌控奎塞迪斯·馬格努斯的心智完全是另外一回事。

他的內在實在太過龐雜，這麼多記憶，這麼多知識。帝汎知道自己該負起一部分責任——奎塞迪斯的大段大段記憶都只是一片黑暗，有如帝汎在他的皮肉上扯出來的傷疤，然而就算沒有這些，奎塞迪斯的意識純粹就是太過廣袤，帝汎難以像它曾對無數人類所做的那樣，將其細細拆解、詳加研究。

它舉手投降，只問了他一個簡單的問題：〈鑰匙在哪裡？〉

答案自動從奎塞迪斯的意識中冒出來，像睡蓮葉下的一叢魚卵一樣在帝汎的心智之內凝結。
帝汎緩緩轉身，眺望著大海的另一邊。
桑奇亞，它對自己說，妳跑到多遠去了？

58

貝若尼斯焦慮踱步，寬敞的房間這時感覺無比狹小，她一一凝視各個鋼箱，偶爾停下來研究房間另一端那扇巨大的門。

一定有方法，她心想，一定有——

接著東西震動了起來。她嚇了一跳，查看左右，堡壘陡然停下來，她滑向前。

她伏低，差點沒撞上牆，然後猶豫了一下，等待著，納悶著不知道外面的世界發生什麼事。

隆隆聲、爆裂聲或爆炸都沒了，唯剩寂靜，堡壘靜止不動。

看來，她心想，情況非常不妙。

她回頭看著門。門依然堅決踏實地緊閉著。

我必須加快動作，一定要找出方法。

她繼續凝視門，接著開始前後搖晃，用盡全力不哭出來。

她考慮過很多對付門的方法，各種爆破，攻擊牆或鉸鏈，或是回去城市裡試著找出這些箱子的其中一個偶合宿主，她或許，或許，就能直接複製必要的銘術，藉此……

不行。她領悟自己實在做不到。就算她有時間作這些狂野的夢，她也永遠不可實現。她沒辦法聯絡設計，或招待，或桑奇亞或克雷夫。少了他們，少了她這些年來合作的每一個夥伴，她不知道怎麼對付這個，帝汎最後一個也最難纏的小裝置。

一扇上鎖的門，她心想，所有人都將因此而死。

她感覺手臂在痛，恰恰就是她用淨化棒戳自己的那個位置。

我為了來這裡才用淨化棒戳自己，她心想，但也因此切斷了能夠自救的連結。不單是自救，還有拯救我們，拯救一切。

她用一隻手撐著頭，凝視著其中一只鋼箱。如果設計，或招待，或甚至桑奇亞在這裡，不知道他們會說什麼。一時之間，感覺幾乎就像回到過去，就像山所之夜，當時她和歐索、桑奇亞陷入絕望，苦苦思考該怎麼拐騙現實，讓現實認為有個符文典同時位於兩處。

然後她想著——如果歐索在這裡，他會怎麼說？

她緩緩坐直，不確定這個問題為什麼會像這樣冒出來。她緊緊閉上眼，試著思考，試著回憶，試著想像……

他坐在工作坊的桌子旁，彎著腰抽搐，暗沉、滿是皺紋的臉皺成一團，露出介於狂喜和狂怒之間的表情，一面撥開一綹骨白色的瀏海，蒼白瘋狂的雙眼圓睜閃動。

我發明了這個蠢東西，他多半會這麼說，我發明了偶合空間這些狗屁。我發明的時候妳就在旁邊，妳忘了嗎？

我記得，她閉著眼說。

是啊。但我們做得不完美，對吧？

貝若尼斯緩緩睜開眼。

「對。」她輕聲說。「我們做得不完美。」

她凝視沿小房間牆面排列的五只箱子。

「偶合箱在大約十分鐘後就爆炸了，」她說，「因爲我們注入了太大的壓力……」

她嚥了口口水，感覺暈眩。她發現自己一直忘記某一條銘術規則；自從創建吉瓦那時起，這條規則基本上一直都是她個人的眞言。天啊，區區數小時前，克勞蒂亞甚至還放聲說出來。

偶合做得很爛，或是偶合某個已經在一個偶合空間內的物品，沒錯，下場會很難看。

她環顧這個房間內的五個小偶合箱——然後看著房間本身。

所以，她心想，如果我把這個裡面有偶合箱的房間**整個偶合**，是不是就會非常、非常糟糕？應該會打破所有規則，並嚴重擾亂現實。

她雙手拍合，接著抽出她原本以爲這次任務最不可能用到的工具：她的銘印組。

岸落之夜前夕我是怎麼跟桑奇亞說的？她走到一面牆前，謹慎地開始描繪符文。危機發生時，銘術師只會坐在無窗的小房間裡嘎吱嘎吱地寫符文。她陰鬱地笑了。不過天啊，沒想過我居然眞的這麼做。

59

帝汎站在奎塞迪斯身旁，克雷夫在他的小監牢內看著。他們倆已經幾分鐘沒動了——實際上所有東西都沒動。嚇人的小釘子一插入奎塞迪斯的頭顱，整座堡壘就凍結了，另外兩座堡壘也停止活動。

發生了某件事，克雷夫心想，占據帝汎所有注意力的某件事……

他猜，比起操控幾座堡壘在空中飛來飛去，掌控傳道者的心智應該難多了。帝汎有可能難以應付：可能要費太大力氣，帝汎會被壓垮，直到……

巨甲動了起來，緩緩退離奎塞迪斯身旁。

奎塞迪斯自己也動了起來，他踉蹌站起來，轉身凝視克雷夫。

不，克雷夫想著，噢，不……

奎塞迪斯蹣跚上前，以一種詭異的機械姿態移動。他把手探入克雷夫的小重力銘器內，拔起克雷夫，然後奎塞迪斯……

住手，住手，住手！

轉動他。

克雷夫的約束甦醒。他再次感覺到體內有某個東西解鎖，世界再一次變得有如油灰、泥與水。

劈啪一聲，世界改變。

他們置身他處，飄浮在約一百呎高空。克雷夫眺望著一片奇異陌生又可怕的大地，疤痕累累的岩石、炭渣和翻攪的泥漿構成這片破碎、遭焚毀的廢墟城市。

他發現自己認得這地方，只是勉強認得。他認得這些水道、河渠，殘存的牆以四種彼此各異的獨特圖形沿海而立……

坎迪亞諾，他虛弱地想著，還有莫西尼、丹多羅、米奇爾……天啊，我們回到舊帝汎了，對吧？

奎塞迪斯面朝大海。克雷夫領悟，他在等待。

但在等待什麼？

桑奇亞傾身，伸手拿她的望遠鏡。〈我想我看見了。〉

〈妳看見陸地了？〉招待問。

〈我看見某個東西。我確認一下。〉

她透過望遠鏡查看。她是對的：地平線上有個小小的黑色尖塔。

〈我想應該沒錯，〉她輕聲說，〈舊帝汎的廢墟……我覺得這裡是很不錯的藏身處，不過天啊，我好幾年沒回來了。〉

創新號繼續前進，駛過大海，地平線上的黑色小尖塔變成塔樓，然後多加一個同伴，一個、兩個、然後四個，直到看起來有如一片焦黑的森林從海中冒出來；她將近十年前丟下這座城市，而她現在終於看見殘存的遺跡。

〈我們得找到停泊的好位置，〉招待說，〈然後上岸偵查，確保安——〉

〈等等。〉桑奇亞往前靠，眼睛還是貼著望遠鏡。

〈等？妳看見什麼？〉

〈不確定，我再找找看……〉

她讓望遠鏡掃過晴朗藍天，搜索著黑塔群，直到終於聚焦於……

一個人影。一身黑的男子，飄浮空中，靜靜地等候她到來。就在那兒，在他緊握的手中，是一抹奇異的金光。桑奇亞瞪著他，無比震驚，她低聲說出來：「插他的不可能……」

〈那是……奎塞迪斯嗎？〉招待問。

隨著創新號慢慢靠近，桑奇亞仔細查看奎塞迪斯。她注意到他的姿態不太正常，並沒有以他那慣常平靜、貌似神聖的姿勢盤坐空中，反倒只是懸吊在那兒，手臂和腿癱軟，彷彿被人用釘子從領子的位置釘在天上。

他的太陽穴某個東西一閃。她皺眉目睹一個閃亮的銀色小點，像有人在他腦袋上黏了一枚硬幣。

〈不對勁。〉她說。

不過他這時已轉動了鑰匙。

帝汎很熟悉置換現實，但這件事向來都很困難。編輯現實，讓現實相信兩個或更多個物理空間要交換或對調，這不止需要謹慎地設計無數指示，還要燒掉無數的人類壽命，有如朝著火焰底部搧風。

不過克雷夫……帝汎發現克雷夫遠比它夢想中優雅太多，效率也高太多。

帝汎從奎塞迪斯的眼睛後方操控他，迫使他的手拿起鑰匙，發布指令，將現實變得又小又無形。

來，帶來給我，立刻。

桑奇亞無比困惑，瞪眼看著奎塞迪斯伴隨著細微的劈啪聲消失無蹤。

接下來的幾秒寂靜無聲——然後是震耳欲聾的爆裂聲，如此驚天動地，桑奇亞不禁擔心起大地是不是裂成兩半了。創新號左舷的空氣忽然爆炸，而就在那兒，懸浮於大海之上，則是其中一座巨大高聳的堡壘，堡壘的砲塔和弩座全部對準他們。

〈桑奇亞！〉招待喊道，〈妳看到了嗎！〉

最後一陣響徹雲霄的爆裂聲，旗艦堡壘出現在舊帝汎上空，彷彿最靠近秋分的滿月那般巨大、令人生畏，銘印外殼在正午的陽光下閃爍。

恐懼在桑奇亞的胃裡沸騰，因爲她知道這只有一種可能。

〈它掌控了奎塞迪斯，〉她低聲說，〈還有克雷夫。天啊，**兩個**都落入它手中了。〉

世界閃爍，而後天搖地動，貝若尼斯的心跳加快。她大受驚嚇地抬頭，凝視著她剛剛畫在牆上的銘術符文，擔心自己就是罪魁禍首。

然後她冒出一種熟悉得叫人心驚的感覺：她彎折起來，彷彿她對折又對折，收疊爲現實中的一個小點……她還有餘力尖叫：「該死，別又來了！」然後才掉出物理世界，從她所見的這個房間滾入空無、無盡黑暗之境……

然後，劈啪一聲，她又回來了。

她坐在房內的地上，心臟劇烈跳動，她再次環顧四周。

看起來一切如常——至少她看不出有什麼不同。五只鋼箱依然位於牆邊，她剛剛寫下的幾百個符文也還在原位，還有那扇門，很不幸地，也依然緊緊關閉。

「**那**是怎麼回事啊？」她上氣不接下氣。

她努力思考。她剛剛顯然被克雷夫的許可傳送到某處——這種感覺太糟了，她永遠忘不了——不過就她所見，她並沒有移動位置。

除非，她想，整座堡壘移動了，因爲下面這裡連一扇該死的窗子也沒有，所以我無法分辨。

這似乎是唯一的答案了，不過也帶來幾個更困難的問題。

除非奎塞迪斯持有克雷夫，否則不可能啓動這種約束，但若奎塞迪斯持有克雷夫，那麼理論上來說，戰爭就結束了——所以爲什麼還要利用這種約束傳送堡壘？

她等待、聆聽、思考。

我已經將近三十分鐘沒聽見打鬥的聲音了，她想，也就是說，我們要麼贏了，要麼輸了。

沮喪感緩慢陰森地逼近，她認爲帝汎完全有可能以某種方法俘虜了奎塞迪斯，並控制了他。如果它能逮住他一次，當然可能再來一次。而且，因爲已經知道奎塞迪斯的極限，第二次可能還更輕鬆。

她咬著嘴唇打量房內，還在努力思考。

如果奎塞迪斯被逮住，她想，帝汎爲什麼還沒下來這裡殺了我？除非它不知道爲什麼還沒察覺我在這裡。

她回頭看巨大的鋼門。

如果是這樣……我們就還沒輸。她跪下，繼續在牆上描繪更多符文。只要我還在這裡，只要我動作夠快，我們就還沒輸。

桑奇亞陡然停住創新號。她等著堡壘對她開火，將戰艦和其他帆船炸成碎片，但堡壘沒動靜。

〈桑奇亞！〉招待喊道，〈開火，妳必須開火，妳必須開火！〉

她將一隻手放在瞄準碟上，閉上眼，容許銘術湧入她腦中。

透過遍布船殼的小鏡子銘器，她能看見船上的所有嘯箭和武器，她一動念便能發射——不過她僵住，不知道該瞄準哪一座堡壘。

顯然不是旗艦堡壘，因爲這個目標的防護層太厚，她難以造成傷害。

炸掉另外一座，她想著，然後逃走，讓它們追上來，邊走邊打。

不過她又歪過頭，思考著，研究著分別位於左舷和右舷的兩座堡壘。她的武器足以重創其中一座，甚至還可能把它打沉，但她遲疑了。

〈桑奇亞！〉招待大喊。〈妳在做什麼？〉

〈貝若尼斯在其中一座堡壘裡面，〉桑奇亞說，〈她肯定在。我們知道是哪一座嗎？〉

一陣令人膽顫心驚的停頓。

〈我……我不知道。〉招待說。〈只有奎塞迪斯知道。〉

桑奇亞悠長而悽慘地嘆了口氣。

〈但……是不是無論如何還是該發射？〉招待說。〈如果奎塞迪斯在它手上，跟它說了貝若尼斯的位置，那她可能已經……已——〉

劈啪一聲，他出現了。

他飄浮在駕駛艙前方，身體癱軟，銀碟在他的太陽穴閃爍，而她瞪著他。當然了，她沒喜歡過奎塞迪斯，不過她馬上了解他的遭遇，遠遠慘過她能想像的全部地獄：不止是再一次成爲奴隸，還以奴隸的身分持有自己的父親。

「噢，」她低聲說，「噢，奎塞迪斯，太慘了，實在太、太慘了。」

又劈啪一聲，他來到她身旁，他抓住她的肩膀，然後又一陣刺耳的劈啪聲，她感到世界坍塌，而她來到他處。

61

桑奇亞睜開眼，倒抽一口氣。

一時之間，她眞心以爲自己回到那裡——回到舊帝汎；參天的高塔、搖搖晃晃的鴿樓，還有骯髒惡臭的巷道……不過她看見有些臉孔從高塔上俯瞰她：枯槁、灰敗、飢餓的臉，都面無表情。她接著見到低垂的雲層，聽見風在她耳裡詭異地呼嘯，她環顧四周，這才領悟自己究竟在哪裡。

宿主包圍她，至少一百人，全部以空無駭人的眼睛盯著她。

奎塞迪斯飄浮在她身旁，身體嚇人地癱軟，有如失去支架的稻草人，而就在數十呎外，六具巨甲蜷縮在地上顫動著。

一名眼睛流血的白衣男子站在它們旁邊，古怪的碟片覆住他半顆頭顱，他旁邊則是桑奇亞無比熟悉的東西；她只見過這東西兩次：一次是在某人久遠之前的記憶中，另一次在深深的地底，在一座遭埋沒且被遺忘的城市裡。

一扇以黑岩打造、獨自屹立的門。無數串細小、完美的符文盤繞於門的暗色表面，每個符號皆以銀色的鋼書寫——不過這個門跟她前兩次所見有所不同。

門上有鎖，一邊各一個。

「天啊，」她低語，「不，不，不。」

她發著抖回過頭，舊帝汎的廢墟在遙遠的下方朝四面八方延展。她在一座堡壘上——肯定就是旗艦堡壘，而她正越過胸牆觀看。帝汎打算在這裡完成它最偉大的作品。

帝汎看著她，染血的臉顯得平靜，而且奇異地冷漠。

「這……不可能。」她低聲自言自語。

奎塞迪斯轉向她，抬起一隻手。

空氣令人噁心地一頓，有個東西在她胸口抽動，銀色小鑰匙隨即從她的襯衫前襟升起，彷彿被一條隱形的繩子拉扯著。啵地一聲，繩子斷了，她害怕地看著小鑰匙射向奎塞迪斯攤開的手掌，他隨即收攏黑色的手指握住鑰匙。

她領悟即將要發生的事多重大，感覺自己渾身顫抖。

「不，不，不……不可能這樣。」她懇求著，對象或許是帝汎，或許是奎塞迪斯，或是克雷夫，或是世界本身。「不能變成這樣。不能像這樣，**拜託**，不能像這樣！」

她看著奎塞迪斯轉向門。

「不可以！」她放聲大喊。「等等！聽我說，**聽**我說就對了！」

不過帝汎沒興趣等待，或商討，或辯論。她在無語又無助的悲痛中看著奎塞迪斯慢慢靠近門。

貝若尼斯，她悽慘地想著，*拜託，拜託，拜託，如果妳在，那就拜託動手吧。拜託動手，求妳了！*

但什麼事也沒發生。

她發現自己沒辦法明確表達出此時此刻的庸俗恐怖。她忽然感覺無比荒謬又不像話，一切居然可能這麼突兀又虎頭蛇尾地結束，沒有儀式，沒有午夜敲鐘，沒有爭論，沒有致詞，沒有要求世界看看在這關鍵時刻的所有作爲。帝汎甚至沒浪費時間殺死她。它知道她現在有多無能爲力，多無足輕重。要看不看隨便她，帝汎不在乎。

奎塞迪斯將銀色小鑰匙插入左手邊的鎖，轉動。

只需要這樣：一個強大的人，用一個強大的工具，再加上一個選擇。

然後一切改變。

短暫的一秒內，上方的天空變得不連貫。

這次不像桑奇亞這輩子見識過的其他次編輯：不是那種撼動震顫的感覺，彷彿現實是鼓皮，而有人稍微太過用力敲打這面鼓。更像是天空原本還在，然後消失了；不是被切換爲午夜，而是天空本身確確實實不見了，萬物的表皮暴露於……

某個東西之下。暴露於無物、黑暗，一個往上延伸的深淵。

天空重回，一閃之後重新存在。桑奇亞感覺到一股冰冷、奇異的平靜沉澱於周遭一切之上，像是萬物感覺到天空的不連貫，現在正等著看接下來會怎麼樣。

四周的宿主癱倒在地；她知道，他們的生命被用來對門進行編輯了。

帝汎轉身研究它的工具。桑奇亞也在看著，在恐懼中等待、觀看。然後……

門框內的現實捲了起來。

這是最令人發毛、最詭異、最可怕的景象：門的另一邊應該是她知道、她了解的世界，但這種觀點和這種感覺，還有門框後的景象——全部都往前滑，就像現實不再是立體空間，而是裱框畫作上的彩色墨水漬，某隻隱形之手剛剛伸進去將畫布抽了出來……是那樣嗎？她瘋了嗎？還是她短暫瞥見門邊緣的金色鉸鏈，某個東西往前盪了出來，而非往後……

門從雙邊開關，而且是同時。她的腦袋前側開始陣陣疼痛，她試著別開視線。不，我不能……我不能看見，不應該看見這個的。

門現在打開了，而她往門內看，看見……

黑色。黑暗。不過桑奇亞覺得她瞥見裡面有東西微微閃爍：纏繞的金，彷彿有許多許多金輪、金齒輪窩在那個可怕的無盡深淵深處，那是現實的下層構造，如此浩瀚無垠，不停轉動著。她愈是凝視深淵，就愈是領悟這些神聖器械絕非以人世間的金屬打造。

符文，她心想，看著一個輪子轉動，表面隨著它在黑色蒼空中旋轉而波動著。它們以符文打造。

輕柔的鐘聲在空中飄盪，彷彿有人輕輕推動了一口巨大的時鐘，擾動了鳴鐘和報時裝置。桑奇亞發現這聲音很耳熟：她聽過，當時她將瓦勒瑞亞從山所的古棺釋放出來，整個世界隨即靜止。

桑奇亞凝視著門，腦中冒出一個想法。我可以跑進那地方，她迷迷糊糊地想著，在齒輪上面跳舞，聽它們對我唱歌，在那裡打造全新的世界……

奎塞迪斯轉身，緩緩經過打開的門前，朝另一個鎖前進，她嚇了一跳回到現實。

熟悉的金色螺旋鑰齒從他的指縫探出來：克雷夫。

她的心臟變得冰冷。不，不，不……

她看著奎塞迪斯將克雷夫探向第二個鑰匙孔。

他就要毀掉這扇門了，她心想。

克雷夫愈來愈靠近鑰匙孔。

只因爲懷抱著瘋狂的希望，期盼無論是什麼東西打造出這個世界，那東西都能回來把世界修好。

克雷夫又靠近了一點——然後停了下來。

奎塞迪斯震顫，他站在鎖前，手臂古怪地凍結鎖定。

帝汎轉過來瞪著他，等待著，流血的眼睛圓睜。奎塞迪斯抖得愈來愈厲害，最後活像癲癇發作。

「動手。」帝汎低語。

奎塞迪斯繼續顫動，這時他的頭微乎其微地歪向一邊。

他在對抗，桑奇亞心想，天啊，他打算對抗嗎？

帝汎走近一步。「動手，」它低聲說，「立刻動手。」

奎塞迪斯顫抖震動，帝汎伸手抓住他的手腕，輕輕帶著他的手把克雷夫插入鎖中。

「很好。」帝汎低語，「現在……」

克雷夫在鎖中轉動——隨即天崩地裂。

貝若尼斯完成她的銘術，停頓了一下，趴跪著倒退退出出房間的小門。

某個東西又改變了。她感覺得到——不是克雷夫的另一個許可，她沒有又被傳送到世界的另一邊，這次……不一樣。

這次嚴重好幾百倍。

快，她想著，快，快！

腳下的堡壘搖晃，桑奇亞眨了眨眼。一股怪異的寒意從門發散開來，湧過她，而她敬畏地看著門開始變化。

黑岩門框還在，奎塞迪斯也還在，依然定定站在那兒，手上的克雷夫插在右手邊的鎖裡，不過門後的空間火燒般亮了起來，接著轉白、波動，就像白焰，愈來愈熾烈，彷彿黑岩門是拿到金屬旁的加熱炬，燃燒的洞正朝外擴散，吞食空氣本身。

「好，」帝汎輕聲說，「完成了。」

周遭的整個世界陷入瘋狂。

堡壘外的一片片空間閃爍翻騰，隨即消失，換上各種瘋狂事物：黑岩巨稜柱忽然出現在舊帝汎的廢墟中，成縱列拔地而起；天空震顫，風勢增長，雪和雨敲打堡壘，一時炙熱一時冰凍——然後加入閃爍的灰燼龍捲風，桑奇亞更加混亂了。下方的大片海水凍結、溶化，化爲鑽石，又化爲岩石，然後再次化爲冰。桑奇亞退到城牆邊，同時看見這作用在擴散，從堡壘此時所在位置放射，隨著燃燒的門朝天空延展得愈來愈高，波及的範圍也愈來愈廣。

〈招待！〉桑奇亞大喊，〈招待，如果你聽得到，那就逃，快逃！〉

招待非常輕聲地回答，聲音低微又發顫：〈我把船開去比較安全的距離之外……但我有點覺得，這個時候逃也沒意義了，對吧？〉

「我會坐著，」帝汎低聲說著；它的石碟就位於現實的傷口前，而它在其上盤腿坐下，奎塞迪斯則站在它右側，「我會坐著看世界終結，等待新世界誕生。」

貝若尼斯坐在鎖室前，面對著關上的門，謹慎地著手在她膝上的小鐵盒描繪最後的幾個符文。

*早該想起桑奇亞常說的話才對，*她想，*如果能直接破門，那就不用費心撬鎖了……*

完成後，她的設計應該會迫使門後的大鎖室相信自己與這個非常小的鐵盒偶合，雖然大小天差地遠，不過兩者是同一個東西。

這個點子非常愚蠢——試圖偶合兩個大小不同的空間總是會出大錯。

*不過話說回來，*她想，*做得很爛的偶合剛好就是我要的。*

來到最後一個符文，她加上最後一點墨，然後……

門後的鎖室響起古怪的嗚嗚聲。

貝若尼斯抬頭，站起來，一面看著一面快速退入通道。

嗚嗚聲愈來愈響，最後鎖室內傳來突如其來又響亮的一聲碰！

鎖室的門微微鼓起，煙從門縫滲了出來。

貝若尼斯衝上前，猛拉開門，鑽入煙霧。

帝汎抬頭凝視現實的潰瘍，傷口閃爍微光，持續擴大，從門框後不停擴散，彷彿溢出畫布外的畫。

「它必須來，」它低語，「**它們**必須來。造物主將看見這一切錯得多麼離譜，它們將帶著工具前來，它們的遠見從它們腦中彈現，它們將修復所有……」

帝汎停下來。桑奇亞看著它挺直身子，望向右舷外的飄浮堡壘，神情焦慮。

「那是什麼？」它輕聲說。

貝若尼斯衝過煙霧瀰漫的鎖室，五個鋼箱現在不過是掛在牆上的一堆堆凹皺殘骸，她緊接著猛力拉開另一邊的大鋼門。門後是一個鑲在牆上的箱型小空間，一個大銘印鋼碟懸浮其中，沒觸及任何其他物品，肯定是靠自身的重力銘器而浮空。

她凝視鋼碟，強烈意識到就算只是碰觸它，整座堡壘也會失去作用，從天而墜，而她會被壓扁。

她嚥了口口水，小心地拿出她的最後一個工具：招待和設計幫她做的四個小碟片。

變魔術的時間到了。

她將碟片分別黏在牆內小空間的四面，面朝懸浮於中央的鋼碟。

「拜託成功吧。」她喃喃說道。

她接著拿出中央附開關的小木碟，打開開關。

招待坐在理解號上平靜地等待死亡。

他們很熟悉死亡這種現象，並不感到害怕。他們這輩子都由裡頭一百多個人構成，感受過心智和軀體死去，也曾在許多吉瓦人因感染、受傷、年老而消逝前照料他們。他們知道大限將至時的那股奇異溫暖，黑暗的毯子蓋在你的思緒上，然後軀體重回世界的懷抱，你就此長眠。

這將發生在我身上，招待看著現實中的參差破洞愈變愈大，還有所有我愛的人。不過也——

然後他們聽見了——響亮、刺耳的喀嗒一聲。

他們看著放在其中一名組成體面前的木頭小開關，隨即醒悟，跟這個小開關偶合的另一半——給貝若尼斯當作信號用的小開關肯定被打開了。

「她做到了。」招待無聲地說。他們提振精神，對設計說：〈**設計！她做到了！現在，現在！**〉

他們聽見設計在創新號上的某處大吼：「天啊！好！那就來吧！」

設計和招待的許許多多組成體整齊劃一地伸手從口袋拿出一模一樣的小匕首。

這東西長得很像淨化棒，不過不會淨化人身上的銘術，而是會消耗每一個人的一年壽命，或更多一點，然後將所有犧牲重新導向。

爲了進行一次編輯：置換一塊現實。

理解號深處，招待看著設計製作的置換碟；這個碟片此時正靠自身的重力銘器懸浮空中。

「拜託成功吧。」招待說出聲。

他們將匕首刺入手中，並痛喊出聲。

喪失壽命的感覺眞怪啊。這眞是太詭異、太嚇人了，感覺到這麼多人死去一點點、消逝一點點，全部同時老化一點點，每個人的時間被從他們的軀體拔起，用來對現實做出微乎其微的改變，拔起萬物的一小塊，再於原位插入另外一塊。

他們的組成體感覺到時光從他們身上流逝，忍不住放聲大喊——不過是歡喜地喊。

他們的目光落在他們打造的置換碟；碟片靠重力銘器飄浮，他們希望這個重力銘器和帝汎用於堡壘的重力銘器非常相像。他們知道如果編輯成功，他們就能將理解號上的一小塊現實與堡壘內的一小塊現實置換——同時置換其中的碟片。

他們看著，等待著。他們打造的碟片一閃，忽然消失，接著置換爲截然不同的另一個碟片，他們歡欣鼓舞。

他們凝視著重力銘器之內，帝汎的調節碟正飄浮其中。

「噢，」招待低聲說，「太棒了。」

面前空間閃爍一下，貝若尼斯眨眼——接下來帝汎的調節碟倏然消失，招待的碟片取而代之。不過當然了，這一個碟片上面刻寫著截然不同的指令。

「生效了嗎？」貝若尼斯低聲問，「生效了——」

世界忽然開始尖叫。

桑奇亞看著帝汎回過頭凝望位於遙遠另一邊的堡壘，不再注意不停擴張的現實破洞，也不再關心在整個世界肆虐的瘋狂。

「不，」它微弱地低聲說，「不，你們不是……」

它一躍而起，而後放聲尖叫。

62

帝汎抱頭怒吼，尖銳的叫喊聲如此不像人類、如此可怕駭人，儘管桑奇亞置身於喧囂的混亂中，她的耳朵還是不禁痛了起來。她原本認爲情況不可能比此時更瘋狂，但很快發現自己錯了。

帝汎尖叫的同時，原本位於門另一側的黑色巨甲開始扭動，彷彿它們也感覺到超乎尋常的痛苦，遠處那些排列於塔頂的宿主也尖聲叫喊，每個人都在巨痛中尖叫。

接著，桑奇亞腳下的旗艦堡壘陡然下墜，她驚恐至極。

堡壘下墜一、二呎便戛然停在半空，不過這已足以讓她身旁的所有事物亂成一團，一具扭動不休的黑色巨甲甚至翻落海中。接著堡壘繼續緩降，直到剩下的兩座浮城戳破忽然結冰的大海，歪歪斜斜地倒在冰凍的波浪上。

「不！我不想知道！」帝汎尖叫。它抱著頭，踉踉蹌蹌地繞著燃燒的門打轉。**「我不想知道，不想知道，不想知道！」**

桑奇亞猶豫一下，小心地靠近一面扒抓著自己的臉一面繞圈子的帝汎。她不確定現在該怎麼做，但她看見它在哭，在啜泣，在哀號，全身隨不停喘息的嗚咽而劇烈抽搐，最超現實的是，啜泣聲在整座巨大的堡壘迴盪，數百名宿主都在尖叫嚎哭。

「我造成這麼多傷害！」帝汎尖叫，**「我毀了那麼多生命！我好餓！我好累！我好害怕，我好孤單！」**它繞著圈子，唾液冒泡沿頰而下。**「我兒子在哪？我女兒在哪？我的孩子們在哪？我的家人在哪？我為什麼會痛，我為什麼會痛，我為什麼會痛！我為什麼會痛，我為什麼會痛，我為什麼會痛，痛，痛，痛！」**

它尖叫著一再重複，撲倒在地上，像巨甲一樣扭動身子，流血的眼睛圓睜，眼神瘋狂。

「我好抱歉！」它嚎叫。**「我……我……我……」**

桑奇亞抬頭看著門，看著奎塞迪斯和克雷夫。她朝他們跑去，希望能將他們拉開，想一把抓起克雷夫，要他告訴她該怎麼做、怎樣才能阻止這一切。

這時奎塞迪斯動了。他轉頭望著她。

接著，他以無比緩慢、痛苦顫抖的動作將克雷夫從鎖中抽出來。

〈奎塞迪斯，〉克雷夫低語，〈奎塞迪斯，你聽得見我說話，對不對？〉

儘管他們兩個都幾乎被無比劇烈的疼痛徹底壓倒——這麼多失落、這麼多哀傷，克雷夫還是感覺到

奎塞迪斯微乎其微地低聲說：〈對。〉

〈讓我掌控你，〉克雷夫說，〈讓我使用你。〉

奎塞迪斯同意，而克雷夫感覺他的意志灌注這個存在，這個複雜的活銘器——就像他之前控制格雷戈．丹多羅的舊銘甲一樣。

克雷夫要奎塞迪斯的身體站起來，看著桑奇亞，然後看著在他面前地上扭動尖叫的帝汎。然後他要奎塞迪斯的嘴說：「桑奇亞！是我——克雷夫！現在在演哪齣？」

桑奇亞愣了一下，瞪著奎塞迪斯。「克——克雷夫？是你？你抵抗得了——」

「對！」他說。「現在，告訴我現在**到底**是怎麼樣！」

「是貝若尼斯！」桑奇亞說，「她啓動了我們最後一個銘器——讓帝汎感覺到所有宿主的感覺。這應該要能毀掉它，但……」她看著尖叫個不停的帝汎，「肯定還沒完。」她回頭看著後方那塊在現實中不斷翻湧、增長的潰瘍。「噢，克雷夫……我們該怎麼辦？」

克雷夫和奎塞迪斯轉向門，凝視著門內的黑暗世界，裡面充斥著閃爍微光的銘術，現實就是因此才持續存在。然後，他們倆人都感覺到那股古老熟悉的拉扯。

我們可以進去，他們想，我們現在就可以進去門裡面，進去後，我們將發明、創造、修復……修復世界，修復萬物，攜手合作，拋下這一切……

不過克雷夫再次轉身，望著周遭這片瘋狂、殘破、漸漸瓦解的世界，宿主的尖叫聲在燃燒的天空中迴盪，雪與灰漫天飛舞——然而在那兒，就站在他身後，那是他曾深愛的女孩，她身上裹著較年長女人的瀕死軀體。

克雷夫凝視桑奇亞。我面對這種選擇多少次了？我做錯選擇多少次了？

「克雷夫？」桑奇亞喚道。

「我以爲我能修復一切，」他低聲說，「以爲可以走進門裡，重塑世界。不過情況從來不曾改善。」

「你在說什——」

「不能再逃跑了，」克雷說，「對吧？我們必須留下來，制止我們打造的事物。」

克雷夫望向仍在巨痛中悽慘尖叫的帝汎，然後望向燎燒天際的門。

「我知道帝汎是誰，」克雷夫說，「我終於想通了。我能阻止帝汎。」他回頭看著桑奇亞。「不過……不過那就代表我們要說再見了，小鬼。這次不會再回來了。」

桑奇亞凝視他，淚水盈眶。她吞了口口水。「我知道你要做什麼。」她低聲說。

「是啊。」克雷夫說。

「是啊。」她的臉皺了起來。「我愛你，克雷夫。」

「我也愛妳，小蝴蝶。」他退離她，走向帝汎。「爲我……爲我記住一些事就好。記住最初那天，在舊帝汎，妳找到我的那個時候——我們突破了內城的門，因爲我們發現了一個只有我們知道的祕密。」奎塞迪斯的手高高舉起，克雷夫在他的黑色手指間閃爍。「那就是門是從兩邊打開的，小鬼，這代表也可以從兩邊關上。」

她抽了抽鼻子。「你在說什——」

巨大的堡壘在他們腳下顫抖。一陣呼嘯，數千枝嘯箭升空，射向堡壘四周的一切，有幾枝箭和創新號的距離近得危險。帝汎再次尖叫，更多嘯箭劃過空中，彷彿控制所有這些銘器的龐大心智被逼瘋了，傾巢發射全部武器。

我們沒時間了，克雷夫心想。

克雷夫和奎塞迪斯一起最後一次眺望大海，注視著在天空下蕩漾的遼闊地平線。

「再見。」他們低語。

他們將克雷夫插入帝汎的胸口。

63

觸及帝汎時，克雷夫聽見許多聲音：宿主的尖叫、嘯箭的呼號、現實本身似乎即將在堡壘四周瓦解的隆隆聲，不過他用上他的許可；帝汎的心智成了一個毀壞得一蹋糊塗的銘器，而他朝深處探索，愈挖愈深，直到終於聽見他在等待的那個聲音。

輕輕的喀嗒一聲，有如鎖的制動栓——世界淡去，萬物……改變。

銘器開啓，彷彿它的側邊一直有一扇暗門。

然後，在那之後，是另一扇門。

又一扇，再一扇，再一扇。

克雷夫愈挖愈深，揮開一道又一道障礙；帝汎在它的祕密心臟周圍構築了無數防護，而他一一穿透，直到最後一扇門終於打開，後面再無其他門。

克雷夫看見街道，一條熟悉的街道，穿過安納斯庫斯的建築之間，而就在那兒，在街道的盡頭，則是修繕者堂，亮白色的圓頂在月光下閃爍微光。

堂前則是那條橋。

有個人影坐在橋前，蜷縮在地上。克雷夫透過最後這扇門凝視那個人影，接著謹慎地穿過門。

就在這個時候，他感覺他的肉體回來了——在安納斯庫斯最後那段時日，在他們完成他的大業之時，他就是以這具男性軀體活在這世上；此時此刻，儘管他知道這個祕密之地並非現實，他還是以這具肉身從中走過。

她面朝另一邊，望向橋的對岸，頭髮在月光下潔白閃耀。她的雙手置於身側，看起來腐爛而泛紫；他想起來了，這是染疫的副作用。他試探地走向她，不確定她會作何反應——不過當他來到距離她數碼的位置時，她以低啞的聲音說：「你拆散我們，拆散我。太多了，難以延續，但很快就不會了。」

他走到她身旁，低頭看著她：一名老婦人，白髮遮住圓睜而滿是憂煩的雙眼。她痛苦地咳嗽，溼潤的牙一閃。

「很快？」克雷夫問。

「對，」她說，「我們會回去，我不會罷休，我不會讓這個世界繼續下去。」

他久久凝視她，接著跪下，坐在她身旁。「我知道妳是誰，我想起來了。」

「是嗎。」她冷淡地說。

「對，我想起來了。這地方……這是我們相遇的地方，是吧？他們把受傷流血的我帶來這裡……然後我仰望，看見了妳。」

老婦沉默不語。

「莉薇亞娜，」克雷夫低語，「我的妻子，我的愛。」

「不要。」她低聲說。

「妳一直都在這裡，對不對？」他問。

「我……我**一直**跟你在一起，克雷維德斯。」她苦澀地說，然後又咳了咳。「我陪著你經歷了你的所有苦痛。我一直在你身邊，在這座橋上的第一天、我懷著你的孩子時，甚至當你迷失在自己的悲傷中而逃之夭夭，我的意志、我的思緒和我的心都跟你在一起，不過你從來就不放在心上。」

克雷夫低下頭。

「你打造你的門時，」她低語，「我也跟你在一起。就在這裡，在我分娩之地，在我們失去她之處。你記得嗎？」

「記得。」他輕聲說。

「你打造那扇門的鑰匙時，我也跟你在一起。最後那一刻，當你在修繕者堂爲所有瀕死的染疫病患做標記，我也跟你在一起。記得嗎？我爲你發送，給那些可憐人刻有指令的銀色護身符，讓他們掛在脖子上——因爲你已經懂了，想打開門，就需要有一個靈魂通過門。或者應該說，你當時**以為**是這樣，不過眞正需要的，是有夠多人爲打開門而死。」

「我以爲我是……我是在送他們去**更好**的地方。」他低聲說。

「你不懂自己在攪和的是什麼，」她說，「我也不懂。不過當門打開，世界似乎……**壞掉了**，我知道肯定出了什麼錯，所以我彈跳起來，搶走你手中的鑰匙，拿鑰匙去碰門框，在門剛被打開的那一刻將其鎖上。不過就在我這麼做的時候……」她搖頭，「打開門需要消耗生命，關上也需要。在那一秒，它……它吸走我數十年的生命……我因而變得無比虛弱，無法對抗無聲在我血液中潰爛的瘟疫。」

記憶在克雷夫腦中湧現：她瘦小的身體如此突然老化縮水，雙手雙腳蒙上暗沉的紫色，肺隨著她的每一次呼吸而咯咯作響；他抱著她奔過街道，一面尖叫、哭泣，整座城市在他們四周崩潰。

克雷夫嚥了口口水，淚如雨下。「我試著救妳。我們毀壞了世界，世界則試圖自我修復，但是……但是我以爲我能……」

「你什麼也救不了，」她嚴厲地說，「向來如此。」

她說的話感覺很眞實。他想起他是如何倉促行事，他是如何瘋狂努力阻止她死去，他是如何決定門行不通，門無法阻止他的妻子死去——那棺材呢，一個箱子，當有人死去，這個空間能阻止他們離世，使他們恢復、留住他們，將他們圍困其中，永遠不放他們走。

「你記得，」她陰鬱地說，「你選了哪個箱子嗎？」

「記得，」他低聲說，「是……大的那個，裝滿孩子衣服那個。」

他記得自己把衣服倒出來的時候是多麼瘋狂，記得自己是怎麼拿來他的顏料和墨水、將他的指令寫在箱子內側，埋頭苦幹，只爲了打斷那個過程，活物藉此方法由生轉死，從頭到尾努力忽略妻子痛苦的咳嗽聲，還有她掙扎呼吸時的嚇人嘎吱聲……

克雷夫又閉上眼，哭了起來。「我不要妳死，我不要也失去妳。」

「但你錯了。」她說。「當你將我放入那個箱子，當你讓我在你的那個銘器裡死去，你把我變得比死還**慘**。一個毀壞的靈魂，沒有許可能捕獲，也沒有特權可使用。定錨、受困於這個箱子，這東西，永無止境。你懂嗎？你懂自己**做了**什麼嗎？」

「我很抱歉，」他低聲說，「我真的好抱歉，親愛的。」

「但你學會了，」她啐道，「你終於想通你的**程序**，並用在我們的兒子身上。但你不曾告訴他我發生什麼事。你說不出口，對吧？所以他從不知道。不過當他想通箱子裡是什麼，這口你帶來給他的舊箱子，他領悟他可以加以**利用**，加以修改、調整——只要有更多許可、更多特權。更多犧牲，更多死亡。」她往前靠，眼裡滿是怒火。「但我**還在**，在某個地方，以某種方式，我依然是我。我自身的小果仁依然存在於這個可怕的鬼魂之中，受困於一個箱子，一個容器，一個棺材，而且不止如此。我是一個鬼魂，這個鬼魂又帶著記憶的鬼魂；我是一個人的印痕，這個印痕又帶著過去人生的印痕。而我必須看著。我必須**看著**，克雷夫。我必須**看著**你將我的孩子變成怪物，看著他將你變成工具。我必須**看著**他在數百年、**數千年**來把我當作一塊黃銅一樣，雕刻我、彎折我、利用我。你懂我加諸於這個世界的恐怖嗎？你知道我擁有什麼記憶嗎？你懂我被迫對這個世界做了什麼嗎？」

克雷夫沒回答，只是坐在地上，一邊哭，一邊聽著。

「當我們的孩子帶我進入那個詭異的地方，」她說，「他要我在那裡變成像神一樣的東西，我給了自己唯一想得起來的名字，瓦勒瑞亞，童年的天使；祂能修復所有錯誤，治療所有傷口，開啓來世那扇通往閉鎖國度的門，免除患病兒童的痛苦。」她悽慘地笑了。「悲哀的小小夢想，還以爲修復得了，還以爲修復得了**一絲一毫**！」

「莉薇亞娜。」克雷夫輕聲說。

「不可能！」她喊道。「當那男人吞下碟片，迫使我們融合，我開始想起來，而且我們變成一個新的東西！我片片段段想起——這時我也知道**不可能**修復！**丁點**也不可能修復！無論你再怎麼懷抱希望，都不會有任何一個帶著聰明工具的聰明人降臨這片受詛咒的土地，並扭轉乾坤！」

他抬頭看著她，與她四目相交。「那創造者呢？」他問，「妳現在召喚的那個東西？妳期盼將穿門而來、修復整個殘破世界的那個人呢？這個希望又有何不同？」

她靜靜坐著，凝視著下方的橋和後方的修繕者堂。

「莉薇亞娜，」他又喊了一次她的名字，「求妳。」

「我不要到頭來一切徒勞，」她輕聲說，「不要白白承受那麼多折磨痛苦。你知道我多孤單嗎？」

「知道，」克雷夫說，「我很了解。在妳吃過的所有苦之中，就屬這部分我最懂。但妳必須停止這一切。我們必須**停止**。」

淚水從她的臉頰滾落。「會繼續下去的，會有更多修復出錯，都是因爲人類的瘋狂驕傲，自以爲是萬物的工程師。」

「不會的。這世上有些人學會了我不曾學到、我們兒子太晚才學到的教訓——那就是妳是**對**的，**不可能**用魔法解決問題，只能以我們對彼此的付出換取更美好的世界，再無其他。」

她眨掉眼中的淚。「如果你離開我，我們會恢復，恢復為帝汎，到時我就無法控制自己的所作所為了。」她看著他。「我知道你要那女孩做什麼，如果我恢復，我會阻止她。我會的。」

克雷夫沉默不語。

「別，」她低語，「別讓我那麼做。別又離開我。拜託，拜託，別離開我。」

他凝視她的雙眼，在所有年歲、所有哀傷之下，他瞥見他過去認識的那個人一閃而過：那個驕傲、自信的女人，只要給她足夠的時間，她就能和天上的星辰辯論，要它們排列成新的星座。

「我來並不是為了要離開，親愛的，」他握起她的手，「而是為了留下來。我會留在妳身邊，直到最後。」

她凶惡地看著他，他靠過去親吻她的額頭，而她驚訝地直眨眼。「你——你願意這麼做嗎？」

「我希望我之前就留下來，」他低聲說，「我希望我當時留在妳身邊，把我浪費在徒勞希望上的時間都留給妳和奎塞迪斯。」

「但你現在可以帶他來，對吧？」

「對，」克雷夫說，「沒錯，我可以。」

他閉上眼，他們置身於這個許可和約束的巨大結構，而他將他的指令加諸其上，對此時乘載著他的這個銘印存在低語，然後……

後方的街道傳來腳步聲。

男孩遲疑、緊張地繞過轉角。他的身體好小、好蒼白，又如此瘦削，儘管眼神疲累，他卻帶著無比超齡的智慧凝望世界。

「這……這是哪裡？」他低聲問。

「你知道這是哪裡。」克雷夫對他說。「你回家了，我要滿足你以前的要求。」

男孩注視著他。「我的要求？」

「對，因爲你救了我，」他對孩子微笑，「因爲你幫助我想起來，小子。」

男孩站在那兒思考，接著緩緩走到他們旁邊，在克雷夫身旁坐下，凝視著橋。片刻後，他靠過去，把頭靠在父親的肩膀上，克雷夫擁住他，他們握住彼此的手。

「我……我記得這個，」奎塞迪斯說，「我記得這是什麼感覺。」

「對。」克雷夫說。

「這樣很好。」奎塞迪斯的聲音有點破碎。「我喜歡。」

「確實是，」莉薇亞娜低聲說，「我也喜歡。」

他們起身，牽著手邁步走過橋，朝修繕者堂前進。

「現在就動手吧，拜託，」他的妻子說，「求你了。」

「對，」奎塞迪斯說，「拜託。」

「好，」克雷夫說，「我會做的。」

然後他眞的做了。

克雷夫想起程序，想起該採取的步驟。他不久前做過一次，當時一個女孩拿著他，置身一座傾圮的建築內，而他同時恢復了自己，也毀壞了自己。

都是一樣的，他想，只是倒過來而已。

撤銷自己、解開自己，拆散他的所有許可、特權、約束、指令。

在那個片刻中，克雷夫一步一步解除自身的銘術，一片一片，一串一串。

同時間，他還拉著其他東西一起：他兒子和格雷戈．丹多羅身上的所有約束，將他們的心智與靈魂束縛在這個世界、在他們生命終結許久之後仍將他們困於此生的一切，還有他自己的；他們一點一點分解，由他們從自身、爲自身打造的鎖鏈中解脫，解開他們鍛造來將自身困在這個世界的鎖。

他看著眼前的修繕者堂淡去。

一抹黑一閃，接著是一個聲音，或許是柔軟的翅膀在拍動，像是蝴蝶，或是蛾，然後一個孩子在遠方歡笑。

再見了，桑奇亞，他低語，祝妳好運。

64

桑奇亞看著奎塞迪斯把克雷夫插進帝汎的胸口——然後毫無預警，他倒向一旁，隨即靜止不動。堡壘中的尖叫聲全部停下，潮水般的嘯箭和弩箭也止息。巨甲沉寂，巨大的城市在她腳下顫抖，彷彿不再確定該怎麼做、該怎麼想。

〈它……不見了，〉招待輕聲說，〈它不見了！帝汎剛剛消失了，我不確定怎麼會這樣！〉

「什——什麼？」桑奇亞虛弱地問。

〈我正試著跟宿主連結，〉招待說，〈幫助他們，確保他們不會傷了自己，並維持堡壘運作。等我一下！〉

桑奇亞站在那兒低頭瞪著帝汎和依然握著克雷夫的奎塞迪斯，注視著格雷戈．丹多羅的軀體深深吸口氣，然後從肺的深處咳了起來，嵌在他頭顱的許許多多碟片輕輕落下，彷彿落葉，他的皮膚留下又深又光亮的傷痕。

她收縮銘印視力。他全身上下沒有丁點銘術——沒有纏繞的邏輯，也沒有閃爍的醜陋暗紅色。不過她在克雷夫裡面或奎塞迪斯的軀體裡也沒看見銘術。遭捕獲的指令原本散發暗紅色光芒，現在都不見了。

她跪下，將克雷夫從奎塞迪斯指間抽出來，發現他不一樣了：不再金黃，而是尋常的黃銅。

她凝視鑰匙，然後是奎塞迪斯，然後是靜靜倒在地上熟睡的格雷戈。

「所以結束了。」她的聲音破碎。

〈桑奇亞，我……我很遺憾。〉招待輕聲說。〈我正在協助宿主，也在努力找到貝若尼斯，不過……同時間……我們打算拿這扇門怎麼辦？〉

桑奇亞眨掉眼中的淚，坐下，轉身面對門，面對現實中這個龐大、不停增長的燒傷，以及其中的如牆黑暗。她看著門陡然增長，像躍入雲中的閃電一樣朝上劈過天際，直到似乎將整個世界一分爲二。

貝若尼斯奔上旋繞的階梯，聽見遙遠上方傳來腳步聲，立即靜止不動。

她確定有人打開了上方的某扇門。

接著聲音迴盪而下：「**貝若尼斯**？**妳還好嗎**？」

她沉默，不確定該不該回應。

「**是我！**」那聲音喊道，「**招待！**」

「招待？」她驚喊，又是困惑又是高興。「那就是**成功**了？」她奔上階梯，發現他們在門口等她。

她看見在頂端等著她的人，陡然停了下來。那是一個矮小、營養不良、面黃肌瘦的年輕女子，穿著薄紙般的盔甲和髒兮兮的衣服——換言之，這顯然是一個宿主。

「我跟大部分宿主結合了，」她以嘶啞的聲音說道，「所以沒錯，眞的是我。」

「發生什麼事？」貝若尼斯問，「我們……我們贏了嗎？」

「不算是，」招待焦慮地說，「還沒贏。我們需要妳幫忙。」

她走出去外面，徹底瘋狂的天氣令她一縮：風雪和燃燒的灰燼接連襲來；她抬頭，看見太陽和月亮同時出來，然後太陽又嚇人地鼓脹起來，彷彿蛋裡面的畸形蛋黃，蕭瑟可怕的黃光遍灑大地，更是令她腦袋發昏。

他們帶著她來到堡壘邊緣，爬上胸牆，然後伸手指著。她眺望，隨即倒抽一口氣。

堡壘之外的整個世界似乎都在沸騰、變動，而變化的源頭確定無疑：一個巨大燃燒的裂口，從旗艦堡壘延伸而上，直入雲霄，幾乎不可能看得到頂部——儘管看起來絕非塵世之物，但又毫無疑問是門的形狀；存在本身出現了一個縫隙，詭異地又長又方，而且不停擴張，愈變愈大……

「最好不要直盯著看，」招待說，「建議妳轉開比較好。」

貝若尼斯望向他處。「帝汎打開了門，然後我們不知道怎麼關起來？」

招待搖頭，一臉蒼白病態。「對。」

「呃，隔著大海我沒辦法好好思考該怎麼處理這個情況。」

招待點頭。「桑奇亞在那邊，我徑入她，讓妳透過我跟她談。」

桑奇亞站在高聳的門前，哭著凝視門內，手上拿著無心智的黃銅小鑰匙。

〈桑奇亞？〉招待說。〈貝若尼斯跟我在一起，她沒事。妳就像在跟她說話一樣說出來，我會幫妳轉傳。〉

「噢，該死。」桑奇亞說出聲。「天啊。貝兒——妳聽得見我說話嗎？」

停頓。

〈聽得見。〉招待將貝若尼斯的話轉傳過來。〈妳看見什麼？描述給我聽。〉

桑奇亞靠近門框，眼前的黑暗竄出一陣陣古怪的寒意和炙熱，而她努力忽略。

「好，」桑奇亞說，「這……這就像我們在安納斯庫斯看見的那扇門。幾乎啦。有兩個鎖——一個是銀色鑰匙的，一個是克雷夫的。」

〈那克雷夫怎麼說？〉招待維妙維肖地模仿著貝若尼斯的聲音。

停頓。

「克雷夫走了。」桑奇亞哽噎地說。

〈噢，桑，〉貝若尼斯低語，〈我……我不知道怎麼回事，但我……我很遺憾。奎塞迪斯呢？〉

「都死了。」桑奇亞聽起來依然哽噎。「都死了。我孤零零在這裡，就剩下我了。」右方震顫，旗艦堡壘的一整塊消失，然後又出現在數十呎外墜入海中；她恐懼地望著上面的人害怕尖叫，掉入下方的清澈大海。

「剩下我而已，」桑奇亞啜泣，「我也沒多少時間了，貝兒。這整個東西就要四分五裂，我能撐這麼久已經是奇蹟了。」

〈鎖是怎麼作用的？〉貝若尼斯問，〈就像關掉一樣簡單嗎？〉

桑奇亞彎腰拾起地上的銀色鑰匙，焦慮地走向門，四周的空氣沸騰冒泡，一時炙熱一時冰寒。她用銀色鑰匙試了試一個鎖，再試試另一個鎖，兩個鎖都無法轉動。

「銀色鑰匙兩邊都不能用。」她慘兮兮地說。「帝汎好像把這東西做成一旦開始就無法停止。」

現實中的洞又變大數十呎，她忍不住畏縮，堡壘內遙遠某處的半打塔樓倏然化為灰燼，被強風吹散。灰迎面襲來，桑奇亞咳了咳，把灰從眼裡抹掉，從嘴裡吐掉，納悶著她吃下的灰會不會曾經是個人。

「如果是這樣了，」桑奇亞的視線越過大海，望向遠方另一座堡壘。「如果這就是終點，貝兒，那……天啊，女孩，我只希望妳知道我愛妳。我一直都愛妳。我好愛妳，愛得發瘋，眞希望我們的故事不是這種結局。」

〈我也愛妳，桑。天啊，天啊，我也愛妳……〉

她吸了吸鼻涕，低頭看手上的暗淡鐵鑰，腦袋動了起來。

克雷夫是怎麼說的？

門是從兩邊打開的，小鬼，這代表也可以從兩邊**關上**。

桑奇亞一咬牙，碰觸頭側小碟片所在位置——好久、好久以前，他們在墾殖島的陰森小棚屋植入她體內的那一個，也就是瓦勒瑞亞在坎迪亞諾內城親手編輯過，藉此讓桑奇亞成爲編輯者的那一個。

她回頭望著貝若尼斯所在的堡壘，覺得自己看見有人站在胸牆上。然後她緩緩深吸一口氣。

「好，」她低聲說，「好吧，我有個點子。」

貝若尼斯站在堡壘的牆上，凝視著大海另一邊那扇燃燒的門，等著聽更多消息。

「桑奇亞？」她說，「桑奇亞，妳還在嗎？」

寂靜。她回頭看招待，愣了一下。

招待在哭，愈來愈多人在他們身後聚集——一群宿主，全部一身髒，全部看著她，全部在哭。

「發——發生什麼事了？」貝若尼斯問。

「我……我下定決心了。」所有宿主低聲道，他們全是招待，不過聽起來全部詭異地像桑奇亞。

「什麼意思？」貝若尼斯虛弱地問，「什麼決心？」

「關於如何阻止這一切。」宿主們說完後也爬上胸牆，全部對著她攤開雙臂，彷彿尋求擁抱。

「我……我知道怎麼關門，貝兒。」

「桑奇亞？」貝若尼斯退後。「發生什麼事？妳嚇到我了。」

「來，」他們說，「請過來，只要抱著我就好，最後一次。」

「桑奇亞……」

不過貝若尼斯接受了：她讓其中一個宿主擁住她，就像桑奇亞一樣緊緊抱著她——然後再一個，再一個，直到她被幾十個人緊緊抱住，困在這個巨大的擁抱中。

「桑奇亞，」她開口，「妳在做什麼？」

「我要付出我的一切，」全部宿主同時低語，「盡我所能關上門——從另一邊。」

貝若尼斯猛然瞪大眼。「**不行！**」她尖叫。「**不，不，不！**」

桑奇亞轉向燃燒的門，雙手緊握銀色鑰匙，咬緊牙關。

「我很抱歉，」她低聲說，「眞的很抱歉。」

〈住手！〉招待用貝若尼斯的聲音尖叫，〈拜託不要！不要在經歷這一切之後離開我！〉

堡壘震動，一根五角巨柱從海中升起，刺穿城市另一端，把無數塔樓打落海中。

「沒其他辦法了，」桑奇亞低聲說，「我也希望有，但我們不可能舞過雨季，親愛的，我必須動作快。妳只要聽著就好……」

她往前一步。

「找到我。」宿主們抱著貝若尼斯，在她耳裡低語。「我會在另一邊的某個地方等妳，然後，如果我們運氣好，妳會設法找到我；在這一切之後，我們或許有一天眞能一起喝一杯。」

貝若尼斯在宿主們的懷抱中掙扎、拉扯，又是尖叫又是啜泣。她想跳下牆衝進水裡，游過深海找到桑奇亞，看見她、碰觸她、擁抱她。不過招待緊緊抱著她，也或許是桑奇亞緊緊抱著她，她無法掙脫。

「記住我們說過要保留什麼。」宿主們低語。「妳保留鑄場畔，我保留未來——我們一起變老、變傻，不過依然如此相愛的未來。」

「不要！」貝若尼斯哭喊。「不要，住手。桑，至少讓我……至少讓我**碰觸**妳，拜託，一次就好！讓我看妳，一次就好！」

「再見，貝兒。」宿主們低語。「暫時再見。」

他們緊緊抱著她，她在悲痛中放聲大哭。

桑奇亞面對門，深吸一口氣，凝視眼前的黑暗，一手緊緊抓著銀色小鑰匙。

她穩住，接著穿門而入。

忽然爆出一陣無調性的鐘聲，聽起來就像有座壞掉的鐘敲響了……然而隨著她走過去，鐘聲不再無調性，反而變化爲最美的音樂，只有在這個地方、在另外這邊、在萬物底下才聽得到的音樂。

音樂又幻化爲不一樣的事物：一首歌，歌裡是她從沒聽過的詞彙，而她慢慢領悟，她聽見的是符文，她聽見它們歌唱，聽見它們一片又一片、一個音符又一個音符維繫著萬物。

她聆聽符文，它們全部在唱誦著一種意義；邏輯所能描述的一切都不可能比這種意義更加偉大。

啊哈，她心想，對，我現在懂了。

她轉過身，著手把門關上。

貝若尼斯哭喊，在招待的懷抱中掙扎扭動，轉過身看現實中的可怕黑色裂縫——然後大吃一驚，因爲那個洞閃了閃，隨即消逝。

風停止吹襲，雪和雨停止落下，在空中飛舞的灰燼倏忽消失，接著太陽終於恢復，可怕的黃光退去，午後的晴朗藍天取而代之。

「桑——桑奇亞？」貝若尼斯喚道。「桑，妳在……」

「我……我感覺不到她，」招待低聲說，「她不在這裡了。」

旗艦堡壘歪歪斜斜躺在舊帝汎廢墟外海，貝若尼斯凝視著這座傾圮的城，然後領悟她現在是真正完全孤單一人了，淚水隨即奪眶而出。

他們小心翼翼地爬下堡壘，登上小舟，理解號和創新號停靠在旁邊。招待帶著貝若尼斯來到旗艦堡壘，他們一起用彈射鏃爬上牆，看看是什麼在等著他們。

空蕩蕩的門框隨意地立在那兒，另一邊只是空無平凡的空間。一個身穿白衣的男人坐在門前的地上，他凝視著門，彷彿正努力感知門內的某些真理。他聽見貝若尼斯走近，隨即轉過頭。他的表情變得無比哀傷，遲疑地看著她走過來，站在他身旁朝空蕩蕩的門內看。

貝若尼斯緩緩在格雷戈·丹多羅身旁坐下，他們一起望著空無的門。

一會兒後，她朝他伸出一隻手，而他握住，他們一起等待無數宿主被從巨大的殘骸中救出來；他們沒說話，也沒看彼此，這兩名生還者無法以言語描述他們逃過了什麼，也不知道該怎麼表達此時此刻是什麼事物正在終結，或是很快展開的又將是什麼。

尾聲　創始者

他們建造。

他們建造新城市、新船、新鑄場，新文化，橫跨大海、島嶼與大陸；他們建造的事物與過去有些相似之處，但又建造得截然不同——因爲他們是單一人民，許多、許多人同理共感，無論男女老少。

當然了，領悟唯有吉瓦能修復世界的是招待。「這些可憐的宿主被偶合、作夢了不知道多久，」他們說，「我們必須陪著他們，幫助他們了解發生了什麼事，幫助他們治癒，給他們機會學習新的生存方式——或是淨化他們遭遇的一切，好讓他們能重新開始。」

許多人留下來，成爲吉瓦的一分子——但這說法甚至不知道是否還算準確，因爲他們不再居住於島嶼。他們散布各處。

至少貝若尼斯是如此猜測。她無法加入他們，因此她不知道。她體內的碟片排斥所有其他碟片，如果他們試圖透過編輯將碟片從她血肉中取出，她會因此喪命。她置身他們之中，卻又是孤單一人。

只有格雷戈．丹多羅除外。他花了將近半年才再次開口說話，但只有他能夠了解她經歷過什麼、她現在又是什麼感覺。他們一起住在招待爲他們蓋在海灘上的小房子，她覺得自己只承受得了他待在身邊。

「你和我是難民，」有一次，他們看著無數船隻在夕陽灑落的海上穿行，她這麼對他說道，「我們置身這個國家，卻不屬於這個國家。」

「對。」他的聲音又輕又嘶啞。「但看著還是很美好。」

數年過去，這期間，貝若尼斯有時會發現自己研究起夜空，或是地平線上的雲，或是大海沖襲海岸的方式。她並不認為它們本身就是浩瀚的存在，而是一層又一層，有如在拼貼畫中交疊的紙張。

有時她會想，如果她可以剝掉這些紙，她會不會看見一個黑暗版的現實，裡面滿是閃閃發亮的黃金機械，在萬物後方辛勤工作？

她會不會看見一雙眼睛，以某種方式，在某個地方，看著她、注視她、等待她？

她好想知道。不過她夜夜獨自就寢，獨自醒來，她的生命化為無垠寂靜，只是就這麼持續。

帝汎瓦解九年後，他們終於成功打造出一扇門。

貝若尼斯弄不懂設計怎麼做到的，不過話說回來，她最近實在是不太懂銘術。吉瓦新銘術師創造的奇蹟已超出她能理解的範圍——門又遠比那些奇蹟先進許多。

她看著設計操作控制器，將指令注入門框，緊張得胃緊繃，不知道門可能通往何處。不過當門打開，另一邊只有黑暗，和遠處銘術閃爍的微光：沒有拖沓的腳步，也聽不見有人哼聲小心地跳過來，重回這個世界。

「正如我所擔憂，」設計悲傷地說，「並非所有門都開啟於相同位置——我們甚至不知道『位置』這個概念在另一邊有沒有意義。她消失了，消失在另一邊，不過我們或許有一天能找到她。如果我們研發出正確的工具，如果我們慢慢了解這個現實的層面和本質，我們或許就能再找到她。」

貝若尼斯聽著他們的安慰之詞，一面點頭，但她可沒上當。

他們最後停止將話語說出來。他們超越語言，棄之不用，就連書寫文字也幾乎完全拋下，朝某種比這些媒介更加完美的溝通方式進化。貝若尼斯就是在這個時候眞正停止了解他們是如何生活、如何打造他們的城市，在這些城市裡裝滿她無法理解的工具、銘術與機械；這些奇蹟屬於一個她永遠被排除在外的時代，她曾如此渴望，現在卻滿懷苦澀的憤慨。

「不要那麼生氣。」一晚，格雷戈和她一起坐在海灘上，當時他這麼對她說。「他們是妳的孩子，是妳打造出這個世界。」

「但不是爲我而造，」她說，「不是爲我們而造。」她環抱膝蓋，眺望著海浪。她背疼，膝蓋陣陣抽痛，飽經日晒的臉看起來遠比眞實年齡蒼老。或許是擔憂和悲傷害她老化得比實際年歲還快。「她現在在那個地方，不知道是不是比在這裡的我更覺得像在自己家裡。」

有一天，她回到他們位於海灘的住處，發現格雷戈坐在桌前，手上拿著一個小青銅碟片，他皺著眉仔細打量碟片，滄桑而疲倦的臉擠出深深刻痕。

「他們……留下這個給我。」他低聲說，「我想他們應該是要我加入他們。」他看著她。「我可以嗎？我眞的可以嗎？」

她挨著他在桌邊坐下，看著碟片，努力壓抑內心深處的絕望。「你不像我，」她說，「沒有任何事物阻止你。」

他細看碟片。「那……我應該嗎？」

「應該。」她嘶啞地說。

「我不想對自己做這種事，」他說，「不想又吞下碟片，然後……改變。」

「你不是那個東西，」她說，「你是不一樣的人了，他們也非常不一樣。」

他看著她，在那張滿是嚇人疤痕的臉上，他的眼神如此悲傷。「我不想丟下妳一個人，貝若尼斯。

還不行。」

她親吻他的額頭。「我不是一個人，」她低聲對他說，「她在等我。」

他微笑。「希望如此。我想應該就是這樣。」

那一夜，船來接格雷戈，格雷戈上船離開，加入那個以神祕路線在大海中航行的龐大艦隊。貝若尼斯看著他們離去，然後回到空蕩蕩的小屋，把臉埋進枕頭裡哭了起來。

又是數年過去，年年如一，孤單度過，沉默度過。然後有天傳來敲門聲。

貝若尼斯好奇地打開門，一個熟悉的女人在門外，她的臉老了些，也長出皺紋，不過貝若尼斯還是一眼就認出來：笛耶拉——或者應該說她曾叫這個名字。貝若尼斯不知道她現在的名字，甚至不知道他們到底還用不用名字。

「我們……要去了。」笛耶拉的臉上掛著開朗微笑，口齒不太伶俐。

「什麼？」貝若尼斯問。

「我們想……說再……見。」笛耶拉招手，要貝若尼斯出去，一小群人在海灘上等著她。

「發生什麼事？」貝若尼斯小心翼翼地問。

「更多，」笛耶拉手指天空，「有……更多。上面有更多，不是下面，不是奎塞迪斯去的地方。我們現在懂了。我們……看過。看過許多地方，上面。我們……要去那裡了。要去了。」

「要去了……」貝若尼斯說。

「對。」笛耶拉看著她，臉上滿是歡欣的淚水，她拍拍心臟的位置。「愛。我們愛。」她指指貝若尼斯。「我們愛妳。妳是母親。妳不能來，但我們做了。」她指向海灘另一邊，有艘小銘印船在那兒等著。「我們做了，爲妳。一個地方。給妳和她。」

貝若尼斯看著小船，點點頭，不太懂現在是什麼情況。
「很好。」笛耶拉又點頭，洋溢著哀傷的喜悅。「我們愛。我們愛。」
「好，」貝若尼斯說，「好，我……我想我懂了。」
笛耶拉深深鞠躬，接著回到海灘上的其他人身邊，他們圍成圈，拉起手，閉上眼，然後……
他們腳下的沙沸騰翻攪，有東西從深處升起——一扇門。
他們在打造一扇門。他們平空召喚出一扇門。貝若尼斯這才懂他們剛剛說要去了是什麼意思——不是去桑奇亞去的地方，而是某個截然不同之處，她無法理解也無法跟隨前往之處。
她的眼淚奪眶而出，看著那一小群人打開門，魚貫而入，隨後在身後關上門。門沉入沙中，消失無蹤。
後來，她去海岸附近的城市找，發現到處空無一人。沒有小孩，沒有大人，一個人也沒有。他們離開了，去了她不了解的地方；那樣的地方超乎她能理解。
她最後來到笛耶拉指給她看的小船旁。裡面塞滿補給品，不過這艘船很先進，她幾乎完全無法理解，船上沒有駕駛艙也沒有帆，只有一個青銅開關，啓動後應該就能帶她到她想去的地方。
她沒上船，反而走開了。

她跟自己辯論了四天。四天的沉默，四天的空寂大海。
夠了，她想，夠了。
一天清晨，海岸霧氣濃厚，太陽是地平線上的遠遠一小片，她走過海灘，爬上船，啓動開關，讓小船帶著她離開。
她航行了兩天三夜，經過吉瓦群島時，島上現在滿是空無一人、沉寂無聲的奇妙城市，她這才領悟她認得這條航線，也知道自己將航向何處。

舊帝汎，她想，小船要帶我回舊帝汎。

隨著目的地慢慢靠近，她提振精神，看看什麼等著她。不像過去其他城市，他們不曾重建舊帝汎，不過當流線型小船停進這座雄偉、可怕的舊城過去的濱水區，她看見他們在廢墟深處建造了某個東西。熟悉的東西。

她緊張地緩緩走近，心臟在胸腔亂跳。她一眼就認出來了：傾斜的正面，一層一層笨拙地探向天空，歪七扭八的金屬圍籬包圍在外——就在那兒，就掛在前門之上，是一個令她渾身發顫的招牌。

她以目光描繪那幾個字：**鑄場畔有限公司**。

她顫抖著走進去。

多完美啊。每一塊橫木，每一片牆板，每一根釘子，都太完美了。歐索的房間在那兒，還是塞滿空酒瓶；還有格雷戈的小房間，一樣精心維護，詩集和花盆羅列於一個又一個層架；然後是工場、設計室、在地下室嘎吱作響的老舊符文典——全部一如她的記憶。

她來到樓梯前，緩緩抬頭望去。她等待著，一面努力思考。然後她走上去，一階接著一階，直到她來到閣樓。

她們的房間，一半凌亂一半完美，甚至看得到床墊上凹陷的痕跡；她曾躺在那兒，身體日復一日、夜復一夜壓著廉價的床單。

這個房間充斥她幾乎不復記憶的珍貴鬼魂，她邊哭邊在裡面走動，卻發現有別於過去的地方。

她們的衣櫥旁有一扇新的門。以黑岩打造，而就在那兒，就在門旁，有一個青銅鎖。

鎖前有張小桌子，桌上則有一把銀色鑰匙和一張紙條。

她顫抖著走到桌旁查看，紙條上只有一個字：愛。

她拿起鑰匙，細看鑰匙炳、鑰齒。這把鑰匙完美無瑕，上面的銘術細小複雜，她完全無法閱讀。

她轉身面對門，吸口氣，小心地把鑰匙插入鎖中，轉動。

喀嗒一聲，周遭的世界似乎閃了閃，頓了一下。

她穩住自己，轉動把手，打開門，然後朝門內看。

另一邊有個聲音如釋重負地嘆了口氣，然後說話了：「終於噢，妳可來了。」

致謝

這本書難寫得要命。

我在二〇一九年十月末動筆，就在我把《岸落之夜》定稿寄給我的編輯Julian Pavia的幾個小時後。我沒爲《岸落之夜》寫致謝詞，因爲我覺得作品尚未完成——要致意的不夠多，還不夠多——不過我對故事從這裡之後要如何發展很有想法，也已經爲這個結局設想多年。我只需要跳進去，寫出來，就可以抵達終點。

不過，大約三個月後，世界分崩離析。

我覺得幾乎沒什麼必要談疫情全球大流行這件事。這經驗可能屬於個人——很殘酷地，或許就是如此，畢竟我們這麼多人都被迫在各自的小房間裡隔離——然而可以說沒有任何事件、掙扎，或現實中的突然變動能像二〇二〇年的全球疫情一樣，影響範圍如此廣大；現在是二〇二一年十一月八日，而就在這當下，疫情也尚未結束。談論疫情，現在感覺起來就像在說天空依然高懸頭頂一樣有趣又見解深刻。純粹將疫情與創作奇幻小說兩相比較，而且是一部有這麼多病人、死人的奇幻小說，感覺更是陳腐到虛榮的程度了。

然而這本書——實在很不公平——是我的疫情書。在這整個詭異、可怕的期間，這本書是少數我必須一再重回的穩定事物之一，從家人時間中竊取珍貴的幾分鐘，這裡那裡添加幾個字。我用這本小說計算那些奇異的時光。有時候，兩種經驗超現實地匯聚，我相信當我完成這本書，這一切可能也將結束。

現在很難記得當時的眞實感受了。或許我的腦很有用，努力幫我遺忘，就好像父母總會透過特別美好的濾鏡回憶自家新生兒人生的頭幾週。我記得一些片段：設了幾十個鬧鐘過日子，藉此提醒哪個孩子要上哪一堂線上課；努力靠外送過日子，造就大堆大堆的垃圾和回收物；妻子和我睡眼惺忪地（而且不智地）熬夜到清晨，因爲這是我們僅剩的個人時間了。

不過我印象最深刻的是孤獨感。孤獨有別於寂寞：寂寞是一種心理狀態，孤獨則是強烈意識到自己孤立無援。

說到底，就是這麼一回事。儘管我們這麼輕鬆就脫身，在許多時刻，我們還是忍不住找尋各種訊號，看看是不是有人、任何人會前來幫忙，卻在新聞中看見死亡，還有尖銳、趾高氣昂的破壞。伴隨著這些東西懸在頭頂，我們日日夜夜努力勸哄我們的孩子，納悶著這一切什麼時候才會結束。就這部分而言，我不覺得我的家庭有任何特別之處。

這是疫情全球大流行的奇怪張力：你的所有經驗都不獨特也不特別，因爲大家都一樣，然而你還是感覺如此孤獨。

系列的最後一本作品通常都是關於壓力，還有終結。角色歷經折磨，他們問自己：「我們做得到嗎？我們逃得了嗎？怎麼逃？」然後作者以先見之明的智慧小心地收尾，把每個人送去他們該去的地方，大幕輕輕落下。

這是一個很詭異的經驗，一邊書寫這個故事，一邊等待我們自己的救贖，我們自己的結尾。有時候很難擠出文字。

但是我又覺得非完成不可。因爲若說「銘印之子」三部曲有任何意義，那就是我們種族的創新本身並不會產生利息，只有搭上社會、文化，或是能物盡其用的一群人，才能創造繁榮昌盛。

如果拒絕造路，那就不會有路帶來旅客。如果讀者決定他們一般而言還是比較喜歡謊言，那麼出版社就無法帶來智慧。如果患病者拒絕用藥，那麼任何藥膏藥丸藥粉都無法帶來健康幸福。

如果我們發現自己無法善用我們的聰明才智給我們的諸多贈禮，那麼我想無論我們再怎麼瞎忙，這些贈禮也無法發揮它們應有的作用。反過來說，人的改變操之在己：去改造、重新配置、重新安排我們社會的構造——規模或大或小——讓所有人共享的繁榮富足能夠流通。

這似乎是簡練的箴言，不過，聰明與智慧之間有落差，這是我們種族的自然張力。問題在於我們應該容許它們分歧多遠、哪些行爲能夠縮小落差，又是多快能讓落差消失。

一如平常，我要感謝我的編輯Julian Pavia，謝謝她基本上讓我走入荒野處理這本書。我也要感謝我的版權代理Cameron McClure，謝謝她指引我生涯的方像，偶爾還餵我吃定心丸，告訴我在疫情全球大流行的時代，有時候小孩整天玩《Minecraft》也沒關係。

感謝我的妻子Ashlee，就算我在過去這兩年來顯著地變得愈來愈胖、頭髮愈來愈花白，她還是對我不離不棄。謝謝我的兒子們，他們經歷了那麼多，居然還是活得這麼開心，也謝謝他們在家裡舉辦了那麼多場舞會。

感謝我的父母和岳父母，他們時不時就來我家共進晚餐，假裝我們還有什麼新鮮事可聊，雖然我們大家都很清楚根本沒這回事。

還要感謝Slack，和其中的所有作家，謝謝他們三不五時給我一個樹洞讓我朝裡面尖叫。（你們自己知道我在說誰。）

謝謝Joe McKinney。Joe是個好人，一位偉大的作家，我生平僅見最博學多聞得恐怖的人之一。每次跟Joe聊完，我離開的時候腳步都會變得更加輕盈。他對人就是有這種影響力。他在今年七月過世，我震驚得不能自已，一直沒辦法想像Joe不在的世界。我會非常想念他。

我會記得他，繼續前進。希望你們一樣：繼續閱讀，繼續書寫，繼續生活，繼續愛，繼續前進。

羅柏・班奈特，二〇二一年十一月

作者介紹

羅柏・傑克森・班奈特，最新的作品爲「銘印之子」三部曲，前作「階梯之城」三部曲入圍二〇一八年雨果獎最佳系列類，系列首部曲《階梯之城》入圍世界奇幻獎、軌跡獎；第二部曲《聖劍之城》入圍世界奇幻獎、軌跡獎，以及英倫奇幻獎。其他前作包含《*American Elsewhere*》以及《*Mr. Shivers*》，曾獲愛倫坡獎、雪莉傑克森獎，以及菲利浦迪克優秀表揚。現與家人定居美國德州奧斯丁。

H+W 22／銘印之子：鎖之帝國

原著書名／Locklands
作　　者／羅柏・傑克森・班奈特
翻　　譯／歸也光
責任編輯／詹凱婷
封面插畫／Agathe
編輯總監／劉麗真
總 經 理／陳逸瑛
榮譽社長／詹宏志
發 行 人／涂玉雲
出 版 社／獨步文化
城邦文化事業股份有限公司
104台北市中山區民生東路二段141號5樓
電話：(02) 2500-7696　傳真：(02) 2500-1967
發　　行／英屬蓋曼群島商家庭傳媒股份有限公司
城邦分公司
104 台北市中山區民生東路二段141號2樓
網址／www.cite.com.tw
讀者服務專線／(02) 2500-7718；2500-7719
服務時間／週一至週五：09：30～12：00　13：30～17：00
24小時傳真服務／(02) 2500-1900；2500-1991
讀者服務信箱E-mail／service@readingclub.com.tw
劃撥帳號／19863813
戶名／書虫股份有限公司
香港發行所／城邦（香港）出版集團有限公司
香港灣仔駱克道193號東超商業中心1樓
電話／(852) 2508-6231　傳真／(852) 2578-9337
E-mail／hkcite@biznetvigator.com
馬新發行所／城邦（馬新）出版集團
Cite (M) Sdn Bhd
41, Jalan Radin Anum, Bandar Baru Sri Petaling,
57000 Kuala Lumpur, Malaysia.
Tel: (603) 90578822
Fax:(603) 90576622
email:cite@cite.com.my
校稿協力／許瀞云
封面設計／萬亞雰
排　　版／游淑萍
印　　刷／中原造像股份有限公司
●2023（民112）12月初版
售價620元

ISBN 9786267226872（平裝）
ISBN 9786267226865（EPUB）

國家圖書館出版品預行編目資料

銘印之子：鎖之帝國／羅柏・傑克森・班奈特著；歸也光譯. –初版. – 台北市：獨步文化，城邦文化出版：家庭傳媒城邦分公司發行，民112.12
面；公分
譯自：Locklands
ISBN 9786267226872（平裝）
ISBN 9786267226865（EPUB）
874.57　　112017062

獨步文化
APEX PRESS

廣　告　回　函
北區郵政管理登記證
台北廣字第000791號
郵資已付，免貼郵票

104台北市民生東路二段 141 號 2 樓

英屬蓋曼群島商家庭傳媒股份有限公司

城邦分公司

請沿虛線對摺，謝謝！

獨步文化
APEX PRESS

書號：1UW022	**書名**：銘印之子：鎖之帝國	**編碼**：

請於此處用膠水黏貼

獨步文化 APEX PRESS

讀者回函卡

謝謝您購買我們出版的書籍！

請費心填寫此回函卡，我們將不定期寄上城邦集團最新的出版訊息。

姓名：________________ 性別：□男 □女

生日：西元________年________月________日

地址：________________________________

聯絡電話：________________ 傳真：________________

E-mail：________________________________

學歷：□1.小學 □2.國中 □3.高中 □4.大專 □5.研究所以上

職業：□1.學生 □2.軍公教 □3.服務 □4.金融 □5.製造 □6.資訊

□7.傳播 □8.自由業 □9.農漁牧 □10.家管 □11.退休

□12.其他________________

您從何種方式得知本書消息？

□1.書店 □2.網路 □3.報紙 □4.雜誌 □5.廣播 □6.電視

□7.親友推薦 □8.其他________________

您通常以何種方式購書？

□1.書店 □2.網路 □3.傳真訂購 □4.郵局劃撥 □5.其他

您喜歡閱讀哪些類別的書籍？

□1.財經商業 □2.自然科學 □3.歷史 □4.法律 □5.文學

□6.休閒旅遊 □7.小說 □8.人物傳記 □9.生活、勵志 □10.其他

對我們的建議：________________________________

____

____

為提供訂購、行銷、客戶管理或其他合於營業登記項目或章程所定業務需要之目的，家庭傳媒集團（即英屬蓋曼群島商家庭傳媒股份有限公司城邦分公司、城邦文化事業股份有限公司、書虫股份有限公司、墨刻出版股份有限公司、城邦原創股份有限公司），於本集團之營運期間及地區內，將以mail、傳真、電話、簡訊、郵寄或其他公告方式利用您提供之資料（資料類別：C001、C002、C003、C011等）。利用對象除本集團外，亦可能包括相關服務的協力機構。如您有依個資法第三條或其他需服務之處，得洽詢本公司服務信箱cite_apexpress@cite.com.tw請求協助。相關資料不提供亦不影響您的權益。

□我已詳讀權利義務之相關條款，並同意遵守。

請於此處用膠水黏貼

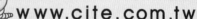

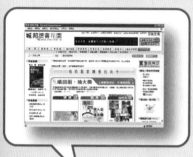